CRAIG THOMAS

SEE-LEOPARD

Roman

Aus dem Englischen
von Sepp Leeb

PAVILLON VERLAG
MÜNCHEN

PAVILLON TASCHENBUCH
Nr. 02/0198

Titel der Originalausgabe:
SEA-LEOPARD

Umwelthinweis:
Dieses Buch wurde auf
chlor- und säurefreiem Papier gedruckt.

Taschenbuchausgabe 01/2002

Der Pavillon Verlag ist ein Unternehmen der
Heyne Verlagsgruppe, München
http://www.heyne.de
Printed in Germany 2002
Umschlagillustration: Hubertus Mall, Stuttgart
Umschlaggestaltung: Nele Schütz Design, München
Gesamtherstellung: Elsnerdruck, Berlin

ISBN: 3-453-20634-7

für Mike, Agent und Freund
und im Andenken an
ANTHEA JOSEPH
eine liebenswürdige und mutige Dame

DANKSAGUNG

Vor allem möchte ich meiner Frau Jill für ihre strenge und sachkundige Bearbeitung dieses Buches danken, sowie für ihre Ermunterung, mich an die Behandlung dieses Themas zu wagen.

Mein Dank gilt des weiteren GH, welcher als Kapitän des Unterseebootes HMS *Protheus* agierte, und der Royal Navy, ohne deren bereitwillige und großzügige Unterstützung ich dieses Buch nie zum Abschluß gebracht hätte. In Dankbarkeit bin ich außerdem TRJ verbunden, der mir bei der Entwicklung des ›Leopard‹-Antischallortungssystems zur Seite stand, um das sich die Geschichte dreht.

Wie üblich bin ich wieder zahlreichen Veröffentlichungen verpflichtet; dies gilt insbesondere für Breyer & Polmars *Guide to the Soviet Navy,* Labayle & Couhats *Combat Fleets of the World* und *The Soviet War Machine,* herausgegeben von Ray Bonds.

Alle Irrtümer, Abweichungen und Freiheiten dramaturgischer Art sind mir anzulasten, und nicht etwa einem der oben Genannten.

Lichfield 1980 CRAIG THOMAS

INHALT

HAUPTPERSONEN

Kenneth de Vere Aubrey	Stellv. Direktor, Britischer Geheimdienst (SIS)
Patrick Hyde	Feldagent des SIS
Ethan Clark, USN	der Admiralität unterstellt
Quin	eine Koryphäe auf dem Gebiet der elektronischen Forschung
Tricia Quin	seine Tochter
Col. Giles Pyott, R.A.	Mitglied des NATO StratAn-Komitees
Comm. Richard Lloyd, R.N.	Kapitän des U-Bootes HMS *Proteus*
Lt. Comm. John Thurston, R.N.	Erster Offizier der HMS *Proteus*
Sir Richard Cunningham	Chef des Britischen Geheimdienstes (»C«)
Peter Shelley	Assistent des Stellv. Direktors, SIS
Sqn. Ldr. Alan Eastoe, R.A.F.	Pilot eines Nimrod-Jägers
Waleri Ardenjew, Rote Flotte	O/C Unterwasser-Spezialkampfeinheit
Dolohow	Admiral der Rot-Banner-Nordmeerflotte
Tamas Petrunin	KGB-Vertreter in der Sowjetischen Botschaft in London
Viktor Teplow	Unteroffizier in Ardenjews Einheit

* USN = US Navy, R.A.F. = Royal Airforce, R.N. = Royal Navy, R.A. = Royal Academie

PLESSEY
The Plessey Company Limited
Millbank Tower, 21-24, Millbank, London SW1 4QP
Telephone: 01-834 3641 Telex 917530

INTERNER VERMERK

von: Leiter Projekt L

an: Forschungsleiter

bez.: „LEOPARD"

Ich bin mir des Drucks durchaus bewußt, unter dem Sie von seiten des Ausschusses stehen, Ergebnisse vorzuweisen. Wenn Sie Ihren nächsten Bericht erstatten, können Sie die Ausschußmitglieder vielleicht über folgendes informieren:

Der Breiteneffekt von „Leopard" funktioniert bereits. Wir sind inzwischen so weit fortgeschritten, daß wir verhindern können, daß ein mit „Leopard" ausgestattetes Schiff durch ein feindliches Schallortungssystem erfaßt werden kann. Außerdem können wir nach der Ausschaltung des Ortungssignals durch besagte Vorrichtung dem Feind ein irreführendes Echo zurückschicken, das den Eindruck erweckt, als käme es vom Meeresboden unter dem U-Boot.

Die im Augenblick noch anstehenden Probleme beziehen sich auf die unterschiedliche Qualität des irreführenden Signals. Ich bin jedoch zuversichtlich, daß die notwendigen Verbesserungen entwickelt werden.

PLESSEY
The Plessey Company Limited
Millbank Tower, 21-24, Millbank, London SW1 4QP
Telephone: 01-834 3641 Telex 917530

Commodore D. N. Blackshaw, R.N.,
Senior Project Officer,
Royal Navy (Projects),
Old Admirality Building,
Whitehall
LONDON

Lieber Commodore,

Auf Ihre dringenden Bitten an die Gesellschaft, die Endphase der Entwicklung des einsatzfähigen Prototyps unseres „Leopard"-Projekts zu beschleunigen, hat mir Dr. A. J. Quin, der Projektleiter, zu verstehen gegeben, daß sich der Zeitraum bis zum ersten Einsatz unter realen Bedingungen nur um wenige Tage verringern läßt. Ich bin mir der Dringlichkeit der Angelegenheit bewußt und weiß auch von der Mission, für deren Gelingen „Leopard" von unschätzbarem Wert wäre, aber ich fürchte, daß dies alles ist, was in unserer Macht steht.

Mit freundlichen Grüßen,

R. M. Bennett

R. M Bennett,
Stellvertretender Vorsitzender.

1974 1976 Registered in England and Wales at Vicarage Lane, Ilford, Essex IG1 4AQ Number 203848

LEOPARD 42
MOST SECRET

von: Peter Shelley
an: Kenneth Aubrey,
stellv. Director, SIS

Sie haben um eine Kopie des begleitenden Berichts über Erprobungen des LEOPARD-Sicherheitssystems im Einsatz gebeten sowie um eine zusammenfassende, für den Laien verständliche Darstellung.

Wie Sie wissen, kamen bei der Erprobung dieses Systems an Bord der HMS Proteus auch eine speziell ausgerüstete Nimrod und ein Sea King-Hubschrauber zum Einsatz. Diese konnten das U-Boot nicht in einem einzigen Fall aufspüren oder orten.

Der vollständige Bericht ist sehr umfangreich und quillt förmlich von technischem Spezialjargon über! Ich habe jedoch mit dem Leiter der Technischen Abteilung eingehend über die Sache gesprochen, und er hat mir die Ergebnisse des ersten Einsatzes des Systems auf See, wie folgt, zusammengefaßt:

i. Mit den Sensoren am Rumpf kam es zu keinerlei Schwierigkeiten.

ii. Die „Lärmgenerator"-Anlage löschte sämtliche äußeren akustischen Emissionen und beugte erfolgreich jeglichen Versuchen vor, das U-Boot mit Hilfe der Schallortung auszumachen.

iii. In seichteren Gewässern übertrug die Reaktionsverzögerungsvorrichtung des Systems ein Schallecho, das völlig exakt eine „Meeresboden"-Reaktion simulierte – in anderen Worten; die Schiffe, die die HMS Proteus aufzuspüren versuchten, registrierten nur den Meeresboden, aber nicht das U-Boot. Es war also, wie erwartet, tatsächlich „unsichtbar".

PS

DEFENCE DEPARTMENT (NAVY)
UNITED STATES NAVAL INTELLIGENCE

USN (Intelligence) Form TAL 1

Our Ref Deputy Director
Your Ref Capt. E. V. Clark, USN
Date

Ich brauche also nicht näher auszuführen, welche Bedrohung der neue sowjetische Sonarbojenteppich in der Barents-See für die Briten, für uns und für die gesamte NATO darstellt. Wenn wir uns hinsichtlich seiner Verteilung und Ausbreitung nicht völlig Klarheit verschaffen und ihn damit als Bedrohung ausschalten können, kann die sowjetische Flotte jederzeit die Barents-See abriegeln, was gleichbedeutend mit einem Verlust der Nordflanke für die NATO wäre, und zwar, ohne daß auch nur ein einziger Schuß gefallen wäre.

Aus den oben angeführten Gründen wurde vereinbart, daß das Navy Department die British Royal Navy auffordern sollte, diesen neuen Sonarteppich zu erforschen und kartographisch zu erfassen. Dabei sollte das U-Boot Proteus mit dem neuen LEOPARD-System zum Einsatz kommen. Falls Ihre Berichte über den ersten Probeeinsatz lückenlos sind, dürfte das U-Boot während seines gesamten Einsatzes in der Barents-See - Codename CHESSBOARD - unentdeckt bleiben.

Ihr Auftrag lautet, dieser Operation sowohl für das Navy Department wie für die NATO als Beobachter beizuwohnen. Überschreiten Sie nicht Ihre Befugnisse im Zusammenhang mit dieser speziellen Mission, aber setzen Sie sich über die Botschaft sofort und direkt mit diesem Büro in Verbindung, falls es zu außergewöhnlichen Vorkommnissen kommen sollte. Weder der Direktor noch ich sind sonderlich beglückt, das LEOPARD-System aufs Spiel zu setzen, falls es tatsächlich so gut ist, wie es heißt. Aber wir haben kaum eine andere Wahl.

Adml. J. K. Vandenburg, USN,
stellv. Direktor,
US Marine-Nachrichtendienst.

SIS
F. TTR 1a
TAPE TRANSCRIPTIONS

[redacted]

AKTE-NR.: SIS/26554/3A - PH/Aubrey
BAND-NR.: B/163487/82/4/23
DATUM:
BETREFF: Quin - Verschwinden

. . . fortgesetzt

wobei darüber hinaus nichts von seinem persönlichen Besitz aus der Wohnung entfernt worden zu sein scheint. Unter dem Briefschlitz in der Wohnungstür lagen noch Post - zum Teil mehr als drei Wochen alt. Quin wurde in der Folge nicht mehr gesehen.

Aus all dem schließe ich, daß der Vogel ausgeflogen ist. Andererseits bin ich jedoch nicht der Meinung, daß dies seine Entscheidung war. Es kam zu keinerlei Vorplanungen. Angesichts der Informationen über die „Handelsmission"-Ankünfte und Abreisen in der sowjetischen Botschaft während des in Frage kommenden Zeitraums bin ich mir sicher, daß Quin geschnappt wurde und sich nun in Moskau befindet.

Ich neige dazu zu glauben, daß seine Tochter sich in seiner Begleitung befindet, da die Sonderabteilung in Birmingham nichts mehr von ihr gesehen hat, seit Quin verschwunden ist.

Ich habe angeordnet, Quins Wohnung in Bracknell und das Haus seiner getrennt lebenden Frau in Sutton Coldfield weiterhin rund um die Uhr zu überwachen.

Patrick Hyde

 Authenticated by

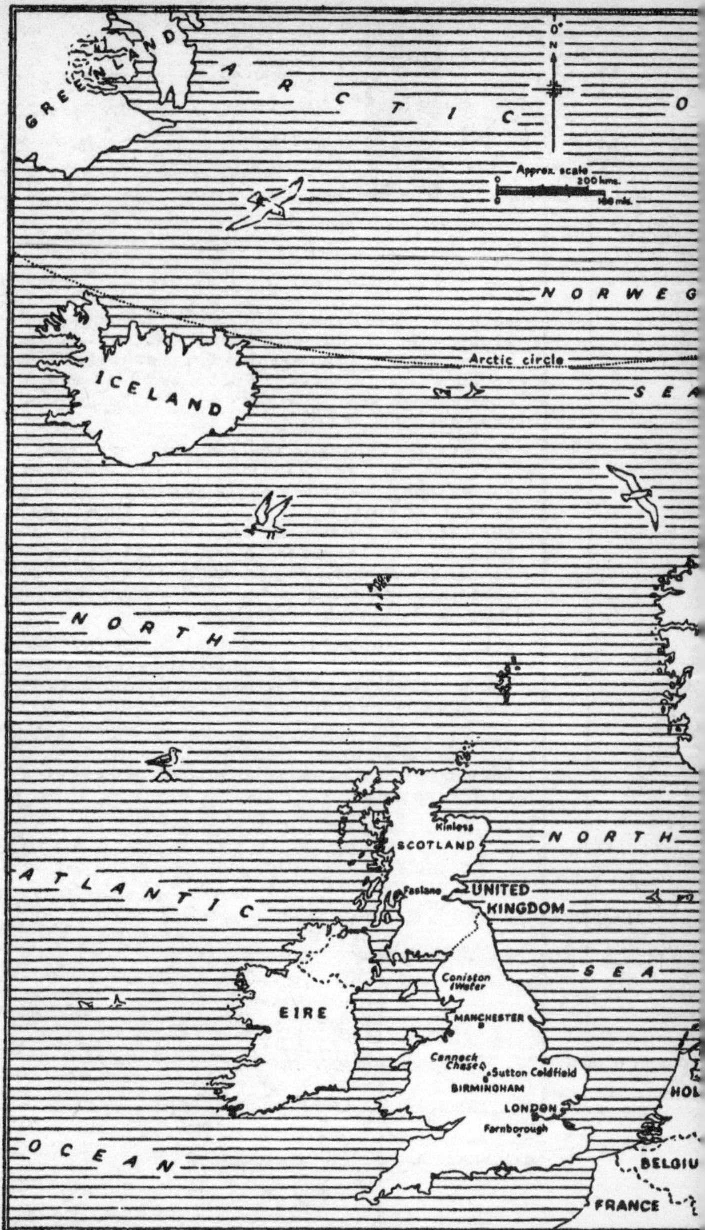
GREENLAND
ARCTIC O
0°
N
Approx. scale
0 200 kms.
0 100 mls.
NORWEG
Arctic circle
SEA
ICELAND
NORTH
ATLANTIC
OCEAN
Kinloss
SCOTLAND
NORTH
Faslane
UNITED KINGDOM
SEA
Coniston Water
EIRE
MANCHESTER
Cannock Chase
Sutton Coldfield
BIRMINGHAM
LONDON
Farnborough
HOL
BELGIU
FRANCE

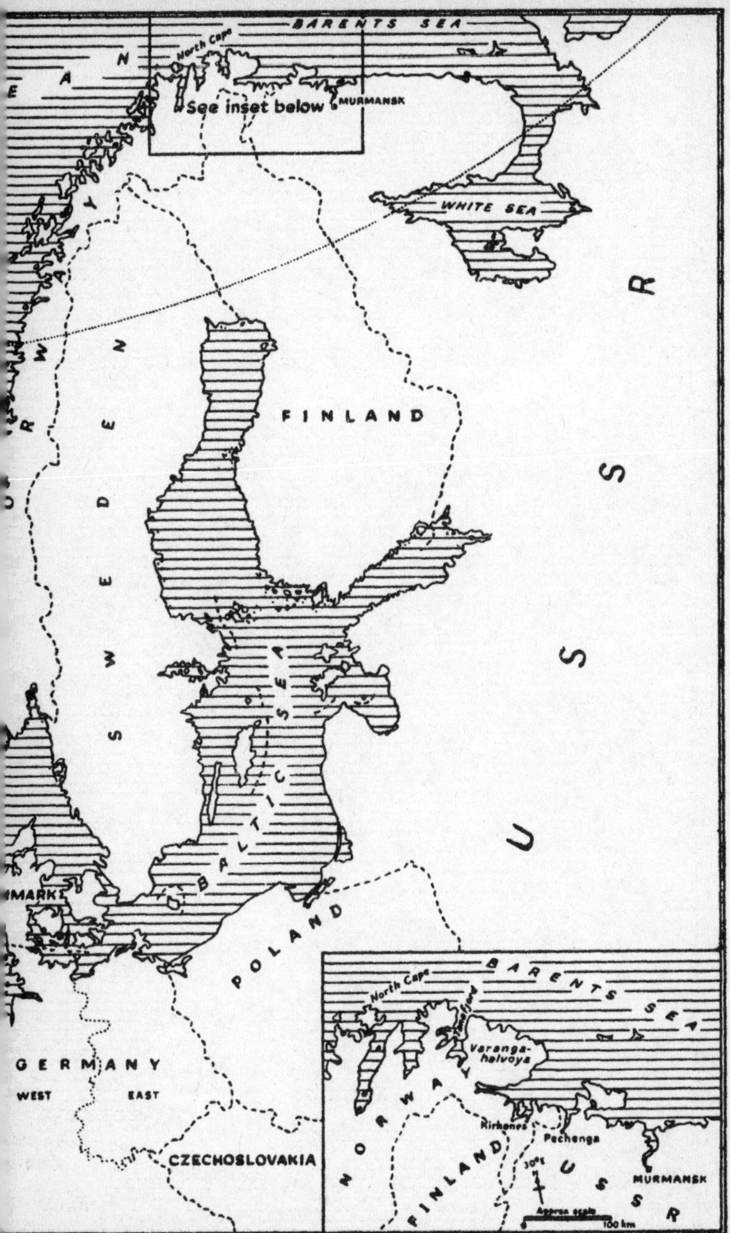
BARENTS SEA
North Cape
See inset below
MURMANSK
WHITE SEA
FINLAND
BALTIC SEA
POLAND
GERMANY
WEST
EAST
CZECHOSLOVAKIA
U S S R
S W E D E N
BARENTS SEA
North Cape
Varanga-
halvoya
Kirkenes
Pechenga
MURMANSK
NORWAY
FINLAND
USSR
100 km

TEIL EINS

Eine Partie Schach

1 Köder

Vom Büro Tamas Petrunins, des Handelsattachés der sowjetischen Botschaft in London, sah man über die Rasenflächen des Botschaftsgeländes hinweg bis Kensington Palace Gardens. Die geraden Linien der kahlen Platanen markierten die Grenze zwischen ihm und der westlichen Großstadt, die er ebenso sehr verabscheute, wie sie ihn auch anzog. Ein heftiger, früher Frühlingswind stöberte – mit Erfolg – nach den letzten Resten der Blätter vom vergangenen Herbst und trieb sie die Straße entlang, unter dem schmiedeeisernen Tor hindurch auf die Auffahrt der Botschaft, wo er sie schließlich wie halb verbrannte geheime Botschaften und Schriftstücke über Kies und Rasen verstreute. Der Himmel war von gnadenlosem Grau und drohte schon den ganzen Vormittag mit Regen. Und während Tamas Petrunin nun aufgebracht die Tonbandkassette aus dem Bereitschaftsraum mit der darauf aufgezeichneten Unterhaltung anhörte, mußte er gleichzeitig immer wieder daran denken, wie sehr London ihn gerade um diese Jahreszeit besonders leicht ärgerlich machte. *Es gab keinen Schnee.* Wind und Regen – ein Regenschirm, gehalten von einem alten Mann, der eben durchs Tor trat, drohte durch den böigen Wind unsanft umzuklappen – Wind und Regen, aber kaum Schnee. Nur ab und zu in den Abendstunden der Schneeregen, der sich wie ein nicht gehaltenes Versprechen im Rinnstein sofort zu schmutziggrauem Matsch sammelte. In Moskau lag um diese Zeit meterweise Schnee, die Menschen in ihren Pelzmänteln und -mützen waren dann rundlich und fast wie Tiere.

Die Stimme des Schotten auf dem Band brachte ihn auf. Das war fast immer so. Diesmal schlug ihn jedoch der Zorn über ihr Näseln in Verbindung mit der Bedeutung des Gesagten auf den Magen.

»Wir haben zwei Tage lang versucht, Kontakt mit Ihnen aufzunehmen«, beharrte die gebieterische russische Stimme. Sie gehörte zu Ruban, dem Marineattaché der Botschaft, der für Petrunin und den KGB arbeitete. »Sie wissen doch ganz genau, wie schwierig es für unsere Leute ist, außerhalb Londons etwas zu unternehmen. Wieso haben Sie sich nicht planmäßig mit uns in Verbindung gesetzt? Und jetzt sagen Sie, das U-Boot wäre bereits in See gestochen.«

In der Stimme des Schotten lag ein zusätzliches Näseln und ein kultiviertes, gepflegtes Hüsteln, als er erwiderte: »Ich lag mit Grippe im Bett. Dafür kann ich schließlich nichts. Ich war die ganze Woche nicht in der Arbeit. Ich bin die ganze Zeit im Bett gelegen, verstehen Sie?« Sein Winseln klang fast rebellisch.

»Wir bezahlen Sie allerdings nicht dafür, krank zu sein, MacFarlane.«

»Was kann ich dafür, wenn ich eine Grippe kriege. Ich fühle mich auch jetzt noch nicht besonders gut. Ich bin extra aufgestanden, um ans Telefon zu gehen. Außerdem haben wir Nebel.« Diesem Wetterbericht folgte ein kurzer, heftiger Hustenanfall. Trotz seiner Wut konnte Petrunin ein Lächeln nicht unterdrücken.

»Wann ist das U-Boot von Faslane in See gestochen?«

»Vor drei Nächten, in den frühen Morgenstunden.«

»Was? Vor *drei* Nächten? Was haben Sie sonst noch in Erfahrung gebracht?«

»Ich konnte doch nicht groß Fragen stellen. Eben nur, daß das U-Boot vor drei Nächten ausgelaufen ist.«

»Sie sind für uns absolut unbrauchbar!« tobte Ruban auf dem Band. Gegen den Wind gestemmt, ging einer der Chauffeure der Botschaft auf einen schwarzen Mercedes zu. Die schwarze Uniformhose flatterte wild um seine Beine, und er drückte sich seine Mütze fest auf den Kopf.

»Was kann ich dafür? Schließlich ist es nicht meine Schuld, daß ich Grippe bekommen habe.«

»War das System an Bord? Wissen Sie wenigstens das mit Sicherheit?«

»Ich habe gehört, daß es sich an Bord befand.«

»Sie *wissen* es also nicht?«

»Ja, verdammt noch mal, es war an Bord!« Auch das Schniefen des Schotten war auf dem Band zu hören. Petrunin stellte sich den Mann vor. Bleich, rattengesichtig, unrasiert, nicht vertrauenswürdig. Schrott. Nicht gerade das geeignete Material, um damit ein loderndes Feuer zu entfachen. Dem Klang seiner Stimme nach zu schließen, war Ruban derselben Meinung. Ruban würde persönlich in Murmansk Bericht erstatten müssen, und dann würden sie, allein aufgrund MacFarlanes Wort, entscheiden müssen, ob das britische U-Boot *Proteus* mit dem ›Leopard‹-System ausgestattet war oder nicht, als es vor drei Nächten von Faslane aus in den Atlantik hinausgetaucht war.

»Sie vermuten es nur«, fuhr Ruban nach kurzer Pause fort. »Wie sollten Sie schließlich auch Gewißheit darüber haben?«

»Ich bin mir absolut sicher, verdammt noch mal! Nachdem das Boot von der Probefahrt mit der Leopard-Ausrüstung zurückkam, wurde nichts mehr aus ihm entfernt!« MacFarlane hatte plötzlich sein freundliches Getue abgelegt. »Soviel habe ich zumindest herausgefunden. Von dem Boot ist nichts entfernt worden.«

»Und wo befindet es sich jetzt?«

»Keine Ahnung.« MacFarlane zog sich von seiner Wut in Verdruß zurück.

»Und das wäre demnach also das Ende Ihres Berichts?«

In dem darauf folgenden Schweigen trat Petrunin an seinen Schreibtisch und schaltete das Tonbandgerät aus. Dann kehrte er wieder an das Fenster seines Büros zurück und rieb sich das Kinn. In nicht mehr als dreißig Minuten würde er Ruban zu sich rufen lassen müssen, und bis fünf oder spätestens halb sechs sollte dann über das Signal entschieden sein, das sie an die Zentrale in Moskau schicken würden – und an das Hauptquartier der Nordmeerflotte in Murmansk, ZU HÄNDEN NUR VON Admiral Dolohow. Dieser verdammte MacFarlane mit seiner Grippe.

›Leopard.‹ Befand sich das System an Bord? Wenn ja, dann durfte die Wahrscheinlichkeit, daß die *Proteus* unterwegs war, um die genaue Lage und das Ausmaß des neuesten sowjetischen Schallortungsgitters in der Barents-See zwischen Murmansk und dem Nordkap zu erforschen, inzwischen als Gewißheit angesehen werden. Ein solches Unterfangen durchzuführen war nur möglich, wenn ein U-Boot benützt wurde, das durch die bisher gebräuchlichen Schallortungssysteme nicht erfaßt werden konnte; und dies wiederum hätte bedeutet, daß die *Proteus* mit dem Leopard-System ausgestattet war. Ethan Clark, der amerikanische Experte auf diesem Gebiet, hielt sich in London auf, und zwar eindeutig in der Funktion eines Verbindungsoffiziers. Die *Proteus* war mit geheimem Auftrag nach einem unbekannten Bestimmungsort in See gestochen, sobald der erste Probeeinsatz abgeschlossen war. Es war sehr wahrscheinlich – war es gewiß?

Bedächtig durchmaß Petrunin den Raum. Er hielt sich sorgfältig an den Rand des gemusterten, türkischen Teppichs, wobei er jeden einzelnen Schritt mit sichtlicher Aufmerksamkeit überprüfte und sich mit Daumen und Zeigefinger unablässig das Kinn rieb. Die *Proteus* mußte das Nordkap ansteuern, damit der verrückte Plan der Nordmeerflotte in die Tat umgesetzt werden konnte. Falls das U-Boot einen anderen Bestimmungsort ansteuerte, wären alle Vorbereitungen umsonst gewesen.

Petrunin fand sich neuerlich vor dem Fenster wieder. Die neu eingesperrten Blätter schienen, auf der Suche nach einer Fluchtmöglichkeit, ziellos über den Rasen des Botschaftsgeländes zu jagen. Er schüttelte den Kopf. ›Chessboard‹ mußte einfach das Ziel der *Proteus* sein. Die Entwicklung von ›Leopard‹ war während der letzten sechs Monate vehement vorangetrieben worden; die Probeeinsätze erfolgten in größter Eile. Diese beiden Tatsachen deuteten unmißverständlich darauf hin, daß das System dringend benötigt wurde. Immerhin gab es bis dahin kein zweites ›Leopard‹-System auf irgendeinem anderen Schiff oder U-Boot der Royal Navy. Nur dieses eine unbezahlbare Antischallortungssystem, das für diesen speziellen Verwendungszweck eingesetzt werden sollte …

Ja. Er nickte heftig. Er würde selbstverständlich in einer Viertelstunde noch einmal sämtliche Punkte mit Ruban durchgehen; aber sein Entschluß stand fest. Sie würden Moskau und Murmansk signalisieren, daß die *Proteus* mit Ziel Nordkap in See gestochen war. Dann war alles weitere Sache der Nordmeerflotte.

Und das, rief er sich an diesem Nachmittag nicht zum erstenmal ins Gedächtnis, hieß notwendigerweise, Quin ausfindig zu machen. Quin, den Erfinder und Konstrukteur von ›Leopard‹. Spurlos verschwunden. Nicht in Schutzhaft, da auch der Britische Geheimdienst, die Sicherheitsbehörde und die Sonderabteilung nach ihm suchten. Quin. Er war, zumindest in Petrunins Meinung, wichtiger als ›Leopard‹ selbst. Wo steckte er?

Mit wachsender Enttäuschung mußte Petrunin feststellen, daß seine Entscheidung hinsichtlich der *Proteus* keineswegs eine Entscheidung war. Lediglich eine Nebensache, eine Art Trost, ein Kriegsspiel für Seeleute. Quin war der entscheidende Punkt. Und Quin war nicht aufzufinden.

Es war inzwischen zur Routine geworden, das Haus in Sutton Coldfield zu überwachen, das in einer ruhigen Straße zwischen den Straßen nach Lichfield und Brownhills lag. Ein freistehendes Haus aus der Vorkriegszeit, etwas von der Straße zurückversetzt und leicht angehoben, zum Teil durch eine Mauer und eine dichte Hecke abgeschirmt. Bleiverglaste Fenster, getrimmter Efeu, der sich wie ein künstlicher Alterungsprozeß an den hölzernen Spaliergittern um die Eingangstür emporrankte, und Kirschbäume, die auf den Frühling warteten. Vom letzten Regen war die Straße noch mit dunklen Flecken gesprenkelt, und die glatte Rinde an den schlanken Stämmen schimmerte grün. Routine, unendlich langweilige Routine. Der junge Beamte der Sonderabteilungseinheit, die dem West Midlands-Bezirk unterstellt war, kannte die Fassade des Hauses, in dem Quins geschiedene Ehefrau lebte, schon so genau, daß es wirklich ätzend und erdrückend geworden war. Die Frau arbeitete halbtags in einem stilvoll renovierten Antiquitätengeschäft, hundert Meter weiter die Straße hinunter. Dort war sie auch jetzt. Der Offizier der Sonderabteilung hatte seinen unauffälligen Ford Escort so geparkt, daß er sowohl das Haus wie auch den Eingang des Ladens sehen konnte. Er hatte verschiedene elegant gekleidete Frauen beobachtet, gelegentlich auch ein Paar, einen Lieferwagen; aber keine Spur, welcher Art auch immer, von Quin oder von seiner Tochter, die zum selben Zeitpunkt wie ihr Vater aus dem Ausbildungsseminar für Lehrer in

Birmingham verschwunden war. Das Haus war von keinerlei Besuchern aufgesucht worden; sah man einmal ab vom Milchmann, dem Gemüsemann, am Donnerstag, dem Fischlieferanten an jedem Mittwoch …

Ziellos blätterte Sugden durch die Blätter seines Notizbuchs, durchlebte noch einmal die Langeweile der zweiwöchigen Überwachung einer ruhigen Straße in einer ruhigen Vorstadtgegend, schüttelte den Kopf und ließ das Notizbuch auf dem Sitz neben sich mit einer energischen Bewegung zuschnappen. Er steckte sich eine weitere Zigarette zwischen die Lippen, zündete sie an, sah auf seine Uhr – in einer halben Stunde würde Mrs. Quin zum Mittagessen nach Hause kommen – und rutschte bei dem Versuch, seine Beine auszustrecken, tiefer in seinem Sitz nach unten. Er gähnte. Er und Lane waren seit zwei Wochen Tag und Nacht hier, nur für den Fall, daß der Vermißte sich mit der Frau in Verbindung setzte, die er vor vier Jahren verlassen hatte; oder vielleicht kam auch die Tochter vorbei.

Auf keinen Fall, sagte er sich mit trotziger Zufriedenheit, die ihm ausreichend Rache an seinen Londoner Vorgesetzten schien, die ihm diesen verlorenen Posten zugeschanzt hatten, auf gar keinen Fall. Dieser Job war sogar noch stumpfsinniger als die Vorbereitungen für einen Besuch der Queen in einer Schule in Lichfield vor ein paar Jahren, oder davor Prinzessin Margarets Einweihung einer anderen Schule in Lichfield, als er gerade bei der Sonderabteilung in Birmingham angefangen hatte. Stumpfsinnig, tödlich, tot. Quin und das Mädchen waren übergelaufen. Selbstverständlich nicht freiwillig. Entführt. Gekidnappt. Sugden gähnte. Inzwischen arbeitete Quin längst für die Sowjetunion weiter an ›Leopard‹, von seinem freundlichen KGB-Bewacher keine Sekunde aus den Augen gelassen. Trotz seines Bedürfnisses, die frostige Verachtung für seine Aufgabe und für diejenigen, die sie ihm zugeteilt hatten, aufrechtzuerhalten, mußte Sugden in sich hineinlächeln. Sobald Mrs. Quin in ihrem Haus verschwunden sein würde, konnte er sich in dem Pub gegenüber dem Antiquitätengeschäft einen Sandwich und ein Bier genehmigen. Von einem Platz am Fenster konnte er gerade noch die Straße bis zum Haus der Quins beobachten. Was wollte er mehr. Mit Sicherheit wäre ihm jedenfalls kein Wagen entgangen, der in der Nähe des Hauses geparkt wurde, oder ein Fußgänger, der auf dem Gehsteig vorbeikam.

Er fragte sich, weshalb Quin seine Frau verlassen haben könnte. Vielleicht war auch sie gegangen. Als er für Plessey zu arbeiten angefangen hatte, waren sie nach London gezogen; aber sie kam nach der Scheidung wieder hierher zurück, weil sie beide aus der Gegend stammten und weil ihre Tochter, Tricia, in Birmingham Pädagogik studierte. In der Akte stand, daß sie das erste Jahr zweimal wiederholen mußte, und als sie schließlich auch im zweiten Jahr erhebliche Schwierigkeiten hatte, verhinderte wohl nur der Zuspruch einer einflußreichen Persönlichkeit, daß sie vom Weiterstudium ausgeschlossen wurde. Nun war sie zusammen mit ihrem Vater verschwunden. Ein weiteres Druckmittel, das der KGB gegen Quin zu verwenden vorhatte, dachte Sugden. Mrs. Quin machte einen angenehmen und tüchtigen Eindruck. Mit ihrem geschickt frisierten blonden Haar, das schon ein wenig grau wurde, konnte man sie für Anfang vierzig halten. Quin dagegen sah eher durchschnittlich aus – zumindest nach dem Foto, das auf dem Armaturenbrett des Escort lag. Das Mädchen war hübsch, aber eher studentisch vergammelt, ohne etwas aus sich zu machen. Fast wirkte sie unscheinbar, wie die Weibchen einer hell gefiederten Vogelart. Sie kam den Weg von Haus herunter, während Sugden sich gerade das Gesicht rieb und ein weiteres Gähnen unterdrückte. Tricia Quin – sie kam aus dem Haus ihrer Mutter. Das Schließen der Tür hatte ihn alarmiert. Sie nahm keinerlei Notiz von dem Wagen, wandte sich nach links und schritt rasch den Hügel zur Straße nach Lichfield hinunter. Ausgefranste Jeans, eine lange Strickjacke in einer tristen Farbe, unordentliches, blondes Haar. Tricia Quin.

Sie war schon fast fünfzig, sechzig Meter den Hügel hinunter gegangen, bevor seine Hand an den Türgriff fuhr und er aus dem Escort stieg. Er traute seinen Augen nicht, obwohl sie wirklich so aussah wie auf dem Foto in seiner Hand. Langsam und lautlos wie ein Fisch öffnete Sugden seinen Mund, um dann mit einem wütenden Fluch die Wagentür hinter sich zuzuschlagen. Er kam sich blöd vor, würde einen blöden Eindruck erwecken, selbst wenn er das Mädchen überraschen konnte ...

Dann schoß eine Flut von Gedanken durch seinen Kopf. Quin hatte das Land vielleicht doch noch nicht verlassen – wie war das Mädchen gestern nacht ins Haus gekommen, ohne daß Lane sie gesehen hatte? – Ein tröstlicher Gedanke. Lanes Fehler – wo steckte Quin? Das Öffnen und Schließen einer Tür in dem leeren Haus mit dem Schild ›Zu verkaufen‹ davor; das Haus, das zu benutzen er vorgeschlagen hatte, was jedoch abgelehnt worden war, weil das ganze zu viel Papierkram erfordert hätte – eine Tür wurde geschlossen, das Mädchen war noch weiter den Hügel hinunter, seiner Gegenwart nicht bewußt.

Und es bemerkte auch nicht den schwergewichtigen Mann mit dem kantigen, breiten Gesicht, der in seinem grauen Zweireiher den Weg von dem leeren Haus heruntergerannt kam, gefolgt von einem größeren, dünneren Mann. Beide Männer liefen inzwischen; sie waren nicht mehr als zwanzig Meter von ihm entfernt; vielleicht noch hundert von dem Mädchen. KGB – das war so offensichtlich, daß er am liebsten laut losgelacht hätte, und sie waren so plötzlich aufgetaucht, daß er nur ihre zahlenmäßige Überlegenheit feststellen und nichts weiter unternehmen konnte, außer sich still zu verhalten.

»Einen Moment mal ...«, brachte er gerade noch heraus, während er um den Escort herum auf den Gehsteig trat. Der Mann im grauen Anzug hatte im Laufen seinen umfangreichen Arm mit hochgehaltener Handfläche ausgestreckt, um ihn wie einen Rugbyspieler abzuwehren, während der dünnere von beiden auf die Straße auswich und im Schutz von Sugdens Wagen an ihm vorbeihastete. Sie würden an ihm vorbeikommen; daran bestand kein Zweifel. »Halt!«

Er wich der ausgestreckten Hand aus, spürte sie über seine Schulter streifen, bekam darauf den Arm dahinter zu fassen und riß auf der Stelle den Ärmel von der grauen Anzugjacke. Eine mächtige Faust schoß am Rand seines Gesichtskreises vorbei und traf ihn an der Schläfe. Er war sofort betäubt.

Der schwergewichtige Mann sagte etwas auf russisch. Mrs. Quin kam gerade aus dem Laden. Sugden konnte sie über das Dach des Wagens hinweg erkennen, als ihn der schwergewichtige Mann gerade dagegen schleuderte. Der dünnere Mann galoppierte die Straße hinunter; nicht gerade ein Supersportler, aber er würde das Mädchen, das noch immer nichts bemerkt hatte, sicher einholen.

Sugden öffnete seinen Mund und brüllte ihren Namen. Darauf rammte ihm der schwergewichtige Mann sein Knie in den Unterleib. Sugden sackte zusammen, würgte und stöhnte, sein Kopf fiel zur Seite. Das Mädchen sah im selben Moment auf und lief sofort los. Fluchend ließ der schwergewichtige Mann von Sugden ab, trat noch mit dem Fuß nach dessen Kopf, traf jedoch nur seine Schulter. Beide Männer rannten davon. Stöhnend, seine Augen noch feucht von der letzten Schmerzwelle, gab Sugden sich Mühe, sich zu konzentrieren. Für seinen Bericht würde jedes Detail von Bedeutung sein.

In dreihundert Metern Entfernung bestieg Tricia Quin, immer noch erkennbar, einen blau-beigen Bus, der gerade in Richtung Ortsmitte von Sutton Coldfield losfuhr. Sie war den Russen nur ganz knapp entwischt, und auch die Verkehrsampel schaltete gerade richtig. Sie war weg. Sie war ihnen entwischt – genau wie ihm.

Seinen Unterleib haltend, rollte Sugden sich auf den Rükken und lauschte dem Klappern von Mrs. Quins Absätzen, als sie auf dem Gehsteig auf ihn zugerannt kam.

Patrick Hyde hastete durch die Räume des leeren Hauses, als könnten seine letzten, vorübergehenden Bewohner doch noch eingeholt und zurückgehalten werden, so lange er sich nur entsprechend beeilte. Zwei Feldbetten in einem der Schlafzimmer, unbenutzte Bettwäsche in dem Schrank auf dem Treppenabsatz, Lebensmittel – hauptsächlich Konserven – immer noch in Pappschachteln, der Kühlschrank halb voll – Sechserpacks mit Lagerbier, mehrere Flaschen Wodka. Die zwei KGB-Männer mußten sich hier schon eingenistet haben, bevor die Sonderabteilung Birmingham mit ihrer Überwachung begonnen hatte. Die fast vollen Aschentonnen hinter dem Haus ließen darauf schließen, daß sie fast unmittelbar nach Quins Verschwinden eingezogen waren.

Hyde schnaubte voller Selbstverachtung und Ärger, der sowohl ihm selbst als auch Kenneth Aubrey, dem DS, der Sonderabteilung, allem und jedem galt. Quin war ganz einfach in Panik geraten und hatte sich versteckt. Oder hatte er ...? Möglicherweise war er sogar tot, und sie waren an dem Mädchen aus anderen Gründen interessiert ...

Quin ist am Leben, und zwar wohlbehalten und gesund, und er hält sich irgendwo in England auf, rief er sich ins Gedächtnis zurück.

Er wandte sich an den Polizeiinspektor, der ihm durch das ganze Haus gefolgt war. »Keine Spur mehr von ihnen, was?« Er verfiel unmittelbar in einen verstärkten Akzent, in dem er nie gesprochen hatte, dessen er sich jedoch bediente, um andere an seine australische Herkunft zu erinnern; er wußte nämlich, daß sie das irritierte, und es diente zum Teil dazu, sich von ihrer Inkompetenz zu distanzieren. Die einzige Person, die vor dieser Art von Spott sicher war, war Kenneth Aubrey. »Eine ganz schöne Sauerei, finden Sie nicht auch?«

Der Polizeiinspektor gab sich Mühe, seine Miene unter Kontrolle zu halten. Es war ihm keineswegs angenehm, sich mit jemandem vom Geheimdienst herumschlagen zu müssen anstatt mit jemandem von den seiner Meinung nach ›zuständigen Stellen‹, nämlich der Spionageabwehr. Er sah keinen rechten Grund, weshalb Hyde, als SIS-Agent, innerhalb des Vereinigten Königreichs operieren sollte, und dabei auch noch seine Überlegenheit noch so offen zur Schau stellen mußte. Außerdem war er auch noch so ein verdammter Aussie ...

»Sie werden wohl jetzt mit Sugden sprechen wollen, Mister Hyde, oder nicht?« sagte er mit schmalen Lippen, wobei sich seine Zähne kaum voneinander lösten, um die Worte hindurchzulassen.

Hyde runzelte die Stirn. »Ganz recht, Blue. Wo ist er denn jetzt?«

Der Inspektor deutete auf das Wohnzimmerfenster im Haus der Quins. »Mrs. Quin hat sich um ihn gekümmert. Dann hat er sich über Funk mit uns in Verbindung gesetzt. Er ist immer noch im Haus. Es war bereits ein Arzt da, der sich um ihn gekümmert hat.«

»Gequetschte Eier. Er kann wirklich von Glück reden, daß

sie ihm nicht mehr verpaßt haben. Also gut, unterhalten wir uns mal mit ihm.« Der Inspektor tat so, als wollte er Hyde beim Hinausgehen den Vortritt lassen. Er war größer, kräftiger gebaut, in Uniform. Aber Hydes Stimme und Gehabe schienen all dies irgendwie zunichte zu machen. Und als Hyde dem Inspektor einen drohenden Zeigefinger entgegenstreckte, verfärbten sich dessen Wangen leicht. »Und *Sie* haben die Sonderabteilung verständigt?«

»Sugden ist doch schließlich ihr Mann.«

»Sie hatten Anweisung, mich zu verständigen – nicht die Sonderabteilung, nicht den DS, nicht das Innenministerium und auch nicht Ihre Majestät die Königinmutter – nur mich! Und das nächste Mal wenden Sie sich direkt an mich. Werfen Sie Ihre Bestimmungen über den Haufen, wenn es sein muß, aber rufen Sie mich an. Quin gehört mir.« Hyde ließ Quin klingen wie einen Bestandteil seines Speisezettels. Der Inspektor kochte im stillen vor sich hin und ließ Hyde vor ihm den Raum verlassen, falls der Australier seine Augen und die eindeutige Botschaft darin sehen sollte. »So eine verdammte Sauerei!« fluchte Hyde über seine Schulter zurück. »Inzwischen ist einfach zu viel Zeit vergangen!«

Hyde riß die Haustür auf und schritt den Weg vom Haus zur Straße hinunter, seine schlanke Gestalt von äußerster Dringlichkeit durchdrungen. Seine Jeans und die helle Windjacke über einem karierten Hemd trugen in nichts dazu bei, ihn dem Inspektor vertrauenswürdiger oder kompetenter erscheinen zu lassen, obgleich der ihm gehorsam über die Straße und vor die Tür von Mrs. Quins Haus folgte. Hyde drückte wiederholte Male auf den Klingelknopf.

»Die Frau hat einen Schock erlitten, müssen Sie wissen«, gemahnte der Inspektor zur Behutsamkeit.

Hyde wandte sich zu ihm um. »Sie hat doch verdammt gut gewußt, daß wir Ihren Mann und Ihre Tochter wollten. Hat sie vielleicht angerufen? Nicht die Bohne. Fast hätte sie es geschafft, daß ihre reizende Tochter vom KGB geschnappt ...«

Mrs. Quin öffnete die Tür einen Spalt, ohne die Kette des Sicherheitsschlosses zu lösen. Trotz Haarfestiger fielen ihr zwei vereinzelte Locken über das linke Auge herein. Sie strich sie sich aus dem Gesicht. Hyde zeigte ihr keinen Ausweis. Die Frau studierte nur den uniformierten Inspektor hinter ihm und löste dann die Türkette. Hyde trat an ihr vorbei in den kühlen, dunklen Vorraum. Mrs. Quin kam hinter ihm her. Ihr Mund zitterte. Der Inspektor schloß leise die Tür.

»Wo ist er, Mrs. Quin?«

»Im Wohnzimmer. Er hat sich hingelegt.« Ihr Tonfall klang entschuldigend. Sie bot Sugdens Bequemlichkeit als Beweis ihrer guten Absichten an. »Der arme Mann.«

»Ich werde mit ihm sprechen. Und dann werde ich mich noch kurz mit Ihnen unterhalten, Mrs. Quin.«

»Mr. Hyde ...«, setzte der Inspektor an.

Hyde wandte sich nach ihm um und blickte ihn an. »Dafür ist es zu spät.«

Hyde ging ins Wohnzimmer und schloß die Tür hinter sich. Sugden lag auf einer Chaiselongue, sein Gesicht immer noch bleich, die Krawatte verrutscht, das Jacket über die Lehne eines Sessels geworfen. Seine Miene verzog sich in Erinnerung an den Schmerz, durch den sich jedoch wie der Ausbruch einer Seuche die Schuld drängte.

»Mr. Hyde ...«, begann er.

»Bitte, keine Entschuldigungen, mein Freund. Dafür ist es jetzt zu spät.« Hyde zog einen Sessel an die Chaiselongue heran.

»Aber es tut mir leid, Mr. Hyde. Ich wußte nicht, daß sie da waren.«

»Sie haben alles versaut, Mann. Sie haben nicht mit dem Mädchen gerechnet, Sie haben nicht mit den beiden Gorillas gerechnet ... mit was haben Sie eigentlich gerechnet?«

Sugden versuchte, sich aufzusetzen, um zumindest den Nachteil auszugleichen, den seine Lage mit sich brachte. Hyde winkte ihn zurück, worauf Sugden wieder auf die Chaiselongue sank. Seine Hand tastete vorsichtig nach seinem Unterleib. Er zuckte zusammen. Hyde grinste freudlos.

»Ich weiß nicht.«

Hyde zog ein Notizbuch aus seiner Tasche und reichte es Sugden. »Das sind Ihre Beschreibungen der beiden Männer?« Sugden nickte. »Mir sagen sie jedenfalls nichts. Vielleicht sind die beiden ja extra für diesen Auftrag angekarrt worden. Die Leute vom KGB haben ja etwas Schwierigkeiten, was das Herumreisen angeht. Sie haben das Mädchen also nicht erwischt?« Sugden schüttelte heftig seinen Kopf. »Genausowenig wie wir. Wann ist sie hier aufgetaucht?«

»Das hat Mrs. Quin nicht gesagt.«

»Wird sie aber noch. Ihnen ist doch klar, was das bedeutet, oder?«

»Sie haben Quin also nicht?«

»Allerdings; sie haben ihn nicht. Scheiße! Eigentlich hätten wir es uns fast denken können, daß sie ihn nicht haben!« Hyde klatschte sich mit den Händen auf die Schenkel. »Wie zum Teufel sind wir eigentlich auf die Idee gekommen, sie könnten ihn haben? Zu viele verstaubte Schreibstubenhengste in Whitehall – das ist die Antwort. Quin ist weg, und wir sind so unfähig und grün hinter den Ohren, daß sie ihn gekriegt haben müssen. Das geschieht uns Briten ganz recht.« Er sah, wie Sugden ihn anstarrte, und mußte grinsen. Dies schien sein Gesicht zu öffnen, seine harten Kanten zu glätten. Sugden war darüber nicht weniger überrascht als über seine Worte. »Mein Steckenpferd. Hin und wieder muß ich es einfach um den Parcours jagen. Das Problem ist nur, daß ich diesmal auch selbst darauf hereingefallen bin.«

»Sie halten wohl nicht allzu viel von uns?«

»Ganz recht. Nicht allzu viel. Sie sind zwar um einiges raffinierter als wir Aussies, aber es hilft Ihnen nicht groß weiter, und schon gar nicht mit dem KGB. In Brisbane hätten diese Scheißrussen keine fünf Minuten eine Chance.« Hyde stand auf. »Also gut, Herr Kollege, damit wäre unsere Unterredung vorerst beendet. Jetzt werde ich mal mit Mami ein Wörtchen reden. Sie wird mir einiges erklären müssen.«

Er fand Mrs. Quin und den Inspektor in der Küche sitzend vor, wo sie aus dunkelblauen und goldenen Tassen Tee tranken.

»Mr. Hyde ...«

»Gemütlich haben Sie's hier«, zischte Hyde, so daß der Inspektor errötete. Mrs. Quins Miene war schuldvoll und trotzig, und Hyde konnte nicht umhin, die Art zu bewundern, in der sie ihm in die Augen starrte. Sie hatte Angst, aber mehr um ihre Tochter als um sich selbst.

»Eine Tasse Tee, Mr. Hyde?« bot sie ihm an.

Hyde fühlte sich durch die Szene genötigt, fast lächerlich gemacht – durch die Kiefernmöbel, den modernen Herd, die blaßgrüne Kücheneinrichtung. Er jedoch verbreitete nur Hast und Unruhe, befand sich in Eile.

»Keine Zeit.« Er stand über der Frau. Der Inspektor spielte mit seinen Handschuhen, die auf dem Tisch lagen. »Würden Sie sich vielleicht um den amtlichen Bericht über Miß Quin kümmern, Inspektor?« Für einen Moment schien der Polizist nur ungern gehen zu wollen. Nachdem er den Raum verlassen hatte, blieb Hyde weiter stehen. »Sie wollten uns also nichts sagen, Mrs. Quin?« Sie schüttelte den Kopf, ohne ihren Blick von ihm abzuwenden. »Warum nicht, um Himmels willen?«

»Tricia hat mich darum gebeten.«

»Wir hätten uns um sie gekümmert.«

»Sie hat gemeint, das hätten Sie nicht gekonnt. Warum, weiß ich allerdings nicht. Sie hat es mir nicht näher erklärt.« Ihre Hand zitterte leicht, als sie die Tasse an ihre Lippen führte. Am goldenen Rand der Tasse zeichnete sich etwas rosaroter Lippenstift ab.

»Sie weiß, wo ihr Vater ist, oder nicht?« Mrs. Quin nickte, um das Ausmaß ihres Verrats möglichst gering zu halten. In ihren Augen stand nichts geschrieben außer Sorge. Daß sie Angst um ihre Tochter hatte, stand außer Zweifel; was hingegen ihren Mann betraf, wirkte sie gefaßt, vielleicht sogar unbeteiligt. »Hat sie Ihnen gesagt, wo er ist?«

»Nein.«

»Ist sie wieder zu ihm zurück?«

»Das weiß ich nicht.« Der Austausch hatte inzwischen einen zufriedenstellenderen Charakter angenommen, der die Leere hinter den Antworten überdeckte. Die Frau wußte wenig, vielleicht gar nichts.

»Wo ist sie hin?«

»Sie hatte nicht vor, das Haus zu verlassen.« Mrs. Quin wedelte schlaff mit ihrer Hand durch die Luft. Sie hing leblos wie ein Handschuh an ihrem molligen Arm. »Ich weiß nicht, wo sie ist.« Die Stimme brach, der Mund zitterte.

»Sie ist gekommen, um Sie zu beruhigen, nicht wahr?«

Mrs. Quin nickte. »Und sie hat nichts über Ihren Mann – ihren Vater erzählt?« Mrs. Quin schüttelte den Kopf. Ihr Gesicht war von Hydes Augen abgewandt. Sie verbarg jedoch nichts, außer vielleicht einigen schmerzlichen Gefühlen, die ihre Vergangenheit betrafen. Sie verbarg nur sich selbst vor Hyde, keine Informationen. »Und sie hat Ihnen auch keinerlei Anhaltspunkte gegeben?«

»Nein, Mr. Hyde. Sie hat nur gesagt, daß es ihm gut geht und daß er sich versteckt hält. Ich glaube, sie hat gehofft, ich würde mich über diese Mitteilungen freuen. Und ich habe mir auch Mühe gegeben, ihr diesen Eindruck zu vermitteln.« Dieses Bekenntnis stieß in ihre Unterhaltung hinein wie ein Knochenbruch durch die Haut.

»War sie mit ihm zusammen?«

»Ja.«

»Seit seinem Verschwinden? Ist sie *mit* ihm verschwunden?«

»Ja, Mr. Hyde. Und dann ist sie hierher zurückgekommen. Sie ist immer zwischen uns hin und her gependelt, seit wir geschieden sind.« Mrs. Quin versuchte ein Lächeln. »Sie gibt sich Mühe, auch wenn sie eine Versagerin ist.« Dieser vorgetäuschte Zynismus war ein Versuch, ihn auszuschließen, stellte er fest.

»Wo könnte sie jetzt sein, Mrs. Quin?«

»Ich habe nicht die geringste Ahnung. Vermutlich wieder bei ihm. Aber ich habe keine Ahnung, wo er sein könnte.«

Hyde atmete hörbar aus. Seine Hände an die Hüften gelegt, blickte er zur Decke hoch. Das Gewebe ihres Gesprächs hatte sich verdichtet, durchzogen von persönlichen Elementen. Vielleicht hätte er irgendwelche Aufschlüsse über den Charakter, das Verhalten, die Gepflogenheiten des Mädchens gewinnen können, aber für solche Nachforschungen mangelte es im Moment an Dringlichkeit. Hyde wollte unbedingt handeln. Das Mädchen war von entscheidender Bedeutung, und dessen war sich der KGB ebenso bewußt wie Hyde. Sie war ihnen wie ein verführerischer Preis gezeigt worden, der dem Schnellsten, Stärksten, Rücksichtslosesten zugesprochen werden würde.

»Vielen Dank, Mrs. Quin. Ich werde vielleicht zurückkommen. Ich müßte nur eben mal Ihr Telefon benutzen ...«

Mit einer leichten Handbewegung entließ ihn Mrs. Quin. Die andere Hand rieb währenddessen an der Kante des Kieferntisches und radierte Erinnerungen aus. Hyde ging in den Vorraum hinaus.

Aubrey mußte von der Sache wissen. Der Deputy Director des SIS war beim Auswärtigen Amt gewesen, als der Anruf aus Birmingham schließlich nach Queen Anne's Gate durchgestellt worden war. Hyde hatte zwar eine Nachricht hinterlassen, aber nun mußte Aubrey über das genaue Ausmaß ihres Problems Bescheid wissen sowie über ihre Aussichten, beziehungsweise über deren Fehlen.

Er wählte gerade, als die Haustür aufging und der Inspektor wieder erschien. Hyde ignorierte ihn und wählte weiter.

»Wem auch immer Sie Meldung erstatten«, bemerkte der Polizist mit unverhohlenem, feindseligem Sarkasmus, »vergessen Sie auf keinen Fall, den Wagen zu erwähnen, der eben vorbeigefahren ist. Ich würde sagen, daß in ihm die zwei Männer saßen, die Sugden vorhin in die Mangel genommen haben.«

»Was ...?« Das Telefon klingelte bereits in Aubreys Büro, während Hyde die Überreste eines Gefühls begutachtete, daß er wieder einmal in – und durch – eine Privatsphäre getrampelt war. Mrs. Quin hatte die Behandlung nicht verdient, die er ihr hatte zukommen lassen. Wäre er jedoch anders vorgegangen, hätte er darauf verzichtet, den Rüpel zu spielen, wäre vielleicht kein Gefühl der Verletzlichkeit, der Sensibilität aufgekommen. Er nahm den Hörer von seiner Wange. »Haben Sie sie?«

Der Inspektor schüttelte den Kopf. »Fuß aufs Gas und ab, sobald sie meine Leute gesehen haben. Die Autonummer wird uns sicher auch nicht viel nützen. Würde mich nicht wundern ...«

»Scheiße!«

»Was erlauben Sie sich!« protestierte Aubreys Sekretärin am anderen Ende der Leitung frostig.

Ethan Clark vom Geheimdienst der US Navy (ASW/Ocean Surveillance) fühlte sich schon die ganze Woche, seit er zum »Chessboard Counter«-Team der Admiralität gestoßen war, eher in der Rolle eines Aufsichtsratmitglieds eines großen Konzerns zu agieren, der eine kürzlich fusionierte kleinere Firma besuchte. Er war sowohl in seiner Funktion als Agent der USN wie der NATO anwesend, aber diese Männer von der Royal Navy – oder genauer vom Office of Naval Intelligence (Abteilung U-Boot-Krieg) – strahlten eine schweigende, unaufdringliche Ablehnung seiner Person aus. Er wußte sehr wohl, daß jegliche Zweifel und Bedenken, die er hinsichtlich der Mission der HMS *Proteus* äußerte, in ihren Augen nichts weiter als amerikanische Besserwisserei sein konnten. Der Commodore und sein Team in dem langen, niedrigen Raum im Keller des Old Admirality Building in Whitehall waren Landratten-Seeleute, die Krieg spielten und sich dabei nach besten Möglichkeiten einen schönen Tag machten.

Clark vermutete, daß die Ursache hierfür in einem endlich begrabenen Gefühl der Unterlegenheit lag. Über lange Jahre hinweg hatte die schrumpfende Royal Navy ihre große Geschichte Lügen gestraft, und nun hatten sie völlig überraschend ›Leopard‹ entwickelt und damit ein Atom-U-Boot ausgerüstet, welches die genaue Verteilung und Ausbreitung des ›Chessboard‹-Schallortungsgürtels in der Barents-See auskundschaften sollte. Die alten Glanzzeiten standen wieder vor der Tür. Die NATO brauchte sie wie nie zuvor, und die USN streckte ihre gierigen Hände – und ihre Entwicklungsbudgets – nach dem britischen Antisonarsystem aus.

Trotzdem, sagte er sich wieder einmal von neuem, während er aus einem Plastikbecher Kaffee trank und die britischen Offiziere beobachtete, die auf das nachmittägliche Teezeremoniell warteten, hätte ›Chessboard‹ noch etwas warten sollen. Die NATO und das NAVY Department hatten von der Royal Navy verlangt, das bisher einzige einsatzfähige ›Leopard‹-System in ein U-Boot einzubauen, schleunigst die Probeeinsätze durchzuführen und es dann auf schnellstem Wege an den Nördlichen Polarkreis zu senden. Die Briten hatten reagiert wie ein kleines Kind, das alles mit der größtmöglichen Eile ausführt, um seinen guten Willen und seine Tüchtigkeit zu beweisen. Und dies noch bevor sie Plessey die Rechnung für alles Erhaltene beglichen hatten, und auch bevor sie irgendwelche weiteren »Leopard«-Systeme bestellt hatten. Wenn man es freilich so eilig hatte, ging häufig einiges schief, wurde so manches Geschirr zerbrochen. Schiffe waren auch schon zuvor verlorengegangen. Es wäre sehr, sehr schade gewesen, wenn ›Leopard‹ verlorengegangen wäre. Und eine regelrechte Tragödie wäre es gewesen, wenn jemand anderer es gefunden hätte.

Der langgestreckte Raum, mit den Offizieren, die vor den Bildschirmen ihrer Computer saßen, mit den Landkarten, Drähten, Kabeln, zusammenklappbaren Tischen, wurde von einem riesigen, an den Rändern erleuchteten Bildschirm beherrscht, der senkrecht mitten im Raum stand. Der Schirm setzte sich aus einer Vielzahl von optischen Fasern zusammen, welche den Input der Computer registrierten, die den Schirm kontrollierten. Die Beleuchtung am Rand des Schirms ermöglichte es dem Team, zusätzlich zu den computergespeicherten Informationen weitere, handschriftliche Notizen zu machen. In diesem Augenblick zeigte der Schirm, wie schon fast die ganze letzte Woche über, eine Projektion der norwegischen Nordküste vom Nordkap bis Murmansk. Die Küste war grün und braun dargestellt, während sich die See nach Norden zu in immer tieferem Blau ausbreitete. Vor der Küste erstreckte sich ein feines Muster aus kleinen, punktförmigen roten Lichtern, das den Eindruck erweckte, als würde es von einer Strömung im Schirm gestrickt. Andere Lichter bewegten sich kaum merklich oder verharrten an Ort und Stelle – Einheiten der sowjetischen Flotte, Schiffe und Unterseeboote. Auch ein paar NATO-Einheiten. Das Team des Commodore drängte sich um den Fuß des Bildschirms, als brächte es irgendeinem Götzenbild seine Huldigung entgegen.

Der Raum war nun ruhig, diszipliniert. Vor einer Stunde war die *Proteus* zu Periskoptiefe aufgetaucht, um die bis dahin gewonnenen Informationen durchzugeben. Die Übertragung erfolgte mit Hilfe von RABFITS (Random Bit Frequency Intelligence Transmission System) und über Satellit und enthielt jedes Detail der kartographischen Arbeit des U-Boots seit der letzten Durchgabe. Die Informationen waren den Computern für die Karte eingegeben worden, so daß die roten Punkte, die die Lage des ›Chessboard‹-Gürtels anzeigten, auf den neuesten Stand gebracht wurden.

Clark konnte nicht umhin, das ›Leopard‹-System zu bewundern und die Briten darum zu beneiden. Er war während eines Probeeinsatzes an Bord der *Proteus* gewesen und auch in der speziell ausgerüsteten Nimrod mitgeflogen, die versucht hatte, das U-Boot aufzuspüren. Die Nimrod war nicht ein einziges Mal – weder im Ärmelkanal, noch in der Nordsee, noch im Atlantik – in der Lage gewesen, das U-Boot aufzuspüren, zu orten oder zu identifizieren. Und dies nicht einmal in Zusammenarbeit mit dem von den Amerikanern installierten Schallortungsgürtel im Nordatlantik. Keine Echolotspuren, kaum Infrarot, nichts. Es funktionierte. Selbst Beobachtungssatelliten hatten gegen das System keine Chance.

Vielleicht, sagte er sich, entstanden seine Bedenken – wie Rauch formlos, aber dicht und alles verhüllend – allein deswegen, weil er zu Beginn dieser Woche mit Kenneth Aubrey in dessen Club zu Mittag gegessen und dabei erfahren hatte, daß der Mann, der bei Plessey ›Leopard‹ entwickelt hatte, verschwunden war; angeblich war er an die Russen verlorengegangen. Falls dem so war, wäre ›Leopard‹ sowohl nutzlos wie einzigartig gewesen.

»Es verläuft doch alles wie nach Wunsch, Captain Clark, finden Sie nicht auch?« Clark zuckte aus seiner Betrachtung der Kaffeereste in seinem Plastikbecher hoch. Lt. Commander Copeland, der Anti-U-Boot-Spezialist des ›Chessboard Counter‹-Teams, stand vor ihm; er war fünfzehn Zentimeter kleiner und trug ein Lächeln auf seinen Lippen, das nicht weit von selbstgefälligem Spott entfernt war. Die Lichter des Bildschirms leuchteten hell hinter ihm auf. »Sie scheinen nicht so recht zufrieden«, bemerkte Copeland darauf mit offensichtlicherem Spott. Er winkte mit einem Arm in Richtung der Karte. »Alle anderen dagegen sind höchst zuversichtlich.«

»Sie sind doch mit dem Lauf der Dinge vollauf zufrieden, Copeland.«

»Und das werden auch Ihre Leute sein. Und mit der NATO wird es sich nicht anders verhalten.«

»Selbstverständlich.« Clark verlagerte sein Gewicht auf die Kante des Schreibtisches, an den er sich angelehnt hatte.

»Also wirklich, Clark!« Copelands Ärger war echt. »Weder die Vereinigten Staaten noch wir selbst waren in der Lage, seit die *Ohio* zum erstenmal aufgespürt, beschattet und aus diesem Gebiet eskortiert wurde, ein mit Geschoßen bestücktes U-Boot, oder überhaupt irgendein U-Boot, in die Gewässer östlich des Nordkap vorstoßen zu lassen.« Copeland wandte sich der riesigen Karte auf dem Wandschirm zu. »Wir sind dort oben völlig hilflos, bis wir nicht wissen, wie umfangreich und wie effektiv ›Chessboard‹ ist.« Er drehte sich wieder zu Clark um. »Unser Flottenoperationschef hat das mit aller Deutlichkeit erkannt, und dasselbe gilt für die Oberste Alliierte Kommandostelle, Atlantik. *Proteus* hat also die einflußreichsten Sponsoren hinter sich stehen.« Neuerlich das stille, spöttische Lächeln.

»Was ist, wenn wir die *Proteus* verlieren? Dann ist doch auch ›Leopard‹ unwiederbringlich verloren.«

»Verlieren? Verloren? Was meinen Sie damit? Ach so, Quin, vermutlich.« Copeland zuckte mit den Achseln. »Falls Quin zur anderen Seite übergelaufen ist, dann wird ›Leopard‹ binnen weniger Monate völlig nutzlos sein, finden Sie nicht auch?« Clark nickte. »Und dann? Deshalb müssen wir ›Chessboard‹ jetzt neutralisieren, so lange uns noch die Mittel dafür zur Verfügung stehen.«

Clark blickte wieder zu der Karte auf. Ein Flechtwerk roter Punkte. Der Teppich aktiver und passiver Ortungsbojen und anderer Ortungsvorrichtungen begann innerhalb der norwegischen Hoheitsgewässer, weniger als vier Meilen von der Küste entfernt, und erstreckte sich, den gegenwärtigen Angaben zufolge, etwa fünfzig Meilen nach Norden in die Barents-See hinein. Es hätten auch hundert Meilen sein können. Die *Proteus* kreuzte wie ein Traktor beim Pflügen eines Felds zwischen Kirkenes und dem Nordkap hin und her. Das Ganze konnte Wochen in Anspruch nehmen. Und Copeland hatte natürlich recht. Die Nordflanke der NATO war durch ›Chessboard‹ ernsthaft bedroht. Die norwegische Küste war für britische und amerikanische U-Boote gesperrt, womit die Küste der Sowjetunion vor Nahangriffen geschützt war und die Barents-See mehr oder weniger zu einem russischen Binnensee wurde.

»Natürlich. Sie haben selbstverständlich recht, Copeland. Daran ist nichts auszusetzen.«

Copeland lächelte voller Erleichterung, und er wirkte dabei sehr jung und enthusiastisch. »Ich bin wirklich froh, daß Sie in diesem Punkt einer Meinung mit mir sind«, bemerkte er ohne Ironie.

»Nur eines macht mir Sorge«, fügte Clark böswillig hinzu, indem er auf die Karte deutete. »Glauben Sie nicht, daß dort oben ein bißchen arg *wenige* sowjetische Flottenverbände unterwegs sind?« Der Bildschirmcomputer gab in das Kartenbild alles ein, was die Monitorstationen am Nordkap, die Beobachtungssatelliten und die Luftüberwachungspatrouillen über SACLANTs gigantische Zentralcomputer an Informationen durchgaben. »Zwei Zerstörer der ›Kotlin‹-Klasse, ein Kreuzer der ›Swerdlow‹-Klasse, zwei ›Romeo‹-U-Boote und eine ›Quebec‹. In der Regel schleichen sie doch in der ganzen Barents-See herum. Aber wo sind sie jetzt?«

»Unseren Angaben nach in Murmansk. Vielleicht machen sie sich inzwischen einen schönen Tag, nachdem ihnen ›Chessboard‹ die ganze Arbeit abnimmt.« Diese Erklärung war völlig ernst gemeint.

»Schon möglich.«

Copeland wollte gerade etwas erwidern, als die Tür aufging und eine Marinehelferin mit einem Teewagen erschien. »Ah, es gibt Tee«, rief Copeland erfreut aus. »Wunderbar!«

Als Richard Lloyd, Kapitän der HMS *Proteus,* den vollgestopften Computerraum hinter der Brücke mit ihrer fast kathedralenartigen Geräumlichkeit betrat, bekam er plötzlich ein Gefühl für die Klaustrophobie, die die meisten Menschen für das unvermeidliche Los der Seeleute auf einem U-Boot hielten. Er erfuhr es nicht, sondern begriff nur, was dies für Leute bedeuten mußte, die sich nie an Bord eines U-Boots befunden hatten – oder die vor vierzig Jahren an Bord eines solchen gedient hatten. Der Computerraum war überfüllter denn je, da inzwischen mehr als die Hälfte des verfügbaren Platzes von der ›Leopard‹-Anlage eingenommen wurde.

»Don«, sagte er mit einem Nicken. Sein Erster Offizier für elektronische Gegenmaßnahmen, Lt. Commander Hayter, war zum Probeeinsatzoffizier für ›Leopard‹ ernannt worden, weil er über spezielle Qualifikationen auf dem Gebiet der Navigation und der elektronischen Kriegsführung verfügte. Lt. Commander Hayters Vertrautheit mit der Anlage erübrigte für Lloyd tiefergreifende Kenntnisse über die Wirkungsweise und die Vorteile von ›Leopard‹. Hayter saß vor dem Computerschirm und beobachtete die Lichtpunkte, die auf seiner grauen Oberfläche aufleuchteten und dann langsam wieder verblaßten. Als Lloyd auf den Schirm sah, erschien gerade ein Lichtpunkt, während zwei andere langsam verloschen. Sie bildeten auf dem Schirm ein Dreieck. Dann war ein Punkt völlig verschwunden, während ein anderer sehr hell aufleuchtete. Links von diesem Schirm befand sich ein akustischer Holographschirm, welcher die Bojen scheinbar dreidimensional abbildete und ihnen Identität und Form verlieh. Aber weder Lloyd noch Hayter beachteten das Holographenbild. Die lautlosen, kurz aufleuchtenden Lichter übten einen stärkeren Reiz auf die beiden Männer aus.

»Sir«, begrüßte Hayter den Kapitän. »Willkommen im Besenschrank.«

»Im letzten Weltkrieg hatten sie U-Boote, die kleiner als dieser Raum waren«, bemerkte Lloyd. Er blickte vom Bildschirm auf den Holograph und dann auf das dazugehörige Gedruckte.

»Seltsam«, sagte Hayter wie zu sich selbst. »Wirklich seltsam.«

»Was?«

»Dieses Gefühl, das ich habe – als würden wir gar nicht existieren. Zumindest nicht für einen ganz bestimmten Zweck. Schallortungsbojen, Temperaturüberträger, Hydrophone ...«

Er deutete auf den Holographschirm, wo sich die Umrisse einer Sonarboje abzuzeichnen begannen. »Eine nach der anderen; aber, was diese Dinger anbelangt, existieren wir einfach nicht. Wie im Fegefeuer. Aber eigentlich sollte ich deswegen ja bester Stimmung sein. Wir fahren schließlich gen Osten.« Grinsend wandte er sich Lloyd zu. »Oder sollte ich das etwa nicht, Käpt'n?«

»Irgend etwas scheint Ihnen ganz offensichtlich zu fehlen.«

»Ist eigentlich viel los?«

»Sehr wenig.«

»Sie klingen ein wenig ratlos?«

»Kann schon sein. Nein, nicht wirklich. Ich nehme an, sie verlassen sich einfach auf dieses Zeug ...« Er deutete auf die zwei Bildschirme. »Sie müssen sich auf ›Chessboard‹ verlassen. Ein paar Schiffe, ein paar U-Boote. Irgend etwas hoch oben im Norden, sicher eines ihrer mit ›Echo-II‹-Geschossen bestückten Boote, das vor der Ostküste der Staaten in Stellung gehen wird. Es wäre nicht sonderlich an uns interessiert, selbst wenn es uns aufspüren könnte. Abgesehen von diesen Kleinigkeiten wird heute nichts geboten.«

»Ich kann nicht behaupten, daß ich das bedauerlich finde.«

»Sie wollen doch damit nicht etwa Ihren ganzen Stolz heruntermachen?« Lloyd nickte in Richtung des Gehäuses, in dem die ›Leopard‹-Anlage untergebracht war.

»Nein. Aber sich total auf ein unglaublich kompliziertes System von abzustimmenden Schallsignalen und Emissionsdämpfern und so weiter verlassen zu müssen ... das ist nicht dasselbe, als hätte man einen riesigen Prügel in der Hand oder eine Rüstung am Leib. ›Chessboard‹ ist immerhin das fortschrittlichste, umfangreichste und gründlichste U-Boot-Vorwarnsystem, das es je gab. Dessen sind wir uns beide bewußt. Was wir machen, ist, als schlichen wir auf Zehenspitzen durch ein Minenfeld ...« Er lächelte. »Und da wären wir also wieder, dieselben alten Gesichter und dasselbe alte U-Boot; nur sind wir inzwischen unsichtbar. Hm, wenn ich es mir recht überlege, bin ich allmählich doch ganz schön aufgeregt.«

»Wieviel haben wir denn schon etwa verzeichnet – nur so ungefähr? Ich will Sie nicht näher darauf festnageln.«

»Meine Computer machen keine groben Schätzungen – nur Fehler.« Hayter tippte etwas in die Tasten unter dem Bildschirm. Er wartete ein paar Sekunden, bis die Information erschien. Sie verlief über die Lichtpunkte und ließ sie noch gespenstischer und unwirklicher als zuvor erscheinen. »Sehen Sie. Zwölf Tage und noch ein paar Stunden.«

»Das heißt, dieser Sonarteppich muß sich mindestens hundertfünfzig bis zweihundert Meilen in die Barents-See hinaus erstrecken.« Lloyds Tonfall klang überrascht, obwohl er fast erwartet hatte, daß das Ausmaß von ›Chessboard‹ so beeindruckend war, wie er eben gehört hatte.

»Er könnte sogar noch weiter reichen. Wir gehen im Augenblick von einer zwölf- bis vierzehnprozentigen Fehlerquote aus. Sie wird sich jedoch verringern, je mehr unsere Aufzeichnungen fortgeschritten sind.« Hayter wandte sich neuerlich Lloyd zu. »Ich könnte wetten, daß es südlich und westlich von Nowaja Semlja einen ähnlichen Bojenteppich gibt. Ich glaube, daß die Russen die Barents-See total abriegeln wollen.«

Lloyd rieb sich das Kinn. »Könnte schon sein. Aber das soll nicht unsere Sorge sein. Selbst wenn wir am Ende nur noch Rundfahrten um die Isle of Wight machen, weil wir sonst nirgendwohin mehr fahren können. Also gut, zwölf Tage in etwa. Sehen Sie aber zu, daß die Leute das nicht spitz bekommen, ja?«

Über Lloyds Kopf knackte die Sprechanlage.

»Käpt'n, auf die Brücke, bitte.« Es war die Stimme des Ersten Offiziers. Ruhig und dringend. Lloyd entging die ratlose Dringlichkeit trotz des beherrschten Tonfalls keineswegs.

»Demnach glauben Sie also«, fuhr der Kapitän fort, an Hayter gewandt, »daß es das Ende der U-Boot-Flotte der NATO bedeuten würde, falls die andere Seite irgendwie in den Besitz des Leopard-Systems gelangte?«

»Zumindest würde es mich nicht sonderlich überraschen«, erwiderte Hayter, ohne ihn anzusehen, und nicht ganz ohne einen gewissen Ernst.

»Käpt'n auf die Brücke.«

Lloyd schüttelte den Kopf und verließ den Computerraum, um durch die offene, wasserdichte Tür die Brücke der *Proteus* zu betreten. Er richtete sich auf und streckte sich gründlich nach dieser ungewohnten gebückten Haltung. Künstliches Licht war fast sein natürliches optisches Medium. Die Brücke

– *seine* Brücke – war nach dem Besenschrank, in dem Hayter die meiste Zeit verbrachte, hell und fast luftig.

Lloyds Erster Offizier, Lt. Commander John Thurston, stand neben dem Hauptpult mit den Kommunikationsmonitoren und beugte sich, einen Kopfhörer gegen ein Ohr gepreßt, über einen Operator. In seiner Miene zeichnete sich etwas wie Erleichterung ab, als er Lloyd an seiner Seite erblickte.

»Was ist los, John?«

»Hören Sie sich das mal an, Sir!« Thurston drückte Lloyd den Kopfhörer in die Hand. Der Funkoffizier drehte sich auf seinem Stuhl herum und beobachtete die Reaktion des Kapitäns. Ein kurzes Code-Signal, immer und immer wieder wiederholt. Lloyd sah Thurston fragend an.

»Eines unserer Signale – der Notcode, oder nicht?«

»Nein, keines der unseren. Der Computer hat das Signal als einen unbedeutenden sowjetischen U-Boot-Code identifiziert. Wir konnten ihn vor etwa drei Monaten entziffern. Aber ein Notsignal; das ist richtig.«

»Wann haben Sie es zum erstenmal aufgefangen?«

»Vor etwa fünfzehn Minuten, Sir«, erklärte der Funkoffizier. »Es wird ganz regelmäßig übertragen. Ich habe es dem Signalcomputer eingegeben, und er hat es als ein Notrufsignal identifiziert.«

»Irgendwelche genaueren Identitätsbestimmungen?«

»Jawohl, Sir«, nickte Thurston und brachte die Dramatik, die seiner Ansicht nach der Situation innewohnte, zum Ausdruck, indem er sein düsteres Gesicht noch mehr in die Länge zog.

»Und?«

»Es ist ein Raketen-U-Boot der ›Delta‹-Klasse. Voll bewaffnet.«

»Sind Sie sicher?«

»Jawohl, Sir.«

»Was zum Teufel ist dann mit dem Pott los? Wieso benutzen sie einen unbedeutenden Code? Was ist eigentlich passiert?«

»Eine schwere Explosion im Computerraum. Die meisten ihrer ECM-Systeme sind im Eimer. Außerdem haben sie

Treibstoff im Luftreinigungssystem. Sie haben praktisch alles dicht gemacht. Sie hocken auf dem Meeresgrund.«

Lloyd verzog sein Gesicht. »Die Burschen halten mit Informationen ja nicht gerade zurück.«

»Panik, Sir. Nichts als die nackte Angst.«

»Haben Sie eine Ahnung, wo sie sind?«

»Jawohl, Sir.«

Lloyd setzte neuerlich eine verdutzte Miene auf. »Wie war es möglich, ihre Position zu bestimmen?«

»Das war gar nicht nötig. Sie haben uns selbst mitgeteilt, wo sie zu finden sind. Sie schreien um Hilfe. Sie haben die Hosen bereits dermaßen voll, daß es mich nicht wundern würde, wenn sie jeden Augenblick anfangen würden, ganz offen zu funken.«

»Und wo stecken sie?«

Thurston, der diese kleine Szene zwischen ihm und Lloyd offensichtlich bis ins kleinste Detail im voraus geprobt hatte, nickte in Richtung Kartentisch, der vor dem hinteren Schott der Brücke stand. Lloyd folgte seinem Ersten Offizier dorthin.

»Hier«, sagte Thurston. »Genau hier.« Sein Finger tippte auf die Karte, auf deren Oberfläche er, dramatisch und überdimensional, ein grellrotes Kreuz gezeichnet hatte. »Tanafjord.«

»Was? Das kann doch unmöglich stimmen ...«

Thurston schüttelte den Kopf. »Nein, Sir. Die sind dort, wo sie nicht hin gehören und geben noch dazu ihre Position mit einem entschlüsselten Code durch. Aber sie befinden sich im Tanafjord. Daran besteht kein Zweifel. Sie befinden sich mit einem raketenbestückten U-Boot in norwegischen Gewässern, und sie haben Angst, daß sie draufgehen!«

»Mein Gott!« hauchte Lloyd. Nach kurzem Schweigen fuhr er schließlich fort: »Wir werden in diesem Fall die Funkstille brechen. Machen Sie eine Übertragungsboje klar. Wir müssen auf jeden Fall die Admiralität verständigen – und je früher desto besser!«

Admiral Dolohow von der Rotbanner-Nordmeerflotte schritt über die Signalbrücke; seine Schritte und die seiner Adjutanten hallten laut von den metallenen Bodenplatten wider. Dabei starrte er unablässig in den Schacht der Hauptoperationszentrale unter dem Flottenhauptquartier in Murmansk hinunter, wo der riesige Kartentisch in hellem Licht lag. Der Admiral war eben erst eingetroffen, und die anheimelnde Beleuchtung des Raums sowie die zahllosen, kleinen Lichtpunkte in den unterschiedlichsten Farben, die die computerprojizierte Karte übersäten, strahlten etwas Feierliches und Zuversichtliches aus. Es war ein Willkommensgruß. Er blieb stehen, legte seine Hände um das Geländer des schmalen Laufstegs und wandte sich seinem Adjutanten zu. Genausogut hätte er auf der Kommandobrücke eines Schiffes stehen können.

»Sergej – den Lagebericht, bitte.«

Der jüngere Mann grinste vor echter und vorweggenommener Freude. »Sir, das britische U-Boot befindet sich in diesem Gebiet ...« Er schnippte mit den Fingern, worauf man ihm eine Karte reichte. Sie war an einem Schreibbrett befestigt und mit einem transparenten Plastiküberzug versehen. Auf dem Plastik waren verschiedene schwache, rötliche Flekken zu sehen, einige davon deutlicher. »Die hat der Infrarot-Satellit aufgenommen, Sir. Sie sind zwar sehr, sehr schwach; aber da, sehen Sie. Das muß die *Proteus* sein.« Er deutete auf eines der deutlicheren Bilder. »Das ist der Kreuzer in diesem Gebiet. Ein klares Bild, trotz der Wolkendecke. Die schwachen Flecken ...«

»Dann funktioniert es also? Dieses Antiortungssystem ist demnach tatsächlich so gut, wie man uns glauben hat machen wollen?«

Der Adjutant erwog die möglichen Implikationen dieser Frage und antwortete schließlich: »Die Wettersatelliten sagen ein Aufreißen der Wolkendecke voraus. Damit verbessern sich unsere Chancen, eine deutliche Infrarotspur zu erhalten.«

»Das habe ich nicht gemeint, Mann!« fuhr ihn Dolohow an, seine blassen Augen wild und wachsam. »Mir ist durchaus *klar*, daß wir Glück haben werden müssen – trotz unseres neuen geostationären Satelliten und intensiver Suche von jeder Einheit der Flotte nach diesem U-Boot. Ich bin *entzückt*, daß es funktioniert, daß die Beute die Mühen der Jagd wert sein wird.«

»Ich verstehe, Sir«, erwiderte der Adjutant mit beschämtem Gesicht. »Wenn sich das U-Boot näher an die norwegische Küste wagt, in seichtere Gewässer, werden wir eine bessere Spur erhalten. Nicht viel besser; aber es wird reichen, Sir«, fügte er mit feierlichem Ernst hinzu. Dolohow lachte.

»Das Ganze ist ein Spiel, Sergej, ein gigantisches Spiel!« erklärte der Admiral. »So lange der Preis genügend hoch ist, akzeptiert man auch die Möglichkeit, das Spiel zu verlieren.« Er richtete seinen wachsamen Blick wieder auf den Kartentisch unter ihnen. Die Zeichner eilten geschäftig und erwartungsvoll um ihn herum; sie wußten, daß sie im Augenblick noch die Zeit tot schlugen, probten.

»Oh, der Preis ist allerdings nicht zu verachten, Sir. Es funktioniert, und das nur zu gut. Von unserem Schallortungsteppich ist bis jetzt nicht das geringste gekommen, obwohl die Briten bereits seit zwei Tagen in dieser Region sind.«

Dolohow wandte sich wieder zu ihm, seine Augen leer, der Blick nach innen gerichtet. Um seine Lippen schwebte immer noch ein Lächeln. Er nickte wie ein sehr alter, etwas verkalkter Mann. Es hätte Sergej nicht sehr überrascht, wäre jetzt ein Speichelbläschen zwischen seinen Lippen hervorgetreten.

Aber dann kehrte Dolohows gewohnte Wachsamkeit wieder zurück. »Ja. Ich bin zufrieden.« Er blickte wieder durch den Schacht in den großen Raum hinunter, der von dem Kartentisch beherrscht wurde. Die verschiedenen, farbigen Lichter. Kreuzer, Zerstörer, der Flugzeugträger *Kiew*, U-Boote, das spezielle Rettungsschiff *Dioklas* und das U-Boot-Rettungsschiff *Karpaty*, alle bereit, von Pechenga und Poliarnji aus in See zu stechen, sobald sie Befehl zum Auslaufen erhielten. Stunden – nur Stunden – entfernt vom Tanafjord und dem Notrufsignal. Der Gedanke daran verdarb ihm fast seine vollständige Zufriedenheit. Er wandte sich neuerlich Sergej zu. »Wenn wir nur den exakten Zeitpunkt wüßten, zu dem die *Proteus* den Notruf aufgefangen und ihre Computer den Code entschlüsselt haben – hm, Sergej? Ja, ich weiß, wann sie nach London gesendet haben, das weiß ich. Aber ich hätte gern gewußt, wann sie den Notruf aufgefangen haben. Den genauen Zeitpunkt. Was sie sich dabei gedacht haben; was in ihren Köpfen vorgegangen ist, und was sie gesagt haben. Alles.« Er lachte. Dann sprach er leiser weiter, während er wieder auf den Kartentisch hinuntersah. »Los, fangen wir an. Schlagt schon Kurs auf den Tanafjord ein und fahrt in unsere raffinierte Falle. Los.«

2 Kontakt

Der Commodore war immer noch von einem eilig zusammengerufenen Komitee von Stabsoffizieren umringt, welche hinsichtlich einer Untersuchung des Notrufs aus dem Tanafjord durch die *Proteus* berieten. Clark fühlte sich jetzt im ›Chessboard Counter‹-Raum wie der einsame Rufer in der Wüste, mißachtet und sogar verspottet, wenn er dagegen argumentierte, das U-Boot auch nur im geringsten von seiner Mission abweichen zu lassen.

Die Ursachen für sein Widerstreben konnte er jedoch nicht einmal sich selbst gegenüber erklären. Die sauber rasierten, schick uniformierten jungen Männer, die ihn unter dem großen Kartenschirm umgaben, brachten ihn mit ihrer Zuversicht und jungenhaften Begeisterung auf. Es war ihr gut gelauntes Abtun jeglicher Zweifel von seiner Seite, das ihn dazu angestachelt hatte, ihnen zu widersprechen und diese Gegenposition einzunehmen. Er wiederholte sich immer und immer wieder, und jede seiner Feststellungen wurde mit einem leicht verwunderten, aber freundlichen Lächeln oder einem ablehnenden Stirnrunzeln aufgenommen. Er war sich darüber im klaren, daß es vor allem galt, den Commodore zu überzeugen, und dennoch brachte er in aggressivem, gereiztem Tonfall nur wieder ein weiteres Mal sein Hauptargument vor. Er rechtfertigte seine Sturheit, indem er sich ins Gedächtnis rief, daß er der einzige und allein verantwortliche Vertreter des Navy Departments – und damit Amerikas – war.

»Jetzt hören Sie doch mal zu ...« Lippen verzogen sich in Spott und Gereiztheit. »Sie wissen doch über diesen Bootstyp bereits Bescheid. Vielleicht können Sie sogar feststellen, welches Boot es genau ist. In der Regel sind doch nur etwa zehn Prozent der sowjetischen Raketen-U-Boote aus Murmansk ausgelaufen. Wenn sie schon so verzweifelt um Hilfe brüllen, gibt es vielleicht schon gar nichts mehr zu untersuchen, bis die *Proteus* den Tanafjord erreicht.« Er konnte erkennen, wie sich Ungläubigkeit auf den Gesichtern um ihn herum ausbreitete. Das erboste ihn. »Verdammt noch mal, weshalb sollte sich das Boot in den seichten Gewässern eines Fjords und in diesem beschränkten Raum herumtreiben, wenn es etwas Ernsthafteres vorhätte? Setzen Sie lieber eine nukleare Tiefenbombe dagegen ein. Das könnte sich als weniger aufwendig erweisen, als ›Leopard‹ an Ort und Stelle zu schicken.«

»Also wirklich, Clark, Sie führen sich heute morgen eindeutig etwas hysterisch auf«, bemerkte Copeland ziemlich bissig.

Clark wollte eben etwas erwidern, als die Tür aufging. Er erkannte Giles Pyott sofort, als er den Raum betrat. Pyott war in Uniform, und auch der Commodore, der hinter Pyott eintrat, trug Uniform. Plötzlich breitete sich gläserne, urbane, undurchdringliche Offizialität über den Raum – diese Art von Förmlichkeit, die das Pentagon oder das Navy Department nie zustande zu bringen oder zu imitieren fähig gewesen war. Gott sei Dank, dachte Clark insgeheim. Pyott, das graue Haar makellos frisiert, selbst ein Teil seiner gepreßten und gebügelten Uniform, wirkte zufrieden und gut gelaunt. Clark sah sich neuerlich an Kinder erinnert und an ihre Eile, zu gefallen oder sich groß zu tun.

»Soll ich es ihnen sagen, Commodore, oder werden Sie das übernehmen?«

»Fangen Sie ruhig an, Colonel Pyott«, zögerte der Commodore, wobei sich auf seinen entschlossenen Lippen ein Lächeln ausbreitete.

»Sehr gut.« Die zwei Neuankömmlinge hatten sich inzwischen zu der Gruppe unter dem Kartenschirm gesellt. Pyott studierte die Karte theatralisch, nickte Clark kurz zu und sprach dann zu der Gruppe von Royal Navy-Offizieren. Sein Verhalten war ganz so, als hätte Clark den Raum verlassen. »Meine Herren, es ist beschlossen worden, daß die *Proteus* mit der größten Vorsicht und der größten vertretbaren Geschwindigkeit weiter auf den Tanafjord zusteuern soll.« Ein Seufzen allgemeiner Zufriedenheit, ein gelegentliches Murmeln der Freude und der Zustimmung. Clark erschienen dies Kundgebungen leerer Speichelleckerei. Er war ein Mann in einem grauen Anzug mit einer Tasche voll unfamiliärer und eher verachteter Kreditkarten. Kein Gentleman, hätten sie vielleicht von ihm gesagt. Die Besorgnis machte sich neuerlich in seinem Bauch breit, und er wußte, daß er nicht schweigen konnte. »Jawohl, meine Herren«, fuhr Pyott fort – er gehörte zu einem gesichtslosen, aber bedeutenden MoD/NATO-Komitee mit der Bezeichnung StratAn –, »der oberste Sea Lord und die Stabschefs messen diesem Eindringen in die Hoheitsgewässer der NATO höchste Bedeutung bei ...« Neuerlich beifälliges Murmeln. »Die Regierung Norwegens hat in aller Förmlichkeit um unseren Beistand gebeten, als sie von dem Vorfall in Kenntnis gesetzt wurde. Die *Proteus* wird von uns Anweisung erhalten, an der Mündung des Tanafjord eine Erkundungs- und Überwachungsmission durchzuführen.« Er lächelte, wie ein Schulleiter vor seinen jungen Lehrern. »Die Frage der genauen Einsatzbefehle und ihrer Codierung überlasse ich ganz Ihnen.«

»Das werden wir schon machen, Colonel«, warf Pearson ein, der Kommunikationsoffizier. Er putzte gerade seine Brille und für den einen Moment ohne sie auf der Nase schien er besser in die schwarze Uniform mit den goldenen Streifen an den Ärmeln zu passen. Sobald er sie jedoch wieder aufgesetzt hatte, wirkte er eher angestelltenhaft.

»Sind Sie sich dessen wirklich so sicher, Pyott?«

Es war, als hätte Clark versucht, ein gegnerisches Team auf die Beine zu stellen. Pyott bedachte den Amerikaner mit einem herrschaftlichen Blick. Clark war zwar ebenso groß wie er und etwas muskulöser, aber gleichzeitig fehlte ihm Pyott's elegante, durchaus Eindruck erweckende Haltung.

»Wie bitte, Captain Clark?« Die Erwähnung von Clarks Rang sollte als Hinweis auf Manieren und korrekte Anredeformen dienen. »Ich bin mir hinsichtlich der Zielrichtung Ihrer Frage nicht ganz im klaren.« Außenseiter, machte sein Ton über allen Zweifel erhaben deutlich. Freibeuter. Mit einem prüfenden Blick, der vom Gesicht zu den Füßen hinab und dann wieder zurückwanderte, begutachtete Pyott die Zivilkleider, die breiten, muskulösen Schultern und das kantige, gebräunte Gesicht. Ganz offensichtlich war Clark irgendein Hochstapler in einer dubiosen Verkleidung.

»Ich habe Sie gefragt, ob Sie sich Ihrer Sache ganz sicher

wären. Sind sich Ihre Lordschaften ganz sicher? Sind sich die Stabschefs sicher? Ist sich die NATO sicher?«

»Alles ist ordnungsgemäß verlaufen, das Protokoll wurde in jedem Punkt gewahrt, Captain Clark«, erwiderte Pyott frostig.

»Was zum Teufel glauben die eigentlich, daß die Russen dort oben im Tanafjord mit einem Raketen-U-Boot vorhaben?« platzte Clark heraus, aufgestachelt durch die unerschütterliche Arroganz und Selbstsicherheit des Heeresoffiziers. Wie eine Reihe von Automaten nahmen die Operatoren vor den Bildschirmen und Schaltpulten in ihren Sitzen Habachtstellung ein. Die Gruppe unter der Kartei schien kaum merklich von ihm abzurücken, als sonderte er mit einem Mal einen intensiven, unangenehmen Körpergeruch ab. »Glauben Sie vielleicht, sie wollen in Norwegen einfallen? Der Anfang des nächsten Krieges?«

»Das weiß ich nicht«, entgegnete Pyott eisig, sein Gesicht kreidebleich. »Ich stelle hier keine Vermutungen an, und schon gar nicht solche, durch die die Bedeutung der Angelegenheit abgeschwächt werden könnte. Das ist auch der Grund, weshalb die *Proteus* in dieser Sache für uns ihre Nachforschungen anstellen muß. Abgesehen davon ist auch Ihr Navy Department zu Rate gezogen worden, und es hat seine Zustimmung erteilt. Brüssel ist ebenfalls einverstanden. *Sie* stellen sich als einziger quer, Clark.«

»Die *Proteus* hat ›Leopard‹ an Bord. Erweckt das in Ihnen keine Besorgnis?«

»Dieser Umstand schlug bei der Besprechung natürlich schwer zu Buche, und keiner der Beteiligten hat diesen Sachverhalt in irgendeiner Weise unberücksichtigt gelassen. Aber für uns ist es doch von ganz gewaltigem Vorteil, daß gerade die *Proteus* das U-Boot ist, das sich in diesem Gebiet befindet ...«

»Blödsinn! Das ist doch alles Quatsch und Blödsinn, Pyott! Sie alle hier ... Sie wollen wirklich Ihre Spielchen spielen, Sie wollen Ihr tolles, neues Spielzeug *tatsächlich* ausprobieren. Sie wollen ganz nahe an den Rand des Abgrunds treten. Langsam beginne ich zu verstehen ...«

»Vielleicht könnten wir diese Unterhaltung draußen weiterführen«, stieß Pyott zwischen fest aufeinandergepreßten, fast unbeweglichen Lippen hervor. Sein Gesicht leuchtete inzwischen vor Zorn. Die Marineoffiziere, unter ihnen auch der Commodore, wichen zurück; sie spürten die Verunsicherung, die diese Auseinandersetzung für Pyott bedeuten mußte.

»Sie können mir wirklich gestohlen bleiben, Pyott. Sie sind ein Arschloch. Und ein ganz gigantisches Arschloch noch dazu.«

Clark drängte sich an Pyott vorbei, der ihm wie ein geschickter Matador auswich. Clark hatte zugelassen, daß ihm die Kontrolle über die Situation aus den Händen glitt. Er war wütend auf sich – wütend, daß er Pyott mehr ablehnte als Pyotts Vorschlag hinsichtlich des weiteren Vorgehens der *Proteus.* Als er sich gerade daran machte, die Tür des ›Chessboard Counter‹-Raums hinter sich zuzuknallen, konnte er bereits hören, wie Pyott der versammelten Menge die StratAn- und NATO-Anweisungen hinsichtlich des Vorgehens der *Proteus* wiederkäute. Seine Stimme klang lakonisch, beherrscht, glatt wie Glas.

Clark war wütend, und er wußte, daß er mit Kenneth Aubrey sprechen mußte. Irgend etwas tief in ihm, nicht unähnlich einer noch nicht näher bestimmten Begierde, war sich im klaren, daß er diesem *Abenteuer* der *Proteus* mit ›Leopard‹ an Bord Einhalt gebieten mußte.

Laut warf er die Tür hinter sich ins Schloß.

Aubrey studierte Hydes Gesicht. Es war offensichtlich, daß der Australier es mit seinem herausfordernden Ton hinsichtlich der Tatsache von Quins Verschwinden darauf anlegte, ihn zu reizen; zugleich sollte er jedoch auch Hydes eigene neue Zweifel überdecken.

Aubrey strich die letzten spärlichen Überreste grauen Haars über seinen Ohren glatt und lehnte sich in seinem Sessel zurück. Shelley, sein Adjutant, beobachtete Hyde von den hohen Fenstern des Büros in Queen Anne's Gate aus.

»Sie sind sich jetzt also nicht ganz sicher, oder?« wiederholte Hyde.

»Ziehen Sie keine voreiligen Schlüsse«, bemerkte Aubrey

streng. »Sie haben nur das Mädchen gesehen. Wir wissen, daß sie unzuverlässig ist; eine Art Versagerin, tanzt etwas aus der Reihe. Gibt es irgendeinen berechtigten Grund, davon auszugehen, daß sie weiß, wo ihr Vater ist? Hat sie nicht einfach nur versucht, ihre Mutter zu beruhigen?«

»Die Leute vom KGB haben sie zur Bushaltestelle verfolgt. Diese zwei Gorillas waren wie ne' Vergewaltigung im Laufschritt.«

»Vielleicht schaltet Quin in Moskau auf stur, wenn seine Tochter nicht bei ihm ist?« Hyde schüttelte mit Nachdruck seinen Kopf. »Ihre eigene Quelle in der russischen Botschaft hat Ihnen doch ganz deutlich – fast kategorisch – angedeutet, daß dort über Nacht ein Entführungstrupp geblieben war, der am Tag nach Quins Verschwinden mit einer Aeroflot-Maschine wieder abgereist ist. Damals haben Sie Ihrem Informanten doch geglaubt? Warum also nicht jetzt?«

»Warten Sie, bis ich ihn wieder treffe. Man hat ihn vielleicht ein wenig an der Nase herumgeführt. Das muß ich durchaus zugeben. Aber bilden *Sie* sich nicht weiterhin ein, wir könnten nichts tun. Quin hat schon seine Gründe gehabt, in der Versenkung zu verschwinden – es ist keineswegs ausgeschlossen, daß er einen Nervenzusammenbruch erlitten hat – und das Mädchen ist zu ihm zurück; oder sie befindet sich auf dem Weg dahin. Ich *weiß*, daß ihn die Russen noch nicht haben, aber sie werden ihn sich schnappen, sobald sie das Mädchen in der Hand haben.« Hyde klopfte zur Unterstreichung des Gesagten ständig leicht auf Aubreys Schreibtisch. Als er zu Ende gesprochen hatte, sah er Shelley an und fragte dann: »Glauben Sie denn, daß sie ihn haben?«

Shelley zuckte mit den Achseln. Hyde, der sich über seinen Einfluß auf Aubrey im klaren war, wollte ihn auf seiner Seite haben. Mit Daumen und Zeigefinger zupfte Shelley an seiner Unterlippe und antwortete schließlich: »Ich weiß nicht. Zumindest denke ich, daß gewisse Zweifel nicht unangebracht sind. Nach den letzten paar Wochen scheint das Ganze einfach zu schön, um wahr zu sein ...«

»Ich werde einmal davon ausgehen – diese Annahme paßt uns nun einmal besser in den Kram –, daß das Auftauchen des Mädchens bedeutet, daß der KGB Quin nicht nach Moskau gebracht hat, Patrick«, sagte Aubrey langsam. Hyde atmete geräuschvoll aus und entspannte sich in seinem Ledersessel. »Ich bin zwar immer noch der Meinung, daß Quin im Osten ist ...« Er hob eine faltige, von Leberflecken übersäte Hand. »Zumindest, bis ich nicht stichhaltige Fakten in den Händen halte, die das Gegenteil beweisen. Deshalb«, er lächelte leicht, »soll Ihre erste Aufgabe sein, sich mit Ihrem hilfreichen, aber möglicherweise irreführenden Freund in der sowjetischen Botschaft in Verbindung zu setzen.«

Hyde nickte. »Für heute ist sowieso ein Kontakt vorgesehen. Nach den gestrigen Ereignissen ist wohl kaum anzunehmen, daß er nicht erscheinen wird – ganz gleich, ob er zuverlässig ist oder nicht.«

»Ich würde sagen, daß wir davon ausgehen müssen, daß er auf uns angesetzt ist oder zumindest seine Meinung wieder geändert hat.« Aubrey überlegte.

»Sein Fehltritt liegt schon lange zurück. Vielleicht steht er inzwischen wieder in der Gunst seiner Chefs«, warf Hyde ein.

»Fragen Sie ihn. Und dann finden Sie das Mädchen. Nicht mehr und nicht weniger als das. Was ist zum Beispiel mit ihrem College?«

»Die Leute vom CID haben gestern abend mit einigen ihrer Freunde und Freundinnen gesprochen. Nichts.«

»Nehmen Sie sich alles noch einmal vor. Und seien Sie bitte vorsichtig, Patrick, wenn Sie die Pfade der beiden Herren kreuzen, die gestern in Sutton Coldfield waren. Sie tragen besser eine Waffe bei sich.« Aubrey wartete auf Hydes Reaktion. Nach einer längeren Pause nickte der Australier. »Gut. Und sehen Sie zu, daß Sie keinerlei Aufmerksamkeit auf sich lenken. Falls Ihre Theorie stimmt, werden sie Ihnen nämlich sicher bald folgen, da Sie ihre beste Spur zu Miß Quin sind.«

»Sonst noch etwas?«

Aubrey schüttelte den Kopf. »Im Augenblick nicht.« Dann fügte er hinzu: »Das Mädchen ...« Er tippte mit dem Finger auf eine Akte zu seiner Rechten. »Unzuverlässig, unkonventionell. Ist das auch Ihr Eindruck?«

»Ihre Mutter liebt sie jedenfalls sehr. Falls sie nicht wirklich etwas bescheuert ist, dürfte es vielleicht sogar besonders schwierig werden, sie zu finden.«

»Meines Erachtens sollten wir sie aber auf jeden Fall aufspüren. Sie ist in großer Gefahr – ganz gleich, ob Quin noch in England ist oder nicht. Und offensichtlich sind sie sehr an ihr interessiert.«

»Wie viel Zeit bleibt uns noch?«

»Ich weiß nicht. Wir haben ›Leopard‹. Früher oder später kann das System auch ohne Quin in größeren Stückzahlen produziert werden. Von daher gesehen, haben wir also eine Menge Zeit. Allerdings sind wir nicht mehr länger allein. Zumindest was das Mädchen betrifft, scheint die Zeit knapp zu werden.«

»Dann werde ich mich also dahinterklemmen.« Hyde stand auf. Das Leder des Sessels quietschte leise, als sich sein Gewicht von ihm löste. »Entschuldigung«, sagte er mit einem Grinsen. »Sie können sich ja noch über mich unterhalten, wenn ich weg bin. Ich werde Sie noch heute nachmittag davon in Kenntnis setzen, was Genosse Wassiljew alles zu erzählen weiß.« Er lächelte und verließ den Raum.

Aubreys verabschiedendes Lächeln verschwand sofort wieder von seinen Lippen, sobald die Tür sich hinter Hyde geschlossen hatte.

»Was halten Sie von dem Ganzen, Peter?« wandte er sich an seinen Adjutanten.

Shelley umrundete Aubreys Schreibtisch, so daß er ihm direkt gegenüberstand. Aubrey deutete auf den Chesterfield, Shelley setzte sich und zog, als er die Beine übereinanderschlug, die Hosenbeine hoch, um seine Bügelfalten zu schonen. Shelley steckte sich eine Zigarette an, Aubrey beobachtete ihn dabei mit trockener, begieriger Konzentration. Was das Rauchen betraf, befolgte er nun schon über ein Jahr den Rat seines Arztes. Als damals in seinem Haus der Lift für eine Woche außer Betrieb war, als er jeden Abend die drei Stockwerke zu Fuß hatte hochsteigen müssen – bei dieser Gelegenheit war ihm die Atemnot, die Zerbrechlichkeit seines Körpers wie ein kräftiger Schlag auf die Schulter zu Bewußtsein gekommen. Keine Zigaretten mehr, nicht einmal die gelegentliche Zigarre.

»Ich fürchte, Patrick hat recht, wie ungelegen uns das auch kommen mag.« Shelley lächelte.

»Man hat uns auf eine falsche Fährte gelockt – und zwar im wesentlichen durch seine Informationsquelle in der sowjetischen Botschaft.«

»Ganz meiner Meinung, Sir. Aber wir alle haben Wassiljew akzeptiert, nachdem Hyde die Sache mit der Abtreibung bereinigt hatte und das in Frage kommende Mädchen ausbezahlt worden war. Wassiljew war uns in die Falle gegangen, und wir haben Hyde als seinen Hauptkontakt weiterlaufen lassen. Falls Wassiljew eine Fälschung ist, dann haben sie wirklich hervorragende Arbeit geleistet. Natürlich kann er auch nur versucht haben, Hyde zu gefallen. Aber unser Aussie läßt sich in der Regel nicht so leicht hinters Licht führen. Das ist ja auch der Grund, weshalb er jetzt so verärgert ist. Ich kann nicht sagen, daß ich ihm einen Vorwurf machen könnte.«

Shelley ließ den Rauch aus seinen Lungen entweichen, und Aubrey fächelte ostentativ mit der Hand den Qualm von sich fort. Shelley schien davon keine Notiz zu nehmen.

»Dieser Vorfall in Sutton war doch nicht etwa eine raffinierte, kleine Charade, eigens für uns inszeniert?«

»Das bezweifele ich, Sir.«

»Ganz meiner Meinung. Das Problem ist, daß diese ›Leopard‹-Geschichte so verdammt wichtig ist. Es handelt sich dabei tatsächlich um eines dieser Produkte militärischer Technologie, an dem die Russen noch nicht einmal zu arbeiten gegonnen haben. So viel haben sie zumindest im Verteidigungsministerium und bei Plessey verlauten lassen. Damit gewännen wir also unter Umständen im U-Boot-Abwehrspielchen einen Vorsprung von mehreren Jahren. Ich würde wirklich gern glauben können, daß sie Quin nicht haben. Nur wäre das etwas zu schön, um wahr zu sein.«

»Ganz richtig. Aber wie heißt es doch? Wo schaut man einem geschenkten Gaul nicht hin, Sir?«

»Vielleicht. Da ist noch etwas, was mir Sorgen macht. Wie sieht es mit der Sicherheit von Genosse Wassiljew aus? Falls er uns in ihrem Auftrag frisierte Informationen gesteckt hat, dann werden sie auch wissen, daß Hyde sich mit mehr und neuen Fragen an ihn wenden wird.« Aubrey schüttelte den Kopf. »Und diese Vorstellung gefällt mir gar nicht.«

»Bruce der Leibgardist kann schon selbst auf sich aufpassen.«

»Na, hoffentlich. Peter, lassen Sie noch einmal ein paar Leute von der Sonderabteilung die Gegend um Bracknell überwachen – die Straßen, um die wir uns nicht gekümmert haben, Ferienwohnungen, Cottages, dieses ganze Zeug. Wenn sich jemand verstecken will, begibt er sich in der Regel in die Berge und nicht in die Stadt.«

»In Ordnung, Sir.«

»Und diese Akte ...« Aubrey tippte auf den Ordner neben sich. »Stellen Sie sämtliches Material über Tricia Quin daraus zusammen, das für Hyde interessant sein könnte. Eine Liste von Personen und Anhaltspunkten. Ich habe das Gefühl, als hätten wir nur noch sehr wenig Zeit, finden Sie nicht auch?« Aubrey sah zu Shelley auf, als der junge Mann aufstand.

»Kein Kommentar, Sir.«

»Also?« Lloyd, in seinem Sitz zusammengesunken, schien die kleine, ordentliche Kapitänskajüte der *Proteus* in ihrer Gesamtheit zu umfangen, als er seine Hände nach einer Antwort ausstreckte. Und dann, wie von einer neuen und plötzlichen Schwere niedergezogen, ruhten seine Hände auf der Karte auf seinem Schreibtisch. Thurston hatte die Karte von der Brücke hierher gebracht. Gemeinsam mit Carr, dem Navigationsoffizier, hatte er darauf den Kurs der *Proteus* bis zum Tanafjord eingezeichnet. Thurston saß Lloyd gegenüber, Carr stand breit und rothaarig hinter dem Ersten Offizier, Hayter lehnte gegen die geschlossene Tür des Wandschranks. Die Klimaanlage summte mit einem Dauerton der Erwartung. »Was meinen Sie, John? Sie beide? Irgendein Kommentar?«

Thurston räusperte sich, und an den flüchtigen Blicken, die er den anderen zuwarf, konnte Lloyd erkennen, daß sich seine drei ranghöchsten Offiziere bereits untereinander beraten hatten. Sie bildeten eine Art Delegation.

»Nein«, sagte Thurston schließlich. »Nicht jetzt, da wir seine Position kennen.«

»Weshalb nicht?« Lloyd sah auf. »Ich nehme an, Sie drei sind sich in diesem Punkt einig.«

Abrupt schaltete sich Carr ein: »Das Ganze wird dadurch einfach zu undurchsichtig, Sir. Ich begreife nicht recht, was sich die Leute im Verteidigungsministerium eigentlich dabei denken, uns zum Tanafjord zu schicken. An der Sache ist doch eindeutig etwas faul, Sir.«

»Allerdings, Sir; das finde ich auch«, bestätigte Hayter. »Ein U-Boot der Delta-Klasse in einem Fjord. Wieso? Was sollten die dort wollen? Ihre Raketen könnten sie doch von Murmansk aus genausogut abschießen wie von diesem Fjord aus. Was wollten sie also dort? Seichte Gewässer, die Enge in einem Fjord. Sie wissen doch ebenso gut wie wir, Sir, daß dies nicht der Ort ist, von dem aus man den nächsten Krieg beginnt.« Hayter lächelte.

Lloyd rieb sich das Gesicht, so daß sich seine Züge zu einer Gummimaske verzogen, bis er die Haut wieder losließ. Den herausfordernden Ausdruck auf Lloyds Miene betrachtete Thurston mit leichter Bestürzung.

»Wollen Sie damit vorschlagen, eine Anweisung höchster Priorität von seiten der Admiralität nicht zu befolgen?«

»Nein. Aber wir könnten doch um eine Bestätigung ansuchen. Das läge doch immerhin im Bereich des Möglichen ...«

»Das könnten wir, ja.« Lloyd sah von neuem auf die Karte nieder. »Wie lange werden wir brauchen; vorausgesetzt, wir treffen alle Vorsichtsmaßnahmen, was vor allem die Lärmentwicklung betrifft?«

»Etwas mehr als siebenunddreißig Stunden«, erwiderte Carr. Hayter bedachte ihn mit einem tadelnden Blick, als hätte er den Bündnispartner gewechselt oder ein Geheimnis verraten. »Aber ich finde, wir sollten trotzdem um eine Bestätigung bitten, Käpt'n.«

»Siebenunddreißig Stunden.« Lloyd tippte mit dem Zeigefinger auf die Karte. »Für die ersten sechs Stunden, oder sogar mehr, wird unsere Kursänderung nur minimal sein. Wir werden unsere Arbeit an der Erforschung von ›Chessboard‹ fortsetzen. Für die nächsten sechs Stunden wird zumindest noch alles beim alten bleiben.« Er lächelte. »Währenddessen werden wir einen Funkspruch ans Verteidigungsministerium schicken und um Bestätigung sowie um eine genauere Definition unseres Status für diese Mission bitten. Wäre das im Sinne meines Trios zweifelnder Thomasse?«

»Mir gefällt die Sache trotzdem nicht«, warf Thurston ein.

»Sie waren doch regelrecht aus dem Häuschen, John, als wir den Notruf von unserem russischen Freund aufgefangen haben. Was ist denn plötzlich los?«

»Ich hab mir zwar immer schon gern Boxkämpfe angesehen, aber ich wäre nie auf die Idee gekommen, selbst mit diesem Sport anzufangen.«

»Don, ich möchte einen vollständigen Bandtest und Computercheck über ›Leopard‹ durchgeführt haben, sobald wir den Kurs ändern.«

»Das können Sie haben.«

»Fangen wir eigentlich immer noch Signale von dem russischen Boot auf?«

Thurston nickte. »Sandy zeichnet sie auf, seit wir den Bescheid vom Verteidigungsministerium haben.«

Carr bemerkte: »Sie funken inzwischen ganz offen. Mit der entsprechenden Vorsicht natürlich. Aber sie senden. Ich glaube, sie verwenden eine *low-power*-Notverstärkungsanlage und ändern mit vorprogrammierten Karten die Frequenz. Ein ganz schönes Chaos.«

»Weitere Einzelheiten?«

»Nein. Codewörter, Schadensangaben in irgendeiner Sequenz, die sich aus dem kyrillischen Alphabet zusammensetzt. Wir können es nicht entschlüsseln. Die Buchstaben und Zahlen können sich auf alles mögliche beziehen.«

»Sonst irgendwelcher Funkverkehr?«

»Murmansk spuckt kodiertes Zeug aus ...« Carr schüttelte den Kopf, als Lloyds Augen aufleuchteten. »Wir haben den Code noch nicht entschlüsselt. Nur ein Tagescode, frequenzagile Übertragung, das übliche. Aber immerhin eine ganze Menge davon. Sie sind ganz offensichtlich in Panik.«

»Gut. Dann ist es wohl an der Zeit, Lieutenant Commander Hackett kommen zu lassen, Sandy.« Lloyd nickte in Richtung Kajütentür. Hayter trat zur Seite, als sich der Navigationsoffizier auf die Suche nach dem Ersten Ingenieur machte. Nachdem Hayter die Tür hinter sich geschlossen hatte, sagte Lloyd: »Sie glauben doch nicht wirklich, das Verteidigungsministerium könnte in diesem Fall eine falsche Entscheidung fällen?«

Thurston schnitt eine melancholische Grimasse. »Immerhin sind sie nicht unfehlbar. Ich habe den Eindruck, daß ihnen einfach die Vorstellung gefällt, das Ganze sei ein gigantisches Spiel.«

»Aber immerhin setzen wir für diese wilde, kleine Jagd unser Schiff, ›Leopard‹ und unser Leben aufs Spiel«, fügte Hayter mit beherrschtem Nachdruck hinzu. »Das scheint unseren Lordschaften bisher noch nicht aufgegangen zu sein. Und was für den Geheimdienst aus dieser ›Ermittlungsmission‹ herausspringen würde, können wir, glaube ich, von vornherein vergessen.«

»Ich bin ganz Dons Meinung.«

Seine Hände vors Gesicht gelegt, die Finger leicht gespreizt, als wollte er wie ein Kind heimlich zwischen ihnen hindurchlugen, schwieg Lloyd eine Weile. Dann rieb er sich die Augen und richtete sich mit einem Achselzucken in seinem Sessel auf.

»Ich werde das Verteidigungsministerium um eine Bestätigung bitten. Inzwischen werden wir auf geräuschlose Fahrt umstellen; und zwar geräuschlos von jetzt sofort an.« Ein Grinsen, unerwartet und strahlend, durchbrach den Ernst seiner Miene. »Das Ganze ist nicht wirklich. Wir werden nicht die Verantwortung für den Beginn des nächsten Krieges tragen. Uns wird nichts passieren. Der Tanafjord gehört zu *Norwegen*. Macht euch mal keine Sorgen. Betrachten wir das Ganze einfach als einen weiteren Probeeinsatz.«

Thurston wollte eben etwas erwidern, verstummte aber, als jemand gegen die Kajütentür klopfte. Lloyd bat Hayter zu öffnen. Das Grinsen in Lloyds Gesicht war immer noch nicht verflogen, als Carr Hackett in die Kajüte führte.

Der Wind schien Hyde in den Eingang der Lancaster Gate U-Bahn-Station zu folgen; zusammen mit Fetzen von Schokoladenpapier wirbelte er eine Ausgabe des *New Evening Standard* vor ihm her. Er duckte sich gegen die staubig schmutzige Berührung des Winds in seinem Nacken. Er durchschritt die Absperrung und stieg an den Plakatwänden entlang zur Plattform der Central Line hinunter. Vor der gegenüberliegenden Wand streckten sich einladend die gigantischen werbenden Beine einer Frau zu ihm herüber. Jetzt in der Mittagszeit war die Flut der Fahrgäste merklich angeschwollen. Hyde lehnte sich gegen eine Wand und beobachtete Wassiljew, der ein Stück weiter den Bahnsteig hinunter stand. Selbst hier wirbelte der Wind den Staub in kleinen Strudeln über den Boden der Plattform. Wassiljew trug einen Nadelstreifenanzug und hatte sich einen dunklen Mantel über die Schultern geworfen. Trotz der hohen, slawischen Backenknochen und der schmalen Nase sah er sehr englisch aus, obwohl er unter seinen Kleidern und dem englischen Lokalkolorit sichtlich nervös wirkte. Hyde war sich immer noch nicht im klaren, ob sein Vergehen nur eine Nachlässigkeit war oder aber eine bewußte Irreführung.

Der Zug glitt in das Gewölbe der U-Bahn-Station. Hyde beobachtete, wie Wassiljew einstieg, und wartete, bis er die letzte Person auf dem Bahnsteig war, die sich nicht bewegte. Dann stieg er, kurz bevor sich die Türen schlossen, in einen anderen Waggon. Im Stehen behielt er die allmählich schneller vorbeigleitende Plattform im Auge, als der Zug losfuhr. Nichts. Nichts, um irgendwelche Schlüsse daraus zu ziehen.

In der Tottenham Court Road stiegen er und Wassiljew wieder aus, wobei sich Hyde zwanzig Meter hinter dem Russen hielt. Sie wechselten zur Northern Line hinüber und bestiegen dann denselben Waggon des ersten Zugs in nördlicher Richtung. Bis zur Einfahrt in Euston studierte Hyde sorgfältig die Insassen des Waggons, dann setzte er sich neben Wassiljew. Indem der russische Botschaftsangestellte sich eindeutig von ihm zurückzog und sich näher gegen das Fenster drückte, verlieh er damit entweder einer persönlichen Abneigung oder einem schwachen Nervenkostüm Ausdruck. Hyde legte Wassiljew seine Hand auf den Arm. Er wußte, daß den Russen – er war sich an der Oberfläche seiner Heterosexualität gewiß, obwohl sexuelle Zweifel an ihm nagten wie Zahnschmerzen, die einem das Aussehen und den Appetit verdarben – diese Geste anwiderte. Der Arm zuckte unter seiner Berührung zurück.

»Na, mein Freund, es gibt da noch einiges, worüber wir uns unterhalten sollten, oder nicht?«

Wassiljew blickte aus dem Fenster. Mornington Crescent. Der Name verlangsamte und verdichtete sich, wie Öl, das sich einer Form anpaßt. »Ich ... ich wußte, daß Sie noch einige Fragen an mich haben würden«, bot er an.

»Ganz recht, mein Freund! Sie haben mir den falschen Stoff angedreht, Dmitri; Sie haben mir erzählt, Quin wäre auf Ihrer Seite. Von Ihren Gorillas weggeschafft.«

Auf den Druck gegen seinen Arm hin wandte sich Wassiljew Hyde zu und starrte ihn an. Im Sitzen war er etwas größer als der Australier. Für einen Moment überflog ein gebieterischer Ausdruck sein Gesicht, welcher Hyde, als er ihn bemerkte, seltsam berührte. Dann machte er jedoch rasch Nervosität und Verlegenheit Platz.

»Ich bin kein Mitglied des KGB. Das wissen Sie genau. Ich bin nicht eingeweiht in das, was sie tun. Was ich Ihnen erzählt habe, entsprach den Tatsachen. Außerdem habe ich Gerüchte aufgeschnappt, auf wen sie es abgesehen hatten, und diese Information habe ich an Sie weitergereicht. Mehr konnte ich nicht tun.«

Wassiljew wandte seinen Blick von Hyde ab, um in das Dunkel des lichterlosen Tunnels hinauszustarren.

»Ich bezahle Sie nicht für irgendwelchen Quatsch, den Sie mir erzählen, Dmitri. Ich erpresse Sie nicht für irgendein Gefasel. Also, was wissen Sie?«

Wassiljew schüttelte genervt seinen Arm, so daß Hyde ihn losließ, die Hand in seine Tasche steckte und sich theatralisch in seinen Sitz lümmelte, seine Füße auf dem ihm gegenüberliegenden Platz – was den stummen und verängstigen Ärger eines älteren Mannes hervorrief.

»Ich ... es ist nicht so einfach, Fragen zu stellen; ich kann nur zuhören. Im Belegschaftsrestaurant reden sie über die Geschehnisse von gestern. Ich ... ich, na ja, ich bin mir fast sicher, daß sie immer noch nach diesem Quin suchen ...« Mit sämtlichen Sinnen auf den Mann neben ihm konzentriert, hörte Hyde zu. Körpertemperatur drang durch den dünnen Ärmel seiner Windjacke; ein Schenkel zitterte leicht gegen Hydes eigenen; schwacher Körpergeruch überdeckte den

Staub und das Öl des Waggons und den Mottenkugelgeruch, den der alte Mann ausströmte. Die Stimme bemühte sich um Ehrlichkeit, atmete irgendwie künstlich rasch. Die Worte stockend, eher durch Intelligenz als durch Emotionen; durchdachte Zweifel und Verzögerungen. »Ich habe die beiden Männer nicht gesehen ... sie nahmen eine untergeordnete Stellung ein, so viel ich weiß; sie gehören nicht zur Belegschaft der Botschaft ...« Die Informationen flossen nun wie ein breiter, ununterbrochener Strom, aber nicht unbedingt aus Gewohnheit. Einstudiert, dachte Hyde; aber er schwieg. Das Zittern war von Wassiljews Körper gewichen. Er war sich gewiß, daß er überzeugend agierte. »Aber es wurde über sie geredet, und über das Mädchen ... ich bin mir sicher, daß sie nun auf diese Weise an ihren Vater herankommen wollen ...«

»Sie haben aber gestern und heute morgen eine Menge in Erfahrung gebracht«, bemerkte Hyde lakonisch.

»Ich gebe mir eben Mühe«, flehte Wassiljew und wandte sein Gesicht Hyde zu. Ein Spiegel der Hilfsbereitschaft, und dringlicher Ehrlichkeit. Die Augen ausdruckslos. »Ich wußte, was Sie interessieren würde. Ich war ebenso überrascht – schockiert – wie Sie das wohl waren. Was soll ich Ihnen sonst noch sagen?«

Camden Town – der Zug fuhr langsam in die Station ein. Rasch überflog Hyde die Fahrgäste auf dem Bahnsteig – vor allem jene, die in ihren Waggon stiegen. Er konnte sich nicht vorstellen, daß sie Wassiljew mit dieser wichtigen Rolle, die er zu spielen hatte, ganz allein losgehen lassen würden – ohne Souffleur. Aber er konnte seinen Begleiter nicht ausmachen. Welche Rolle spielte er überhaupt? Wieso gab er zu, daß Quin noch zu haben war?

»Ich brauche mehr Einzelheiten, mehr Informationen, Dmitri. Das können Sie mir noch sagen. Und ich möchte noch heute nacht Genaueres von Ihnen hören.«

»Das ist unmöglich!«

Hyde starrte dem Russen ins Gesicht. »Sie können sehr wohl, mein Lieber! Sie müssen nur wollen. Immerhin befinden Sie sich in meiner Hand. Es ist doch wohl kaum umgekehrt, oder?« Hyde beobachtete das Gesicht. In Anerkennung dieser Tatsache senkte sich der Mund nach unten; die Backenknochen verfärbten sich leicht von Scham; über den Brauen wurden winzige, silberne Schweißperlen sichtbar – ignorieren; sie rührten von der Temperatur im Innern des Waggons und dem Mantel her – die Augen fragend, ausdruckslos, bemühten sich schließlich um den gejagten Blick, den Hyde erwartete. Sie fanden ihn, verloren ihn, bekamen ihn wieder in den Griff. Wassiljew spielte mit ihm, und zwar auf Befehl des Londoner Residenten oder eines seiner höheren Beamten. Ein neuerlicher Schauder durchzuckte kurz seinen Körper.

»Gut, ich werde es versuchen«, erwiderte Wassiljew schließlich gedrückt.

Highgate. Ein Moment des Schweigens. Niemand betrat oder verließ den Waggon. Stille. Dann das geräuschvolle Ächzen der Türen, als sie sich schlossen. Die Lichter in die Länge gezogen, die Worte übertönt, die Dunkelheit des Tunnels, die Wände dicht an die Fenster herangerückt. Hyde schüttelte die Bewußtheit seiner selbst ab, die bedrückende Verletzlichkeit. Er sollte an der Nase herumgeführt werden, dazu hergenommen, für die anderen die Arbeit zu erledigen.

»Sind Sie ganz sicher?« fragte er schließlich und betrachtete dabei seine Füße.

»Was meinen Sie?« Wassiljew war momentan verwirrt.

»Daß er nicht entführt worden ist?«

»Dieser Quin?«

»Ja.«

»Nein. Sie haben ihn nicht.« East Finchley. Wassiljew begann, sich in seiner Haut unwohl zu fühlen, als hätte er unerforschtes Gelände betreten. »Sie glauben, das Mädchen wird sie zu ihm führen. Ich bin mir sicher, daß sie das denken.« Er blickte Hyde flehentlich an.

»Vor drei Wochen waren Sie sich allerdings sicher, daß sie ihn hatten.«

»Jetzt bin ich mir aber *sicher*. Damals habe ich mich getäuscht. Damals wurde ja auch nichts geredet. Aber diesmal wird eine Menge über die Sache gesprochen.« Er blickte über Hydes Schulter, als die erleuchtete Plattform hinter ihnen davonglitt. Dann sah er auf seine Uhr. »Ich muß jetzt aussteigen. Ich bin mir ganz sicher, Mister Hyde. Diesmal bin ich mir sicher!«

»Schon gut, schon gut.«

»Mehr als das, was die Leute reden, kann ich Ihnen nicht bieten. Das wissen Sie ganz genau. Das wußten Sie schon, als Sie mich ... *gefunden* haben.«

»Als ich damals Ihren verdammten Kopf gerettet habe, Freundchen. Vergessen Sie das nicht!«

Diese unangenehme Erinnerung ließ Wassiljew erröten. »Das vergesse ich sicher nicht.« Die U-Bahn fuhr in die Finchley Central Station ein. Wassiljew wollte unbedingt aufstehen. »Wo treffen wir uns heute abend, um welche Zeit?«

Hyde zögerte kurz. »Im Club. Um elf.«

»Gut ... gut. Ja, ja, ich werde da sein ...« Die U-Bahn hielt, die Türen glitten auf. Hyde verlagerte sein Gewicht und bewegte seine Füße zur Seite, so daß Wassiljew an ihm vorbeistrich und aus dem Waggon eilte. Er steckte sich sofort eine Zigarette an, was Hyde jedoch nicht als Signal zu identifizieren vermochte, als er mit raschen Blicken den Waggon und den Bahnsteig überflog. Darauf eilte Wassiljew durch einen Fleck windigen Sonnenlichts auf den Bahnsteig zu, von dem die Züge in südlicher Richtung abfuhren.

Hyde beobachtete, wie er verschwand, um es sich dann wieder in seinem Sitz bequem zu machen und seine Füße auf die andere Bank zu legen. Der alte Mann roch immer noch nach Mottenkugeln. Er schloß seine Augen. Der Geruch von Verwandten, die aus England nach Wollongong zu Besuch kamen; mit ihren Kleidern, die sie nach langer Zeit erst jetzt wieder trugen, weil sie wegen des australischen Klimas unsicher waren. Gewaltige Busen – Tante Vi, Tante Maud, Tante Ethel – bedeckt von Strickjacken, die nach Mottenkugeln rochen. Er selbst barfüßig und in kurzen Hosen, wie ein in Australien ausgesetzter, kleiner Ausreißer. Mottenkugeln. Und die Stimmen durch die Wand seines Schlafzimmers, voll vom Zauber Englands, dem Regen und dem Schnee, Fernsehen.

Woodside Park. Er schoß kerzengerade hoch, die Augen weit aufgerissen. Sein Rückgrat fühlte sich eiskalt an. Die Kindheitserinnerungen, die sich wie eine jede Sicht verdekkende Tintenwolke in Wasser ausgebreitet hatten, zogen sich zusammen und verschwanden. Sie hatten etwas mit ihm vor. Sie würden in jedem Augenblick seiner Fahrt einen Schritt hinter ihm – oder neben ihm – sein.

Aubrey hatte Ethan Clarks Bericht nicht gerade Freude gemacht. Das Ganze war zu simpel und vielleicht sogar richtig, um es als aus der Schule geplaudert betrachten zu können. Als Protégé verschiedener hochgestellter CIA-Offiziere, die er lange kannte, hatte er mit dem Amerikaner zu Mittag gegessen, als dieser vor einer Woche in London eingetroffen war. An verschiedenen Punkten hatte er protestieren wollen, Clark bitten, aufzuhören; ja er hatte sogar aufstehen und gehen wollen. Dann sah er sich jedoch in zunehmendem Maße von seinen Ausführungen angezogen, und schließlich aufs äußerste beunruhigt.

Clark beschrieb das U-Boot der ›Delta‹-Klasse im Tanafjord. Dann erstarb seine Stimme, und er verfiel in Schweigen. Aubrey saß mit geschlossenen Augen da, schweigend das Gesicht durch ein paar schwache Sonnenstrahlen vergoldet, die durch das Fenster seines Büros drangen. Auf einem inneren Bildschirm konnte er Quins Gesicht sehen, und er wußte, daß sein Verstand eine obskure, jedoch unausweichliche Verbindung zwischen dem Mann und seiner Erfindung geschmiedet hatte. Eine Verbindung wechselseitiger Gefährdung?

»Was hat Giles Pyott gesagt?« fragte er schließlich.

»Er hat mich gar nicht angehört ...«

»Was hat er *gesagt*?«

Clark schluckte seinen Ärger hinunter. »Er hat gesagt«, begann er langsam, »daß mich das nichts anginge und daß alle, einschließlich meines Navy Department, ihr Einverständnis erklärt hatten, die *Proteus* an Ort und Stelle zu schicken.«

»Ich kann ihn das richtig sagen hören, wenn auch nicht in genau denselben Worten«, bemerkte Aubrey säuerlich. »Alle haben also ihr Einverständnis erklärt? Auch Brüssel?«

»Ja.«

Aubrey setzte sich kerzengerade auf. Er wirkte unüberzeugt, sogar unbeteiligt, als er sagte: »Sie haben mir von dem russischen U-Boot erzählt. Erzählen Sie mir auch Näheres über ›Chessboard‹. Es *ist* doch wichtig?«

»Allerdings. Mit ›Chessboard‹ könnten die Russen die Barents-See völlig abriegeln, wenn wir uns über seine Ausbreitung und Lage keine Klarheit verschaffen können.«

»Und ›Leopard‹ ist Ihrer Meinung nach von unschätzbarem Wert?«

»Solange es die einzige Anlage ist und solange es die Russen nicht haben, ja.«

»In diesem Punkt wären wir uns also einig. Aber was ist, falls Quin, sein Erfinder, wie wir kürzlich besprochen haben, in russischer Hand ist?«

»Dann sollten wir ›Chessboard‹ sobald wie möglich auskundschaften und ›Leopard‹ noch für verschiedenes andere Wissenswerte einsetzen, bevor es die Russen selbst entwikkeln.«

»Dann muß ich Ihnen allerdings sagen, Ethan, daß Quin allem Anschein nach doch nicht in russischer Hand ist. Wie würde sich dieser Umstand auf Ihre Erwägungen auswirken?«

Clark schwieg erst überrascht, um sich dann zu konzentrieren. Wolken warfen Schattenspiele über den Teppich von Aubreys Büro, über seinen Kopf. Schließlich antwortete Clark: »Das würde natürlich einiges ändern.«

»Glauben Sie, daß dieses Notrufsignal echt ist?«

»Das ... scheint es zumindest zu sein.«

»Ich verstehe. Wir wissen, daß die Russen über die Existenz von ›Leopard‹ informiert sind. Sie müssen jemanden bei Plessey für sich arbeiten gehabt haben. Sie waren daran interessiert, Quins Dienste auf einer permanenten Basis für sich in Anspruch nehmen zu können. Und sie sind das immer noch. Vielleicht wollen sie inzwischen statt dessen ›Leopard‹ selbst?«

»Das ist doch nicht etwa Ihr Ernst?«

»Das sind natürlich alles nur Spekulationen. Würden Sie zum Beispiel sagen, daß die *Proteus* aufgrund ihrer neuen Mission gefährdet ist?«

»Sie befindet sich in größerer Nähe zur Sowjetunion.«

»Ist das der Grund, weshalb Sie diese ganze Geschichte so beunruhigt?« fuhr Aubrey den Amerikaner an. »Oder ist es, weil Sie Giles Pyott und die Leute von der Admiralität nicht ausstehen können?« Aubreys Miene war wild, sogar verächtlich.

»Hören Sie, ich bin in gutem Glauben zu Ihnen gekommen ...«

»Sie sind zu mir gekommen, um mir Ihr Leid zu klagen!«

»Sie können mir den Buckel runterrutschen, Mister Aubrey!« Clark tat, als wollte er aufstehen.

»Bleiben Sie sitzen, Ethan!« Aubrey hatte sich wieder seinem Schreibtisch zugewandt. Seine Hände waren ruhig und reglos, als sie auf seiner Kante ruhten. »Bleiben Sie sitzen.«

»Es tut mir leid ...«

»Keineswegs. Sie sind zu mir gekommen, weil Sie das Gefühl haben, die *Proteus*, könnte durch ihre neue Mission ernsthaft gefährdet sein. Mir haben die Anweisungen, die sie erhalten hat, auch nicht gefallen. Wenn es nach mir gegangen wäre, hätte das Boot weiter seine Probeeinsätze gefahren oder wäre in einem sicheren Hafen vor Anker gelegen, bis die Affäre Quin bereinigt gewesen wäre. Ich hätte gewollt, daß ›Leopard‹ aus der *Proteus* entfernt wird, bis man Quin entweder entdeckt hätte oder bis eindeutig klar gewesen wäre, daß er für uns verloren ist. Man hat nicht auf mich gehört; ich wurde überstimmt. Wie Sie wissen, fällt das Ganze ja auch nicht in meinen Zuständigkeitsbereich.« Aubrey lächelte. »Das Problem ist nur, daß es im Verteidigungsministerium gelegentlich – und dies ist eine dieser Gelegenheiten – für meinen Geschmack etwas zu viele Holzköpfe gibt. Giles Pyott ist ein kluger und erfahrener Soldat. Und er ist auch eher ein Kavalier als ein Roundhead. Ich habe mich selbst immer eher in unserer neuen Modellarmee gesehen als in Prince Ruperts Kavallerie. Sie schien mir wesentlich feinfühliger organisiert, und auch wesentlich sicherer ...« Clark, dazu eingeladen, Aubreys strahlendes, sich selbst herabsetzendes Lächeln zu erwidern, tat dies auch. Offensichtlich war er einem Test unterzogen worden, und er hatte ihn bestanden. Er war Aubrey deswegen nicht nachträglich böse. »Mein Problem ist, daß ich so meine Schwierigkeiten habe, zwischen Todesstrahlen zu unterscheiden, die purpurnes Licht aussenden, und Anti-Schallortungssystemen und Sonarteppichen, die in der Barents-See gelegt sind. Aber wir müssen uns nun einmal den Aufgaben zuwenden, die sich uns stellen.« Er betrachtete Clark prüfend. »Wir haben ein existierendes ›Leopard‹-System, eingebaut in ein britisches U-Boot, das in einer Mission von größter Wichtigkeit unterwegs ist. Wir haben einen vermißten Wissenschaftler. So lange dieses eine verlorene Schaf nicht zu seiner Herde zurückgekehrt ist, würde ich sagen, sollten wir dafür sorgen, daß uns nicht auch noch das andere abhanden kommt. Finden Sie nicht auch?«

»Was können Sie in dieser Sache unternehmen?«

»Das überlege ich gerade. Ich würde die *Proteus* gern stoppen. Und ich würde gern Quin aufspüren. Ethan, ich vertraue auf Ihr Urteil. Ich vertraue diesen intuitiven Eingebungen, die ein Mann wie Pyott einfach unter den Tisch wischen würde. Sie haben bereits Geheimdienstarbeit geleistet, im Gegensatz zu ihm. Wir sind alle chronisch argwöhnisch, vielleicht sogar paranoid. Aber zugleich sind Sie und ich und die anderen wie wir alles, was wir haben. Vielleicht alles, worauf ›Leopard‹ bauen kann. Hm. Gehen Sie in die Admiralität zurück, entschuldigen Sie sich bei Giles Pyott – ja, ich bitte Sie darum –, und dann halten Sie Ihre Augen und Ohren offen. Rufen Sie mich heute abend an ...«

Er wurde durch das Summen der Sprechanlage unterbrochen. Seine Sekretärin kündigte die Ankunft einiger Sandwiches und einer Kanne Kaffee an. Bevor die Tür aufging, fragte Clark noch rasch: »Was wollen Sie tun?«

»Ich weiß nicht, Ethan. Unglücklicherweise werde ich jedoch etwas tun müssen. Sonst werde ich heute nacht sehr schlecht schlafen. Ah, Kaffee und Sandwiches – wunderbar!«

»Wir haben sie.«

»Wann?« fragte Dolohow, als Sergej die Tür zur Brücke hinter ihm schloß.

»Vor wenigen Minuten. Der Satellit hatte enorme Schwierigkeiten mit der Wolkendecke ...«

»Zeigen Sie her. Admiral ...« Dolohow nickte dem Brückenkommandanten zu und riß dann die zusammengefaltete Karte mit dem darüber befestigten Infrarotfilm mit einer heftigen Bewegung an sich. Spärliche, blasse Flecken, wie verwischter Rost oder sehr altes Blut.

»Das Muster hat sich verändert, wie Sie sehen können.« Sergej beugte sich über Dolohows Schulter. Sein Finger tippte auf den Film über der Karte. »Das war das U-Boot vor drei Stunden. Dieselben zeitweilig aussetzenden Flecken, sein Erkundungskurs; ausreichend, um uns zu verstehen zu geben, daß es sich immer noch auf seinem alten Kurs befand. Aber hier, glauben wir, hat sich dann etwas geändert ...« Der Fleck war kaum wahrnehmbar. Dolohow hielt die Karte nicht näher vor sein Gesicht. »Dann zwei Stunden lang nichts, dann das und dann weitere vierundfünfzig Minuten, bevor wir das hier erhalten haben.« Es war wie die letzte Glut eines verlöschenden Feuers. Es lag außerhalb des willkürlichen, aber doch folgerichtigen Musters, und es hatte sich südlich und östlich von den anderen Flecken entfernt.

»Sind Sie sicher?« Dolohow sah den Konteradmiral an.

»Wir haben es in diesem Gebiet mit Schallortung versucht, aber nichts aufgefangen. Falls es ein U-Boot ist, muß es das britische Schiff sein.«

»Großartig! Es klappt also. Und wie gut es klappt, hmm?«

»Ich finde nur, etwas zu gut.«

»Ach, kommen Sie, Admiral. Keine sauren Trauben. Haben Sie eine Computerprognose über Geschwindigkeit und Kurs?«

»Ja, wir haben eine; sie basiert auf den letzten drei Spuren. Wir benötigen jedoch noch mindestens zwei weitere, um genaue Angaben machen zu könen.«

»Zeigen Sie her; los, zeigen Sie schon.«

Einer der Adjutanten des Konteradmirals eilte davon. Dolohow beugte sich über das Geländer des Laufstegs, der Konteradmiral ebenfalls. Dann erschien auf der Projektion unter ihnen eine gekrümmte Linie, die sich von einem Punkt weit draußen in der Barents-See nach Süden und Osten auf den Tanafjord zubewegte. Sie traf sich mit dem imaginären sowjetischen U-Boot, das im Tanafjord in der Falle saß.

»Mindestens dreißig Stunden«, murmelte der Konteradmiral. »Und nicht länger als sechsunddreißig Stunden. Das ist im Augenblick alles, was in unseren Möglichkeiten steht, so lange wir nicht über eine weitere Infrarotaufnahme von einem Satelliten verfügen. Im Augenblick ist das Boot wieder verschwunden. Vermutlich die Wolken.«

»Das haben Sie gut gemacht«, sagte Dolohow unzusammenhängend. Er ergriff die Schulter des Konteradmirals, der wesentlich jünger war und mit seiner Brille mehr wie ein biederer Beamter wirkte. Ein Computerspezialist, vielleicht sogar Akademiker; eher Wissenschaftler als Seemann. Dennoch fühlte Dolohow in diesem Augenblick eine ungewohnte Nähe zu dem Mann. »Das haben Sie wirklich sehr gut gemacht.« Dann wandte er sich Sergej zu. »Rufen Sie in Leningrad an. Ganz gleich, ob sie in der Gretschko-Akademie sind oder in der Funze-Marineschule, ich möchte, daß Ardenjew und seine Leute sofort verständigt werden. Sie sollen sofort nach Murmansk aufbrechen.«

»Jawohl, Sir.«

Dolohow wandte sich wieder dem Konteradmiral zu. »Machen Sie weiter so. Falls die Spezialeinheit für Unterwasseroperationen ebenso gute Arbeit leistet wie Sie, dann kann nichts schief gehen!« Er lachte kehlig. »Großartig, großartig! Es ist mir völlig egal, wie der KGB auf der Suche nach diesem Quin vorankommt. Wir werden Moskau Quins Spielzeug präsentieren! Der Mann selbst wird dann von keinerlei Wert mehr sein, und wir werden uns dann im Glanz unseres Erfolgs sonnen. Großartig, großartig!« Sein fortgesetztes Lachen ließ einen der Operatoren des Kartentisches aufblicken.

Der Strip-Club lag nur wenige Schritte von der Oxford Street; er duckte sich in eine schmale Seitenstraße Sohos, als versuchte er sich um die Mitgliedschaft in diesem Viertel oder als wäre er vor kurzem hier ausgestoßen worden. Hyde hatte ihn als Treffpunkt mit Wassiljew ausgewählt, weil diese Clubs auf die Diplomaten und Angestellten osteuropäischer Botschaften eine magische Anziehungskraft ausübten, was vor allem für die Anfänge ihrer Dienstzeit galt. Und selbst wenn Wassiljew von seinen Leuten überwacht worden wäre, wären solche Besuche eher als kleiner Fehltritt betrachtet worden denn als verdächtig oder gefährlich.

Hyde warf einen Blick auf die Mitgliederliste – er hatte den Türsteher bestochen. An diesem Abend waren nur ein oder zwei neue Mitglieder anwesend; ihre Namen sagten ihm nichts. Sie konnten genausogut Wassiljews Freunde sein wie irgendwelche Fußballfans oder Geschäftsleute, die über Nacht in London blieben. Wassiljews Freunde hätten ihre Mitgliedschaft früher eintragen lassen, falls es sich um eine Falle gehandelt hätte. Davon ging Hyde jedoch nicht aus. Sie waren daran interessiert, daß er sich frei bewegte. Unter einer schummerigen grünen Aquariumsbeleuchtung stieg er die Stufen hinunter; die vermischten Düfte von Schweiß, Zigarettenrauch und Flitterhaftigkeit drangen ihm entgegen. Die Tür öffnete sich, um ihn einzulassen. Er hatte schon auf dem Weg nach unten das Summen des Öffners aus der Kabine des Türstehers gehört.

Discomusik dröhnte gegen seine Ohren, eintönig, enervierend, kaum zu unterscheiden. Über die Köpfe der Anwesenden zuckten Stroboskoplichter hinweg. Die winzige Bühne war leer. Nur ein schmales Bett wurde von hinten von einem silbernen, gespenstischen Licht angestrahlt. Hyde blieb an der Tür stehen. Der große Mann mit dem kurz geschnittenen Haar und dem altmodischen Smoking ragte drohend neben ihm auf. Hyde vermutete, daß er über seine Tätigkeit Bescheid wußte und ihn nicht mit der Sitte oder dem CID verwechselte. Schlimmstenfalls hielt er ihn für jemanden von der Spionageabwehr anstatt vom Geheimdienst. Aber das machte nichts. Eher legitimierte dies den Club, indem es ihm zu einem Kunden mit Kontakten zu höchsten Stellen verhalf.

Es gab nur wenige Gäste, die auf den nächsten Auftritt warteten. Wassiljew – Hydes Augen hatten sich inzwischen an das seltsam pulsierende Dämmerlicht gewöhnt – saß in einer Ecke nahe der Bühne und starrte düster in sein Glas. Niemand schien seinem Erscheinen irgendwelche Aufmerksamkeit geschenkt zu haben. Zwischen den Tischen mit den schmutzigen Tischtüchern und den teuren Drinks hindurch ging Hyde auf Wassiljew zu. Der Russe schien erleichtert, ihn zu sehen. Falls seine Miene auch noch andere Emotionen widerspiegelte – Emotionen, die mit ersterer in Widerspruch standen –, so verbarg sie das flackernde Licht. Hyde setzte sich auf einen Stuhl, von dem aus er die Tür im Auge behalten konnte, worauf sofort ein Kellner neben ihm auftauchte. Nirgendwo im Club war ein Mädchen oder eine Hosteß zu sehen. Über dem Lokal lag ein seltsamer Puritanismus. Unberührbar, stolzierend, unbeschreiblich eindeutig, silikonvergrößert, betraten und verließen die Frauen die Bühne, abgesondert und unverletzlich.

Neben ihnen nahm der Pianist seinen Platz ein. Der Drummer spielte einen leisen Wirbel, als kommunizierte er mit seinen Trommeln. Ein Bassist lehnte sich müde über Hals und Schultern seines Instruments. Sie alle schienen auf einen Ruf in Ronnie's in der Frith Street, zwei Häuserblocks weiter, zu warten. Außerdem zogen sich die meisten Mädchen sowieso zu der Musik von irgendeiner Platte aus. Hyde bestellte ein Bier. Es wurde ihm in einem kleinen Glas gebracht, und er bekam kein Wechselgeld auf seine Pfundnote. Er schnalzte mit der Zunge und zwinkerte dem Kellner zu.

Hyde nahm einen Schluck von seinem Glas. Mit einer Einleitung, die an Oscar Peterson erinnerte, lenkte das Trio die Aufmerksamkeit auf die Bühne, um dann in die Zwangsjacke von ›I'm forever blowing bubbles‹ überzuleiten, während eine Badewanne auf die Bühne gerollt wurde.

»Meine Güte«, brummte Hyde. »Schon wieder Badetag. Ivy, die Schreckliche.« Das gedämpfte Murmeln der Anwesenden verebbte in ein Schweigen, das eher überdrüssig als erwartungsvoll war. »Also, Dmitri?«

Wassiljew neigte sich ihm zu. Seine Augen zuckten über Hydes Schulter in Richtung Bühne, während der Pianist eine Fanfare imitierte. Hyde war sich nie sicher, ob Wassiljews Interesse an Frauen ehrlich naiv und derb war oder nur ein Abzeichen seiner Männlichkeit, das von den Leuten seiner Umgebung wahrgenommen werden sollte. Der KGB betrachtete Homosexuelle nur unter einem Gesichtspunkt – als Opfer; verformbare, männliche Prostituierte. Falls Wassiljew sich irgendwelcher verborgenen Neigungen zu Männern bewußt war, dann tat er gut daran, sie möglichst zu verbergen.

»Sie haben sich getäuscht«, sagte er.

Dies war genau die Aussage, welche Hyde nicht erwartet hatte. Sie schuf einen Wust komplexer Zweifel, Fragen und Ängste. Die Frau auf der Bühne war jung, die Brüste durch Injektionen zu unnatürlicher Größe aufgepumpt, das Gesicht unter dem Make-up ausdruckslos. Durchsichtiges Negligée,

Handtuch und Bürste, das obligatorische Stück Seife. Nur das Trio strahlte Erwartung aus in dem inzwischen verdunkelten Saal. Hyde sah in Richtung Bühne, während er sich zu dem passenden Maß an Überraschtheit vortastete. »Was meinen Sie damit, Dmitri, ich hätte mich getäuscht?«

»Sie *haben* Quin. Sie haben ihn, aber sie wollen auch noch das Mädchen.« Wassiljews Schweiß sonderte den Geruch des Deodorants ab, das er verwendete. Er mischte sich mit seinem Rasierwasser, dem Parfüm des Mädchens und dem allgegenwärtigen Zigarettenrauch.

»Ich habe mich nicht getäuscht«, begann Hyde, aber Wassiljew nickte bereits heftig. Hyde begann zu frieren.

»Ja. Ich habe heute nachmittag alles riskiert. Es wurde nichts mehr geredet. Ich habe mir die Reiseliste angesehen. Ich habe nachgesehen, welche Personen angekommen sind. Und sie sind am nächsten Tag mit einem dritten Mann wieder abgereist. Sie sind in einer kleinen Maschine nach Paris geflogen. Ich habe die Adresse, die Buchung. Drei Passagiere ...« Er griff in seine Tasche, aber Hyde packte seine Hand – sie zitterte unter seinem Griff, der sich um Wassiljews feuchte Haut legte und ihm andeutete, daß ihm seine Nerven durchgingen. Das Mädchen prüfte indessen die Temperatur des Badewassers, wobei ihr Negligée bis über den Nabel hinunter aufklaffte. Niemand im Publikum schenkte der Ecke, in der sie saßen, Beachtung.

»Drei? Drei? Was soll das schon beweisen? Ich glaube Ihnen nicht, Dmitri. Ich glaube nicht, daß Sie irgend etwas wissen«, zischte Hyde den Russen an, wobei er seine Hand immer noch vor seiner Brust umklammert hielt. Das Mädchen war inzwischen – nicht besonders elegant – in die Badewanne gestiegen. Von einer enormen Brust gehalten, war das Negligée über eine Schulter herabgeglitten.

»Sie müssen mir glauben, Sie müssen!«

»Das tue ich aber nicht, Dmitri. Also, was soll das Ganze?« Offensichtlich wollte das Mädchen mit Quasten an ihren Brustwarzen ein Bad nehmen. Sie glitt in das imaginäre Wasser nieder. Dann begannen Wassiljews Augen im Raum hin und her zu wandern. Hyde zwang sich, sich nicht umzudrehen. Es bedeutete nicht, daß sonst noch jemand im Raum war, sondern nur, daß andere Gäste in ihrer Nähe saßen und vielleicht eine Bestellung aufgaben. Hyde faßte mit seiner freien Hand seinen Oberschenkel und zwang seinem Körper, seinem Gesicht und seiner Stimme die ruhige, aufgebrachte Verwunderung auf, mit der er sagte: »Was spielen Sie hier für ein Spielchen, mein Freund?« Das Mädchen hatte sich inzwischen des Negligees entledigt, aber nicht der Quasten. Sie streichelte sich mit der Bürste.

»Das ist kein Spiel, Mister Hyde, glauben Sie mir!« Wassiljew neigte sich ihm in der schwülen Dunkelheit wie ein Liebhaber zu, aber er mußte seine Augen von Hydes Gesicht abwenden. Entkommen, Hilfe, Antworten. Er wiederholte die Formel, die sie ihm eingebläut hatten. »Drei Männer sind in diesem Flugzeug nach Paris abgereist. Ja, sie wollen auch das Mädchen, aber sie haben Quin bereits in Moskau. Dessen bin ich mir ganz sicher.«

»Sie wissen doch gar nicht, wer dieser dritte Mann war. Es kann gar nicht Quin gewesen sein ...« Hyde ertappte sich bei dem Versuch, die Verdachtsmomente, welche er Aubrey gegenüber geäußert hatte, zu rechtfertigen. Das Mädchen machte sich daran, es mit dem Stiel der Bürste zu treiben. Gleich würde sie die Seife fallen lassen. »Nein«, sagte er, »Sie lügen Dmitri. Aber warum sind sie daran interessiert, daß Sie lügen?«

»Wer ›sie‹? Was meinen Sie damit?« Zu unschuldig.

»Heute mittag haben Sie nicht gelogen oder sich getäuscht. Sie haben ganz genau *gewußt*. Aber jetzt arbeiten Sie für sie. Hat man Sie gefragt, wieviel Sie mir erzählt haben? Hat man das?« Hydes Gesicht war ganz dicht vor dem Wassiljews. Er konnte dessen letzte Mahlzeit in seinem Atem riechen, und den Brandy danach. Zu viel Brandy – nein, sie würden ihm nicht mehr als einen oder zwei erlaubt haben. »Sie haben die ganze Zeit von Ihnen gewußt, aber sie haben sich nichts anmerken lassen. Das war erst der Fall, als sie gemerkt haben, daß Sie mir mehr erzählt haben, als gut für mich war.« Er schüttelte Wassiljews Hand, vor Wut und in gegenseitiger Abhängigkeit. Das Mädchen hatte die Seife fallen gelassen, die jedoch nicht über die Bühne schlidderte. Ihre ausladenden Brüste hingen über den Rand der Badewanne, als sie versuchte, sie aufzuheben. Das Trio spielte inzwischen leise dahinplätschernde Musik, deren prüde, jungfräuliche Süße Hyde irgendwie berührte. »Sie haben Ihre Sache gut gemacht, bis Sie mir erzählt haben, Sie dächten, sie hätten Quin nicht. Und Sie wissen das sehr wohl!«

»Ich ... ich muß jetzt gehen«, entgegnete Wassiljew stokkend. Das Stück Seife war inzwischen wieder in der Wanne, um dem Mädchen jedoch neuerlich zu entgleiten. Es betrachtete seine Hände und Knie. Schlangenbeschwörermusik, und sie stand auf, den Po dem Publikum zugewandt, ausgiebig damit wackelnd.

»Sie gehen jetzt nirgendwohin. Wo sind Sie?«

»Nicht hier, nicht hier!«

»Sie laufen zu uns über, Dmitri.«

»Nein!«

»Sie haben keine andere Wahl. Wir werden uns schon um Sie kümmern. Ich kann nicht so tun, als würde ich Ihnen glauben. Sie sind im Augenblick derjenige, der in Gefahr ist.« Daran hatte Wassiljew bereits gedacht, den Gedanken jedoch wieder beiseite geschoben. Er schüttelte den Kopf, als wäre diese Vorstellung lediglich ein Schmerz, der vergehen, sich auflösen würde. Das Mädchen machte sich nun wieder ausgiebig mit der Bürste zu schaffen; sie stand in der Wanne, dem Publikum ihr Profil zugewandt. »Kommen Sie schon«, fügte Hyde hinzu.

»Nein! Ich kann unmöglich mit Ihnen von hier weg; das geht nicht!«

»Warum nicht?«

»Das geht unmöglich!« Sein Tonfall war inzwischen flehentlich. Sie waren draußen. Wenn er den Club mit Hyde verließ, würden sie wissen, daß Hyde seiner Geschichte nicht geglaubt hatte. Das fast religiöse Schweigen im Club wurde durch aufmunternde, heisere Rufe unterbrochen, untermalt von einem, wie es schien, gemeinschaftlichen Kichern. Der Körper des Mädchens wußte die Anerkennung des Publikums durchaus zu schätzen.

»Das ist sehr wohl möglich!« Die Waffe, die Waffe – er hatte sie in seiner Wohnung zurückgelassen, nachdem er sie, fast amüsiert, erst kurz in seiner Hand gewogen und dann unter einen Stapel Hemden in eine Schublade gesteckt hatte. Die Waffe …

»Nein, nein, nein …« Wassiljew schüttelte mit Nachdruck den Kopf.

»Es ist Ihre einzige Chance. Kommen Sie, wir nehmen den Hinterausgang.« Hyde erhob sich von seinem Sitz, stand über dem Russen, zog auch ihn hoch. Wassiljew stand auf, und sie drängten sich zwischen den Tischen hindurch in Richtung Toilette. Seufzend schloß sich die Tür hinter ihnen, die auf den schlecht erleuchteten, betonierten Korridor hinausführte.

Wassiljew wandte sich ihm unmittelbar dahinter zu. »Nein«, stieß er hervor.

»Sie haben sich diese Geschichte also ausgedacht, stimmt's?« Wassiljew nickte, mit den Nerven am Ende. »Warum?«

»Ich weiß nicht. Sie haben mir erzählt, sie hätten alles gewußt, und sie hätten die Information über Quin absichtlich durch mich an Sie weitergegeben. Aber dann war diese Sache mit gestern, und während sie noch zu einem Entschluß zu kommen versuchten, was sie mit mir tun sollten, haben wir miteinander gesprochen. Ich … ich habe ihnen alles erzählt.« Ein Ausdruck der Scham, deutlich wie ein physischer Schmerz, durchzuckte sein Gesicht.

»Ist ja schon gut … war irgend jemand von ihnen im Club?« Wassiljew schüttelte den Kopf. Aus dem Club drang Applaus durch die Tür. »Kommen Sie.«

Hyde stieß Wassiljew halb auf den Notausgang hinter der Toilette zu. Als er den Türhebel hochwuchtete, mußte er daran denken, wie er in den Kinos von Wollongong unmittelbar vor dem Beginn des Hauptfilms seine Freunde durch ähnliche Türen eingelassen hatte. Die Tür schwang auf. Die windige Nacht heulte in dem lichtlosen Hinterhof. Er blieb kurz stehen und sah Wassiljew an. Dann nickte er.

Sie traten fast gleichzeitig durch die Tür, aber auch so mußte der Mann mit der Schußwaffe in der Lage gewesen sein, zwischen ihnen zu unterscheiden. Wassiljew schrie auf – Hyde hörte kaum das kurze, dumpfe Geräusch der schallgedämpften Waffe vor dem gemurmelten Aufschrei des Russen – dann sackte er gegen Hyde, zerrte an seinen Kleidern und verschmierte das Hemd des Australiers mit etwas Dunklem und Klebrigem. Er fiel rücklings zu Boden, sein Gesicht vom Lichtschimmer des Notausgangschilds grün erleuchtet, bis er nur noch ein kaum erkennbares Bündel von Kleidern auf der anderen Seite des Hinterhofs war. Hyde wartete auf das Geräusch von Schritten über dem trockenen Rufen des Winds, oder auf das Geräusch eines weiteren Steins, der leise ins Wasser platschte – ein Geräusch, das das letzte sein würde, das er je hören sollte.

3 Eindringling

Die vergoldete französische Uhr auf dem marmornen Kaminsims schlug zwölf – ein heller, musikalischer Ton. Aubrey hielt in seinen Ausführungen inne, und er und Sir Richard Cunningham, Direktor des Secret Intelligence Service, lauschten dem Geräusch, ihre Augen auf das Zifferblatt der Uhr gerichtet. Als der letzte Ton verklungen war, starrte Aubrey in seinen Cognacschwenker; ihm wurde mit einem Mal bewußt, wie fehl am Platz hier, im Arbeitszimmer von Cunninghams Wohnung am Eaton Place, sein technologischer und militärischer Jargon war. Bücher und Gemälde – Cunningham hatte einen kleinen Braque und zwei Picasso-Radierungen in diesem Raum aufgehängt – solides Mobiliar, kultivierte Atmosphäre. Eine Verschwörung, die die Realität von Detektionssystemen, Antisonar, Satelliten und Notrufsignalen in entschlüsselten Codes Lügen zu strafen schien. Für einen Augenblick wünschte Aubrey sich nichts sehnlicher als einen Doppelagenten, die Intimität einer Einsatzbesprechung oder eines Verhörs, die klare Grenze zwischen SIS und Verteidigungsministerium. Clark hatte ihn über diese Grenze gestoßen.

Cunningham hatte im Verlauf von Aubreys Aufzählung von Ereignissen, Verdachtsmomenten, Befürchtungen kaum etwas gesprochen. Er hatte nur dienstbeflissen sein und Aubreys Glas nachgeschenkt, sich enthalten, eine Zigarre zu rauchen, und zugehört, seine halb geschlossenen Augen auf seine über den Knöcheln überkeuzten Füße geheftet, die in Pantoffeln staken. Das Buch, in dem er gelesen hatte, als Lady Cunningham Aubrey ins Zimmer geführt hatte, lag auf dem Beistelltisch neben seinem Sessel; der Bach, den er dabei gehört hatte, drehte sich immer noch auf dem Plattenspieler. Auf seiner Patriziernase saß eine Lesebrille, und seine Lippen bildeten eine feste, ausdruckslose Linie. Aubrey verspürte äußerstes Widerstreben, mit seinen Ausführungen fortzufahren.

Schließlich ergriff Cunningham das Wort: »Was wollen Sie nun eigentlich genau unternehmen, Kenneth?«

»Mich selbst einschalten, damit ich mir ein Bild von der Lage machen kann.«

»Ich verstehe. Sie wissen ja, was man im Verteidigungsministerium von uns hält. Und Sie wissen auch, was die Navy von sich hält. Es dürfte also etwas schwierig werden. Schließlich haben Sie keinen triftigen Grund für das Ganze.«

»Das ist mir durchaus klar, Richard. Es besteht jedoch eine gewisse Gegenseitigkeit des Interesses, auf die man sich berufen könnte. Quin ...«

»Ach ja. Im Verteidigungsministerium wird man uns erklären, er wäre unsere Angelegenheit, während eines der U-Boote Ihrer Majestät eher in ihren Zuständigkeitsbereich fiele. Außerdem werden sie nicht gerade erfreut sein über Ihren Vorschlag, sie sollten ihre Entscheidung rückgängig machen. Und dasselbe gilt für Brüssel und für Washington. Sie werden doch sicher nicht einfach die Rolle des alten Schlachtrosses einnehmen, das die Schlacht schon lange vorher riecht?«

Aubrey mußte grinsen. »Nein, das glaube ich allerdings auch nicht.«

»Mhm. Und das gilt auch für mich. Verdammt vertrackt, diese Situation. Mir ist durchaus die Bedeutung bewußt, die dieses Antisonarsystem hat, und auch Quin, ganz zu schweigen von der Notwendigkeit, beides von den Russen fernzuhalten. Aber wir sind natürlich keine Experten; wir sind keine Militärs. *Sie* scheinen nicht zu glauben, diese Sache könnte mit irgendwelchen Risiken verbunden sein. Dieser Clark, der Amerikaner – vertrauen Sie ihm?«

»Und auch seinem Urteilsvermögen.«

»Mhm. Das dachte ich mir.« Cunningham breitete seine Hände aus und fuhr damit durch die Luft. »Ich weiß einfach nicht ...«

Das Telefon klingelte. Schwerfällig stand Cunningham auf und nahm ab. Er lauschte kurz und gestikulierte dann mit dem Hörer in Richtung Aubrey. Sein Gesicht war ausdruckslos.

»Ja?« Es war Hyde. Aubrey lauschte auf die Stimme am anderen Ende der Leitung; währenddessen beobachtete er Cunningham, der gedankenversunken in seinem Sessel saß.

»... offensichtlich war ihnen nicht daran gelegen, mich zu

töten. Sie wollten nur Wassiljew aus dem Weg schaffen. Sie müssen gewußt haben, daß ich versuchen würde, ihn einzukassieren, wenn ich Verdacht geschöpft hätte ...«

»Fehlt Ihnen auch wirklich nichts?« Der besorgte Ton in Aubreys Stimme ließ Cunningham aufblicken.

»Ich bin unverletzt. Das habe ich doch schon gesagt. Was jetzt?«

»Sie werden morgen Mrs. Quin aufsuchen und dann auch in dieses College fahren, in dem das Mädchen studiert hat. Irgend jemand *muß* doch zumindest eine ungefähre Vorstellung haben, wo sie sein könnte.«

»Wenn Sie meinen ...«

»Morgen machen Sie sich auf jeden Fall bewaffnet auf den Weg. Gute Nacht, Hyde.«

Aubrey legte den Hörer auf die Gabel zurück. Cunningham starrte ihn an. »Was ist passiert?«

»Hyde. Sein Kontakt in der sowjetischen Botschaft ist eben in einem dunklen Hinterhof sachkundig aus dem Weg geschafft worden. Bevor der Mann eliminiert wurde, hat Hyde herausgefunden, daß die Nachricht von Quins Entfernung absichtlich in Umlauf gebracht worden war, und die gestrigen Ereignisse von Sutton Coldfield wurden hinter einer Wand aus dichtem Rauch gehalten. Der KGB war dem armen Teufel auf die Spur gekommen; sie haben versucht, ihn zurechtzubiegen, und als sie gemerkt haben, daß ihnen das nicht gelungen war, haben sie ihn erschossen.«

»Unserem Mann ist nichts passiert?« Aubrey schüttelte den Kopf. »Demnach haben sie Quin also nicht. Ich glaube, davon können wir nun mit Sicherheit ausgehen. Aber es besteht nach wie vor keine Verbindung zwischen diesen Vorfällen und dem U-Boot.«

»Ganz meiner Meinung. Könnten wir nicht auf einen Aufschub der Operation in Zusammenhang mit ›Leopard‹ drängen, bis die Sache mit Quin geklärt ist?«

»Das könnten wir versuchen. In erster Linie müssen wir dafür sorgen, daß wir in dieser ›Chessboard‹-Angelegenheit Sie irgendwie ins Spiel bringen. Sobald uns das gelungen ist, bleibt alles weitere Ihnen überlassen. *Sie* werden sich dann überlegen müssen, wie Sie den Minister überzeugen wollen, damit er das Kabinett um einen Aufschub dieses kleinen Abenteuers ersucht. Ich würde sagen, Sie sehen sich dort einmal um, verschaffen sich hinsichtlich dieser ›Leopard‹-Affäre Klarheit, und versuchen einen Eindruck zu gewinnen, wie am besten vorzugehen ist. Falls Sie mich daraufhin überzeugen können, werden wir gemeinsam zum Minister gehen, und der kann dann ja alles Nötige veranlassen, falls er einer Meinung mit uns ist. Zufrieden?«

Aubrey spitzte seine Lippen, studierte den Inhalt seines Glases und nickte schließlich. »Ja, Richard. Ich werde für morgen eine Verabredung treffen – vielleicht mit Giles Pyott.« Sein Gesicht verdüsterte sich. »Ich bin für Ahnungen und Eingebungen zu alt. Aber Clark ist ein scharfsinniger, intelligenter Mann mit einer angeborenen Begabung, wie sie für unsere Arbeit notwendig ist. Ich bedauere zwar, dies sagen zu müssen, aber ich glaube, es besteht berechtigter Grund zur Sorge, und ich bin mir inzwischen absolut sicher, wir sollten die *Proteus* auf jeden Fall zurückrufen, bis wir Quin nicht aufgespürt haben.«

»Verschaffen Sie sich Gewißheit, Kenneth. Im Verteidigungsministerium gibt es einige helle Köpfe. Aber seien Sie vorsichtig.«

»Mrs. Quin, Sie müssen doch irgendwelche Vermutungen haben, wo wir ihn finden könnten! Ich glaube Ihnen einfach nicht, daß Sie uns in diesem Punkt nicht helfen können.«

»Waren Sie je geschieden, oder haben Sie vor Ihrer Frau getrennt gelebt?«

»Nein.«

»Ihre Eltern?«

»Nein.«

»Was ist aus einigen der Mädchen geworden, mit denen Sie zusammen waren? Wo sind sie jetzt – irgendeine von ihnen? Sagen Sie mir doch, was sie gestern gemacht hat.«

»Das ist nicht dasselbe.«

»Das ist es sehr wohl, Mister Hyde. Glauben Sie mir, es ist dasselbe. Tricias Kommen entsprang einfach einem spontanen Entschluß. Sie hat sich ihre Kindheit über eingebildet, mein Mann und ich wären glücklich, während wir das natürlich keineswegs waren. Und die letzten drei Jahre wollte sie noch einmal verzweifelt unsere zerrüttete Ehe kitten.« Mrs. Quin seufzte, und ihre Brauen falteten sich zu tiefen, fadenartigen Furchen. »Es tut mir leid für sie – und auch für mich.«

Hyde setzte sich in dem Sessel zurück, den sie ihm angeboten hatte, als sie ihn ins Wohnzimmer geführt hatte. Ab und zu fuhr draußen ein Auto vorbei; ihr freier Tag im Laden; ihr Wagen auffällig auf der anderen Straßenseite. Die Bäume, immer noch blattlos, bogen und bewegten sich im Wind. Die Gin-Stunde für einsame oder gelangweilte Hausfrauen in den Vorstädten. Sie hatte ihm Tee angeboten und schien ihm sein Benehmen vor zwei Tagen nicht übel zu nehmen.

»Mein Gott, Mrs. Quin, das ist vielleicht ein Schlamassel«, seufzte Hyde und fuhr sich mit der Hand durchs Haar. »Ihre Tochter befindet sich ernsthaft in Gefahr ... na gut, das wissen Sie inzwischen; tut mir leid, daß ich Sie noch einmal daran erinnern mußte. Trotzdem ist es so. Dasselbe gilt für Ihren Mann. Sie ist bei ihm oder auf dem Weg zu ihm. Die ... die anderen Leute, die sich für Ihren Mann interessieren, wissen das. Und sie wissen auch, daß wir an ihm interessiert sind ...«

»Wieso mußte er sie in die Sache hineinziehen?« fuhr die Frau plötzlich auf, ihre Stimme und ihre Miene vorwurfs-, ja sogar verachtungsvoll. »Nein, das ist vermutlich nicht fair. Wie ich Tricia kenne, ist sie aus eigenen Stücken in diese unerfreuliche Angelegenheit hineingeschliddert.«

»Erzählen Sie mir doch von Ihrer Tochter.«

»Wollen Sie damit vielleicht sagen, Sie wüßten nicht schon alles?« Ein scharfes, spöttisches Lächeln, ein kurzes Aufblitzen weißer Zähne. Diesmal waren die Haare mit Hilfe von Spray ordentlich im Zaum gehalten, die Kleidung mit Bedacht gewählt, die gesamte Erscheinung gepflegt. »Über die Popgruppen, die Drogen ...«

»Drogen? Weiche oder harte?«

»Das Zeug, das man rauchen kann, glaube ich.«

»Weich also. Hin und wieder?« Mrs. Quin nickte. »Na ja, und was ist mit den Rockbands?«

»Steht das nicht in Ihren Akten?« Die leichte Verachtung. Sie hatte ihr Bündnis mit dem uniformierten Inspektor, ihre

Sorge um den jungen Sugden vergessen. Die Nachbarn hatten natürlich über den Vorfall gesprochen, Fragen gestellt, und die Polizei stellte eine gewisse Herabsetzung der Vertrauenswürdigkeit dar.

»Doch. Ein paar Hinweise. Das liegt allerdings schon einige Zeit zurück, oder nicht?«

»Sie hat so ihre sexuellen Erfahrungen gesammelt, wie man das, glaube ich, vornehm ausdrückt. Mit ihnen.«

»Ein Groupie?«

»Ich glaube schon. Finden Sie es eigentlich völlig unberechtigt, daraus diesem College einen gewissen Vorwurf zumachen und den Leuten, die sie dort heutzutage zum Studium und als Lehrkräfte zulassen?« Offensichtlich war sie jedoch an seiner Meinung zu diesem Punkt wenig interessiert.

»Vermutlich schon«, erwiderte Hyde. »Aber es ist immerhin Ihr gutes Recht.«

»Es hat dann sowieso irgendwann einmal aufgehört. Aber so ganz zur Ruhe gekommen ist sie danach trotzdem nicht.«

»Mit wem war das? Mit welcher Gruppe?«

»Ich kann mich an ihre Namen nicht mehr erinnern. Aber ich glaube, sie waren so etwas wie berühmt.«

»Ist sie auch mit ihnen gereist?« Ein Nicken. »Wann war das?«

»Vor zwei Jahren im Sommer. Sie waren sogar auf dem Festland. Unter anderem bei einem großen Open-air-Festival.«

»Aber sie wissen ihre Namen nicht mehr?«

»Hätte ich sie je gewußt, hätte ich mich gezwungen, sie zu vergessen.«

»Ich verstehe. Wissen ihre Freunde im College etwas darüber?«

»Ich bin mir sicher, daß sie über jedes schmutzige Detail genauestens Bescheid wissen.«

»Dann sollte ich vielleicht mit ein paar von ihnen sprechen.«

»Das gehört doch inzwischen alles der Vergangenheit an. Können Sie die Sache nicht auf sich beruhen lassen?« Ein unverhohlenes Flehen, das Gesicht verjüngt und geglättet durch die Sorge.

Hyde stand auf. »Falls irgend etwas sein sollte – irgend etwas –, dann rufen Sie bitte diese Nummer an. Man wird Sie mit einem gewissen Mister Aubrey verbinden. Ich glaube, er ist ein Mann, der Ihnen gefallen würde.« Hyde grinste humorlos.

»Warum ist er nicht selbst gekommen?« Der Ton messerscharf.

»Er ist eine zu wichtige Persönlichkeit. Vielen Dank, Mrs. Quin.« An der Tür wandte er sich ihr noch einmal zu und fügte hinzu. »Ich werde sie als erster finden, wenn es irgendwie geht. Aber es könnte trotzdem nicht schaden, wenn Sie ein bißchen beten würden, hm?«

»Maschinen stop!«

Das sowjetische U-Boot war zurück. Es war vor einer Stunde fünfzig Faden über ihnen gekreuzt und hatte sich Richtung Steuerbord entfernt. Lloyd hatte lautlose Fahrt angeordnet, so daß die Maschinen sie sehr langsam vorwärts bewegten. Die Computeridentifikation hatte ein atomgetriebenes Kampf-U-Boot der ›Victor-II‹-Klasse ergeben. Ein Hai war auf einen anderen Hai getroffen. Dann hatte die ›Victor-II‹ neuerlich ihren Kurs geändert; möglicherweise hatte sie ganz schwache Wärmeemissionen oder Propellergeräusche aufgefangen. Und das Boot war auf Beobachtungsposten; es wußte, daß sich in seiner Nähe etwas aufhielt.

In der neuen, völligen Stille summte die *Proteus* vor Spannung. Elektronische Geräte murmelten leise vor sich in – die Echolote, welche nötig waren, um den Standort des sowjetischen U-Boots zu bestimmen; jemand räusperte sich; Lloyd konnte sogar Carrs Ärmel über die Karte streifen hören, als er den Contact Evaluation Plot auf den neuesten Stand brachte. Das Wispern der Hydroplan-Kontrollräder, während die Männer damit beschäftigt waren, die *Proteus* unbeweglich und im Gleichgewicht zu halten und die ständigen Versuche des U-Boots, Position und Tiefe zu verändern, auszugleichen. Ein Jonglierakt. Auf dem Grund war das einfacher. Aber sie waren nicht auf dem Grund.

Lloyd trat auf Thurston zu, stand neben ihm hinter dem Echolot-Operator, der das Nahen von ›Victor-II‹ überwachte. Auf dem Bildschirm war die Schneckenspur aus Licht zu sehen, die über die Position des russischen U-Boots Auskunft gab. Unter dem Schirm waren in roten Leuchtziffern Entfernung und Position angegeben. Die ›Victor-II‹ rückte näher.

Dies war nicht das erste Mal, daß ein U-Boot verlorenging, rief sich Lloyd unwillkürlich ins Gedächtnis zurück. Da war weder Angst noch Zuversicht. Zwei Boote, die sich in der dunklen Tiefe des Ozeans begegneten. Kollision oder Ausweichen, Angriff oder Rückzug. Die ›Victor-II‹ folgte ihrer Spur – Wärme, Schraubengeräusch, Rumpfvibrieren, die winzigen Hautabschuppungen ihrer Fahrt, die ›Leopard‹ nicht gänzlich zu neutralisieren vermochte. Die Doppelrümpfe, die sie umschlossen wie Gipsplattenwände, warteten darauf, jedes Geräusch zu übertragen, das sie verursachen würden. Näher. Position unverändert. Die Geschwindigkeit vorsichtige zwölf-Komma-sieben Knoten. Zeit bis zum Kontakt, fünf Minuten.

Lloyd bewegte seine Lippen lautlos in Richtung Thurston, der nickte. Der Erste Offizier schluckte schwer und formte dann seine Lippen zu einer leise geflüsterten Antwort.

»Wenn sie uns nicht finden, werden sie uns um ein Haar verfehlen.«

»Ganz knapp?«

»Ganz knapp.« Lloyds Hand ruhte auf der Rückenlehne des Stuhls des Echolot-Operators. Irgendeine durch den Kapitän übertragene elektrische Spannung ließ die Anzeige zucken. Lloyd nahm seine Hand weg. Er beobachtete die zwei Männer, die wie nervöse Autofahrer an den Kontrollrädern der Stabilisatoren-Anlage arbeiteten. Sie machten den Eindruck, als hätten sie ihr Gefährt nicht unter Kontrolle. Die *Proteus* verhielt sich still, lag wartend im Dunkel. Andere Lichtspuren – nicht neu, aber plötzlich bemerkt und aufgrund angespannter Nerven mit einem Mal bedeutungsvoller – auf dem Schirm des Echolots. Vier weitere U-Boote, zwei Zerstörer und möglicherweise der Flugzeugträger *Kiew,* das Flaggschiff der Nordmeerflotte. Er war für eine positive Identifikation zu weit entfernt, und Lloyd sah sich versucht, sein Auftauchen in der Barents-See für unwahrscheinlich zu halten. Um diese frühe Jahreszeit lag der Flugzeugträger normalerweise zur Überholung in Murmansk. Und natürlich die

›Victor-II‹, heller als alle übrigen Schiffe. Kontaktzeit, vier Minuten fünfzig. Lloyd spürte, wie seine Hände feucht zu werden begannen. Er öffnete sie. Der Kontrollraum schien mit einem Mal heißer. Einbildung.

Kurs unverändert. Geschwindigkeit konstant. Löschen. Neue rote Ziffern erschienen auf der Anzeigetafel. Geschwindigkeit zehn Knoten. Die ›Victor-II‹ verlangsamte ihre Fahrt. Kontaktzeit drei Minuten achtundzwanzig, siebenundzwanzig, sechsundzwanzig ...

Der Echolotoperator wandte sich mit verdutztem Gesichtsausdruck Lloyd zu. Die ›Victor-II‹ kam zum Stehen; die Anzeigen für Kontaktzeit und Entfernung verlangsamten sich und standen schließlich still. Die Kontaktzeit war auf zwei Minuten einunddreißig festgefroren. Der enge, überfüllte Kontrollraum heiß. Thurston schwitzte – eine Linie von Schweißperlen entlang seines Haaransatzes. Lloyd spürte, wie der Schweiß sein Hemd durchnäßte, ihm kalt die Seiten hinunterrann. Die Haarcreme des Echolot-Operators – ein unangenehmer Geruch, dessen er sich plötzlich bewußt wurde. Der Magen in Aufruhr.

Einfach angehalten. In einer Drittelmeile Entfernung. Sechshundert Meter. Nahe genug für Temperatursensoren. Die Bewegungen von nackten Unterarmen am Rand seines Blickfelds, während die Stabilisatoren die *Proteus* ausbalancierten. Das autosuggerierte Summen der elektronischen Geräte, ähnlich dem Summen von Insekten, konnte man nur schwer verdrängen. Die ›Victor-II‹ war dabei, die einzelnen Informationsbrocken zu verdauen; ihr Kapitän wartete auf die Antwort des Computers. *»Befindet sich in unserer Nähe ein feindliches U-Boot?«*

Rote Ziffern, die abrupt verloschen. Eine leere, dunkelgrüne Anzeigetafel unter dem Echolotschirm mit seinem hellen Lichtsignal. Dann neue Ziffern. Geschwindigkeit vier Knoten, fünf, sechs. Kontaktzeit zwei Minuten neunzehn, achtzehn, siebzehn, fünfzehn, zwölf, sieben ... eine Minute neunundfünfzig. Kurs unverändert.

Lloyd wartete. Er konnte es kaum ertragen, die ›Victor-II‹ sich durch die Dunkelheit auf sie zubewegen zu sehen. Eine Minute zwanzig. Geschwindigkeit zehn Knoten. Entfernung zweihundert Meter. Elf Knoten, Kurs unverändert; als wüßten sie, wo die *Proteus* war.

Dann lauschten sie. Zwei Dampfturbinen, von einem mit Druckausgleich versehenen Reaktor betrieben. Sie würden sie hören, obwohl sie mit elf Knoten eigentlich nur ganz gemächlich dahinfuhren.

Gesichter wandten sich zur Decke hoch. So war es immer, bemerkte Lloyd. Eine Vertrautheit der Orientierung, die sie mit sich auf das Boot gebracht hatten. Es konnte unter ihnen, seitlich, überall sein.

Das Drehen der Schrauben. Ein leichtes, fast unhörbares Pulsen in ihrem eigenen Rumpf. Gesichter spannten sich an – die Zerbrechlichkeit war offensichtlich. Die Vorstellung eines anwachsenden Zitterns in der Eierschale des Rumpfs. Hände konnten es spüren, wo sie feucht gegen irgendeinen Teil des Rumpfs ruhten – oder gegen irgendein Instrument. Die Männer an den Stabilisatoren drehten nun heftiger an den Kontrollrädern, als das aufgewirbelte Wasser gegen den Rumpf der *Proteus* drang – Füße spürten es, Muskelkrämpfe in den Waden. Lauter.

Dann war es völlig laut, scheinbar über Minuten anhaltend, die Männer an den Stabilisatoren waren nicht mehr in der Lage, den Bug des Boots am Absinken zu hindern, das ganze Boot setzte an zu einem Nach-vorn-Tauchen, dann stoppte die Bewegung, das Boot wieder im Stillstand. Schwächer werdendes Geräusch und Vibrieren. Sie waren von allen Seiten von dem Lärm und der Bewegung umschlossen gewesen, aber Lloyd war sicher, daß das sowjetische U-Boot leicht Backbord unter ihnen passiert hatte.

Dann war es verschwunden. Thurston fuhr sich erleichtert über die Stirn und grinste Lloyd mitgenommen an.

»Ganz schön knapp«, murmelte er.

»Zu knapp.« Und dann kam ihm plötzlich ein Gedanke, den er aussprach, ohne vorher hinsichtlich seiner Nachwirkungen irgendwelche Überlegungen angestellt zu haben. »Ich glaube, sie haben uns erwartet. Ich meine, uns – dieses U-Boot mit seiner Antisonarausrüstung.«

»Was?«

Lloyd blickte auf den Echolotoperator dann auf die anderen im Raum Anwesenden. Er wollte das nicht erklären, nicht jetzt. Die Vorstellung, halb geformt, verängstigte ihn, und er hätte sie am liebsten ignoriert.

Thurston wartete auf seine Erklärung, worauf Lloyd lahm auswich: »Die Russen sind nun schon seit einer Stunde einer sehr schwachen Fährte gefolgt, als hätten sie gewußt, daß wir hier sind.«

»Das bilden Sie sich nur ein, Käpt'n.«

»Als hätten sie gewußt, daß sie nach einem U-Boot zu suchen hatten, das auf ihrem Echolot nicht zu sehen sein würde«, fügte Lloyd hinzu.

»Der Beweis liegt vor Ihnen, Mann. Er mag vielleicht nicht schlüssig sein, aber es deutet einiges darauf hin, daß die *Grischka* auf dieses britische U-Boot mit seinem Antisonarsystem getroffen ist.«

»Ich muß zugeben, daß nicht jede Spur einer Wärmeemission durch Temperaturunterschiede im Meereswasser erklärt werden kann. Vielleicht gibt es identifizierbare Spuren von Schraubenbewegungen und Turbinenaktivität; vielleicht helfen uns auch die schwachen Treibstoffspuren weiter ...« Der Konteradmiral blickte sich im Kreise seiner Mitarbeiter um und zuckte dann mit den Achseln. »Wir werden die Position des britischen U-Boots vorläufig auf den von der *Grischka* angegebenen Punkt festlegen, und dann werden wir ja sehen, ob dies durch unseren Satelliten in irgendeiner Form bestätigt wird.«

»Sehr gut. Sie befindet sich auf Kurs. ETA?«

»Ausgehend von unserer Hypothese, nicht mehr als achtzehn Stunden.«

Dolohow wollte eben etwas erwidern, als die Tür zur Brücke aufging und ein Mann in Zivilkleidung eintrat – in Dolohows Augen schienen der Pullover, die Windjacke und die Cordhose des Mannes sehr westlich. Als der Mann näher kam, sah Dolohow, daß er grinste. Sein Haar war vom Wind zerzaust. Dolohow erwiderte das Lächeln und entließ mit einem Winken seiner Hand den Offizier, der den Mann begleitete.

»Waleri, Waleri, mein Junge!« rief er, ohne den im Raum

Anwesenden Beachtung zu schenken. Er umarmte den Neuankömmling und küßte ihn auf beide Wangen – ein Gruß, der von dem jüngeren Mann erwidert wurde.

»Admiral – Sir«, entgegnete der jüngere Mann anerkennend, als Dolohow ihn auf Armeslänge von sich hielt. Der Konteradmiral schien überrascht, daß der Zivilist – abgesehen von der Tatsache, daß er Zutritt zur Operationszentrale hatte – ein Marineoffizier zu sein schien. Der Haarschnitt, das Wissen um Dolohows Rang. Und doch fast wie ein Sohn des Admirals. Ein schwacher Funke des Neids glimmte im Innern des Konteradmirals auf. Ganz offensichtlich behandelte man diesen Mann besser nicht wie einen Schuljungen, der mit dem Kopfrechnen etwas Schwierigkeiten hatte.

»Sie sind sofort hierher gekommen?« Noch während er fragte, zog Dolohow den jüngeren Mann bereits auf das Fenster der Brücke zu und streckte seinen freien Arm aus, um den Blick seines Begleiters in eine bestimmte Richtung zu lenken. Er enthüllte ihm einen äußerst wertvollen und begehrten Gegenstand. Der Konteradmiral verbeugte sich frostig, als er vorgestellt wurde; ihm widerstrebte die warme, intime Atmosphäre, die sich plötzlich in dem klinisch sterilen Raum ausgebreitet hatte. »Kapitän Waleri Ardenjew, Leiter der Unterwasser-Spezialeinheit der Rotbanner-Flotte«, verkündete Dolohow mit unverhohlenem Stolz, dem ein besitzergreifender, väterlicher Ton anhaftete. Ohne dem Konteradmiral weitere Beachtung zu schenken, wandte er sich wieder an Ardenjew. »Dort unten. Wir haben sie mit einem grünen Licht gekennzeichnet. Sie hat eine Farbe ganz für sich allein.«

»Und sind Sie sich auch sicher, Sir?«

»Wir glauben schon. Sie befindet sich auf Kurs in Richtung Fjord, noch achtzehn Stunden davon entfernt.«

Ardenjew blickte eine Weile auf den Kartentisch hinunter. Wie ein Hoher Priester gestand ihm Dolohow eine durch keinerlei Unterbrechungen gestörte Stille für seine Meditationen zu, obgleich seine steinernen Gesichtszüge eine Ungeduld umspielte, die ihn gleichzeitig älter und wesentlich jünger erscheinen ließ.

»Die Wetterlage verschlechtert sich, Sir«, brach Ardenjew

schließlich das Schweigen. »Aber das wissen Sie natürlich bereits.« Ardenjew grinste, als er sich sein Haar zurechtstrich.

»So schlecht ist es nun auch wieder nicht, Waleri«, erwiderte Dolohow mit einem leicht säuerlichen Unterton.

»Noch nicht. Ich werde mir die Berichte und die Vorhersagen ansehen müssen.«

»Haben Sie etwa Zweifel?«

»Im Moment noch nicht, Sir. Im Moment noch nicht.«

»Wir haben achtzehn Stunden Zeit, Waleri.«

»Wir müssen allerdings schon um einiges früher auf diesem Rettungsschiff eintreffen, Sir. Mit einem Hubschrauber.«

Dolohow faßte ihn am Arm. »Waleri, es wird schon klappen.« Er erteilte nicht nur Ardenjew Anweisungen, sondern selbst dem Wetter. Er erteilte beiden seine Befehle. »Es wird alles klappen. Wir werden uns das Boot schnappen.« Darauf wandte er sich an Sergej, seinen Adjutanten, dessen Position innerhalb der kleinen Gruppe des Teams des Konteradmirals die einer obskuren Aufsässigkeit Dolohow gegenüber zu sein schien. »Sergej, beschaffen Sie mir für das in Frage kommende Gebiet einen Wetterbericht, der auf dem neuesten Stand ist. Und besorgen Sie mir *alle* meteorologischen Prognosen für die nächsten vierundzwanzig Stunden – und zwar *sofort,* Sergej!« Darauf wandte Dolohow sich wieder Ardenjew zu, als wäre dieser ein verwöhntes Kind, das nun Gehorsam zu lernen hatte. »Es muß klappen, Waleri. Wir müssen es schaffen.«

»Wenn es irgendwie in unserer Macht steht, Sir, dann werden wir das auch. Das verspreche ich Ihnen.«

Während der Konteradmiral diesen Dialog beobachtete, konnte er sich nicht ganz des Eindrucks erwehren, daß Ardenjew keineswegs ganz ohne Berechnung und Verschlagenheit war. Dolohow reagierte, indem er den jüngeren Mann am Arm packte und ihn mit Dankbarkeit und einem Gefühl echter Zuneigung drückte. Bei dieser Gelegenheit fiel dem Konteradmiral auch wieder das Gerede ein, wie Ardenjews Karriere angeblich durch den Admiral eifersüchtig vorangetrieben worden war. Irgendeine Verbindung mit Ardenjews Vater, ja sogar Großvater, hatte er gehört. Was den

Konteradmiral selbst betraf, so hatte er seinen Aufstieg seiner Loyalität gegenüber der Partei zu verdanken, weshalb er auch höchstens Mißtrauen gegenüber allem hegte, was in irgendeiner Weise an Vetternwirtschaft erinnerte. Und er mißtraute auf jeden Fall jungen Marinieoffizieren in Zivilkleidung, die neben flotten Manieren auch zu offensichtliches Selbstvertrauen an den Tag legten. Elitäre Abenteurer.

Der Konteradmiral zog sich in den anderen Teil der Brücke zurück, um die auf den neuesten Stand gebrachten Satelliteninformationen zu erwarten. Wie die Wärme, die sich nach einem kräftigen Schluck im Magen ausbreitet, hegte er die schwache Hoffnung, Dolohow könnte voreilig gehandelt, sich möglicherweise sogar getäuscht haben.

Das College war neu erbaut; es stand auf dem Gelände eines ehemaligen viktorianischen Herrschaftssitzes in dem Vorort Edgbaston. Das ursprüngliche Haus war abgerissen worden. Der Hauptbau mit dem Uhrenturm trug denselben Namen wie das herrschaftliche Haus, das sich einer von Birminghams Krösussen zu seinem eigenen Ruhm errichtet hatte. Eingefaßt wurde das Universitätsgelände durch ein paar kleine, angeblich exklusive Wohnanlagen.

Hyde parkte seinen Wagen vor dem Hauptgebäude und blieb noch kurz hinter dem Steuer sitzen, um über sein bevorstehendes Gespräch mit Tricia Quins Zimmergenossin, Sara Morrison, nachzudenken. Der CID in Birmingham hatte an dem Tag, als Tricia Quin aufgetaucht und wieder verschwunden war, mit ihr gesprochen und sie als unkooperativ beurteilt. Hyde hatte sich kurz mit dem Mann unterhalten, der sie aufgesucht hatte. Er bezeichnete Sara Morrison als ›mode-linkes Mäuschen, gegen die Polizei eingestellt, aus gutem Elternhaus – wie das ja oft der Fall ist‹. Er wünschte Hyde viel Glück mit ihr. Ein Gefühl der Vergeblichkeit, nicht weniger entmutigend als ein Anfall von Weltschmerz, überkam Hyde, bis er schließlich ausstieg und die Tür hinter sich zuwarf.

Der Himmel war bedeckt, düster von Regen. Der drohende Wolkenbruch, wurde nur noch durch den heftigen, böigen Wind verzögert, der Papierfetzen und Staub und abgefallene

Blätter über den Rasen und die betonierten Wege vor dem Wohngebäude fegte; die wenigen menschlichen Gestalten, die zu sehen waren, wirkten gehetzt und gejagt. Ein überwältigender Eindruck von Beton und Glas und Grauheit, eine moderne Fabrikanlage. Er hastete die Stufen zur Eingangshalle des Hauptbaus hinauf.

Ein Portier, in Uniform und offiziell, wischte sich die Lippen ab, als er aus seiner Loge trat. Hyde zeigte ihm seine CID-Karte, die jegliche weiteren Erklärungen erübrigte und erkundigte sich nach Tricia Quins Zimmer. Durch die Länge von Hydes Haar und seine saloppe Kleidung offensichtlich nicht beeindruckt, nannte der Portier unwillig die Zimmernummer. Außerdem gab er zu verstehen, daß sich Sara Morrison im Moment dort aufhielt. Er hatte sie vor einer halben Stunde von einer Vorlesung zurückkommen gesehen. Hyde fuhr im Lift nach oben, ohne den pseudo-intellektuellen Graffiti an den Wänden etwas abgewinnen zu können. Er gelangte jedoch zu der Erkenntnis, daß Punkmusik den Status sowohl einer Kunstform wie einer politischen Waffe angenommen hatte.

Ein langer Flur; schmucklose, furnierte Türen. Der Teppich war fleckig und bereits stark abgetreten; im Putz der Wände zeigten sich Verschiebungen der Fundamente. Er klopfte an die Tür von Zimmer 405.

Das Mädchen, das die Tür öffnete, trug ihr Haar in dichten Locken. Ihr Gesicht spiegelte sofort Argwohn wider, und nicht Neugier oder Hilfsbereitschaft. Ein Mund, der sich, wie es schien, fast natürlich zu einem Schmollen verzog. Fahle Haut, kein Make-up, eine gebügelte Bluse und Uniform-Jeans. Barfuß.

»Ja?« Ein Mittelschichtakzent, aus dem Südosten, gefärbt von einer schicken, urbanen Lässigkeit. »Was wollen Sie?«

»Sind Sie Sara Morrison?« Sie nickte. »Könnte ich mit Ihnen über Tricia Quin sprechen. Ich glaube ...« Der Ausweis war in seiner Hand, seine Schulter gegen die Tür gestemmt, die sie zu schließen versuchte. »Ich glaube, sie bewohnt zusammen mit Ihnen dieses Zimmer.«

Das Mädchen nahm die Tatsache zur Kenntnis, daß es ihr nicht gelingen würde, ihm die Tür vor der Nase zuzuschlagen.

»Sie hat hier einmal gewohnt«, verbesserte sie ihn, ihre Augen funkelten berechnend.

»Tatsächlich?«

»Sie sind Australier?«

»Ganz richtig.« Er grinste entwaffnend, aber das Mädchen reagierte nicht darauf.

»In Birmingham?« spöttelte sie. »Ein australischer Bulle in Birmingham?«

»Warum nicht. Die Welt ist klein geworden. Darf ich reinkommen?«

Das Mädchen ließ achselzuckend die Tür los. Sie öffnete sich in einen unaufgeräumten, vollgestopften Raum mit zwei Einzelbetten an gegenüberliegenden Wänden. Von dem Fenster an der hinteren Wand konnte man den Parkplatz des Universitätsgeländes überblicken. Über einem Stuhl hingen Kleider; ein kleiner, billiger Schreibtisch war von Büchern übersät. An den Wänden verschiedene Poster – Mao, Lenin, Sex Pistols, ein *Playboy*-Mittelteil, übermalt mit einem Schnurrbart, einer Brille und einem schwarzen Zahn, Castro, Margaret Thatcher als Dartboard-Zielscheibe, eine Rockgruppe.

»Was wollen Sie?« fragte das Mädchen angriffslustig, während er die Tür begutachtete, die ins Bad führte. »Ich hab Ihnen doch gesagt, daß sie nicht hier ist.« Ihr Tonfall schwankte zwischen der gläsernen Überlegenheit ihrer Herkunft und unzweifelhaften Wohlstands und der städtischen Schnoddrigkeit, die Hyde ihrer Meinung nach verdiente.

»Na, das glaube ich auch. Sonst hätte sie doch sicher irgend jemand gesehen. Zum Beispiel der Portier.«

»Oder meinen Sie vielleicht Beria?«

Hyde lachte. »Darf ich mich setzen?« Das Mädchen packte die Kleider von dem einzigen Stuhl im Raum und setzte sich dann, die Beine unter sich hochgezogen, mit betonter Gleichgültigkeit aufs Bett. Hyde nahm auf dem Stuhl Platz. Das Mädchen studierte ihn eingehend.

»Ein richtig schicker Bulle.«

»Wir tun eben unser Bestes, meine Liebe. Freut mich, daß Sie das zu schätzen wissen.«

»Ich habe nicht gesagt, daß Ihre Bemühungen unbedingt

Erfolg gehabt haben.« Ihre Lippen verzogen sich zu einem humorlosen Grinsen – präzises visuelles Signal ihres Scharfsinns und ihrer Schlagfertigkeit.

»Das hat gesessen, muß ich zugeben. Aber könnten wir nicht vielleicht über Ihre ehemalige Freundin sprechen?«

»Was soll es dazu schon groß zu sagen geben? Sie ist nicht da. Ende der Geschichte.«

»Nicht ihrer Geschichte. Sie wissen, daß sie gesehen worden ist. Haben Sie sie auch gesehen?« Das Mädchen schüttelte den Kopf. Ihre Miene verriet nichts. »Bestimmt nicht?«

»Ich habe doch ihrem fetten Kollegen vom CID schon erzählt, daß ich sie nicht gesehen habe. Glauben Sie mir etwa nicht?«

»Zumindest nicht, wenn ich Sie nach der Uhrzeit fragen würde. Welche würden Sie mir sagen – die in Moskau oder die in Peking?«

»Die in Kuba«, erwiderte Sara Morrison ausdruckslos.

Hyde blickte zu dem hehren Poster von Fidel Castro auf. »Er ist doch inzwischen auch schon ein bißchen außer Mode gekommen, nachdem sogar Arthur Scargill schon von ihm gehört hat?«

Das Mädchen applaudierte ironisch. »Sehr witzig. Wirklich sehr witzig.«

»Besten Dank für das Kompliment, meine Liebe«, entgegnete Hyde in seinem breitesten Akzent. »Jetzt haben wir uns also beide mit den Federn von *backgrounds* geschmückt, denen wir nie angehört haben.« Er beugte sich in seinem Stuhl vor. Das Mädchen zuckte unerwartet zusammen. Er fuhr fort: »Wir sind hier nicht in Frankreich oder Südamerika, meine Liebe. Und auch nicht in Nazi-Deutschland oder Kampuchea oder in der Sowjetunion. Natürlich könnte ich Sie mit auf die Wache nehmen, obwohl Sie Ihr Daddy mit Sicherheit bis zum Nachmittagstee wieder herausgepaukt hätte, wie ich mir gut vorstellen kann.« Das Gesicht des Mädchenes verzog sich verächtlich, um jedoch gleich wieder seine glatte Gleichgültigkeit anzunehmen, als hätte sie zu viel von sich preisgegeben. »Er hat sicher immer eine Menge Arbeit im Büro gehabt. Vielleicht auch andere Frauen? Ein Selfmade-Mann?«

»Verpissen Sie sich.« Die Obszönität kam fast gezwungen von ihren Lippen.

»In einer Minute. Hören Sie, Tricia Quin steckt in ernsthaften Schwierigkeiten – nicht unseretwegen, bevor Sie mir wieder eins überziehen, sondern wegen der Leute, von denen Sie vielleicht glauben, sie hätten Ihre Sympathien, obwohl ich mir kaum vorstellen kann, daß das der Fall wäre, wenn Sie mit ihnen zu tun hätten.«

Nach kurzem Schweigen antwortete das Mädchen: »Dieser ganze Quatsch mit der nationalen Sicherheit also?«

»Tut mir leid, meine Liebe, aber eine andere Entschuldigung habe ich tatsächlich nicht.«

»Warum können Sie sie eigentlich nicht einfach in Frieden lassen!« fuhr ihn das Mädchen plötzlich an, ihr Gesicht rot vor Wut. Der unvermittelte Stimmungsumschwung hatte fast manische Ausmaße an sich.

»Sie schwebt in Gefahr. Sie braucht unbedingt unseren Schutz.«

»Quatsch.«

»Das ist kein Quatsch. Hören Sie mir lieber mal zu.« Die Hände des Mädchens hatten sich in ihrem Schoß zu Fäusten geballt, um hin und wieder aufzuzucken, als griffen sie nach einer imaginären Waffe. In ihr war eine Gewalttätigkeit voll Wut, Schuld und Aufgebrachtheit, die der Körper in ihrer Tiefe und Vehemenz unfähig auszudrücken war. »Ich kann nichts für die Lage, in die sie geraten ist. Schieben Sie die Schuld dafür meinetwegen ihrem Vater zu, oder der nationalen Sicherheit oder dem verdammten Wettrüsten, wenn Sie wollen – aber ich bin die einzige Chance, die sie hat. Leute sind an ihr interessiert, weil sie durch sie an ihren Vater herankommen wollen. Sie werden bei dem Versuch, das Versteck ihres Vaters aufzuspüren, nicht viel Federlesens machen. Und bevor Sie es mir vorhalten: Ja, ich will auch ihren Vater finden. Aber ich will ihm keinen Schaden zufügen, und ihr möchte ich nur helfen.«

Seine Zurückweisung kam wie ein Blinzeln, durch ein Staubkorn im Auge verursacht. Politische Einstellungen, felsenfest fundamentiert und einzementiert. Sie würde ihm nichts sagen. Hyde sah, wie die Waffe der Drohung sich wie von selbst anbot, und wollte sie im selben Augenblick zurückweisen.

»Ich weiß nicht, wo sie ist. Und selbst wenn ich es wüßte, würde ich es Ihnen nicht sagen.«

»Meine Güte, Mädchen!« explodierte Hyde. »Jetzt, in diesem Augenblick, suchen einige von den rund zweihundert sowjetischen Diplomaten mit den schlecht sitzenden Anzügen und den Pickeln von dem schlechten Essen nach Ihrer Freundin! Wenn sie sie finden, wird es erst ein paar Klapse geben; und dann kommen die geballten Fäuste, der Eimer über dem Kopf und die Baseballschläger und zu guter Letzt die Zigarettenenden. Diese Burschen werden nicht die Zeit haben, sich höflich mit ihr zu unterhalten, zumal ihnen irgendein Vorgesetzter im Nacken sitzt, der Resultate sehen will. Selbst wenn sie lieber nett zu ihr wären, hätten sie gar keine andere Wahl. Ihre Freundin könnte denen ihren Parteiausweis zeigen, und sie würden ihr die Fingernägel herausziehen, bis sie ihnen erzählt hätte, was sie wissen wollen.« Den letzten Satz hatte er inzwischen wieder sehr ruhig gesprochen, aber das Gesicht des Mädchens war weiß vor Wut und überraschter Angst. Ihr haftete etwas Uneigennütziges ebenso an wie etwas Ungläubiges.

»Sie glauben das doch nicht im Ernst?« erwiderte sie schließlich. Ihre Haltung, ihre engstirnigen Vorurteile hatten sich wieder gefestigt. »Meine Güte, der perfekte Funktionär!«

»Herr im Himmel, sind Sie vielleicht blöde ...«

»Tricia ist doch schon halb verrückt vor Angst, begreifen Sie das denn nicht?« schrie ihn das Mädchen an. »Bevor ihr Vater verschwand, war sie launisch, verängstigt, deprimiert. Dann ist sie plötzlich verschwunden – einfach so. Sie hat die Nacht davor kein Auge zugedrückt. Macht das vielleicht keinen Eindruck auf Sie?«

»War sie sehr verängstigt, als Sie sie vor zwei Tagen gesehen haben?«

»Verpissen Sie sich, Sie blöder Schlauberger.«

Beide atmeten heftig. Nur der Wind, der inzwischen lauter um das Gebäude heulte, bot eine weitere Perspektive an als die enge Treibhausatmosphäre des winzigen Zimmers. Das Gesicht des Mädchens war unversöhnlich.

Hyde stand auf, trat rasch auf sie zu und legte ihr seine Hand über den Mund, während er sie mit der anderen an den Handgelenken packte. Er stieß sie aufs Bett zurück und kniete neben sie.

»Sie wissen genau, was jetzt kommt, meine Liebe. Sie haben es sich sicher schon unzählige Male vorgestellt und darüber gesprochen. Sie sind Blair Peach, meine Liebe; Sie sind ein Schwarzer in Detroit; Sie sind Steve Biko. Mir wird man absolut nichts anhängen können, meine Liebe. Es wird ein Unfall gewesen sein.« Er konnte Speichel an seiner Handfläche spüren und Schweiß; und ihre Augen waren von Entsetzen geweitet. »Alles, was Sie je über die Bullen gedacht haben, ist wahr. Und jetzt werden Sie es am eigenen Leib zu spüren bekommen.«

Darauf ließ er sie los, trat zurück und setzte sich wieder. Das Mädchen fuhr über ihren Mund, rieb sich die Handgelenke. Als sie ihrer Stimme wieder mächtig wurde, hustete sie seine Verdammung heraus.

»Schade«, entgegnete er. »Sie hätten es mir gesagt. Ihre Augen haben bereits Ihre frühere Aufmüpfigkeit bedauert.« Seine Stimme klang ruhig, gelassen, ohne Emotionen. »Das wissen Sie genauso gut wie ich. Und Tricia hätte noch schneller geredet, obwohl es sich um ihren Vater gehandelt hätte.«

»Um Gottes willen ...«, begann das Mädchen, aber es schien dem nichts mehr hinzuzufügen zu geben.

»Ja. Sie haben wieder recht. Sie ist also hierher gekommen, oder nicht?«

»Nein, das ist sie nicht!« Mit einem leeren Gefühl wurde ihm bewußt, daß dies die Wahrheit war. Das Mädchen wirkte verletzt und nutzlos. Sie hätte Tricia geholfen – hätte für sie gelogen, sie versteckt, ihr Geld gegeben, die Bullen getäuscht, alles. Aber Tricia Quin hatte sie nicht einmal darum gebeten. Hyde verspürte Bedauern. In Sara Morrison schwappten nun sinnlose Energie und Emotionen hin und her, bloßer Ballast auf einer Reise ohne Ziel.

»Es tut mir leid. Dann sagen Sie mir doch wenigstens, wo sie sein könnte.« Und auf eine plötzliche Eingebung hin fügte er hinzu: »Ihre Mutter hat mir erzählt, sie wäre vor ein paar

Jahren mit einer Rockband herumgehangen – Dope, Sex, das übliche eben. Wissen Sie darüber vielleicht noch etwas mehr?«

»Ach, diese Dinosaurier«, bemerkte das Mädchen und blickte zu dem Poster der Rockgruppe auf, die sich über ihr in Positur geworfen hatte.

»Die?« fragte er, ihren Blicken folgend, worauf das Mädchen lachte.

»Haben Sie mal von einer Band gehört, die sich Heat of the Day nannte?«

»Ja. Ich mochte sie sogar.«

»Alt genug sind Sie dafür ja.« Das Mädchen war in eine andere Haut geschlüpft, welche von einer Hälfte der Poster an der Wand repräsentiert wurde, und von den Tonbandkassetten neben einem riesigen Radio mit zwei Lautsprechern. Etwas, womit ein Astronaut aus den Tiefen des Alls mit der Erde Kontakt aufzunehmen versucht hätte. Das Mädchen war nun ein Popmusik-Aficionado, und er jemand mit einem altväterlichen Geschmack. Hyde hatte sich gefragt, in welche Richtung ihr Rückzug in den Schock sie treiben würde. Diese Route machte einen vielversprechenderen Eindruck als andere, aber sie würde nicht lange anhalten. Früher oder später würde sie die Bedrohung, die er für sie darstellte, nicht mehr vor sich verbergen können.

»Ich dachte, sie hätten sich aufgelöst.«

»Haben sie auch. Offensichtlich lesen Sie den *Melody Maker* inzwischen nicht mehr.«

»Genausowenig wie den *Rolling Stone.* Ja, ja, das Alter.« Er lud sie zu einem Lächeln ein, aber sie reagierte nicht darauf. Sie blickte ihn inzwischen auch nicht mehr an, sondern starrte nur die Hände in ihrem Schoß an. Sie hätte unter Drogeneinfluß stehen oder auch meditieren können.

»Inzwischen sind sie aber wieder zusammen – auf Tournee. Tricia hatte immer noch etwas für sie übrig.«

»Wie ist sie ursprünglich mit ihnen in Verbindung gekommen?«

»Der Sänger, John Alletson, ging mit ihrem Bruder zur Schule – der nach Australien ausgewandert ist.«

»Wäre sie auf jeden Fall wieder mit ihnen in Kontakt getreten? Hätte sie auch wieder mit ihnen zu tun haben wollen?«

Saras Gesicht verschloß sich zu einer geschrumpften, trügerischen Maske. »Das kann ich nicht sagen«, meinte sie, und Hyde wußte, daß ihre Unterhaltung damit beendet war. In einer Minute würde es auf Polizeibrutalität hinauslaufen, und Androhungen gerichtlicher Maßnahmen. Er stand auf. Das Mädchen zuckte zusammen.

»Danke«, verabschiedete er sich. »Und passen Sie gut auf sich auf.«

Leise schloß er die Tür hiner sich. Hunger nagte an seinem Magen; in seiner Brust stach ein vages Gefühl der Erregtheit. Eine Rock-Supergruppe? Ein Freund ihres Bruders? Vielleicht wußte das Mädchen, daß sie nie zur Ruhe kommen würde, und hatte sich deshalb an einen Ort zurückgezogen, wo sie freundlich aufgenommen wurde, ohne daß man sich um sie kümmerte – inmitten von elektronischen Keyboards, heulenden Gitarren und dröhnenden Trommeln, umgeben von Hysterie und Lärm und Cannabis und Jugend. In diesem Dschungel würde sie ihre Feinde sofort mit Leichtigkeit erkennen – ganz gleich, von welcher Seite sie kamen.

Es konnte durchaus so sein ...

Langeweile, Wut, sogar Angst – all diese Emotionen taten sich zusammen, um die Vorsicht beiseite zu drängen. Aubrey wurde sich einer überraschenden Gewalttätigkeit in seinem Innern bewußt – die Reaktion auf seine stundenlange Beschäftigung mit der Operation ›Chessboard Counter‹. Der springende Punkt war in diesem Zusammenhang, den kleinen Ausflug der *Proteus* zum Tanafjord zur Sprache zu bringen und von seiner gewohnten Diskretion Abstand zu nehmen. Vielleicht, so versuchte er, sich selbst zu überzeugen, war es die blasierte, zuversichtliche und abgehobene Art, mit der die Annäherung an das in Seenot geratene sowjetische U-Boot gerechtfertigt wurde, die ihn so sehr erboste. Gedanken an Quin, in Verbindung mit den dazugehörigen Ängsten, und der alles durchdringende Geruch einer Falle verschworen sich, seine Geduld zu untergraben. Auch Clark schien auf das entsprechende Stichwort zu warten; er erwartete, daß Aubrey einen entscheidenden Schritt tat, den Gang der Ereignisse in andere Bahnen lenkte.

Und die reibungslos funktionierenden, fast mechanischen Individuen in dem Konferenzraum; die aufdringliche Freimaurerei dienender Offiziere. Der sterile Hangar des Raums; sein Gefühl, von den anderen bestenfalls als der Mann vom Geheimdienst angesehen zu werden. Er konnte sich nicht mehr länger an sein Schweigen halten oder mit unschuldigen Fragen und dem einen oder anderen kurzen, besänftigenden Lächeln zufrieden geben. Die Ausflucht, daß er sich lediglich über Quins Projekt informieren wollte, wurde in ihrer Fadenscheinigkeit zunehmend durchsichtiger; untragbar. Dennoch überraschte ihn dann die Heftigkeit in seiner Stimme, als sein Temperament schließlich mit ihm durchging, nicht weniger als Pyott und die anderen.

»Giles, was erwarten Sie sich eigentlich von dieser Überprüfungsaktion?« platzte Aubrey heraus. Er machte mit der Hand eine wegwerfende Geste in Richtung der riesigen Karte.

»Hier steht unsere Sicherheit im Norden in Frage, Kenneth«, erwiderte Pyott überrascht, seine Nasenlöcher zu schmalen Schlitzen verengt, seine Nasenspitze weiß vor Wut über Aubreys Ton. »Das dürfte Ihnen doch hoffentlich klar sein?«

»Das ist Ansichtssache, würde ich sagen.«

»Kenneth, Sie sind kein Experte ...«

»Nein, dieser Notruf, und genau zu diesem Zeitpunkt. Sie hegen offensichtlich nicht die geringsten Zweifel an seiner Echtheit?«

»Gütiger Gott, nein.«

»Was halten Sie davon, Captain Clark?«

»Ich zweifle eigentlich auch nicht daran. Nur finde ich, daß diese Sache nicht wichtig genug ist, um dafür ›Leopard‹ aufs Spiel zu setzen.« Er blickte zu den Lichtpunkten auf dem Kartenschirm auf. Sie schienen einen deutlich erkennbaren Mittelpunkt zu haben – die Stelle, wo der zitternde Pfeil des von Pyott bedienten Lichtzeigers die Position der *Proteus* angab.

»Aha. Jedenfalls wäre meine spontane Reaktion, basierend

auf der mir eigenen Berufserfahrung, diesen Notruf mit der größten Vorsicht zu genießen. Ich würde auf alle Fälle gern eindeutige Beweise für seine Echtheit sehen wollen.«

»Wir haben das betreffende U-Boot identifiziert«, erklärte der Kommandant brüsk. »Wir haben alles dreifach überprüft. Ich glaube also, die Sache ist über jeden Zweifel erhaben.« Er sah Pyott um Unterstützung heischend an, und erhielt diese dann auch in Form eines energischen Nickens.

Aubrey war sich der Opposition der beiden Offiziere mit verblüffender Intensität bewußt. Sie repräsentierten einen entgegengesetzten Pol von Interessen. Darüber hinaus waren sie in gewisser Weise durch ihre Uniformen legitimiert.

»Das ist mir durchaus klar. Aber so ganz kann ich mich mit dieser Erklärung dennoch nicht zufrieden geben.«

»Und was könnte Ihrer Meinung nach der Grund für ein so klug eingefädeltes Täuschungsmanöver sein?« stichelte Pyott.

»›Leopard‹.«

»Gütiger Gott, das ist doch hoffentlich nicht Ihr Ernst ...?«

»Was würden Sie davon halten, die *Proteus* zurückzurufen, bis dieser Quin wieder aufgetaucht ist?«

»Das ist doch absurd!«

»Diese beiden Angelegenheiten haben doch nicht das geringste miteinander zu tun, Kenneth.«

»Ich fände das eine großartige Idee.«

»Ach, Sie würden meinen Vorschlag also gutheißen, Captain Clark?«

»Allerdings.« Pyott verzog das Gesicht, als hätte er einen plötzlichen Anfall von Verdauungsstörungen; der Commodore schien sich hintergangen zu fühlen.

»Ich bin wirklich der Überzeugung, daß es höchst gefährlich ist, ›Leopard‹ auf diese Weise aufs Spiel zu setzen, so lange wir nicht wissen, wo Quin steckt.«

»Das haben Sie schon vor Wochen gesagt, Kenneth. Legen Sie doch zur Abwechslung mal eine andere Platte auf.«

»Giles, der KGB schreckt inzwischen auch vor einem Mord nicht mehr zurück; so stark ist ihr Interesse an Quin. Soll *ich* dann vielleicht seine Bedeutung – oder die seines Projekts – in irgendeiner Weise niedriger einstufen?« Aubrey deutete zu der Kartenprojektion hoch und blickte dann im Raum um sich. »Wer befaßt sich eigentlich sonst noch mit diesem Notruf?«

»Das ist ausschließlich unsere Sache.«

»Ihre Arbeit hier ist sehr wichtig, selbst wenn ich sie für überstürzt halte. Aber dieses augenblickliche Abenteuer – was versprechen Sie sich davon, Giles?«

Aubrey sah die Antwort in den Augen seines Gegenübers, noch bevor dieser zu sprechen begann.

»Kenneth, vielleicht sollte ich Sie doch darauf hinweisen – und das gilt auch für Sie, Clark – daß dieses gegenwärtige Abenteuer, wie Sie es nennen, in die höchste Sicherheitskategorie eingestuft ist.«

»Wegen eines Notrufs?«

»Wegen der Mission der *Proteus*«, erklärte Pyott mit verhaltener Wildheit. Aubrey stellte hinsichtlich der Natur dieser Mission seine Vermutungen an und war entsetzt. Es war genau das, was er zu hören erwartet hatte, wenn er nur Pyott genügend reizte. Und es war auch genau das, was er sehnlichst nicht zu hören gewünscht hatte. »Die Mission wird mit dem Codewort ...«

»Sie wollen damit also sagen, es handelt sich um einen weiteren – extremen – *Probeeinsatz* des ›Leopard‹-Systems, Giles?«

»Ja, natürlich«, erwiderte Pyott, dem dadurch sichtlich die Luft aus den Segeln genommen schien.

»Was zum Teufel ...?«

»Entschuldigen Sie mich bitte, Captain Clark. Wollen Sie damit sagen, Giles, daß beschlossen worden ist, die *Proteus* bis fast in sowjetische Gewässer zu schicken, und dies lediglich zu dem Zweck, die Wirksamkeit dieses Antisonarsystems zu erproben?«

»Ganz genau.«

»Mein Gott, Giles, das ist doch der glatte Wahnsinn. Solche Spielchen zu spielen. Sie setzen das neue System, das U-Boot und seine Besatzung aufs Spiel, und das alles nur, um in dieser Prüfung ein paar zusätzliche Punkte zu erzielen. Das ist doch Wahnsinn, und darüber hinaus auch noch höchst gefährlicher Wahnsinn!« Er studierte Pyotts Gesicht, das sich vor Wut verfärbte, und dann den Commodore. Dasselbe, unangetastete Selbstvertrauen.

»Was ist die ETA der *Proteus* zum Tanafjord?«

Pyott lächelte dünnlippig. »Ich sehe keinen Grund, weshalb ich es Ihnen nicht sagen sollte, Kenneth. Lassen wir einmal mögliche Änderungen des Kurses und der Geschwindigkeit außer acht, rechnen wir mit sechzehn bis achtzehn Stunden. Irgendwann morgen früh, Greenwich-Zeit.«

»Giles, welche Informationen haben Sie von seiten der Norweger?«

»Sie halten sich zum Glück aus der Sache heraus.«

»Irgendwelche Luftüberwachung?«

»Wir haben durchaus Bestätigungen unserer Angaben – Infrarot natürlich. Wir haben das russische Boot mehr oder weniger festgenagelt.«

»Es *ist* also tatsächlich nur ein Vorwand, nicht wahr, Giles?«

Pyott zuckte ausgiebig mit den Achseln – eine Geste, die gleichzeitig Selbstvorwürfe wie eine Entschuldigung beinhaltete.

»Es handelt sich um eine wichtige – eine entscheidende – NATO-Übung. Ein Probeeinsatz, wie ich bereits erklärt habe. Als *Vorwand* läßt sich das Ganze demnach also kaum bezeichnen.«

Nach einer kurzen Pause erwiderte Aubrey in aller Ruhe und Bestimmtheit: »Giles – Giles, es tut mir zwar schrecklich leid, aber ich muß in der Sache etwas unternehmen.« Er räusperte sich, bevor er hinzufügte: »Alles, was ich heute gesehen und gehört habe, sämtliche Instinkte in meinem Körper befehlen mir zu handeln.« Nun war es an ihm, mit den Achseln zu zucken – eine bescheidenere, entschuldigende Geste. »Es gibt keinen tragbaren Grund für diese Mission, der die ihr innewohnenden Risiken für die Besatzung, das Boot und die nationale Sicherheit aufwiegen könnte. Ich habe keine andere Wahl.«

»Man wird Ihnen nie die Befugnis erteilen, StratAn, das Verteidigungsministerium *und* die NATO zu übergehen.«

»Das ist auch gar nicht nötig. Diese Geheimdienstmission hat einen äußerst kritischen Punkt erreicht. Ich werde deshalb eine ETNA-Order beantragen. Ich werde an das Auswärtige Amt einen Antrag stellen, die Mission der *Proteus* zu einer SIS-Operation zu erklären, und dann werde ich sie abbrechen und das U-Boot zurückbeordern.«

Pyott zitterte fast sichtbar vor Wut. Nachdem Aubrey zu sprechen aufgehört hatte, drückte das Schweigen in dem großen Raum wie eine gewaltige Woge auf die kleine Gruppe unter der Karte.

»Na, dann viel Glück, Aubrey«, stieß Pyott schließlich zwischen den Zähnen hervor. »Jedenfalls können Sie mit meinem erbitterten Widerstand rechnen; soviel ist gewiß.«

Aubrey sah seinen Gegenspieler kurz an. Es gab nichts Versöhnliches, das er hätte sagen können, nichts Abschwächendes, das er hätte anbieten können. Er sagte nur: »Das Ganze sollte nicht allzu lange dauern. Ich hoffe, später an diesem Nachmittag mit der entsprechenden Befugnis zurückzukehren – mit der Befugnis, diesem törichten Schuljungenstreich ein Ende zu setzen!«

4 Abschluß

»Kenneth, ich bin gerade beim Minister.«

»Ja, Richard.« Cunningham hatte ihn über einen abhörsicheren Anschluß direkt vom Außenministerium angerufen.

»Sie haben einen Sonderstatus beantragt – ETNA-Order ...«

Aubry machte sich wegen Cunninghams Zögern Gedanken. ›C‹ hatte sicher mit einem der Minister gesprochen, und zweifellos nach dem Mittagessen auch mit dem Außenminister. Als permanenter Staatssekretär stand dem Leiter des Geheimdiensts solch unmittelbarer Zugang zu, und dasselbe galt auch für Aubrey, der als stellvertretender Staatssekretär eingestuft war. Cunningham hatte sich jedoch dafür entschieden, Aubreys Fall selbst – und allein – vorzutragen. Allem Anschein nach war es ihm jedoch nicht gelungen, die Politiker zu überzeugen.

»Ja, Richard?« wiederholte Aubrey, um seinem Vorgesetzten eine Antwort zu entlocken.

»Der Außenminister hat Ihrem Antrag zugestimmt. Die Admiralität wurde über seine Entscheidung bereits in Kenntnis gesetzt. Von drei Uhr fünfzehn diesen Nachmittag an ist ›Chessboard Counter‹ eine SIS-Geheimdienstoperation.«

Aubreys erleichtertes Seufzen mußte für Cunningham hörbar gewesen sein. »Vielen Dank, Richard«, sagte er schließlich. Er wollte mehr wissen und war nun ungeduldig, so lange hingehalten worden zu sein. »Ich bin mir sicher, daß wir dies wohl vor allem Ihren Überredungskünsten zu verdanken haben.«

»Ich würde eher sagen, die Gelegenheit war günstig«, entgegnete Cunningham. Aubrey verstand. Der Außenminister hatte eine Gelegenheit erkannt und wahrgenommen, seinen Einfluß auf ein anderes Ministerium geltend zu machen. »Ihre Autorisierrung wartet hier auf Sie. Ich würde vorschlagen, Sie kommen am besten gleich hier vorbei.«

Sie wußten Bescheid, und sie lehnten ihn ab. Jedes einzelne Mitglied des ›Chessboard Counter‹-Teams – mit Ausnahme von Ethan Clark – nahm seinen Eintritt in den unterirdischen Raum mit Schweigen und einer Miene unverhohlener Feindseligkeit zur Kenntnis. Unter der Karte stand eine dicht gedrängte Gruppe; Pyott stand mit dem Commodore an dessen Schreibtisch. Sie wirkten, als posierten sie für ein offizielles Porträt, das die Weltentrücktheit und Ferne alter Ölgemälde einzufangen versuchte. Die Kommunikations- und Computer-Operatoren hatten ihm ihre Rücken zugewandt – nicht so sehr, weil sie zu beschäftigt waren, sondern eher, um zum Ausdruck zu bringen, daß sie ihn ganz gern geschnitten hätten.

Aubrey trat sofort auf den Schreibtisch zu, legte dabei seinen dunklen Mantel ab und nahm seinen Hut vom Kopf. Der Mann vom Geheimdienst, erinnerte er sich, wobei ihn diese Vorstellung eher amüsierte als herabwürdigte.

»Meine Herren, Sie müssen entschuldigen.«

»Wir werden uns das keineswegs so einfach gefallen lassen ...«, begann Pyott. Er wedelte Aubreys schriftliche Befugnis durch die Luft. Aubrey hob jedoch nur seine Hand. Am Rand seines Blickfelds konnte er Clark erkennen, der sich ihnen triumphierend näherte.

»Es tut mir leid, meine Herren, aber nun ist keine Zeit mehr für lange Diskussionen. Ich bedaure außerordentlich, Ihre Zuständigkeit usurpiert zu haben, aber ›Chessboard Counter‹ fällt ab sofort unter meinen Verantwortungsbereich. Und ich rechne mit Ihrer Mitarbeit.« Seine Stimme war voller Dringlichkeit. Seltsamerweise schien der Commodore widerstrebender als Pyott. Es war der Militär, der schließlich das Wort ergriff. Clark hielt sich in ein paar Metern Abstand.

»Sehr schön, Aubrey, Sie können unserer Mitarbeit gewiß sein. Der Schaden, den Sie heute der Sicherheit der NATO und den guten Beziehungen zwischen den verschiedenen Geheimdienstabteilungen zugefügt haben, wird vermutlich erst im Lauf der Zeit in seinem vollen Ausmaß zur Geltung kommen.« Er machte eine Pause, seine Lippen zu einem verächtlichen Grinsen verzerrt. »Ich werde alles in meiner Macht stehende daran setzen, daß diese Angelegenheit in aller Vollständigkeit und Gründlichkeit untersucht wird.«

»Ich habe nichts Geringeres erwartet, Giles – wenn der Zeitpunkt dafür gekommen ist.« Aubrey lächelte, Trauer wie Herausforderung in seiner Miene. Dann wandte er sich Clark zu. »Captain Clark, von oberster Dringlichkeit ist es nun«, lud sein Tonfall den Amerikaner zu einer Besprechung mit ihm selbst und den beiden ranghöchsten Offizieren ein, »die *Proteus* zurückzubeordern.«

»Das dürfte, fürchte ich, unmöglich sein«, bemerkte der Commodore ohne Umschweife. Aubrey wurde bewußt, daß er sich getäuscht hatte. Die posenhaften und ruhigen Mienen hatten nicht Ärger zum Ausdruck gebracht – zumindest nicht, was Pyott und den Commodore betraf. Eher hatte es sich dabei um die verschlossene, geheime Unnahbarkeit von Pokerspielern gehandelt. Sie betrachteten sich noch keineswegs als geschlagen.

»Und warum, wenn ich bitte wissen dürfte?« fragte Aubrey frostig.

»Die *Proteus* unterwirft sich der striktesten Funkstille, bis ihre Mission abgeschlossen ist und sie sich zu einem Punkt vor dem Nordkap zurückgezogen hat. Erst zu diesem Zeitpunkt wird sie wieder senden – und in der Lage sein, Funksprüche zu empfangen.«

»Tut mir leid, Kenneth«, fügte Pyott hinzu. »Ich habe Sie vorhin nicht darauf hingewiesen. Aber es ist völlig richtig, was der Commodore sagt. Es besteht keinerlei Möglichkeit der Kontaktaufnahme zwischen uns und der *Proteus*.«

Innerlich war Aubrey außer sich, aber er behielt seine Miene dennoch unter eisiger Kontrolle. »Ich verstehe«, nickte er. »Ist es wirklich unmöglich?«

»Nicht ganz«, bemerkte Clark an Aubreys Schulter ruhig. Der alte Mann wandte sich um und blickte in das Gesicht des Amerikaners auf. Es strahlte vor Zufriedenheit, den zwei hohen britischen Offizieren eins auswischen zu können. Clark nutzte die Gelegenheit, eine private Angelegenheit zu bereinigen.

»Ja?« drängte Aubrey.

»Die *Proteus* hat bestimmte, vorher vereinbarte Empfangszeiten. Sie könnte zu diesen Zeitpunkten erreicht werden – mit einer Hydrophonboje.«

»Die von einem Flugzeug abgeworfen wird, meinen Sie?«

»Ja. Von einer unserer Nimrods. Oberster Prioritäts-Code, kontinuierliche frequenzagile Übertragung. Ein nicht entschlüsselter, einmaliger Code. Wir funken der *Proteus* nichts weiter, als sich schleunigst wieder aus dem Staub zu machen.«

Dem Commodore schien der Wind aus den Segeln genommen. Pyott war lediglich wütend, blieb aber still.

»Ich hätte gern genaueren Einblick in den augenblicklichen Stand der Dinge«, verlangte Aubrey genießerisch, als hätte er eine Erbschaft gemacht und ließe sich nun seinen neuen Besitz zeigen. »Ethan, kommen Sie bitte mit. Giles ...?«

Pyott folgte ihm mit einem Achselzucken. Die Gruppe von jungen Offizieren unter dem riesigen Kartenschirm zerstreute sich. Sie spürten, daß Aubrey gewonnen hatte. Sie waren von dem Amerikaner verraten worden, der den Geheimzugang zur Burg geöffnet hatte. Der Feind war nun mitten unter ihnen; sie waren geschlagen.

Aubrey sah auf, um sich dann Clark und Pyott zuzuwenden: »Also, wo ist sie?«

»Ungefähr hier.« Clark knipste den Lichtpfeil an. Seine Spitze war von zahlreichen Lichtpunkten umringt, hell wie Meteore.

»Bei diesen Lichtern handelt es sich wohl um sowjetische Schiffe? Ist das richtig?« erkundigte sich Aubrey mit ruhiger Stimme.

»Ja.«

»Könnten Sie sie mir näher erklären?«

Während Clark nun sprach, wanderte der Pfeil von einem Lichtpunkt zum anderen.

»Diese Positionsangaben sind drei Stunden alt. Wir müssen noch etwa eine Stunde warten, bis der Satellit den Horizont übersteigt und wir eine Übertragung des augenblicklichen Bildes empfangen können. Das ist der Flugzeugträger *Kiew,* der Stolz der ganzen Flotte. Er hat dreimal seinen Kurs geändert, wobei ihn der letzte in diese Richtung geführt hat.« Südwärts. »Vorher fuhr die *Kiew* nach Westen. Diese zwei hier sind Zerstörer der ›Kaschin‹-Klasse; sie sind gestern von Petschenga aus in See gestochen. Bei diesen drei handelt es sich um ELINT-Schiffe, vermutlich als Fischereifahrzeuge getarnte Spionageschiffe; allerdings halten sie sich nicht in der Nähe der Fischereiflotten auf. Sie haben den Kurs geändert; von hier nach hier.« Südwärts und ostwärts. »Einer extrem schlechten Satellitenaufnahme von gestern zufolge ist das hier ein Rettungsschiff, die *Karpati.* Sie ist vor ein paar Tagen aus Murmansk ausgelaufen. Weshalb sie sich in diesem Gebiet aufhält, weiß ich nicht. Es muß auch nicht unbedingt dieses Schiff sein; vielleicht handelt es sich dabei um ein anderes ELINT-Schiff, allerdings ein großes. Und das hier sind die U-Boote.« Der Lichtpfeil streifte über mehrere Lichtpunkte. »Jägerkiller, alle zusammen.«

»Vielen Dank, Captain Clark.« Aubrey wandte sich Pyott und dem Commodore zu, der sich inzwischen auch zu ihnen gesellt hatte. Hinter ihnen bildeten die rangniedrigeren Offiziere eine Phalanx von schweigenden Unterstützern. »Ist es lediglich darauf zurückzuführen, daß ich ein ahnungsloser Laie bin, daß mich dieser sowjetische Flottenaufmarsch beunruhigt und immer wieder nur zu dem einen einzigen Schluß gelangen läßt?« Er machte eine kurze Pause, ohne daß irgend jemand etwas geäußert hätte. Schließlich fuhr Aubrey fort: »Meine Herren, mir wenigstens scheint es offensichtlich, daß die Sowjets zumindest vermuten, daß sich die *Proteus* in diesem Gebiet aufhält und Kurs auf den Tanafjord eingeschlagen hat. Diese Aktivitäten dienen doch keinesfalls der Bergung eines in Seenot geratenen U-Boots. Was ihre genaue Absicht ist, möchte ich erst lieber gar nicht mutmaßen. Falls der *Proteus* etwas zustößt, sehe ich mich von jetzt ab gezwungen, dafür die Verantwortung zu tragen. Falls ich es verhindern kann, wird alles glimpflich verlaufen. Clark, kommen Sie bitte mit. Wir werden den Chef der Luftwaffe um seine Mithilfe bitten müssen. Commodore, eine abhörsichere Verbindung, bitte.«

»Gott sei Dank gibt es noch so etwas wie geistige Gesundheit«, flüsterte Clark. Aubrey wandte sich zu ihm um.

»Es kann durchaus schon zu spät sein, Ethan. Das Ganze ist nach dem, was Sie mir gezeigt haben, mehr oder weniger nur noch eine Frage der Wahl der richtigen Zeitform. Die *Proteus* tappt oder *ist* bereits in eine Falle getappt. Beten Sie zu Gott, daß in diesem Fall noch das Präsens zutrifft!«

Ein knallgelber TR7. Es war ein Wagen, in dem man leicht beschattet werden konnte, und die zwei Männer in dem Ford Granada waren ihm von Edgbaston durch die Innenstadt von Birmingham – trotz des dichten Nachmittagsverkehrs – bis auf den M6-Motorway gefolgt. Als er im Eingang des Cafés in der Nähe des College gestanden war, eine Ausgabe des *Melody Maker* unter den Arm geklemmt, mit einer Hand ein Aufstoßen von seiner Mahlzeit – Würstchen mit Chips – zurückhaltend, hatte er den Wagen gegenüber seinem eigenen auf der anderen Straßenseite geparkt gesehen. Er hatte gewendet und war ihm gefolgt. Kein einziges Mal hatte er ihn in seinem Rückspiegel aus den Augen verloren, und das gleiche galt auch für seine Verfolger.

Er nahm nicht, wie geplant, die Ausfahrt nach Birmingham, sondern fuhr an der nächsten Raststätte von der Autobahn ab und stellte seinen Wagen auf dem Parkplatz ab. Ohne sich nach dem Granada umzusehen, der zwanzig Meter von ihm entfernt in eine Parklücke glitt, stieg Hyde aus und betrat die Raststätte. Er öffnete die Tür zur Toilette, durchquerte sie und verließ sie durch den anderen Zugang, der wieder direkt auf den Parkplatz führte. Wieder im Freien, ging er langsam auf die Ecke des Gebäudes zu, von wo aus man den Parkplatz überblicken konnte. Einer der zwei Männer stand neben dem Granada; von dem anderen war nichts zu sehen. Vermutlich war er Hyde in die Raststätte gefolgt.

Ungeduldig wartete Hyde. Falls der zweite Mann nicht sofort etwas unternahm, würde er in die Toilette zurückgehen müssen, um sie dann später abzuschütteln zu versuchen. Seine Ungeduld war inzwischen wie bohrende Zahnschmerzen. Der Mann neben dem Granada rauchte und puhlte mit der Hand, die die Zigarette hielt, an seinen Zähnen. Los, mach schon endlich ...

Der Mann tätschelte seinen Bauch, der, von recht beachtlichem Umfang, über die Taille seiner Hose quoll. Nach kurzem Zögern schlenderte er auf den Laden vor der Raststätte zu. Er bewegte sich mit aufreizender Langsamkeit, verschwand aber schließlich doch aus Hydes Blickfeld.

Und dann rannte Hyde los. Er erreichte den TR7, riß die Tür auf und glitt in den niedrigen Sitz. Die Schlüssel hatte er stecken gelassen. Er ließ den Motor an und schoß mit quietschenden Reifen im Rückwärtsgang aus seiner Parklücke, um sich dann sofort in Richtung Ausfahrt zu wenden. Im Seitenspiegel tauchte für einen Moment die laufende Gestalt des dickeren Mannes auf; dann erschien im Eingang der Raststätte schreiend der andere. Im nächsten Augenblick ordnete sich Hyde auch schon in den Verkehr auf der M6 ein. Er überholte einen schweren Laster und stieg aufs Gas. Die nächste Ausfahrt war zwei Meilen entfernt. Bis dahin würde er sie abgehängt haben, so daß er problemlos nach Birmingham zurückfahren konnte. Der Tachometer zeigte neunzig Meilen an. Er atmete immer noch schwer, aber er grinste.

Hyde lenkte den TR7 auf den günstigsten Parkplatz für Halle 5 des National Exhibition Centre. Der Springbrunnen inmitten des künstlich angelegten Sees vor dem riesigen Hotelkomplex wirkte kalt und steif, wie totes, vom Wind gepeitschtes Gras. Er hatte fast eine ganze Stunde gebraucht, um zum NEC-Gelände zurückzufahren. Auf dem Weg durch die Vororte von Coventry, zurück zum Flughafen, war er nicht verfolgt worden. Sie hatten – vielleicht – angenommen, daß er in Richtung Osten, zur M1, weitergefahren war.

Wimpel mit verschiedenen Aufschriften. Es hatte sich bereits eine Schlange gebildet, überall Schlafsäcke, Jeans wie eine Uniform oder Gefängniskleidung, Kampfjacken, mit den unterschiedlichsten Abzeichen bestickt, viel aus der Mode gekommenes langes Haar. Das Publikum, oder zumindest ein Teil davon, für das Heat of the Day-Konzert im NEC, Beginn acht Uhr abends. Im Augenblick war es kurz vor fünf. Aus Edwin Shirleys Lastern wurde bereits die Lautsprecher- und Lichtanlage geladen. Polizisten.

Hyde zeigte seine CID-Karte, worauf er unverzüglich durch den Kordon gelassen wurde. Er mußte nicht lange suchen, bis er Fat Mary entdeckte, ein Mitglied der Road-Crew.

Aus den Tagen, als sich Heat of the Day auf dem Höhepunkt ihrer Karriere befunden hatten, waren auch noch so manche Gesichter aus ihrer näheren Umgebung aus Fernsehdokumentationen zu einer gewissen Berühmtheit gelangt. Sie waren wie abtrünnige Anhänger zurückgekehrt.

»Entschuldigung ...«

»Verpiß dich«, zischte das beleibte Mädchen.

»Polizei, meine Süße.« Müde wedelte Hyde mit seinem Ausweis vor ihrer Nase herum.

»Hier sind alle clean.«

»Ach, dafür interessiert sich im Augenblick kein Mensch. Ist die Band schon hier?«

»Die kommen erst in zwei Stunden. Wollen Sie ein Autogramm?« Sie beobachtete zwei Roadies, die einen riesigen Spiegel schleppten, und fuhr sie an: »Was soll denn das, habt ihr die Spiegel noch immer nicht drinnen?«

»Ich will auch kein Autogramm. Aber könnten Sie mir vielleicht sagen, ob Tricia Quin bei ihnen ist?«

Ein Zucken, wie ein Wespenstich, in ihrem Mundwinkel, dann wieder der gelangweilte Gesichtsausdruck. »Wer?«

»Tricia Quin. Sie war vor zwei Jahren auf der Europa-Tournee dabei. Ihr Bruder kannte Jon.«

»Ach ja, jetzt erinnere ich mich. Nein, ich hab sie nicht gesehen. Es ist ja schließlich auch nicht *alles* so wie früher, wissen Sie.«

»Das habe ich auch gar nicht angenommen. Sie ist also nicht bei ihnen?« Das dicke Mädchen schüttelte den Kopf. Ihre schaukelnden Brüste brachten die auf ihrem T-Shirt prangende Behauptung in Bewegung, sie hätte die University of California besucht. »Vielleicht sehe ich mich ja noch ein bißchen hier um – und besorge mir doch ein paar Autogramme.«

»Oder ein paar Kiffer.«

»Wer weiß, Fat Mary.« Das Mädchen schien über die Nennung ihres Namens erfreut – eine Erinnerung an ihren früheren Status als Halbberühmtheit. »Behalten Sie das Zeug lieber in Ihrer Tasche, und nicht im Mund. Bis dann also.« Das Mädchen warf ihm einen finsteren Blick nach.

Wenn er sich nicht täuschte – nein, bestimmt nicht – dann

war Tricia Quin bei der Band. Zwei Stunden schienen ihm eine unerträglich lange Zeit.

Die Einmal-Code-Nachricht war ziemlich lang, und selbst der Umsetzungsprozeß durch den Computer schien wesentlich mehr Zeit in Anspruch zu nehmen, als dies sonst der Fall war. Dennoch trat an die Stelle der Ungeduld sofort Gereiztheit, als KGB-Resident Petrunin den Klartext in Händen hielt. Er fühlte sich durch seine Instruktionen von seiten der Moskauer Zentrale behindert, wie er gleichzeitig auch nichts sehnlicher wünschte, als seine Order zufriedenstellend zu befolgen.

Er verließ den Kodierraum im Keller der Botschaft und fuhr mit dem Lift zu seinem Büro hoch. *Um jeden Preis – sofort. Das Mädchen.* Fast war es herabwürdigend, daß ein unausweichlicher Test von Kompetenz und Loyalität ein unreifes Mädchen zum Gegenstand haben sollte, das mit dem Erwachsenwerden Schwierigkeiten hatte. Und es war einfach unerhört, daß sich hohe Offiziere vom Range eines Stellvertretenden Vorsitzenden des 2. KGB-Hauptdirektoriums für einen vulgären, buhlerischen Wettkampf gegen die Rotbanner-Nordmeerflotte nicht zu schade waren, wem es gelingen würde, ›Leopard‹ in den Besitz der Sowjetunion zu bringen. Alle diese alten Männer gehörten derselben Schicht, derselben Ära an. *Dolohow scheint voller Zuversicht, daß das U-Boot in seine Falle geht. Dir bleibt nur wenig Zeit.* Das Mädchen, das Mädchen ...

Er verschloß die Tür seines Büros hinter sich und schleuderte die Mappe mit den streng geheimen Dokumenten auf einen der Sessel. Dann steckte er seine Hände in die Hosentaschen und stellte sich ans Fenster. Tiefhängende Wolken wurden von einem starken Wind über den Himmel gezerrt. Die Bäume bogen sich.

Diese verdammten Clowns in Birmingham – Hyde aus den Augen zu verlieren. Halt. Zuzulassen, daß Hyde ihnen entwischte. Hyde nahm eine Schlüsselfunktion ein, sogar mehr noch als das Mädchen. Und er war der Auffindung Quins einen Schritt näher als sie – dies war ein weiterer Grund, sich über die Benachteiligung in Zusammenhang mit der ihm gestellten Aufgabe zu ärgern. Hyde mußte etwas wissen, mußte irgendeinen Hinweis über den Aufenthalt des Mädchens aufgespürt haben, da er sich sonst nicht die Mühe gemacht hätte, seine Verfolger abzuschütteln.

Was wußte er?

Hatte ihm diese Studentin etwas verraten – oder die Mutter? Oder auch beide? War ihm vielleicht während der Fahrt nach Birmingham nur plötzlich eine Idee gekommen? Tamas Petrunin grinste. Dies zu beantworten, war unmöglich. Aber es machte Spaß, darüber Spekulationen anzustellen. So etwas mochte er. Ratespiele. Er rieb seine Hände und wandte dem Fenster seinen Rücken zu. Der Wind polterte blechern gegen die Doppelverglasung. Birmingham. Er konnte auf keinen Fall jemanden losschicken, um mit dieser Sara Morrison zu sprechen, oder mit der Mutter. Nicht so unmittelbar nach Hyde. Aber vielleicht war das auch gar nicht nötig.

Birmingham. Wann hatte er den Wagen entdeckt, von dem er beschattet wurde? Petrunin öffnete das Bündel Zeitungen auf seinem Schreibtisch. Normalerweise wurden sie zur Analyse rangniedrigeren Stabsmitgliedern übergeben, aber hin und wieder sah auch Petrunin die Provinzblätter durch, ob dort Hinweise auf irgendwelche KGB-Aktivitäten – tatsächliche und potentielle – zu finden waren. Die *Birmingham Post*. Eine ziemlich schlafmützige, leere Zeitung. Er überflog die einzelnen Seiten. Nichts. Die *Evening Mail*. Nichts. Hyde würde wohl kaum damit rechnen, das Mädchen bei einem Fußballspiel anzutreffen.

Wo also dann? Wo stellte er sich vor, das Mädchen anzutreffen? Versetz dich in Hyde, schärfte er sich ein. Du hast mit der Mutter und einer Freundin gesprochen, und dann ist da mit einem Mal ein Anhaltspunkt, eine Möglichkeit, das Mädchen aufzuspüren. Und die Notwendigkeit, seine Beschatter abzuschütteln – diese dämlichen Clowns.

Wo?

Er kehrte zu den Zeitungen zurück. Das Mädchen. Was wußte er über sie? Mit weiten, hastigen Schritten ging er zu einem Aktenschrank an der gegenüberliegenden Wand des Büros. Seine Oberfläche war furniert, so daß seine Funktion verborgen blieb und weniger stark auf der Atmosphäre des

Raums lastete. Er öffnete eine Schublade und zog die Akte über Quins Tochter heraus. Eine dünne, schattenhafte Akte. Er trug sie zu seinem Schreibtisch zurück und warf die Zeitungen mit Ausnahme der beiden, die in Birmingham erschienen, auf den Fußboden. Wo hoffte Hyde, das Mädchen anzutreffen?

Beschäftigungen in Birmingham: Er ging die Inhaltsangabe der Akte durch. Clubs, Pubs, Kinos, ein paar Ausstellungen, Konzerte, Besuche bei ihrer Mutter. Uninteressantes Zeug.

Soziales Verhalten: Clubs, Pubs, Kinos. *Sexuelles Verhalten:* Petrunin ging das Register sorgfältig durch. Während der letzten zwei Jahre ein paar oberflächliche, kurzlebige Beziehungen innerhalb des College; eine sehr kurze Affäre mit einem ihrer Dozenten; dann ein Lehrer, den sie während des Praktikums kennengelernt hatte. Hyde hatte verschiedene Birminghamer Detektive alle diese Personen befragen lassen. Keine von ihnen hatte sie in jüngster Vergangenheit gesehen. Wenn eine Affäre beendet war, kehrte sie nie wieder an den Tatort zurück. Petrunin war stolz auf diese Parallele, um jedoch schon im nächsten Augenblick erbittert zur Kenntnis zu nehmen, wie viel Wahrheit in dieser Feststellung steckte. Es stimmte. Das Mädchen kehrte nie irgendwohin zurück.

Alletson? Ach, der Rocksänger. Die große Affäre, mit einer Popgruppe von Stadt zu Stadt zu ziehen. Ihre Eltern hatte diese Geschichte offensichtlich stark beunruhigt. Drogen, Promiskuität. Für Sutton Coldfield ein Alptraum. Petrunin mußte neuerlich grinsen. Selbst Alletson hatte es nicht geschafft, das Mädchen nachhaltig zu beeindrucken. Schade.

Psychologisches Profil: ein leuchtendes Beispiel für uns alle, sagte er zu sich selbst. Er überflog es flüchtig. Er kannte das Mädchen so gut, wie man das aus zweiter Hand nur konnte. Aber obwohl ihr Hintergrund und ihre Geschichte dazu reizten, in Stereotypen hinsichtlich ihrer Person zu schwelgen – sie entsprach so selbstverständlich dem westlichen und sowjetischen Mythos über die moderne Jugend und tabufreie Gesellschaftsformen –, war er sich doch sicher, daß nichts in diesem Profil hätte erklären können, weshalb Hyde sich in seinem kleinen gelben Wagen so plötzlich aus dem Staub gemacht hatte.

Er klatschte die Akte auf seinen Schreibtisch. Er wußte es fast im tiefsten Innern seines Herzens, daß es pure Illusion gewesen war, davon auszugehen, die Antwort auf seine Frage könnte ihm von einer dieser Seiten entgegenspringen. Wäre sie seine eigene Tochter gewesen – was das Alter betraf, hätte sie das auch durchaus sein können –, hätte er nicht den geringsten Anhaltspunkt gehabt, wo sie sein könnte. Abgesehen davon konnte er sich als KGB-Resident nicht gerade problemlos in den Kopf des Mädchens versetzen, was im Falle Hydes schon etwas leichter fallen dürfte.

Wo?

Die Zeitungen. Er legte die Akte zur Seite. Fußball, Filme, streikende Fabriken, ein königlicher Besuch, für ein paar Monate später geplant – die Sinnfälligkeit des leeren Kreuzworträtsels – die Aktienkurse ...

Er legte die Morgenzeitung auf einer Seite ab und wandte sich der Abendausgabe vom vorigen Tag zu. Eine grienende Schönheitskönigin, ein Fußballer, die Arme wie ein siegreicher Gladiator in die Luft gereckt. Kinos, Clubs, Discos, Konzerte.

Das Gedruckte begann, vor seinen Augen zu verschwimmen. Er wußte, daß er es nicht finden würde. Ein Foto von einer Menschenschlange – Schlafsäcke, Armeejacken, lange Haare. Er würde es nicht finden. Ein Popkonzert im National Exhibition Centre. Die Überschrift des dazu gehörigen Texts: ›Auf wen warten wir alle?‹

Er überflog die Seite, blätterte weiter, als plötzlich das, was zu lesen er sich nicht die Mühe gemacht hatte, in sein Bewußtsein trat und auf der Stelle sein Herz schneller klopfen und seine Hände zittern ließ. Er zerknitterte die Zeitung, als er hastig zu dem Foto und seiner Unterschrift zurückblätterte. Darunter gab es noch andere, kleinere Fotos. Die Stars von gestern. Heat of the Day. Alletson, der Geliebte des Mädchens. Langes Haar und weiche, fast feminine Züge. Das Konzert fand an diesem Abend im NEC statt.

Er lachte laut los, sich selbst beglückwünschend. Sein Glück ließ ihn doch nie im Stich. Hyde war auf dieselbe Art und Weise darübergestolpert. Plötzlich war ihm etwas, was Sara Morrison oder die Mutter gesagt hatte, oder etwas aus der Zeit vor zwei Jahren einfach ins Bewußtsein geschossen. Ganz gleich, ob das Mädchen da sein würde oder nicht, Hyde würde auf jeden Fall dort auf sie warten. Das stand untrüglich fest. Und das hieß, daß auch Tamas Petrunin dort sein würde. Er sah auf seine Uhr. Halb sechs vorbei. Er rechnete. Gerade noch rechtzeitig, falls sie es schafften, ohne Verzögerung aus der Stadt auf die M1 zu kommen. Gerade noch rechtzeitig ...

»Ist dieser Extrasignal-Verkehr koordiniert?«

»Sir«, antwortete Sergej. Bevor der junge Adjutant Dolohow weiter Auskunft gab, schluckte er gerade an einem Bissen Brot. Als ihm dieser jedoch im Hals stecken blieb, spülte er ihn mit Tee hinunter. Eine Ecke des Kontrollraums der Operationszentrale war zu einem Reservat geworden, durch unsichtbare Zäune – Autorität, Nerven, Anspannung – vom übrigen Stab abgetrennt. Dolohow, Sergej und Ardenjew saßen um einen Kartentisch aus Metall, tranken Tee und aßen Brot und Käse. Der Nahrung und den Getränken, mit denen Dolohow seine Leute versorgte, haftete etwas Spartanisches an, als hielten sie sich im Feld auf und müßten ihre Überlebensrationen sorgfältig einteilen. Langsam begann Sergej die fieberhafte, selbstgefällige Art zu begreifen, mit welcher der Admiral die Operation betrachtete. Der Admiral war ein alter Mann. Er hatte die Erbeutung des britischen U-Boots als eine Art krönenden Höhepunkt seiner langen und erfolgreichen Karriere ausersehen. Aus diesem Grund kümmerte er sich auch ganz persönlich um jedes noch so kleine Detail.

»Nur für den Fall«, erklärte Dolohow Ardenjew gegenüber, worauf der jüngere Mann halb ungeduldig, halb aufmerksam nickte. »Nur für den Fall, daß das Boot irgendwelche Funksprüche auffängt oder unsere Funksprüche überwacht, werden wir den Anschein erwecken, als täten wir alles in unserer Macht Stehende, um unser eigenes U-Boot zu retten.« Als er lächelte, öffnete sich sein Mund wie der Schlitz eines weichen Lederbeutels.

»Ich verstehe, Sir«, nickte Ardenjew.

»Sind Sie eigentlich von diesem britischen System beeindruckt, Waleri?«

Ardenjew überlegte eine Weile. Sergej spürte, daß er über das Ausmaß der Schmeichelei nachdachte, das seine Antwort enthalten sollte. »Sogar sehr. Wir müssen es unbedingt haben, Sir.«

»Ja, ja, natürlich – aber seine Wirksamkeit? Übersteigt sie tatsächlich unsere Erwartung, hm?«

»Jawohl, Sir.«

»Wird sie ihren Kurs beibehalten?« fragte Dolohow unvermittelt.

»Ich ... denke schon, Sir.« Ardenjew schien durch diesen Gedanken überrascht, als hätte er ihn bis dahin nicht in Erwägung gezogen. »Ich denke schon. Sie ist zumindest dazu verpflichtet; sie hat Befehl von höchster Stelle erhalten.«

»Und unsere Aktivitäten werden die Engländer nicht abschrecken?«

»Das bezweifle ich. Der Kapitän der *Proteus* wäre zwar befugt, den Rückzug anzutreten. Aber ich kann mir nicht vorstellen, daß er das tun wird. Solange ›Leopard‹ funktioniert, wird er sicher sogar eine Menge Spaß an diesem Katz-und-Maus-Spiel haben.«

»Genauso schätze auch ich diesen Mann ein – und die Situation.« Dolohow sah auf seine Uhr. »Die *Proteus* scheint Kurs und Geschwindigkeit unverändert beizubehalten. Wir haben noch fünf Stunden – vielleicht sogar etwas weniger. Dann werden wir wissen, ob alles klappt.« Sergej konnte den Admiral atmen hören. Ein heiseres Schlucken von Luft, als enthielte die sterile Atmosphäre des Raums noch etwas Notwendigeres als Sauerstoff. »Sie sollten jetzt besser nach Petschenga aufbrechen, Waleri, um bei Ihren Männern zu sein.«

Ardenjew stand unverzüglich auf, durch den Befehl zu einem Automaten galvanisiert. Sergej spürte, daß der Mann lediglich den Eindruck sofortigen Handelns erwecken wollte, wie das Dolohow erwartete.

»Wünschen Sie mir Glück. Sir.«

Dolohow erhob sich ebenfalls und umarmte den jungen Mann. »Das tue ich, Waleri; ich wünsche Ihnen Glück. Bringen Sie mir das britische U-Boot zurück, ja?« Er umklammerte neuerlich mit seinen leberfleckigen Händen Ardenjews Unterarme. Dieser spürte die Kraft der Verzweiflung hinter dieser Geste. Und des Alters, das sich einzugestehen weigerte, daß eine unaufhaltsame Talfahrt eingesetzt hatte. Er verspürte Mitleid, und war zugleich gereizt. Er hatte das Gefühl, nichts weiter als ein Geschöpf Dolohows zu sein. Später würde das etwas anderes sein, aber im Augenblick war es höchst unangenehm. Er würde froh sein, sich an Bord des Hubschraubers zu befinden, der ihn in den Hafen von Petschenga bringen würde. »Das Wetter wird Ihnen doch keinen Strich durch die Rechnung machen?« Das war ein Befehl – und ein Zweifel.

Lächelnd schüttelte Ardenjew den Kopf. »Nicht, wenn es irgendwie in meiner Macht steht.«

»Erstatten Sie Meldung, wenn Sie angekommen sind; und dann warten Sie auf meine Order, bevor Sie an Bord der *Karpati* gehen.«

»Aber selbstverständlich, Sir.«

Nachdem er gegangen war, starrte Dolohow immer noch auf die Tür, durch die er den Raum verlassen hatte. Der Konzentration auf seinem Gesicht konnte Sergej entnehmen, daß der alte Mann versuchte, die Verlesung des neuesten Wetterberichts von einem Wettersatelliten aus dem Gebiet um den Tanafjord zu ignorieren. In Sergejs Ohren klang er ziemlich schlecht.

Fast unmittelbar nach dem Abheben vom Rollfeld des RAF-Stützpunktes Kinloss am Moray Firth in Schottland wandte sich die Nimrod-Aufklärungsmaschine nach Nordosten, um über dem Firth in den Wolken zu verschwinden. Ein blaues Flackern unter den Tragflächen, das rote Blinken unter dem Rumpf, die zwei schwach leuchtenden Sterne an den Flügelspitzen, und dann nichts als die dichte Wolkenschicht über dem kalten, grauen Wasser und der peitschende Regen.

Es hatte weniger als zwei Stunden gedauert, eine Nimrod für die Verfolgung der *Proteus* genehmigt zu bekommen. Die Maschine war mit Anti-U-Boot-Elektronik ausgerüstet und hatte für das U-Boot den kodierten Befehl, auf schnellstem Weg wieder zum Stützpunkt zurückzukehren. Es war zwei Minuten nach sechs Uhr abends.

Es war schon fast dunkel, als sie eintrafen. Vor einem der Hintereingänge von Halle 5 fuhr ein Luxusbus vor. Hyde stand neben dem für Sicherheit und Ordnung während des Konzerts zuständigen, uniformierten Beamten und beobachtete, wie die einzelnen Mitglieder von Heat of the Day ausstiegen und durch die offene Tür schnell zu ihrer Garderobe gingen. Arroganz, Selbstsicherheit, jeans-verkleideter Wohlstand. Hyde absorbierte diese Eindrücke, während er die Gestalten in ihrer Begleitung studierte, die er nicht erkannte – Manager, Road-Manager, Publicity-Leute, Sekretäre. Das Mädchen befand sich nicht in Alletsons Begleitung, und Hydes unmittelbare und unkontrollierbare Reaktion war die intensiver Enttäuschung. Nach den Stunden auf dem Parkplatz und in und vor Halle 5 – und das alles ohne eine Spur vom KGB oder von dem Ford Granada, was seine angespannte Wachsamkeit jedoch nur noch mehr hatte wachsen lassen – überfiel ihn nun mit unvermittelter Plötzlichkeit und Heftigkeit ein Gefühl, daß alles umsonst gewesen war, daß er nur seine Zeit vergeudet hatte – und auch, daß er einfach dumm gewesen war.

Aber sie war doch dabei. Jeans und eine dunkle Jacke, die ihr viel zu groß war. War sie es wirklich? Jedenfalls war die Jacke eindeutig zu groß für das Mädchen, das sie trug. Sie glitt ohne Zögern aus dem Bus und trat mit zwei anderen Frauen auf den Eingang zur Halle zu. Für einen Moment die weiße Rundung ihres Gesichts, als sie sich umwandte, und dann war sie in der erleuchteten Tür verschwunden.

»War sie dabei?« fragte der Polizeibeauftragte. Sein Ton war nicht unfreundlich und durchaus hilfsbereit. Hyde hatte sich ihm gegenüber skrupulöser Unterwürfigkeit und Höflichkeit befleißigt.

»Ich weiß nicht.« Sein Brustkorb fühlte sich zusammengeschnürt an. War sie es gewesen? Sicher konnte er jedenfalls nicht sein. Alletson war stehen geblieben, hatte sich ins Rampenlicht gestellt. Jeder konnte sehen, daß er allein gekommen war – ohne Mädchen. »Ich glaube schon.«

»Meinen Sie die mit der zu großen Jacke?«

»Ja, ich glaube, die war's.«

»Gut. Dann verschaffen Sie sich in diesem Punkt lieber mal

Klarheit. Wollen Sie, daß einer meiner Leute mit Ihnen kommt?«

»Nein. Um sie in Panik zu versetzen, werde ich schon allein ausreichen.«

»Wie Sie wollen.«

»Jedenfalls vielen Dank für Ihre Unterstützung.«

Hyde umrundete den Bus und zeigte dem Ordner an der Tür seinen Ausweis. Der Polizeibeauftragte war über Hydes Funktion in Kenntnis gesetzt, aber sonst brauchte davon niemand zu wissen. »Wo sind die Garderoben?«

»Den Korridor runter, und dann links. Dort werden Sie einen Typen sehen, der genauso angezogen ist wie ich. Und die Presse und das übliche Volk, das bei solchen Gelegenheiten immer herumhängt. Sie können sie nicht verfehlen.«

»Das ist wohl nicht so recht Ihre Szene, was?«

»Nee, ich wäre lieber im Stadion, bei Aston Villa.«

»Spielen die heute abend zu Hause?«

»Allerdings.«

»Schade.«

Hyde ging den Korridor hinunter und bog um die Ecke, wo er auf ein Gedränge von Journalisten und Fotografen stieß, die sorgfältig um die verschlossenen Türen der Garderoben postiert waren. Heat of the Day waren wieder im Geschäft. Das Interesse mußte geschürt und am Leben erhalten werden. Hyde drängte sich durch die wartende Menge zu dem Polizisten vor einer der Türen. Er hielt ihm seinen Ausweis unter die Nase.

»In welcher ist Alletson?«

»Wer?«

»Der kleine Typ mit dem gewellten Haar.«

»Ach der.« Der Ordner deutete auf eine Tür, vor der, die Arme über der Brust verschränkt, zwei stämmige Männer in Jeans und Lederjacken standen. Hyde fragte sich, wen sie wohl genau bewachten. Eine Pressesekretärin teilte den Fotografen mit, daß sie ihre Aufnahmen erst machen könnten, kurz bevor die Band auf die Bühne ging. Ihre Ankündigung wurde mit einem Chor aus lautem Stöhnen begrüßt. Hyde zeigte seinen Ausweis einem der Leibwächter der Band, der drohend über ihm aufzuragen schien.

»Wen wollen Sie?« Die Frage war falsch, und sehr aufschlußreich. Hyde spürte neuerlich, wie sich sein Brustkorb in Erwartung der Dinge, die da kommen würden, zusammenschnürte. Das Mädchen war also in der Garderobe.

»Ich will jedenfalls kein Autogramm von ihm.«

»Was wollen Sie dann?« Die beiden schienen unsicher, was sie tun sollten.

»Nur eine Sicherheitsüberprüfung. Außerdem würde ich mit Jon gern sprechen, was nach dem Konzert sein soll. Wie wir sie wegschaffen sollen.«

»Ich werde ihn fragen.«

»Das ist nicht nötig. Ich spreche selbst mit ihm.« Er streckte seine Hand nach dem Türgriff aus. Eine mächtige Pranke schloß sich um seine Hand und er blickte in ein Gesicht auf, das zögernd und unsicher einen aggressiven Ausdruck aufsetzte. »Machen Sie keine Dummheiten«, meinte Hyde. »Sie könnten sonst Schwierigkeiten bekommen – ganz erhebliche Schwierigkeiten sogar.« Die zwei Männer blickten sich fragend an, bis seine Hand schließlich freigelassen wurde.

»Aber immer schön langsam, ja?«

»Aber sicher; ich werde den Herrn Künstler schon nicht unnötig in Aufregung versetzen.« Ohne zu klopfen, öffnete Hyde die Tür. Wachsam, nervös, wandte sich das Mädchen auf seinem Stuhl nach ihm um; sie wußte sofort, wer er war und weshalb er hier war. Alletson lag auf einem Feldbett, während der Keyboard-Mann, Whiteman, auf einem Blatt Notenpapier herumkritzelte.

»Hey, was wollen Sie hier?« fuhr ihn Alletson an. In seiner Stimme war ein nervöser, wissender Unterton.

»Trish, was ist?«

Das Mädchen starrte Hyde nur an, während er die Tür schloß. Whiteman, der die anderen zwei und ihre Angst nicht bemerkte, zischte gereizt: »Verpissen Sie sich; wir haben zu tun.« Und mit einem verächtlichen Blick auf den Ausweis fügte er hinzu: »Ein Autogramm können Sie später haben.«

»Miß Patricia Quin, nehme ich an?« fragte Hyde. Das Mädchen erwiderte nichts. Ihre Miene war jedoch ein einziges Geständnis. Alletson stand auf und stellte sich vor sie.

»Was wollen Sie?« fragte er.

»Die Dame hier.«

Alletson nahm Hydes Ausweis, sah ihn sich an und gab ihn dann wieder zurück. »Wegen welchen Vergehens?« fragte er schließlich.

»Keine Drogengeschichte, mein Freund«, entgegnete Hyde. »Nichts, was Sie in irgendeiner Weise angeht. Machen Sie ruhig mit Ihren Proben oder Ihren Kompositionen weiter.« Inzwischen hatte sich auch Whiteman erhoben. Er stand direkt hinter Alletson. Langes, blondes Haar, seine Gestalt durch den Wohlstand und das Nichtstun der letzten zwei Jahre etwas massiger. Und er sah auch gesünder aus.

»Weshalb verpissen Sie sich nicht endlich?«

»Wieso haben die Sie überhaupt reingelassen?« wollte Alletson wissen.

»Sie wären ganz schön dumm gewesen, wenn sie es nicht getan hätten.«

»Was für 'ne Art Polizist sind Sie eigentlich?« Whiteman stammte hörbar aus London. »Sie klingen doch verdammt nach einem Aussie.«

»Völlig richtig. Ich bin von der Sorte, die ihr helfen wollen. Kann ich mit ihr sprechen?«

»Nur, wenn sie nichts dagegen hat.«

»Jetzt hör schon auf mit dem Blödsinn, Jon. Das bringt uns nicht weiter.« Tricia Quin drängte sich an Alletsons Seite und klammerte sich an seinen Arm. »Wer sind Sie?«

»Mein Name ist Hyde.«

»Daß Sie nicht Dr. Jekyll sind, dachte ich mir fast. Er war doch der Liebe, Brave, oder nicht?« fuhr Whiteman dazwischen.

»Ganz richtig, das war er. Hören Sie, Miß Quin, ich werde hier in Anwesenheit Ihrer Freunde mit Ihnen sprechen, wenn Sie wollen. Aber ich möchte, daß sie den Mund halten.« Er blickte Alletson und Whiteman kurz unverwandt an und fuhr dann fort: »Sie schweben in Gefahr, Miß Quin. Das Ganze ist nicht mehr länger nur ein harmloses Spiel. Sie wissen inzwischen wohl selbst, daß man hinter Ihnen her ist.«

»Sie zum Beispiel.«

»Nein, nicht ich. Nicht einmal meine Seite.«

»Was faselt der Kerl eigentlich, Trish?«

»Was wollen Sie damit sagen?«

»Die Männer in Sutton, vor dem Haus Ihrer Mutter?« Sie nickte. In ihren hellen Augen flackerte Angst auf – auch Verschlagenheit. »Das waren nicht wir. Unser Mann hat einen Tritt in die Eier gekriegt, als er Ihnen helfen wollte. Sie brauchen Schutz – und zwar meinen. Würden Sie mit mir kommen?«

Sie schüttelte den Kopf. »Nein, das werde ich nicht. Hier fühle ich mich sicher.«

»Das kann ich nicht zulassen, Miß Quin. Wir wollen Sie und Ihren Vater in Sicherheit bringen. Sie könnten den KGB direkt zu ihm führen.« Sie schüttelte heftig ihren Kopf, so daß ihr blondes Haar um ihr blasses, schmales Gesicht flog. Sie wirkte verletzlich und verängstigt, aber entschlossen.

Als wäre ihr Kopfschütteln ein Signal gewesen, trat Alletson auf Hyde zu und stieß mit seinem Knie nach seinem Unterleib. Hyde wich zurück, so daß er nur am Oberschenkel getroffen wurde. Während er noch versuchte, das Gleichgewicht wiederzuerlangen, stieß ihn Alletson gegen einen großen Metallschrank. Hyde, während er noch beobachtete, wie Tricia Quin auf die Tür zustrebte, rammte seinen Kopf und die Schulter gegen den Schrank und sank dann in der Ecke der Garderobe zu Boden.

»Trish!« rief Alletson, aber das Mädchen war bereits durch die Tür. Zwei hoffnungsvolle Blitzlichter flammten auf. Hyde rappelte sich mühsam auf.

»Ihr blöden Arschlöcher!« fluchte Hyde und rieb sich die Schulter. »Im Moment macht sie sich selbst fertig – und ihren Vater genauso. Ihr verdammten Idioten!« Er riß die Tür auf und rief dem Ordner zu. »Wo ist das Mädchen hin?« Irgend jemand lachte.

»Zur Vorhalle.«

»Wer ist sie?« wollte jemand wissen.

»Es ist sicher wegen Drogen«, erwiderte eine andere Stimme. »Das arme Ding.«

Hyde drängte sich durch die Presseleute, wobei ihm mehr als einmal schmerzhaft ein Teleobjektiv in die Seite stieß. Dann rannte er los. Die Tür zur Halle am anderen Ende des Korridors stand offen. Er rieb sich im Laufen den Oberschenkel. Seine Wut auf Alletson nahm zu – nicht wegen der Schmerzen, sondern wegen des Mädchens. Dieser blöde Idiot, diese dumme Kuh, sagte er sich immer wieder vor, während er aus Ärger über die verpatzte Gelegenheit mit den Zähnen mahlte. Für einen Moment hatte er das Mädchen bereits gehabt. Er hätte sie nur noch zu seinem Wagen und dann zu Aubrey schaffen müssen – *Scheiße!*

In der Halle wurden gerade die Scheinwerferträger zur Decke hochgezogen. Die Spiegel für die Lightshow, mit der die Band arbeitete, wurden angebracht, und die Roadies waren mit dem Aufbau und der Einstellung der Anlage beschäftigt. Ohne ihn eines Blickes zu würdigen, trotteten zwei schmuddelige Mädchen mit einem von Whitemans elektronischen Keyboards an ihm vorüber. Die Rampe hinauf und auf die Bühne. Er stand direkt unter der Bühne. Scheinwerfer, Spiegel, Verstärker, Instrumente – und Tricia Quin bahnte sich, geschmeidig wie eine Katze, durch dieses Gewirr aus Boxen und Kabeln ihren Weg. Sie mußte draußen einen anderen Korridor genommen haben, der direkt auf die Bühne führte.

Dann sah sie ihn. Sie bewegte sich nun rascher vorwärts, auf das andere Ende der Bühne zu. Sie verschwand auf der Seite der Bühne. Er drängte sich an den Mädchen mit dem Keyboard vorbei und rannte, so schnell er konnte, durch das Gewirr aus Kabeln und Lautsprechern – irgend jemand schrie ihm hinterher –, bis er sich im Halbdunkel seitlich der Bühne befand. Er blieb stehen und lauschte. Über seinem Herzklopfen und Atem, Schritte. Laufend. Während er weiterhastete, spürte er, wie sein klares Denken zunehmend schierer Panik wich. Er wußte plötzlich, daß der KGB da draußen war, und daß sie ihnen direkt in die Hände lief. Er schüttelte den Kopf, als er um eine Ecke rannte.

Plötzlich wieder Lichter. Das Foyer und der Hauptkorridor, der Halle 5 mit den anderen Sälen und dem Bahnhof verband. Eine Handvoll Menschen, die sich langsam bewegten, und eine zierliche Gestalt, die rannte. Er rief ihr nicht hinterher, verfolgte sie nur. Seine Füße dröhnten, sein Blut pochte in den Ohren. Übelkeit der Selbstvorwürfe, eine Vorahnung von Unheil überfielen ihn.

Ein Tunnel aus Licht, den sie hinunterhetzte, eine zierliche, dunkle Gestalt. Die Umgebung hüpfte in seinem Blickfeld auf und nieder. Er schien ihr kein Stück näher gekommen zu sein. Am Ende des Tunnels lag der Bahnhof. Sie hatte ihn fast erreicht, fünfzig oder sechzig Meter vor ihm.

Jemand wandte sich um, hastete hinter ihr her. Sie achtete nicht darauf, wer der Mann war, sah sich nicht einmal um, als sie den Bahnhof mit den Bahnsteigen erreichte. Hyde beschleunigte seine Schritte, angetrieben von der drohenden Katastrophe. Irgend jemand hatte sie erkannt – andere Männer, zwei von ihnen in Mänteln; sie waren eben von draußen, von der Kälte des Parkplatzes hereingekommen. Und nun wollten sie das Mädchen abfangen.

Er erreichte den Bahnsteig. Das Mädchen war verschwunden. Zwei Männer drängten sich in die kleine Menschenschlange, die vor einem Fahrkartenschalter stand; einer von den beiden redete auf die Wartenden ein. Er hatte es sich also nicht eingebildet. Sie waren so stereotyp. Das Mädchen mußte den Bahnsteig hinuntergelaufen sein. Zwei von ihnen, drei – wo war der andere, der sich in dem Tunnel plötzlich umgedreht hatte, der sie erkannt hatte?

Petrunin. Hyde konnte es nicht glauben. Er stand unter der Anzeigetafel und beobachtete ungeduldig seine Männer, wie sie die falsche Art von Störung verursachten. Schließlich wandte er sich einem Fahrkartenautomaten auf dem Bahnsteig zu und schlug wütend darauf ein, da er leer oder defekt zu sein schien. Kein Mädchen, kein Mädchen ...

Petrunin, der Londoner Beauftragte. Scheiß-KGB. Wo zum Teufel war das Mädchen? Petrunin. Dieser schlaue Fuchs hatte sich also alles richtig zusammengereimt. Fahrkarten wurden ausgegeben, die kleine Schlange durch Einschüchterung zum Schweigen gebracht. Petrunin hüpfte fast von einem Fuß auf den anderen. Zugankündigung, ein einfahrender Zug; Petrunin wandte seinen Kopf von einer Seite zur anderen, als bedauerte er etwas oder als hätte er etwas verloren. Und dann sah er ihn. Er erkannte ihn nicht so sehr an seinem Gesicht als an seiner Rötung, seiner schwer atmenden Brust und seiner wachsamen, angespannten Haltung.

Hyde rannte auf die Absperrung zu, während Petrunin

sich in Bewegung setzte, scheinbar langsam durch die Menge schwimmend, um ihm den Weg abzuschneiden. Der nächste Zug sollte nach Birmingham gehen – ein Sonderzug? Er bemerkte das dunkle, verängstigte Gesicht des Kontrolleurs an der Absperrung, über die er sich hinwegschwang, so daß er auf der anderen Seite fast zu Fall gekommen wäre. In seinen Ohren dröhnte das Geräusch des einfahrenden Zuges. Er hastete die Stufen zum Bahnsteig hinunter, schlidderte um die Ecke, so daß er fast gestürzt wäre, richtete sich wieder auf und riß eine der Glastüren auf. Sie befand sich fast völlig allein auf dem Bahnsteig. Er sah sie sofort. Und sie bemerkte auch ihn. Polizisten. Hinter ihm wurden Schritte laut. Aber das machte nichts. Polizisten. Sie waren von Polizisten umringt. Er hatte sie nicht verloren. Er rief ihr zu, als sie auf dem Bahnsteig stand und ihn ablickte. Die Spitze des Zugs übertönte seine Worte, als er seine Fahrt verlangsamte und schließlich stehen blieb.

Einer von Petrunins Männer packte ihn von hinten. Er drehte sich um und versuchte, einen zweiten Mann daran zu hindern, an ihm vorbei zu dem Mädchen zu laufen. Und im nächsten Augenblick schienen sie in einer Flut von Körpern zu ertrinken, als der Sonderzug aus Euston Hunderte von Rock-Fans auf den Bahnsteig spuckte, von denen jeder gierig war, als erster die Absperrung zu erreichen. Lärm brandete gegen Hyde an, und der Geruch unterschiedlichster Parfüms. Er wurde weggeschoben – einzig fester Halt war die Hand, welche sich an seinen Kragen klammerte. Er hob seine Faust, aber die Menge quetschte sie gegen seine Brust, als würde sie von einer Schlinge gehalten. Petrunins Mann hatte seinen Arm über die Köpfe erhoben. Er hielt einen Gummiknüppel, den er langsam nach unten führte. Die Bewegung fiel ihm schwer, da er von der Menge unerbittlich nach rückwärts in Richtung Ausgang gedrängt wurde. Hyde verlor das Mädchen aus den Augen – und auch Petrunin, der sich anscheinend auf die Stufen zur Absperrung zurückgezogen hatte, und den Knüppel, der ihn an Hals und Schulter traf und ihn nach dem plötzlichen heftigen Stich in seinem Kopf betäubte. Im nächsten Augenblick hatte sich die Hand des Russen von seinem Kragen gelöst und er taumelte nach vorn, wurde seitwärts in die Knie gezwungen und dann auf den Bauch. Füße traten auf seinen Rücken, quetschten seine Lunge zusammen. Die Menge begann, über ihn hinwegzuwogen. Für einen Augenblick hatte er das Gefühl zu ertrinken; dann konnte er nicht mehr atmen, und es wurde dunkel vor seinen Augen.

5 Krüppel

»Was zum Teufel hat die *Kiew* in diesem Gebiet zu suchen, Sir? Die Sowjets veranstalten zur Zeit kein größeres Manöver, und diesen armen Teufeln in dem defekten Boot wird sie doch kaum von Nutzen sein können. Wozu brauchen sie also einen Flugzeugträger? Was führen sie damit im Schilde?«

»Ich weiß nicht, John.«

»Und die Kursänderungen. Sir, wir haben einfach zu lange alles auf lautlose Fahrt geschaltet. Wenn wir die magnetischen und akustischen Sensoren in Betrieb gehabt und auf aktives Echolot geschaltet hätten, wäre uns früher aufgefallen, daß sie auf uns zukam.«

»Ich weiß, John, daß sie es auf uns abgesehen haben.«

»Was zum Teufel machen wir dann hier noch, Sir?«

»Das Spielchen des Verteidigungsministeriums spielen, John. Uns unserer letzten Prüfung unterziehen.«

»Was?«

»Sie haben ganz richtig gehört. Im Falle dieses Probeeinsatzes kommt dem Verteidigungsministerium das Risiko um so willkommener, als die Gefahr echt ist.«

»Diese Schweine. Wir sollen in einem Netz gefangen werden. Das Netz ist der Tanafjord, und wir werden bereits darauf zugescheucht.«

»Ganz meiner Meinung.«

»Aber was wollen sie von uns?«

»Ich dachte, das läge auf der Hand. Was sie wollen, nennt sich ›Leopard‹. Und wie das Ganze bewerkstelligt werden soll, können Sie sich inzwischen vermutlich an den fünf Fingern abzählen.«

»Und was werden *wir* machen?«

»ETA norwegische Hoheitsgewässer?«

»Zwei Stunden plus ein paar Minuten.«

»Dann werden wir in Deckung gehen. In norwegischen Hoheitsgewässern könnten wir auf diese Weise vielleicht noch einmal ungeschoren davonkommen. Wir werden uns einfach verstecken, John. Verstecken.«

»Ethan, wurde die Position der Nimrod auf den neuesten Stand gebracht?«

»Sie ist hier, Mister Aubrey, wie vor fünf Minuten.«

Aubrey starrte zu dem riesigen Kartenschirm hoch. Das Lichtergewirr darauf strahlte für ihn eindeutig so etwas wie Böswilligkeit aus. Inzwischen war noch ein einzelner Lichtpunkt hinzugekommen, der die *Proteus* repräsentierte. Phasenweise wünschte Aubrey, dies wäre nicht geschehen. Der weiße Lichtpunkt war umringt von farbigen Lichtern, die für die sowjetischen Schiffe in der unmittelbaren Umgebung standen. Südwestlich von dieser Gruppe, und in einiger Entfernung von ihr, leuchtete ein zweiter Lichtpunkt auf. An seinem Standort über der Küste Norwegens, vielleicht hundert Meilen südlich des Polarkreises, erinnerte er an einen deplazierten Stern oder einen Meteor.

»Das genügt nicht, das genügt nicht«, murmelte Aubrey. Seit dem letzten Funkspruch des Flugzeugs schien sich die Lage des Punkts kaum verändert zu haben.

»Das kann man nicht wissen, Mister Aubrey.«

»Bleiben Sie mir bloß mit Ihrem trügerischen Trost vom Leibe, Ethan!« fuhr Aubrey den Amerikaner an. Köpfe drehten sich nach ihnen um, um sich dann wieder den Bildschirmen und Anzeigetafeln zuzuwenden. Aubrey hatte sich das ›Chessboard Counter‹-Team mit Zuckerbrot und Peitsche gefügig gemacht, und indem er sich das allgemeine Gefühl des Versagens zunutze machte. Der Kartenschirm brachte in zunehmendem Maße den Wandel ihrer Funktion zum Ausdruck, wie er auch die wachsende Gefahr offenbarte, in der sich die *Proteus* befand. Inzwischen bildeten sie ein Rettungsteam, ebenso geschäftig wie hilflos.

»Entschuldigung.«

Pyott und der Commodore hatten sich einen anderen Aufenthaltsort gesucht. Sie hatten Aubrey das Feld überlassen. Und der betrachtete sie nun eher wie kleine Kinder, die hastig von dem zerbrochenen Fenster, dem zerstörten Glashaus davonrannten.

»Ebenfalls. Wie lautet die ETA der Nimrod?«

»Etwas mehr als eine Stunde bis Hammerfest, und dann noch einmal etwa zwanzig Minuten bis zum Tanafjord.«

Aubrey sah auf seine Uhr. »Acht Uhr fünfzehn. Können wir es noch schaffen, Ethan?«

Clark rieb sich das Kinn. Er erschien Aubrey absurd jung und viel zu sorglos, um seinen Antworten irgendein Gewicht beimessen zu können. Außerdem war er groß genug, daß Aubrey sich in seiner Gegenwart körperlich unwohl zu fühlen begann.

»Vielleicht. Aber dann wird sich die *Proteus* schleunigst aus dem Staub machen müssen.«

»Wieso hat Lloyd nicht auf eigene Faust den Rückzug angetreten?«

»Vielleicht versucht er das ja auch. Es ist keineswegs ausgeschlossen, daß er in Wirklichkeit auf die Küste zuhält und nach einem Versteck sucht. Wer weiß?«

»Mein *Gott,* was für eine absolut unmögliche Lage!« Aubreys Gesicht verdunkelte sich, nachdem sein plötzlicher Wutanfall wieder verflogen war. Er neigte sich dem Amerikaner vertraulich zu. »Ethan, ich mache mir Quins wegen Sorgen. Bis jetzt habe ich von Hyde noch nichts gehört. Er war im NEC in Birmingham, bei irgend so einem Popkonzert. Er dachte – nein, er war sich eigentlich sicher –, daß sich das Mädchen bei der Band aufhält. Sie kennt sie nämlich; war sogar einmal auf Tournee mit ihnen.« Aus Aubreys Gesicht war inzwischen jede Farbe und jeder Ausdruck gewichen. »Es ist alles andere als ein erfreulicher Anblick, Ethan, aber ich habe das Gefühl, als hätte ich nichts anderes vor Augen als den Verlust der *Proteus* und des Mannes, der für die Entwicklung von ›Leopard‹ verantwortlich zeichnet. Alles andere als glorreiche Zukunftsaussichten.«

Mit einem Mal wurde Clark sich Aubreys Alter bewußt, und er gestand sich diese Tatsache auch ein. Dennoch respektierte er den Scharfsinn und den Sachverstand des alten Mannes. Aubrey konnte, entsetzlicherweise, mit seiner Prognose durchaus recht haben.

»Kann schon sein«, war alles, was er darauf zu erwidern wußte.

»Ich glaube, wir müssen auf jeden Fall die Möglichkeit in Betracht ziehen, daß die Geschehnisse von dort oben«, er deutete auf den oberen Teil des Kartenschirms, »absichtlich inszeniert sind.« Er machte eine Pause, aber Clark sagte nichts. »Wir haben keinerlei Beweise, daß sich ein sowjetisches U-Boot in Seenot befindet. Es hat aufgehört zu funken; aber bis jetzt ist noch kein einziges russisches Schiff in den Fjord vorgedrungen, um nach ihm zu sehen. Dagegen werden in dem Gebiet, in dem sich die *Proteus* befindet, umfangreiche Flottenverbände zusammengezogen. Falls sie das U-Boot *finden* – und vielleicht ist es genau das, was sie beabsichtigen – dann haben wir ihnen einen praktisch unbezahlbaren militärischen Vorteil in die Hände fallen lassen. Falls uns auch noch Quin durch die Lappen geht, wäre unsere Position sogar noch untragbarer.«

Aubrey klopfte auf den Schreibtisch des Commodores, den er unter den Kartenschirm hatte schaffen lassen. Als wäre diese Geste eine Aufforderung gewesen, klingelte das Telefon.

»Shelley, Sir.«

»Ja, Peter?«

»Ich bin gerade über einen Routineüberwachungsbericht von unserem DS-Team in der russischen Botschaft in Kenntnis gesetzt worden ...

»Ja, Peter?« Aubrey fand es schwierig, Atem zu schöpfen.

»Sie glauben, daß heute abend gegen halb sechs Petrunin inoffiziell die Botschaft verlassen hat.«

»Wo ist er hin?«

»Ich habe das überprüfen lassen, Sir. Seine Autonummer wurde leider auf der M1 gesehen. Er ist in Richtung Norden gefahren.«

»Verdammt!« Aubreys Lippen zitterten vor Ärger. »Danke, Peter. Am besten informieren Sie sofort die Sonderabteilung in Birmingham. Sie sollen sofort bei diesem Konzert im NEC erscheinen – schnell!«

Aubrey legte den Hörer auf die Gabel zurück.

»Ich glaube, ich verstehe langsam, was Sie meinen«, bemerkte Clark bedächtig. »Ohne daß wir es richtig gemerkt haben, pfeifen wir schon mehr oder weniger auf dem letzten Loch.«

»Diesen Eindruck habe ich allerdings auch. Der KGB-Resident würde nicht ohne triftigen Grund oder einen starken

Verdacht inoffiziell die Botschaft verlassen. Und Hyde wird wohl kaum seine Fährte verloren haben. Zum Teufel mit diesem Mädchen und ihrem Vater!« Er wandte seine Aufmerksamkeit wieder der Karte zu. Der Lichtpunkt der Nimrod überquerte den Polarkreis. Die *Proteus* war umzingelt. Die *Kiew* dampfte mit voller Kraft in Richtung Tanafjord, und das Rettungsschiff *Karpati* lag bereits in Position. An der Bedeutung all dessen waren kaum mehr Zweifel möglich und es bestand wenig Hoffnung, die drohende Katastrophe abwenden zu können. Aubrey fühlte sich sehr müde und völlig machtlos. »Ich glaube, wir haben bereits verloren, Ethan. So sieht die Sache jedenfalls aus der Ecke des Verlierers im Ring aus.«

»Ich kann nur hoffen, daß Sie sich in diesem Punkt täuschen.«

»Nur dürfte ich bedauerlicherweise wieder einmal recht behalten.«

Das Störgeräusch legte sich über Ardenjews Stimme, überdeckte sie und verlieh ihr in Dolohows Ohren eine seltsam unwirkliche Realität, als löste sich der Sprecher auf, als nähme er einen ätherischen Zustand an. Als Dolohow darauf seine Stimme hob, tat er dies nicht, um besser gehört zu werden, sondern um diesen seltsamen, unwillkommenen Eindruck zu vertreiben – das Wispern des Versagens.

»Begeben Sie sich an Bord der Hubschrauber, Waleri! Sie müssen sofort zur *Karpati*!«

»Sir, ich hätte wirklich gern, daß Sie mit einem der Piloten sprechen ...« Ardenjews Stimme schien noch ferner; der Sturm verwischte hämisch seine Worte.

»Nein! Dafür ist es jetzt zu spät! Die Spuren häufen sich. Wir haben sie schon fast.« Dolhohow sah sich zu Sergej um, der gehorsam und still an seiner Seite stand, während er sich über den Telefonverstärker auf dem Tisch vor ihm beugte. In Sergejs Augen verlor der Admiral die Kontrolle über sich, steigerte sich durch die Ereignisse in eine gefährliche Euphorie, während ständig partielle und nicht näher bestätigte Meldungen über das britische U-Boot hereinkamen. Der alte Mann zählte sie einfach zusammen, als förderte ihre bloße Anhäufung seine Zuversicht und seine Arroganz. »Wir haben sie, Waleri; wir haben sie schon in der Hand. Sie gehören *uns*!«

»Sir, Sie scheinen nicht zu verstehen. Es ist eine Frage, ob sie uns auf dem Deck des Rettungsschiffs absetzen können ...«

»Reden Sie mir nicht dazwischen, mein Junge!« donnerte Dolohow los, wobei er zur Unterstreichung des Gesagten mit der Faust auf den Tisch hieb. »Sie haben Ihre Befehle; und die Piloten haben ihre Befehle. Sie werden sich sofort an Bord der Hubschrauber begeben und zu dem Rettungsschiff losfliegen. Verstanden?« Darauf entstand ein kurzes Schweigen, in dem sich das Heulen des Sturms breit machte. »Haben Sie mich gehört?«

»Jawohl, Sir. Sehr gut sogar, Sir. Ihre Befehle werden ausgeführt, soweit dies in meiner Macht steht.«

Dolohow war plötzlich manisch großzügig und generös. »So ist es schön; so ist es schön. Guter Junge. Viel Glück und erfolgreiche Jagd. Also, dann los.« Der alte Mann knipste den Telefonverstärker aus und stand auf. Er bewegte sich mit der roboterhaften Zappligkeit vorübergehend mit Erfolg bekämpfter Arthritis; oder mit der angespannten, muskulären Mühsamkeit eines Menschen, der von einem unstillbaren Verlangen angetrieben wird. Er klatschte mit der Hand auf Sergejs Schulter, und der junge Mann hoffte, daß sein Lächeln nicht zu aufgesetzt wirken würde. Dolohow betrachtete ihn jedoch mit Augen, die wenig wahrzunehmen schienen. Nicht glasig oder trübe, sondern eher wild und nach innen gerichtet. »Das große Finale, Sergej; das große Finale«, murmelte er in einer seltsamen, häßlichen, liebkosenden Stimme.

Der Konteradmiral befleißigte sich inzwischen fast hämischer Pedanterie und Geschäftigkeit. »Die endgültigen Positionen, Admiral«, verkündete er, wobei er auf die Computerbögen in seiner Hand deutete.

»Sehr gut. Kommen Sie, lassen Sie mich sehen.« Dolohow ergriff den Arm des Konteradmirals und führte ihn ans Fenster, während er in der freien Hand die Computerbögen hielt. Sergej wurde bewußt, daß der Konteradmiral alle Zweifel und Vorbehalte abgelegt hatte; ob dies aus eigennützigen Motiven geschehen war oder weil er vom Admiral angesteckt worden war, hätte er nicht sagen können. Vermutlich traf beides zu. »Wo?« Sie standen am Fenster.

»Da.« Der Konteradmiral deutete theatralisch auf den Kartentisch hinunter. »Die *Kiew,* die *Karpati* – sie wartet nur noch auf Ardenjew –, die *Grischka* und die anderen U-Boote, sehen Sie? Da, da, da und da ...« Sein Finger deutete auf jeden einzelnen der Lichtpunkte unter ihnen. »Die anderen Einheiten der Flotte befinden sich in Warteposition oder haben einen irreführenden Kurs eingeschlagen.« Er sah Dolohow an. »Jetzt liegt alles an ihnen. Sie haben ihre Befehle. Nun brauchen sie nur noch eine positive Identifikation des britischen U-Boots.« Dolohows Gesicht überflog ein Ausdruck der Glückseligkeit. Seine Augen waren fast geschlossen. Verwirrt und verlegen, stellte Sergej fest, daß dies ein Moment der Liebe war. Der kalte, strenge, autoritäre Admiral war nicht wiederzuerkennen. Sergej wußte jedoch nicht, was es war, das Dolohow umarmte – die Herausforderung, das Drama des Augenblicks, den Preis oder den Sieg in diesem Spiel. Oder vielleicht sogar das Spiel selbst?

»Sehr gut, sehr gut«, murmelte der alte Mann von neuem. Dann öffneten sich plötzlich seine Augen, und seine gesamte Konzentration richtete sich auf die Stimme eines der Offiziere, der hinter ihm im Raum stand.

»U-Boot-Einheit *Frunse* meldet einen magnetischen Kontakt ...«

Mit der Anmut und der Schnelligkeit eines jüngeren Mannes eilte Dolohow durch den Raum und stand an der Schulter des betreffenden Offiziers. »Wo?« verlangte er zu wissen. »In welchem Abstand?« Und bevor der Mann noch antworten konnte: »Können Sie seinen Kurs bestimmen?«

Nachdem er Dolohows Fragen wiederholt hatte, lauschte der Funkoffizier in seine Kopfhörer, und dann konnte der alte Mann sehen, wie er den Kopf zu schütteln begann. »Nein, Sir, sie haben sie verloren. Es könnte auch eine Temperaturschwankung im Meer gewesen sein ...«

»Quatsch. Es war ein magnetischer Kontakt, kein Infrarot! Das waren *sie,* Sie Trottel!« Er wandte sich dem Konteradmiral zu. »Geben Sie sämtlichen U-Boot-Einheiten Befehl, sofort auf die *Frunse* zuzuhalten!«

»Admiral, ist das ...?«
»Tun Sie schon, was ich sage.«
»Jawohl, Admiral.«
Ziellos, aber entschlossen ging Dolohow ans Fenster zurück. Er schien sich kaum für die schwach leuchtende Karte unter ihm zu interessieren. Die Situation war in ihrer Gesamtheit verdaut, oder vielleicht – und hier korrigierte sich Sergej selbst – war sie dies in den Gedanken des Admirals immer schon gewesen. Halb lauschte Sergej der Befehlsausgabe durch den Konteradmiral, halb beobachtete er Dolohow, wobei er sich in aller Deutlichkeit seiner Bedeutungslosigkeit bewußt wurde. Er war nichts weiter als eine Nummer – oder ein Paket, das achtlos in einer Ecke abgestellt worden war.
Dann: »U-Boot-Einheit *Grischka* meldet eine weitere magnetische Spur ...«

»Die Magnetspur wird schwächer, Kapitän.«
»Die Thermospur wird schwächer, Kapitän.«
»Die Männer an den Stabilisatoren. Zehn Grad nach unten, auf zweihundertvierzig Meter Höhe.«
»Sir.«
»Zwölf Grad nach steuerbord.«
»Sir.«
Auf der Brücke der *Grischka* herrschte Schweigen. Die Bugsonare zeigten nichts an; ihre Sensoren wurden durch die Anti-Sonar-Ausrüstung der Briten absorbiert oder abgeleitet. Die Infrarot-Spur löste sich auf, hatte etwas Nichtexistentes, Illusorisches an sich. Die magnetische Anomalitätendetektionsanlage entlockte den Schultern ihres Operators bereits ein frustriertes Achselzucken. Die hoch entwickelte, empfindliche, auf Wärme reagierende ›Nase‹ schnüffelte im eisigen Wasser des Ozeans, ohne eine Spur von dem britischen U-Boot zu entdecken. Jede Fährte war kalt oder wurde kalt.
»Fünfzehn Grad nach Backbord.«
»Sir.«
Ein reines Ratespiel, mußte der Kapitän der *Grischka* zugeben. Ein blinder Hund mit Erkältung, der eine schwache Fährte aufzuspüren versuchte. Nicht einmal irgendwelche Schraubengeräusche; keine Spur vom Kielwasser und den

Schraubenumdrehungen des U-Boots. Nur einmal hatten sie ein solches Signal aufgefangen, um es jedoch sofort wieder zu verlieren.

»Neun Knoten.«

»Sir.«

Stille.

»Eine schwache magnetische Spur, Sir. Position grün vier null, Abstand sechstausend.«

»Wir sind fast über ihnen. Wir dürfen sie nicht wieder verlieren. Dreißig nach steuerbord.«

»Dreißig nach steuerbord, Sir.«

»Keine Wärmespur, Sir.«

»Die magnetische Spur verblaßt neuerlich, Sir.«

»Alarmstufe eins, Torpedoraum. Irgendwelche Anzeichen von Schraubengeräuschen?«

»Negativ, Sir?«

»Fünf nach steuerbord, Geschwindigkeit zehn Knoten.«

»Magnetische Spur verloren, Sir.«

»Verdammt!«

»Vier-fünf nach Backbord.«

»Vier-fünf nach Backbord, Sir.«

Auf der Brücke der *Proteus* herrschte Schweigen. Geflüsterte Befehle, wie die schütteren Stimmen alter Männer, bar jeder Autorität. Die Echolote, die in ihrer passiven Einstellung von den feindlichen elektronischen Sensoren nur sehr schwer festzustellen waren, registrierten die Bewegungen des russischen U-Boots, demonstrierten die Nähe des Jägers.

»Cumputeridentifikation, Nummer Eins?«

»Ein U-Boot der ›Victor-II‹-Klasse, Sir. Unser Freund ist wieder zurück.«

»Entfernung und Position?«

»Sie entfernen sich, Sir. Geschwindigkeit ungefähr neun Knoten. Entfernung acht tausend. Position grün eins-sieben-null. Sie passieren hinter uns.«

»Andere Aktivitäten, John?«

»Ein Zerstörer der ›Kaschin‹-Klasse, Entfernung elftausend. Ein Kampf-U-Boot der ›Alpha‹-Klasse, Entfernung viertausendzweihundert, Position rot sechs-fünf; kommt näher. *Kiew* mit Abstand viertausendachthundert, größer werdend. Das U-Boot-Rettungsschiff hält seine Position, Sir.«

»Kaffee, Sir?«

»Was? Ach so, vielen Dank. ETA norwegische Gewässer, John?«

»Bei gegenwärtigem Kurs und Geschwindigkeit, elf Minuten, Sir.«

»Geschwindigkeit vierzehn Knoten.«

»Schraubengeräusche, Sir?«

»Korrektur – zwölf Knoten.«

»Zwölf Knoten also, Sir.«

»Zehn nach steuerbord.«

Die Übertragungen von der *Grischka* und den anderen Rotbanner-Einheiten wurden über den Flugzeugträger *Kiew* empfangen. Dolohow hatte zugunsten rascher, frequenzagiler Übertragungen in nichtkodierter Sprache auf kodierte Signale verzichtet. Auf Band übertragen und langsam abgespult, hörte Dolohow dann, wie die Meldungen in der Operationszentrale übertragen wurden. Die Stimmen – und das Schweigen zwischen den Worten – schienen ihn in gleicher Weise zu beunruhigen wie zu erregen. Besorgt beobachtete Sergej seinen Vorgesetzten. Er kam sich vor wie ein junger Verwandter, der mitansehen mußte, wie sein Großvater vor seinen Augen senil wurde.

Dolohow hatte seine Schultern hochgezogen, als er in den Schacht der Operationszentrale hinunterstarrte und die ständig sich bewegenden, tanzenden Lichter und den einsam flackernden Lichtpunkt beobachtete, der das britische U-Boot repräsentierte. Dieses Licht erlosch und leuchtete plötzlich wieder auf, als handelte es sich um einen Defekt in der elektronischen Projektionsanlage.

Sergej vermutete, daß dem Admiral langsam Zweifel kamen – oder besser, daß die Zweifel, die er bis dahin in seiner unerschütterlichen Zuversicht einfach unter den Teppich gekehrt hatte, nun wie Unkraut überall um ihn herum aus dem Boden zu schießen begannen. Es war mehr als eine Stunde vergangen, seit sie von dem U-Boot *Frunse* die erste Kontaktmeldung aufgefangen hatten. Inzwischen hatten die

Grischka und zwei weitere Einheiten mehrere Male – die *Grischka* dreimal – Spuren gemeldet; aber das britische U-Boot war ihnen immer wieder entkommen. Dolohow hatte seine Zweifel für Stunden, ja Tage beiseite schieben können; aber nun, da er auf der Karte unter ihm dieses Katz-und-unsichtbare-Maus-Spiel beobachtete, begann er langsam, auch den Mißerfolg in Erwägung zu ziehen. Zumindest vermutete Sergej dies.

Der alte Mann sprach mit sich selbst. Wenn die Ankündigungen aus dem Lautsprecher für eine Weile verstummten, war seine Stimme im ganzen Raum zu hören.

»Wird es klappen? Wird es klappen?« Immer und immer wieder wiederholte der Admiral diese drei Worte – ein gemurmeltes Flehen oder zur Sprache gebrachte Angst. »Wird es das? Wird es das?« Der kürzere Satz erhielt mehr Endgültigkeit, verlieh den Zweifeln mehr Raum. »Wird es das? Wird es das?« Der alte Mann merkte nicht, daß er diese Sätze laut und deutlich sprach. Sergej spürte, wie ihm die Schamröte ins Gesicht stieg. Mit diesem alten Mann in Verbindung gebracht zu werden, der in dieser Krisensituation wie ein Greis in der geriatrischen Abteilung einer Klink vor sich hinmurmelte, war höchst peinlich und herabwürdigend. Andere hörten zu, alle im Raum versammelten ...

Schließlich brachte die Stimme des für die *Kiew* zuständigen Operators Dolohow zum Schweigen, indem sie seine Worte überdeckte, sie auslöschte. Die Schultern des Admirals hoben sich, sein Kopf neigte sich wie bei einem Vogel zur Seite, während er zuhörte.

»U-Boot-Einheit *Grischka* meldet verlorenen Kontakt ...«

Dolohows Schultern senkten sich wieder. Es war offensichtlich, daß er dachte, das Spiel verloren zu haben.

»Die ›Victor-II‹ dreht nach steuerbord, Sir.«

»Verdammt. John, lassen Sie uns unseren Kurs und den der ›Victor-II‹ auf dem Bildschirm sehen.«

»Kurs wird eingegeben, Sir. U-Boot-Position rot eins-sechs-acht, Entfernung zweitausendsiebenhundert.«

»Haben wir immer noch diese Schicht wärmeres Wasser unter uns?«

»Jawohl, Sir.«

»Gut. Dann machen wir ihnen das Ganze noch etwas schwieriger. Wir tauchen da runter.«

»Aye, aye, Sir.«

Lloyd spürte, wie sich der Bug der *Proteus* senkte. Das russische U-Boot war wieder hinter ihnen her. Sie befanden sich noch drei Minuten von den norwegischen Hoheitsgewässern entfernt, und die ›Victor-II‹ kam rasch näher. Obwohl er inzwischen bezweifelte, daß eine abstrakte Linie auf einer Karte in der augenblicklichen Situation noch irgendeinen beschützenden Effekt auf sie auswirken könnte, wußte Lloyd nicht, was er anderes hätte tun sollen. Auf dem Bildschirm zeichnete sich sowohl ihr Kurs über dem Meeresgrund ab wie der des russischen Boots. Achtern war eine schneller sich fortbewegende Lichtlinie zu erkennen, nachdem der russische Kapitän seinen Kurs geändert hatte.

»Informationen über die ›Victor-II‹ werden unzuverlässig, Sir.«

»Das kann ich sehen. Die wärmere Schicht verursacht Brechungen und Verwischungen. Sind wir schon durch?«

»Jawohl, Sir.«

»Gerade Fahrt auf achtzig Faden, Steuermann.«

»Ist das da am Rand des Bildschirms die Küste, John?«

»Nein, Sir.« Thurston war an seiner Seite und starrte auf den Bildschirm. Das Bild des russischen U-Boots war schwach. Die wärmere Wasserschicht, durch die sie abgetaucht waren, würde die Sensoren der Russen irreführen und die *Proteus* verbergen. »Das ist ein kleines Plateau. In unserer Tiefe sieht es allerdings aus wie ein riesiger Berg.«

»Position von ›Victor-II‹ inzwischen grün eins-sieben-null, Entfernung viertausendzweihundert; sie taucht leicht, Sir.«

Thurston sah in Lloyds Gesicht. »Wir haben sie nicht täuschen können. Sie sind uns weiter auf den Fersen«, flüsterte er.

»Der Computer bestätigt Kurs und Position, Sir.«

Lloyd zögerte nur einen Augenblick. Dann legte sich Entschlossenheit um seine Züge. Er hatte die Angaben seiner Echolote und Computer akzeptiert.

»John«, wandte er sich mit ruhiger Stimme an seinen Ersten Offizier, daß es alle in der Brücke Anwesenden hören konnten. »Geben Sie Alarmbereitschaft an die Crew durch. Die Zeit ist vorbei, wo wir mit den Russen Spielchen gespielt haben. Sie sind hinter uns her.«

»Aye, aye, Sir.«

»Negativer Kontakt auf Magnet, Kapitän.«

»Gegenwärtigen Kurs eine Minute beibehalten, dann hart steuerbord – markieren.«

»Markiert, Kapitän. Eine Minute.«

»Negativer Kontakt, Sir.«

Immer negativ. Der russische Kapitän spürte die *Grischka* um sich herum, wie sie durch die gesichtslose Dunkelheit des Ozeans glitt. Er spürte die Mannschaft auf Kampfstation, wie das nun schon seit einer halben Stunde der Fall war. Davor hatte er noch drei weitere Male mit dem Torpedoraum gesprochen und seine Männer auf Kampfstation gerufen. Viel länger konnte es nicht mehr so weiter gehen; er mußte ihnen eine Entspannungspause gönnen. Sonst laugte er sie zu sehr aus. Er spürte vor allem den Raum für die Torpedo-Crew und die funkgesteuerten, kielwasser-sensitiven Torpedos – eines mit einem reduzierten Sprengkopf, das zweite mit dem speziellen MIRV-Sprengkopf, dem ›Feuerrad‹. Sobald er ihren Abschuß anordnete, würde ein Torpedoexperte sie auf ihr Ziel zusteuern, wobei er sich einzig und allein auf seine Geschicklichkeit würde verlassen können. Der Mann, den er dafür ausgesucht hatte, verstand sein Handwerk, und die Torpedos würden dann alles weitere erledigen. Aber alles – *alles* – hing von winzigen, empfindlichen Sensoren im Bug des Bootes ab; magnetische und wärmeempfindliche Sensoren. Irgendwo vor ihnen – oder unter oder seitlich oder über ihnen – befand sich ein magnetischer Klumpen Metall, der Wärme absonderte und sich nicht völlig unsichtbar machen konnte. Das britische U-Boot hinterließ ganz schwache Spuren – Abschuppungen seines Rumpfs, schwache Geräusche seines Atems. Irgendwo lagen diese Spuren im Ozean verborgen und warteten darauf, entdeckt zu werden.

»Wir wenden gerade, Herr Kapitän.«

»Die Männer an den Stabilisatoren – halten Sie das Boot im Gleichgewicht.«

»Sir.«

Irgendwo, draußen im Dunkel, lag die *Proteus.*

»Sir, die ›Victor-II‹ hat eben scharf gewendet ...«

»Ich habe sie. Maschinenraum – fünfzig Umdrehungen zusätzlich.«

»Fünfzig zusätzlich, Sir.«

»Wärmespur bestätigt und stärker werdend, Herr Kapitän.«

»Zehn Grad Viertel – dann sechzig.«

Der Kapitän der *Grischka* lehnte sich gegen das Periskopgehäuse. Der Abstand zu dem britischen U-Boot war immer noch zu groß, und obwohl die Spur deutlicher wurde, ließ sie sich nach wie vor nicht eindeutig verfolgen. Das Spiel konnte noch Stunden so weiter gehen. Er spürte den Druck, auf keinen Fall versagen zu dürfen. Aber vor allem wurde er sich des zunehmenden, leicht verzweifelten Dranges, zu handeln, in sich und seiner Mannschaft bewußt. Seine Loyalität galt daher der unterdrückten, angespannten Atmosphäre seiner Brücke.

»Torpedostation«, sagte er deutlich und machte dann eine Pause, bis alle trotz der Konzentration, die ihre jeweiligen Aufgaben erforderten, seiner Stimme ihre volle Aufmerksamkeit schenkten. »Torpedostation, handgesteuertes Torpedo scharf machen, auf Schraubenmustersuche einstellen. Maximale Reichweite einstellen und auf meine Anweisungen warten.«

Spürbar wie kühle, frische Luft, kam die Erleichterung in der Haltung aller Schultern und in den Mienen aller Gesichter zum Ausdruck. Er gab sich Mühe, einen plötzlichen Anfall von Zweifel nicht merken zu lassen.

»Wärmespur wird stärker, Kapitän.«

»Magnetische Spur positiv, Kapitän.«

»Echolote negativ, Kapitän.«

»Entfernung und Position?«

»Position unverändert, Kapitän. Entfernung dreitausendneunhundert, und geringer werdend. Wir holen sie ein «

»Sehr gut.« Er wartete. Das Torpedo mit dem abgeschwächten Sprengkopf steckte im Rohr. Er hatte vier von ihnen, außerdem vier Torpedos mit Mehrzwecksprengköpfen, die ›Feuerrad‹-Torpedos. Konnte er das erste bei dieser Entfernung aufs Spiel setzen? »Torpedostation – Feuer Eins! Halten Sie mich auf dem laufenden.«

»Rohr Eins ab, Kapitän. Sensor an, Lichter grün. Anzeige negativ.«

Der russische Kapitän sah seinen Ersten Offizier an, der an der Tiefenanzeigetafel stand. Er zuckte ausdrucksvoll mit den Schultern.

»Die Torpedosensoren haben Kontakt hergestellt, Kapitän.«

Unmittelbar nach seinem Abschuß begann das kielwassersensitive Torpedo seine Suche. Das Funkgerät, das es mit der *Grischka* verband, übertrug seinem winzigen Computer die Instruktionen eines erfahrenen Operators in der Torpedostation. Als das Funktionieren der Steuerungskontrolle überprüft wurde, kam ein positiver Bescheid zurück. Darauf änderte sich die Geschwindigkeit des Torpedos in rascher Aufeinanderfolge mehrere Male, wobei das Torpedo in jedem Fall sofort und präzise reagierte.

Tausend Meter von der *Grischka* entfernt, kreuzte das Torpedo die Spuren des Kielwassers der *Proteus*. Seine korkenzieherartige Fortbewegungsweise im Wasser ermöglichte eine nicht nur zwei-, sondern dreidimensionale Suche und führte es ein gutes Stück hinter der Position des britischen U-Boots durch dessen Kielwasser, von dem jedoch noch genügend Spuren vorhanden waren, daß das Torpedo sie registrieren konnte.

Das Torpedo schnüffelte sich seinen Weg durch das dunkle Wasser, bis es den Abschluß seiner nächsten Tausend-Meter-Strecke erreichte, um dann zu wenden und sich wieder auf das Kielwasser zuzutasten. Sobald es das Kielwasser ein zweites Mal kreuzte und seine Sensoren entweder eine schwächere oder deutlichere Spur registrierten, würde es Anweisung erhalten, sich entweder nach backbord oder steuerbord zu wenden und die Spur des U-Boots zu verfolgen, bis ein Kontakt hergestellt wurde. Sobald seine Richtung bestimmt und der Verlauf des Kielwassers erkannt war, war ein Kontakt unausweichlich.

Das Torpedo kreuzte das Kielwasser und wandte sich fast unmittelbar darauf mit einem eleganten Schlenker nach backbord. Sein Korkenzieherkurs begradigte sich, als es dem Kielwasser des britischen U-Boots zu folgen begann.

»Anhaltender Kontakt, Kapitän.«

»Großartig. Halten Sie mich weiter auf dem laufenden.« Der Kapitän der *Grischka* grinste seinem Ersten Offizier zu.

»Kontaktnahme bestätigt ... dreitausendfünfhundert Meter zurückgelegt, Kapitän ... viertausend Meter ... Wärmesensor reagiert ... Ziel konstant ... Kommandovollverantwortung an, Kapitän ... Nähesicherung geladen und *an,* Kapitän ... siebentausend Meter zurückgelegt ... Fernsehkamera an, Licht an ...«

»Los, los, macht schon«, murmelte der russische Kapitän. Zu weit, zu weit, machte er sich selbst Vorhaltungen; ich hätte warten sollen; sie sind zu weit entfernt.

»Siebeneinhalbtausend Meter zurückgelegt, Kapitän ... Achttausend Meter ...«

»Positiver Kontakt, Kapitän!«

»Steuermann, hart achtern!«

»Hart achtern, Kapitän.«

»Kontakt als Torpedo identifiziert, Herr Kapitän!«

Auf dem winzigen Fernsehschirm in der *Grischka,* auf dem die Bilder von der Kamera in der Nase des Torpedos übertragen wurden, war außer dem verschwommenen Grau schwach erleuchteten Wassers nichts zu sehen. Es erinnerte an einen schweren, trägen Vorhang, der beständig beiseitegeschoben wurde. Dann ein Fleck dunkleren Wassers und schließlich die grauen, walähnlichen Umrisse der *Proteus,* als das britische U-Boot zu wenden begann. Das Torpedo schien seltsam zögernd auf das U-Boot zuzutauchen, und dann zündete die Nähesicherung den abgeschwächten Sprengkopf. Der Fernsehschirm, auf den der Kapitän der *Grischka* starrte, wurde plötzlich weiß und ließ ihn zusammenzucken, als hätte ihn der Lichtblitz der Explosion geblendet.

»Ziel erreicht, Kapitän! Treffer, Treffer, Treffer!«

»Haben wir sie?«

»Volltreffer, Herr Kapitän!«

Der aufbrandende Beifall wurde vom Kapitän sofort unterbunden.

»Torpedostation, Rohr Zwei laden. Mehrzwecksprengkopf-Torpedo, Reichweite auf neuntausend einstellen. Handsteuerung, direkte Suchspur.«

»Rohr Zwei fertig, Herr Kapitän.«

»Zwei, Feuer!«

»Die Männer an den Stabilisatoren, unternehmen Sie etwas gegen dieses Rollen!«

»Wir können das Gleichgewicht nicht halten ...«

»Notbeleuchtung ... ausschalten ...«

»Wir können den Trimm nicht halten, Kapitän!«

»Trimm reagiert, Kapitän.«

»Maschinen auf eins-fünfzig Umdrehungen runter.«

»Die Dämpfer haben die Oszillation nicht unter Kontrolle, Sir.«

»An alle Stationen – sofortige Schadensmeldung.« Lloyd fuhr sich mit der Hand über die Stirn, seine Augen auf die Unterarme der zwei Männer an den Stabilisatoren geheftet, die verzweifelt versuchten, die *Proteus* auszubalancieren. Die Muskeln beugten und spannten sich an, die Adern traten hervor, die Tätowierung eines Ankers und einer Kette ständig auf einem der Arme in Bewegung. Das ganze U-Boot schlingerte heftig, wie ein außer Kontrolle geratenes Fahrrad, im Sattel ein Kind, unfähig mit den Beinen die Pedale zu erreichen. Die Lichter waren wieder angegangen. Sein Arm fühlte sich fühllos und schwach an, während seine Gedanken sich wie sein Magen drehten, um schließlich in einem Kurzschluß durchzubrennen. Die Russen hatten auf sie gefeuert; sie hatten auf sie gefeuert ... Thurston durchquerte die vibrierende Brücke auf ihn zu und griff nach dem Periskopgehäuse, wo er sich schwankend festhielt. »Mein Gott, John – sie haben auf uns gefeuert!«

Thurstons Miene bestätigte das Unglaubliche. Feindangriff.

»Erster Ingenieur, Sir«, hörte Lloyd eine Stimme über den Brückenlautsprecher.

»Ja?«

»Erste Schadensanzeige läßt auf Außeneinfluß schließen, Sir. Druckmantel in Ordnung, Außenplatten und Heckballasttanks rissig. Stabilisatoren und Ruder verstellt, aber reagierend. Das Vibrieren, das wir spüren, steht in Verbindung mit den Maschinen; demnach müßte die Schraube beschädigt worden sein. Oder vielleicht ist es auch die Antriebswelle. Oder beides. Die Lager der Hauptantriebswelle erhitzen sich.«

»Können wir weiterhin Fahrt machen, Erster Ingenieur?«

»Ich denke schon, Sir. Wir werden verschiedene Drehzahleinstellungen ausprobieren müssen, um mit geringstmöglichem Vibrieren und ausreichender Kontrollfähigkeit optimale Fahrt machen zu können. Falls die Lager nicht zu heiß werden, haben wir vielleicht sogar Glück. Im Augenblick stehen sie auf Orange, Sir.«

»Sehr gut. Ich überlasse alles weitere Ihnen.«

»Aye, aye, Sir.«

Das Mehrzwecksprengkopf-Torpedo folgte dem Kielwasser der *Proteus,* wobei es sich nach den Angaben über Entfernung und Position richtete, die seinem kleinen Computer eingegeben wurden. Auch dieses Torpedo war mit einer Nähesicherung ausgestattet. Die Experten der Roten Flotte waren zu dem Schluß gelangt, daß ein abgeschwächter Sprengkopf die *Proteus* zwar beschädigen, aber nicht unbedingt bewegungsunfähig würde machen können, wobei jedoch letzteres unerläßlich war, sollte die ganze Operation Erfolg haben. Deshalb waren die Entwicklung eines neuartigen, kurz vor der Fertigstellung stehenden Mehrzwecksprengkopfes mit der Codebezeichnung »Feuerrad« sowie die Probeeinsätze im Labor und auf See beschleunigt worden, um die von dem Torpedo mit dem abgeschwächten Sprengkopf geleistete Vorarbeit zum Abschluß zu bringen.

Auf Anordnung des Torpedoraum-Operators wurde die

Fernsehkamera eingeschaltet, und im nächsten Augenblick erschien auch schon ein Bild. Der russische Kapitän beobachtete das vorbeiwirbelnde Wasser auf dem winzigen Bildschirm und glaubte bereits, die Blasenbildung und das Kielwasser der *Proteus* feststellen zu können. Sein Körper spannte sich an, als hätte er das Torpedo wie ein Pferd geritten, und dann zeichneten sich in dem dunklen Wasser die grauschwarzen, walförmigen Umrisse des U-Boots ab. Sah er den Schaden am Ruder und den Stabilisatoren, oder bildete er sich ihn nur ein? Er neigte seinen Kopf jedenfalls leicht zur Seite, um die Umrisse des Hecks deutlicher erkennen zu können. Dann detonierte der Sprengkopf, und der Bildschirm wurde zu seiner Enttäuschung weiß. Die Erinnerung hielt darauf ersatzweise die Abfolge von Bildern parat.

Während der Probeeinsätze hatte er gesehen, wie das ›Feuerrad‹ an einem alten U-Boot zum Einsatz kam. Der Film war schlecht, grobkörnig und zusammengeschnipselt gewesen, was den tödlich eindrucksvollen Bildern jedoch keinerlei Abbruch getan hatte. Sobald sich die separaten Sprengköpfe vom Rumpf des Torpedos lösten, würden sie sich in einem netzartigen Kreis ausbreiten. Einige von ihnen waren mit schwachen explosiven Ladungen ausgestattet, andere mit Widerhaken aus supergehärtetem Stahl, wieder andere mit Saugnäpfen und Magneten. Insgesamt zwölf, zog jeder ein Stück äußerst widerstandsfähigen Stahlseils hinter sich her, das durch den Drall der kleinen Sprengköpfe wild im Kreis gepeitscht wurde. Ein paar davon würden den Rumpf, das Ruder und die Stabilisatoren der *Proteus* berühren, und dann würden sich die wirbelnden Stahlseile, während das U-Boot sich ihnen zu entziehen versuchte, um den Rumpf schlingen, um sich schließlich in der Schraube zu verheddern, die sie durch ihre Bewegung immer fester um sich schnürten.

Das würde eine Frage von Sekunden sein, und binnen einer Minute wäre das U-Boot, seine Schraube durch die Stahlseile zur Unbeweglichkeit verurteilt, zum Stillstand gebracht.

Er schloß seine Augen, während er dieses Drama in seinem Innern wie in einem Film ablaufen ließ. Er brauchte den triumphierenden Aufschrei aus dem Torpedoraum nicht zu hören, noch den Beifall auf der Brücke. Er wachte mit einem leichten Schrecken erst auf, als ihn sein Erster Offizier am Ärmel schüttelte. Der junge Mann grinste.

»Volltreffer, Sir. Ein weiterer Volltreffer!« sprudelte es aus ihm heraus.

»Sehr gut«, bemerkte der Kapitän bedächtig. »Das haben Sie alle sehr gut gemacht.« Er erhob sich. Inzwischen würde sich die Fahrt des britischen U-Boots bereits verlangsamen. Er konnte sich das Entsetzen der Besatzung vorstellen, wenn sich die Kabel um die Schrauben wickelten und sie unaufhaltsam zum Stillstand brachten. »Sehr gut. Lassen Sie eine Funkboje aufsteigen. Geben Sie folgende Nachricht durch, Erster Offizier. Die Nachricht beginnt mit TOLSTOI, gefolgt von den Zielkoordinaten. Ende der Nachricht. Direkt nach Murmansk, Codepriorität neun.«

»Jawohl, Sir!«

»Holen Sie die Funkboje sofort wieder ein, sobald die Übertragung beendet ist.«

»Eine üble Geschichte, Sir«, hörte Lloyd die Stimme des Ersten Ingenieurs aus dem Lautsprecher. »Durch den zweiten Treffer ist entweder unsere Schraube weiter beschädigt worden, oder wir haben uns in etwas verheddert.« Lloyd wurde vom Vibrieren des Bootes geschüttelt, und das Lärmen der aufbegehrenden Schraube und der Antriebswelle drohte, seinen Schädel zum Platzen zu bringen. Es war unmöglich, dieses Geräusch noch viel länger auszuhalten. Das U-Boot verlangsamte seine Fahrt, wobei sich die Schraube zunehmend langsamer drehte. Die Russen hatten sie in einem Netz oder in irgendeiner ähnlichen Art von Falle gefangen und drehten ihnen den Saft ab.

»In Ordnung, Erster.« Er konnte die Worte nicht deutlich artikulieren, sondern hauchte sie wie ein alter Mann, da sich das Vibrieren des Rumpfs von Sekunde zu Sekunde verschlimmerte. Er schrie seine Befehle über den Lärm hinweg. Sie saßen in einer Keksdose, und irgend jemand drosch mit einer Eisenstange auf den Deckel. »Erster Offizier.« Thurston nickte. Er klammerte sich an der Tiefenanzeigetafel fest, seine Beine so weich und wacklig wie die eines Betrunkenen. »John, ich möchte eine Aufzeichnung über die Beschaffenheit des Grunds, sobald wir über diesem Plateau sind. Falls es eine flache Stelle gibt, lassen Sie das Boot darauf nieder!«

»Aye, aye, Sir.«

Für einen Augenblick verflog die Anspannung in der Brükke, obwohl sie sich nach wie vor unter dem zunehmenden Vibrieren schüttelte. Er hatte getan, was sie von ihm erwarteten, von ihm verlangten. Die zwei Männer an den Stabilisatoren hatten mehr und mehr mit den Kontrollrädern zu kämpfen; die Venen auf ihren Armen traten hervor wie kleine, blaue Schlangen, die Muskeln vor Anstrengung angespannt und verkrampft. Sie sahen sich schließlich gezwungen, aufzugeben.

»Kapitän an gesamte Mannschaft!« brüllte Lloyd in sein Mikrophon, das in seiner Hand zuckte. »Lautlose Fahrt beibehalten und alle Vorbereitungen treffen, auf Grund zu setzen!« Stille. Ein fauler Witz. Das Aufbegehren der Schraube, der Antriebswelle, der Lager dröhnte in seinem Kopf.

»Erster Offizier, leiten Sie zweitausend Meter nach Osten eine neue Suchaktion ein. Sensorkontrolle – kein Nachlassen. Wir *können* sie nicht verloren haben! Sie müssen hier irgendwo sein. Halten Sie nach ihnen Ausschau.«

»Gut gemacht, John.« Lloyd versuchte, der plötzlichen, düsteren Stille etwas von ihrer lastenden Schwere zu nehmen. »Leicht wie eine Feder.« Niemand lächelte. Die Spannung auf der Brücke nahm noch zu. Das Dröhnen hatte aufgehört; die Folter durch die Schraube und die Antriebswelle war vorüber. Doch nun lastete die Stille auf ihnen wie ein schrecklicher, unerträglicher Lärm. »Alle nicht wesentlichen Dienste ab. Nicht-operative Crew und Sicherheitsmannschaft dienstfrei. In der Kombüse sollen sie etwas zu essen auf die Herde stellen.«

»Hayter an Kapitän.«

»Ja, Don?«

»Die ›Victor-II‹ schnüffelt immer noch in der Gegend herum, aber ich glaube, daß sie uns für den Augenblick verloren hat.«

»Das sind ja zur Abwechslung mal gute Neuigkeiten, Don.«

Die Lichter gingen aus. Statt dessen schaltete sich die Notbeleuchtung ein. Das U-Boot um ihn herum schien ruhiger, weniger lebendig zu werden. Sie lagen nun in mehr als zwanzig Faden Tiefe auf einem Felsvorsprung vor der norwegischen Küste, und die Russen würden jetzt entschlossener denn je nach ihnen suchen.

TEIL ZWEI

Suche und Rettung

6 Verloren

Kaum hatte er die Wärme des Hauptquartiers verlassen, wollte ein Teil von ihm auf das Schneetreiben und den heulenden Wind und die Lichter der Hafenstadt Petschenga reagieren, die wie kleine, tapfere Kerzen in der von einem weißen Vorhang verschleierten Dunkelheit aufflackerten. Er wollte die Witterung nicht als etwas Bedrohliches wahrnehmen, eher als etwas, das man ertragen oder möglichst sogar genießen konnte. Statt dessen konnte er sich jedoch eines unmittelbaren Gefühls der Gefahr nicht erwehren, als zöge in seinem Rücken ein spürbarer, bewaffneter Feind auf. Er schlug den Kragen seiner schweren Jacke hoch und trat über den bereits leicht rutschigen, schimmernden Beton auf den wartenden Wagen zu.

Sein Fahrer war ein *Mitschman* – ein Unteroffizier – der Sicherheitsabteilung des Stützpunkts Petschenga, und er salutierte, obwohl Ardenjew keine Uniform trug. In dem purpurnen Licht der Lampen wirkte sein Gesicht kalt und verwaschen und ausdruckslos. Ardenjew überkam der seltsame und beunruhigende Eindruck des Todes. Dann öffnete der Fahrer die Hintertür des Stabswagens, und das momentane Gefühl verflog wieder.

Rasch wand sich der Wagen von dem höherliegenden Gelände, auf dem das Hauptquartier der Rotbannerflotte in Petschenga stand, zum Hafen und dem Hubschrauberstützpunkt hinunter. Die Lichter auf den Straßen, das Gleißen der Bogenlampen von den Docks, das spärliche Neonlicht der wenigen Einkaufs- und Vergnügungsstraßen, wie die angehaltenen Lichtbündel eines Leuchtturms.

Ardenjew war von Dolohows manischer Erfolgssucht irritiert. Noch nie war der Admiral hinsichtlich möglicher Risiken so nachlässig gewesen. Aber dieses Abenteuer mit dem britischen U-Boot hatte ihn ganz in seinen Bann gezogen. Er kannte die Einzelheiten des meteorologischen Berichts so gut wie jeder andere, aber er ignorierte sie einfach. Aufgrund der sich verschlechternden Witterung hatte Ardenjew die Abfahrt des Rettungsschiffes in das tosende Dunkel der Barents-See auf eigene Verantwortung verzögert. Das heißt, soweit verzögert, bis ein weiterer Aufschub bedeutet hätte, daß der Zeitplan der Operation nicht mehr einzuhalten gewesen wäre; und das zu wagen sah er sich nicht imstande. Statt dessen bestätigte er sich in seiner Überzeugung, daß Dolohow sie unberechtigterweise auslaufen ließ.

Trotz der starken, staubig riechenden Heizung war es im Fond des Stabswagens kalt. Ardenjew rieb seine Hände, um sie zu wärmen. Dann glitt die Limousine unter den Lichterbaldachin der Hubschrauberbasis, und der Fahrer kurbelte das Fenster herunter, um dem Posten am Tor seinen Paß zu zeigen. Der Posten sah Ardenjew kurz an – eher aus Neugier, als um ihn zu identifizieren. Dann schwangen die mächtigen, vergitterten Torflügel auf, und der Chauffeur kurbelte im Anfahren wieder das Fenster hoch. Der Wagen fuhr nach links und passierte Hangars und Reparaturwerkstätten, durch deren offene Türen wärmeres Licht schimmerte. Dann ein Fleck Dunkelheit und der Schneematsch, der gegen die Windschutzscheibe klatschte. Durch ihn hindurch konnte Ardenjew die zwei Hubschrauber erkennen, an deren Schwanz und Bauch die roten Lichter aufblinkten. Zwei MiL-2 Leichttransporthubschrauber, im Augenblick die einzigen bei der Marine im Einsatz befindlichen Hubschrauber, die klein genug waren, um auf der scheinbar zerbrechlichen, runden Hubschrauberlandeplattform des Rettungsschiffs *Karpati* niedergehen zu können.

Der Wagen hielt fast im Schatten eines der kleinen Hubschrauber. Stumpfnasig, insektenartig, zerbrechlich. Abwesend bedankte Ardenjew sich bei seinem Fahrer und stieg aus. Der plötzliche Wind und der kalte Schneematsch vertrieben nicht die unwillkommenen, sich häufenden Eindrükke, die von seiner Vorstellungskraft Besitz zu ergreifen schienen, sich in den Bereich drängten, der sonst dem rationalen Denken vorbehalten war, und damit das klare Überlegen verschmutzten. Der Stabswagen fuhr hinter ihm davon.

»Sie haben es sich also doch noch anders überlegt, Käpt'n. Sie sind also doch noch gekommen?« ertönte eine Stimme von der Tür der MiL. Ein grinsendes, von der Kälte gerötetes

Gesicht, das blonde Haar über einem dunklen Marinepullover vom Wind zerzaust. Oberleutnant Andrei Orlow, Ardenjews Stellvertreter und Leiter der Sektion Blau der Spezialeinheit. Ardenjew rang sich ein Winken ab, von dem er hoffte, daß es optimistisch wirkte, um dann jedoch mit in Falten gelegtem Gesicht zum Himmel aufzusehen.

»Der Pilot jammert schon die ganze Zeit wegen des Wetters, Käpt'n, fügte Orlow hinzu. »Aber es wird uns wohl nichts anderes übrig bleiben, als in dieser Suppe zu starten.«

Orlow ergriff Ardenjews Arm, worauf sich dieser in das leere, gerippte Innere des Hubschraubers schwang. Dann schlug die Tür krachend hinter ihm zu. Irgend jemand stöhnte vor Kälte. Junge Gesichter, neben Orlow noch fünf. Sektion Blau. Ardenjew nickte ihnen knapp zu. Dann kletterte er in die Kanzel des Hubschraubers. Der Pilot nickte ihm zu. Seine Miene war übelgelaunt.

»Holen Sie die Starterlaubnis ein; es geht los«, befahl Ardenjew. »Sobald ich bei Ihrem Kollegen an Bord bin, starten wir. Alles Gute.« Der Eigenantrieb der Mission hatte bereits Besitz von ihm ergriffen, riß ihn mit sich wie eine Strömung, die mit jedem Augenblick stärker wurde. Leichtes, vertrautes Adrenalin durchflutete seinen Körper. Sein Verstand war inzwischen wieder völlig klar. Er kletterte in den Bauch des Hubschraubers zurück. »Alles in Ordnung?« Die Männer nickten. Die meisten grinsten sogar, wobei in ihren Gesichtern wie kleine Elektroschocks Nerven aufzuckten. »Sehr gut. Dann sehen wir uns also auf der *Karpati* wieder. Öffnen Sie bitte die Tür, Andrei.«

Die Tür glitt zurück, und Ardenjew hüpfte leichtfüßig zu Boden. Er schritt über den feuchten, rutschigen Beton auf den zweiten Hubschrauber zu, dessen Tür quietschend aufging. Der ranghöchste *Mitschman,* der als sein Stellvertreter innerhalb der Sektion Rot fungierte, hievte ihn an Bord, um sich dann den Schnee vom Jackenärmel zu wischen, bevor er hinter Ardenjew die Tür zuzog.

»Wir dachten schon, Sie würden nicht kommen, Kapitän«, begrüßte er seinen Vorgesetzten. Sein Gesicht unter dem kurz geschorenen Haar war knochig und kantig. Viktor Teplow.

»Danke, Viktor. Leutnant Orlow hat genau das gleiche gedacht.« Er ließ seine Blicke über die anderen fünf Männer gleiten. Diesmal waren auch ein paar ältere Gesichter darunter. Sektion Rot war das Seniorenteam der Einheit. Die Gesichter waren genau richtig. Auch ein paar junge darunter. »Ist allen einigermaßen warm?«

»Es könnte besser sein, Kapitän«, antwortete Teplow.

»Dann fliegen wir also los.« Er bahnte sich seinen Weg zu dem Sitz neben dem Piloten. »Also, Leutnant, sollen wir starten?« sagte er, als er sich anschnallte.

»Sie werden eine Menge Glück brauchen, Herr Kapitän, um auf die *Karpati* runterzugehen. Dort draußen ist das Wetter noch schlechter als hier.«

»Ich habe höchstes Vertrauen in Ihre fliegerischen Fähigkeiten, Leutnant.« Er deutete auf die Windschutzscheibe des Hubschraubers, wo zwei große Wischerblätter und die Enteisungsanlage gegen den Schneematsch ankämpften. »Sollen wir starten? Ich nehme an, Sie haben bereits Starterlaubnis.«

»Ja. Wir sind schon seit einer Stunde startklar.«

»Was ist los, Leutnant?«

»Ich habe mit meinen Vorgesetzten gesprochen – ich habe mit jedem gesprochen, der zuhören wollte.«

»Worüber haben Sie gesprochen?«

»Wir haben Windstärke vier. Was ist, wenn wir nicht landen können, wenn es einfach nicht geht?«

»Dann ist da ja immer noch die *Kiew*. Wieso?«

»Dann können wir nur hoffen, daß es mit der *Kiew* klappt. Bei der Reichweite dieses Hubschraubers schaffen wir es zwar bis da raus, aber der Treibstoff reicht nicht, um wieder hierher zurückzufliegen. Sie sollten eigentlich alle in einer MiL-8 sitzen, in einem von diesen dicken Brummern. Man hätte nicht so einen wie diesen hier ...«

»Man hätte nicht Sie einteilen sollen, meinen Sie wohl?« sprach Ardenjew den Satz für den Piloten zu Ende. »Es wurden zwei kleine, leichte Hubschrauber angefordert. Unsere gesamte Ausrüstung befindet sich auf der *Karpati*. Die *Kiew* nützt uns überhaupt nichts. Und die MiL-8 können auf der *Karpati* nicht niedergehen. Können wir also endlich starten?«

»Na gut. Ich wollte nur, daß Sie Bescheid wissen.«

»Vielen Dank.«

Der Pilot setzte sich mit dem Tower in Verbindung, während Ardenjew es sich in seinem engen Sitz bequem zu machen versuchte. Die zwei Isotow-Turboaggregate begannen zu heulen, und über ihren Köpfen beschleunigten die Rotorblätter und schnitten durch den Schneematsch, bis sie nur noch eine schlierige Scheibe bildeten. Der Pilot verstellte den Neigungswinkel der Rotoren, das Motorengeräusch stieg zu einer höheren Note an, und der Hubschrauber hob ab. Der Pilot hielt ein, überprüfte seine Instrumente, und die Räder des Hubschraubers waren gerade noch in Bodenfühlung. Die Knöchel an der Hand des Piloten, die sich um den Steuerknüppel legte, traten weiß hervor.

»Der Wind«, bemerkte der Pilot düster.

»Ja.«

Die MiL hob sich, scheinbar widerstrebend, vom Beton der Start- und Landefläche ab. Sie wurden von dichtem Schneetreiben eingehüllt. Eine Windfaust hieb auf sie ein, traf sie und stieß sie zur Seite. Der Pilot bediente mit den Füßen die Ruderstange und hantierte mit dem Knüppel, bis sie sich wieder stabilisierten, abtrieben, neuerlich Halt fanden und sich schließlich über die Lichter des Hubschrauberstützpunkts erhoben. Unter ihnen ein weißes Toben, über ihnen Dunkelheit.

»Sehen Sie jetzt, was ich meine?« ließ der Pilot nicht locker. »Wir befinden uns an der absoluten Grenze, wo es überhaupt noch möglich ist zu fliegen.« Der Wind zerrte an ihnen. Dem Piloten schien es physische Anstrengung abzuverlangen, den Kurs zu halten. Es schien ein erbitterten Kampf zu sein, den Knüppel zu bewegen und die MiL aufs Meer hinauszusteuern, als wäre der Hubschrauber ein störrisches, ungezähmtes Tier.

»Ja, das sehe ich sehr wohl«, erwiderte Ardenjew nachdenklich. »Ist unser Kollege hinter uns?«

Der Pilot blickte in den Rückspiegel und sprach dann in sein Kehlkopfmikrophon. Die Stimme des anderen Piloten war ein verzerrtes, unwirkliches Geräusch.

»Er ist da.«

Ein Schaudern durchlief den Rumpf, als hätte der Hubschrauber einen mächtigen Schlag, den Volltreffer einer Waffe erhalten.

Hyde schlug seine Augen auf. Für einen Augenblick schienen ihm Shelleys Gesichtszüge fremd. Dann erkannte er Aubreys Adjutanten jedoch und setzte sich mühsam auf. Schmerz durchzuckte seine Rippen und seinen Rücken, so daß er laut aufstöhnte. Hände drückten ihn auf das harte Bett zurück. Er konnte unter seinen Fingern die dünne, harte, unbequeme Decke spüren. Dann bewegte er, die Augen für einen Moment krampfhaft verschlossen, die Zehen, bis er sie erleichtert wieder aufschlug.

»Es fehlt Ihnen nichts«, beruhigte ihn Shelley. »Weiß Gott, welchem Schutzengel Sie das zu verdanken haben, aber Sie haben nur ein paar üble Prellungen.«

Sein Hals und seine Schultern schmerzten mehr als seine Rippen und sein Rücken. »Einer von denen hat mich niedergeschlagen«, beschwerte er sich.

»Davon sind wir bereits ausgegangen. Das ist ja auch der Grund, weshalb Sie so lange weg waren.«

»Wie lange?«

»Fast vier Stunden.«

»Meine Güte.« Er bedeckte mit den Händen sein Gesicht, als schmerzte ihn das Licht oder als schämte er sich. »Meine Güte, mein Kopf.«

»Ich habe noch das Ende des Konzerts mitbekommen. Meiner fühlt sich ziemlich ähnlich an.«

»Sehr witzig.«

»Wer war es? Petrunin?«

Hydes Augen zuckten auf. »Woher wußten Sie das?«

»Routineüberwachungsbericht aus der Botschaft. Ein unautorisierter Trip nach Norden von seiten des Residenten. Es mußte Ihretwegen sein – und wegen des Mädchens.«

»Ich habe ihn sogar gesehen.« Hyde beobachtete Shelley, wie er sich in einen anderen Teil des engen, cremefarbenen Zimmers bewegte. Eine Tür schloß sich. Shelleys Gesicht erschien wieder über dem seinen, und dann war man ihm dabei behilflich, sich aufzusetzen. Shelley reichte ihm eine Tasse Tee. Hyde schlürfte die süße, brühend heiße Flüssigkeit, seine Hände um die Tasse geklammert, als wollte er sie daran wärmen. »Ich hatte sie schon fast.« Sie waren nun allein im Raum. »Fehlt mir auch wirklich nichts Ernsthaftes?«

Shelley schüttelte den Kopf. »Nichts Ernsthaftes, nur ziemlich arg verschrammt.«

»Das merke ich allerdings auch selbst. Das Mädchen hat durchgedreht. Vielleicht hat sie sogar LSD oder, was weiß ich, genommen. Jedenfalls hatte sie ordentlich Schiß.«

»Womit sie ja gar nicht so unrecht hat.«

»Diese Idioten von der Band. Sie haben mir dazwischen gefunkt.«

»Wo glauben Sie, daß sie jetzt ist? Denken Sie, sie haben sie erwischt?«

»Ich weiß nicht. Sie könnte überall sein.« Hyde konzentrierte sich. »Ich hatte den Eindruck, als hätte Petrunin den Bahnsteig wieder verlassen ... der Typ, der mir eins übergezogen hat, wurde auch zur Treppe zurückgedrängt ... aber das Mädchen stand am hinteren Ende des Bahnsteigs. Einer von ihnen ist ihr nach. Vielleicht hat er sie erwischt.«

»Bis ich hier aufgetaucht bin, waren sie natürlich alle verschwunden. Das Mädchen hat niemand gesehen.«

»Scheiße.«

»Ich weiß.«

»Was will Aubrey jetzt weiter von uns?«

»Er ist anderweitig beschäftigt. Er kümmert sich inzwischen um diese U-Boot-Angelegenheit. Offensichtlich ist er der Ansicht, daß die total im Dreck stecken.«

»Die Lage hätte er damit auf jeden Fall richtig eingeschätzt. Wir stecken tatsächlich alle in einem Mordsschlamassel.«

»Wo könnte sie sein, Patrick? Wenn sie nicht bereits in der Botschaft oder in einem ihrer sicheren Häuser ist? Ich habe alles überwachen lassen, soweit das in meiner Macht steht. Sie werden sie auf keinen Fall aus England herausschaffen können – hoffe ich zumindest. Falls sie das natürlich überhaupt wollen. Aber wenn sie noch auf freiem Fuß ist, wo steckt sie dann?«

»Wieso nicht bei Heat of the Day? Dort hat sie doch zu allererst Schutz und Zuflucht gesucht? Vielleicht hat sie gar keine andere Wahl.«

»Sie meinen die Rockgruppe?«

»Ja.«

»Wo sind diese Burschen zu finden?«

Hyde stöhnte, als er seine Beine über den Bettrand schwang und sich aufsetzte. Vorsichtig befühlte er seine Rippen. »Sind die Ärzte wirklich sicher, daß ich mir keine gebrochen habe?«

»Vollkommen sicher.«

»In der Free Trade Hall in Manchester haben sie ihren nächsten Auftritt. Wo sie allerdings die heutige Nacht verbringen, kann ich unmöglich sagen. Vielleicht sogar hier?«

Shelley schüttelte den Kopf. »Nein. Ich habe bereits meine Erkundigungen eingezogen. Sie beziehen in einem Hotel auf dem Land in Cheshire Quartier.«

»Sie werden das Mädchen nicht finden. Diesmal wird sie sich noch besser versteckt halten. Vielleicht haben sie sie sogar irgendwo in ein sicheres Versteck geschafft. Und wenn ihr die Leute von der Sonderabteilung mit ihren dicken Stiefeln im Garten herumtrampeln, wird sie sich ganz bestimmt nicht blicken lassen.«

»Aber Sie können doch ganz unmöglich selbst nach ihr suchen.«

Leise stöhnend rieb sich Hyde Hals und Schultern. Dann sah er in Shelleys Gesicht. »Ich werde diskrete Deckung zulassen, aber nicht mehr. Das Mädchen will mir nun mal nicht glauben. Und wenn ich mit dem ganzen Mob anrücke, wird sie mir nie sagen, wo ihr Dad steckt. Das ist Ihnen doch hoffentlich klar, oder nicht?«

»Aubrey wird das nicht gefallen.«

»Ach, dessen wäre ich mir gar nicht so sicher. Das Mädchen hat jedenfalls riesige Angst. Sie weiß, daß eine ganze Organisation hinter ihr her ist – eine Organisation und ich auf eigene Faust. Geben Sie mir bis morgen abend Zeit, und falls ich sie finden kann und mit ihr zu sprechen Gelegenheit habe, kommt sie vielleicht sogar mit. Ein zweites Mal werde ich sie mir jedenfalls nicht mehr durch die Lappen gehen lassen.«

»Petrunin wird Sie aber sicher nicht so einfach davonkommen lassen.«

»Das weiß ich. Aber das Mädchen ist wichtiger. Es würde nichts nützen, eine Rockgruppe zu verhaften und sie alle zusammen auszuquetschen. Wir müssen versuchen, sie auf unsere Seite zu locken. Sie ist einer Panik nahe. Ihr Vater muß ein ganz schön argwöhnischer Scheißer sein. Deshalb ist sie auch so neurotisch, was uns betrifft.«

Mit einer Hand sein Kinn massierend, die andere in die Tasche seines Mantels gesteckt, schritt Shelley durch den Raum. Von Zeit zu Zeit warf er Hyde einen kurzen Blick zu. Unschlüssigkeit breitete sich in seiner Miene aus. Schließlich sagte er: »Ich weiß nicht; ich weiß einfach nicht.«

»Jetzt sehen Sie mal: Sie gehen davon aus, daß Petrunin sie hat, während ich davon ausgehe, daß er sie nicht hat. Fahren Sie nach London zurück und mobilisieren Sie die Truppen. Ich werde nach Manchester rauffahren, mich auf meinen Arsch hocken und warten. Beschaffen Sie mir von der Abteilung dort oben Deckung, *diskrete* Deckung, und dann lassen Sie mich versuchen, an das Mädchen heranzukommen. Wenn sie nicht in Manchester ist und die Jungs mir nicht erzählen, wo sie steckt, dann können Sie übernehmen. Einverstanden?«

»Also gut«, antwortete Shelley nach längerer Pause. »Also gut, wir werden es im Augenblick so machen, wie Sie vorschlagen.«

»Zumindest bin ich ein bekanntes Gesicht.«

»Seien Sie sich dessen mal nicht zu sicher, falls Sie noch einmal Dresche beziehen.« Er warf einen Blick auf das Telefon auf einem Klapptisch, der neben einer schwarzen Medikamententasche stand. »Ich werde allerdings versuchen, mich mit Aubrey in Verbindung zu setzen. Ich möchte, daß er über alle Einzelheiten informiert ist.«

Es war ein Tableau der Aktivität, ein gefrorenes Stilleben der Spannung; Furcht, der Panik nahe, Routine- und Notfallshandgriffe. In anderen Teilen des U-Boots saßen Männer auf dem Boden oder lagen in ihren Kojen. Niemand bewegte sich, wenn dies nicht irgendwie vermeidbar oder für das Überleben der *Proteus* unerläßlich war. Auf der Brücke waren die Männer entsprechend ihren Funktionen postiert, und wenn sie sich bewegten – was selten und nur mit Lloyds Erlaubnis der Fall war – geschah dies mit übertriebener, einbrecherartiger Vorsicht. Sämtliche unnötigen elektrischen Anlagen waren abgeschaltet, so daß die Brücke im Licht der Notbeleuchtung eher unheimlich wirkte. Nur Lloyd ging in der Brücke wie ein Jäger, ein Ausbrecher auf und ab.

Die Echolote enthüllten die Gefahr, in der die *Proteus* steckte. Sie waren auf passive Funktionsweise eingestellt, und ihre Bildschirme beleuchteten die Gesichter der Operatoren von unten, so daß ihre Arme, Unterkiefer und Wangen sich in einer gespenstischen Imitation von Disco-Stoboskoplichtern rot und grün und blau vor dem Dunkel abhoben. Unter dem Schutzmantel von ›Leopard‹ lag das U-Boot in knapp fünfzig Faden Tiefe auf einem Felsvorsprung, während die sowjetischen U-Boote es von allen Seiten wie gierige Haie umschwärmten. Als Lloyd über die Schulter eines Operators blickte, glitt eine helle Spur auf dem Bildschirm wie der Zeiger einer Uhr langsam nach backbord; sie war nur wenige hundert Meter von ihnen entfernt. Jede Form von Geräusch wäre für diesen Hai wie Blut und würde auch die anderen auf ihre Fährte locken.

Lloyd trat zurück und blieb unter einem der Notlichter stehen. Dort sah er noch einmal den Schadensbericht durch, den sein Erster Ingenieur in der Stille und dem Halbdunkel zusammengestellt hatte. Sie hatten es nicht gewagt, einen Taucher nach draußen zu schicken, da er nicht durch die Antisonaranlage geschützt gewesen wäre. Deshalb handelte es sich jetzt hauptsächlich um Vermutungen, die auf den Anzeigen der Instrumente und den Berechnungen des Computers basierten. Der Schaden war zwar eigentlich unerheblich, aber dennoch setzte er das Boot wirkungsvoll außer Gefecht. Thurston und der Erste Ingenieur hatten auf ein Torpedo mit reduziertem Sprengkopf getippt – kielwassergesteuert, wie sie in den letzten Momenten vor seiner Detonation festgestellt hatten – und es hatte die Schraubenblätter und den Backbordstabilisator achtern beschädigt. Damit war die *Proteus* jeglichen Antriebs beraubt, sowie der Möglichkeit, Kurs und Tiefe effektiv beizubehalten. Bevor das Boot sich wieder auf die Reise machen wollte, mußte es auf jeden Fall repariert werden. Und diese Schlußfolgerung stieß Lloyd auf das Vorhaben der Russen.

Er war vollkommen ruhig. Dies war nur zum Teil aus Rücksicht gegenüber der Crew, da die Gelassenheit des Kapitäns auch tatsächlich echt war. Er hatte nicht gewußt, daß er so reagieren würde; wobei dies wenig mit dem Umstand zu tun hatte, daß der Rumpf unbeschädigt geblieben war oder daß das U-Boot aufgrund von ›Leopard‹ unsichtbar war. Es war ganz einfach auf ihn selbst zurückzuführen. Er tendierte nicht dazu, auf das Verteidigungsministerium zu schimpfen oder sich selbst Vorwürfe zu machen, daß er die Mission nicht schon Stunden früher abgebrochen hatte. Die Vergangenheit – selbst wenn sie nur zwei Stunden zurücklag – existierte nicht mehr für ihn. Die Russen wußten nicht, wo sie waren, und irgendwann würde man ihnen zu Hilfe kommen – diplomatisch, militärisch, zivil, mechanisch, politisch.

Thurston verließ den Navigator und Hayter, welcher dringend eine Pause von der Überwachung von ›Leopard‹ benötigte, und durchquerte die Brücke. In seiner Hand hielt er ein Notizbuch und einen Stift. Er hielt ihn Lloyd entgegen.

Thurston hatte geschrieben: *Was sollen wir tun?* Lloyd schüttelte nur den Kopf. Thurston war verwirrt. Dann kritzelte der hastig auf eine neue Seite des Notizbuchs: *Wir müssen jemanden verständigen.* Lloyd nahm einen Stift aus seiner Brusttasche und lieh sich Thurstons Notizbuch. Er kritzelte: *Und ihnen sagen, wo wir sind?* Darauf schrieb Thurston, während Lloyd sich über ihre Pantomime ein Grinsen nicht verkneifen konnte: *Inzwischen muß eine Nimrod in der Gegend sein.*

Lloyd schrieb: *Wir können nicht funken. Zu riskant.*

Thurston antwortete: *Sie wollen ›Leopard‹ – aber wie? Abschleppen?*

Das können sie nicht, begann Thurston zu schreiben, bis seine Hand an den Rand des Papiers rutschte. Wütend strich er durch, was er geschrieben hatte. Dann kritzelte er trotzig: *Erst müssen sie uns mal finden.* Lloyd klopfte ihm auf die Schulter und schrieb dann: *Nur ein paar Tage.*

Der plötzliche Lärm war ohrenbetäubend, ließ jeden einzelnen Mann auf der Brücke zusammenzucken. Es dauerte mehr als zwei Sekunden, bevor eine Hand wie elektrisiert nach dem Lautstärkeregler des Codesignal-Pults fuhr und das Geräusch abschaltete. Schuldbewußt, verängstigt, starrte das junge Gesicht des Operators, das unter dem spärlichen Bart errötete, den Kapitän an. Lloyd trat auf Zehenspitzen auf ihn zu, während er noch am ganzen Körper von dem plötzlichen Schreck zitterte. Das Schnattern eines hochgeschwindigkeitskodierten Signals. Der Operator nahm seine Kopfhörer ab, um sie Lloyd wie ein Versöhnungsgeschenk – etwas, das seinen Zorn abwenden sollte – entgegenzuhalten. Lloyd drückte ihm fest, aber nicht unfreundlich die Schultern und hielt sich den Kopfhörer an ein Ohr. Er nickte, als entschlüsselte er das Signal selbst oder als hörte er eine Anweisung in normaler Sprache. Der Operator bediente ein paar Schalter und wartete. Sein Bildschirm blieb leer. Lloyd beobachtete ihn, als blickte er in einen Spiegel oder in die Kristallkugel einer Wahrsagerin. Als Thurston hinter ihn trat, ging sein Atem immer noch heftig, um sich erst langsam zu beruhigen. Lloyd spürte die Anspannung im Raum, hervorgerufen durch das schrille Aufkreischen des kodierten Signals, und er spürte die Anwesenheit der Russen hinter den schützenden Wänden des Rumpfs und das Wissen, daß das Signal weiter gesendet wurde. Es kroch über seine Haut wie ein Elmsfeuer oder ein aufgescheuchter Schwarm Ameisen.

Dann erschien auf dem Bildschirm eine weiße Umrißlinie. Eine Nachrichtenboje. Thurston stieß Lloyd in die Seite und formte mit den Lippen das Wort *Nimrod*. Lloyd nickte. Darauf erschien die entschlüsselte Codeidentifizierung. *Verteidigungsministerium*. Dann die Sicherheitseinstufung der Anweisungen. *ETNA*. Lloyd machte einen verdutzten Eindruck. Die Zivilisten vom Geheimdienst hatten sich der Sache überraschend angenommen. Das Begreifen ihrer Gefährdung durch eine außenstehende Stelle vermittelte ihm ein Gefühl der Schwäche. Sie hatten also etwas geahnt, hatten versucht ...

Zeile für Zeile erschien darauf die Nachricht auf dem Bildschirm, um sich schließlich zu wiederholen. *Mission abbrechen, sofortige Rückkehr in heimatliche Gewässer. ETNA. ETNA. Bestätigung, Code 6F, baldmöglichst. Sofortige Befolgung ...*

Befolgung unmöglich. Irgend jemand hatte etwas geahnt,

jemand im SIS, im Sicherheitsdienst oder in der CIA, oder die Norweger, die Deutschen, die Holländer – irgendwo hatte irgend jemand etwas geahnt oder Verdacht geschöpft, und er hatte versucht, sie zu warnen und zurückzurufen. Dieses Wissen überkam ihn wie eine schwächende Krankheit.

Außerdem mußte sich eine Nimrod in der Gegend aufhalten. Vermutlich wartete sie auf eine Bestätigung. Sie würde zweifellos bleiben, um die sowjetischen Flottenaktivitäten zu überwachen. So würde ihre Order lauten. Das Flugzeug war irgendwo dort oben.

Signal, schrieb Lloyd in Thurstons Notizbuch. Der Operator beobachtete den Bildschirm. Die Nachricht begann, sich zum drittenmal zu wiederholen. Lloyds Hand schoß vor, um wütend einen Schalter umzulegen, so daß sich der Bildschirm verdunkelte. Die Schultern des Operators zogen sich hoch, als erwarteten sie einen Schlag von hinten.

Das geht nicht, nahm Thurston ihren schriftlich geführten Dialog wieder auf. Die beiden Männer starrten sich an, ihre Gesichter im Halbdunkel der Notbeleuchtung schmerzlich verzerrt.

Lloyd durchquerte die Brücke. Vier Lichtspuren, keine von ihnen mehr als eineinhalb Seemeilen von dem Felsvorsprung entfernt, auf dem sie lagen. Vier Jägerkiller-U-Boote warteten auf das Blut, das ihre Gier wecken und ihnen die Position der *Proteus* verraten würde. Und dieses Blut konnte jede Art von Geräusch sein, selbst der Echolotschatten der Funkboje, die sie zur Oberfläche aufsteigen lassen mußten, wenn sie Kontakt mit der Nimrod aufnehmen wollten.

Das geht nicht.

Lloyd merkte, daß er Thurstons Notizbuch immer noch in der Hand hielt. Trotz seiner Wut wagte er es nicht, das Blatt herauszureißen oder das kleine Buch zu Boden zu knallen. Das Geräusch wäre zwar nicht feststellbar gewesen, aber er wagte es dennoch nicht.

In wie vielen Räumen hatte er gewartet, und bei wie vielen Gelegenheiten? Uhren. Wie viele Uhren? So viele von ihnen mit großflächigen, schlichten Ziffernblättern und einem roten, bedächtig kreisenden Sekundenzeiger. Zeiger, welche auf die nächste Minute übersprangen. Uhren. Die Hartnäckigkeit der Erinnerung. Selbst jetzt war in seine Gedanken keine Klarheit, keine Sauberkeit eingekehrt. Nur die zahlreichen anderen Gelegenheiten, während derer er dasselbe endlose Warten erduldet hatte.

Aubrey seufzte. Er hatte die Anzahl der Uhren in dem unterirdischen Raum nicht bemerkt, bis das Protokoll in seiner Gesamtheit gewahrt worden war und Brüssel, Washington und das Verteidigungsministerium ihr Einverständnis erklärt hatten, ihm die volle Verantwortung dafür zu übertragen, die *Proteus* in Sicherheit zu bringen. Hektische Telefon- und Funkaktivitäten, gefolgt von einer postkoitalen Schlaffheit, Rastlosigkeit. Das Warten auf die erste Meldung der Nimrod, dann das Warten auf die erste sichere Gelegenheit, wenn das U-Boot eine Übertragungsboje an die Oberfläche schicken konnte, um ihre Aufforderung zu beantworten, in die Heimat zurückzukehren. Bis nicht eine gewisse Zeitspanne verstrichen war – der Rest der Nacht und vielleicht auch noch des nächsten Tages – würden sie keinerlei Mutmaßungen über den Stand der Dinge anstellen können. Noch würden sie die Besorgnis davon abhalten können, wie ein sich rasch ausbreitendes, giftiges Unkraut in ihren Köpfen zu wuchern.

Aubrey war sich über den sowjetischen Plan in seiner Gesamtheit im klaren. Gewagt, fast tollkühn, rücksichtslos, extrem. Aber keineswegs ohne Aussicht auf Erfolg. Der Preis hieß ›Leopard‹. Auch Clark war in diesem Punkt, wie er wußte, einer Meinung. Er hatte den Amerikaner allerdings nicht ausdrücklich gefragt; er hatte niemanden gefragt. Er starrte auf die Tasse Kaffee in seiner Hand und fand ihre Oberfläche grau. Wie eine aufgehende, ominöse Sonne lugte seine Armbanduhr unter dem Rand seiner Manschette hervor. Er ignorierte sie.

Er war nie an Sekunden interessiert gewesen, am Kreisen des dünnsten Zeigers. Operationen, welche auf dieser Art von Exaktheit basierten, waren nie seine Stärke gewesen. Er hatte jedoch länger gewartet, und häufiger. Hinterzimmer leerstehender Gebäude nahe der Mauer, mit dem Rascheln von Ratten hinter den Fußbodenleisten und der sich lösenden Tapete; oder unter langsam rotierenden Deckenventilatoren in heißen Hotelzimmern, die Geckos an den Wänden hinter Insekten herjagend, oder an Orten, an denen die Ventilatoren nicht mehr gegen die Hitze ankamen und durch die Fenster das Zirpen der Grillen drang; oder mit Fenstern, beschlagen durch die Hitze von Holzöfen, umrahmt von Holzwänden; und so viele Botschaftskeller und Funkräume, und so viele Räume wie dieser, in London und einem Dutzend anderer Großstädte. Die Hartnäckigkeit der Erinnerung, ihre ungebrochene Lebhaftigkeit, ermüdete und bedrückte ihn.

Shelleys Telefonanruf war möglicherweise der schlimmste Augenblick gewesen; die kleine, persönliche Tat des Trotzes oder der Nachlässigkeit inmitten eines allgemeineren Ruins. Natürlich hatte Hyde recht – er mußte selbst an das Mädchen herankommen, wenn sie es nicht nur in ihren Besitz bekommen, sondern auch sein Vertrauen gewinnen wollten. Manchester. Aubrey bezweifelte, daß das Mädchen wieder zu dieser Rockgruppe zurückkehren würde; und im selben Moment fragte er sich, ob diese Vermutung lediglich auf den Umstand zurückzuführen war, daß er ihre Musik nicht mochte. Er konnte sich, wie er feststellte, nicht im geringsten mit einem modernen Mädchen von zwanzig Jahren identifizieren. Eine völlig fremdartige Spezies. Und Shelleys Hintergrund war möglicherweise falsch. Hyde wußte unter Umständen mehr als sie beide.

Mit großem Widerstreben sah Aubrey auf die Wanduhr gegenüber seinem Stuhl. Eine weitere Minute tickte davon. Zwölf Uhr vierundzwanzig. Noch sechs Minuten – wenn sie Glück hatten und die Übertragung gut war – bis die Nimrod einen Lagebericht über die sowjetischen Flottenaktivitäten im Gebiet um den Tanafjord sendete.

Und trotz seiner Ausgelaugtheit durch das Warten verspürte er nicht das geringste Verlangen, diesen Bericht zu erfahren.

»Keine Spur von ihnen? Nach fast drei Stunden keine Spur von ihnen?« Dolohow tobte, während der Konteradmiral mit unterdrücktem Ärger erbleichte. Außerdem war da noch dieses Gefühl der Demütigung, schon wieder vor einer Reihe von untergeordneten Offizieren, seinen eigenen und denen, die mit Dolohow gekommen waren, zurechtgewiesen zu werden. »Das reicht nicht aus, Admiral! Das ist absolut ungenügend. Wir haben doch *gewußt,* daß es so kommen würde; wir haben es doch gewußt! Sie haben sie aufgespürt und bewegungsunfähig gemacht; und jetzt haben sie sie wieder verloren. Das ist einfach nicht gut genug!«

»Ich ... ich kann immer nur wiederholen, Admiral, daß alle, jede Einheit an Ort und Stelle, mit allen zur Verfügung stehenden Mitteln versuchen, das U-Boot auszumachen. Wir haben das Gebiet, in dem die Suche stattfindet, auf etwa hundert Quadratkilometer des Meeresbodens reduziert. Das britische U-Boot befindet sich innerhalb dieser Fläche. Das Ganze ist nur eine Frage der Zeit.«

Dolohow starrte durch das Fenster der Operationszentrale hinunter auf den Kartentisch. Eine Anzahl von Lichtern, inzwischen nur noch die Zierde eines Weihnachtsbaums. Er verscheuchte diesen Kindheitseindruck, aber er konnte nicht mehr länger an die symbolische Bedeutung dieser Lichter glauben. Zwischen ihnen bestand kein erkennbarer, sinnvoller Zusammenhang. Die Stimme des Konteradmirals pfiff in seinen Ohren, und sein eigener Atem zischte in den Zwischenräumen unter seinem Brustkorb.

»Sie können dort über Wochen hinweg auf Grund liegen, falls der Rumpf nicht beschädigt worden ist, was offensichtlich nicht der Fall ist.« Während er sprach, beschlug sein Atem einen kleinen Kreis auf dem Glas vor seinem Gesicht, als versuchte er, die Andeutungen vorübergehenden Mißerfolgs zu überdecken, die unter ihm aufleuchteten. »Es wird ermüdend für sie sein, aber nicht unerträglich oder gefährlich, während wir auf das Geräusch ihres Atems und ihrer Schritte lauschen.« Er wandte sich dem Konteradmiral zu. »Wir hätten den Kontakt nicht verlieren sollen, als das U-Boot getroffen wurde. Der Kapitän der *Grischka* hätte den Kontakt nicht verlieren sollen.«

»Admiral, er verfügte nur über eine minimale Zielobjektanzeige – lediglich eine sehr schwache Kielwasserspur. Das Torpedo mußte entweder abgeschossen oder zurückgehalten werden, und meiner Meinung nach hat er die richtige Entscheidung getroffen.«

»So, glauben Sie also?« Dolohows Gesicht war blaß vor Verachtung und Angriffslust. Dann veränderte es sich; nicht, daß es weicher geworden wäre, nur stärker nach innen gekehrt. Seine Stimme war jedoch versöhnlicher, als er fortfuhr: »Vielleicht, vielleicht. Falls sie sie nicht bald finden, werden wir vom Reich des Handelns in das der Diplomatie überwechseln. Wir werden eine internationale Situation schaffen. Sie befinden sich in norwegischen Gewässern, und sie werden versuchen, sie zu retten. Kontakt haben sie ja bereits aufgenommen. Sie wissen nicht zufällig, wovon in dieser Nachricht die Rede war?«

Der Konteradmiral schüttelte den Kopf. »Ein einmaliger Code. Wir bräuchten alle ihre Computerkarten, und müßten dann auch noch wissen, welche.«

»Na gut. Vermutlich sollte das U-Boot zurückgerufen werden. Was ist mit dem Flugzeug?«

»Es ist eine britische Nimrod. Sie wird uns beobachten.«

»Sehen Sie, worauf ich hinauswill, Admiral? Sobald sie begreifen, was wir vorhaben, werden sie die entsprechenden Gegenmaßnahmen ergreifen. Das alles wird dazu dienen, die Sache zu verkomplizieren.«

»Jawohl, Herr Admiral.«

»Die Temperatursensoren, Echolot, Infrarot – das alles ist nutzlos.« Dolohow rieb sich das Kinn und starrte an die Dekke. Darauf fuhr er mit ruhiger Stimme fort: »Wahrscheinlichkeit. Wahrscheinlichkeit. Ob der britische Kapitän noch eine Möglichkeit hatte, eine Wahl zu treffen, hm?« Er wandte sich dem Konteradmiral zu. »Falls er hinsichtlich seiner endgültigen Position noch bis zu einem gewissen Grad eine Entscheidung fällen konnte, wohin könnte er sich dann zurückgezogen haben? Ein Felsvorsprung, eine Spalte, eine Vertiefung? Geben Sie in den Computer jedes Detail aus sämtlichen Karten und Sondierungen ein, über die wir von diesen hundert Quadratkilometern verfügen. Wenn nötig, können wir ja auch ein paar Taucher zum Einsatz bringen – *bevor* sich Ardenjews Team an die Arbeit macht. Oder wir versuchen es mit Tauchglocken mit Suchscheinwerfern.« Dolohow lebte wieder auf. Er hatte die Situation unter Kontrolle, er unternahm etwas, er plante. »Ja, ja, wir müssen auf alles vorbereitet sein.« Als er sah, daß der Konteradmiral sich nicht von der Stelle bewegt hatte, winkte er ihn mit einer energischen Handbewegung fort. »Machen Sie schon, Mann, fangen Sie an!«

Zwölf Uhr neunundzwanzig. Zusammen mit Copeland, einem der am ehesten zur Mitarbeit bereiten Mitglieder des ›Chessboard Counter‹-Teams, hatte Clark sich zu ihm gesellt. Er hatte um eine Unterredung mit Eastoe, dem Piloten und Kapitän der Nimrod, gebeten. Die frequenzagile Hochgeschwindigkeitsübertragungsweise würde Fragen und Antworten zwar verzögern, aber nicht verhindern. Wenn Eastoe sprach, würden seine Worte in der Nimrod aufgezeichnet und dann zu einem Geräuschchaos beschleunigt werden, das mit Frequenzen übertragen wurde, die sich über hundertmal pro Sekunde veränderten, um schließlich im Verteidigungsministerium erneut aufgezeichnet und dann für Aubrey verlangsamt abgespielt zu werden. Dessen Worte würden dann ebenfalls diese paar Sekunden benötigen, um Eastoe in verständlicher Form zu erreichen.

»Was macht sie eigentlich im Augenblick gerade, Ethan?« fragte er plötzlich. »Ich meine die *Proteus.*«

»Falls der Kapitän auch nur einen Funken Verstand hat, wird er zusehen, daß er sich noch rechtzeitig aus der Falle zieht«, erwiderte Clark düster.

»Sie glauben also wirklich, daß sie es auf sie abgesehen haben?« wandte Copeland sich herausfordernd an Clark. Dieser nickte, seine Miene düster aus Erfahrung und sogar Vorausschau. »Ich kann mir das einfach nicht vorstellen ...« An Aubrey gewandt, fuhr Copeland fort: »Und ich finde, daß auch Sie so etwas nicht denken sollten, Sir. ›Leopard‹ ist unauffindbar, und sie werden nichts gegen das Boot unternommen haben.«

»Ach«, entgegnete Aubrey, »wirklich nicht?« Copeland schüttelte seinen Kopf mit Nachdruck. »Ich wünschte, ich könnte Ihre Zuversicht teilen, junger Mann.«

Der Kommunikationsoffizier trat auf sie zu. »Übertragungszeit, Mister Aubrey.« Er befleißigte sich peinlichster Höflichkeit, der es jedoch sichtlich an Respekt mangelte. Als hätte Aubrey es durch einen gemeinen Trick bewerkstelligt, den Posten, das Gehalt und die Pension des Kommandanten an sich zu reißen.

»Vielen Dank. Wir kommen sofort.«

Aubrey drängte Clark und Copeland zu der Funkkonsole mit ihren Schaltern und Tonbandspulen. Kaum waren sie davor angelangt, blinkte ein rotes Licht auf, und eine Tonbandspule begann, sich mit unglaublicher Geschwindigkeit zu drehen, um etwas auszuspucken, was am ehesten an das Störgeräusch eines Radios erinnerte.

»Die Nimrod sendet«, erklärte Copeland beiläufig.

»Danke.«

Wie eine erfahrene Sekretärin bediente der Funkkonsolen-Operator die verschiedenen Schalter. Langsam begann sich eine andere Spule zu drehen. Nach etwas mehr als eineinhalb Minuten hielt sie an, und der Operator spulte sie zurück. Aubrey wurde sich der Gegenwart der anderen Männer bewußt, die sich hinter ihm um die Konsole drängten, als lauschten sie den Cricketnachrichten aus einem Radio.

Eastoes Stimme. Aubrey kannte den Piloten nicht. Eastoe wußte jedoch über die ETNA-Order und ihre Bedeutung Bescheid und richtete seine Worte an Aubrey.

Rufzeichen. Identifizierung. Dann: »Wir schließen auf eine systematische Absuchung des Gebiets, wobei in bestimmten Abständen Echolotbojen abgeworfen werden und das Gebiet mit Hilfe von Infrarot und Radar abgesucht wird. Wir haben mit umfangreichen sowjetischen Flottenaktivitäten zu tun, unter wie über Wasser ...« Clark notierte sich die Koordinaten, obwohl sie bereits in den Kartencomputer eingegeben wurden. »Über Echolot haben wir in der unmittelbaren Umgebung bereits mindestens vier Jägerkiller-U-Boote identifiziert; des weiteren ist die Identität des Flugzeugträgers *Kiew* und des Rettungsschiffs bestätigt. Außerdem sind verschiedene andere Überwassereinheiten der Nordmeerflotte offensichtlich mit einer Echolotüberwachung des Gebiets beschäftigt. Sämtliche Schiffe über und unter Wasser setzten in breitem Umfang und beachtlicher Intensität Infrarot und Radar ein ...«

»Sie suchen nach ihr«, bemerkte Clark unnötigerweise.

»Wir schließen auf eine intensive Durchsuchung eines sehr kleinen Abschnitts des Meeresbodens, speziell in Küstennähe. Zwei Tupolew ›Bär‹-Cs erfüllen eine Funktion ähnlich der unseren und halten sich in der unmittelbaren Umgebung auf. Wir schließen, daß sich sämtliche Einheiten unserer Anwesenheit bewußt sind. Ende.«

Aubrey sah erst Clark an, dann Copeland.

»Jetzt können Sie zu Geschwaderführer Eastoe sprechen«, teilte ihm Copeland mit.

»Das weiß ich, junger Mann. Ich denke nur noch über meine Antwort nach«, bemerkte Aubrey frostig. Der offene Kanal summte in die Stille hinein, während er überlegte.

»Geschwaderführer«, begann er ohne Einleitung. »Offensichtlich haben Sie keine Spur von der *Proteus*. Sind Sie der Meinung, und zwar der wohlüberlegten Meinung, daß das U-Boot Ihre Nachricht aufgefangen hat und sich entsprechend verhält? Ende.«

Das schnelle Band beschleunigte, gefolgt von dem asthmatisch hustenden Geräusch. Darauf wieder die summende Stille, in die plötzlich Pyotts theatralische Stimme brach und Aubrey aus seinen Überlegungen aufschreckte.

»Die Sache ist wohl nicht ganz so einfach, wie Sie sich das vorgestellt haben, Kenneth?«

Aubrey drehte sich nicht nach Pyott um, der den Raum betreten hatte, ohne daß er dies bemerkt hätte. Aubrey spürte in seinem Tonfall ein gewisses arrogantes Einverständnis.

»Allerdings, Giles«, erwiderte er. »Ich fürchte, im Augenblick sieht die Lage alles andere als rosig aus.« Aubreys Stimme bemühte sich nicht weniger um einen Kompromiß, eine gewisse Bereitschaft einzulenken. Pyott drängte sich an Clark vorbei und blieb dicht neben Aubrey stehen.

»Haben sie sie?« fragte er. Ehrliche Besorgnis, Schuldgefühle.

»Das können wir im Augenblick noch nicht sagen. Ich habe eben den Kapitän der Nimrod zu diesem Punkt um seine Meinung gefragt.«

Das Rotieren der Spulen, das langsame Band und schließlich Eastoes Stimme, emotionslos.

»Meiner Meinung nach liegt sie auf Grund und verhält sich

still.« Eine Pause, und als Eastoe schließlich bewußt wurde, daß er keinen unmittelbaren Kommentar von Aubrey erwarten konnte, fuhr er fort: »Die Schiffe und U-Boote konzentrieren sich auf eine sehr, sehr kleine Fläche. Entweder haben sie sie völlig verloren, oder sie haben sehr genaue Vorstellungen, wo sie sie finden können. Ende.«

Unmittelbar darauf sagte Aubrey: »Ist Ihrer Auffassung nach die *Proteus* beschädigt?«

»Das ist doch nicht Ihr Ernst, Kenneth?« schaltete sich Pyott ein, während sie auf Eastoes Antwort warteten.

Aubrey sah ihn an. »Wir müssen diese Möglichkeit zumindest in Erwägung ziehen. Wenn sie eine sehr kleine Fläche absuchen, kann dies bedeuten, daß sie vermuten – oder sogar wissen –, daß sie sich nicht von der Stelle bewegen kann.«

»Gütiger Gott«, hauchte Pyott, sein Gesicht matt und grau und merklich älter. Sein Mund stand leicht offen, sein Gesicht wirkte sehr dümmlich.

»Ich glaube nicht, daß wir diesen Herrn in diesem Fall für unsere Zwecke einspannen könnten«, bemerkte Clark, als er Pyotts Zugeständnis einer Verantwortlichkeit und Nachlässigkeit hörte. Pyott bedachte den Amerikaner mit einem bösen Blick, worauf dieser entschuldigend die Arme ausbreitete. »Also gut, Pyott, ich will nicht weiter nachtragend sein.« Giles Pyott nickte.

Dann mit einem Mal Eastoes Stimme – so natürlich, schien es, als stünde der Pilot der Nimrod mit ihnen im Raum. »Das ist durchaus möglich, Sir.« Zumindest für den Augenblick war Aubrey aufgrund seines Scharfsinns in Eastoes Achtung gestiegen. »Die Suche scheint sich auf Küstennähe zu konzentrieren, wobei ein gewisser Radius nicht überschritten wird. Und sie verkleinern die abgesuchte Fläche kontinuierlich. Sie muß also irgendwo dort stecken. Ende.«

Aubrey sah Clark an. »Könnten sie sie wirklich beschädigt haben, Ethan?«

»Das ist durchaus möglich.«

»Und wie?«

Clark dachte eine Weile nach. »Vielleicht durch ein funkgesteuertes Torpedo. Falls sie die Wärmespur hatten ...« Auf dem Gesicht des Amerikaners breitete sich verborgene Angst aus. »Kielwassergesteuert – ja.« Er schüttelte den Kopf. Copelands Gesicht zog sich in Anerkennung dieser Möglichkeit in die Länge – Komplizentum der Angst. Clark räusperte sich. »Falls sie irgendeine Form von Wärmespur festgestellt und dann ein kielwassergesteuertes Torpedo eingesetzt haben, vielleicht mit einem Nähezünder, dann würde so ein Torpedo dem Kielwasser der *Proteus* wie ein Spürhund folgen. Ja, so könnte es durchaus gewesen sein.«

»Gehen wir davon aus, daß es so gewesen ist, und handeln wir nun dementsprechend?«

»Ich ... würde schon sagen«, erwiderte Clark.

»Nein«, sagte Copeland leise.

»Und was wollen Sie tun, Kenneth?« fragte Pyott.

»Wir könnten über die Norweger auf diplomatischem Wege einschreiten. Und dann natürlich auch ganz konkret etwas unternehmen. Haben wir irgendwelche Schiffe in diesem Gebiet?«

»Nicht viele; außerdem sind sie ziemlich weit vom Tanafjord entfernt. Das nächste bräuchte etwa einen Tag, um die Stelle zu erreichen.«

»Ich verstehe. Angesichts der augenblicklichen Konzentration von sowjetischen Schiffen in diesem Gebiet hielte ich es auch kaum angeraten, die NATO stärker in die Sache hereinzuziehen.« Er machte eine Pause. »Ich werde Eastoe Anweisung erteilen, uns weiterhin über die Geschehnisse auf dem laufenden zu halten. Allem Anschein nach ist die Rotbanner-Flotte im Augenblick trotz aller ihrer Bemühungen nicht imstande, unser U-Boot aufzuspüren. Das kann sich jedoch binnen kurzem ändern. In dem Gebiet hält sich ein Rettungsschiff auf. Ihm soll Eastoe seine besondere Aufmerksamkeit schenken. Währenddessen, meine Herren, müssen wir uns alle Möglichkeiten durch den Kopf gehen lassen, wie sich verhindern lassen könnte, daß die ›Leopard‹-Anlage in die Hände der Russen fällt – selbst wenn dies den Verlust der *Proteus* bedeuten könnte.«

Aubrey wandte sich wieder der Funkkonsole zu. Es dauerte ein paar Sekunden, bevor sich die Umstehenden der Bedeutung des Gesagten bewußt wurden, und der darauf folgende Aufruhr hinderte ihn vorübergehend daran, seine Anweisungen an Eastoe und die Nimrod durchzugeben.

Für einen kurzen Augenblick wurden die Sanddünen auf der Nordseite des Flugplatzes von Kinloss durch den peitschenden Regen sichtbar, um jedoch sofort wieder zu verschwinden. Wie Bündel von alten, zerschlissenen Kleidungsstücken wurden Fetzen von niedrigen Wolken über die höhergelegenen Teile des Geländes gezerrt und gezogen. Nur zwischen den heftigeren Schauern wurde hin und wieder der Blick auf die Hügel und Berge freigegeben. Ihre Spitzen von Schutzhüllen bedeckt, schimmerten drei RAF-Nimrods im Regen, und der einzige Farbfleck innerhalb dieser Szenerie rührte von dem grellen Rot einer Hawk-Ausbildungsmaschine her. Alle vier Flugzeuge wirkten leblos, wie Ausstellungsstücke in einem Freiluftmuseum.

Aus der dampfenden Wärme des Towers heraus beobachtete ein Lotse den khakifarbenen Mannschaftsbus, der über den Beton zurückkehrte, seine Scheinwerfer durch den Regen stark gestreut, seine gesamte Form geduckt und gedrungen, das Dach schimmernd wie ein Schneckenhaus. Dahinter blinkten rhythmisch zwei Antikollisionslichter auf, und man konnte gerade noch eine vierte Nimrod erkennen. Ein Tankwagen entfernte sich vorsichtig von der Maschine. Da er Kopfhörer trug, verfügte die Szene für den Fluglotsen über keine eigenen Geräusche; er hörte nicht einmal das unaufhörliche Trommeln des Regens gegen Dach und Fenster des Towers.

»Kinloss Tower – Kestrel Eins-sechs bittet um Freigabe zum Start.«

»Roger, Kestrel Eins-sechs. Sie sind bis zur Startbahn freigegeben, Rollfeld Null-acht.«

Die Startbedingungen lagen hart an der Grenze des Möglichen. Eine an Ort und Stelle gefällte Entscheidung hätte mit Sicherheit zur Folge gehabt, daß der Nimrod keine Starterlaubnis erteilt worden wäre. Mit all der Erbitterung lang gedienter Offiziere war dem Fluglotsen die Einmischung von Zivilisten zuwider. Eastoe befand sich über der Barents-See und wartete auf die Nimrod, die ihn ablösen sollte. Auf Befehl eines Zivilisten würde diese Crew unter eindeutig höchst widrigen Bedingungen an den Start gehen. Und dieser Zivilist war ein kleiner, alter Mann vom Geheimdienst. Der Fluglotse war nicht zugegen gewesen, als die Besatzung der Nimrod ihre Anweisungen erhalten hatte, und der Stützpunktkommandeur schien nicht bereit, ihm über Eastoes Mission, beziehungsweise über den Ursprung ihrer Order aus Whitehall nähere Auskünfte zu erteilen. Wie eines der Antikollisionslichter dort draußen im Dunkel zuckte dieser kleine Funke des Ärgers durch die Gedanken des Fluglotsen.

Wenn er sich ganz still hielt, konnte er die Flosse der nächsten Nimrod mit der Verbindungsstelle zweier Betonplatten zur Deckung bringen. Er konnte das Schaudern erkennen, das unter dem Anprall des heftigen Winds das Flugzeuggerippe durchlief. Irgend jemand in einem gemütlich warmen Büro in Whitehall – *ach wunderbar, Miß Smithers, eine Tasse Tee; regnet es draußen immer noch?* –, der leichthin, den Mund voll Verdauungskekse, seine Befehle austeilte und die Leben anderer Menschen aufs Spiel setzte ...

Die Nimrod Kestrel Eins-sechs war inzwischen fast nicht mehr zu erkennen; sie reckte ihm das Heck entgegen, ihre aufleuchtenden roten Lichter von weißen Stroboskoplichtern begleitet. Sie allein zeigten ihre Anwesenheit und Bewegung an.

»Kestrel Eins-sechs – Kinless Tower. Freigabe.«

»Zur Kenntnis genommen.«

»Roger. Eins-sechs. Sie sind freigegeben für eine Linkskehre über fünfhundert Fuß.«

Das Lichtpult zeigte an, daß sämtliche Lichter auf dem Taxiway und der Startbahn an waren. Neben ihm blinkte die Lichtanzeige eines Telefons auf, und der diensthabende Corporal nahm ab. Der Fluglotse hob einen Kopfhörer ab und fing auf, daß Pilot Harris krank war und für die erste Schicht des nächsten Tages nicht zum Dienst erscheinen würde. Er setzte den Kopfhörer wieder auf.

»Kestrel Eins-sechs, fertig zum Start.«

»Kestrel Eins-sechs, zum sofortigen Start freigegeben, Startbahn Null-acht. Wind null-zwo-null, Böen zweiunddreißig.«

»Roger, Kinloss Tower. Kestrell Eins-sechs rollt an.«

Der Fluglotse ergriff sein Fernglas und starrte in die Dämmerung hinaus. Zuerst waren da nur die winzigen Lichtpunkte, und dann begann sich eine schiefergraue und weiße Form den Korridor der starken Scheinwerfer hinunterzubewegen, bis die Form die vertrauten Umrisse der Nimrod annahm. Er stellte sich vor, wie der Pilot zu kämpfen hatte, die Maschine gegen den starken Wind auf Kurs zu halten.

Das Vorderrad hob sich vom Rollfeld ab. Die vier gewaltigen Spey-Triebwerke begannen, wie Schläuche zu arbeiten; sie bliesen riesige Wassermassen von der Startbahn unter ihnen. Dunst flackerte über die Tragflächen, als die Druckveränderung den Wasserdampf kondensierte. Die Nimrod begann fast unmittelbar zu verschwinden.

»Kestrel Eins-sechs, ich werde abgetrieben.«

»Roger ...«

Zu spät, dachte er, zu spät.

»Ich kann die Maschine nicht halten ... ich gerate links über die Startbahn hinaus ...«

Der Lotse konnte nur ein Anzeichen für die Position und die Gefährdung der Nimrod erkennen. Das aufgewirbelte Wasser hatte seine Farbe verändert; es färbte sich mit brauner Erde ein, als das Flugzeug über das Gelände längs des Rollfelds pflügte.

»Das Backbordfahrgestell gibt nach.«

»Nein!«

Darauf trat ein Schweigen ein, das endlos schien. Der Lotse und der Corporal starrten sich wie erstarrt an, bis er es schließlich schaffte, sich zu räuspern und ins Mikrofon zu sprechen.

»Kestrel Eins-sechs, hören Sie mich? Kestrel Eins-sechs?«

Keine Stichflamme, keine Explosion, nichts. Der Finger des Corporals drückte den Alarmknopf. Er konnte das Notsignal durch seine Kopfhörer hindurch hören.

»Kestrel Eins-sechs ...«

Wie ein fernes Feuer oder das Licht eines Leuchtturms blühte ein orangefarbener Schein durch den Regen und die Dämmerung. Die Fenster vibrierten von der Explosion, die er dumpf hörte. Völlig unnützerweise, jedoch mit extremer Feindseligkeit, hörte er die Stimme wieder, die er sich schon vorher vorgestellt hatte. *Das ist aber bedauerlich, Miß Smithers. Alle tot, nehme ich an. Könnte ich bitte noch eine Tasse Tee haben?*

Es war so einfach gewesen, und so sinnlos. Der trübe orangene Schimmer wurde größer und heller.

7 Gefunden

Der Hubschrauber sank durch das Dunkel, und damit gab es keine Wolkenfetzen mehr und kein Gefühl der Unwirklichkeit. Die Nacht war leer, schwärzer als die Wolke, und der Wind tobte mit irrsinnigem Kreischen um die enge Kabine; Ardenjew konnte das Geräusch weder ignorieren noch sich daran gewöhnen. Nur das vorübergehende Fehlen des Schnees und des Matsches verringerten die beunruhigende Realität der Kraft und Geschwindigkeit des Winds, da er sich nicht mehr länger als ein sichtbares, gepeitschtes Weiß gegen das Dunkel der Nacht abhob.

Dann entdeckte er die *Karpati* unter ihnen, bereit für die Landung der Hubschrauber. Strahlend hell erleuchtet, wie eine Bohrplattform in der Nordsee, dabei winzig und zerbrechlich, in ihrem Licht glänzten auch die weißen Schaumkronen hell gegen das Dunkel der See. Hinter der *Karpati,* wie ein unvollständiges Puzzle nur durch die Positionslichter umrissen, erschien die massige Form des Flugzeugträgers *Kiew.* Trotz seiner größeren Entfernung schien er sicherer und eher ein Ort der Zuflucht als das Rettungsschiff.

Der zweite Hubschrauber sank seitlich von ihnen durch die Wolkendecke – eine Eierschale schwachen Lichts.

»Expreß Eins an *Karpati* – Expreß Eins an *Karpati,* Ende.«

Mit der Unmittelbarkeit seines Versuchs, auf der Hubschrauberlandeplattform des Rettungsschiffs niederzugehen, wurde Ardenjew von der Stimme des Piloten in seinem Kopfhörer aufgeschreckt. Er strengte zwar seine Augen an, konnte aber die erleuchtete, runde Plattform nicht ausmachen. Durch die Tränen gesehen, die immer noch über die Kanzel und die Windschutzscheibe der MiL strömten, war die *Karpati* ein verschwommener Lichtfleck. Das Rettungsschiff war sehr klein, und sie schienen sich ihm nicht sichtbar zu nähern.

»*Karpati* an Expreß Eins. Wir hören Sie und haben Sie auch auf Radar. Entfernung acht Komma fünf Kilometer. Ende.«

»Witterungsbedingungen, *Karpati*?«

»Wind null-fünf-null, fünfunddreißig Knoten; Böen bis fünfundvierzig. Seegang fünf bis sechs, Wellenhöhe zwischen drei und sechs Metern. Was haben Sie vor? Ende.«

Der Pilot sah zu Ardenjew hinüber. Das düstere, angespannte Schweigen schien ihn zu befriedigen. Ardenjew widmete sich dem Schatten der *Kiew* hinter den Lichtern des Rettungsschiffs – und lehnte diese Lichter ab.

»Und?« fragte der Pilot.

»Können Sie niedergehen?«

»Es ist höchst riskant. Ich würde es auf einen Versuch lieber nicht ankommen lassen ...«

»Expreß Zwei an Expreß Eins. Ende.«

»Was ist, Expreß Zwei?«

»Landen wir?«

»Mir gefällt die Sache ganz und gar nicht.«

»Wir werden es schaffen. Wenn Sie wollen, gehe ich als erster nieder. Ende.«

»Sie haben nicht die ganze Nacht lang Zeit«, bemerkte Ardenjew mit einem Blick auf seine Uhr. Sie hinkten bereits dreißig Minuten hinter dem offiziellen Zeitplan her. Ein Umweg zur *Kiew* und dann ein Transfer zur See zur *Karpati* würde sie noch einmal etwa zwei Stunden aufhalten. Dolohow würde diese Verzögerung unverzeihlich finden. Die *Proteus* konnte jeden Augenblick entdeckt werden, und Ardenjew verspürte nicht den Wunsch, noch in der Luft zu sein, wenn es so weit war. »Wir sind sowieso schon spät dran.«

»Diese Kiste fliege immer noch ich, Kapitän, nicht Sie. Alles was im Augenblick zählt, ist meine Einschätzung der Lage, und die sagt mir, auf den Flugzeugträger auszuweichen.« Der Pilot sprach ruhig. Zwar war er wegen seines Fluggasts gereizt, aber er ließ sich deswegen keineswegs einschüchtern. Er verließ sich auf seine Autorität.

»Expreß Eins – ich gehe als erster runter. Sobald die *Karpati* meine Tanks aufgefüllt hat, werde ich Ihnen Platz machen.« Der andere Pilot schien in Ardenjews Augen weniger ängstlich, obgleich er sich fragte, ob nicht vielleicht doch sein eigener Pilot recht hatte.

»Expreß Zwei – ich würde vorschlagen, wir weichen auf die *Kiew* aus.«

»Ich lege nicht zusammen mit Dolohow meinen Kopf auf den Richtpflock, Andrei, selbst wenn du das vorhaben solltest. Paß mal auf, wie ich das mache!«

Das Gesicht von Ardenjews Pilot spannte sich an – vor Wut, Ärger und auch etwas Tieferem, das Selbstverachtung hätte sein können. In einer neuen Stimmung der Zufriedenheit beobachtete Ardenjew, wie die zweite MiL unter ihnen auf die *Karpati* zuhielt. Sein Pilot ging auf Nummer Sicher, aber sie würden ebenfalls zur Landung ansetzen. Das bedeutete, daß Orlow und die Sektion Blau bei ihrer Landung bereits alles unter Dach und Fach haben und sich ausgiebig über ihre Überlegenheit amüsieren würden.

Die zweite MiL ging in die Schräglage, wobei sie für einen Augenblick unsicher unter ihnen zu zögern schien, als wendete sie sich nicht so sehr dem christbaumartig beleuchteten Schiff zu als der Oberfläche des schwarzen Ozeans selbst. Dann fing sich der Hubschrauber jedoch und arbeitete sich vorsichtig und nervös auf das Heck des Rettungsschiffs vor. Die Landeplattform war nun eine hell erleuchtete Scheibe, aus ihrer Höhe nicht größer als ein Teller. Die Funkverständigung zwischen Pilot und Schiff flackerte in seinem Kopfhörer hin und her und erweckte den Eindruck von Routine, Ordnung, Erfahrenheit.

Ardenjews Pilot brachte seine MiL fast zum Schweben, als ließen sie sich wie eine Feder vom Sturm treiben. Als Ardenjew jedoch zu ihm hinübersah, traten die Knöchel des Mannes weiß hervor. Dies deutete keine geistige oder emotionale Belastung an, sondern machte Ardenjew lediglich die Turbulenzen um sie herum bewußt; wie sie gegen die zerbrechliche Kanzel des Hubschraubers anbrandeten. Der Druck, der sie abzutreiben, umzuwerfen, zu zerquetschen drohte, war wie der von großer Meerestiefe. Sobald dieses Bild mit der Realität in Berührung kam, bildete sich ein Kurzschluß, der ihn aufschreckte. Die Zeitlupe unter ihnen war nun unheilbeladen, gefährlich.

Die libellenähnliche MiL trieb auf die Landeplattform zu. Auf Deck konnte Ardenjew winzige Gestalten erkennen; sie gingen wegen des starken Winds in gekrümmter Haltung und klammerten sich an der Reling und an sonstigen Fixpunkten des Schiffs fest. Der Wind schien sogar spürbar stärker zu werden.

Das Deck des Rettungsschiffs schwankte, und das Licht schien wie verschüttete Flüssigkeit über die Seiten des Schiffs zu laufen und sich auf der Wasseroberfläche auszubreiten. Die Schaumkronen auf den Wellen drohten wie gefährlich weiße Zähne in einem schwarzen Rachen. Der plötzliche Eindruck von der Bedrohlichkeit und Gewalt des Wassers ließ das Rettungsschiff zerbrechlicher und den sich ihm nähernden Helikopter insektenähnlicher denn je erscheinen. Er erinnerte an eine Fliege, die über einer Autobahn summte, in Erwartung des Aufpralls auf einer Windschutzscheibe.

Wie eine Möwe, die von einer Bö erfaßt wurde, drehte der Hubschrauber plötzlich ab, und die Stimme des Piloten im Kopfhörer klang schrill, sein erleichtertes Lachen gezwungen und unwirklich.

»Mischka, nimm doch endlich Vernunft an! Wir weichen auf die *Kiew* aus und gehen dort runter. Mit der Landeautomatik kannst du hier nichts anfangen, die Plattform schwankt einfach zu stark.«

»Mach mal nicht gleich in die Hosen, Opa«, kam die Stimme von Orlows Pilot zurück. »Das war nur eine plötzliche Bö. Jetzt paß mal auf.«

Diese Worte schienen Ardenjew inzwischen eine hohle Tollkühnheit auszustrahlen, die ihm ebenso zuwider war, wie sie ihn beunruhigte. Das Rettungsschiff hatte sich anscheinend jedoch tatsächlich wieder stabilisiert; die weißgekrönten Wogen verflachten und zogen sich in die Schatten unter dem Deck der *Karpati* zurück. Die MiL begann neuerlich, sich zu der Landeplattform hin zu tasten. Winzige Gestalten warteten geduckt – bereit, sofort den Hubschrauber zu sichern, sobald seine Räder auf Deck aufsetzten.

Der Pilot teilte dem Kapitän der *Karpati* mit, daß er unmittelbar über Deck auf Landeautomatik schalten wollte, wodurch sich der Hubschrauber automatisch den Schwankungen des Schiffs anpassen und so sein Fahrgestell immer parallel zur Landeplattform stehen würde. Ardenjew bemerkte, wie sein Pilot den Kopf schüttelte.

»Was ist denn?«

»Was?«

»Ich meine, was ist denn? Weshalb schütteln Sie den Kopf?«

»Das Deck schlingert einfach zu stark, und ich glaube, damit wird die Automatik und Höhenkontrolle nicht mehr fertig.« Der Pilot zuckte mit den Achseln. »Vielleicht sieht das Ganze von seinem Standort ganz anders aus. Ich weiß nicht.« Er sah Ardenjew an, als wollte er ihn herausfordern, einen Kommentar abzugeben oder eine persönliche Beleidigung auszusprechen.

»Wenn er wirklich in Gefahr ist, befehlen Sie ihm, auszuweichen. Sonst tue ich das.«

Kriechendes Weiß tauchte an den Rändern ihrer Kanzel auf, wie ein Wasserfall oder eine losgelöste Netzhaut, die in Bewegung geriet. Das Schneetreiben setzte wieder ein. Ardenjews Pilot schaltete die Scheibenwischer schneller, und sie beobachteten – um sich herum alles andere vergessend, sogar die Möglichkeit einzuschreiten – wie die MiL unter ihnen in Schräglage ging, sich wieder fing, vorwärts ruckte, sich über den weißen Teller der Landeplattform bewegte. In das lange Schweigen flüsterte Ardenjews Pilot heiser hinein: »Los, mach schon, mein Sohn, mach schon, mach schon ...«

Das Geräusch reizte und störte Ardenjew. Die MiL schwebte nun über Deck und senkte sich langsam darauf hinab. Stille. Im Augenwinkel eine weißknöchlige Hand; Weiß, das die Kanzel umschlich, zwischen ihnen und der unheimlich erleuchteten Szene unter ihnen hindurchbrauste. In der Ferne die Navigationslichter des Flugzeugträgers – sie zeichneten die Umrisse einer gewaltigen, sicheren Masse ab. Ardenjew hielt den Atem an. Sie würden es schaffen. Nachdem auch sie gelandet wären, würde Orlow sein Gesicht studieren; und dann war dort besser keine Spur von Angst oder Zweifel mehr zu sehen, da sonst der junge Mann in schallendes Gelächter ausbrechen würde ...

Der Hubschrauber ging langsam nieder, wie eine Spinne, die sich an ihrem Faden niederließ – sehr langsam. Ardenjew konnte sich selbst sehen – es war vor Jahren gewesen – wie er eine Spinne in seinem Schlafzimmer beobachtet hatte, die sich zuversichtlich, klein, beweglich wie ein Akrobat, an ihrem Faden von der Decke gelassen hatte. Und langsam hatte er begonnen, nach oben zu blasen, so daß die Spinne ins Schwingen kam, unsicher, verletzlich wurde – diese winzige Kreatur, die sich mit solcher Arroganz von der Decke herabgelassen hatte. Dann war sie zappelnd wieder an ihrem Fadenseil nach oben geklettert, um sich in einem zweiten, vorsichtigeren Versuch neuerlich auf ihn herabzulassen. Und er hatte wieder zu blasen begonnen.

Als hätte er einen elektrischen Schlag erhalten, zuckte der Hubschrauber von der Landeplattform zurück. Dann ging er sehr langsam nieder – langsamer als zuvor; das Deck stabilisierte sich wieder. Das Weiß der Schaumkronen verschwand in die Nacht.

Die Spinne wich aus, ließ sich neuerlich herab, aber nun konnte ihr Gewicht das Schwingen des Fadens, an den sie sich klammerte, nicht mehr regulieren und ausgleichen. Sie hatte sich vom Lampenschirm heruntergelassen, wie ein kleiner, schwarzer Gott, der aus der Versenkung auftauchte. Schwankend, unfähig, ihre Bewegung zu kontrollieren.

Ardenjews Hand tastete nach seiner Kehle und dem Sendeknopf seines Mikrofons. Hilflos schwang die Spinne über seinem Bett hin und her. Der Hubschrauber wurde durch eine Bö abgedrängt, und auch das Deck der *Karpati* verlagerte sich. Es neigte sich der MiL zu, die wich ihm aus, um dann wie durch einen gewaltigen Magnetismus wieder nach unten gezogen zu werden. Das Deck stabilisierte sich. Die Spinne schwang über die Decke, überschwebte die Landschaft von Rissen und Feuchtigkeitsflecken, schwang so weit, daß sie fast die Schatten in den Ecken des Raums berührte. Und zugleich näherte sie sich seinem Gesicht immer mehr, während sie Angst oder Instinkt oder Hilflosigkeit ständig mehr vom Seil des Fadens preisgeben ließen.

Zwei Meter. Stille. Weiß hervortretende Knöchel, seine eigenen Finger tot, als er am Mikrophon herumfummelte und nachzudenken versuchte, was er sagen sollte, weshalb er überhaupt sprechen würde. Abgestoßen und zugleich fasziniert. Eineinhalb Meter, einer ...

Die Spinne direkt über seinem Gesicht. Die Backen aufgeblasen, wartete er darauf, sie im günstigsten Augenblick zu erwischen, sie durchs Schlafzimmer zu pusten, vielleicht sogar auf die schlafende Gestalt seines kleineren Bruders in dem anderen Bett. Er legte sogar seine Hände um seinen Mund, um seinen Atem besser steuern zu können, wenn er ihn ausstieß.

Achtzig Zentimeter, sechzig ...

»Schalt die Automatik ein – los, los ...«

Dreißig Zentimeter, dann wieder fünfzig, siebzig, ein Meter – das Deck der *Karpati* senkte sich erneut; die Lichter ergossen sich über die tosende See. Eineinhalb Meter – ein Wirbeln, Zucken, Reißen. Die MiL taumelte mit dem Ausweichen der Landeplattform und dem wiederholten Zerren des Winds. Die Spinne schoß durch die Luft, in die Schatten, ihr Seil oder Faden lose, von der Luftströmung mitgerissen.

Für eine Sekunde oder auch mehr hing der Hubschrauber kopfüber in der Luft, worauf er gegen die Backbordseite des Schiffs zurückgetrieben wurde, so daß zuerst seine Rotoren und dann seine Oberseite gegen die Seitenwand der *Karpati*, ein Stück vor der Landeplattform, schmetterten. Eine Stichflamme, ihre Grellheit ließ die Lichter des Schiffs erblassen; eine winzige Gestalt, die wie ein brennendes Streichholz ins Meer stürzte; das Hubschrauberwrack, das ihr in den Rachen der Schaumkronen folgte. Für einen Moment flackerte eine Flamme über den tosenden Wellen auf, aber dann war die MiL erloschen wie eine Fackel – und verschwunden.

Ardenjew kam wieder zu sich und brüllte in sein Mikrophon, der Pilot sollte von seinem Vorhaben ablassen und auf den Flugzeugträger ausweichen. Seine Worte waren knapp, zusammenhängend und grammatikalisch korrekt, aber er brüllte sie heiser hinaus, so daß seine Stimme kurz vor dem Umkippen war. Er mußte sogar schon zu schreien begonnen haben, bevor die MiL abstürzte.

»Halten Sie den Mund, halten Sie den Mund ...!«

Ardenjews Mund blieb offen, seine Kehle trocken und wund. Es war nichts mehr zu sehen. Auf dem schwankenden Deck des Rettungsschiffs stoben Feuerlöscher über verschütteten Treibstoff, der wie Lava über das Deck und die Seiten des Schiffs floß. Langsam erstarben die Flammen und verschwanden schließlich ganz.

»Mein Gott«, hauchte Ardenjew schließlich. Teplow war an seiner Schulter.

»Alles in Ordnung, Kapitän?«

»Nein, Viktor, es ist keineswegs alles in Ordnung«, erwiderte er mit schwacher Stimme. »Teilen Sie den Leuten mit, daß Sektion Blau abgestürzt ist und wir auf die *Kiew* ausweichen.«

»Sir.« Teplow enthielt sich jeder weiteren Bemerkung. Ardenjew merkte, daß er sich in den Passagierraum zurückzog. Ardenjew sah den Piloten an.

In dem darauf entstehenden Schweigen registrierte jeder des anderen Bedauern und Schuldgefühle, bis sich der Pilot räusperte und in sein Mikrophon sprach.

»Expreß Eins an *Kiew* – bitte um Landeerlaubnis.«

»Landeerlaubnis erteilt.« Eine ältere Stimme, ranghöher. Diesselbe Stimme teilte ihnen darauf Windgeschwindigkeit und Seegang mit, sowie die Schwankungsrate auf Deck der *Kiew*. Während er diese Informationen zur Kenntnis nahm, schüttelte der Pilot fortwährend den Kopf. Dann sah er Ardenjew an.

»Ich habe recht gehabt, verdammte Scheiße! Ich habe recht gehabt!«

»Können wir landen?« Der Pilot nickte. »Mein Gott ...«

»Expreß Eins an *Kiew* – Nachricht erhalten. Wir sind unterwegs.«

Als die MiL auf die *Kiew* zu beschleunigte und die *Karpati* unter ihnen hinwegglitt, saß Ardenjew, von seiner Trauer erdrückt, in seinem Sitz. Er war entsetzt über den Tod von Orlow und den anderen – *seinen* Männern, *seiner* Mannschaft, *seiner* Verantwortung. Und er war erschüttert und aufgebracht über die Leichtigkeit, mit der dies geschehen war und mit der er es hatte geschehen lassen. Entfernung, Langsamkeit, Lichter – es war alles so harmlos geworden, etwas für Zuschauer, Kartenhausgefahr. Er hatte beabsichtigt, den Befehl zu erteilen, auf den Flugzeugträger auszuweichen, aber er hatte es unterlassen. Er hatte nicht wirklich geglaubt, so etwas könnte geschehen. Ein Kind, das hinter einem Milchwagen her vom Gehsteig rannte, wie eine Eierschale zerquetscht von dem Auto, das es nicht bemerkt hatte. Aber die

Entfernung zwischen dem Gartentor und der Straße ist so gering, daß sie keine Gefahr bedeuten kann ...

Heftig rieb er sich die Augen. Blinzelnd konnte er die schemenhafte Gestalt der *Kiew* näher kommen sehen, bis plötzlich die Lichter ihres Steuerborddecks in sein Blickfeld sprangen. Hinter den Lichtern ragte der Aufbau des Flugzeugträgers auf. Auf Deck bewegten sich winzige Stecknadelmännchen. Ihre geduckte Haltung demonstrierte die folgenschwere Kraft des Windes. Ardenjew rieb sich wieder die Augen. Der Pilot und der Flugzeugträger standen in ununterbrochenem Kontakt, als könnten Anweisungen und Gegenanweisungen – Geschwindigkeit, Entfernung, Höhe, Neigung, Windgeschwindigkeit – eine Kollision der zwei Objekte verhindern.

Ardenjew spürte, wie die Gedanken an Orlow und die anderen in der brennenden MiL der Angst um sein eigenes Leben wichen, die sich in seinem Magen, in seiner Brust und in seinem Bewußtsein ausbreitete. Der Boden der Kanzel unter seinen Füßen war dünn – so dünn, daß er den dagegen antosenden Wind spüren konnte – und das Deck der *Kiew* schon fühlte, das von unten auf sie zuschoß.

Ganz ähnlich wie Expreß Zwei vor seinem Zusammenstoß mit der *Karpati* trieb die MiL auf die *Kiew* zu. Für Ardenjews Wahrnehmung wurde das Deck im Näherkommen nicht größer. Es war ein grauer Streifen, quer über die Masse des Flugzeugträgers gelegt, all die unteren Decks zwischen ihnen und der See.

Der Pilot wandte sich ihm zu. »Sie seilen sich ab, während ich die Maschine auf Landeautomatik halte.«

»Können Sie denn nicht landen?« Ardenjews Überraschung überdeckte keineswegs eine seltsame Erleichterung.

»Doch, aber mit Ihnen allen an Bord will ich es nicht riskieren. Sie seilen sich also ab. Klar?«

Ardenjew nickte. »Wir haben allerdings niemanden an Bord, der etwas vom Abseilen versteht.«

»Können Sie das denn nicht übernehmen?«

»Doch.«

»Gehen Sie nach hinten und fangen Sie schon damit an. Ich werde inzwischen alles Nötige mit der Brücke klären.«

Nach kurzem Zögern zwang Ardenjew sich aus seinem Sitz und kletterte darüber hinweg ins Passagierabteil. Die Imperative von Dolohows Befehlen schlichen sich langsam wieder ein, bis er die ausdruckslosen Automatengesichter seines Teams sah. Zu totaler innerer Leere abgestumpft, wenn ihnen nicht gerade ihre eigenen Ängste über die Schulter lugten oder sich wie eine Verdauungsstörung in ihren Mägen breitmachten. Ein scharfes Stechen der Angst, in ihren Kehlen ein galliger Geschmack.

»Viktor, wir seilen uns ab. Öffnen Sie die Tür.« Teplow blickte zu ihm auf, die Notwendigkeit des barschen Befehls ebenso akzeptierend wie ablehnend. Die Gebete für die Toten, ihre Kameraden, ihre Bedeutung für die Operation; das alles stand deutlich in seinen Augen geschrieben. Schließlich stand Teplow auf und ging nach hinten, wo er die Türverriegelung löste und die Tür aufschob. Der Wind stob unter sie, als hätte Teplow einem bereits triumphierenden Feind Eintritt verschafft. »Fertig machen – einer nach dem anderen.« Der Hubschrauber schwankte. Ein Mann wurde im Aufstehen gegen die Wand geschleudert. Seine Miene drückte keinen Schmerz aus, nur die Konzentration der Angst.

Ardenjew half ihm auf und schob ihn in Richtung Tür. Sie klammerten sich an die Haltegurte und beobachteten das erhellte Deck unter ihnen, das leicht schwankte, während es näher auf sie zukam. Der junge Mann sah Ardenjew in die Augen und schien dort etwas zu entdecken, dem er vertrauen konnte. Es hätte Gehorsam aus Gewohnheit sein können. Er ließ sich von Ardenjew das Abseilgeschirr anlegen und an die Tür führen. Das Haar wurde ihm aus seiner blassen Stirn geblasen, und seine Hände umklammerten den Türrand. Ardenjew legte ihm die Hand auf den Rücken und nickte Teplow zu. Der Motor der Seilwinde startete, worauf der Mann sich setzte und seine Beine nach draußen baumeln ließ. Als sich das Deck von dem Hubschrauber wegbewegte, blickte der Mann kurz auf, aber dann stellte sich das Schwanken der MiL plötzlich auf die Bewegung des Decks, zehn bis zwölf Meter unter ihm, ein. Die Landeautomatik glich das Schwanken des Hubschraubers völlig dem Flugzeugträgerdeck an.

»Alles in Ordnung, los.« Für einen Augenblick hielt Ardenjew die Schultern des Mannes, schob ihn dann durch die Türöffnung. Er drehte sich kurz an dem Seil, um dann aber langsam und sicher auf das Deck niederzugleiten, wo mehrere Männer in Uniform und Ölzeug bereitstanden und nach seinen Beinen griffen. Er wurde wie ein kleines Kind oder eine Katze von einem Baum auf Deck gehoben. Dann holte Teplow das Abseilgeschirr wieder hoch. Ardenjew sah ihn an und nickte. »Der nächste.«

Schadrin, der Sprengstoffexperte, stand sofort neben ihm; er grinste. »Nichts wie raus aus dieser verdammten Blechschachtel, Käpt'n.« Seine Augen überflog ein Schatten, aber Ardenjew nahm diesen Versuch zur Normalität dankbar zur Kenntnis. Eine geringfügige Wiederherstellung der Kameradschaft, des Teamgeists. Mit Beklommenheit wurde Ardenjew bewußt, daß er seine Männer, sobald er sie wohlbehalten an Bord des Flugzeugträgers geschafft hatte, nach seinem Bild neu würde schaffen müssen – nach einem Bild, in dem er sich selbst in diesem Augenblick unwohl und selbst verräterisch fühlte.

Er legte Schadrin die Gurte an und klopfte ihm auf die Schulter. Als sich Schadrin setzte und aus der MiL ließ, fielen Ardenjew wieder die züngelnden Flammen und der entzündete, verschüttete Treibstoff und eine Spinne ein, und er betete, daß sie das britische U-Boot aufspüren würden. Sehr bald.

Funkboje, kritzelte Lloyd auf seinen Block, der auf dem Kartentisch unter einem schwachen Notlicht lag. Die Temperatur auf der Brücke schien gestiegen, und er vermochte dies nicht eindeutig für reine Einbildung zu halten, obwohl er wußte, daß es so war. Die Stille summte in seinen Ohren.

Das geht nicht, antwortete Thurston in krakeligen, unförmigen Großbuchstaben, denen er zur Unterstreichung des Gesagten noch zwei Ausrufezeichen hinzufügte.

Sie haben recht – aber wir müssen.

Lloyd und sein Erster Offizier starrten einander an. Die zwei Notizblöcke auf dem Kartentisch zwischen ihnen waren wie Essensüberreste, die sie sich gegenseitig neideten. Thurston war nun in Lloyds ursprünglicher Auffassung bestärkt, daß sie nichts weiter tun konnten, als sich ruhig zu verhalten und zu hoffen, daß sie von den Russen nicht entdeckt wurden. Lloyd dagegen – seine Ruhe unterminiert durch das tote, zähe Verstreichen der Zeit, die Langsamkeit der Uhren und das Gefühl, daß die gegen sie mobilisierten Kräfte sie nicht endlos suchen und verfehlen konnten – war inzwischen von unstillbarem Tatendrang befallen worden.

Über ihnen befand sich eine Nimrod der Royal Airforce – ob sechs-, neun- oder zwölftausend Meter hoch, stand nicht zur Debatte. Und sie wußte nicht, wo sie steckten und wie ihre Lage war. Das Verteidigungsministerium mußte verständigt werden, daß sie Hilfe brauchten; sonst würden die Russen sie finden. Lloyd war fest davon überzeugt, daß die Sowjets es auf ›Leopard‹ abgesehen hatten. Er konnte sich nicht vorstellen, wie sie das zu bewerkstelligen dachten oder welche draufgängerische Entschlossenheit sie dazu geführt hatte, zu diesen Mitteln zu greifen; aber er war sich über ihr Ziel im klaren. Das Verteidigungsministerium müßte auf jeden Fall von der Lage in Kenntnis gesetzt werden; es galt, keine Zeit zu verlieren.

Er kritzelte auf ein frisches Blatt Papier. *Das ist ein Befehl.* Für einen Augenblick überflog Thurstons Züge ein Ausdruck hilflosen, gehorsamen Ärgers. Aber unmittelbar darauf nickte der Erste Offizier mit ausdruckslosem Gesicht zustimmend.

Schweigend traten sie auf die Konsole mit den Echolotschirmen zu. Nur zwei U-Boote befanden sich in unmittelbarer Nähe; die anderen steckten ihre Sensorennasen in andere Ecken der Kiste, in der sie die *Proteus* vermuteten. Lloyd las Entfernung und Position ab. Im Augenblick bewegten sich die beiden U-Boote in ihrer Nähe von dem Felsvorsprung fort, auf dem sie lagen. Lloyd warf Thurston einen kurzen Blick zu und flüsterte: »Jetzt.«

Thurston entfernte sich, worauf Lloyd feststellte, daß fast die gesamte auf der Brücke anwesende Crew, einschließlich Carrs, des Navigationsoffiziers, in seiner Richtung sah. Er nickte bedeutungsvoll und mimte das Hochschicken einer Funkboje. Thurston, der inzwischen an der Kodierkonsole stand, reckte seinen Daumen hoch – die Temperatur auf der Brücke stieg schlagartig – und dann tanzten seine Hände über die Schalter und Knöpfe des Pults, welche die Funkboje freigeben und an die Oberfläche leiten würden. Ihre Reise konnte unter Umständen eine ganze Minute dauern. Auf einer kleinen Anzeigetafel neben Thurstons Hand erschienen Tiefenangaben.

Atmen. Heiser, unterdrückt, lauter. Die Brücke war voller aufgeregter Männer, die ihren Atem unter Kontrolle zu halten versuchten. Lloyd, seinen Arm um das Periskop in der Mitte der Brücke gelegt, war heißer denn je zuvor; zugleich fühlte er sich weniger sicher, und er war sich fast schmerzlich der Funkboje bewußt, welche nun aus der Tiefe an die Wasseroberfläche stieg.

Ein kleiner Gegenstand, ein winziger Stecknadelkopf. Fähig, ein Echolotsignal aufzufangen und zurückzuwerfen. Etwas Festes, das ihre Position preisgeben konnte. Ein Flakkern, das sie an die Oberfläche schickten – hier sind wir, könnt ihr uns nicht sehen?

Lloyd krampfte sich an diese Vorstellung und trat auf Thurston zu. Er deutete auf den Block seines Ersten Offiziers und schrieb dann in Blockbuchstaben rasch den Text darauf, den er chiffriert und an die Nimrod gefunkt haben wollte. Thurston nickte widerstrebend, als er ihn las, und drehte sich in seinem Stuhl um. Der Konsolenoperator neben ihm begann zu tippen. Der Tagescode wurde automatisch eingegeben. Dann fügte der Operator noch die Übertragungsinstruktionen hinzu – Hochgeschwindigkeit, frequenzagil. Lloyd beobachtete, wie sich neben Thurstons Ellbogen die Tiefenangaben abspulten. Die Funkboje befand sich immer noch zwanzig Faden von der Oberfläche entfernt. Sie würde noch mindestens zwanzig Sekunden brauchen, bis sie schwankend in den Wellen schaukeln würde.

Inzwischen Schwitzen. Kalter Schweiß, überraschend angesichts der Hitze auf der Brücke. Lloyd versuchte, sich unter Kontrolle zu bringen, seinen Körper zu beruhigen. Zehn Faden. Neun ...

Irgend jemand räusperte sich; das Geräusch eines anderen Mannes, der mit den Fingernägeln über den Stoff eines

Hemds kratzte. Sechs Faden, fünf, vier. Fast eine Minute war verstrichen, seit die Funkboje sich vom Rumpf der *Proteus* gelöst hatte. Drei Faden.

Lloyd löste sich von der Kodierkonsole und trat auf die Passivecholote zu. Stecknadelköpfe, Entfernungen, Positionen. Sie entfernten sich nach wie vor. Eine kam zurück, kam zurück ...

Position grün neun-fünf, fast mitschiffs, Entfernung zweitausend Meter. Geschwindigkeit elf Komma fünfundzwanzig Knoten. Lloyd blickte über seine Schulter zurück. Thurston sah ihn und reckte seinen Daumen hoch. Die Funkboje übertrug die Nachricht – ein Geräusch für den Bruchteil einer Sekunde, wiederholt und wiederholt. Sie mußten die Übertragung mindestens fünfzigmal wiederholen, um einigermaßen sicher gehen zu können, daß die Nimrod das Signal auffing. Zehn Sekunden, nicht mehr.

Geschwindigkeit zwölf Komma drei Knoten, Kurs unverändert, Entfernung geringer werdend. Ungläubig starrte Lloyd auf die Anzeigetafel. Zwölf Komma sieben Knoten, und immer noch zunehmend. Genau mittschiffs, ein russisches U-Boot. Die Boje, oder das Signal, für die Russen zwar nicht verständlich, aber doch hörbar, hatte ihnen ihre Position verraten. Lloyd wedelte Thurston mit der Hand zu, worauf dieser die Übertragung beendete und die Funkboje zurückrief.

Dreizehn Komma sechs Knoten. Näher kommend.

Lloyd trat auf Thurston zu und deutete ihm in einer wilden Pantomime an, die Boje freizugeben. Immer und immer wieder machte er mit der Hand eine abhackende Bewegung. Nach kurzem Zögern schossen Thurstons Hände über die Tastatur der Konsole. Die Zahlen auf der Digitalanzeige neben seinen Knöcheln verlangsamten sich und blieben schließlich stehen. Die Boje war weg – wieder an der Oberfläche, wo sie von der Strömung von ihnen fortgetrieben würde. In unverhohlener Erleichterung wischte sich Lloyd mit einem Taschentuch über die Stirn, ohne auch nur daran zu denken zu beginnen, daß sie nun nur noch über die Ersatzfunkboje verfügten.

Er eilte an die Echolote zurück. Geschwindigkeit fünfzehn

Komma neun Knoten, Kurs unverändert, mittschiffs näher kommend. Entfernung etwas mehr als tausend Meter. Er merkte, daß er sich fast eine ganze Minute lang die Stirn gewischt hatte, nachdem sie die Boje abgestoßen hatten. Geschwindigkeit fünfzehn Komma sieben, fünfzehn Komma fünf.

Er seufzte hörbar – ein heiseres Geräusch aus dem asthmatischen Brustkorb eines alten Mannes. Geschwindigkeit vierzehn Knoten und abnehmend, Position grün acht-vier. Kursänderung, Unsicherheit einsetzend, Fährte verloren.

Fährte verloren.

Die russische Marine verfügte über Karten des Meeresbodens, die sie in ihre Computer eingeben und mit ihren Echoloten und Infrarotanlagen koppeln konnten. Viel länger würden sie sich nicht mehr verborgen halten können. ›Leopard‹ würde der Wahrscheinlichkeit und der Konzentration von Schiffen in ihrer unmittelbaren Umgebung zum Opfer fallen.

Lange konnte es nicht mehr dauern. Lloyd fühlte sich ausgelaugt und niedergeschlagen. Es fiel ihm schwer zu glauben, daß die Nimrod sie gehört haben könnte, daß sie wußte, wo sie waren und was geschehen war. Niemand konnte das wissen. Niemand.

Die dechiffrierte Nachricht von der *Proteus* lief über den Bildschirm der Anzeigetafel der Nimrod. Ihr ruckartiges Stottern erinnerte an die Seiten eines rasch durchgeblätterten Buchs. Flugkapitän Eastoe neigte sich über die Schulter seines Funkoffiziers und spürte, wie das aufgeregte Zittern, das von seinem Körper Besitz ergriffen hatte, auch in die Schultern des Mannes vor ihm gefahren war. Wie ein Publikum, das sich aus zwei Personen zusammensetzte, erlebten sie dieselben Emotionen – die Tonleiter aus Überraschung, Schock, Zufriedenheit, Hoffnung und Besorgnis, welche die Worte allein kaum hätten hervorrufen können.

Als die Nachricht sich auf dem Bildschirm zu wiederholen begann, richtete Eastoe sich auf. Er rieb sich mit beiden Händen die Wangen. Zu seiner eigenen Überraschung mußte er plötzlich gähnen, um sich jedoch sofort bewußt zu werden, daß dies ein Trick seines Verstands war, Zeit zu gewinnen –

Zeit zum Überlegen. Die *Proteus* auf dem Meeresboden, Position unbekannt, durch ein Torpedo mit reduziertem Sprengkopf bewegungsunfähig, umgeben von russischen Schiffen, unter und über Wasser. Das bedurfte keiner langen Überlegungen.

»Sofort Verteidigungsministerium verständigen – Flash, Tagescode. Die armen Teufel.«

»Käpt'n ...« Aus seiner Nische im Rumpf der Nimrod ertönte die Stimme des Navigationsoffiziers.

Eastoe trat auf ihn zu. Hinter dem Kopf des Mannes war durch das Lukenfenster die späte, graue Dämmerung zu sehen, die draußen träge einsetzte; allerdings nur in ihrer Höhe und über den Wolken. Unter ihnen würden sich die *Kiew* und die anderen Schiffe noch im Dunkel bewegen, und unter ihnen wiederum lag die *Proteus* in der ewigen Finsternis des Meeresgrunds, wo die Jägerkiller-U-Boote sie aufzuspüren versuchten.

»Was ist, Bob?«

»Da unten ist irgend etwas los, auf dem Rettungsschiff.«

»Sie meinen, in Zusammenhang mit der kleinen Party von gestern abend?«

»Die *Karpati* hat einen neuen Kurs eingeschlagen; sie nähert sich der *Kiew*.«

»Möchte nur wissen, warum. Glauben Sie, daß vielleicht einer von den beiden Hubschraubern bei der Landung zu Bruch gegangen ist, hm?«

»Ja, Käpt'n. Aufgrund der Windgeschwindigkeit dürfte die Landung eine höchst prekäre Angelegenheit gewesen sein. Außerdem haben wir diese kurze Infrarotanzeige gehabt, und ich bin mir fast sicher, daß ein Hubschrauber schließlich auf den Flugzeugträger ausgewichen ist.«

»Was haben sie dann auf dem Rettungsschiff abgeliefert – oder abzuliefern versucht?« überlegte Eastoe, während er aus dem Fenster auf die dichte Wolkendecke hinunterstarrte, die sich zwar in ihrer Gräue lichtete, aber doch so dicht und solide wie das Blätterdach eines Walds wirkte. Eastoe spürte eine Teilnahmslosigkeit, über die er keineswegs erfreut war und die irgendwie seiner Denkfähigkeit im Weg stand. So viele Stunden auf Beobachtungsposten gelegen zu sein, hatte die Realität dessen abgestumpft, was sie nur mit Hilfe von Radar, Echolot und Infrarot hatten sehen können. Teilnahmslosigkeit – sie ließ Gedanken und Entscheidungen unwichtig und ohne Dringlichkeit erscheinen. »Vielleicht eine Art Team? Irgendwelche Spezialisten? Leute, die jedenfalls wichtig genug waren, um bei diesem Wetter durch die Gegend gekarrt zu werden. Glauben Sie, sie werden auf das Rettungsschiff übersetzen?«

»Ja.«

»Also gut, Bob, ich werde Aubrey benachrichtigen. Überlassen wir alles weitere ihm. In ein paar Stunden werden wir sowieso abgelöst. Dann ist das Ganze anderer Leute Problem.«

Eastoe ging wieder nach vorn.

»Ist irgendwas, Käpt'n?«

»Funkspruch von der *Proteus*«, erwiderte Eastoe düster.

»Schlechte Nachrichten?«

»Sie hat einen Treffer erhalten, Terry.«

»Mein Gott – fehlt ihnen auch nichts?«

»Im Augenblick ist noch alles in Ordnung. Aber sie sind bewegungsunfähig.«

»Er hat einiges riskiert, eine Boje hochzuschicken.«

»Na ja, an deren Stelle hätte ich das auch gemacht.« Eastoe machte eine Pause. »Aber wer zum Teufel war nur in diesen zwei russischen Hubschraubern, und warum wollen sie unbedingt an Bord der *Karpati*?«

»Käpt'n ...?«

»Macht nichts. Das ist Aubreys Problem, nicht unseres.« Eastoe erhob sich neuerlich von seinem Sitz. »Rufen Sie Bardufoss und sagen Sie ihnen, daß unsere Zeit in einer Stunde um ist und daß wir nachtanken müssen. Inzwischen werde ich schon mal Mister Aubrey benachrichtigen. Er wird vielleicht Zeit zum Nachdenken brauchen.«

»Sie haben ja gesehen, was gestern nacht passiert ist, Kapitän Ardenjew. Ich kann Ihnen auch heute morgen keine größeren Aussichten auf Erfolg garantieren.« Der Kapitän der *Kiew* betrachtete seine Hände, die er vor sich auf dem Tisch seiner Kajüte gefaltet hatte. In Ardenjews Augen wirkte er hölzern, unnachgiebig, ja sogar unsympathisch. Aber er hatte recht. Sie konnten keinen Transfer per Hubschrauber zur *Karpati* riskieren. Er fragte sich sogar, ob sich seine Leute, Sektion Rot, überhaupt noch an Bord eines Hubschraubers begeben würden. Wenn sie die *Karpati* irgendwie erreichten, wie würden sie dann reagieren? Die versengten Seitenwände, die zerstörte, verbogene Reling – er hatte sie von der Brücke aus durch sein Fernglas gesehen, als die dichte Wolkendecke langsam gräulich blasses Licht durchsickern ließ – würden sie zu augenfällig und unmittelbar an ihre Kameraden, an ihre Rivalen erinnern.

»Dann werden wir es mit einer Barkasse versuchen müssen, Herr Kapitän.«

Der Kapitän des Flugzeugträgers sah auf. »Ich will nicht stur erscheinen, Kapitän Ardenjew. Ich bin am Erfolg dieser Operation nicht minder interessiert als Sie. Und genau dies ist der Grund, weshalb ich, so weit dies in meiner Macht steht, jedes Risiko vermeiden will, was Ihre ... reduzierten Kräfte betrifft.«

Noch während der Nacht, als er von dem Absturz der MiL und dem Verlust der Sektion Blau erfahren hatte, hatte Dolohow sich mit dem Flugzeugträger in Verbindung gesetzt. Seine Botschaft war knapp, stählern, unerschütterlich gewesen – unmenschlich. Im wesentlichen hatte er nur wissen wollen, ob die Mission nach wie vor mit Erfolg durchgeführt werden konnte. Er hatte ohne Zweifel keine negative Antwort erwartet und von Ardenjew auch nicht erhalten. Statt dessen hatte er dem Admiral versichert, daß die *Proteus* auch von der Sektion Rot allein geborgen werden konnte, sobald sie gefunden war.

In Ardenjews Augen schien dies die einzig mögliche Antwort, der einzig mögliche Ausgang dieser Mission. Sein Team war noch nicht bereit; vielleicht würde es das auch nie werden. Er konnte nur versuchen, sie durch Aktivität von Angst, Schock und Trauer zu befreien. Vielleicht war Verzweiflung keineswegs das schlechteste Heilmittel angesichts ihrer Lage.

»Ich verstehe, Herr Kapitän. Ich werde meine Männer sofort auf dem Bootsdeck zusammenrufen.«

»Sehr gut, Kapitän Ardenjew. Und viel Glück.«

»Danke, Sir.«

Zehn Minuten später sah sich Ardenjew gezwungen, zuzugeben, daß Teplow sein Bestes getan hatte; die älteren Männer – Schadrin, Petrow und Nikitin – wirkten sehr gefaßt, obgleich die zwei jüngeren Mitglieder des Teams, Wanilow und Kuzin, unnatürlich blaß waren – und sie froren und zitterten unter ihren Tauchanzügen. Es waren vor allem ihre Kameraden gewesen, die gestorben waren – die jungen Teammitglieder. Sie wirkten gebückt und gealtert, als sie neben den anderen am Zugang zum Steuerborddeck standen. Obwohl sie erfahrene Seeleute waren, schien sie das Schlingern des Flugzeugträgers in den Wellen – langsam, gleitend und fast rhythmisch – aus der Fassung zu bringen.

»Also gut«, sagte Ardenjew. »Sobald wir auf der *Karpati* sind, möchte ich unsere Ausrüstung aufs gründlichste überprüft haben. Das nimmt möglicherweise Stunden in Anspruch, aber ich möchte das auf jeden Fall in einem Stück durchziehen. Falls von diesem U-Boot noch einmal ein Signal aufgefangen wird, gehen wir auf der Stelle runter. Verstanden?«

Er studierte seine Männer der Reihe nach eingehend, ohne dabei die beiden jüngeren besonders herauszupicken. Aber sein Blick ruhte so lange auf jedem Gesicht, bis er mit einem zustimmenden Nicken erwidert wurde. In einigen dieser Gesten schien sich sogar so etwas wie stiller Enthusiasmus bemerkbar zu machen. Nicht unbedingt von Wanilow oder Kuzin, aber mit Sicherheit von Teplow und Schadrin. Das würde ausreichen müssen.

Er wandte sich der wasserdichten Tür zu und legte den Griff um. Sofort heulte der Wind durch den schmalen Spalt, der dabei entstand. Er drückte gegen einen Widerstand vom Gewicht eines menschlichen Körpers an, und sie wurden von Gischt umsprüht. Sie befanden sich unter dem Flugdeck auf einem schmalen, von einer Reling eingefaßten Absatz auf der Steuerbordseite des Flugzeugträgers, wo zwei der vier Barkassen des Schiffs in ihren Davits hingen. Ein Matrose winkte sie auf die Barkasse zu, die ihnen zugeteilt und in Eile bemannt worden war. Weißgesichtige, weißhändige Matrosen machten sich an den Davits zu schaffen, um die Barkasse über die Bordwand zu hieven und auf die Wogen hinunterzulassen.

»Los, los«, trieb Ardenjew seine Leute zur Eile an und klopfte jedem von ihnen auf die Schulter, als sie über die Leiter in die Barkasse kletterten. Ardenjew folgte als letzter, um jedoch noch einmal aufs Bootsdeck zurückzuspringen, als ein Matrose bei einer plötzlichen, heftigen Schwankung des Schiffs ausglitt. Er packte den Mann am Arm und half ihm wieder auf die Beine. Dann grinste er den Matrosen an, während dieser ihm dankend zunickte. Ardenjew war sich im klaren, wie alles mit Ausnahme der Tätigkeiten des unmittelbaren Augenblicks in weite Ferne gerückt war, und er betete, daß sie baldmöglichst zum Einsatz kommen würden, damit die Notwendigkeit zu handeln auf die Männer von Sektion Rot denselben Effekt ausübte. Er kletterte neuerlich die Leiter hinauf, duckte sich durch die Tür zum Ruderhaus und trat neben den für die Barkasse verantwortlichen Offizier, einen Leutnant.

Die *Karpati* lag einige hundert Meter steuerbord von der *Kiew*. Im Tageslicht, wie unwirklich und unheimlich auch immer, tobte die See. Durch die eisigen Brecher, die zum Bootsdeck emporspritzten, fror Ardenjew bereits unter seinem Anzug.

»Kapitän«, begrüßte ihn der junge Offizier.

»Leutnant, sind wir fertig?«

»Allerdings. Ich finde jedoch nicht, daß wir es darauf ankommen lassen sollten, Kapitän – um es ganz unverblümt auszudrücken.«

»Dann überlassen Sie lieber mal für eine Weile das Denken mir, Leutnant. Wir fahren. Erteilen Sie die nötigen Anweisungen.«

Der Leutnant schien widerstrebend, verärgert über seine untergeordnete Position und den Gehorsam, den sie ihm abverlangte. Er nickte steiflippig und sprach in sein Mikrophon. Gleichzeitig drehte er am Regelknopf für die Kopfhörer und den Lautsprecher – sei es, um sie optimal einzustellen oder um sein mangelndes Einverständnis zum Ausdruck zu bringen. Die Barkasse ruckte in der Halterung und schwang dann, von den Davits gehalten, über die Bordwand des Flugzeugträgers hinaus. Das Boot schaukelte alarmierend in den Halteseilen und demonstrierte äußerst eindrucksvoll seine Zerbrechlichkeit. Dann begannen sie, die etwa fünfzehn Meter entlang der Bordwand der *Kiew* aufs Wasser hinunterzusinken. Der Rumpf des Flugzeugträgers schwankte in Ardenjews Blickfeld. Fast war es einfacher, sich vorzustellen, sie wären der ruhende Punkt, während das Schiff sich mit dem Wind und den Wellen bewegte.

Nieten, Rost, Meeresgetier, Abflußstreifen an den Platten des Rumpfs. Dann ein grauer Schimmer, durch Abnutzung entstanden, und wieder Nieten und Rost. Ein beständiges Schnattern von Anweisungen und Kommentaren des Leutnants in das Mikrophon, dann ein Schaudern, als die See hochsprang, um sich mit ihnen zu treffen. Die Windschutzscheibe der Barkasse für einen Augenblick durch Wasser verdeckt, der Rumpf der *Kiew* von weißer und grauer Gischt umspritzt, bevor sie über einem Wellental zu hängen kamen. Der Leutnant sprach hastig ins Mikrophon, und sie senkten sich rascher. Dann schaukelten sie heftig, während sich die Halteseile lösten und der Motor der Barkasse hustend ansprang. Im nächsten Augenblick brach auch schon die nächste Welle über den Bug und die Seitenwand des Boots herein, um kurz jegliche Sicht zu verhindern. Die Schraube heulte auf, als sie für einen Moment aus dem Wasser gehoben wurde. Sie wurden jedoch sofort durch ein Wellental erlöst, und der Leutnant erteilte Anweisung, mit voller Kraft auf die *Karpati* zuzuhalten.

Sie schaukelten und stiegen und sanken die wenigen hundert Meter auf die *Karpati* zu. Die Bewegung, wie heftig und ungewiß auch immer, tötete dennoch das Denken ab, versprach Handeln. Die Hände des Steuermanns waren weiß wie die des Hubschrauberpiloten in der vergangenen Nacht. Alles war unmittelbar, körperlich oder sinnlich direkt.

Sie brauchten fünfzehn Minuten für die Überfahrt. Dann ragte die *Karpati* über ihnen auf; rostig, grau, abgenutzt, eine gewisse Derbheit ausstrahlend, die Zuversicht weckte. Weniger als halb so hoch als der Flugzeugträger war das Rettungsschiff doch eines der größten seines Typs. Die versengten, geschwärzten Platten tauchten in ihrem Gesichtsfeld auf; die Wogen bearbeiteten sie, als wollten sie jegliche Erinnerung an die Katastrophe beseitigen. Die verbogene Reling, die verbeulten Platten am Heck, die beschädigte Hubschrauberlandeplattform, eine Kante so sauber weggebrochen wie ein Stück von einem Keks oder einem Suppenteller. Es fehlte einfach.

Die Barkasse schlingerte und schaukelte in der Dünung. Der Leutnant schnatterte in sein Mikrophon. Ardenjew hörte die Stimme der winzigen, schwarz gekleideten, schimmernden Gestalt mittschiffs auf der Backbordseite, unter dem Bogen des Mittelkrans des Rettungsschiffs, wo das Frachtdeck lag. Der Arm des Krans schwang über das Wasser, und dann wurde ein spezielles Haltegeschirr auf sie herabgelassen. Wie durch einen Instinkt geleitet, erschien Teplow an Ardenjews Seite.

»Diesmal sind Sie als erster dran, Kapitän«, sagte er. »Nur für den Fall.«

Ardenjew wollte eben etwas erwidern, als sich der Leutnant zu Wort meldete.

»Ich habe hier eben den Kapitän der *Karpati,* Sir. Er möchte, daß Sie unverzüglich an Bord kommen. Offensichtlich hat eines der U-Boote eine Fährte entdeckt, und er hat Befehl erhalten, seinen Standort zu wechseln.«

Teplow grinste. »Also los, Käpt'n – auf geht's.«

Patrick Hyde studierte die Fassade der Free Trade Hall in Manchester. Er hatte sich vor dem Regen in den Eingang eines Geschäfts in der Peter Street zurückgezogen, das fast unmittelbar gegenüber dem Domizil des Hallé Orchestra lag. Dort wurden nun, ähnlich dem unpassend jugendlichen Kleid einer alternden Tante, die Flaggen und Spruchbänder und Poster zur Schau gestellt, die den Auftritt von Heat of the Day für diesen Abend hinausposaunten. Der KGB-Mann auf dem Gehsteig gegenüber schien an den Ankündigungen nicht interessiert, als er an der schlangenartig gewundenen, dicht gedrängten Schlange von Wartenden entlang ging, die fast bis zum Midland Hotel reichte. Hyde war sich nicht im klaren, ob der Mann beauftragt war, nach dem Mädchen

Ausschau zu halten oder nach ihm selbst. Jedenfalls ließ er seinen Mantelkragen hochgeschlagen und seine Mütze tief über die Stirn hereingezogen. Wenn einer von ihnen sich hier herumtrieb, dann war er sicher nicht allein.

Zwei. Der andere kam auf Hydes Seite der Peter Street den Gehsteig herunter. Er ging langsam und fiel auf, weil er keinen Regenschirm trug. Regenschirme behinderten nur, wenn man die Augen offen halten sollte. In der Schlange für das Rockkonzert standen ein paar junge Beamte der Sonderabteilung; sie trugen die übliche Jeansuniform. Weitere Zivilbeamte hielten sich in ein paar Wagen bereit, die an der Kreuzung mit der Watson Street und auf dem Platz am anderen Ende der Peter Street geparkt waren. Auch im Innern der Free Trade Hall waren ein paar Männer postiert.

Hyde hatte in der Admiralität mit Aubrey gesprochen – der zweite KGB-Mann, den er entdeckt hatte, befand sich auf gleicher Höhe mit dem Ladeneingang, in dem er stand – und ihn überzeugt, daß Petrunin und die anderen am besten in Ruhe gelassen werden sollten. Bei den meisten von ihnen handelte es sich um ›Inoffizielle‹ – Agenten, die nicht der Sowjetischen Botschaft angehörten oder irgendwelchen Handelsmissionen oder kulturellen Organisationen. Sie konnten nicht mit Sicherheit feststellen, wie viele sie waren. Petrunin auszuschalten, konnte sich als falsche Sicherheitsvorkehrung herausstellen. Frei, war Petrunin der Mittelpunkt, um den sich alles drehte. Hyde wandte sich dem Fenster zu. Transistorradios, Stereoanlagen, Fernsehgeräte. Der KGB-Mann blieb stehen. Er inspizierte Hyde jedoch nur flüchtig und ging rasch weiter. In Freiheit würde Petrunin nie weit vom Brennpunkt des Geschehens entfernt sein, und die Männer, welche ihm unterstellt waren, würden sich, durch seine Position magnetisch angezogen, um ihn scharen. Sie brauchten Petrunin und die wenigen anderen, die sie aus den Akten kannten, um auch den Rest identifizieren zu können.

Hyde trat aus dem Eingang. Der KGB-Mann, der die Schlange im Auge behielt, kehrte zum Haupteingang der Free Trade Hall zurück, während der zweite die Peter Street überquerte, um sich mit ihm zu treffen. Weder Hyde noch die

Polizei hatten am Vormittag eine Spur von Petrunin entdeckt.

Aubrey hatte sich recht unzweideutig ausgedrückt, was die Risiken und die Verantwortung betraf. Sie ruhte auf Hydes Schultern. Das Mädchen mußte noch an diesem Tag, in dieser Nacht, gefunden werden, sonst würde man auf andere Methoden zurückgreifen müssen. Das Mädchen sollte auf jeden Fall festgenommen und zur Mitarbeit überredet werden. Hyde hatte eine Chance. Shelleys Nachforschungen in dem Hotel auf dem Land, in dem Heat of the Day genächtigt hatten, waren ergebnislos geblieben. Das Mädchen hatte sich gut versteckt. Shelley neigte zu der Annahme, daß sie Alletson und der Band den Rücken gekehrt hatte. Hyde war in diesem Punkt jedoch anderer Meinung. Es gab für sie keinen anderen Zufluchtsort. Jedenfalls hielt sie sich ganz offensichtlich von ihrem Vater fern, um niemanden auf seine Fährte zu hetzen.

Gemeinsam schlenderten die beiden Männer vom KGB in Richtung Watson Street. Als neben ihnen ein Austin Allegro hielt, beugten sie sich zu einem Seitenfenster herab, das sich öffnete, und waren sofort in eine wortreiche Unterhaltung mit dem Fahrer des Wagens verwickelt. Dann schaltete die Ampel auf Grün, und der Austin bog in die Peter Street ein. Als er an ihm vorüberfuhr, sah Hyde, daß Petrunin selbst am Steuer saß. Er war der einzige Insasse des Wagens. Petrunin parkte auf dem Platz, stieg jedoch nicht aus.

Hyde spürte, wie sich in seinem Magen Hunger wie ein stechender, zupackender Schmerz ausbreitete. Seine Nerven machten ihn hungrig. Er mußte vermutlich noch weitere sieben oder acht Stunden warten. Diesmal würde er jedoch erst hineingehen, wenn die Band bereits auf der Bühne stand.

Er überquerte die Peter Street, um mit dem Mann von der Sonderabteilung zu sprechen, der sich in die Schlange eingereiht hatte. Wenn er schon so lange wartete, würde mit Sicherheit niemand vor ihm in die Halle kommen.

Mit dem Verstreichen der Nacht und des Morgens waren Aubrey, Clark und Pyott zu einer unschlüssigen, unsicheren

Clique innerhalb der Organisation des unterirdischen Raums und der Parameter der Rettungsaktion geworden.

»In Kinloss steht eine andere Nimrod bereit, mit frischer Besatzung«, warf Pyott ein. »Die können binnen zwei, drei Stunden an Ort und Stelle sein. Sie werden nichts gegen den Auftrag haben; sie werden nicht übermüdet sein.«

Aubrey schüttelte den Kopf. »Sorgen Sie dafür, daß sie sich mit Eastoe in Bardufoss in Verbindung setzen. Er und seine Crew müssen sofort zurückfliegen. Wir können es uns unmöglich leisten, den Schauplatz des Geschehens so lange unbeobachtet zu lassen – nein, dafür reicht nicht einmal aus, daß wir das Gebiet ja auch noch durch Satelliten überwachen lassen. Die Wolkendecke erschwert das Ganze eindeutig. Falls nötig, wird Eastoe sogar auf Seehöhe heruntergehen müssen. Ich muß unbedingt *Augen* dort haben, Giles.«

»Sie werden aber todmüde sein, Mister Aubrey«, bemerkte Clark.

»Ich habe während der letzten vierundzwanzig Stunden auch nur drei Stunden geschlafen, Ethan. Wir müssen uns eben damit abfinden, daß uns allen in dieser Situation Opfer abverlangt werden.« Clark entlockte diese spitze Bemerkung ein Grinsen. »Also gut, sobald die Entsatz-Nimrod an Ort und Stelle ist, werden Eastoe und seine Crew zurückgerufen – so weit für den Augenblick. Und jetzt sollten wir uns vielleicht noch über die verschiedenen Mittel und Wege unterhalten, die Sicherheit von ›Leopard‹ zu gewährleisten. Darum geht es nun doch in erster Linie.«

»Demnach gehe ich wohl recht in der Annahme, daß Sie endgültig von der Vorstellung Abstand genommen haben, notfalls die *Proteus* zu zerstören?« bemerkte Pyott mit spöttischer Leichtigkeit.

»Das stand nie in meiner Absicht. Eher haben in diesem Punkt Sie falsche Schlüsse gezogen. Allerdings werden wir unter Umständen die *Proteus* der Entdeckung preisgeben müssen, indem wir Lloyd Anweisung erteilen, die ›Leopard‹-Anlage zu vernichten.

Pyott nickte. »Das wird sich vielleicht als nötig erweisen. Allerdings können wir uns damit vorerst noch Zeit lassen. Im Augenblick besteht dazu noch keine Veranlassung. Außerdem bin ich mir keineswegs sicher, daß Sie Lloyd dazu bringen könnten, ›Leopard‹ zu zerstören.«

»Glauben Sie, er wäre imstande, einen direkten Befehl zu mißachten?« fragte Aubrey überrascht.

»Im Interesse seines Boots und seiner Mannschaft wäre er dazu sogar befugt.«

»Na gut, Giles. Was können wir noch tun – vor *morgen*, wenn die ersten NATO-Schiffe in dem Gebiet auftauchen werden? Irgend etwas müssen wir doch tun.«

»Diplomatische Schritte?«

Aubrey schnaubte verächtlich. »Ich fürchte, das Auswärtige Amt rennt sich an einer Mauer von Dementis den Kopf ein. Der sowjetische Botschafter hat schlichtweg abgeleugnet, irgend etwas von der ganzen Sache zu wissen. Angeblich halten die russischen Schiffe lediglich ein Schlechtwettermanöver in der Barents-See ab. Das hat er sich – angeblich – sogar vom Hauptquartier der Rotbannerflotte in Murmansk bestätigen lassen. Daher fürchte ich, daß es zu lange dauern wird, diese Angelegenheiten auf die angemessene Weise zu bereinigen.« Aubrey wirkte erschöpft, dünner, älter. Auf einem schmalen, harten Bett hatte er in einem engen, schrankartigen Raum neben der Operationszentrale geschlafen. Die wenigen Stunden Schlaf in dieser gefängnisartigen Zelle hatten kaum zu einer Besserung seiner Laune – oder seiner Geduld – beigetragen. Er war erstaunt über seinen hektischen Drang, etwas zu unternehmen, und über die Trägheit des Gangs der Ereignisse, die ihn wie eine gigantische Gezeitenströmung fortzutragen schien. Er konnte sich jedoch nicht – im Gegensatz zu Pyott – in die kühlen, düster schattigen Bereiche militärischer Kaltblütigkeit zurückziehen. »Das würde zu lange dauern«, wiederholte er. »Viel zu lange.«

»Und ein Morgen wird es vielleicht nie geben«, warf Clark ein. »Bis morgen haben sie vielleicht schon eine Spur von der *Proteus*, und dann werden Sie feststellen – ja, was werden Sie feststellen?« Er sah Aubrey an. In Hemdsärmeln und ohne Krawatte wirkte Clark amerikanischer als sonst; weniger kompliziert, stärker. Vielleicht ein abgebrühter Zeitungsherausgeber – oder ein Polizist. Ja, ohne die Förmlichkeit seines

Anzugs erinnerte er mehr an Patrick Hyde; er gehörte derselben Gattung oder Spezies an.

»Ja, was werden wir herausfinden, Ethan?«

»Ich tippe auf eine Bergungsaktion – falls sie das U-Boot aufspüren.«

»Ist das wirklich Ihr Ernst?« Clark nickte. »Wieso sind Sie sich so sicher?«

»Eine andere Möglichkeit gibt es nicht. Sie müssen die *Proteus* bergen, wenn sie an ›Leopard‹ herankommen wollen. Zumindest glaube ich das.«

»Und Lloyd wird möglicherweise ›Leopard‹ nicht zerstören, auch wenn wir ihm dazu die entsprechenden Anweisungen erteilen. In diesem Punkt bin ich mit Giles ganz einer Meinung, womit wir vor einem nicht unerheblichen Dilemma stünden, meine Herren.«

»Im Augenblick bleibt uns nichts anderes übrig, als uns voll und ganz auf ›Leopard‹ zu verlassen, Kenneth. Vorläufig ist die Anlage und das Boot dadurch noch geschützt. Und dabei sollte es nach Möglichkeit auch noch für die nächsten vierundzwanzig Stunden bleiben.«

»Das Bergungsschiff aus Tromsø wird aber länger brauchen, um an Ort und Stelle einzutreffen«, bemerkte Aubrey finster, während er auf seine leberfleckige Hand starrte, die die Kante des Schreibtisches des Commodores umfaßte. »Bis morgen werden wir lediglich ein amerikanisches U-Boot und eine norwegische Fregatte der Klasse ›Oslo‹ in dem in Frage kommenden Gebiet haben. Am Tag danach allerdings einige Schiffe mehr. Aber das wird zu spät sein. Für jede Bergungsoperation werden wir eine Reihe von Schiffen brauchen, um der sowjetischen Flottenkonzentration entgegenzuwirken. Wir können nur hoffen, daß sie sich aus dem Staub machen werden, wenn wir anrücken. Ich wollte zwar unsere Präsenz nicht eskalieren, aber leider haben wir keine andere Wahl. Und *jetzt,* im Augenblick, haben wir nicht ein einziges Schiff am Tanafjord; das ist das Problem.« Seine Hand fuhr auf die Schreibtischplatte nieder.

»Tut mir leid, hier den Überbringer schlechter Neuigkeiten spielen zu müssen«, meldete sich Clark zu Wort. »Aber Sie lassen hierbei die letzten Kursänderungen des sowjetischen

Bergungsschiffs außer acht – und diese Hubschrauber, die gestern nacht dort aufgetaucht sind.«

»Ja?« fuhr Aubrey ungeduldig auf. »Entschuldigung, ich wollte Sie nicht unterbrechen, Ethan.«

»Der Bergungstrupp?« erkundigte sich Pyott. Clark nickte.

»Verdammt! Was sollen wir jetzt *machen*? Können Sie mir das vielleicht sagen? Was sollen wir jetzt machen?«

»Lassen Sie Eastoe mal ganz tief über das Deck des Rettungsschiffs fliegen und sich auch sonst näher in der Gegend umsehen. Und ansonsten fahren wir mit unserer Überwachung der Situation fort, würde ich sagen«, bemerkte Pyott lässig. Aubrey bedachte ihn mit einem giftigen Blick, der Pyott an seine Schuldgefühle erinnerte und leicht erröten ließ. »Entschuldigung«, lenkte er leise ein.

»Die ganze Sache gleitet uns aus der Hand«, seufzte Aubrey. »Ich habe das im Gefühl. Die ganze Geschichte wächst uns einfach über den Kopf.«

Für einen Augenblick blieb Lloyd an der Tür des Computerraums stehen, der hinter der Brücke lag. Don Hayters Aufforderung, ihn aufzusuchen – ein Matrose hatte den Kapitän am Ärmel gezupft und ihm theatralisch gewinkt – war dringend gewesen, und Lloyds Empfindung seiner eigenen Körpertemperatur hatte einen plötzlichen Sprung vollzogen. Er brachte es jedoch nicht über sich, die Tür zu durchschreiten – zumindest für einen Augenblick lang nicht. In der roten Beleuchtung hatte das Gesicht des Matrosen besorgt, bleich und verwirrt gewirkt. Ganz spontan und ohne irgendwelche Ausschmückungen von seiten Lloyds sprunghafter Fantasie schien es Unheil zu verkünden. Schließlich sah ihn Hayter und winkte ihn dringend zu sich. Hayter war über einen der ›Leopard‹-Schirme gebeugt. Das Geräusch, das er verursachte, indem er mit einem Bleistift gegen seine Zähne tippte, schockierte Lloyd.

Hayter ergriff Lloyds Arm, sobald dieser an die Konsole getreten war, und deutete mit dem Bleistift auf den Bildschirm. Dann unterstrich er damit die Worte, die darauf zu sehen waren. Immer und immer wieder deutete er dabei auf einen Satz.

Schließlich blickte er zu Lloyd auf, der noch damit beschäftigt war, den Rest der Computereinschätzung der Lage zu lesen.

›Leopard‹ hatte einen Fehler aufkommen lassen.

»Wo liegt der Haken?« fragte Lloyd, um seine Frage dann noch einmal mit einem Flüstern, das nicht mit Schleim belegt war, zu wiederholen. »Wo liegt der Haken?«

Hayter zuckte mit den Achseln. »Das geht nun schon seit vier Minuten so. Wir haben alles überprüft.« Er nickte in Richtung des Matrosen, der Lloyd in den Computerraum geholt hatte, und des Leutnants, der als Hayters Stellvertreter fungierte. »Und dasselbe hat auch der Computer gemacht.«

»Was für ein Fehler ist das? Welche Auswirkungen hat er?« Fast mußte Lloyd über die übertriebene Ernsthaftigkeit von Hayters Miene lächeln. Unheilvoll.

»Die Anlage geht an und aus. An, aus, an, aus. Manchmal können sie uns sehen, manchmal nicht.«

»Was?«

»Worin auch immer der Schaden liegen mag; er tritt immer nur vorübergehend auf.«

»Und jetzt gerade – in diesem Augenblick.«

»Unsichtbar. Kurz bevor Sie reingekommen sind, hat die Anlage wieder ordnungsgemäß zu funktionieren begonnen. Aber davor, ganze elf Sekunden lang, nichts, absolut nichts.«

»Mein Gott.«

Der Leutnant, stellte Lloyd nun fest, entfernte die vordere Deckplatte des Gehäuses, in dem die ›Leopard‹-Anlage untergebracht war – ein Metallkasten, nicht viel größer als ein Aktenschrank.

»Wir werden eine Überprüfung von Hand durchführen müssen, falls uns der Computer nicht weiterhilft.«

»Wie lange wird das dauern?«

»Keine Ahnung.«

»Könnte es passiert sein, als sie uns beschossen haben? Der Schaden an der Schraube und den Stabilisatoren?«

»Schon möglich. Die Sensoren und Dämpfer am Heck könnten beschädigt worden sein. Falls dem so ist – und der

Fehler muß irgendwo draußen liegen –, dann können wir ohne Taucher absolut nichts unternehmen.«

»Totalausfall?« Hayter nickte. »Was ist mit dem Notsystem?«

Hayters Miene wurde kläglicher denn je – nicht der geschminkte, nach unten gezogene Mund eines Clowns, sondern ein menschlicher Ausdruck der Besorgnis und Angst. Seine Finger glitten über die Tastatur unter dem Bildschirm, und der Text verschwand. Dann tippte er neue Instruktionen ein, auf die der Computer fast sofort reagierte.

FUNKTIONSSTÖRUNG

Hayter breitete in einer Geste der Hilflosigkeit die Hände aus.

»Das Notsystem springt nicht ein.«

»Funktioniert es denn überhaupt nicht?«

»Bei der letzten Überprüfung hat es funktioniert. Im Moment tut es das allerdings nicht. Ich begreife das einfach nicht. Unmittelbar nach dem Angriff haben wir durch den Computer alles überprüft. Er hat weder im Haupt- noch im Notsystem irgendeine Fehlfunktion angezeigt. Und dann fangen wir plötzlich an, den Russen zuzublinzeln, und der Computer hat keine Ahnung, weshalb. Gleichzeitig ist das Notsystem defekt. Wir werden zumindest alles in unserer Macht Stehende versuchen. Mehr kann ich im Augenblick nicht versprechen.«

Noch bevor Lloyd ihn zu Ende gelesen hatte, verschwand der Text wieder vom Bildschirm. Mehr Worte reihten sich über den Schirm, Zeile um Zeile in Blockbuchstaben.

FUNKTIONSSTÖRUNG IM HAUPTSYSTEM
NICHT IDENTIFIZIERT

»Ist es ...?«

Hayter nickte. »Es ist wieder ausgefallen. ›Leopard‹ arbeitet im Augenblick wieder einmal nicht. Jeder, der sich die Mühe macht, in unsere Richtung zu schauen, kann ein britisches U-Boot sehen, das auf dem Bauch liegt.«

Lloyd sah auf seine Uhr. Wie ein rotes Spinnenbein kroch der Sekundenzeiger um das Zifferblatt – häßlich, ruckartig, unkoordiniert. Acht, neun, zehn, elf ...

»Diesmal länger«, murmelte Hayter.

Zwölf, dreizehn, vierzehn ...

»Los, los ...«, hörte Lloyd sich irgendwo weit unterhalb seines Verstands sagen. »Los ...«

Sechzehn, siebzehn ...

Innerhalb eines Umkreises von sechs Meilen um die *Proteus* hielten sich vier U-Boote auf. Er hatte eben die Echolotanzeigen überprüft, bevor er zu Hayter gerufen worden war.

Einundzwanzig, zwei, drei, vierundzwanzig, fast eine halbe Minute ...

»Ich glaube, das ist das Ende«, flüsterte Hayter, während er hektisch alle möglichen Schalter an der Konsole umlegte. Durch die ausdruckslosen Linien und Flächen, in denen sein Gesicht erstarrt schien, wirkten die Bewegungen seiner Hände um so verzweifelter. Der Text auf dem Bildschirm verschwand. Darauf erschien ein Zustandsbericht über das Notsystem.

FUNKTIONSSTÖRUNG

Zweiunddreißig, drei, vier ...

Lloyd war unfähig, seinen Blick vom Sekundenzeiger seiner Uhr abzuwenden. Hayters Hände tanzten immer noch über die unzähligen Schalterreihen, während er versuchte, ›Leopard‹ wieder zum Leben zu erwecken oder zumindest das Notsystem in Gang zu bringen. Totalausfall.

FUNKTIONSSTÖRUNG

Auf eine Berührung einer Taste oder eines Schalters hin schien das Wort auf dem Bildschirm an und aus zu gehen; als wäre das gesamte System mit seinen Tausenden von Teilen und Schaltkreisen und Mikroprozessoren und Transistoren und Spulen in sich zusammengebrochen.

Zweiundvierzig. Lloyd wußte, daß er eigentlich auf der Brücke hätte sein sollen; er wußte, daß sie Kurs- und Positionsveränderungen auffangen würden. Veränderungen der Geschwindigkeit. Vierundvierzig.

Das Wort verschwand vom Bildschirm. Statt dessen erschien ein Statusbericht. Schweißtropfen auf der Stirn, seufzte Hayter. Er wischte sie sich mit dem Handrücken ab, um dabei besorgt zu grinsen.

»Wir sind wieder im Geschäft – zumindest für den Augenblick«, erklärte er.

»Funktioniert wieder alles?«

»Wie gehabt. Das Hauptsystem. Das Notsystem rührt sich immer noch nicht.«

»Dann nehmen Sie sich mal das Notsystem vor.« Im nächsten Augenblick stürzte Lloyd aus dem Raum, den schmalen Gang zur Brücke hinunter. Ihm war fast übel in Erwartung dessen, was er dort auf den Echolotschirmen sehen würde.

»Käpt'n, ich bekomme da eben etwas von einer unserer Echolotbojen herein – es ist die *Proteus.*«

»Was? Das ist doch nicht möglich, Bob.«

»Doch, Käpt'n, ich habe eindeutig eine Spur aufgefangen. Nach etwa zehn Sekunden ist sie wieder verschwunden, so daß ich annahm, es wäre ein Fischschwarm oder etwas ähnliches, oder eine falsche Anzeige. Aber dann kam ein paar Minuten später dieselbe Anzeige wieder, und zwar von der gleichen Stelle. Diesmal allerdings etwa eine Minute lang. Jetzt ist es aber wieder weg.«

»Was hat das zu bedeuten?«

»Vielleicht eine Funktionsstörung der Anlage?«

»Ich weiß nicht. Haben wir ihre genaue Position?«

»Beim ersten Mal nicht. Aber beim zweiten Mal haben wir das Signal über zwei Bojen aufgefangen. Ja, ich habe die genaue Position.«

»Sehr gut. Wo steckt das Boot?«

»Sieht aus wie ein Felsvorsprung. Soll ich das Ganze mit einer Karte überprüfen?«

»Nein. Erst, wenn ich entschieden habe, was ich an das Verteidigungsministerium durchgeben soll. Haben die Russen sie schon entdeckt?«

»Ich weiß nicht. Vielleicht noch nicht ...«

»Na, hoffen wir das mal. Halten Sie weiter die Augen offen, Bob. Sobald sich irgend etwas der *Proteus* nähert, lassen Sie mich das sofort wissen. Sind Sie auch wirklich sicher, daß es die *Proteus* ist?«

»Was sollte es sonst sein? Ich habe zwar nicht die geringste Ahnung, wie dieses ›Leopard‹-System funktioniert, aber mir ist zumindest klar, was es bezweckt. Wir konnten das Boot erst nicht sehen, jetzt sehen wir es – oder besser, wir konnten es eine Weile sehen.«

»Na gut, ich glaube Ihnen ja. Geben Sie eine Position an John weiter und sagen Sie ihm, er soll sich bereit halten, ein Blitzsignal an Aubrey durchzugeben.«

»Ich halte mich schon die ganze Zeit bereit, Käpt'n.«

»Gut. Aber zuerst einmal gehen wir runter, um uns das Ganze aus nächster Nähe anzusehen.«

Eastoe wandte sich seinem Kopiloten zu und nickte. Unschuldig schimmerte die Wolkendecke unter ihnen im Sonnenlicht; sie reichte jedoch fast bis auf Seehöhe hinunter und wurde von sturmartigen Winden gepeitscht. Ihre Ruhe war illusorisch, lediglich durch ihre Flughöhe hervorgerufen.

»Geben Sie mir die Position des Flugzeugträgers«, sprach Eastoe in sein Mikrophon. Unverzüglich teilte ihm der Navigationsoffizier die Koordinaten und die Kursänderung mit, die sie über die *Kiew* bringen würden.

Eastoe senkte die Spitze der Nimrod auf die Wolken hinab. Sonnenlicht, das dichte, geglättete Dach des Wolkenwaldes, dann eine schleichende Gräue, die ersten Nebelfetzen, dann die Verdunkelung des Cockpits, das Vorbeisausen der Wolken, die sie verschluckten, als sie in sie eindrangen. Der Kopilot schaltete die Scheibenwischer ein, worauf das Wasser unter ihren wütenden Schlägen zur Seite wich. Eastoe spürte im Knüppel das Zittern des Winds, während er beobachtete, wie der Höhenmesser langsam zurückging. Sechstausend Meter, fünftausendneunhundert, fünftausendachthundert.

Eine Turbulenz schüttelte die Nimrod, als sie zum Meer hinabsank. Für einen kurzen Moment spürte Eastoe die Zerbrechlichkeit des Rumpfs um ihn herum, stellte er sich die letzten Augenblicke der Nimrod vor, die beim Start abgestürzt war. Während er noch an den Piloten und seine Besatzung dachte, die dabei umgekommen waren, stießen sie durch die Wolkendecke in prasselnden Regen und heftigen Gegenwind hinein. Er fing die Nimrod erst fünfundvierzig Meter über dem wellengepeitschten Wasser ab. Weniger als eine Meile vor ihnen war der Flugzeugträger eine verschwommene, massige Gestalt im Regen.

Der Navigationsoffizier gab über seine Kopfhörer die Anzeigen von seinen Bildschirmen und Sensoren durch und beschrieb die Bewegungen der Schiffe über und unter Wasser, welche diese vollzogen hatten, als sie durch die Wolken gestoßen waren. Der Flugzeugträger schien wie ein riesiger Stein über das sturmgepeitschte Meer auf sie zuzuschießen.

Die U-Boote hatten ihren Kurs geändert und fuhren nun alle auf denselben Punkt zu. Auch der Flugzeugträger schien einen neuen Kurs einzuschlagen. Sämtliche Einheiten hielten auf die Position der *Proteus* zu. Sie hatten sie entdeckt. Vielleicht tappten sie im Augenblick gerade wieder im Dunkeln, aber sie hatten sie.

Eastoe drosselte die vier Rolls-Royce-Triebwerke, so daß die Nimrod über das Deck der *Kiew* hinwegzuschweben schien. Keinerlei Aktivitäten, die Barkassen an Steuerbord und Backbord verstaut – der Kopilot sprach laut aus, was Eastoe bereits selbst gesehen hatte. Und dann lag das Bergungsschiff vor ihnen, während die *Kiew* unter ihnen hinwegglitt. Die *Karpati* machte langsame Fahrt, und als Bob ihren Kurs bekannt gab, wurde Eastoe klar, daß sie sich auf einen Punkt direkt über der *Proteus* zubewegte.

Und er begriff auch die Bedeutung des Bergungsschiffs. Er drosselte die Triebwerke neuerlich, und sie schwebten auf die *Karpati* zu.

»Sehen Sie?« fragte er.

»Ja, Käpt'n. Sie versuchen, von der Steuerbordseite ein Boot zu Wasser zu lassen, scheint es.«

Die Nimrod kroch auf das Bergungsschiff zu. Winzige Gestalten, die sich mit, wie es schien, hoffnungsloser Langsamkeit um die Steuerbordbarkasse bewegten, die dort in ihren Davits hing. Eastoe beugte sich in seinem Sitz nach vorn. Der Kopilot stellte die Scheibenwischer schneller. Schimmernde Männer in Ölhaut – nein, nicht alle, bestimmt?

»Was zum Teufel ...?«

»Taucher.«

»*Taucher!* Verdammte Scheiße!«

Die Nimrod schwebte über den schaukelnden Bug der *Karpati* hinweg. Ein Chaos von Wasser brach über ihr Deck herein, das Auftauchen eines Tieres, als die Woge sie in das nächste Wellental entließ. Männer in schimmernden, eng sitzenden Anzügen, Masken über den Gesichtern, Sauerstofftanks auf dem Rücken. Sie waren Stecknadelköpfe, winzige Streichholzmännchen, aber sie waren Taucher – Taucher, die in die Barkasse kletterten.

»Wie weit sind sie noch von der *Proteus* entfernt?«

»Weniger als eine Meile«, hörte er den Navigator antworten, als die Spitze des Flugzeugs die Szene unter ihnen verdeckte.

»Ich werde mal umkehren, damit wir uns das Ganze noch einmal ansehen können«, erklärte Eastoe. »Und dann verständigen wir besser Aubrey. Mein Gott, sie tauchen tatsächlich zur *Proteus* runter!«

8 Festnahme

Aubrey starrte auf die Notiz, die er gekritzelt hatte, die zierliche, ordentliche Handschrift wurde plötzlich zum Ausdruck der Machtlosigkeit; und er spürte, daß sie verloren hatten. »Leopard« war ausgefallen und hatte damit den sowjetischen U-Booten in der unmittelbaren Umgebung die Position der *Proteus* verraten. Auf dem Bergungsschiff *Karpati* machte man sich daran, eine Barkasse zu Wasser zu lassen, auf dem sich ein Team von Tauchern befand. Diese Tatsache hatten sie sogar per Funkfoto bestätigt bekommen. Neben seiner Notiz hatte Clark in seiner seltsam zuversichtlichen, großen Handschrift folgendes geschrieben: *RB Spezialeinheit – Ardenjew.* Aubrey nahm an, daß es sich dabei lediglich um eine gut informierte Vermutung handelte und maß ihr keine weitere Bedeutung bei. Die Identität der Taucher stand in diesem Fall nicht zur Debatte. In diesem Augenblick zählte nur, daß es sie gab und daß sie sich weniger als eine Meile von der Position des britischen U-Boots entfernt befanden.

Draußen war es inzwischen dunkel geworden. Vielleicht noch nicht ganz. Eine nieselnde, böige Dämmerung. Aubrey hatte im St. James's Park einen kurzen Nachmittagsspaziergang gemacht, aber er hatte dennoch die klaustrophobische, angespannte Schwere des unterirdischen Raums unter der Admiralität nicht abschütteln können, so daß er schon nach kurzem wieder dorthin zurückgekehrt war.

Verloren. Von anderen gefunden. Die Russen hatten offensichtlich vor, die *Proteus* zu bergen, vermutlich sogar zu entern, um die ›Leopard‹-Anlage zu inspizieren, bevor sie dann zusammen mit dem U-Boot und seiner Besatzung wieder zurückgegeben würde. Ein Unfall; nicht gerade ein Vorfall von internationaler Tragweite; kein Grund, Alarm zu schlagen, da niemandem ernsthafter Schaden zugefügt werden würde. Er glaubte bereits die Plattitüden der darauf folgenden Tage hören zu können, konnte sich bereits die diplomatischen Spielchen vorstellen, die sie begleiteten. Er wußte, daß die Russen die *Proteus* zu einem ihrer nächsten

Häfen schaffen würden – Petschenga, Poliarnij, möglicherweise sogar Murmansk – wo sie zu ihrer Entschuldigung die nötigen Instandsetzungsarbeiten in die Wege leiten und vielleicht sogar dem amerikanischen Konsul in Leningrad oder einem Vertreter der britischen Botschaft in Moskau erlauben würden, mit der Besatzung zu sprechen, entsprechend zu protestieren und so weiter. Sie würden ihren Botschafter in London beim Außenminister und beim Premier vorsprechen lassen und immer wieder mit Nachdruck beteuern, daß es sich um einen Unglücksfall gehandelt hätte, daß sich ja alles zum besten fügen würde und daß dies alles doch nur wieder einmal die Friedensbereitschaft der Sowjetunion demonstrierte – *seht, wir reparieren doch sogar euer U-Boot; wir schicken Experten an Ort und Stelle, damit uns auch ja keine Fehler unterlaufen. Weshalb seid ihr so argwöhnisch, so ungeduldig? Wir werden euch euer U-Boot doch so gut wie neu wieder zurückgeben ...*

Die diplomatische Rückendeckung für die ganze Operation sprang Aubrey in ihrer Gesamtheit in die Augen, wie ein Kindheits- oder Jugendmoment extremer Erniedrigung, der ihn noch im Alter verfolgte. Es stand nicht zur Debatte, daß es sich dabei um eine zum Himmel schreiende Lüge handelte; sie würde ihren Zweck erfüllen. Sie würde ihnen genügend Zeit lassen, ›Leopard‹ zu fotografieren, zu röntgen, zu zerlegen und in sein Geheimnis einzudringen.

Und gleichzeitig brachten sie vielleicht auch seinen Erfinder, Quin, in ihre Gewalt; er würde ihnen helfen, weitere Anlagen zu bauen. Im Augenblick von ›Leopards‹ Verlust fürchtete Aubrey verstärkt um Hydes Scheitern und die Festnahme des Mädchens.

»Was machen wir jetzt, Kenneth?« fragte Pyott an seiner Schulter. Der Kanal zu Eastoe in der Nimrod war immer noch offen; die Bänder warteten auf seine Anweisungen. Schwach winkte Aubrey mit seiner rechten Hand, und der Operator unterbrach die Verbindung.

Aubrey drehte sich auf seinem Stuhl leicht herum und sah in Pyotts Gesicht auf. »Ich weiß nicht, Giles; ich weiß es wirklich nicht.«

»Sie müssen Lloyd befehlen, ›Leopard‹ zu zerstören. Ich meine, wirklich zertrümmern und die einzelnen Teile zu

Staub zermahlen«, warf Ethan Clark ein, sein Gesicht bleich und entschlossen. »Das ist die einzige Möglichkeit. Er muß doch inzwischen gemerkt haben, worauf die Russen es abgesehen haben, und wie nahe sie schon daran sind, zu bekommen, was sie wollen. Er muß sich ›Leopard‹ auf jeden Fall entledigen.«

»Einfach so? Wenn ich mich recht erinnere, hat doch die *Pueblo* vor einigen Jahren mit einer ähnlichen Geschichte enormes Aufsehen erregt«, bemerkte Pyott arrogant. »So einfach wird das nicht gehen. ›Leopard‹ ist nicht einfach ein Wegwerfartikel.«

»Das ist wieder einmal typisch für euch Engländer«, knurrte Clark. »Mann, Sie sind so gut im Hinauszögern und Aufschieben, daß einem richtig schlecht werden kann.«

»Es muß doch noch etwas anderes geben, was wir tun können. Abgesehen davon, funktioniert ›Leopard‹ doch wieder.«

»Aber für wie lange?«

»Meine Herren«, fuhr Aubrey müde und ernst dazwischen. »Wir sollten uns vielleicht besser nicht auch noch unter uns in einen Kleinkrieg verzetteln. Ethan, gibt es denn sonst nichts, was wir noch tun könnten?«

»Sie können die *Proteus* nicht mehr retten, Mister Aubrey.«

»Dann sollten wir sie vielleicht verständigen, was sie erwartet.«

Aubrey erhob sich von seinem Stuhl vor der Funkkonsole und trat auf den Kartenschirm zu. Sogar sich selbst erschien er zusammengeschrumpft und nutzlos. Die *Proteus* – ein weißer Lichtpunkt – war neu eingezeichnet, näher an der Küste, und die auf den neuesten Stand gebrachten Positionen des Flugzeugträgers, des Bergungsschiffs, der Zerstörer und der U-Boote bildeten ein dichtes Lichtergewirr um den dünnen Hals der norwegischen Küste. Der Anblick deprimierte Aubrey, obwohl er ihn zu einer Verzweiflungstat angetrieben hatte. Er hatte das Spiel verloren, und deshalb mußte er den Preis beschädigen und wertlos machen.

»Chiffrieren Sie folgende Nachricht«, rief er durch den Raum, »und übertragen Sie sie sofort an Eastoe, zur Weitergabe an die Proteus. Mission abbrechen, ›Leopard‹ vernichten, wiederhole, vernichten. Absolute Priorität. Fügen Sie meine Unterschrift bei.«

Jeder im Raum Anwesende hörte ihm schweigend zu, und das Schweigen dauerte auch noch an, als er zu sprechen aufgehört hatte – ein drückendes, endgültiges Schweigen, akzentuiert lediglich durch das Klicken der Chiffriertasten.

Ardenjew sah, wie Wanilows Füße auszugleiten begannen, sah das weiße Gesicht mit der Taucherbrille darüber, halb verdeckt durch das pulsende Mundstück seines Sauerstoffgeräts, und spürte, wie die Welle um seine eigenen Knöchel und Unterschenkel schwappte. Seine Hände umklammerten die Reling der Barkasse, während die von Wanilow wie unbeholfene, mechanische Klauen, die zu bedienen er noch nicht gelernt hatte, Halt suchten. Ardenjew streckte seine Hand nach dem Ellbogen des jüngeren Mannes aus und packte seinen Arm fest, als wollte er ihn ihm auf den Rücken drehen. Er zog den erschreckten, aus dem Gleichgewicht geratenen Mann an sich, richtete ihn auf und schob ihn dann an Rücken und Hintern über die Reling der Barkasse, von deren Deck ihm Wanilow dann einen Blick voll ängstlicher Dankbarkeit zuwarf. Sie waren alle an Bord.

Die See tobte wilder gegen die *Karpati* an, als dies auf dem Flugzeugträger zu erkennen gewesen war. Fast schien es, als sähe sie sich durch ihren Erfolg zusätzlich ermutigt, das Bergungsschiff hin und her zu werfen. Mittschiffs, wo sie die Barkasse bestiegen hatten, die dann an ihren Davits über das Wasser hinausgehievt werden sollte, schwappten schwere Brecher über Deck, während jede Welle sie in dem Tal hinter ihrer Vorgängerin erwischte. Ardenjew beobachtete eine graue, weiß gesäumte, brodelnde Wassermauer, welche über das Deck anstieg, und klammerte sich fester an die Reling der Barkasse, spreizte seine Beine, um besseren Halt zu finden. Teplow bot ihm seine Hand an, aber Ardenjew schüttelte nur den Kopf.

»Alle nach unten!« brüllte er.

Die Welle krachte gegen die Seite des Schiffsrumpfs, um dann ihren gebrochenen Kamm über Deck zu schleudern und Ardenjew zu durchnässen. Das Wasser raubte ihm Gehör und Sicht, und er dachte, das schwache, unmenschliche Geräusch, das er aus der Ferne hörte, beruhte lediglich auf Einbildung. Als er jedoch seine Augen wieder öffnete, fehlte eine der Gestalten in gelber Ölhaut, und die anderen Männer blickten ausdruckslos und starr auf die Seitenwand des Schiffs. Während er am ganzen Körper bebte und das Klappern seiner Zähne unter Kontrolle zu bringen versuchte, wurde Ardenjew die Fragwürdigkeit ihres Unterfangens, ja sogar sein Wahnsinn, bewußt; gleichzeitig wuchs sein Ärger zu Haß an, den er für einen alten Mann in der sicheren Obhut eines vollklimatisierten, antiseptischen Raums des Flottenhauptquartiers in Murmansk verspürte. Er wollte seinen Mund öffnen und seine Wut hinausbrüllen, als die *Karpati* hinter der Welle, die ein Besatzungsmitglied getötet hatte, ins Tal hinunterschaukelte.

Er schwang sich über die Reling und suchte rasch in der Kabine der Barkasse Zuflucht. Dabei versuchte er die nötige Entschlossenheit aufzubringen, dem diensthabenden Offizier des kleinen, zerbrechlichen Boots zu befehlen, für das Niederlassen der Barkasse seine Anweisungen zu erteilen. Für einen Moment ein winziger, gelber Farbtupfer, draußen auf dem Wasser ...?

Ardenjew schüttelte den Kopf, wischte sich mit den Händen das letzte Wasser aus Gesicht und Augen. Die Sauerstofftanks lasteten schwer auf seinen Schultern. Er hatte darauf bestanden – trotz der Unbequemlichkeit und der mangelnden Bewegungsfreiheit –, daß sie mit Ausnahme der Flossen ihre gesamte Ausrüstung schon an Bord der *Karpati* anlegten, während die Matrosen des Bergungsschiffs sich noch abmühten, ihre Spezialausrüstung auf die Barkasse zu schaffen.

Mit dünnlippiger, farbloser Miene beobachtete ihn der für die Barkasse zuständige Leutnant, als er die Kabine betrat. Sein Gesicht spiegelte Ardenjews Gedanken wider, mit all den Bedenken hinsichtlich der fadenscheinigen Rationalität von Dolohows Plan, die den alten Admiral angesichts der gegenwärtigen Umstände wie von Sinnen erscheinen ließ. Dolohow schien sich dieses verrückte Vorhaben in einem Anfall von geistiger Umnachtung aus den Fingern gesogen zu haben.

»Sie ist wieder verschwunden, Sir«, verkündete der *Mitschman* am Echolotschirm der Barkasse, und der Leutnant schien dies als eine endgültige Verdammung dessen aufzufassen, was sie vorhatten – die letzte bittere Ironie von Mächten, die er zwar kaum zu begreifen vermochte, die ihn aber nichtsdestotrotz unter Kontrolle hatten.

Ardenjew trat auf den Echolotschirm zu. »Zeigen Sie«, forderte er den Operator auf.

Der *Mitschman* deutete mit seinem Finger auf eine Linie, die quer über den Bildschirm verlief, als schlitzte sie diesen mitten entzwei. »Das ist die Position«, erklärte er. »Entfernung sechshundert.«

Sechshundert Meter von ihnen entfernt, lag das britische U-Boot auf einem Felsvorsprung, in weniger als fünfzig Faden Tiefe. Die unsichtbare norwegische Küste hatte eine Hand, oder eher eine Fingerspitze, ausgestreckt, um ihm zu Hilfe zu kommen. Die Anti-Echolotvorrichtung des U-Boots ging an und aus wie eine Signallampe.

»Das genügt. Los, fangen wir an.«

In der Tür im hinteren Ende der Kabine erschien Teplows Kopf.

»Alles in bestem Zustand, Kapitän.«

»Wie sieht es mit den Männern aus?« Teplow zögerte kurz, um schließlich langsam zu nicken. »Gut«, fügte Ardenjew hinzu. »Sorgen Sie dafür, daß alles bestens gesichert ist. Sagen Sie ihnen, sie sollen sich gut festhalten, und vor allem, daß sie bereit sind, sofort in Aktion zu treten, wenn ich den Befehl dazu erteile.« Teplow nickte neuerlich, sein Kopf verschwand, und die Tür schloß sich.

Die Barkasse hob sich aus ihrer Halterung und schwang zerbrechlich über das Deck und auf das graue Wasser hinaus – sie befanden sich gerade in einem ausgedehnten Tal zwischen zwei gewaltigen Wellen – und die Winden, an denen winzige, gelb gekleidete Gestalten mit vollem Einsatz zugange waren, ließen sie auf das Wasser hinunter. Die Geschwindigkeit schien ihnen Stabilität zu verleihen und die Kraft des Windes zu eliminieren; und selbst das Wasser schien ruhiger, als es von unten auf sie zuschoß. Neuerlich die rostigen Platten des Rumpfs, die dünnen Drähte über ihnen, dann der Kiel der Barkasse, der ins Wasser klatschte, und die Schraube, die sich winselnd in der Luft drehte, ihre Kraft unfähig, die Barkasse fortzubewegen. Ardenjew packte eine Griffstange und klammerte sich fest, als die Barkasse dem grau-weißen Kamm der nächsten Woge entgegengehoben wurde. Dort verhielt sie für einen Augenblick lang in einem prekären Gleichgewicht, das Deck überspült, die Fenster blind und von Wasser triefend, der Steuermann fieberhaft und ohne erkennbaren Effekt am Ruder drehend, um schließlich wieder nach unten zu sinken.

Unmittelbar nachdem er ein metallisches, kreischendes Schlitzen bemerkt hatte, das von der Außenseite der Tür hinter seinem Rücken ertönt war, hörte Ardenjew jemanden aufschreien, und dann war er sich nur noch des häßlichen, beängstigenden Gefühls bewußt, von einem riesigen, grauffleischigen, offenen Maul verschlungen zu werden. Als nächstes befanden sie sich wieder in einem Wellental, wo nun auch das Ruder und die Schraube zur Geltung kamen, so daß die Barkasse bis zu einem gewissen Grad selbst über ihre Bewegungen zu bestimmen begann und nicht nur von den Wellen hin und her geschleudert wurde. Ein Gefühl der Stabilität kehrte in seine Beine und Füße zurück – die Illusion einer festen Oberfläche, einer Welt im Lot.

Plötzlich wieder das Zwitschern des Echolots, als wäre mit einem Mal sein Gehör zurückgekehrt.

»Da ist sie wieder, Kapitän!« rief der *Mitschman* aus.

»Hat sie ihre Position verändert?« fragte Ardenjew.

Der *Mitschman* rechnete kurz nach. »Nein, Kapitän. Position rot eins-fünf; Entfernung fünfhundertachtundsiebzig.«

»Steuermann – backbord eins-fünf.«

»Backbord eins-fünf, Herr Kapitän.«

Weiß und erschöpft und alt, erschien Teplows Gesicht in der Tür.

»Kapitän, es ist Petrow – sein Bein. Der Schlauch hat sich losgerissen und sich um sein Bein gewickelt. Ich glaube, es ist gebrochen.«

»Mein Gott«, hauchte Ardenjew und schloß die Augen.

Jetzt also schon sechs von ihnen. Dolohow war vollkommen verrückt ...

»Würden Sie bitte kommen, Kapitän?«

»Er hätte ordentlich verstaut werden sollen!« brüllte Ardenjew in ohnmächtiger Wut los.

Die Barkasse schwankte, und dann stürzte der Bug betrunken nach vorn, während das Schraubengeräusch unterging und vom Stampfen der heftig arbeitenden Maschine übertönt wurde. Sechs von ihnen sollten sich selbst und ihre Schlitten, Schläuche und Kanister, ihre Schweißanlage und die Kommunikationsausrüstung über die Seite der Barkasse schaffen, unter die Oberfläche und zur *Proteus* hinunter. Sie hätten dreizehn sein sollen. Aber inzwischen war das vollkommen unmöglich geworden.

»Ich komme«, erwiderte er, plötzlich müde und innerlich kalt.

»Eine Minute zehn Sekunden, elf, zwölf, dreizehn ...«, flüsterte Lloyd, das Senken seiner Stimme glatter Hohn, sinnlos. »Sechzehn, siebzehn ... zwanzig.«

Hayter und der Oberleutnant überprüften mit verschiedenen Meßgeräten die Funktionstüchtigkeit jedes einzelnen Bestandteils der Anlage. Der Matrose, der die Verkleidung des zweiten Gehäuses abbaute, kniete wie ein Geldschrankknakker gegen das Metall.

Hayter sah verzweifelt auf und schüttelte den Kopf. »Es nützt nichts, Sir. Wir könnten noch Stunden so weiter machen. Wenn sich die Anlage nicht wieder selbst einschaltet, sind wir am Ende. Es hat keinen Sinn, so zu tun, als wäre es anders. Hier scheint alles zu funktionieren, verdammt noch mal!«

»Dann versuchen Sie es doch noch mal mit dem Notsystem.« Eine Minute zweiundvierzig Sekunden. Es schaltete sich nicht wieder ein.

»Sie wissen ja, wo es untergebracht ist. Wir können nicht mal hier drinnen richtig arbeiten, obwohl wir hier wesentlich mehr Platz und Bewegungsfreiheit haben. Aber mit dem Notsystem werden wir noch um einiges langsamer vorankommen ...«

»Mein Gott, Don, was wollen Sie dann machen?«

»Ich weiß es nicht, Käpt'n!«

Eine Minute neunundfünfzig, zwei Minuten der Sichtbarkeit auf jedem beliebigen Echolotschirm der Umgebung. Auf der *Kiew,* auf dem Bergungsschiff, auf den U-Booten, auf dem Zerstörer und auf den Flugzeugen über ihnen. Jeder konnte sie sehen.

Die U-Boote hielten sich noch zurück, stürzten sich noch nicht auf ihre Beute. Aber schließlich wollten sie ›Leopard‹ und kein Blut. Und sie belegten jede Funkfrequenz, die sie nur konnten. Die *Proteus* konnte weder senden noch empfangen. In die Ecke gedrängt, geschlagen, wehrlos ...

Zwei Minuten zehn Sekunden. Hayter machte sich wieder an seine Meßgeräte vor den offen liegenden Innereien von ›Leopard‹. Er kniete auf dem Boden, als schickte er ein verzweifeltes Stoßgebet zum Himmel hoch. Falls er die Anlage wieder zum Funktionieren bringen konnte oder falls sie sich nur wieder von selbst einschaltete, dann würde er das Boot aufs Spiel setzen bei dem Versuch, das alte Versteck zu verlassen und ein neues aufzusuchen. Zumindest würden sie so lange Versteck mit ihnen spielen, wie es nur irgendwie ging. Aber dazu mußte erst einmal ›Leopard‹ funktionieren.

Kopfschüttelnd sah Hayter wieder zu ihm auf. Zwei Minuten vierundzwanzig. Es klappte einfach nicht.

Carr, der Navigationsoffizier, erschien in der Tür der Kajüte. »Sir, wir haben ein kleines Boot auf dem Echolotschirm, das sich eben vom Rettungsschiff entfernt.« Als hätte es bereits ein öffentliches Eingeständnis des Versagens gegeben, sprach Carr mit seiner normalen Stimme, in der gewohnten Lautstärke. »Wir glauben, daß es sich um die Barkasse des Schiffs handelt.«

»Was hält der Erste Offizier von der Sache?«

»Taucher, Sir. Vermutlich ein Versuch, unseren Schaden zu inspizieren.«

»Na, wunderbar.« Zwei Minuten fünfzig. Es wollte sich einfach nicht wieder einschalten. Außerdem war es inzwischen zu spät. Das Rettungsschiff war weniger als eine halbe Meile entfernt. Sie hatten längst ihre genaue Position. Mit hilfloser Heftigkeit starrte Lloyd auf das freigelegte, nutzlose Innere des ›Leopard‹-Gehäuses. »Sagen Sie dem Ersten Offizier, ich bin schon unterwegs.« Carr verschwand. Er machte keinerlei Anstalten mehr, seine Tritte zu dämpfen. Es war ein Eingeständnis der Niederlage, der Kapitulation. »Halten Sie mich auf dem laufenden, Don. Und, um Himmels willen, versuchen Sie es weiter!«

Während er in Richtung Brücke losging, blieb das Bild des geöffneten, nutzlosen Gehäuses in seinem Gedächtnis haften, ähnlich einem unvermittelt erhaschten Blick auf einen Körper, der gerade einer Operation unterzogen wurde. Schrecklich teuer, über jedes Begreifen hinaus kompliziert, unmöglich zu reparieren. So viel unnützer Kram ...

Ein Team von Tauchern. Eine Bedrohung, deren Ausmaß sich schon in dem Augenblick, in dem sie sich kundtat, verminderte. Vielleicht ein Dutzend Männer, außerhalb des Doppelrumpfs der *Proteus*. Seine eigene Besatzung zählte hundert Mann.

Auf der Brücke stellte sich Lloyds Gefühl der Autorität wieder ein, vermittelte ihm sogar im Ansatz so etwas wie Sicherheit. Sie befanden sich in fast fünfzig Faden Tiefe. Er mußte in Erwägung ziehen, die Position der *Proteus* zu verändern, wenn der kritische Moment nahe gerückt war. Thurston blickte von einem der Echolotschirme auf, und Lloyd grinste ihm unerwartet zu.

»Tut mir leid, Käpt'n – nichts. Nur das Heulen der besetzten Kanäle.«

»Dann raten Sie einfach mal. Hat die *Proteus* Aubreys Befehl erhalten?« forderte Eastoe.

»Das bezweifle ich. Es dürfte so gut wie unmöglich sein.«

»Demnach weiß Lloyd also nicht, daß er die Anlage zerstören soll?«

»Glauben Sie denn nicht, er hat das schon von sich aus getan, Käpt'n? Immerhin sind sie nun schon seit vier Minuten auf dem Echolot zu sehen.«

»Das könnte auch die Folge eines Defekts in der Anlage sein. Können wir uns mit dem Verteidigungsministerium in Verbindung setzen?«

»Nein.«

»Also gut, dann alle aufgepaßt. Ich gehe wieder runter,

damit wir uns das Ganze aus nächster Nähe ansehen können. Haltet eure Augen gut offen. Kameras bereit. Mal sehen, was wir herausfinden.«

Hyde sah auf seine Uhr. Eine Minute vor acht. Er stieg aus dem Zivilwagen der Polizei, der in der Watson Street stand und blickte sich noch einmal zu dem Inspektor der Sonderabteilung um, bevor er die Tür schloß.

»Eine halbe Stunde. Halten Sie sich eine halbe Stunde von der Stelle fern, ok?«

»Sie gehen ein unnötiges Risiko ein, Mister Hyde«, warnte der Polizist, ohne daß sich in seiner Stimme eine Veränderung bemerkbar gemacht hätte. »Ihr Gesicht kennen sie inzwischen ja. Sie werden Sie unterwegs entdecken, und dann ...«

»Schon möglich. Aber wenn Ihre Leute reingehen, dreht das Mädchen nur durch. Sie wird entweder wieder weglaufen oder sich zu sprechen weigern, wenn wir sie haben. Tut mir leid, aber dieses Risiko werden wir wohl oder übel auf uns nehmen müssen.« Er blickte nochmals auf seine Uhr. »In dreißig Minuten können Sie machen, was Sie wollen – meinetwegen sogar in Ihre Trillerpfeifen pusten, wenn Sie angerannt kommen. Aber nicht, bevor ich mit dem Mädchen gesprochen habe.«

»Wie Sie wollen.«

»Gut. Sehen Sie ...« Hyde verspürte ein plötzliches Bedürfnis nach Bestätigung, den Wunsch, die Ablehnung des Polizisten etwas zu mildern. »Das Mädchen ist in Hinblick auf uns ganz schön paranoid. *Wir* sind in ihren Augen der Feind – nicht die Russen. Weiß Gott, wie sie auf diese Idee gekommen ist, aber das ist es nun einmal, was sie denkt. Ich muß sie dazu *überreden,* mitzukommen.«

»Also gut. Sie haben dreißig Minuten Zeit.«

Leise schloß Hyde die Wagentür. Es war beinahe dunkel, und zwischen den Straßenlaternen breiteten sich die Schatten in schwarzen Pfützen aus. Die Schaufenster der Geschäfte waren erleuchtet, und ein paar Passanten ließen sich vom Wind die Straße hinuntertreiben. Den letzten Meldungen zufolge war an der Hinterseite der Free Trade Hall ein

Mann postiert – allerdings nur einer. Hyde steckte die Hände in die Hosentaschen und schlenderte die schmale Straße hinauf, welche zur Rückseite der Halle führte.

Die geparkten Autos waren leer, und die Straßenbeleuchtung verriet keine Passanten oder Herumstehenden. Aus einem offenen Fenster über einem Laden drangen die verschwommenen Fetzen eines Country-and-Western-Songs. Der Wind trug den durchdringenden Geruch von Fish and Chips vorbei. Er war zwar sofort wieder verflogen, hatte aber dennoch genügt, Hyde hungrig zu machen. Er fühlte sich klein – und allein.

Dunkle, nicht erleuchtete Schaufenster. Staub in seinen Augen. Buchhandlung, Sex-Shop, Friseur. Dann entdeckte ihn Hyde, auf der anderen Straßenseite, nicht mehr als ein Schatten, der sich bewegte, vielleicht ein gelangweilter Mann, der sich seine müden, schmerzenden Füße vertrat. Hyde blieb stehen und starrte in das dunkle Fenster eines winzigen Plattenladens. Grellfarbene Plattenhüllen, Poster, weiß geschmierte Preisreduzierungen. Die Sprache Englisch, aber der Ort nicht mehr länger Manchester. Irgendein fremdes Land, wo er in der Minderheit war, bekannt, gesucht. Er schauderte. Falls er an dem Mann vorüberging, würde seine Anwesenheit vermutlich bemerkt und gemeldet werden. Sie würden darauf schließen, daß es sich um ihn handelte, selbst wenn sie ihn nicht erkennen sollten. Wenn er andrerseits den Mann beiseite schaffte, würde die Tatsache, daß er sich nicht mehr bei Petrunin meldete, der immer noch in dem Wagen auf dem Platz saß, auf gleiche Weise Hydes Anwesenheit beweisen.

Der Mann war aus dem Eingang eines Bäckerladens getreten und stand nun auf dem Gehsteig. Als Hyde sich langsam umwandte, um auf ihn zuzutreten, war offensichtlich, daß der Mann ihn direkt anstarrte – und wußte, wer er war. Hyde, die Hände immer noch in den Taschen seiner Cordhose, die Schultern hochgezogen, die Beine gespreizt, war hilflos. Ein Volvo war äußerst ungünstig geparkt, Stoßstange an Stoßstange mit einem Ford Escort, der direkt vor ihm stand. Und zwischen ihm und dem Mann auf der anderen Straßenseite.

Eine Hand der massigen Gestalt in Regenmantel und Hut bewegte sich auf ihr Gesicht zu, als wollte sie sich mit einem winzigen Funkgerät füttern. Sie hatten den ganzen Nachmittag keinen Funkverkehr festgestellt, dachte Hyde, und mit Funktelegraphie hatten sie nicht gerechnet. In wenigen Augenblicken würde Petrunin wissen, daß Hyde die Free Trade Hall betreten wollte. Die Hand bewegte sich, Hydes Fuß war auf der Stoßstange des Volvo, sein linker folgte auf den Kotflügel nach, die Hand des Mannes hielt in ihrer Bewegung inne – Hyde konnte fast den Finger sehen, der auf den Übertragungsknopf drückte – ein Schritt auf den Kotflügel, dann wieder herunter und halb über der Straße. Der Mann war überrascht, die Hand entfernte sich von seinem Gesicht, seine andere Hand fummelte in seinem Regenmantel herum, zwei Schritte, noch einer, Zusammenprall ...

Der Mann taumelte in den dunklen Eingang des Ladens zurück. Eine alte Schwelle aus Mosaik; der Mund des Mannes öffnete sich zu einem Stöhnen, als der kunstvoll verzierte Messingtürklopfer gegen seinen Rücken stieß. Hyde, an dessen Seite sich eine Hand festzukrallen versuchte, griff nach dem Funkgerät in der Hand des Russen und schlug auf das Gesicht ein, das sich im Schmerz geöffnet hatte. Der Kopf des Russen sackte auf eine Seite weg, als wäre er dem Schlag ausgewichen, aber die Beine versagten ihm ihren Dienst, und der Körper sank in sich zusammen. Hyde spürte, wie die Hand das Gerät freigab, und versetzte dem Russen einen Schlag hinters Ohr. Dann ließ er ihn in seinen Armen auf das Steinmosaik des Eingangs hinunter. Der Russe atmete wie im Schlaf; fast hätte er zu schnarchen begonnen.

Hyde ließ das Funkgerät fallen und wollte es schon fast mit seinem Absatz zertreten. Dann hob er es jedoch wieder auf und steckte es in die Tasche seiner Windjacke. Zumindest würde er auf diese Weise wissen, wann Petrunin sich mit dem Mann in dem Ladeneingang in Verbindung zu setzen versuchte. Und dann würde er auch wissen, daß er danach nur noch wenige Minuten haben würde.

Noch zitternd vor dem kurzen Ausbruch der Gewalttätigkeit, von dem Adrenalinstoß in seinen Adern, eilte er weiter.

An der Rückseite des Gebäudes waren Doppeltore angebracht. Ein uniformierter Beamter öffnete ihm eine kleine Tür darin, um sie sofort wieder hinter ihm zu schließen. Für einen Moment überlegte Hyde, ob er dem jungen Polizisten von dem Russen im Eingang des Geschäfts erzählen sollte oder auch von den anderen, die kommen würden, um nach ihm zu sehen. Aber er entschied sich dagegen.

Die Edwin-Shirley-Laster waren aufgereiht, als handelte es sich bei der Free Trade Hall um einen Güterbahnhof. Hyde umkreiste sie und suchte in der fast vollkommenen Dunkelheit nach dem Hintereingang, den ihm der Inspektor von der Sonderabteilung auf einem Plan des Gebäudes gezeigt hatte. Er stieg drei Stufen hinauf, seine Hand ruhte für einen Moment auf dem kalten Metallgeländer, und dann versuchte er die Tür zu öffnen. Einer der Detektive in Zivil, die sich den ganzen Tag über im Innern aufgehalten hatten, hatte sie unverschlossen gelassen. Hyde trat ein und schloß die Tür hinter sich. Ein erleuchteter Korridor, der dringend einen neuen Anstrich nötig gehabt hätte. Dunkelbraune Türen. Eng, ungemütlich, zugig, die Neonbeleuchtung das einzige moderne Element. Im Korridor hielt sich niemand auf.

Heat of the Day – Hyde blieb stehen, um zu lauschen; Alletsons hohe, helle Stimme über den Keyboards und der Gitarre – Teil des Stücks ›No Way Back‹ – waren gedämpft, aber deutlich hörbar. Er würde sich beeilen müssen. Normalerweise folgte auf dieses Stück ein Keyboardsolo von Whiteman, währenddessen die anderen vier die Bühne räumten. Ihm wurde klar, daß er nur wenige Minuten hatte, und wurde sich gleichzeitig des kleinen Senders in seiner Tasche bewußt. Er öffnete eine Garderobentür. Der Raum war dunkel und leer.

Der zweite Raum war abgeschlossen, aber er sah, als er zu Boden blickte, daß durch den Türspalt Licht fiel, das jedoch im nächsten Augenblick ausging. Hyde fischte nach dem steifen, kleinen Glimmerstück in seiner Gesäßtasche und setzte es in den Türrahmen ein. Dann hielt er ein, um nach drinnen zu lauschen. Das Geräusch eines sich öffnenden Fensters?

Alletsons Stimme ruhig, der langsame Keyboardteil des Stücks, in einem Höhepunkt sämtlicher Instrumente kulminierend. Drei, vier Minuten noch. Ein sich öffnendes Fenster? Er sprengte das Schloß und riß die Tür auf. In dem Licht, das vom Flur in dem Raum fiel, konnte er am Fenster eine kleine, zierliche Gestalt erkennen, die auf dem Fensterbrett balancierte. In drei Schritten hatte er den Raum durchquert – dabei stieß er einen Stuhl um und hörte das leise, halb melodische Zirpen einer Gitarre, die ebenfalls zu Fall gekommen war – und dann schlang er seine Arme um die Gestalt, seinen Kopf vor den Fingernägeln zurückziehend, welche sein Gesicht suchten. Er zerrte Tricia Quin in den Raum zurück, legte ihr seine Hand auf den Mund und drückte sie mit dem anderen Arm gegen sich. Ihr Körper wand sich unter seinem Griff, zierlich und geschmeidig. Sie trat mit den Fersen gegen sein Schienbein, so daß er vor Schmerzen zusammenzuckte, ohne sie jedoch loszulassen. Er spürte die Tür hinter sich, hob seinen Ellbogen, fand den Lichtschalter und hielt sie gegen sich, nachdem das Licht angegangen war, aber sanfter. Schließlich drehte er ihren Kopf herum, so daß sie sein Gesicht sehen konnte. Für einen Augenblick hörte sie auf, sich zu winden und um sich zu treten, um sich dann jedoch erneut von ihm loszureißen zu versuchen.

»Hören Sie mir bitte zu«, flüsterte er eindringlich. »Hören Sie mir bitte zu, ohne wie wild um sich zu schlagen, ja?« Seine Stimme klang eher flehentlich als bedrohlich und verfehlte ihre Wirkung auf das Mädchen keineswegs. Ihre Augen weiteten sich, worauf er vorsichtig seine Hand von ihrem Mund nahm. »Also gut, werden Sie mir nun zuhören? Sie hätten sich nur den Hals gebrochen, wenn Sie aus diesem verdammten Fenster gesprungen wären.«

»Wir befinden uns hier im Parterre«, bemerkte sie in überlegenem Tonfall. »Was wollen Sie?« Sie zog ihr T-Shirt nach unten – eine weiße, deutende Hand auf schwarzem Untergrund mit der Unterschrift *Schau mir lieber ins Gesicht, Schätzchen* – und zupfte dann ihre Strickjacke über ihren schmalen Schultern zurecht. Sie sah verletzlich, intelligent, arrogant und irgendwie auch altmodisch und veraltet aus. Ein Blumenkind, das in die falsche Ära gestolpert war. »Also gut, was wollen Sie? Oder wollten Sie nur mal eben schnell im Dunkeln ein bißchen grabschen?«

Hyde betrachtete seine Hände und blickte dann auf. Langsam, langsam, schärfte er sich ein. Und dann erwiderte er in seinem breitesten australischen Akzent: »Ich stehe eher auf größere Titten, Mädchen.«

Ihr Gesicht verzog sich vor Wut, aber letztlich schien sie doch eher ratlos als irgend etwas anderes. »Sie sind ganz schön hartnäckig; das muß man Ihnen wirklich lassen.«

»Und Sie machen sich ganz schön rar.« Die Hände in einer Geste der Harmlosigkeit gehoben, trat er einen Schritt vor und richtete den Stuhl wieder auf, den er umgestoßen hatte. Er setzte sich. »Wenn Sie mir wenigstens fünf Minuten Zeit geben und mir währenddessen zuhören würden ... ich werde versuchen, Ihnen ein Angebot zu machen, das Sie nicht abschlagen können.«

»Sie haben doch offensichtlich nichts, womit Sie hausieren könnten, oder täusche ich mich da?«

»Vielleicht nicht. Aber nehmen Sie doch erst mal Platz.«

Mit übertriebener Langeweile ließ Tricia Quin sich in einen alten Lehnsessel plumpsen. »Also gut. Schießen Sie schon los.«

»Ich weiß, daß Ihre Freunde in ein paar Minuten zurück sein werden – sie sind mit ›No Way Back‹ fast zu Ende.« Die Augen des Mädchens verengten sich spöttisch. »Ich werde mich also kurz fassen. Es gibt da ein paar russische Agenten – nein, lachen Sie nicht und kommen Sie mir nicht schlau – sie waren hier draußen. Von ihnen droht Ihnen wirkliche Gefahr. Sie sind daran interessiert, mit Ihrem Vater Kontakt aufzunehmen, und sie sind der festen Überzeugung, daß Sie wissen, wo er ist.«

»Sie sind genauso wie Sie.«

»Nein.« Hyde schluckte seine aufsteigende Wut hinunter. Aus der Tiefe der Halle war zu hören, wie sich die Band dem Höhepunkt des Stücks näherte. Vermutlich würde ihm nicht mehr als eine Minute bleiben. »In diesem Augenblick stehen Ihres Vaters wegen in der Barents-See ganze hundert Menschenleben auf dem Spiel.«

»Was?«

»Das U-Boot. Scheiße, das schöne alte U-Boot mit dem wunderbaren Maschinchen an Bord, das Ihr Herr Papa entwickelt hat und über das jedermann genauestens Bescheid wissen will.« Hydes Stimme klang vorwurfsvoll. Die Band wurde lauter; das Ende des Stücks rückte näher. »Nur funktioniert es im Augenblick nicht so richtig. Die Russen haben unser U-Boot beschädigt, und diese verdammt komplizierte Anlage Ihres Vaters arbeitet nicht mehr richtig. Geht ständig aus und an, wie Radio Caroline in den alten Zeiten.«

»Ich ... was soll ich mit all dem zu tun haben?« Sie gab sich Mühe, ihre Fassung wiederzugewinnen, und sie horchte auf die Geräusche hinter der Tür.

»Lassen Sie mich mit Ihrem Vater sprechen. Ich möchte ihm reinen Wein einschenken, wie die Lage im Augenblick steht.« Das Mädchen schüttelte bereits den Kopf. »Eine Telefonnummer. *Sie* rufen ihn an, ohne daß ich hinsehe.« Tricia Quin überlegte, wo bei diesem Angebot die versteckte Falle liegen konnte. »Das ist kein Trick«, versuchte Hyde sie zu beruhigen.

In diesem Moment trat Alletson in ihr angespanntes Schweigen. Durch die offene Tür war Whitemans tumultartiges Keyboardspiel deutlicher zu hören. Alletsons gelocktes Haar schimmerte von Schweiß; sein durchnäßtes Hemd stand bis zur Taille offen.

»Was zum Teufel wollen Sie hier?« fragte er.

»Was ist denn, Jon?« hörte Hyde draußen auf dem Flur jemanden fragen. Howarth, der Gitarrist der Gruppe, kam mit zwei Dosen Bier in den Raum. »Wer ist das denn?«

»Der *Geheimagent*, von dem ich euch erzählt habe«, erklärte Tricia Quin mit bedrücktem Sarkasmus. »Der *Spion.*«

»Was will er denn – dich?«

»Falls Sie reinkommen wollen, dann schließen Sie doch bitte die verdammte Tür«, bemerkte Hyde leichthin. »Hier zieht es nämlich fürchterlich.«

Howarth schloß die Tür und lehnte sich dagegen, die Bierdosen immer noch in seiner Hand. Mit schweigendem Tadel fiel sein Blick auf die Gitarre, die neben Hyde auf dem Boden lag. Hyde wandte sich in seinem Stuhl um und sah zu Alletson auf.

»Jetzt hören Sie mal, Jon«, redete er auf den Sänger ein. »Sagen Sie ihr, sie soll sich verpissen; sagen Sie ihr, Sie lieben sie nicht mehr; sagen Sie ihr, sie ist eine schreckliche Klette, die am Ende noch die ganze Tournee ruinieren könnte – sagen Sie ihr, was Sie wollen, aber überzeugen Sie sie, daß sie mit mir kommt.«

»Weshalb sollte ich das tun? Sie hat Angst vor Ihnen.«

»Sie sollten erst mal die andere Seite sehen. Die machen mir Angst.« Alletson konnte sich ein Grinsen nicht verkneifen. »Sehen Sie, so schlimm bin ich doch gar nicht.« Er hörte auf zu lächeln. »Ich habe ihr bereits erklärt, weshalb ich unbedingt ihren Vater finden muß ...«

»Vermutlich lügen Sie«, fiel sie ihm ins Wort.

Hyde wandte sich wieder ihr zu. »Leider ist das nicht der Fall. Diese großartige Erfindung Ihres Vaters hat hundert Typen ganz ordentlich in die Scheiße getunkt! Würden Sie ihn also nicht vielleicht doch anrufen und mich mit ihm sprechen lassen?«

Es war klar, daß das Mädchen eben wieder den Kopf schütteln wollte, als Alletson ruhig einwarf: »Warum eigentlich nicht, Trish?« Sie starrte ihn an, erst ungläubig, dann mit aufflammender Heftigkeit, scharf wie ein Messer. »Warum nicht, Trish«, beharrte Alletson. »Ruf doch einfach mal an. Wir werden James Bondi« – Hyde lachte lauthals los – »so lange hier behalten. Frag doch deinen Vater einfach mal, ob er nicht mit Don Bradman sprechen möchte.«

Das Mädchen verzog vor Konzentration das Gesicht. Sie sah sehr jung und unschlüssig aus; sie strahlte eine Aura des Versagens, der Unfähigkeit, des Scheiterns aus. Sie brachte Hyde auf, während er sie beobachtete.

»Also gut«, sagte sie schließlich, wobei ihr Ärger über Alletson unverkennbar war, daß er als erster diesen Vorschlag gemacht, sie zur Kapitulation aufgefordert hatte. Hyde stellte außerdem fest, daß sie auf undurchsichtige Weise die ihr aufgezwungene Rolle sogar akzeptierte. Vielleicht hatte sie es satt, sich ständig versteckt halten zu müssen, ständig die Geheimnisse ihres Vaters wahren zu müssen. Alletson hatte eine Entscheidung für sie gefällt, der sie sich nicht gänzlich entgegen stellen konnte. »Sorgt dafür, daß er auch wirklich hier bleibt«, fügte sie hinzu. Hyde behielt seine plötzlich aufkeimende Angst unter Kontrolle und machte keine Anstalten, ihr zu folgen. Sie drängte sich an Howarth vorbei und schloß die Tür hinter sich.

Hyde studierte Alletson. Er spürte, daß er den Sänger der Band nervös machte. Dieser hatte inzwischen eingesehen, daß er zum Schutz Patricia Quins nichts mehr unternehmen konnte.

»Übrigens, wegen gestern abend; es tut mir leid«, entschuldigte Alletson sich nach einer Weile des Schweigens.

Hyde zuckte mit den Achseln. »Schon gut. Ich will Ihnen das gar nicht weiter zum Vorwurf machen.« Er hob begütigend seine Hände. »Ich will ihr wirklich helfen.«

»Ich hab dir doch gleich gesagt, Jon«, begann Howarth, »wir hätten sie von Anfang an zum Teufel jagen sollen.«

»Halt's Maul«, fuhr Alletson ihn wütend an. »Ich habe das einfach wegen früher gemacht.«

»Wie läuft denn die Tournee so?« erkundigte sich Hyde leutselig, während er überlegte, ob Tricia Quin die Gelegenheit wohl genutzt hatte, um erneut auszubüchsen. Er konnte sich das eigentlich nicht vorstellen, aber die geschlossene Tür hinter Howarths Rücken bereitete ihm doch Unbehagen.

»Interessiert Sie das wirklich?« fragte Howarth ungläubig.

»Immerhin bin ich alt genug, um mich noch an Ihr erstes Album zu erinnern.«

»Ach danke.«

»Weshalb versteckt sie sich eigentlich?« fragte Alletson, seine Miene fast schuldbewußt.

»Ihr Vater ist etwas paranoid, was seine Sicherheit betrifft; und sie hat sich von ihm anstecken lassen.«

»Dann stimmt das Ganze also wirklich?«

Hyde nickte. »Allerdings. Verrückt, aber wahr. Die Russen wollen ihren Vater, oder sie, oder alle beide, weil er irgendwelche Todesstrahlen erfunden hat, die dem, der ihr tödliches Geheimnis besitzt, die Weltherrschaft verleihen. Und ich bin kein geringerer als Flash Gordon.«

»Genauso haben wir uns das auch vorgestellt.« Alletson grinste leicht verdutzt. Dann sah er auf seine Uhr. »Wir müssen wieder auf die Bühne. Sie ... Sie kümmern sich um sie?« Hyde nickte.

Alletson und Howarth verließen den Raum, wobei Howarth noch die Gitarre, die neben Hyde auf dem Boden lag, aufhob, bevor er ging. Und während Whitemans abschließendes Keyboard-Crescendo den Korridor herunterhallte, stand Tricia Quin plötzlich in der offenen Tür. Ihr Gesicht war bleich. Sie wirkte schuldig und verängstigt.

»Ist er einverstanden?«

Sie nickte. »Ja. Ja, er ist sehr erschöpft. Er wird mit Ihnen sprechen, aber nur mit Ihnen. Ich glaube, er hat einen Revolver.« Ihre letzten Worte waren eine Warnung – und ein Versuch, ihre und ihres Vaters Kapitulation zu entschuldigen. »Er hat sich meinetwegen Sorgen gemacht.«

»Ist er noch in Sicherheit?«

»Ja.«

»Wo?«

»Das werde ich Ihnen sagen, wenn wir hier weg sind.«

»Gepäck?« Sie schüttelte den Kopf. »Gut, dann gehen wir.« Auf den Ton seiner Stimme hin blickte sie abrupt auf. Hyde war der KGB-Mann eingefallen, der auf dem Mosaikfußboden eines zugigen Ladeneingangs lag. Er hatte sich nicht zurückgemeldet ...

Seine Hand befühlte die Tasche seiner Windjacke, in die er den winzigen Sender gesteckt hatte. Als hätte er ihn durch die Berührung eingeschaltet, begann er auch schon im nächsten Moment zu piepsen. Tricia Quins Gesicht wurde bleich; ihre Hand flog an ihren Mund. Hyde fluchte.

»Das ist eines ihrer Funkgeräte«, erklärte er und stand hastig auf. Sein Stuhl kippte um und sie zog sich in eine Ecke des Raums zurück, als hätte er sie mit körperlicher Gewalt bedroht. Das Gerät in seiner Tasche piepste weiter; es schien lauter zu werden. Ihre Augen schossen zwischen Hyde und der Tür hin und her, die sie, bar jeden Schutzes, offen gelassen hatte. »Los, kommen Sie!« Sie öffnete ihren Mund, alle Kapitulation war schlagartig vergessen, Argwohn in ihre Züge kriechend. Hyde bellte sie an: »Wir haben jetzt keine Zeit mehr, daß Sie es sich ständig wieder anders überlegen, Sie blöde, wirre Kuh! Los, jetzt kommen Sie schon endlich!« Sie griff nach ihrer Jacke.

Er packte sie am Arm und zerrte sie in Richtung Tür. Der Flur war leer. Auf einem trüben Bildschirm in einem hintersten Winkel seines Verstands konnte Hyde die Russen bereits sehen; sie überlegten, machten sich Sorgen, schritten langsam zur Tat, stellten Vermutungen an, *wußten* ...

Er konnte sie nun der Polizei, der Sonderabteilung, übergeben, und sie würde in Sicherheit sein. Falls er das jedoch tat, würden sie Tage damit verbringen, aus ihr herauszubekommen, wo sich Quin versteckt hielt. Sie würde von katatonischem Argwohn befallen sein, komatisiert von ihrem Geheimnis. Falls er mit ihr ging, allein ...

»Sie tun mir weh ...«, begehrte sie schwach auf, als er sie den Korridor hinunter ins Freie drängte. Er ließ ihren Arm los und blieb stehen, um zu lauschen. Dabei hielt er seine Hand vor ihr Gesicht, damit sie schwieg. Er konnte ihren fliegenden Atem hören, wie die letzten, vergeblichen Bemühungen der Lungen seiner Mutter in dem verdunkelten Raum in der heißen Luft von Sidney. An dem Tag, als sie gestorben war.

»Seien Sie still!« flüsterte er wütend.

»Entschuldigung ...«

Er lauschte angespannt. Nichts. Die gedämpfte Musik aus dem Innern, das Brabbeln eines Radios in einem der Laster, das schwache Rauschen des Verkehrs aus der Ferne.

»Kommen Sie.« Er drängte sie die Treppe hinunter, griff nach ihrer Hand – sie ließ sie von ihm halten, kalt und leblos unter seinem Griff – und sie überquerten rasch den Platz hinter der Halle. Der Sender in seiner Tasche verstummte. Sie hasteten weiter – verängstigt, aufgebracht, *rasch,* umzingelt ...

Am Tor stand noch derselbe Polizist. Er nahm ihr Erscheinen mit einem Nicken zur Kenntnis. Er schien nicht überrascht, das Mädchen zu sehen.

»Alles in Ordnung, Sir?«

Die Art, wie er Hyde angesprochen hatte, schien Tricia Quins Zuversicht zu stärken.

»Ich denke schon, Herr Wachtmeister.« In der schmalen, schwach erleuchteten Straße war nichts zu sehen, aber vom Tor aus konnte er den Bäckerladen nicht erkennen. Sie konnten bereits dort eingetroffen sein. Petrunin hatte vielleicht schon seinen Wagen verlassen, und seine Leute befanden sich unter Umständen in noch größerer Nähe. Es hatte wenig

Sinn, den Polizisten in die Sache hineinzuziehen. »Gehen Sie schon mal nach drinnen. Herr Wachtmeister. Jetzt, wo ich sie habe, können wir ja schon mal anfangen, uns diese Burschen vorzuknöpfen.«

»Sehr gut, Sir. Ich werde gleich Meldung erstatten.«

»Ja, wenn Sie drinnen sind.« Er merkte, daß er immer noch die Hand des Mädchens hielt. Er drückte sie kurz. »Kommen Sie. Mein Wagen steht gleich um die Ecke.« Und vermutlich sitzt jemand höchst Unangenehmer in ihm, fügte er im stillen für sich hinzu.

Eine seltsame, aber keineswegs ungewohnte Euphorie ergriff ihn. Seine Brust schien von einem Gas geweitet, das wie Helium leichter als Luft war, und sein Kopf war sehr klar. Einer seiner Vick-Momente, wie er sie einmal genannt hatte. Alles klar, kalt, deutlich umrissen. Der TR7 stand hinter dem Midland Hotel, auf dem alten Bahnhof, der ohne irgendwelches schmückendes Beiwerk in einen Parkplatz umgewandelt worden war. Er rüttelte leicht an ihrem Arm, und sie begannen, die schmale Straße hinaufzulaufen, weg von der Rückseite der Free Trade Hall und dem Bäckerladen. Sinnliche Informationen strömten ein, und sein Gehirn siebte sie rasch, zielstrebig.

Um die Ecke fiel Licht – die Peter Street. Ihre Tritte, die des Mädchens aufgrund der flachen, crepe-besohlten Schuhe leichter, das Reiben ihres Arms gegen die geborgte, zu große Jacke, Musik – Brahms – aus einem Fenster über ihnen, das Platschen eines Fußes in einer Pfütze, die Schußwaffe kalt und spürbar in seinem Rücken, in den Gürtel geschoben. Die Leere des Endes der Straße, kein Schatten vor den Lichtern der Peter Street. Er war dankbar.

Das Midland Hotel lag auf der anderen Seite der hell erleuchteten, verkehrsreichen Straße. Es dauerte einen Moment, bis Hyde einfiel, daß Petrunins Wagen auf dem Platz vor dem Hotel geparkt stand.

»Alles in Ordnung?« wandte er sich an das Mädchen. Sie schnappte nach Luft, aber versuchte trotzdem ein Lächeln und nickte. »Dann laufen wir also weiter, oder nicht?«

Pflaster. Ein Fußgängerübergang. Normalität. Das rote Männchen – der Verkehr floß an ihnen vorbei, auf den Platz oder in die Oxford oder Moseley Street. Central Library, Midland Hotel. Laß das, wende deinen Kopf nicht um, hör auf, dich nach ihnen umzusehen. Du tust entweder wirklich so, oder gar nicht ...

Rotes Männchen. Grünes Männchen, anhaltende Autos. Gehen. Er zerrte an ihrer Hand. Ein Schritt, zwei. Hier kannst du ein bißchen schneller machen; an Zebrastreifen machen das die Leute immer.

Sie hatten die Straße fast überquert, als er den ersten Ruf hörte – und dann die Antwort. Er spürte die Beschleunigung der Verfolgung. Wieder auf dem Gehsteig, drehte er sich um. Ein Mann winkte ihm zu, als wollte er ihn wegen eines verlorenen Buchs oder einer Brieftasche zurückrufen – oder auch wegen einer unbezahlten Rechnung. Er trat auf der anderen Straßenseite vom Gehsteig. Petrunin selbst. Er hatte sich als der schärfste, erfahrenste, folgerichtigste Kopf erwiesen. Er hatte seine Vermutungen angestellt und war einfach nur in der Nähe seines Wagens auf dem Platz umhergeschlendert, und dann hatte er sie auftauchen gesehen. Petrunin, der ihn kannte – und auch das Gesicht des Mädchens.

»Ist das einer von ihnen?« fragte das Mädchen, als sähe es sich mit einer extrem schwierigen Aufgabe konfrontiert, die ihr Erinnerungs- oder Erkennungsvermögen betraf.

»Das ist er.« Petrunin lächelte fast. Immer noch das grüne Männchen. Zwei andere, die von der Rückseite der Free Trade Hall auf die Peter Street herausgelaufen kamen. Nicht der Mann aus dem Ladeneingang; zwei andere, die ihn gefunden hatten und nun angelaufen kamen. »Fertig?« fragte Hyde.

»Ja.« Ihre Hand zitterte in der seinen.

Rotes Männchen. Petrunin, drei Schritte auf dem Zebrastreifen, hielt inne, so daß die anderen ihn einholen konnten. Das Geräusch einer ungeduldigen Hupe, gefolgt von einer zweiten; das Aufheulen von Motoren. Petrunin zog sich auf den Gehsteig auf der anderen Seite zurück.

»Jetzt!«

Sie rannten die düstere Seitenstraße entlang der massigen Gestalt des Midland Hotel hinunter. Vor ihnen lag die erleuchtete Fassade des alten Bahnhofs – die Parkplatzabsperrung wie die Grenze zu einem anderen Land, in dem man sich in Sicherheit befand. Hyde zog am Arm des Mädchens, trieb sie zur Eile an, spürte deutlich, daß ihr die Kraft ausging.

Hinter ihnen das Quietschen von Bremsen, das Bellen einer Hupe. Petrunin wartete nicht auf Grün. Gemeinsam rannten sie über die Straße, die Steigung zu der Absperrung hinauf. Hinter der Glasscheibe des Wärterhäuschens war ein schwarzes Gesicht zu sehen. Hyde blickte sich um. Alle drei Männer hatten die Peter Street überquert und kamen auf sie zugelaufen. Innerlich verfluchte Hyde nun seine Tollkühnheit, sich mit dem Mädchen allein auf den Weg zu machen. Überall war Polizei postiert – auf dem Platz, in der Peter Street, in der Watson Street, in der Free Trade Hall. Aber er hatte sich entschlossen, mit dem Mädchen wegzulaufen und damit Manchester so fremdartig und gefährlich zu machen wie Prag oder Warschau oder Moskau. Zusammen mit seinem Parkzettel klatschte er einen Geldschein auf die Theke des Wärterhäuschens.

Er schluckte seinen Speichel hinunter und stieß hervor: »Ich hab's eilig. Behalten Sie den Rest. Öffnen Sie den Schlagbaum, wenn ich rausfahre. Ein gelber TR7. Verstanden?« Dann fuhr seine Hand in seine Tasche und streckte dem Mann seinen CID-Ausweis unter die Nase. Der Inder nickte.

Hyde rannte weiter, das Mädchen inzwischen vor ihm; es verlangsamte jedoch seine Schritte, denn die Wagen unter dem baufälligen, glaslosen Bahnhofsdach schienen keinen Schutz zu bieten.

»Wohin?« fragte sie.

»Dort drüben«, erwiderte er und deutete in die Richtung.

Ein paar schwache Lichter beschienen die massigen, geduckten, käferartigen Gehäuse der Wagendächer und Kotflügel. Aufgeregt blickte das Mädchen um sich. Hyde sah zurück. Petrunin und die anderen schlenderten inzwischen fast an der Absperrung vorbei – zuversichtlich, aber auf der Hut, sich den Anschein der Legitimität gebend. Zwischen ihnen lagen lediglich Sekunden. Hyde rannte mit dem Mädchen auf den Bahnsteig hinaus. Matt schimmernde, Autos wie

Schalentiere; Stille. Der Wind seufzte schwach im Gerüst des Bahnhofsdachs. Die drei Russen waren nun hinter der Absperrung und blieben am eigentlichen Bahnhofseingang stehen. Hyde duckte sich und zog das Mädchen neben sich herab, um sich dann vorsichtig zwischen den geparkten Autos hindurchzuschlängeln.

Er stoppte, lauschte und bewegte sich weiter. Sie erreichten den Rand des Bahnsteigs, wo er sich hinuntergleiten ließ. Er streckte dem Mädchen seine Arme entgegen, und sie ließ sich von ihm an der Hüfte hinunterheben. Eine Reihe von Wagen, einer davon gelb.

»Mister Hyde?«

Für einen Augenblick dachte er, wegen des leichten, fragenden Tons, das Mädchen hätte gesprochen. Aber es war Petrunin – Akzent und Autorität sickerten unmittelbar hinter den Worten in Hydes Bewußtsein. Er deutete dem Mädchen an, still zu sein, und dann schlichen sie geduckt an den Reihen von Stoßstangen entlang, bis sie an dem TR7 lehnten. Neuerlich hörte er den schweren Atem des Mädchens, der jedoch in diesem Augenblick eindeutig zu lebendig war, zu lebenswillig, um ihn an seine sterbende Mutter zu erinnern. Hyde fischte die Wagenschlüssel aus seiner Tasche und streckte die Hand aus, um die Tür aufzuschließen.

»Mister Hyde?« Dann über dem Atem des Mädchens geflüsterte Anweisungen, die leisen Tritte der drei Männer, als sie ausschwärmten. Petrunin war sich seiner Sache sehr sicher. Er hatte niemanden am Schlagbaum zurückgelassen. »Mister Hyde.« Ein schärferer Tonfall, ungeduldig.

Hyde öffnete die Tür des TR7 und gab dem Mädchen zu verstehen, sie sollte einsteigen. Sie würden nach dem gelben Wagen Ausschau halten. Er kroch auf die Fahrerseite hinüber, schloß auf und wand sich in den flachen, harten Sitz. Auf die näher kommenden Tritte hin schloß er behutsam die Tür. Schweres Schuhwerk mit eisenverstärkten Absätzen. Er steckte den Zündschlüssel ins Schloß und zog den Choke. Dann sah er zu Tricia Quin hinüber. Ihr Haar klebte feucht an ihrer Stirn, das Gesicht bleich, die Wangen zitternd.

»Wohin?«

»Nach Norden«, sagte sie, wobei sie ihre Arme um sich

schlang, als wollte sie sich wärmen, sich vor der Gefahr, in der sie schwebte, zurückziehen.

Hyde atmete tief ein und drehte dann den Zündschlüssel im Schloß. Husten, das Spucken des Anlassers, Husten, das Aufheulen des Motors, das sofort einen überraschten Aufschrei von der Bahnsteigplattform übertönte. Er legte den Rückwärtsgang ein und schoß, am Lenkrad kurbelnd, aus der Parklücke. Der TR7 schleuderte, der Motor starb um ein Haar ab, und dann holperte der Wagen über den unebenen Untergrund.

Er erreichte das Ende des Bahnsteigs und riß den Wagen nach links über die festgestampfte Erde, über die einst die Geleise verlaufen waren, bis er die Rampe zum Bahnsteig auf der anderen Seite des Bahnhofs hinaufschoß. Nach dem Schrei der Entdeckung hatte er nichts mehr gehört – keine Schüsse, nichts. Der Motor heulte auf, die Reifen quietschten, als er über die Plattform jagte und dann über den ehemaligen Bahnhofsplatz auf den Eingang zuhielt.

Ein Mann – er trat hinter dem Wagen heraus, eine Schußwaffe gezückt. Zögern, ein leichtes Wenden seines Kopfs – ein Schrei des Protests von seiten Petrunins? Dann war der TR7 fast über ihm, das Aufspucken einer Stichflamme vor dem schattenhaften Umriß des Mannes, bevor er wie ein Matador zur Seite auswich, zwischen zwei Wagen hindurch. Der Pfad des Geschosses war eine Rille im dünnen Metall des Dachs, direkt über Hydes Kopf. Er riß den Wagen herum und durch den Eingang des Bahnhofs. Und dann ging der Schlagbaum hoch, sehr langsam. Ein anderer Mann betrat das Häuschen an der Absperrung. Der Schlagbaum ging hoch, schaukelte kurz, als er die höchste Stelle erreichte, und begann dann fast unmittelbar, sich wieder zu senken. Der TR7 raste darunter hindurch, holperte über Kopfsteinplaster und schoß mit quietschenden Reifen in die Straße hinter dem Midland Hotel.

»Nach Norden«, sagte Hyde laut, als sein Atem wieder zurückkehrte und die Masse des Hotels zwischen ihnen und dem Bahnhof lag. Seine Handflächen fühlten sich feucht um das Lenkrad an, und er schwitzte ausgiebig. »Nach Norden.«

»Los, los!« brüllte Ardenjew, seine Stimme bereits heiser von dem Kampf gegen den Wind und die See, seine behandschuhten Hände scheinbar erfroren und bewegungsunfähig, als er zusammen mit Teplow und Nikitin versuchte, den größten ihrer Schlitten über die Seitenwand der Barkasse zu ziehen.

Das Wellental brachte sie ins Schlingern, als der Steuermann das Boot stabilisierte. Der junge Leutnant beobachtete sie durch das Kajütenfenster. Sein Kopf wanderte stetig zwischen ihnen und dem nächsten drohend aufragenden Wellenkamm hin und her, als wohnte er einem Tennismatch bei.

»Noch einen, Kapitän!« brüllte Teplow zu ihm zurück, obwohl sie durch den Unterwasserschlitten mit seiner Ladung Gasflaschen kaum mehr als einen Meter voneinander entfernt standen. Wanilow und Kuzin waren schon abgetaucht, unter Wasser und in Sicherheit, mit dem zweiten Schlitten und den Schweiß- und Schneidbrennern. Ihre zehn Minuten hatten bereits begonnen. Eigentlich hätten es vier Schlitten sein sollen, bessere und umfangreichere Kommunikationsausrüstung, überhaupt mehr von allem. Petrow lag auf einer Koje, sein Bein gebrochen, geschient und durch einen wasserdichten Plastikbeutel geschützt. Stöhnend und nutzlos.

Als die nächste Woge im Dunkel sich auftürmte und ihr gewaltiges Maul aufriß, kippte der Schlitten auf die Seitenwand der Barkasse. Teplow blickte über seine Schulter zurück. Auch Bedauern hatte keinen Sinn. Ardenjew strengte sich an wie einer, der vor Angst von Sinnen war. Nikitin glitt, durch eine Leine gesichert, über die Seitenwand der Barkasse ins Wasser, Mundstück und Taucherbrille an Ort und Stelle – jetzt begannen seine zehn Minuten. Aus der Panik in Ardenjews Innerem tauchte immer wieder ein Gedanke auf. Falls sie es nicht schafften, binnen zehn Minuten ins Innere der *Proteus* zu gelangen, würden sie Stunden damit verbringen müssen, an die Oberfläche zurückzukommen, um den enormen Druckunterschied auszugleichen, und keine Barkasse könnte sie dann so ohne weiteres abholen – wenn überhaupt – falls die See die Nacht hindurch weiter so tobte. Sie hatten für diese Reise keine Rückfahrkarte gebucht.

Nikitins kaum erkennbarer, im Wasser schaukelnder Kopf

wurde von einer erhobenen Hand begleitet, und dann schwamm er dicht an der Seite der Barkasse vorbei. Ardenjew spürte, wie das gewaltige Gewicht des Schlittens Nikitin hinabzog, und er sah Teplows Gesicht sich vor Anstrengung grau färben. Er brüllte dem obersten *Mitschman* zu, der ihm zunickte und dann über die Seitenwand des Boots glitt. Die Welle türmte sich über der Barkasse auf, gefleckt, alt, immens. Zwei schwarze Köpfe schaukelten auf der Wasseroberfläche. Langsam, fast außerhalb seiner Kontrolle, tauchte der Schlitten ins Wasser, um fast sofort unterzugehen. Teplow und Nikitin schossen ihm hinterher.

Und dann, als er gerade den Kopf wandte, um sich umzusehen, und an die knappe Zeit dachte, ergriff ihn das Wasser und schleuderte ihn über das Deck der Barkasse. Er erhaschte einen kurzen Blick auf das entsetzte Gesicht des Leutnants, den sich hebenden Bug der Barkasse, und dann stürzte er kopfüber ins Wasser, wurde wie ein Blatt oder ein Zweig in der reißenden Strömung eines Flusses umhergewirbelt, hin und her gerissen und in die Tiefe gesogen, während er sich instinktiv das Mundstück anlegte. Seine Beine befanden sich über seinem Kopf, gerade noch erkennbar; dann Schwärze, und die Orientierung kehrte zurück. Unter ihm waren Lichter, zwei matte Flecken wie die Augen eines Tiefseefisches. Er atmete so ruhig wie möglich und schwamm dann auf die Lichter zu.

Er tippte Teplow auf die Schulter und gab ihm mit erhobenem Daumen ein Zeichen, daß alles in Ordnung war. Über das Kehlkopfmikrophon klang Teplows Erleichterung verhalten und fast mechanisch. Dann glitt Teplow auf dem Sitz des Unterwasserschlittens näher an Nikitin heran, und Ardenjew schwang sich in den Sitz und ergriff den Steuerknüppel. Direkt vor ihm war der winzige Echolotschirm eingeschaltet, und der helle Lichtfleck des britischen U-Boots lag unter ihnen und dreißig Grad backbord.

»Schadrin?« fragte Ardenjew in sein Mikrophon. Unter der Wasseroberfläche wurde auf jede Förmlichkeit, auf überflüssige Worte, Energie und Luft verzichtet.

»Käpt'n?«

»Haben Sie sie?«

»Ja.«

»Dann los.«

Ardenjew senkte die Nase seines Schlittens – inzwischen ein leichtes, zerbrechliches Gefährt, da es sich in seinem Element befand und nicht mehr über ein schaukelndes, glitschiges Bootsdeck manövriert werden mußte – auf den Felsvorsprung hinab, auf dem, keine zweihundert Meter von ihnen entfernt, die *Proteus* lag. Die Scheinwerfer des Schlittens erfaßten die blinkend vorbeihuschenden Fischschwärme, bevor sie über den verschlammten Felsvorsprung glitten. Hinter dem Vorsprung Schwärze, aber der Fels selbst erschien im Scheinwerferlicht sandfarben und beinahe lebendig und dreidimensional. Die Kälte drang durch seinen Taucheranzug und begann, wie das Fehlen von Sauerstoff, in seinem Kopf zu sirren. Teplow klammerte sich an ihn, und Nikitin wiederum hielt sich an Teplow fest. Aufgrund von Petrows Fehlen hatte Ardenjew entschieden, daß die beiden Hauptschlitten ausreichen mußten. Er war auf der Barkasse nicht wirklich dazu gekommen, in Ruhe nachzudenken, und hatte einfach nur Befehle erteilt, als wollte er mit dem Klang seiner Stimme und dem Schutzzaun raschen Denkens ein wachsendes, hinterhältiges Gefühl des Scheiterns bannen.

Grau, weiße Ziffern, dann die Schwärze des Meeres dahinter. Ardenjew spürte das Tippen von Teplows Finger an seiner Schulter – die Reaktion auf das, was sie eben gesehen hatten – und lenkte den Schlitten in eine weit ausholende Kurve. Wie eine Möwe im Wind kreiste er über dem britischen U-Boot und sah zu, wie die Scheinwerfer von Schadrins Schlitten wie ein zärtliches Streicheln über den mittleren Abschnitt des U-Boots strichen und dann zum Turm hochglitten.

Sie hatten es gefunden. Er sah auf seine Uhr. Noch sieben Minuten. Er senkte die Nase des Schlittens auf die *Proteus* hinab.

»Das ist sie, Käpt'n!«

»Infrarotkameras?«

»Kameras an, Käpt'n.«

»Können Sie sie sehen, Terry?«

»Nein – halt – *da*?«

»Was zum Teufel ist das denn?«

»Sieht aus wie ein Schlitten. Er rutscht ins Wasser. Die Welle wird sie erwischen. Nein – da, einer von ihnen ist über Bord gespült worden!«

»Alle runter. Können wir noch mit dem Verteidigungsministerium sprechen?«

»Nein, Käpt'n.«

»Dann schicken wir die Bilder am besten sofort über Funk los. Das hier zu entschlüsseln, müßte doch sogar Aubrey in der Lage sein!«

»Tut mir leid, Mister Aubrey, aber es könnte Stunden dauern, diese Bilder auszuwerten.« Clark hielt seine Gereiztheit unter Kontrolle, seine Entschuldigung nichts weiter als eine Übung, seine Atmung zu beruhigen.

»Gibt es keine Möglichkeit, uns mit der Nimrod in Verbindung zu setzen?«

»Tut mir leid, Sir«, erwiderte Copeland geknickt und schüttelte dazu den Kopf. Zur Vervollständigung seiner entschuldigenden Maske legte er auch noch seine Unterlippe in Falten. »Durch die Blockierung sämtlicher Kanäle ist das leider unmöglich. Eastoe muß diese Bilder als eine Art Ersatz geschickt haben – und ohne Untertitel.«

»Ich bin nicht gerade in der Stimmung für dumme Witze, junger Mann!« fuhr ihm Aubrey schneidend ins Wort.

»Entschuldigung, Sir.«

Aubrey wandte sich wieder Clark zu. »Wie viele Männer, würden Sie sagen?«

Sie waren immer noch um die Funkfotoanlage versammelt, und die körnigen Reproduktionen der Infrarotaufnahmen, welche die Nimrod übertragen hatte und die eine nach der anderen aus der Maschine kamen und abgerissen wurden, wanderten von Hand zu Hand oder lagen verstreut auf der Bank neben der Maschine herum. Der ganze Raum schien sehr voll, als drängten sich eine Schar von Jungen um zwei unwillige Streithähne – Aubrey und Clark.

»Dieser Schlitten?«

»Was wollen Sie damit sagen? *Dieser* Schlitten?« Aubrey

wünschte, forderte Informationen, Antworten auf seine Frage, damit er eine Entscheidung fällen konnte. Der Wunsch, eine Entscheidung zu fällen, zu handeln, lastete auf ihm wie die Abdeckung eines Lochs im Boden, das als Falle diente. Scheitern, vollständig und elend und erniedrigend, starrte von dort zu ihm auf wie ein Alptraum, in den er stürzte.

»Ich meine, es könnte mehr als ein Schlitten sein. Es sieht ganz so aus, als wären es zwei. Außerdem handelt es sich dabei um einen Zwei-Mann-Schlitten. Es könnten auch drei sein ...?« Clark studierte das Foto unter einem Vergrößerungsglas, das angesichts der hochmodernen Technologie, um die es hier so dringend ging, altmodisch und unangemessen schien. »Leopard« lag wie ein Haufen Schrott auf dem Grund der Barents-See.

»Und was ist mit dieser Ausrüstung?« fragte Aubrey gereizt. Er hatte ein eigenes Vergrößerungsglas, ohne sich jedoch aus den Formen und massigen Umrissen der Unterwasserausrüstung, welche auf dem Schlitten befestigt war, einen Reim machen zu können. Ja, auch er konnte erkennen, daß es sich um einen Zwei-Mann-Schlitten handelte; da waren zwei Männer; vielleicht war einer der grobkörnigen Punkte ein weiterer Kopf eines Tauchers ...? »Sie meinen also, diese Operation würde ein gewisser Ardenjew leiten?«

»Die Ausrüstung – vielleicht Schweißbrenner, Sauerstoffflaschen, wer weiß? Aber ich würde auf jeden Fall vermuten, daß hier Waleri Ardenjew am Werk ist.«

Clark grinste.

»Sie kennen ihn also persönlich?«

»Natürlich. Wir haben beide als ... Beobachter an denselben ozeanographischen Konferenzen teilgenommen.«

»Was ist sein genaues Metier?«

»Rotbanner-Sondereinheit – Rettung, Bergung, Verschrottung, Angriff, Abwehr – was sie wollen. Diese Burschen machen das alles.«

»Die Barkasse, Ethan? Wie viele von diesen Schlitten könnte sie transportieren?«

»Nicht mehr als zwei oder drei. Warum?«

»Weil ich wissen möchte, wie viele Personen maximal in die Operation verwickelt sein können, mein Lieber.« Aubrey war mit einem Mal wieder zuversichtlich. Clark war erstaunt über die spröde, sprunghafte Natur der Emotionen des alten Mannes, ob sie nun optimistisch oder pessimistisch waren. Sobald er sich mit dem nächsten Hindernis konfrontiert sah, würde er wieder in eine Talsohle der Zweifel und der Besorgnis zurücksinken. »Kann ich davon ausgehen, daß sie mit so wenigen Leuten nicht versuchen werden, die *Proteus* zu bergen – oder gar noch *Übergreifenderes*?«

»Ich würde sagen, ja. Möglicherweise haben sie nur eine kleine Inspektion vor.«

»Kommen Sie, Ethan, strengen Sie Ihr Ratetalent ein wenig an. Ist es wirklich wahrscheinlich, daß sie nur eine Inspektion vorhaben?«

»Sie werden dort unten wenig Zeit haben, in dieser Tiefe. Gerade genügend Zeit, vielleicht.«

»Dann steht auch uns etwas Zeit zur Verfügung?«

»Um was zu tun?« Wütend wandte Clark sich Aubrey zu, da der einzige Zweck und das einzige Ziel seiner Fragen offensichtlich darin zu sehen war, selbst zur Ruhe zu kommen, die ständige Bedrängnis beiseite zu schieben – um dann nichts mehr unternehmen zu müssen. Fast hätte er seine Gedanken laut ausgesprochen.

»Ich weiß nicht. Bis morgen oder übermorgen sind uns ja leider die Hände gebunden, irgend etwas außer diplomatischen oder politischen Aktivitäten in die Wege zu leiten. Haben wir so viel Zeit?«

»Ich weiß nicht. Hoffen wir, daß Eastoe noch einmal runter geht, um weitere Fotos zu machen, wenn diese Taucher wieder an die Oberfläche zurückkehren. Dann werden wir ja wissen, ob es sich nur um eine Inspektion gehandelt hat.«

Aubreys Gesicht verdüsterte sich. Er fragte sich, welche verrückte Idee sich da in Clarks Kopf breit gemacht hatte und ob er selbst, weil er älter war und nicht über denselben Erfahrungshintergrund verfügte, etwas von dem, was sich in Ardenjews Kopf abspielen mußte, nicht wahrzunehmen imstande war. Er drang jedoch in diesem Punkt nicht weiter in den Amerikaner.

»Norwegen muß noch einmal gegen dieses Eindringen in seine Hoheitsgewässer protestieren«, sagte er statt dessen, und selbst in seinen Ohren klang diese Bemerkung belanglos und verspätet. Er vermied es, Clark anzusehen, als er sich durch den Kreis von Mitarbeitern drängte und auf die Telefone zuging.

Das Heck der *Proteus* lag im Scheinwerferlicht der zwei Schlitten gebadet, die Seite an Seite auf dem Felsvorsprung geparkt waren. Der Schlick, den sie und das U-Boot aufgewirbelt hatten, hatte sich wieder gesetzt. Die *Proteus* hatte eine breite, häßliche Furche hinter sich gezogen, bevor sie endgültig zum Stillstand gekommen war. Das beschädigte Heck war grau, verbogen, versengt, zerschunden von den Stahlhaken des MIRV-Torpedos. Als sich Ardenjew im Scheinwerferlicht wie eine Fliege seinen Weg bahnte, sah er, daß die fünfzehnblättrige Schraube aus ihrer Halterung geworfen oder gerissen worden war. Sie war von den Stahlseilen umschlungen, und drei der stielförmigen Schraubenblätter aus Phosphorbronze waren abgerissen. Ein paar weitere waren verbogen, aber intakt. Ohne das MIRV-Torpedo hätte der durch das Torpedo mit dem reduzierten Sprengkopf angerichtete Schaden nicht ausgereicht, das U-Boot zu stoppen.

Teplow stieß mit der Schulter gegen ihn, als sie sich an den hinteren Backbordstabilisator klammerten. Wie eine riesige, graue Schlange wand sich vor ihnen ein Stahlseil auf den Schlick unter dem U-Boot zu. Der Stabilisator war unter ihren Händen und Flossen verbeult und zerfetzt, und seine Metallumhüllung hatte sich abzulösen begonnen wie die Schalen einer Zwiebel, nachdem sie beschädigt und dann dem enormen Wasserdruck ausgesetzt worden war, bevor die *Proteus* ihre Fahrt verlangsamt und schließlich angehalten hatte. Vor ihnen zog sich die Masse des U-Boots ins Dunkel zurück. Verbeulte Platten, beschädigte Ballasttanks, aber keinerlei Anzeichen, daß der Rumpf irgendwelche Risse hatte.

»Sie haben wirklich gute Arbeit geleistet«, krächzte Teplows Stimme in Ardenjews Kopfhörer. Ardenjew nickte.

Auch die Ruder waren verzogen, aber nicht schlimm.

»Das werden wir schon hinkriegen. Allerdings werden wir sie abschleppen müssen. Wir haben nicht genügend Zeit, um die Schraube zu reparieren.«

Nun war Teplow an der Reihe, zu nicken. Seine Augen schienen hinter seiner Taucherbrille zu grinsen.

»Und was jetzt?«

»Arbeiten wir uns mal nach mitschiffs vor. Signalisieren Sie den anderen, damit zu beginnen, einen ordentlichen Tumult zu verursachen. In ...«, er sah auf seine Uhr, »einer Minute.« Ardenjew stieß sich von dem beschädigten Stabilisator ab. Seine Uhr zeigte ihm, daß für ihn bereits vier Minuten verstrichen waren – und für Schadrin, Wanilow und Kuzin vielleicht sogar schon fünf. Sie hatten keine Zeit zu verlieren. Er hatte sechs Minuten, an Bord zu gelangen. Teplow hinter ihm erteilte den anderen die entsprechenden Anweisungen. Seine Stimme schepperte blechern in Ardenjews Kopfhörer, während er wie ein schwarzer Fisch entlang des walartigen Rückens der *Proteus* glitt. Jeder Mann wußte, was er zu tun hatte; sie hatten das Ganze in den Tiefwassertanks der Frunze-Flottenschule hundertmal geprobt, und dann auch noch einmal auf See, unter ähnlichen Bedingungen wie hier. Ardenjews Hand glitt über die zwei Kanister, die an seiner Brust befestigt waren – kleinere Imitationen der zwei Sauerstofftanks auf seinem Rücken.

Sie hatten alles an versenkten Attrappen geprobt, an dem alten U-Boot der ›Whiskey‹-Klasse, das ihnen zu Übungszwecken zur Verfügung gestellt worden war. Nach dem ersten Monat Training hatten die zehn Minuten ausgereicht, obwohl der Adrenalinspiegel unter den damaligen Bedingungen sicher niedriger gewesen war. Aber Ardenjew konnte dennoch nicht umhin, sich an den ersten Anfall von Tiefenkrankheit zu erinnern, den er erlitten hatte, als er die Druckkammer der Attrappe zu schnell verlassen hatte; und er konnte auch den ersten Probeeinsatz auf See nicht vergessen, bei dem auch das MIRV-Torpedo zum Einsatz gekommen war. Die Stahlseile hatten den Rumpf des alten U-Boots aufgerissen, mit dem sie geprobt hatten, und seine Besatzung getötet. Er hatte mit seinen beiden Teams in einer Barkasse auf den Einsatz gewartet, als die freiwerdende Luft und das Öl und die Wrackteile an die Oberfläche kamen.

Der mächtige, flossenartige Turm der *Proteus* ragte aus dem Dunkel. Seine Lampe glitt darüber hinweg. Darunter befanden sich die Offiziere in der Brücke des U-Boots. Und ›Leopard‹. Er verhielt kurz, bis Teplow ihn einholte. Ardenjew streckte ihm seinen erhobenen Daumen entgegen, worauf sein Stellvertreter zur Basis des Turms hinuntertauchte. Seine Gestalt wurde zusehends verschwommener, das Licht seiner Lampe schwächer – sie schien an und aus zu gehen – während er sich entfernte und seinem eigenen Ziel zustrebte. Teplow würde gegen den Rumpf der *Proteus* zu morsen beginnen und die Entschuldigungen und den Beistand der Rotbannerflotte anbieten, um die Offiziere des U-Boots abzulenken und jegliche Gegenmaßnahmen möglichst zu verzögern.

Ardenjew schwamm weiter – schneller inzwischen – und tauchte kurz ab, um den Rumpf mit den Fingerspitzen zu berühren und sich aber sofort wieder davon zu entfernen, als er sein Vibrieren spürte. Die anderen vier machten mit ihren Schneidbrennern am Heck so viel Lärm wie möglich – ein weiteres Ablenkungsmanöver. Nun hing alles – die ganze Operation und ihr Erfolg – einzig und allein von ihm selbst ab. Dieses Wissen befriedigte ihn, als er seinen Körper durch das Wasser vorantrieb. Er konnte bereits ganz schwach die vorderen Stabilisatoren erkennen. Ein Fischschwarm schimmerte kurz wie ein Lampensignal im Schein seiner Lampe auf. Er sah neuerlich auf seine Uhr. Vier Minuten fünfzig Sekunden, seit er den Meeresgrund erreicht hatte. Blieben dreieinhalb Minuten, um den Druck ausreichend auszugleichen, um nicht handlungsunfähig zu werden. Er paddelte rascher voran, glitt über den Rumpf hinweg; seine Lampe tanzte inzwischen in hektischem Zucken darüber hinweg – ein verzweifeltes Suchlicht im Dunkel. Der Aufbau des U-Boots war ihm lebhaft gegenwärtig, als besäße er die Fähigkeit, mit Röntgenblicken die Stahlhaut des Rumpfs zu durchdringen. Er passierte über die Offiziersmesse die Mannschaftsquartiere, in Richtung Torpedostation. Er rief sich ins Gedächtnis zurück, daß im Innern des U-Boots angespannte Stille, höchste Wachsamkeit herrschen würde. Er würde fast direkt neben der Tür der Messe Lärm machen müssen, wo sich die Offiziere aufhielten, die gerade vom Dienst befreit waren, und schweigend herumsaßen, jede Bewegung möglichst vermeidend. Würden sie durch Teplows Morsezeichen und das

Lärmen, das vom Heck durch den ganzen Rumpf pulste, genügend abgelenkt sein?

Seine Lampe wusch über den Rumpf, schwang wieder zurück. Er hatte sein Ziel gefunden – die vordere Ausstiegsluke über der Torpedostation. Selbst hier hatten es ihm die Briten einfacher gemacht. Vor zwei Jahren war in der Nordsee ein U-Boot der Royal Navy gesunken. Da das Luftreinigungssystem plötzlich ausgesetzt hatte, war die Besatzung umgekommen, und die Rettungsteams hatten zu lange gebraucht, um eine Öffnung in den Rumpf zu schneiden. Seit dieser Katastrophe war veranlaßt worden, daß sämtliche Atom-U-Boote wie auch alle älteren dieselgetriebenen U-Boote der Royal Navy mit Zwei-Weg-Luken ausgestattet wurden, die problemlos auch von außen zu öffnen waren. Davon hatte die Rote Flotte gewußt, als sie die Entführung von ›Leopard‹ zu planen begonnen hatte.

Er packte das Rad des Flutungsventils und begann, angestrengt daran zu drehen, bis es sich allmählich leichter bewegen ließ. Er sah auf seine Uhr. Er war nun schon sechs Minuten unter Wasser, ein paar von den anderen sogar schon sieben. Eine halbe Minute hatte er sie bereits gekostet. Um diese Spanne verringerte sich auch die Zeit für den Druckausgleich. Er drehte das Rad rascher. Er konnte sich den seltsamen Zeitverlust nicht erklären. Wie viel Zeit hatte er verloren, sich den Schaden anzusehen, sich daran zu ergötzen, voller Befriedigung über die Hilflosigkeit des U-Boots? Bei dieser Gelegenheit mußte er die vierzig Sekunden verloren haben, die er jetzt hinter dem Zeitplan herhinkte.

»Viktor?« flüsterte er in sein Mundstück.

»Käpt'n?«

»Wie steht's?«

»Sie wollen wissen, was wir machen und wie ihr U-Boot beschädigt worden ist.«

»Haben Sie darum gebeten, an Bord kommen zu dürfen?«

»Ja. Sie haben einen Unterhändler ausgeschlagen. Ich werde ihnen jetzt den fiktiven Schadensbericht geben.«

»Ich gehe rein.«

»Viel Glück.«

Langsam hob Ardenjew die Luke an. Selbst unter Wasser

spürte er ihr enormes Gewicht. Er wurde von einer Explosion von Luftblasen umschwirrt. Nun hatte er bereits ein Geräusch verursacht, das hätte gehört werden können. Aber sie hatten auch das geprobt. Die anderen ablenkenden Geräusche hatten genügt, sein Eindringen zu übertönen; aber würde das auch jetzt noch der Fall sein, wo es aufs Ganze ging? Vorsichtig ließ er sich in die Kammer gleiten, um die Luke wieder über sich zu schließen. In diesem Augenblick machte das U-Boot einen Ruck nach vorn, so daß sein Kopf in surrealistischer Zeitlupe gegen die Seitenwand des Abteils stieß. Das Licht seiner Lampe zuckte über die Wände um ihn herum. Er befand sich in einem Zylinder wie im Innern einer Granate, die sich anfühlte, als würde sie gerade in ein Geschütz geschoben.

Die *Proteus* begann sich zu bewegen, wand sich wie ein Tier, das sich von Flöhen zu befreien versuchte. Er preßte seine Füße und den Rücken gegen die Wände des Zylinders und hielt sich auf diese Weise fest, da ihm die Schwerelosigkeit innerhalb der gefluteten Kammer keinen Halt, keine Stabilität ermöglichte. Er konnte sich lebhaft die Brücke vorstellen, wo diese Entscheidung getroffen worden war – und auch den Rumpf des U-Boots. Teplow war vielleicht abgestreift worden. Was war mit den anderen – das Um-sich-Schlagen der Schneidbrenner, das Rollen der Tanks, das Peitschen der Stahlseile um die Schraube. Er konnte das Mahlen spüren, als die Schraube des U-Boots gegen die Umklammerung der Seile ankämpfte. Seine Zähne knirschten aufeinander, sein ganzer Kopf schmerzte von dem Vibrieren. Sie mußten aufhören, mußten ...

Ein Blick auf seine Uhr. Sieben Minuten und zehn Sekunden, elf. Dann schlug die Lampe schmerzhaft gegen seinen Arm. Er preßte sich flacher, größer, breiter gegen die Wände des Zylinders, verhielt sich still. Schneidbrenner, Schweißgeräte, Tanks, das Peitschen der Stahlseile. Wie ein Medium spürte er, daß einer von ihnen, oder auch mehrere, tot oder verletzt sein würden. Ihnen allen ging die Zeit aus. Darum drehte sich jetzt alles. Und das wußten die Männer in der *Proteus*. Zwanzig Faden kamen zehn Minuten Arbeitszeit gleich; dann verlangsamte der überschüssige Stickstoff die

Körperfunktionen, behinderte die Denkfähigkeit, begann mit seinem Zerstörungswerk im Körper. Er war eben dabei, sie zu töten ...

Das Kratzen, das Aufkreischen des Metalls, als sich das verkrüppelte U-Boot immer wieder auf den Untergrund des Felsvorsprungs senkte und seinen Bauch über Schlick und Schlamm und Fels schleppte. Das Mahlen und Pulsen der gefesselten Schraube, wie sie sich zu drehen versuchte; das schwächere Vibrieren – fast normal – der kleinen Hilfsschraube, die zusätzlich zum Einsatz kam. Es schien kein Ende zu nehmen, unerträglich.

Er veränderte seine Stellung, hieb gegen die Wand des Zylinders, ergriff das Ventilrad für die untere Luke, drehte daran, schlug erneut gegen die Wand, wurde zurückgeworfen, so daß seine Lampe hektisch über das überflutete Metall seines Gefängnisses zuckte, griff neuerlich zu, klammerte sich fest – nahm das Vibrieren und die allgemeine Bewegung ab? – und drehte ein drittes Mal. Langsam begann das Wasser aus der Druckkammer in die Torpedostation zu fließen. Dreieinhalb Minuten. Er hatte vermutlich an die zweihundert Male geprobt, wie oft er das Ventilrad drehen durfte, damit sich der Druck entsprechend verringerte, pro Sekunde die genau richtige Menge Wasser abfloß. Aber nicht, wenn es wirklich darauf ankam. Er umklammerte weiter das Rad der unteren Luke, während das Licht seiner Lampe über seine Uhr spielte.

Zehn, elf, zwölf Sekunden. Fast acht Minuten verstrichen und noch drei Minuten fünfzehn Sekunden, bevor das Wasser abgelaufen war und er den Druckausgleich ordnungsgemäß vollzogen hatte. Insgesamt mehr als elf Minuten. Und wo waren sie? Hatten sie sich festhalten können? Waren sie noch am Leben?

Langsamer, das Vibrieren wieder erträglicher. Ein kratzendes Geräusch unter dem Rumpf, nach steuerbord taumelnd, das Aufschreien von aufreißendem Metall, die Hauptschraube außer Betrieb, die Hilfsschraube auslaufend. Die *Proteus* hielt wieder an. Er hatte zu lange gewartet. Er hätte früher handeln sollen, als der Lärm und das Vibrieren ihren Höhepunkt erreicht hatten. Aber nun tropfte das Wasser auf den Boden der verlassenen Torpedostation und in die plötzliche Stille, in die das Gehör wieder zurückkehrte. Siebenunddreißig Sekunden, achtunddreißig, neununddreißig, vierzig ...

Stille. Er stand aufrecht in der Kammer. Das Wasser reichte ihm bis zur Schulter. Er duckte sich unter seine Oberfläche zurück. Fünfundfünfzig Sekunden. Er konnte nicht länger waren, *mußte* warten. Vielleicht hatte sich der gewaltige Rumpf des U-Boots auf einen oder mehrere von ihnen gerollt? Teplow? Nikitin? Die anderen? Falls sie noch am Leben waren, würden sie in dem Dickicht aus aufgewirbeltem Schlick die *Proteus* rechtzeitig wieder finden können? Sie würden durch einen endlosen, beinahe soliden grauen Vorhang aus Schlick schwimmen müssen, um nach dem U-Boot zu suchen, das ihre einzige Hoffnung darstellte. Um langsam zur Oberfläche aufzutauchen, war es bereits zu spät. Im Augenblick glich er den Druck in seinem Körper aus, und niemand würde die Ausstiegskammer der Torpedostation betreten können, bis er sie nicht verlassen hatte. Falls überhaupt noch einer von ihnen am Leben war. Er mußte an die Peitschenschnur eines losen Stahlseils um einen in einem Taucheranzug steckenden Körper denken ...

Eine Minute zwanzig Sekunden. Er kauerte gegen den Boden der Kammer, während das Wasser langsam in den Torpedoraum darunter tropfte. Kein Sickern, kein Tropfen, sondern ein langsames, stetes Fallen, und sehr geräuschvoll. Die Offiziersmesse nebenan; Normalität hielt wieder Einzug; umgestürztes Mobiliar wurde wieder aufgerichtet, zu Boden gefallene Gegenstände aufgehoben, Prellungen und Schrammen untersucht und betastet; der Gehörsinn kehrte zurück; die Aufmerksamkeit für die Umgebung wieder geschärft. *Was ist das für ein Geräusch? Ein Leck? Wir sehen besser mal nach ...*

Ardenjew war ganz auf sich allein gestellt. Er dachte an den Hubschrauber, der in Flammen aufgegangen war, an Petrows gebrochenes Bein und schließlich an den höllischen Lärm und das Vibrieren der *Proteus*. Dolohow, wurde er sich ganz deutlich bewußt, hatte möglicherweise das Leben jedes Mitglieds der Unterwasserspezialeinheit, *seiner* Einheit, auf dem Gewissen. Für eine Trickkiste, mit der man ein U-Boot unsichtbar machen konnte.

Zwei Minuten fünf Sekunden. Die Kammer war nicht einmal mehr halb voll mit Wasser. Er watete in einer sich zurückziehenden Ebbe, wie er das als Kind in Tallinn oder Odessa getan haben könnte, als er das geheimnisvolle, faszinierende Wasser beobachtet hatte, wie es vor ihm zurückwich und nur den Schaum zurückließ und das Stück frisch freigelegten, nassen Sands, in dem in kleinen Vertiefungen die Muscheln staken. Zwei Minuten zwanzig.

Der Lärm. Sie mußten den Lärm hören. Nein, sie würden nichts merken; sie waren zu durcheinander. Sie werden besonders auf Wasser hören – auf das gefährliche Wasser eines Lecks, auf eine verbeulte oder beschädigte Rumpfplatte; sie werden es hören ...

Zwei Minuten zweiunddreißig. Noch achtundfünfzig Sekunden. Er zog an der Luke. Sie schwang hoch und leerte die Kammer in einem einzigen Augenblick. Seine Hand schien an das Rad gekettet und drehte es langsam, obwohl das Vorderhirn entschieden hatte, noch zu warten. Der Druck der Imagination, was außerhalb des U-Boots geschehen sein könnte, war stärker als alles andere und lastete auf ihm mit einer Schwere, als wäre sie die gewaltige Weite des Ozeans selbst. Er glitt durch die Luke in die Torpedostation, wo das Wasser bereits ablief und die kalten, klinischen Räumlichkeiten lediglich naß zurückließ. Ihm wurde sofort übel und schwindlig. Zu früh, zu früh, machte er sich selbst Vorhaltungen. Er hatte noch nie versucht, den Druckausgleich in dieser Tiefe in weniger als zwei Minuten fünfzig Sekunden abzuwickeln. Er war darauf gefaßt gewesen, sich auf das Schwindelgefühl und die Übelkeit einzustellen, auf das Pochen des Blutes in seinem Schädel, mit dem er auch noch eine halbe Minute später zu rechnen gehabt hätte. Aber das war schlimmer, wesentlich schlimmer. Er taumelte gegen das Schott, unfähig seine Augen auf einen festen Punkt zu richten, während seine ganze Umgebung in Bewegung kam wie in einem Alptraum. Der Lärm in seinen Ohren war ein hartes Pochen, unter dem er fast hören konnte, wie sich das Blut mit einem trockenen Wispern in seinen Adern schneller und schneller vorwärts bewegte. Sein Herz schmerzte. Schmerzen im Kopf, die jedes Denken unmöglich machten. Seine Hände krallten sich um die zwei Kanister auf seiner Brust, als hielten sie einen Talisman oder eine Ikone von größter Bedeutung und Wirksamkeit. Seine Beine wurden schwach, und als er sich zu bewegen versuchte, taumelte er nach vorn und wäre um ein Haar wie ein Kind bei seinen ersten Gehversuchen aufs Gesicht gefallen.

Schließlich lehnte er sich gegen das Schott und sog seine Lungen mit dem Gemisch aus den Sauerstofftanks voll, versuchte verzweifelt, seinen Gesichtssinn wieder unter Kontrolle zu bekommen und seine Blicke auf die Tür zur Torpedostation zu konzentrieren. Sie war verschlossen, aber ihre Umrisse schimmerten schwach. Sie war kein Hindernis. Um ihn herum lagen die schlanken Formen der Torpedos. Ein kalter, klinischer Raum, der Boden inzwischen fast trocken, sah man von der Pfütze ab, die sich von dem Wasser, das von seinem Tauchanzug getropft war, um seine Füße gebildet hatte. Er versuchte, auf seine Uhr zu sehen, konnte jedoch seine Blicke nicht auf einen festen Punkt konzentrieren, so sehr er seine Augen auch anstrengte und zusammenkniff, während er das Zifferblatt der Uhr fast gegen das Glas seiner Taucherbrille preßte. Drei Minuten fünfzig, fast vier Minuten. Er hätte noch warten können – sollen. Jetzt war er sogar noch später dran. Er löste den Verschluß des Bleigürtels um seine Hüfte, so daß er dröhnend zu Boden fiel.

Er sah auf. Die Luke schließen, die Luke schließen. Mit Bewegungen, als befände er sich immer noch unter Wasser, mit den beschwerten Füßen des Tauchers und dem hinderlichen Gummianzug, griff er nach oben und schloß die Luke, indem er mit schmerzenden, frostigen, schwachen Gliedern den Griff drehte. Falls sie noch am Leben waren – er spürte Tränen in seinen Augen, die nicht mehr nur eine Folge des zu rasch vollzogenen Druckausgleichs waren – dann konnten sie jetzt die äußere Einstiegsluke öffnen.

Eine sich öffnende Tür. Den Brennpunkt der Augen neu einstellen – langsam. Er hatte sie eben auf die Luftreinigungsanlage zu beiden Seiten der Torpedostation zu richten begonnen, als die Tür langsam aufging. Aber das Bild in seinem Kopf war verschwommen und verzerrt, als blickte er durch eine beschlagene Fensterscheibe, über welche Regentropfen flossen. Eine Gestalt wie in einem Jahrmarktszerrspiegel trat durch die Tür, blieb stehen, schrie etwas Unverständliches über dem Rauschen und Sausen in seinen Ohren und kam dann auf ihn zu.

Schnell, schnell, drängten nutzlose Instinkte. Er stieß sich von dem Schott ab. Für einen Augenblick konnte er die Backbordluftreinigungsanlage deutlich erkennen; dann verschwamm sie wieder wie hinter einem Fenster im Regen. Plötzlich konnte er jedoch wieder deutlich sehen. Er konnte die Worte hören – die Frage und die geschriene Herausforderung. Eine andere Gestalt kam durch die offene Tür im Schott. Zwei. Ardenjew bewegte sich in einem dickeren, zäheren Element als Luft. Hände packten ihn von hinten, so daß er gegen eines der Torpedos taumelte. Langsam, tauchermäßig, versuchte er, sich umzudrehen, um sich zu schlagen. Seine andere Hand legte sich um einen der zwei Kanister auf seiner Brust, und das junge Gesicht schien von seiner Hand und von dem, was sie hielt, magisch angezogen. Ardenjew konnte den Ausdruck des Gesichts ganz deutlich wahrnehmen – Wissen, Begreifen. Der junge Mann umklammerte ihn mit beiden Armen, aber Ardenjew zerrte an den dünnen, leichten Armen und stieß den Mann mit seiner massigen Gestalt von sich.

Er bückte sich, um die Inspektionsplatte zu öffnen. Aber seine Hand wurde zurückgezogen, und eine andere, kräftigere Hand krallte sich um seine, welche den ersten Kanister hielt. Der zweite Kanister wurde aus seiner Halterung gerissen und rollte über den Boden und unter eine der Torpedohalterungen. All drei sahen ihm nach, wie er über den Boden holperte. Die zwei britischen Offiziere hatten Angst, es könnte sich dabei um eine Bombe handeln.

Ardenjew hieb mit der Lampe, die immer noch an seinem Handgelenk befestigt war, um sich und traf den kleineren Offizier am Kopf. Er stürzte zur Seite und über eines der Torpedos, um dann langsam zu Boden zu sinken. In seinem Gesicht machte sich eine vage Röte bemerkbar. Darauf wurde Ardenjew in den Magen getroffen, und er sackte zusammen.

Ein weiterer Schlag gegen die Seite seiner Taucherbrille, und er schnellte mit seinem Oberkörper wieder nach oben, um den Angreifer mit seinem Kopf an der Brust zu treffen. Ein weiches Ausstoßen von Luft, und der Mann taumelte rückwärts ...

Er drehte sich und schraubte mit beiden Händen den Kanister auf, so daß das lähmende Gas entweichen konnte. Dann steckte er den Kanister in die Luftreinigungsanlage und schloß die Inspektionsplatte sofort wieder. Als nächstes erhielt er einen Schlag in den Rücken, direkt unterhalb der Sauerstofftanks. Hände legten sich um sein Gesicht und seine Schultern, und die Brille wurde ihm heruntergerissen. Er spürte, wie das Mundstück zwischen seinen Zähnen hervorgezerrt wurde, und er atmete die warme, sterile Luft des U-Boots ein. Immer noch von dem zweiten Mann gehalten, stolperte er durch die Torpedostation. Seine Augen forschten nach dem zweiten Kanister, während er gegen die Torpedos stieß. Er achtete nicht darauf, das Mundstück wieder anzulegen, bevor das Gas durch die Lüftungsanlage das ganze U-Boot durchströmte und zu ihnen in die Torpedostation zurückkehrte.

Plötzlich ging Ardenjew in die Knie und wuchtete den zweiten Mann, den kräftigeren, bärtigen Offizier, über seine Schultern, so daß er vor ihm auf den Metallboden krachte. Ardenjew krabbelte unter eine Torpedohalterung. Seine Finger schlossen sich über feucht kaltem Metall, packten es. Den Kanister gegen seine Brust gepreßt, stand er auf und watschelte mit seinen Flossen schwerfällig und heftig keuchend durch die Torpedostation auf die Luftreinigungsanlage zu.

Inzwischen erschienen weitere Männer in der Tür. Er öffnete die Inspektionsplatte, drehte den Kanister und steckte ihn in die Luftreinigungsanlage, um die Inspektionsplatte unmittelbar darauf wieder zu schließen. Er wurde gepackt. Es entstand hektischer Lärm, irgendwo ging eine Alarmanlage los, und er versuchte, sich das Mundstück wieder zwischen die Zähne zu schieben. Sie wollten ihn daran hindern. Es war, als hätten die Hände, die nach ihm griffen, nur das eine, unbedeutende Ziel, ihn davon abzuhalten, in den Schutz des Luftgemischs in seinen Sauerstofftanks zu gelangen, während das Gas rasch durch das U-Boot strömte. Er wurde von Schlägen getroffen, aber seine Aufmerksamkeit konnte nicht auf seinen Rumpf, seine Arme und Beine, seine Nieren, seinen Magen, seinen Brustkorb abgelenkt werden. Er versuchte weiter, das Mundstück anzulegen.

Ein Atemzug, zwei, drei, auf den Boden sinkend, keinen Widerstand leistend, in der Hoffnung, sie würden annehmen, er wäre geschlagen, vielleicht sogar bewußtlos. Jemand drehte ihn auf den Rücken; durch die halb geöffneten Lider sah er eine Hand nach Mundstück und Maske greifen – die Maske verrutscht, den größten Teil der Szenerie verdeckend – und plötzlich glitt die Hand an ihm vorbei, neben ihm sank ein Körper zu Boden, die zeitlupenartige, elegante Langsamkeit seiner Bewegung eine Parodie unzähliger Kinotode. In dem Wissen, daß er nun nichts mehr zu fürchten hatte, schlug er die Augen auf. Wie auf einer Kegelbahn sanken die anderen um ihn herum zu Boden, ausnahmslos in derselben zeitlupenartigen Langsamkeit.

Ardenjew schloß die Augen. Nun war er als einziger auf dem britischen U-Boot noch bei Bewußtsein. Er hatte keine Eile, nicht die geringste. Sie würden mindestens eine Stunde lang bewußtlos bleiben, vielleicht sogar länger. Aus der Einstiegskammer war nichts zu hören – keine Geräusche. Und von daher bestand nicht der geringste Grund zur Eile. Er hatte die *Proteus* und ›Leopard‹ in Besitz genommen, und er war völlig allein. Ein trauriger, sogar herabwürdigender Heroismus. Er ergab sich der Erschöpfung, die ihn überfiel, als hätte auch er das lähmende Gas eingeatmet.

9 Wiedererlangung

Aufgrund ihrer Papiere wußte Ardenjew, daß sie Thurston, der Erste Offizier des U-Boots, und Hayster, der für ›Leopard‹ zuständige Offizier, waren. Infolge ihrer Bedeutung hatte er ihnen erlaubt, mit Lloyd auf der Brücke der *Proteus* zu bleiben, während die restlichen Offiziere und Matrosen ›aus Sicherheitsgründen‹ in die Messe und die Mannschaftsquartiere eingeschlossen worden waren.

Ardenjew hatte beobachtet, wie Lloyd wieder zu sich gekommen war. Der Kapitän des U-Boots hatte praktisch schlagartig das Bewußtsein wiedererlangt, und Ardenjew verspürte unmittelbar Sympathie für den Mann, gemischt mit höchster Wachsamkeit. Lloyd würde nun sofort versuchen, ›Leopard‹ zu sabotieren, wenn ihm dies irgendwie möglich sein sollte. Ardenjew stand vor dem Kapitän des U-Boots und seinen beiden ranghöchsten Offizieren, als wäre er ein rangniedrigerer Offizier und entböte ihnen seinen Gruß. Dies war Teil der Farce, die er nun zu spielen hatte.

»Wie ich bereits gesagt habe, Herr Kapitän«, begann er von neuem, nachdem er durch einen Fluch von Thurston unterbrochen worden war, »entschuldigen wir uns aufs nachhaltigste für die Art und Weise, in der wir uns gezwungen sahen, an Bord Ihres Schiffs zu kommen. Sie können sich jedoch glücklich schätzen, daß uns dies gelungen ist. In Ihrem Luftreinigungssystem ist eine Störung aufgetreten, die sicher fatale Auswirkungen gehabt hätte, wären wir nicht hier an Bord erschienen.« Er sagte dies ohne den leisesten Anflug von Selbstironie oder Spott. Die Wahrheit stand hier nicht zur Debatte.

Seine Männer, sein Team, waren vermißt, vermutlich tot. Mit gebrochener Stimme hatte Wanilow ihm mitgeteilt, daß er Kuzin gesehen hatte, wie sich ein gelöstes, durchs Wasser peitschendes Stahlseil um seinen Rücken geschlungen und ihn ins Dunkel davongerissen hatte. Sein Körper war dabei in einer Weise verzerrt und entstellt gewesen, wie dies nur bei gebrochenem Rückgrat möglich war. Nikitin war unter das

Gewicht der *Proteus* gefallen. In seiner Überraschung hatte er völlig vergessen, den Schneidbrenner in seiner Hand loszulassen. Als der Schlick um Nikitin aufgewirbelt war und ihn verschlang, waren immer noch blaue Stichflammen von dem Schneidbrenner hochgezüngelt. Schadrin hatte er überhaupt nicht gesehen. Nur Teplow und Wanilow hatten sich an den Rumpf des U-Boots zu klammern vermocht, waren durch den aufgewirbelten Schlamm und Schlick mitgezogen worden und ruhten sich schließlich erschöpft und halb betäubt aus, während sie langsam durch den Stickstoff in ihrem Blut vergiftet wurden. Schließlich hatte sich Wanilow zum Heck vorgearbeitet, wo er Teplow fand. Gemeinsam gelangten sie darauf durch die Heckausstiegsluke der *Proteus* in den Raum, in dem der Elektromotor untergebracht war. In der langsam auslaufenden Kammer hatten sie fünf Minuten gewartet, bis sie sich ins Innere des U-Boots vorwagen konnten. Schwindelgefühle und Erschöpfung, ja; aber nicht die Tiefenkrankheit. Teplow hatte das neutralisierende Gas in die Luftreinigungsanlage im Heck gesteckt und sich dann auf die Suche nach Ardenjew gemacht.

Dieser stellte fest, daß sich in seiner linken Wange ein nervöser Tick festgesetzt hatte – die letzten, verblassenden Auswirkungen der Erschöpfung und des Schocks. Die Männer vor ihm hatten drei seiner Leute getötet – und indirekt auch die Sektion Blau. Das Wissen, daß er genau das gleiche getan hätte, bedroht, wie sie sich gefühlt hatten, legte sich über seinen Ärger und schwächte ihn ab. Lloyd, der Kapitän beobachtete ihn aufmerksam, begutachtete ihn, der Ausdruck in seinem Gesicht ähnlich einem Verdacht, daß sie sich schon einmal getroffen hatten oder immer schon dafür bestimmt waren, sich einmal zu treffen.

»Verdammte Piraterie nenne ich so etwas«, platzte Thurston in die Stille hinein. Hayter murmelte seine Zustimmung. »Wie erklären Sie uns dann die Waffen, wenn Sie uns nur helfen wollen?«

Ardenjew lächelte unschuldig. »Wir verstehen Ihre Besorgnis, was die Sicherheit betrifft. Wir wollen keine Vorwürfe gemacht bekommen für irgendwelche ... *Fehler,* die Sie machen könnten, oder irgendwelchen Schaden, den Sie Ihrer höchst empfindlichen Ausrüstung zufügen könnten. Das Ganze ist lediglich eine Vorsichtsmaßnahme.«

»Meine Mannschaft einzusperren ist wohl auch nur eine Vorsichtsmaßnahme, oder wie?« meldete sich Lloyd sarkastisch zu Wort. Er saß entspannt auf einem der Stühle der Echolot-Operatoren und schwang langsam hin und her, als beabsichtigte er, den Russen zu hypnotisieren. Ein gelassenes, schüchternes und zugleich selbstbewußtes Kind. Ardenjew reizte seine scheinbare Gleichgültigkeit, was das Schicksal Nikitins und der anderen betraf.

»Herr Kapitän, ich könnte durchaus verstehen – ja, ich würde eine Reaktion wie die von Commander Thurston sogar erwarten – entweder von einem Ihrer Offiziere oder einem Ihrer Männer. Allerdings würde das eine sowieso schon genügend komplizierte Situation noch weiter verkomplizieren. Wir sind hier, um Ihnen zu *helfen* ...« An diesem Punkt sickerte ehrliches Wohlmeinen in seine Stimme. Die Dosierung war genau richtig gewählt. »Es ist nämlich unsere Schuld, daß Sie sich in dieser unangenehmen Lage befinden.«

»Das geben Sie also sogar zu?«

»Was sollten wir anderes tun? Der Kapitän und die Offiziere des U-Boots *Grischka* werden wegen ihres provozierenden Vorgehens mit strengen Disziplinärmaßnahmen zu rechnen haben.«

»Das ist doch ein Witz ...!« explodierte Thurston.

»Keineswegs. Oder habe ich etwa nicht recht, Kapitän?« erwiderte Ardenjew mit einem Lächeln. »Das wird die allgemein akzeptierte Darstellung der Ereignisse sein.«

»Wie erklären Sie sich zum Beispiel die Verletzungen und Schrammen zweier meiner Offiziere?« wollte Lloyd wissen. »Ich nehme an, die Luftreinigungsanlage hat plötzlich begonnen, um sich zu schlagen?«

»Vermutlich sind sie auf Deck gestürzt«, erwiderte Ardenjew, »durch den plötzlichen Sauerstoffmangel überrascht. Als Ihre Signale von innen plötzlich stoppten, bin ich an Bord gekommen. Bevor das geschah, haben Sie noch ein Wort gemorst: HILFE. Können Sie sich nicht mehr erinnern?«

Lloyd schüttelte den Kopf. »Nein, daran kann ich mich

beim besten Willen nicht mehr erinnern. Aber ich nehme an, daß sich akuter Sauerstoffmangel nachhaltig auf das Erinnerungsvermögen auswirkt.«

Ardenjew seufzte zufrieden. »Ich sehe, wir verstehen uns, Kapitän.«

»Und was soll jetzt geschehen?«

»Dem Schadensbericht zufolge werden an Ihren Stabilisatoren kleine Reparaturen durchgeführt werden. Danach werden wir Sie nach Petschenga abschleppen, zu unserem nächsten Flottenstützpunkt, wo dann die entsprechenden Ausbesserungsarbeiten vonstatten gehen können, um Sie nach Faslane zurückkehren lassen zu können.« Unschuldig breitete Ardenjew seine Hände aus. »Das ist das mindeste, was wir tun können – abgesehen selbstverständlich von den aufrichtigsten diplomatischen Entschuldigungen. Es wird wenig mehr als ein paar Tage dauern, bis Sie die Heimfahrt antreten können.« Er strahlte dabei über das ganze Gesicht.

»Wenn Ihre Mission so gut gemeint ist, weshalb trägt dann Ihr Begleiter eine Kalaschnikow, die zudem, wie ich vielleicht bemerken darf, auch noch entsichert ist?« grunzte Thurston ärgerlich.

»Alles im Dienste der allgemeinen Sicherheit.« Ardenjew seufzte neuerlich. Er war dieses Theater müde, da es völlig belanglos war. Jeder der im Raum anwesenden Männer kannte die Wahrheit dahinter. »Und jetzt werde ich mich mit dem Bergungsschiff *Karpati* in Verbindung setzen müssen und dafür sorgen, daß weitere Taucher mit der entsprechenden Ausrüstung heruntergeschickt werden.«

»Ich nehme an, Sie sind zur Genüge mit unserem Kommunikationssystem vertraut?« bemerkte Lloyd mit gezwungener Gelassenheit, als berührte ihn die Situation inzwischen mit bitterer Nachhaltigkeit.

»Vielen Dank, ja.« Ardenjews Hand löste sich vom Griff der Makarow-Pistole, die im Gürtel seines Gummianzugs stak. Um die falsche, spöttische Leichtigkeit seiner Unterhaltung mit den britischen Offizieren beizubehalten, zerzauste er sich zerstreut das Haar. Er verspürte den dringlichen Wunsch, sich wie in ein Baumhaus seiner Kindheit in die Fiktion eines schrecklichen Unfalls, eines lebensrettenden Enterkommandos und wiedergutmachender Reparaturen in Petschenga zurückziehen zu können. Aber das ging nicht. Peitschende Drahtseile und die aufzüngelnden Flammen eines abstürzenden Hubschraubers begleiteten ihn in lebhaften Bildern an die Funkkonsole.

Als gestünde er damit ein, daß die Fiktion nicht aufrecht erhalten werden konnte, zog er die Makarow und winkte die drei britischen Offiziere in das andere Ende der Brücke, bevor er sich vor die Konsole setzte.

»Diese Bilder wurden vierzig Minuten nach den vorigen aufgenommen«, bemerkte Aubrey. »Sie wollen damit also sagen, Captain Clark«, die übertriebene Höflichkeit schien dazu bestimmt, jegliches Eingestehen einer Katastrophe abzuwürgen, »daß sich die Taucher an Bord der *Proteus* befinden müssen, nachdem sie nicht wieder aufgetaucht sind?«

»Ganz richtig.«

»Warum?«

»Sie könnten in dieser Tiefe nicht länger als zehn Minuten bleiben. Danach hätten sie langsam zurückkommen müssen. Sie müßten sich also inzwischen längst an Bord der Barkasse befinden. Und das Boot ist zum Backbordladekran der *Karpati* zurückgefahren.« Clark nickte in Copelands Richtung. »So weit ich sehen kann, laden sie vom Rettungsschiff schwere Schneidbrenner auf die Barkasse. Und diese Männer auf Deck. Weitere Taucher. In voller Montur, nicht nur mit Sauerstoffflaschen. Sie werden zur *Proteus* hinuntertauchen. Deshalb können Sie mit Sicherheit davon ausgehen, daß Ardenjews Männer an Bord sind.«

»Aber wie und weshalb könnte Lloyd sie an Bord gelassen haben?« fragte Aubrey ärgerlich. Die grobkörnigen, verschwommenen Fotos, welche von der Nimrod übertragen worden waren, ließen ihn nicht los und plagten ihn. Clark schien ihm aus dem Kaffeesatz zu weissagen. Das Ganze kam ihm vor wie ein Märchen.

»Er hätte doch gar nicht ...«

»Die Ausstiegsluken«, platzte Copeland heraus. »Nachdem vor ein paar Jahren die *Phaeton* gesunken ist, wurden überall Zweiwegluken angebracht. Das haben sie gewußt, verdammt noch mal!«

»Genau«, bemerkte Clark trocken. »Ardenjew hat sich also selbst Zutritt verschafft.«

»Eastoe meldet eine Positionsänderung der *Proteus*.«

»Lloyd hat folglich versucht, seine Besucher loszuwerden«, kommentierte Clark säuerlich. »Irgend jemand befindet sich an Bord. Darauf können Sie Gift nehmen.«

»Dann ist also keiner unserer Funksprüche durchgekommen?« fragte Aubrey geknickt. »Sie werden ›Leopard‹ nicht zerstört haben?«

»Ich fürchte nicht.«

»Clark, was werden sie denn jetzt tun, um Himmels willen?« Aubreys Augen ruhten mit einem Ausdruck reinster Böswilligkeit auf Giles Pyotts ausdruckslosem Gesicht. Pyotts Unversöhnlichkeit wies jedoch den anklagenden Blick zurück. Clark räusperte sich und löste damit die Spannung zwischen dem Militär und dem Geheimdienstmann auf. Aubrey zuckte mit den Achseln.

»Sie werden sie heben – je nachdem, wie weit sie beschädigt ist. Oder sie holen sich schon da unten, was sie wollen. Die Lage verkompliziert sich noch zusätzlich durch den Umstand, daß ›Leopard‹ im Augenblick nicht in Betrieb ist. Ich nehme daher an, daß sie das Boot heben und in den nächsten Hafen schleppen werden.«

»Was?« fragte Pyott ungläubig. »Das wäre doch die reinste Piraterie. Die internationalen Auswirkungen darauf wären doch ... gewaltig.«

»Werden Sie deswegen den Krieg erklären?« fragte Clark ironisch.

»Ach, stellen Sie sich doch nicht dümmer als Sie sind.«

»Aber letztlich ist das Ganze dann doch die Scheiße wert, die sie sich damit aufrühren. Was wollen Sie denn schon groß tun? Sie alle. Sie werden keinen Krieg erklären, und auch *wir* werden das für Sie nicht tun. Weil das Ganze so schrecklich peinlich ist, werden Sie vielleicht die ganze Geschichte am besten gleich unter den Teppich kehren. Und was wird schon groß passieren? Nichts! ›Leopard‹ wird dann im Besitz beider Seiten sein, oder keiner. Das wird das einzige Ergebnis sein.«

»Was können wir denn *tun,* Clark?« fragte Aubrey mit der ungeduldigen Dringlichkeit eines frustrierten Kinds an einem regnerischen Tag. Fast zitterte er vor Wut und Ärger.

»Sie haben ausgespielt, Mister Aubrey.«

»Seien Sie doch nicht so verdammt amerikanisch«, nörgelte Pyott. »So unerträglich schlau und besserwisserisch.«

»Entschuldigung, Colonel Pyott«, erwiderte Clark, ohne sich ein Grinsen ganz verkneifen zu können, wobei er sich jedoch des Ernsts der Situation nicht minder bewußt war als alle anderen in dem Raum im Keller der Admiralität. Sie wirkte so *karikaturenhaft,* diese Panik im Taubenschlag. Das neue Spielzeug war plötzlich weg. Und keiner machte sich Gedanken über die Besatzung der *Proteus,* nicht einmal Aubrey – Clark verabscheute das an ihnen. Außerdem verspürte er schleichende Bewunderung für den Mann, der es geschafft hatte, in das U-Boot einzudringen – Waleri Ardenjew. Er konnte sich inzwischen wieder ganz deutlich an das Gesicht und die Statur des Russen erinnern und auch ohne weiteres vorstellen, daß dieser Mann in der Lage war, eine Bootsbesatzung von hundert Mann mit Erfolg zu überraschen und kaltzustellen.

Alles hing davon ab, in welchem Ausmaß die *Proteus* zu Schaden gekommen war. Die nächsten NATO-Einheiten waren zwanzig Stunden Fahrt von der Position der *Proteus* entfernt, sah man einmal von ein paar kleinen norwegischen Einheiten ab, welche die Regierung in Oslo sicher nicht in die Barents-See entsenden würde. Sie konnten alles beobachten – mit Radar, Echolot und Infrarot – aber sie konnten nicht eingreifen. Falls es länger als zwanzig Stunden dauern würde, die *Proteus* zu heben und ins Schlepptau zu nehmen, würden zumindest nicht alle fünf Akte dieser Tragödie zu Ende gespielt werden. Es sei denn, Ardenjew und seine Männer bauten ›Leopard‹ einfach aus und nahmen es so mit. Das bezweifelte Clark allerdings. Die Russen würden möglichst versuchen, die Unschuldsmiene zu wahren, welche sie über den sowjetischen Botschafter in London bereits zu zeigen begonnen hatten.

»Können wir sie denn retten?« fragte Aubrey. »Können wir sie denn nicht aus dieser Falle holen, in die sie uns gelockt haben?« beharrte er. Aubrey nagte an dem Problem wie an einem Knochen. Irgendeinen Hoffnungsschimmer mußte es doch geben.

»Retten?« platzte Copeland ungläubig heraus.

»Ich sehe nicht recht, wie«, bemerkte Clark etwas vorsichtiger, während Aubrey den jungen Offizier der Royal Navy böse anstarrte. Über ihnen allen ragte drohend der Kartenschirm auf, alle seine Lichter schimmernd und unbeweglich, sah man von dem Kurs der Nimrod ab, der alle paar Minuten auf den neuesten Stand gebracht wurde. Eine Fliege, die über ein projiziertes Bild summte, ein Aasvogel über einem getöteten Tier.

»Ich verstehe nicht, weshalb sie das U-Boot heben wollen«, warf Pyott ein. »Sie sind doch ganz offensichtlich nur an einem interessiert.«

»Ardenjew hat im Laufe seiner Karriere schon mindestens ein halbes Dutzend solcher Bergungsaktionen an russischen Booten durchgeführt. Enter- und Hebungsaktionen. Darauf ist er spezialisiert. Sie haben ihn gebraucht, um an Bord zu gelangen, das ist sicher; aber vielleicht sind sie auch an seiner Erfahrung interessiert, was das Heben von Booten betrifft.«

»Ich muß sofort mit ›C‹ sprechen«, erklärte Aubrey. »Im Augenblick führt unsere Unterhaltung zu absolut nichts. Wir müssen herausfinden, was die sowjetischen Behörden vorhaben.«

Clark zuckte mit den Achseln. Die Tatsache, daß Aubrey an seiner Prognose zweifelte, berührte ihn nicht weiter. Während der letzten vierundzwanzig Stunden schien sein Respekt vor Aubrey zu flackern begonnen zu haben, ähnlich einer Lichtquelle, die durch vorüberziehende Wolken abwechselnd verdeckt und wieder freigelegt wurde. Trotz der Klarheit in seinem Kopf wurde dem Amerikaner jedoch bewußt, daß er erwartete, Aubrey würde am Ende doch mit einer – und zwar praktikablen – Lösung aufwarten können.

Aubrey traf zwischen sich und dem »Chessboard Counter«-Team keine Sicherheitsunterscheidungen und benutzte deshalb einfach eines der zahlreichen Telefone in dem unterirdischen Raum. Wie er wußte, hielt sich Cunningham gerade beim Außenminister auf, nachdem dieser zu einem zweiten

Treffen mit dem sowjetischen Botschafter gebeten worden war. Binnen einer halben Minute war die Verbindung mit dem Außenministerium hergestellt, und Aubrey hörte am anderen Ende der Leitung die Stimme seines Chefs.

»Ja, Kenneth? Was gibt es Neues?« Cunningham klang außer Atem. Aubrey nahm an, daß dies eher auf den Gang der Ereignisse zurückzuführen war als auf seine Erschöpfung.

»Die Experten«, Aubrey konnte sich einen unfreiwilligen Blick in Clarks Richtung nicht verwehren, »sind der Auffassung, daß die Russen an Bord der *Proteus* sind.«

»Gütiger Gott, das ist ja unglaublich!«

»Der Botschafter hat zumindest derartiges noch nicht verlauten lassen?«

»Er spricht natürlich von einer Bergungsaktion, aber selbstverständlich nicht von einem Eindringen seiner Leute in das U-Boot. Zumindest nicht direkt. Und eben bis jetzt noch nicht.«

»Und welche Erklärung bietet er für den ganzen Vorfall an?«

In Cunninghams Stimme lag ein eisiges Kichern – das Lachen eines Mannes, der eben an dem Punkt angelangt war, einen schlechten Witz auf seine Kosten akzeptieren zu können. »Der Kapitän des russischen U-Boots hat einen Nervenzusammenbruch erlitten. Er hat den Abschuß besagten Torpedos angeordnet, bevor er durch den üblichen heroischen jungen Offizier, der Partei und der Sache des Weltfriedens getreulich verpflichtet, seines Kommandos enthoben werden konnte.«

»Das ist vielleicht das erniedrigendste an der ganzen Geschichte, daß sie uns letztlich tatsächlich mit einem derart lächerlichen Märchen abspeisen können und wir nichts dagegen tun können. Und zur Rettung unseres U-Boots können wir ebenfalls nichts unternehmen.«

»Der Außenminister hat bereits mit der Premierministerin über den Vorfall gesprochen, Kenneth. Sie hält sich über den Fortgang der Situation auf dem laufenden. Es soll alles in unserer Macht Stehende unternommen werden, die Sowjetunion zu veranlassen, besagtes Gebiet zu verlassen und die *Proteus* an uns zurückzugeben.«

»Und ...?«

»Keine Reaktion. Sie bestehen darauf – mit dem *äußersten* Nachdruck –, daß sie die Ausbesserungsarbeiten durchführen. Als Entschädigung für die Verrücktheit eines ihrer Marineoffiziere, wie der Botschafter es ausgedrückt hat.«

»Und Washington?«

»Der Präsident zeigt sich ernstlich besorgt ...«

»Und wird natürlich nichts unternehmen?«

»Er ist bereit, um der gespannten internationalen Lage willen die Version der Russen für bare Münze zu nehmen – allerdings gegen den Rat seiner militärischen Berater. Ich glaube, daß er sich hinsichtlich der Bedeutung von ›Leopard‹ nicht ganz im klaren ist.«

»Ich verstehe. Wir kommen also nicht weiter?«

»Keinen Schritt. Was ist übrigens mit diesem Quin?«

»Nichts. Das Mädchen nimmt im Augenblick eine Schlüsselposition ein. Ich warte noch auf einen Bericht von Hyde.«

»Würde es denn etwas nützen, wenn wir ihn finden würden?«

»Wir könnten dann zumindest ›Leopard‹ zerstören, nehme ich an.«

»Die Premierministerin wird kaum das Leben der Besatzung aufs Spiel setzen«, warnte Cunningham streng. »Darauf hat man mir und dem Außenminister gegenüber ausdrücklich bestanden.«

»Ich meinte doch nur, daß wir Sabotage versuchen könnten. Beziehungsweise könnte Lloyd das, wenn Quin wieder in unserer Hand wäre.«

»Allerdings. Sie glauben also nicht, daß ›Leopard‹ von Lloyd oder seiner Crew in irgendeiner Weise beschädigt worden ist?«

»Es ist nicht ausgeschlossen, aber ich halte es für unwahrscheinlich. Keiner unserer Funksprüche hat die *Proteus* erreicht.«

»Na gut, Kenneth; dann würde ich sagen, Sie kommen besser sofort hierher. Vielleicht sollten Sie noch einmal mit dem Außenminister sprechen, bevor er sich neuerlich mit der Premierministerin trifft. Überlassen Sie das Kommando in der Zwischenzeit Pyott.«

»In Ordnung. Bis in fünfzehn Minuten.«

Aubrey legte den Hörer auf die Gabel zurück. Der Raum war still von Scheitern. Clark beobachtete ihn unverwandt; einige der jüngeren Männer betrachteten ihn nicht ohne eine gewisse Hoffnung. Pyott erschien resigniert. Es handelte sich bei dem Ganzen, wie er sich eingestehen mußte, um eine vollständige und extreme Geheimdienstkatastrophe – genau die Art von Versagen, die er nicht dulden und akzeptieren konnte.

»Giles«, rief er, und dachte dann: Wo zum Teufel steckt Hyde?

Quin winkte wie ein Licht am Ende des sprichwörtlichen Tunnels. Vielleicht ein falscher, irreführender Hoffnungsschimmer, aber es gab keinen anderen Strohhalm mehr, an den er sich noch hätte klammern können.

Hyde wünschte, er könnte Aubrey von einem der öffentlichen Fernsprecher aus anrufen, die er unter ihren riesigen trockenhaubenartigen Plexiglasverkleidungen durch die Glastür der Cafeteria erkennen konnte. Er hatte Angst, das Mädchen auch nur für einen noch so kurzen Moment aus den Augen zu lassen, und er hatte auch Angst, daß sie anfangen könnte, ihre anfängliche Entscheidung zu bereuen. Und er war auf der Hut, tastete sich mit äußerster Vorsicht über die zerbrechliche, dünne Eisschicht aus Vertrauen, die sie ihm spärlich anbot, weil er sie schließlich doch davon zu überzeugen vermocht hatte, daß hinter ihm noch andere, anonymere und mächtigere Männer standen – die Art von Leuten, vor denen ihr Vater ursprünglich geflohen war.

Die Telefone blieben in seinem Augenwinkel haften, zugleich jedoch im Zentrum seiner Wahrnehmung, während er seinen Kaffee trank und sie dabei beobachtete, wie sie gierig ein dünnes, zu lang gebratenes Steak mit Pilzen und Pommes frittes verschlang. Er selbst hatte nur einen Sandwich hinuntergebracht. Die Anspannung nagte an ihm, raubte ihm nicht nur den Appetit, sondern auch die Energie. Quin hielt sich irgendwo im Norden Englands auf – mehr hatte das Mädchen nicht gesagt, und er versagte es sich, sie weiter zu bedrängen, um nicht wieder ihren zwanghaften Argwohn zu neuem Leben zu erwecken. So weit ihm dies möglich war, verhielt er sich wie ein Autofahrer, der eine Anhalterin in Richtung Norden mitnahm. Das Adrenalin in seinen Adern weigerte sich, langsamer zu zirkulieren. Er hatte Angst, daß er verfolgt wurde, obwohl er nichts festgestellt hatte, was darauf hätte schließen lassen können. Und er litt unter dem stimulierenden Effekt seiner Flucht vor Petrunin.

»Wie läuft eigentlich die Tournee?« fragte er beiläufig.

Eine Gabel voll Chips vor ihren Lippen balancierend, die vom Essen glänzten, sah sie ihn an. Ihre Miene wirkte amüsiert und auf eine obskure Art verächtlich.

»Ich habe nicht die Zeit gehabt, mir darüber Gedanken zu machen.«

Hyde zuckte mit den Achseln. »Ich dachte, Sie hätten zumindest etwas mitbekommen. Jedenfalls hoffe ich, sie haben Erfolg.«

»Sie erwarten doch hoffentlich nicht, daß ich Ihnen abnehme, das wäre alles, was Sie im Augenblick beschäftigt – der Erfolg einer Rockgruppe, deren Mitglieder alle schon über die Dreißig sind?« zischte sie ihn an, während sie auf einer Portion Chips herumkaute und bereits wieder ein Stück von ihrem Steak abschnitt. Den frühen Morgenstunden entsprechend war in der Cafeteria der Autobahnraststätte kaum etwas los. Ein paar Fernfahrer kämpften sich durch gewaltig beladene Teller mit Essen; daneben gab es ein paar Urlauber, die sich nachts schneller an ihr Ziel zu schmuggeln hofften, und die zwei Bedienungen, die mürrisch hinter ihren Registrierkassen saßen. Ein Stück südlich von Lancaster. Hyde hoffte, daß Quin sich irgendwo im Lake District versteckt hielt. Je früher er ihn erreichte, desto besser.

Er zuckte mit den Achseln. »Nein, für so blöde habe ich Sie eigentlich nicht gehalten. Ich wollte nur ein bißchen die Zeit totschlagen, Ihnen ein falsches Gefühl der Sicherheit vermitteln.« Er grinste, wie er hoffte, gewinnend und unverfänglich.

Sie studierte ihn eingehend. Ihr Teller war leer. »Sie sind schon komisch«, sagte sie schließlich. »Und zudem ganz schön gerissen. Spielen Sie mir also bloß nicht den Blöden vor.«

Sie hatte die Situation nach wie vor unter ihrer Kontrolle und führte ihn nur deshalb an der Hand zu ihrem Vater, weil dieser sich einverstanden erklärt hatte. Um diese Kontrolle beizubehalten, würde sie ihm bis zur letzten Minute nichts erzählen.

»Vielen Dank. Aber sagen Sie, weshalb ist Ihr Vater so plötzlich von der Bildfläche verschwunden? Er hatte doch nicht wirklich Angst vor uns, oder?«

Nachdenklich verzog sie ihr Gesicht, um schließlich ihre Züge wieder in klare, glatte, jugendliche Linien zu entlassen. Mit einem bißchen Make-up, dachte Hyde, hätte sie keineswegs schlecht ausgesehen. Und ein hämisches Grinsen hatten sie dieser Tage ja alle aufgesetzt.

»Er hatte Angst vor ihnen – vor Leuten wie denen von heute abend«, fuhr sie fort. »Und Leuten wie *Ihnen* hat er nicht geglaubt...« Wie Nebel lag auf diesen Worten eine alte, geläufige Betonung. *Schweine, Faschisten, Bullen, Polente.* Das notwendige Vokabular ihres Alters und ihrer Erziehung. Das Schweigen nach ihren letzten Worten war angespannt, und sie senkte ihre Augen, plötzlich jünger und leichter in Verlegenheit zu bringen.

»Ich verstehe«, entgegnete Hyde. »Aber wir hätten uns schon um ihn gekümmert. Das wissen Sie doch.«

»Das hätten Sie nicht!« platzte sie heraus und blickte wieder auf. »Sie haben ihn die ganze Zeit über beobachtet. *Ihre* Leute haben ihn immer wieder für einige Zeit aus den Augen gelassen; sie sind zum Essen gegangen, oder in ein Pub, oder einfach nur zum Pissen. *Sie* haben das nicht gemacht! Sie waren ständig da. Dad hat gemeint, es hätte *hundert* Gelegenheiten gegeben, wo sie ihn hätten entführen können, weil Ihre Leute nicht da waren oder einfach nicht aufgepaßt haben!« Sie beugte sich über den Tisch, ihr Flüstern ein hauchiger Schrei. »Sie hätten sich nicht um ihn gekümmert. Das mußte er schon selbst machen.«

»Ich gebe zu, daß wir nicht so gründlich arbeiten wie der KGB«, lenkte Hyde ein. »Aber er befand sich nicht wirklich in Gefahr.« Kaum hatte er diese Worte gesprochen, taten sie ihm auch schon leid. Die Züge des Mädchens sprühten vor Verachtung, und es stand ihm keineswegs zu, den DS zu verteidigen. In gewisser Weise hatte Quin durchaus recht gehabt. Der KGB hätte ihn jederzeit einkassieren können. »Entschuldigung«, fügte er schließlich hinzu. »Er hat zweifellos das Richtige getan. Einige von unseren Leuten sind tatsächlich ganz schöne Schlamper.« Ihr Gesicht entspannte sich wieder. »Aber befindet er sich denn jetzt in Sicherheit?« Als sich ihre Augen verengten, wechselte er das Thema: »Wollen Sie noch eine Tasse Kaffee? Sie schüttelte den Kopf.

»Und Sie?«

»Nein.« Nach kurzem Zögern sprach er weiter. »Sehen Sie, Sie müssen mir einfach vertrauen. Nein, ich meine nicht, weil Ihnen klar wird, daß ich versuche, Sie und Ihren alten Herrn vor den Bösen zu retten. Sie müssen mir einfach glauben, daß ich dazu in der Lage bin. Ich kann nicht ganz England warten lassen, bis Sie sich endlich zu einer Entscheidung durchgerungen haben.«

Nach kurzem Nachdenken antwortete sie: »Sie werden die Ausfahrt nach Kendal nehmen müssen.« Da sie ihn prüfend betrachtete, vermied er es, irgendwelche Anzeichen von Zufriedenheit in seine Miene fließen zu lassen.

Es war die Wichtigkeit der Sache, entschied er für sich. Das erklärte ihre fast fanatische Besorgnis um ihren Vater. Sie war der Schlüssel, sogar zu sich selbst. Zum erstenmal in ihrem Leben war sie für das Leben ihrer Eltern von allumfassender Bedeutung. Ihres Vaters Sicherheit hing einzig und allein von ihr ab. Sie klammerte sich an ihre Rolle ebenso wie an ihren Vater. »Fertig? Sollen wir gehen?«

Der Mann neben der Telefonzelle auf dem Parkplatz beobachtete, wie sie auf den gelben TR7 zugingen, einstiegen und in Richtung M6 losfuhren. Die Zeit reichte gerade noch für ein kurzes Telefonat mit Petrunin aus, bevor sie die Verfolgung aufnahmen. Nachdem er Manchester hinter sich gelassen hatte, war Hyde auf dem Motorway nicht schneller als etwa hundert gefahren. Falls er diese Geschwindigkeit beibehielt, würde ihnen ausreichend Zeit bleiben, ihn bis zur nächsten Ausfahrt wieder einzuholen. Er wählte die Nummer und drückte dann die Münze in den Schlitz. Petrunins Stimme klang hohl und fern.

»Möglicherweise könnte es nicht ganz einfach werden, hier

wegzukommen. Eine kleine Verzögerung. Halten Sie mich auf dem laufenden.«

»Irgendwelche Schwierigkeiten?«

»Nein. Aber ich muß beim Verlassen Manchesters vorsichtig sein. Man kennt mein Gesicht. Verlieren Sie sie nicht aus den Augen.«

Der Mann verließ die Zelle und rannte über den Parkplatz auf den gemieteten Rover mit den zwei Insassen zu. Sie lagen weniger als eine Minute hinter dem gelben TR7 zurück.

Lloyd war immer noch wütend. Seine Bemühungen, sich den Anschein der Gelassenheit zu verleihen, als fügte er sich in das Unvermeidliche, hatte seinen verdeckten Ärger offensichtlich nur noch wachsen lassen, ähnlich einem schwelenden Feuer. Sein Vater, wie er das erste Feuer des Herbsts entfachte, indem er die geöffnete Ausgabe der *Times* über den Kamin im Wohnzimmer hielt. Er mußte innerlich lächeln, und die Erinnerung beruhigte ihn. Sein Magen und seine Brust fühlten sich weniger angespannt und verkrampft an. Natürlich war es schlimmer, wenn der Russe anwesend war; selbst wenn Thurston sich mit seinem ohnmächtigen Toben und seinem derben Vokabular im selben Raum befand.

Es gab nichts, was er hätte tun können. Während die Mannschaft in ihren Quartieren, die Offiziere in der Messe eingeschlossen waren – die Tür im Schott wurde von einem Wächter im Auge behalten –, hatten drei Männer sie in Schach gehalten, bis vom Bergungsschiff über ihnen weitere Männer eingetroffen waren und das Ausbesserungsteam mit den Reparaturarbeiten am Heck der *Proteus* begonnen hatte. Ardenjew zwang ihm unwillkürlich Bewunderung ab, und das Bewußtsein dieser Tatsache plagte ihn wie heftige, schlimmer werdende Zahnschmerzen. Die Bemühungen von drei müden, erschöpften Männern, bewußtlose Körper durch das U-Boot zu zerren, um die wichtigsten und lebensnotwendigen Anlagen in Betrieb zu halten, dann ›Leopard‹ zu inspizieren und erst dann Unterstützung anzufordern, überraschten ihn. Und nicht minder brachten sie ihn von neuem auf.

Es klopfte an die Tür seiner Kajüte. Vermutlich die Wache.

»Ja?«

Ardenjew wirkte müde, aber um seine Augen lag ein künstliches Strahlen. Offensichtlich hielt er sich immer noch mit Aufputschmitteln auf den Beinen. Lloyd versuchte, eine unbeteiligte Miene aufzusetzen, da er sich allein aufgrund der Tatsache, daß er auf seiner Koje lag, im Nachteil fühlte. Er hätte jedoch nicht ohne ein gewisses Eingeständnis seiner untergeordneten Stellung aufstehen können. Er blieb, wo er lag, die Hände hinter dem Kopf verschränkt, den Blick zur Decke gerichtet.

»Ah, Herr Kapitän, ich will mir eben mal ansehen, wie die Ausbesserungsarbeiten vorangehen. So weit ich informiert bin, verläuft bis jetzt alles nach Wunsch.«

»Na, wunderbar, Kapitän Ardenjew. Wirklich sehr freundlich von Ihnen, mich auf dem laufenden zu halten.«

»Ja, so etwas nennt man Ironie. Ich merke das durchaus«, erwiderte Ardenjew freundlich. »Mein Englisch habe ich hauptsächlich in Amerika gelernt, als Student. Dort befleißigt man sich selbstverständlich einer wesentlich gröberen Ironie als bei den Engländern – Entschuldigung, bei den Briten.«

»Sie verdammter Schlauberger. Was zum Teufel haben Sie eigentlich mit meinem Schiff vor?«

»Wir reparieren es, Herr Kapitän.« Ardenjew schien enttäuscht, daß Lloyd sich zu diesem beleidigenden Tonfall herabgelassen hatte. »Es tut mir wirklich leid, daß es dazu kommen mußte. Nicht weniger tut es mir leid, daß Sie drei Mitglieder meines Teams getötet haben. Ich würde also sagen, daß meine Verluste im Augenblick eindeutig höher sind als die Ihren, finden Sie nicht auch?«

Lloyd wollte schon wütend etwas erwidern, zuckte dann aber nur mit den Achseln. »Ja. Haben Sie sie ...?«

»Eine Leiche, ja. Der jüngste. Aber so ist das nun einmal, oder nicht? Und die anderen? Zweifellos wird man ihnen posthum den einen oder anderen Orden verleihen. Falls ich Ihr U-Boot nach Petschenga schaffen kann.«

»Was ist eigentlich aus diesem Quatsch mit den brüderlichen Grüßen geworden?«

»Das ist für den Allgemeingebrauch, Kapitän. Das ist es, was unser Botschafter immer und immer wieder Ihrem Außenminister versichern wird. Es tut mir leid, aber Ihre Unpäßlichkeit wird so kurz und erträglich wie möglich gehalten werden. Mein Interesse an der ganzen Geschichte ist beendet, sobald wir Sie ins Dock gebracht haben. Wenn Sie mich jetzt bitte wieder entschuldigen wollen ...«

Lloyd wandte seinen Blick wieder der Decke zu, während Ardenjew den Raum verließ und die Tür hinter sich schloß. Das Gesicht der Wache auf dem Gang war steinern. Der Mann hielt seine Kalaschnikow unverändert über seiner Brust, ihr dicker Metallgriff leicht auf seiner Hüfte aufsitzend. Ardenjew nickte ihm zu und ging in Richtung Brücke weiter. Jetzt hätte sein eigenes Team an Ort und Stelle sein sollen, erinnerte er sich, um jedoch diesen Gedanken schon im nächsten Augenblick gänzlich auslöschen zu wollen. Die Pillen, diese verdammten Pillen – sie heizten die Emotionen auf, verschafften dem Schmerz leichteren Zutritt und ließen einem die Tränen in die Augen stechen, während sie einen wach hielten ...

Sobald die Ausbesserungsarbeiten abgeschlossen waren, würde vom Bergungsschiff eine Steuercrew auf das U-Boot heruntergeschafft werden. Unter seiner Leitung würden sie dann das U-Boot heben, damit es nach Petschenga abgeschleppt werden konnte. Teplow blickte von seiner Überwachung der Lebensfunktionserhaltungsanlagen auf und nickte ihm nur kurz zu. Seinen Kopf auf die Arme gestützt, saß Wanilow zusammengesunken auf einem Stuhl neben einem passiven Echolot. Offensichtlich gönnte ihm Teplow eine Ruhepause.

Ardenjew verließ die Brücke und ging durch den Tunnel durch das Reaktorgehäuse zum Heck der *Proteus.* Ohne auf die Fenster am Reaktorgehäuse zu achten, betrat er die Manövrierstation über den gigantischen Dieselgeneratoren. Leer. Dann die Turbinenstation; ähnlich leer. Trotz des Klopfens und Kratzens, das durch den Rumpf dröhnte und ihn sich innerlich anspannen ließ, wurde im weiträumigen Heckteil die Stille des U-Boots offensichtlich. Leer und still, so daß es für die Fantasie bereits modrig von Nichtgebrauch roch. Durch die Tür im Schott betrat er den Raum, in dem die Elektromotoren untergebracht waren und wo sich auch die Heckausstiegsluke befand. Neben der Leiter, die zur Luke emporführte, warteten auf dem Boden seine frisch aufgefüllten Sauerstofftanks auf ihn.

Er überprüfte die Luftversorgung und schnallte sich dann die Tanks auf den Rücken. Er legte die Brille an und steckte sich das Mundstück zwischen die Zähne. Er atmete rasch und überprüfte neuerlich die Luftversorgung. Dann kletterte er die Leiter empor und öffnete die Luke. Nachdem er sie hinter sich wieder geschlossen hatte, drehte er an einem Kontrollrad, um die Kammer zu fluten. Wasser strömte die Wände herab. In wenigen Augenblicken hatte es seine Füße bedeckt und stieg rasch zu seinen Knöcheln und Knien auf.

Als die Kammer geflutet und der Druck in ihr dem Außendruck angeglichen war, griff er nach oben und drehte am Rad der Ausstiegsluke. Er stieß sie auf und schwamm nach oben, so daß er plötzlich von der blinden Schwärze des Ozeans verschluckt wurde, seine Blicke sofort von den winzigen weißen Lichtpunkten und den blau aufleuchtenen Blitzen am Heck des U-Boots angezogen. Er wandte sich zur Seite und schwamm den grauen Rücken der *Proteus* entlang, wo im Lichtkegel seiner Lampe Schwärme aufgeregter, kleiner Fische vorbeiglitten. Langsam konnte er auch die winzigen Gestalten erkennen, die an dem beschädigten Heck arbeiteten, und deren Umrisse sich gegen das Aufblitzen der Schneid- und Schweißbrenner und den Schein der am Rumpf befestigten Bogenlampen abhoben.

Er kauerte neben Lew Balan, dem Unterwasserbergungschef der *Karpati,* mit dem er während der letzten drei Monate gemeinsam trainiert hatte, auf dem Rumpf der *Proteus* nieder. Hinter ihnen wurden gerade die Stabilisatoren und das Ruder ausgebessert. Der Druck des Meereswassers gegen ihre dünnen, beschädigten Stahlmäntel, nachdem die *Proteus,* von den beiden Torpedos getroffen, weiter gefahren war, hatte langsam das Metall von dem gerippten Stahlskelett darunter zu reißen begonnen. Der Effekt erinnerte Ardenjew an einen alten Doppeldecker, dessen Stütz- und Strebwerk sichtbar wurde, wo die Leinwand über das Holzgestell gespannt und mit Spannlack behandelt worden war. Oder an eines seiner alten Modellflugzeuge, die er mit einem elastischen Gummiband losgeschnellt hatte. Die Reparaturen waren provisorisch, aber dennoch ausreichend, um eine weitere Beschädigung zu verhindern und den nötigen Einsatz von Ruder und Stabilisatoren zu ermöglichen. Die Schraube würde zwar nicht benötigt werden, aber es schien doch angeraten, die Überreste der verhängnisvollen Stahlseile in zwanzig Faden Tiefe zu entfernen und nicht erst in den Docks von Petschenga. Allerdings war durch das Peitschen der Stahlseile, als sie sich um die Schraube wickelten, der Rumpf auch in der Nähe der Schraube und sogar vor dem Ruder und den Stabilisatoren verbeult und zerschrammt.

Ardenjew beobachtete, wie ein Stück Stahlseil, von der Schraube gelöst, wie in Zeitlupe durch den Schein der Bogenlampen nach unten sank und in das Dunkel unter dem U-Boot glitt. Eine träge Wolke aufgewirbelten Schlicks brodelte auf und setzte sich wieder.

»Wie lange noch, Lew?«

»Zwei, drei Stunden. In einer weiteren Stunde dürften wir dann soweit sein, die Abschleppseile anzubringen.« Lew Balan sah ihn an. Sein Gesicht unter dem Helm seines Taucheranzugs strahlte vor Freude und Zufriedenheit. Hinter ihm schlängelten sich die Luftschläuche davon; sie führten zu den riesigen, tragbaren Sauerstofftanks, die neben dem U-Boot auf dem Felsvorsprung ruhten. »Vorher werden wir allerdings noch auf eine Pause reinkommen müssen. Die Temperatur hier unten ist ganz schön niedrig, und außerdem sind meine Männer müde.«

»Also gut. Das ist Ihre Entscheidung. Ist die Hilfsschraube auch beschädigt?« Balan schüttelte den Kopf. »Wie sieht es mit den Ballasttanks aus?«

»Wenn wir das Boot in Abschlepphöhe haben, müssen wir vielleicht die Luftsäcke neu einstellen. Wir haben einen der Tanks repariert. Die anderen schaffen wir hier unten allerdings nicht – zumindest nicht, wenn wir unseren Zeitplan einhalten wollen!« Trotz der Verzerrung durch das Kehlkopfmikrophon war Balans Stimme kräftig und voller Ausdruck, als hätte er gelernt, seine Stimmbänder den Begrenzungen der Unterwasserkommunikation anzupassen.

»In Ordnung. Machen Sie so weiter.«

»Tut mir leid, wegen Ihrer Jungs.«

Ardenjew zuckte hilflos mit den Achseln. »Nennt man so etwas nicht operative Notwendigkeit?«

»Einige Scheißkerle tun das sicher.«

Von neuem nahm Ardenjew das Drama um ihn herum zur Kenntnis. Nachdem sich seine Augen den Verhältnissen endgültig angepaßt hatten, warfen die Bogenlampen einen Schein über die Szenerie, der die arbeitenden Gestalten in intensives Sonnenlicht einzutauchen schien, die winzigen Seelebewesen wie Mücken und Insekten in heißer Sommerluft. Er klopfte Balan auf die Schulter und schwamm in Richtung Einstiegsluke zurück. Während er mit leichten Flossenbewegungen über den Rumpf hinwegglitt, überkam ihn ein eigenartiges Gefühl von Besitzerstolz. Als wäre das U-Boot, zum Teil zumindest, sein eigen, seine Beute – und eine Art Wiedergutmachung für den Tod von Kuzin, Nikitin und Schadrin.

Als er neuerlich durch die innere Luke glitt, ging er durch die geräumigen Abteile des U-Boots, wie ein am Kauf eines Hauses interessierter Mann durch dessen Räume schlenderte, um seinen künftigen Besitz zu begutachten.

Auf der Brücke wurde er von Teplow erwartet. Wanilow war inzwischen wieder einigermaßen wach und saß an der Funkkonsole.

»Nachricht aus Murmansk. Der Admiral möchte Sie sprechen, Kapitän«, teilte ihm Teplow mit. Verdeckter Ärger machte sich in Ardenjews Zügen breit.

»Witterungsbedingungen und Wellenstärke gleichbleibend?«

»Nicht besser«, erwiderte Teplow. »Aber auch nicht schlechter. Allerdings ist eine leichte Zunahme der Windgeschwindigkeit und damit auch des Wellenganges vorhergesagt. Der Kapitän der *Karpati* vertritt nach wie vor die Auffassung, ein Abklingen des Sturms abzuwarten.«

»Diese Entscheidung liegt nicht in seiner Hand, Viktor. In drei Stunden werden wir in Richtung Heimat dampfen. Aber jetzt sprechen wir erst mal mit Murmansk und lassen die Glückwünsche des Admirals über uns ergehen.«

Das Gefühl der Besitzergreifung und Eigentümerschaft war wieder verflogen. Die Glückwünsche des alten Mannes in Murmansk würden leer und bedeutungslos sein. Darum ging es nicht, keineswegs. Nicht um das Lob höchster Stellen, um Orden, um eine Beförderung. Nur um die Kunst des Möglichen, die Kunst, etwas möglich zu machen. Und er hatte es geschafft. Daran würden Dolohows Worte nichts ändern, wie sie auch die toten Männer nicht ins Leben zurückrufen würden.

»Ich verstehe. Danke, Giles. Ich werde den Minister verständigen.«

Aubrey legte den Hörer auf, nickte dem Privatsekretär des Außenministers zu und wurde dann in das Büro des Ministers geführt. Lange Goldvorhänge waren gegen den späten Abend zugezogen, in den Ecken des Raums und auf dem mächtigen Mahagonischreibtisch des Ministers verstrahlten mehrere Lampen warmes Licht. Für Aubrey war dieser Raum sowohl vertraut wie bedeutungsschwer. Der Privatsekretär schloß die Doppeltüren hinter ihm – er war verärgert gewesen über die Unterbrechung wegen des Telefonats von Pyott für Aubrey. Außerdem hatte er ihn davon in Kenntnis gesetzt, daß in einem anderen Raum Seine Exzellenz, der Sowjetische Botschafter, wartet – das Protokoll stand eben letzten Endes doch immer wieder an erster Stelle, stellte Aubrey dazu mit einem unterdrückten Lächeln fest.

Der Außenminister erhob sich und kam auf Aubrey zu, um seine Hand zu ergreifen. In seinen Zügen, fast verborgen unter seiner Müdigkeit und der Belastung durch die letzten Ereignisse, die ihn auf höchst unangenehme Weise mit den verborgenen Realitäten des Geheimdiensts konfrontiert hatten, stand das allgegenwärtige Wissen geschrieben, daß er dasselbe Internat wie Aubrey besucht hatte und dort in den ersten Jahren, obwohl wohlhabend und aus einer guten Familie kommend, die Burschendienste für den Sohn eines Kirchendieners hatte verrichten müssen, der aufgrund eines Musikstipendiums von einer Domschule in das Internat überwiesen worden war. Es schien, als erwartete der hohe Politiker, daß Aubrey ihn, jeden Augenblick und mit der vollen Wirkung des Überraschungseffekts, an die ferne Vergangenheit erinnern könnte, und dies vor allem in Zusammenhang mit seiner damaligen Erniedrigung.

»Kenneth, Sie wurden aufgehalten?«

»Tut mir leid, Herr Minister. Ich mußte noch einen Anruf von Colonel Pyott entgegennehmen. Die Nimrod hat verschiedene Signale von der *Proteus* aufgefangen, und das gleiche gilt für eine Überwachungsstation am Nordkap.« Auf den Zügen des Ministers breitete sich unverzüglich Erleichterung aus, und Aubrey bedauerte bereits, daß er das, was er ihm mitzuteilen beabsichtigte, in so optimistischem Ton angekündigt hatte. »Allerdings fürchte ich, daß es sich dabei um russische Funksprüche handelt«, beeilte er sich hinzuzufügen. »Wir können den Code nicht entschlüsseln, aber es steht völlig außer Zweifel, daß die Sowjets das U-Boot in der Hand haben.«

»Verdammt!« donnerte Cunningham aus der Tiefe des Chesterfield, auf dem er saß. Das Gesicht des Außenministers verzog sich zu einer Maske äußerster Besorgnis.

»Davon müssen wir sofort die Premierministerin in Kenntnis setzen«, bemerkte er und kehrte an seinen Schreibtisch zurück. »Nehmen Sie doch schon mal Platz, Kenneth.« Er wedelte vage mit seiner Hand durch die Luft, und Aubrey setzte sich in einen Louis-Quinze-Sessel mit einem schrecklichen Stoffbezug. Cunningham sah Aubrey an und schüttelte den Kopf. Der Außenminister ergriff eines aus der Reihe von Telefonen auf seinem Schreibtisch und zögerte kurz, bevor er eine Nummer zu wählen begann. »Haben Sie irgendwelche Vorschläge, Kenneth? Irgend etwas auch nur annähernd Brauchbares?« Er senkte in einer Demonstration von Optimismus den Hörer wieder.

»Herr Minister, es tut mir leid, daß dieser Vorfall auch im Bereich der Diplomatie seine Kreise zieht. Ich kann nur dazu raten, sämtliche diplomatischen Bemühungen weiterhin aufrechtzuerhalten. Sonst können wir vorläufig nichts unternehmen. Wir müssen natürlich auf eine detaillierte Darstellung des Vorfalls drängen und darauf bestehen, daß einer unserer Leute in Moskau zugegen ist, wenn die *Proteus* in Petschenga ins Dock gebracht wird. Man muß ihm sofortigen Zutritt gewähren, und es muß alles in unserer Macht stehende unternommen werden, die Sicherheit von ›Leopard‹ zu gewährleisten, ganz gleich wie dies nun zu bewerkstelligen ist – durch Beschwerden, Proteste, Aufbegehren, Lärm, was immer Sie wollen.« Aubrey breitete seine Hände über seine Knie.

»Petschenga?«

»Das ist der nächste Flottenstützpunkt. Oder auch Murmansk, je nachdem.«

»Einer unserer Leute?«

Cunningham antwortete nicht, sondern blickte nur in Aubreys Richtung.

»Ja, ich würde allerdings vorschlagen, dafür jemanden auszuwählen, der innerhalb des Stabs der Botschaft eine möglichst übergeordnete Position einnimmt – und vor allem natürlich auch eine *offizielle.*«

»Einverstanden. Ich werde alles Nötige veranlassen.«

»Ich glaube allerdings«, fuhr Aubrey fort, »daß die Russen sich mit der Reiseerlaubnis Zeit lassen werden – die üblichen Verzögerungsmaßnahmen eben – so daß sie sicher längst in Erfahrung gebracht haben werden, was sie wissen wollen, bis unsere Leute auftauchen. Vermutlich wird ihnen nicht viel mehr zu tun übrig bleiben, als der *Proteus* vom Kai aus zum Abschied zuzuwinken.«

»Der Meinung bin ich allerdings auch«, murmelte Cunningham düster.

»Dann können wir also absolut nichts tun!« tobte der Außenminister und hieb wiederholte Male mit der Handfläche auf seinen Schreibtisch. Er sah in Aubreys Richtung, als wäre dieser an der Situation schuld. Aubreys Miene verharrte in Reglosigkeit. »So geht es nun doch wirklich nicht. Die Russen haben so ungefähr gegen jedes ungeschriebene Gesetz verstoßen, das die internationalen Beziehungen zu regeln hilft. So geht das einfach wirklich nicht.« Diese etwas überalteten Sentiments wurden von einem speziellen, altmodischen Tonfall begleitet.

»Genau das haben sie allerdings vor«, bemerkte Aubrey spöttisch, was ihm einen warnenden Blick von seiten Cunninghams eintrug. »Ich bin ganz Ihrer Meinung, Herr Minister. Offensichtlich steht der Kreml voll hinter der geheimen Operation und ist demnach auch gewillt, sie zu decken. Da dem nun einmal so ist, sind wir natürlich erheblich benachteiligt. Es handelt sich dabei um eine Mischung aus Legitimität und Geheimhaltung, die ebenso unangebracht ist, wie ihr auch schwer zu begegnen ist. Und vor allem hat es funktioniert. In der Regel erweist sich eine solche Mixtur ja oft als ein Schlag ins eigene Gesicht – wie zum Beispiel der Vorfall in der Schweinebucht. Aber die Russen haben mit so etwas offensichtlich mehr Erfolg als wir.«

»Sie wollen damit sagen, daß jegliche Abhilfe in dieser Situation ausschließlich eine Sache des Geheimdiensts ist?«

»Darauf weiß ich keine Antwort.«

»Ich bin mir ziemlich sicher, daß wir für *jede* Art von Gegenmaßnahme mit dem Segen der Premierministerin rechnen können. Wie Sie gesagt haben, sind uns die Hände gebunden. Wir wollen ja auch gar nicht in die Sache hineingezogen werden. Unsere Leute befinden sich in keinerlei Gefahr; sie werden innerhalb der nächsten Tage auf freien Fuß gesetzt werden. Unser U-Boot wird repariert werden. Nur wird ›Leopard‹ nicht mehr länger ausschließlich unser Besitz sein. Wenn Sie deshalb den Verlust von ›Leopard‹ irgendwie verhindern können, leiten Sie die nötigen Schritte in die Wege. Aber dies muß – und die Premierministerin hat darauf mit allem Nachdruck hingewiesen, wie sie gleichzeitig Ihren Maßnahmen ihren vollen Segen erteilt hat – *dies muß eine Geheimdienstoperation bleiben.* Sie wird von offizieller Seite abgestritten werden; sie darf keinerlei Risiken für die Besatzung des U-Boots oder irgendwelcher Sicherheitskräfte beinhalten; und sie muß unverzüglich durchgeführt werden.« Der Außenminister lächelte düster, obwohl seine Besorgnis nicht ganz ohne einen leisen Anflug von Schadenfreude war, da er sich des Eindrucks nicht erwehren konnte, Aubrey damit Unbehagen bereitet zu haben. »Gibt es sonst noch irgend etwas – irgend etwas, das von Bedeutung sein könnte?«

Aubrey räusperte sich. »Die NATO-Flotteneinheiten sind zu weit von diesem Gebiet entfernt, um einschreiten zu können. Die sowjetische Regierung will sich bei uns entschuldigen, indem sie den Schaden reparieren läßt, den sie verursacht hat. Ich verfüge über einen Agenten in der Region um Petschenga. Er ist Lebensmittelhändler. Und da ich keinen mit Laserstrahl ausgerüsteten Satelliten habe, mit dem ich still und heimlich die halbe Rotbannerflotte zerstören könnte, neige ich, mein sehr verehrter Herr Minister, eher zu dem Schluß, daß ich praktisch nichts tun kann, um die Geheimhaltung von ›Leopard‹ und den restlichen Anlagen an Bord der HMS *Proteus* erfolgreich zu gewährleisten.«

»Na gut«, erwiderte der Außenminister angespannt. »Dann werde ich die Premierministerin über den gegenwärtigen Stand der Dinge unterrichten und ihr erklären, daß uns nur die diplomatische Alternative bleibt.« Er ergriff neuerlich den Hörer und führte ihn an sein Ohr.

»Es sei denn«, begann Aubrey, selbst verdutzt über seine leere Tollkühnheit. Seine Worte schienen ihm von einer anderen Person gesprochen – von einem eher großkotzigen Wichtigtuer ohne Aufrichtigkeit und Verantwortungsbewußtsein. »Es sei denn, wir können einen Mann in die Docks von Petschenga – oder wo auch immer – schleusen, der den Auftrag hat, ›Leopard‹ zu vernichten, bevor die Russen die Anlage inspizieren können.«

Aubrey war sich der erst neugierigen, dann ungläubigen Blicke Cunninghams und des Außenministers mit intensiver Deutlichkeit bewußt. Aber schließlich, sagte er sich in dem Versuch, zu rechtfertigen, was ihn ein verborgener Teil seines Verstands oder seiner Fantasie zu äußern gedrängt hatte, war der Raub der *Proteus* mehr oder weniger das Werk eines einzigen Mannes gewesen. Wieso den Spieß also nicht einfach umdrehen? Diese Frage hallte in seinen Gedanken wider, ohne daß eine Antwort aufgetaucht wäre. Nicht einmal das erste, schwache Wispern einer Antwort. Statt dessen stellte sich ihm eine zweite, vielleicht noch dringlichere Frage.

Wo zum Teufel steckte Hyde, und wo hielt sich dieser verfluchte Quin verborgen?

Kendal lag verschlafen und menschenleer vor ihnen. An einer Ampel blies der heftige Wind in einer plötzlichen Bö eine Eiscremereklametafel vor einem Zeitungsladen um. Drinnen brannte bereits Licht, und der Inhaber packte die verschiedenen Tageszeitungen aus. Das Geräusch der umstürzenden Tafel weckte das Mädchen auf, das auf dem Beifahrersitz döste. Hyde hatte ihr Gesicht mehrere Male studiert, seit sie die

M6 verlassen hatten. Ihre geschürzten Lippen waren noch fettig von der letzten Mahlzeit, und ihr Gesicht war bleich, klein und farblos. Auf unbestimmte Weise fühlte er sich für sie verantwortlich. Sie hatte sich vom Gegenstand einer Suche, vom Schlüssel eines Sicherheitsproblems, zu einem Puppenstadium weiterentwickelt, wo sie beinahe eine Person war, mit menschlichen Rechten und menschlichen Bedürfnissen an seine Zeit und seine Energien. Sie verharrte an der Grenze seiner emotionalen Welt und wartete darauf, dort Einlaß zu finden. Diese Veränderung begrüßte Hyde keineswegs. Sie verkomplizierte die Sache nur. Es war ein Jammer, daß er sie zu verstehen schien. Sicher wäre es einfacher gewesen, wenn sie ein getreues Abbild ihrer linksgerichteten, feministischen Freundin Sara gewesen wäre, die er problemlos unsympathisch hätte finden können.

Er war am Ortsrand von Kendal an den Straßenrand gefahren und hatte gewartet, aber kein Wagen erschien in seinem Rückspiegel oder überholte ihn. Dann entspannte er sich langsam wieder, als sie Staveley hinter sich ließen und auf der Straße nach Windermere in westlicher Richtung fuhren. Aus dem Dorf folgte ihm ein Scheinwerferpaar und hielt sich fast zwei Meilen hinter ihm, bis es plötzlich in eine schmale Seitenstraße einbog. Er stellte fest, daß er vor Erleichterung in Schweiß ausbrach, sobald die Lichter verschwunden waren. Wie eine Katze, die durch eine innere Anspannung ihres Besitzers geweckt wurde, schlug das Mädchen die Augen auf und setzte sich auf.

»Stimmt irgendwas nicht?«

»Nein. Schlafen Sie ruhig weiter.«

»Ich bin nicht mehr müde.«

»Wunderbar. Nur schade, daß Sie nicht fahren können.«

Das Mädchen verfiel in trübes Schweigen. In den Straßen von Windermere standen Menschen wartend an Bushaltestellen oder gingen mit gesenkten Köpfen unter den schwarzen Kuppeln ihrer Regenschirme durch den Nieselregen, der über dem Ort lag. Unter den Lichtern des Bahnhofs, der unterhalb der Hauptstraße lag, schimmerte dunkel das Dach eines Zugs auf.

Als sie den Ortsausgang von Windermere erreichten, erstreckte sich zu ihrer Linken das lange Band des Sees, das gegenüberliegende Ufer von Bäumen bestanden, um die sich kühler Nebel rankte, seine steilen Flanken in die niedrige Wolkendecke aufragend, deren Färbung langsam von schwarz in grau überging. Es war eine träge, winterliche, unwillkommene Morgendämmerung, als sie auf dem Weg nach Ambleside Trout Beck überquerten.

»Ich möchte wetten, daß Wordsworth in Croydon gelebt hat und sich das Ganze nur aus den Fingern gesogen hat«, bemerkte Hyde spöttisch. »In seinen Naturvisionen hat es doch, soweit ich mich erinnern kann, kein einziges Mal geregnet.«

»Sie haben keine Seele«, erwiderte das Mädchen leichthin. Sie schien sich an seinem Humor wie an einem kleinen Feuer zu wärmen. Als er zu ihr hinübersah, blickte sie weg.

»Ist ja schon gut«, versuchte er, sie zu beruhigen. »Ich werde schon nicht gleich an den Straßenrand fahren und mich über Sie hermachen.«

Das Mädchen erwiderte nichts. Eine leichte Färbung ihrer Wangen, aber sonst keine Reaktion. Er warf ihr von Zeit zu Zeit einen kurzen Blick zu. Aber sie starrte weiter aus dem Seitenfenster, wo das gegenüberliegende Ufer des Lake Windermere vorüberglitt, wo sich die wuchtigen Kiefern wie eine Herde oder eine Armee zum Wasser hinabdrängten, um dann nassem Grasland Platz zu machen, das unter der niedrigen Wolkendecke fast farblos wirkte. Auf Hydes Wagenseite kletterte die Landschaft über die Baumgrenze zu kahlen, langrückigen Hügeln empor, schuppig naß und monströs schlummernd. Zwischen den Hügeln und dem grauen Wasser schimmerte Ambleside.

Ein Stück vor der Ortschaft fuhr er auf einen Parkplatz, von dem aus man die Nordseite des Sees überblicken konnte, und wandte sich dem Mädchen zu.

»Wo geht's jetzt weiter, Süße? Ich bin auf gut Glück bis Ambleside gefahren. Wohin jetzt?«

Wortlos stieg sie aus dem Wagen und trat an den Rand des Aussichtspunkts. Hyde folgte ihr. Sie wandte sich um und blickte zu ihm auf. Offensichtlich hatte sie ein erneuter Anfall von Mißtrauen, vielleicht sogar Angst vor ihm, überkommen.

Sie schüttelte den Kopf und sah auf den langgezogenen See hinaus. Nur wenige Meilen von ihnen entfernt verschwammen Wasser und Himmel in völlige Leere. Hyde fand die Szenerie äußerst deprimierend. Er berührte ihre Schulter, aber sie schüttelte seine Hand ab.

»Sie *müssen* mir vertrauen«, redete er auf sie ein.

»Ich weiß!« heulte sie fast auf, so daß er sich fragte, ob sie nicht an ernsten psychischen Störungen litt. Jedenfalls schien sie auf neurotische Weise argwöhnisch.

»Ich ... ich kann nicht ...«

Wut wallte in ihm auf. Blöde Kuh. Er fuhr sie an: »Sie vergeuden meine kostbare Zeit, Mädchen! Ich weiß nicht, was Sie eigentlich haben, oder was zum Teufel Ihnen die Welt schon groß getan haben könnte, daß Sie sich so aufführen! Mich interessiert im Augenblick jedenfalls vor allem, was mit diesen hundert armen Teufeln ist, die auf dem Meeresgrund liegen und sich voll und ganz auf die Erfindung Ihres Vaters verlassen müssen!«

In dem darauf eintretenden Schweigen hörte er die Wellen unter ihnen sanft gegen das Ufer schmatzen. Der Ruf eines Wasservogels, irgendwo in der Ferne hinter ihnen das Summen eines Generators, das Jaulen einer Kreissäge unter den Bäumen am anderen Ufer – und ihr leises Schluchzen. Schließlich begann sie zu sprechen, ohne sich ihm zuzuwenden.

»Sie sind ein Riesenarschloch, daß Sie's wissen.« Und dann, um sich präziser auszudrücken, fügte sie hinzu: »Und ganz schön brutal außerdem.«

»Entschuldigung.« Ihm kam langsam in den Sinn, daß Mrs. Quin vielleicht das standfesteste Familienmitglied war, und er verspürte plötzlich ahnungsvolle Besorgnis, daß der Vater seiner Tochter nur allzu ähnlich sein könnte. Jedenfalls fand er sie, zumindest für den Augenblick, zu hilflos, um sie mit einem gewissen Wohlwollen betrachten zu können.

»Er ist in einem Cottage, ein Stück von der Straße, zwischen Ambleside und Coniston. Mit dem Wagen ist es weniger als eine halbe Stunde. Ich bin jetzt soweit, Sie dorthin zu bringen.«

Das Geräusch des Wagens schreckte ihn auf. Er schoß um

eine Kurve, welche den Motorenlärm abgehalten hatte, bis er fast unmittelbar hinter ihnen war. Seine Reaktion war instinktiv, aber sie enthüllte den angespannten Zustand seiner Nerven. Bevor er noch den Renault mit den zwei harmlosen Gesichtern hinter der Windschutzscheibe und dem weißbraunen Wohnwagen im Schlepptau assimilieren konnte, war die Pistole bereits in seiner Hand, und diese hob sich in Feuerposition. Einen Augenblick später fuhr sie jedoch wieder hinter seinen Rücken, wo sie die Schußwaffe in den Gürtel seiner Cordhose zurücksteckte. Aber das Mädchen hatte den kleinen Vorfall doch bemerkt. Sie wirkte erschreckt, und ihre Hände umflatterten wie bleiche Fledermäuse ihr Gesicht.

»Stellen Sie sich nicht so an«, fuhr er sie an. Seine Hände zitterten, als er sie in seine Hosentaschen steckte und eine innere Stimme seine Sprunghaftigkeit verfluchte. »Was glauben Sie eigentlich? Daß das Ganze nur ein Spiel ist?«

Sie lief an ihm vorbei auf den Wagen zu.

»Wie spät?«

»Halb neun.«

»Das Lichtsignal hat aufgehört, sich zu bewegen, und nimmt an Intensität zu. Hör mal.«

»Na gut, dreh schon ab. Das heißt, der Wagen hat irgendwo angehalten – höchstens ein paar Meilen von hier.«

»Großartig. Halt bei der nächsten Telefonzelle an. Dann können wir Petrunin anrufen.«

»Um dann den ganzen Tag hier herumzusitzen und auf ihn zu warten, bis er aus Manchester wegkommt? Schöne Aussichten!«

»Jetzt mecker nicht. Mit etwas Glück schnappen wir uns Hyde, das Mädchen und ihren Vater. Ah, da ist eine Zelle. Fahr mal ran.«

»Ja?« Ardenjew unterdrückte gerade noch ein Grinsen der Vorfreude auf seinen Lippen, bis Lew Balan nickte und sich müde und erleichtert mit der Hand durch sein dichtes schwarzes Haar fuhr. »Toll!« Ardenjew umarmte Balan lachend, wobei ihm der Taucherhelm, den Balan unter dem

Arm hielt, schmerzhaft gegen die Rippen stieß. »Toll! Können wir los?«

»Jederzeit. Abgesehen davon sind meine Jungs fix und fertig. Aber das interessiert Sie ja nicht sonderlich.« Balans erwiderndes Grinsen war wie eine Verwitterungsspalte in bemoostem, grauem Fels. Und erst in diesem Augenblick sah Ardenjew sein Gegenüber wirklich an und wurde sich seiner Erschöpfung bewußt.

»Tut mir leid. Sagen Sie ihnen ... sagen Sie ihnen, daß wir, wenn wir wieder zurück in Petschenga sind, das größte Besäufnis veranstalten werden, das sie je gesehen haben. Auf meine Rechnung!«

»So gehört sich das wohl auch – nach dem, was Sie hier geleistet haben.«

»Die Abschlepptaue sind auch fertig?« erkundigte sich Ardenjew begierig, selbst überrascht über seinen kindlichen Enthusiasmus. Balan nickte neuerlich, eine Zigarette im Mundwinkel. Er sah zerzaust, heruntergekommen und nicht gerade ansehnlich aus. Und auch widersetzlich. »Großartig! Und wie steht es mit der Schwimmfähigkeit?«

»Wir haben die Luftsäcke angebracht. Gerade ausreichend, um Sie beim Abschleppen auf Schnorcheltiefe zu halten. Sämtliche Feinjustierungen werden wir machen, wenn Sie sie raufbringen. Außerdem werden wir vor dem Eindocken in Petschenga noch im Außenbecken den letzten Schliff anlegen. Natürlich einmal davon ausgehend, daß Sie diesen verdammten Pott fahren können!«

Ardenjew deutete auf die Crew von sowjetischen Seemännern in der Brücke. »Alles Freiwillige«, verkündete er mit einem schiefen Grinsen. »Sie werden das schon machen. Dessen bin ich mir vollkommen sicher.«

»Nur für den Fall, ich bin schon wieder auf dem Weg nach draußen – um mir die Katastrophe von dort anzusehen. Viel Glück.«

»Ihnen auch. Bis in Petschenga also. Alles Gute.«

Müde ging Balan ins Heck der *Proteus* zur hinteren Ausstiegskammer. Er schnallte sich den Hilfssauerstofftank auf den Rücken, den er brauchen würde, bis er sich wieder an die Luftschläuche draußen anschließen konnte, und kletterte durch die Luke. Er flutete die Druckkammer und öffnete die äußere Luke. Dann stieg er die Leiter hinauf und schwebte in das Dunkel draußen davon. Seine Beine fühlten sich schwer an – nicht nur wegen seiner bleibeschwerten Stiefel, sondern vor allem aufgrund der überwältigenden Müdigkeit, die sich in jedem Teil seines Körpers breitmachte. Langsam und unbeholfen watschelte er den Walrücken des U-Boots hinunter, seine Arme schlenkernd wie die eines Zelluloidmonsters oder wie in Nachahmung eines Kosmonauten in der Schwerelosigkeit des Alls. Er stellte fest, daß er todmüde war. Noch eine halbe Stunde Arbeit unter diesen Bedingungen, und einer von ihnen konnte einen kleinen, aber verhängnisvollen Fehler machen. Eines der Taue, die rissigen Kanten oder die Schneidbrenner – sie konnten ohne weiteres einem von ihnen zum Verhängnis werden.

Ein anderer Unterwasserkosmonaut – die Lächerlichkeit dieser Bewegungen amüsierte Balan nach wie vor – kam vom Ruder auf ihn zu. Fast stolperte er unter der Hartnäckigkeit der schweren Luftschläuche. Die zwei Männer betatschten sich gegenseitig und versuchten eine unbeholfene Umarmung, die an zwei Automatenmännchen erinnerte. Dann wandte Balan dem anderen seinen Rücken zu und ließ sich die Schläuche anbringen. Ein Moment des Atemanhaltens, das Strömen des Luftgemischs, der Druck in seinen Ohren und auf seinem Gesicht, und dann hielt er den Hilfstank in seinen Händen. Er sah ihn grinsend an und stieß ihn über die Seite des U-Boots, so daß er ins Dunkel davonglitt.

Balan begutachtete noch einmal sein Werk. Im harten Licht der Lampen war das Heck der *Proteus* ein einziges Chaos – allerdings ein Chaos, auf das er mit Recht stolz war. Das Ruder und die Stabilisatoren waren mit einer Metallhaut geflickt worden. Ansonsten waren die Platten mit Hammer, Bolzenschußapparat, Schneid- und Schweißbrennern wieder in ihre alte Form gebracht worden. Zernarbtes, verbogenes, rissiges Metall, geschwärzt und verbeult. Die Schraube war nicht ausgebessert, sondern nur von den Seilen befreit. Balan dachte, daß mit der Antriebswelle möglicherweise nicht mehr viel anzufangen sein würde, aber darüber sollten sie sich in Petschenga den Kopf zerbrechen. Und dann waren da noch die Schwimmsäcke über den Operationsnarben an der Seite des Rumpfs, wo die Ballasttanks beschädigt worden waren. Wie gigantische Quallen schwappten sie in der leichten Strömung über dem Felsvorsprung an der Seite des U-Boots entlang und warteten darauf, aufgeblasen zu werden, sobald Ardenjew den Befehl dazu erteilte. Sie würden die nicht reparierten Ballasttanks am Heck des U-Boots ersetzen und diesem zu einer ausreichenden Regulierbarkeit seines Trimms verhelfen.

Balan war stolz auf das Ergebnis seiner fast zehnstündigen Arbeit an dem britischen U-Boot, die so leidenschaftslos wie eh und je von ihm und seinen Männern durchgeführt worden war. Im Gegensatz zu Ardenjew gewannen sie keine Befriedigung aus der Bedeutsamkeit ihrer Aufgabe. Für sie handelte es sich dabei um nichts weiter als eine Arbeit, die sie erfolgreich zum Abschluß gebracht hatten. Die Natur des U-Boots, seine Nationalität, hatte für Balan keine Bedeutung.

Er sprach in sein Mikrophon. »Also los, Leute, weg von dem Pott. Unser heldenhafter Käpt'n wird die Röhre gleich an die Oberfläche schaffen, und ich möchte nicht, daß dabei jemand zu Schaden kommt.«

»Ich habe alles gehört«, ertönte in seinem Ohr Ardenjews Stimme, etwas weiter entfernt als das Lachen einiger Männer seines Teams, das durch seinen Helm hallte. »Ich habe bereits mit der *Kiew* und der *Karpati* gesprochen und wäre bereit, wenn Sie das auch sind.«

»In Ordnung. Ich werde mal die Sklaven vom Rumpf wegscheuchen. Und wir sprechen uns dann nachher noch.«

Balan ergriff mit einer Hand seine Luftschläuche und sorgte dafür, daß sie nirgendwo hängen blieben und über den Felsvorsprung auf die Pumpen und den Generator zuliefen. Dann drehte er sich schwerfällig, aber sicher um und begann, die leichte Stahlleiter hinunterzusteigen, welche gegen den Backbordstabilisator lehnte und mit kleinen Magneten daran befestigt war. Während er erschöpft auf den Felsvorsprung hinunterkletterte, führte er seine Luftschläuche vorsichtig mit sich nach unten. Der Taucher, der sie ihm angebracht hatte, kam hinter ihm her. Sie waren die letzten gewesen, und als sie unten ankamen, ergriffen Balan und der andere Mann die Leiter und trotteten durch den ruhelosen, aufgewirbelten Schlick davon, wo wieder die Bogenlampen aufgestellt waren, in der Nähe der Generatoren und der Schlitten, mit denen die Ausrüstung nach unten transportiert worden war. Die kleine Gruppe von Männern in Taucheranzügen, die sein Team bildete, hatte sich wie eine Schar aufgeregter Zuschauer im Schein der Lampen versammelt. Als Balan sie erreichte, legte er die Leiter auf einen der Schlitten und machte sie fest, bevor er wieder mit Ardenjew sprach.

»Also gut, Chef; Sie können jetzt mit Ihrem neuen Weltrekordversuch im Auftauchen anfangen. Wir haben uns inzwischen in Sicherheit gebracht!«

»Danke, Lew. Und vergessen Sie unser Besäufnis in Petschenga nicht – falls Sie dann nicht zu müde sind!«

Diese Bemerkung wurde mit einem protestierenden Gemurmel erwidert. Fast hätte Balan seine Erschöpfung eingestanden, aber es gab eben bestimmte Fiktionen, die um jeden Preis aufrechterhalten werden mußten. Eine davon war die Unzerstörbarkeit, die Unsterblichkeit der Bergungsmänner.

»Wir werden es schon nicht vergessen. Keine Sorge. Sehen Sie lieber zu, daß Sie auch Ihre Brieftasche dabei haben.« Dieser Schlagabtausch gehörte einfach dazu; sie alle waren Gestalten von einem Werbeplakat für die Marine – ohne eine individuelle Identität, ohne Realität. Sie lebten ihre eigenen Fiktionen; Helden. Idiotisch, idiotisch ...

»Das werde ich – keine Angst. Also gut, es geht los.«

Balan betrachtete das U-Boot, das nun zum Teil im Schatten lag. Das Licht der Bogenlampen warf düstere Flecken über ihre Ausbesserungsarbeiten und ließ sie irgendwie schäbig und unangemessen erscheinen. Die *Proteus* wirkte halb fertig, halb zerstört. Er achtete nicht auf Ardenjews Anweisungen, die immer noch durch seine Kopfhörer kamen, bis er den Befehl »Tanks aufpumpen!« hörte und das U-Boot sich – nach einem kurzen Augenblick, in dem nichts zu geschehen schien – unter dem Ausstoß von Seewasser aus seinen Ballasttanks leicht verlagerte. Und dann gerieten die Quallensäcke entlang seines Rumpfs stärker in Bewegung; sie entfalteten sich und füllten sich mit Luft. Balan spürte die neuen Strömungsverhältnisse durch die Bewegung des U-

Boots und das Ausstoßen des Wassers aus den Ballasttanks. Sogar durch ihre schweren Stiefel hindurch konnten sie das Mahlen des Rumpfs über den Felsvorsprung spüren; das Heck des U-Boots schien sich etwas stärker anzuheben als der Bug. Dieses Ungleichgewicht mußte beseitigt werden. Der Bug selbst lag im Dunkeln. Dort waren die Abschlepptaue angebracht. Auch sie mußten überprüft werden.

Durch seine Kopfhörer drang ein Schrei der Begeisterung, der ihn zusammenzucken ließ. Vermutlich einer der jüngeren Männer, dachte er. Kurz darauf folgten weitere Seufzer der Zufriedenheit und Erleichterung, stetig wie eine leichte Brise. Dies waren jedoch Geräusche, die ihnen zustanden.

Immer noch ein wenig buglastig, schwebte die *Proteus* aus einer brodelnden Schlickwolke empor, wurde ein riesiger Schatten über ihren Köpfen, unmittelbar hinter den Bogenlampen, dann ein verschwommenerer Umriß und verflüchtigte sich schließlich fast völlig, während sie die zwanzig Faden zur Oberfläche emporschwebte. Die Säcke um das Heck – wie Windeln, dachte er. Um den Hintern.

»Los jetzt, Leute. Das Volumen der Luftsäcke muß verändert werden! An die Arbeit, wir haben keine Zeit zu verlieren!«

Theatralisch begannen die Bogenlampen auszugehen, um sie in plötzlicher Dunkelheit zurückzulassen, in der ihre Helmlampen und Handlampen wie Wasserglühwürmchen funkelten. Während sie mit ihren Schlitten den Aufstieg begannen, hielt die *Proteus* in Schnorcheltiefe über ihnen an und wartete auf sie.

»Gut gemacht, Hyde – wirklich gut gemacht, großartig!« Aubrey war begeistert, seine Müdigkeit mit einem Schlag verflogen, wenn auch nur für kurz. Gegen alle Erwartung hatte Hyde nun doch Quin gefunden, und auch noch genau in diesem kritischen Augenblick. Die erste Glückssträhne – wendete sich ihr Glück? Jedenfalls hatten sie es bitter nötig. »Gut gemacht. Bringen Sie ihn sofort nach London. Ich werde Sie von einem Hubschrauber abholen lassen. Ich möchte Quin so schnell wie möglich hier haben ... Was? Was meinen Sie?«

Hydes Stimme war kaum mehr als ein Flüstern – etwas

Verschwörerisches. Durch diesen Tonfall sah Aubrey sich veranlaßt, sich auf seinen Stuhl herumzudrehen und dem unterirdischen Raum mit den darin Anwesenden seinen Rücken zuzukehren. Pyott und Clark, durch seine Begeisterung über den durchgestellten Anruf aufmerksam geworden, hielten sich wieder in einigen Metern Entfernung. Clark gab gerade verschiedene Erklärungen über den Aufbau der *Proteus* ab. Sein Finger glitt dabei über eine großformatige Querschnittszeichnung des U-Boots, welche Aubrey aus dem zweiten Stock der Admiralität mit nach unten gebracht hatte.

»Hier ist das Notsystem«, hörte er Clark erklären. »Ein gutes Stück hinter ...« Dann wandte er seine Aufmerksamkeit wieder Hydes Stimme zu.

»Seine Verfassung ist nicht gerade die beste, Mister Aubrey. Jetzt ist er gerade im Garten. Können Sie mich eigentlich richtig hören?«

»Ja, Hyde, natürlich«, erwiderte Aubrey ungeduldig. »Was meinen Sie übrigens damit: Seine Verfassung ist nicht gerade die beste?«

»Er gehört zu den Leuten, die mit dem Alleinsein Probleme haben, obwohl er ein Einzelgänger ist«, erwiderte Hyde ohne Sympathie. »Er ist schon seit Wochen hier oben, und davon eine Woche ganz allein. Und als sie zu zweit hier waren, haben sie sich vermutlich auch nur gegenseitig mit ihren schwachen Nerven fertig gemacht. Quin ist jedenfalls ganz schön neurotisch.«

»Bleiben Sie mir mit Ihrer Psychologie vom Leibe, Hyde.«

»Sie müssen ihn verstehen«, beharrte Hyde aufgebracht. »Er will nicht zurück. Er macht schon vor seinem eigenen Schatten halb in die Hosen, und die *Proteus* scheint ihm völlig egal zu sein – alles unsere Schuld, wie es scheint.«

»Das zumindest stimmt wohl tatsächlich.«

»Ich habe mich stundenlang mit ihm unterhalten. Ich komme einfach nicht an ihn heran. Er kommt nur mit, weil er Angst hat, hier zu bleiben, und weil er Angst hat, die andere Seite könnte uns hierher gefolgt sein ...«

»Sind sie das denn?«

»Nein. Aber jetzt, da wir ihn gefunden haben, glaubt er, das Ganze wird wieder von vorne anfangen, und deshalb will er sich nur irgendwo verkriechen. Ich möchte ihn also nicht durch einen Hubschrauber verschrecken. Er kommt nur mit mir zurück, oder gar nicht.«

»Was ist mit dem Mädchen?«

»Sie hat ihn inzwischen fast soweit gebracht, mir zu vertrauen. *Ich* muß ihn in Sicherheit bringen.«

»Das habe ich nicht gemeint. Was werden Sie mit ihr machen?«

»Sie wird hier bleiben. Entweder das, oder ich setze sie in einen Zug nach Hause zu ihrer Mutter.«

»Ich habe keine Zeit zu verlieren, Hyde. Glauben Sie, er kann sich wieder an die Arbeit machen?«

»Nein.«

»Dann wird er sich eben an die Arbeit machen müssen, obwohl er dazu eigentlich nicht in der Lage ist. Also gut, fahren Sie nach Manchester zurück. Von dort aus können Sie dann mit ihm hierher fliegen. Ich werde alles Nötige in die Wege leiten. Und *Sie* können einstweilen so lange seine Hand halten.«

»Jawohl, Mister Aubrey.«

»Und ... noch einmal: gut gemacht. Halten Sie ihn bei Laune, versprechen Sie ihm meinetwegen das Blaue vom Himmel herunter. Jedenfalls muß er bis heute abend hier sein – und bereit, sich an die Arbeit zu machen!«

Aubrey legte auf und erhob sich, seine Bewegungen ließen nicht den geringsten Zweifel aufkommen. Er hatte zuvor auf dem schmalen Feldbett in dem winzigen, besenkammerartigen, fensterlosen Raum nebenan leicht und unruhig geschlafen. Das Dunkel hatte beengend und fötal gewirkt, und das unter der Tür hindurchfallende Licht und der Lärm rief ihn schließlich in die unterirdische Operationszentrale zurück. Kaltes Wasser hatte ihm wieder einen Anflug von Aufgewecktheit verliehen, und Hydes Nachricht hatte ihn dann endgültig zu neuem Leben erweckt.

»Und?« fragte Giles Pyott und wandte sich von der Zeichnung an der Tafel ab, die auf einem Gestell ruhte. »Was gibt es Neues?«

»Hyde hat Quin gefunden.«

»Gott sei Dank! Wo steckt er?«

»Im Lake District, in der Nähe von Coniston Water, glaube ich.«

»War er dort die ganze Zeit?«

»Offensichtlich. Er hat sich dort über ein Maklerbüro ein Cottage gemietet.«

»Kann er heute noch hierher kommen?« erkundigte sich Clark pragmatischer.

»Das kann er. Hyde meint allerdings, der Mann seit mit den Nerven mehr oder weniger am Ende.« Aubrey zuckte mit den Achseln. »Ich weiß nicht, inwieweit sich die ganze Angelegenheit dadurch verkomplizieren wird. Jedenfalls würde ich sagen, daß ihn sich vorher auf jeden Fall ein Arzt ansehen soll. Es ist wirklich ein Jammer ...«

»Ja, und kann er denn überhaupt arbeiten?«

»Ob er dazu in der Lage ist oder nicht; er wird arbeiten!« Er deutete auf die Querschnittszeichnung der *Proteus*. »Er muß etwas unternehmen, oder finden Sie nicht?«

Es war fast drei Uhr, bis Quin reisefertig war. Sein Gepäck, das aus einem kleinen Koffer und seinem Mantel bestand, war ein Mittel gewesen, die Abfahrt zu verzögern. Immer wieder hatte er Hyde an den Rand eines Wutausbruchs getrieben, bis ihn die Angst vor dem Australier, die plötzlich unmittelbarer wurde als die vor den anderen Gestalten und Gefahren, die sich in seiner Einbildungskraft drängten, kapitulieren ließ. Aubrey hatte gegen Mittag im Cottage angerufen, und war über die Verzögerung ebenso frustriert wie aufgebracht gewesen. Danach war Hyde mit Quin wie mit leicht detonierbarem Sprengstoff umgegangen; mit Schmeicheleien und versteckten Drohungen war er ihm schließlich beigekommen.

Indessen stand er in der Tür des weiß gekalkten Cottage und zögerte noch, während Hyde den Koffer zu dem gelben TR7 trug. Tricia Quin stand wie eine Krücke an seiner Seite; sie berührte seinen Arm und versuchte, ihn lächelnd zum Gehorsam zu bewegen. Auf ebenso unerwartete wie unerklärliche Weise hatte sie im Lauf des Tages ihr psychisches Gleichgewicht wieder zurückgewonnen und sogar viel von Hydes Einstellung und seinen Argumenten übernommen. Es war, als hätte sie für sich die mißliche Lage der *Proteus* schließlich doch als etwas erkannt, das ihre humanitären Instinkte ansprach und ihr Engagement erforderte. Oder vielleicht hatte sie auch nur gespürt, daß ihr Vater Hilfe brauchte und daß die größte Bedrohung für seine Gesundheit in seiner gegenwärtigen Einsamkeit lag. Hyde fragte sich, was Quin wohl in der Einsamkeit des australischen Outback oder gar der Wüste gemacht hätte. Dort war die enervierende Stille sogar zu hören. Dagegen summte und zirpte der Lake District ja noch förmlich von überquellendem Leben.

Er wandte seinen Blick von Quin und seiner Tochter ab und sah auf das Wasser von The Tarns hinaus, und dann auf die Straße und das Land, das von Black Fell hinter ihm durch die Kiefern auf Coniston Waters in zwei Meilen Entfernung abfiel. Die Landschaft drückte auf das Cottage, und Hyde wurde sich einer klaustrophobischen Isolation bewußt, die so ganz anders war als das australische Hinterland. Vielleicht war es gar nicht weiter verwunderlich, daß Quin es nicht ausgehalten hatte, eine Woche in diesem Cottage mit seinem Garten zu bleiben, ohne auch nur eine Menschenseele zu Gesicht zu bekommen, nachdem seine Tochter ihn verlassen hatte. Offensichtlich hatten sie hitzige Diskussionen hinsichtlich des Besuchs bei ihrer Mutter geführt. Möglicherweise hatte ihm dies das Gefühl völliger Verlassenheit inmitten der Gefahr vermittelt.

Hyde zuckte mit den Achseln und öffnete den Kofferraum. Der Wind hatte zugenommen und riß die niedrige Wolkendecke auf. Flecken von blauem Himmel vorübergehend und keineswegs optimistisch, dunstiges Licht zwischen den Wolken. Zumindest hatte es zu nieseln aufgehört.

Das Geschoß pfiff von dem gelben Kofferraumdeckel davon, bevor das Krachen des Schusses an sein Ohr drang. Er starrte auf seine Hand. Die Kugel war darüber hinweggestreift und hatte das Fleisch des Handrückens bloßgelegt. Eine offenlippige Wunde, die noch nicht zu schmerzen begonnen hatte, und ihre Entsprechung in der gefurchten Narbe des Kofferraumdeckels fand. Verdutzt blickte er sich um.

Dann ein zweiter Schuß, das Absplittern von Putzteilchen von der Wand des Cottage, vielleicht einen halben Meter von

Quins Kopf entfernt. Sein entsetztes Gesicht, der Mund aufgerissen; des Mädchens raschere, wachsamere Panik, ihre Hände am Arm ihres Vaters zerrend, die wolkenverhüllten Hügel, die fernen, dunklen Bäume. Er nahm jeden dieser verschiedenen Eindrücke in dem Augenblick wahr, in dem er das schwere Krachen des Gewehrs hörte, und dann setzte der Schmerz in seiner Hand ein, rüttelte ihn wie ein Signal wach. Er begann, auf die Tür des Cottage zuzurennen.

TEIL DREI

Klempner

»Worauf warten sie? Warum *tun* sie nichts?« Quins Stimme war nörgelnd, ängstlich; und doch klangen seine Worte seltsam gereizt, als hätten ihn die Männer vor dem Haus enttäuscht.

»Sie haben doch sicher eine ganze Menge von diesen verdammten Cowboyfilmen gesehen, oder etwa nicht?« fuhr ihn Hyde an, ärgerlich über Quins schwache Nerven. »Der Lynchmob wartet immer, bis es dunkel wird.« Der Mann schien über die unerschöpfliche Fähigkeit zu verfügen, am Rande eines Nervenzusammenbruchs zu verharren, und seine Emotionen rieben gegen Hydes Versuche, einen Ausweg aus ihrer mißlichen Lage zu finden, wie Schmirgelpapier über nackte Haut.

»Warum warten sie?« fragte Tricia Quin in betont ruhigem Tonfall. Sie saß unter dem Cottagefenster neben ihm auf dem Fußboden.

Hyde wandte sich ihr zu. »Petrunin kann noch nicht hier sein.«

»Wer?«

»Der Typ, der uns verfolgt hat – der Boß. Er hat ein Gesicht, von dem jeder ein Foto haben wird. Dürfte gar nicht so leicht für ihn werden, Manchester zu verlassen. Sie warten auf seine Order.«

»Wie viele sind es Ihrer Meinung nach?«

Hyde beobachtete Quin, während er dem Mädchen zuhörte. Der Mann saß in zusammengekauerter, jämmerlicher Haltung mit dem Rücken gegen die Wand gelehnt. Um ihn herum standen die Sessel der fleckigen Wohnzimmergarnitur. Hyde verabscheute Quin sehr intensiv. Der Mann ging ihm auf die Nerven. Selbst wenn er ihn nach London schaffen konnte, würde Aubrey nichts mit ihm anfangen können.

»Zwei, vielleicht auch drei.«

»Glauben Sie nicht, sie könnten schon vor Einbruch der Dunkelheit etwas unternehmen?«

»Warum? Sie gehen davon aus, daß ich bewaffnet bin. Sie wissen, daß ich ein Profi bin – genau wie sie. Freiwillig lassen die sich ihre Eier nicht wegballern, das können Sie mir glauben. Für die genügt, daß Ihr Vater hier ist und nicht weg kann.«

Sie betrachtete ihren Vater prüfend und sah dann wieder weg.

»Was ist mit Ihren Leuten? Dieser Aubrey zum Beispiel?«

»Wenn wir nicht in Manchester auftauchen, wird er sich bestimmt Sorgen machen. Er weiß, wo wir sind.«

»Wird er sich denn auch noch rechtzeitig Sorgen machen?«

»Darüber mache ich mir im Augenblick gerade Sorgen.« Er lächelte und studierte dabei ihr Gesicht. »Und wie steht es mit Ihnen?«

»Mit mir ist alles in Ordnung.« Sie vermied, ihren Vater anzusehen.

»Was wollen Sie jetzt tun?« fragte Quin.

»Um Himmels willen, hören Sie endlich mit dem Gejammere auf!«

»Es ist alles Ihre Schuld. Sie haben sie hierher gebracht! Und genau das war es, was ich verhindern wollte ... weshalb ich mich hierher zurückgezogen habe«, beharrte Quin. Hyde verspürte tiefe, echte und bleibende Ängste, die sich in Selbstmitleid verhüllten. Fast konnte Quin ihm leid tun. Letztlich war ihre Lage dazu jedoch eindeutig zu prekär. Außerdem hätte Quins Stimme einen etwas weniger winselnden, quengelnden Tonfall annehmen müssen. »Wußte ich's doch, daß man mir keinen adäquaten Schutz würde bieten können, daß niemand meine Befürchtungen ernst genommen hat. Und sehen Sie selbst, was inzwischen passiert ist. Sie sind da draußen – genau die Leute, denen ich aus dem Weg gehen wollte. Und *Sie* ... Sie haben sie hierhergeführt. Sie haben mich ihnen mehr oder weniger auf dem Präsentierteller ausgeliefert!«

»Na ja. Sie haben mir eben einen kleinen Sender unter den Wagen gesteckt. Tut mir leid.«

»Das nutzt uns jetzt nichts mehr.«

»Halten Sie endlich Ihr blödes Maul! Es ist Ihre Schuld, daß wir alle hier festsitzen.«

»Bitte, lassen Sie ihn in Ruhe«, flehte Tricia Quin leise.

»Also gut. Sehen Sie, sobald es dunkel wird, kann ich versuchen, mich zu einem Telefon durchzuschlagen, dessen Leitung noch nicht durchgeschnitten ist. Aber im Augenblick habe ich nicht die geringste Lust, das Haus zu verlassen. Er wird sich eben gedulden müssen – genau wie wir.«

»Wenn ihm nur nichts passiert.«

»Keine Angst. Petrunin steckt selbst zur Genüge in Schwierigkeiten. Sozusagen eine Pattsituation. Ihrem Vater wird nichts passieren – es sei denn, *ich* drehe ihm noch den Hals um!«

Quin schmollte wie ein beleidigtes Kind. Hyde sah auf seine Uhr. Kurz nach drei. Geduld, Geduld, redete er sich selbst gut zu. Aubrey wird bald etwas merken.

Ohne diesen Gedanken in seine ausdruckslose Miene eindringen zu lassen, fragte er sich, ob sich angesichts der Inbesitznahme des U-Boots durch die Russen Petrunins Anweisungen nicht vielleicht ändern würden. In diesem Fall wäre Quins Tod viel eher der angemessene Abschluß der Operation gewesen als seine Gefangennahme.

Es war schwer, diesen Gedanken zu verdrängen, sobald er ihn einmal zugelassen hatte. Er war zwar unwahrscheinlich, aber durchaus möglich. An seinen eigenen Tod dachte er dabei nicht. Ihm war praktisch schon in dem Moment, als er von seinem Wagen ins Haus gerannt war und die Tür hinter sich geschlossen hatte, klar gewesen, daß sein Tod unvermeidlich war, ob Petrunin Quin nun lebendig oder tot wollte. Er sah auf seine Hand, die er mit einem Taschentuch verbunden hatte. Seine Pistole drückte unbequem gegen seinen Rücken. Das Ganze war keineswegs eine Pattsituation; sie erweckte nur diesen Eindruck. Petrunin wollte Quin auf jeden Fall. Abgesehen davon konnte Petrunin nach dieser Operation in England sowieso einpacken. Und wenn er sich abseilen würde, würde er auf jeden Fall Quin mitnehmen wollen. Sobald es dunkel war, würde er kommen, um ihn sich zu holen.

»Ethan, es handelt sich hier keineswegs um die Eitelkeit eines alten Mannes, oder um verletzten Stolz oder gar Senilität. Ich stelle Ihnen eine ernsthafte Frage. Könnte sich jemand in Petschenga einschleichen und ›Leopard‹ zerstören, bevor die Russen es untersuchen und ausbauen können?«

»Sie sind von Sinnen, Mister Aubrey. In vierundzwanzig Stunden werden die Russen die *Proteus* schon wieder nach Hause schicken. Uns bleibt doch gar keine Zeit, irgend etwas zu unternehmen.«

»Dessen bin ich mir gar nicht so sicher.« Aubrey sah von dem schmalen Feldbett auf, wo er in sich zusammengesunken wie ein müder, zerzauster Häftling unter der kalten Neonbeleuchtung des winzigen Raums saß. Wie ein Golfspieler in Pullover und Hose gekleidet, lehnte Clark gegen die Tür. Clarks beständig abnehmende Förmlichkeit, was seine Kleidung betraf, erwies sich als Zeichen der Niederlage und des Defätismus. Aubrey fühlte sich müde, orientierungslos; gleichzeitig war er jedoch von dem raschen, verführerischen Glanz einer Gegenoperation besessen. »Dessen bin ich mir keineswegs sicher«, wiederholte er noch einmal.

»Sie wissen doch nicht einmal, ob sie das Boot überhaupt nach Petschenga bringen«, beharrte Clark.

»Der Satellit und die Nimrod lassen zumindest darauf schließen. Außerdem gibt es in Petschenga – im Gegensatz zu Murmansk – Anzeichen, daß dort Vorbereitungen für die Ankunft der *Proteus* getroffen werden.« Aubrey rieb sich mit einer waschenden Geste die Hände. In Clarks Augen erschien diese Bewegung wie vorgetäuschte, trügerische Bescheidenheit. Der Raum hatte etwas von einem Sarg an sich, abgestanden und tot, und seine Atmosphäre lastete unangenehm auf ihm.

»Vielleicht. Aber Sie müssen doch selbst zugeben, daß diese raschen Operationen auf dem Papier immer gut aussehen. Unsere Geheimdienstkapazitäten in dieser Region sind mehr oder weniger gleich Null, Mister Aubrey, und wen sollten wir ansonsten so schnell dorthin schicken. Sehen Sie doch endlich den nackten Tatsachen ins Auge. Die Russen haben die *Proteus* in ihren Besitz gebracht und sie entscheiden, was mit dem Boot geschieht, bis sie es wieder an uns ausliefern.«

»Das weiß ich auch«, fuhr ihn Aubrey an, »aber ich bin

nicht im geringsten gewillt, einfach zu warten, bis man sie uns wie ein Spielzeug, das nicht mehr länger funktioniert, zurückgibt.«

»Jetzt hören Sie, Mister Aubrey«, begann Clark wütend und wandte sich von der Tür ab, der er sich zugedreht hatte, während Aubrey gesprochen hatte, als wollte er sein Gesicht verbergen. »Ich kann Ihnen nicht geben, was Sie von mir wollen. Ich weiß über ›Leopard‹ nicht genügend, um Ihnen sagen zu können, wie man es nachhaltig zerstören könnte, ohne auch das ganze Boot in die Luft zu jagen! Die Russen mögen ja in Ardenjew ihren Supermann haben, aber drücken Sie diese Rolle bitte nicht mir auf. Ich kann Ihnen nicht helfen.«

»Vielleicht dann jemand von Plessey«, murmelte Aubrey in abschätzigem Ton.

»Sie brauchen Quin.«

»Das weiß ich auch. Wenn ich Ihnen Quin herhole, könnten Sie es dann machen?«

»Was?«

»Ich habe gesagt: Wenn ich Ihnen Quin herhole, werden Sie es dann machen? *Können* Sie es dann machen?«

»Was machen?«

»Jetzt stellen Sie sich nicht dümmer als Sie sind, mein Junge. Sie würden es tun müssen. Sie sind mit der ganzen Operation vertraut, Sie sind mit der Anlage vertraut, Sie gehören dem Geheimdienst der Navy an, und Sie verfügen über die entsprechende praktische Erfahrung. Wer sollte denn außer Ihnen in Frage kommen?«

»Ein Mann?«

»Ja, ein ganz bestimmter Mann.«

»Und ich bräuchte nichts weiter zu tun, als mich in Petschenga einzuschleichen, an Bord der *Proteus* zu gelangen, die Anlage zu zerstören und mich dann wieder aus dem Staub zu machen, ohne daß jemand Wind von der Sache bekommt?« Clark hob seine Hände in die Luft. »In diesem Fall ist wirklich Ihre Fantasie ein wenig mit Ihnen durchgegangen, Mister Aubrey. Das ist doch unmöglich.«

»Versuchen sollte man es trotzdem.«

»Ich gehöre nicht zu Ihrem Stab.«

»Ich bin mir sicher, daß ich Sie vorübergehend zur Verfügung gestellt bekommen könnte.«

»Dazu ist jetzt nicht mehr ausreichend Zeit.«

»Wir *müssen* es versuchen!«

»Und wo steckt übrigens Quin? Ohne ihn stürzt doch Ihr ganzes Kartenhaus wie nichts zusammen.«

Aubreys Gesicht verdüsterte sich. »Ich weiß nicht. Hyde sollte längst am Flughafen in Manchester eingetroffen sein. Das ist jedoch nicht der Fall.«

»Dann ist also etwas dazwischengekommen?«

»Glauben Sie?«

Clark schritt durch den winzigen Raum. »Sie haben die ganze Zeit damit vertan, diesen irrwitzigen Plan auszuhekken, anstatt sich über die Realitäten Gedanken zu machen. Ihr Mann muß doch in der Klemme stecken, und Sie haben nicht einen einzigen Gedanken an diese Möglichkeit verschwendet!«

In Aubreys Miene breitete sich ein Ausdruck der Wut aus, die auf Clark gerichtet war. In Anerkennung der Richtigkeit des Gesagten wandte sich sein Blick dann jedoch nach innen. Er hatte ein Mittagsschläfchen des Intellekts gemacht. Clark hatte vollkommen recht. Er hatte Hyde einfach ignoriert, und Hyde hatte ganz offensichtlich Probleme. Er ballte seine Hände im Schoß zu Fäusten, um dann aufzustehen und die Tür zu öffnen.

»Generalstabskarte für die Umgebung von Coniston Water!« bellte er in den unterirdischen Raum hinaus, sein Befehl an jeden einzelnen der Anwesenden gerichtet. Pyott blickte erschreckt auf und griff nach einem Telefon. »Schnell!« Er knallte die Tür wieder zu und sah Clark unverwandt an. »Sie haben recht. Ich war sträflich leichtsinnig und nachlässig. Aber falls wir Quin hierher schaffen können, werden wir uns noch weiter unterhalten. So einfach kommen Sie mir nicht davon, Ethan!«

»Dasselbe dürfte im Augenblick für Ihren Mann und Quin gelten.«

Nach ihrem plötzlichen Auftauchen aus Schnorcheltiefe an die Oberfläche erlangte die *Proteus* einen Augenblick des

Gleichgewichts, und dann gelangte die Wellenbewegung an ihr zur Auswirkung. Ardenjew beobachtete, wie die Luke über ihnen zurückglitt. Wasser tropfte auf ihn und Lloyd und die bewaffnete Wache, und dann wurde die Brücke elektronisch gehoben, so daß ihre Köpfe über den Turm des U-Boots stiegen. Sanft rollte die *Proteus* in der Dünung des Außenhafens von Petschenga. Die Schwimmsäcke an ihrem Heck hielten sie zwar in der richtigen Tiefe, beeinträchtigten aber ihre Stabilität.

Lächelnd winkte Ardenjew mit einem Arm in Richtung Küste.

»Willkommen in der Sowjetunion, Commander Lloyd.«

Regen peitschte in ihre Gesichter, und durch den düsteren Spätnachmittag schimmerten verschwommene Lichter. Hinter der Hafenmauer mit ihren Wachtürmen und den Anti-U-Boot-Netzen lagen die niedrigen U-Boot-Schuppen vor ihnen. Der eisige Schneeregen hatte Lloyds Gesicht fühllos gemacht, während er die Szenerie mit den hochgezogenen Schultern eines Häftlings betrachtete. Die *Proteus* im Schlepptau, fuhr die *Karpati* vorsichtig in den Hafen ein. Er wandte sich nach achtern. Wie Schienen an einem gebrochenen Glied umgaben riesige Quallensäcke das Heck des U-Boots. Durch die weiß geränderte Gischt und den peitschenden Regen konnte er die Narben und die provisorischen Reparaturen erkennen, die von dem Bergungsteam unter Wasser durchgeführt worden waren. Der Bug der *Proteus* wich immer noch leicht von der Horizontalen ab, da die Luftsäcke allein keine exakte Ausbalancierung erlaubten. Eine Bugwelle brandete über das Vorderdeck, während Lloyd nach Petschenga hinüberblickte. Die *Karpati* hatte inzwischen die Lücke in der Hafenmauer passiert, nachdem das Netz elektronisch gesenkt worden war, um ihnen die Durchfahrt zu ermöglichen. Und die *Proteus* glitt nun fast überholend und plump zwischen den beiden Türmen der Mauer hindurch. Lloyd konnte Gesichter von den Türmen herunterschauen sehen; sie schienen alle zu grinsen; ein Arm winkte. Der Anblick war für ihn mit einem Gefühl der Erniedrigung verbunden.

Ardenjew hatte etwas gesagt.

»Entschuldigung, was haben Sie eben gesagt?« fragte er, sich ganz seinen Selbstvorwürfen und dem Gefühl der Niederlage hingebend. Er hatte Fehler gemacht – Fehler, die für ›Leopard‹ verheerende Folgen hatten. Da die Situation so unwirklich war und ihre Konsequenzen letztlich nur für einen Klumpen nicht funktionierender Ausrüstung im Innern seines Bootes eine Gefahr bedeuteten, war sich sein Verstand deutlicher seiner Irrtümer bewußt, was die Einschätzung der Lage und seine taktischen Entscheidungen betraf. Er hätte ihre Gefährlichkeit rascher erkennen sollen, und er hätte nicht auf Grund gehen sollen. Die Reihe der Selbstvorwürfe schien kein Ende zu nehmen.

»Störe ich Sie bei Ihrer Gewissenserforschung?« fragte Ardenjew gut gelaunt. »Jedenfalls kann ich Ihnen versichern, daß kein Grund zur Besorgnis besteht. Sie haben nichts zu befürchten.«

»Das ist doch das Unwirklichste an der ganzen Geschichte, nicht wahr?« erwiderte Lloyd.

Ardenjew überging seine Antwort einfach. »Wie ich bereits gesagt habe, werden wir das U-Boot in zwei, drei Stunden im Dock haben. Selbstverständlich werden wir Sie auf keinen Fall länger als unbedingt nötig aufhalten. Mit Ihrem Reaktor wird es keinerlei Probleme geben; wir werden Sie in ein Naßdock bringen – die nötigen Arbeiten können wir problemlos auch ohne Trockendock durchführen – und Sie werden binnen achtundvierzig Stunden wieder in Richtung Heimat in See stechen können. Das verspreche ich Ihnen.«

»Sie sind natürlich in der Lage, ein solches Versprechen abzugeben«, bemerkte Lloyd bitter, »da Sie sicher auch den Schaden, der meinem Boot zugefügt werden sollte, genauestens im voraus kalkuliert haben.«

»Tut mir leid, aber ...?«

»Lassen Sie nur. Es war alles nur ein Unfall, ein höchst bedauernswerter Unfall.«

»Aber selbstverständlich.«

Innerhalb der Hafenmauern machte sich die Dünung kaum mehr bemerkbar. Lloyd war sich jedoch auf unangenehme Weise der Vorwärtsbewegung des U-Boots und der anderen Schiffe im Hafenbecken bewußt. Petschenga war fast schon unwirklich still, verdeckt durch die Dämmerung und den peitschenden Schneeregen; es erinnerte ihn an die Satellitenbilder Dutzender anderer sowjetischer Flottenhäfen. Aber die großen Schiffe waren sehr real, und dies auf eine beunruhigende Weise. Zwei Kreuzer der ›Kara‹-Klasse vor Anker, einer davon zur Hälfte frisch gestrichen. Drei oder vier Zerstörer, wie in der Auslage eines Spielzeuggeschäfts, klein und grau und strotzend von Antennen, Radarscheiben und Geschützen. Fregatten, ein großer Hubschrauberkreuzer, zwei Erkundungsschiffe, ausgestattet mit elektronischen Detektions- und Überwachungsanlagen. Ein U-Boot-Mutterschiff, Minensucher, Ozeanschlepper, Tanker. Der Anblick und die Mengen überwältigten ihn, ließen Portsmouth, Plymouth, Faslane und jeden beliebigen anderen Flottenstützpunkt des United Kingdom lächerlich winzig erscheinen. Es war wie eine Reise zurück in die Vergangenheit, zu der großen Flottenschau in Spithead zwischen den beiden Weltkriegen, sah man einmal von der bedrohlichen und ganz offensichtlichen Modernität dieser Schiffe ab. Der Hafen von Petschenga, ein Satellitenhafen für Murmansk, schüchterte Lloyd ein. Er fühlte sich völlig und aufs äußerste gefangen.

Die U-Bootschuppen, aus dieser Entfernung nichts weiter als Nistlöcher im Beton, blinkten vor der *Karpati* mit ihren Lichtern auf. Eines dieser kleinen, schwarzen Löcher würde sein Boot verschlucken und festhalten, bis jemand wie dieser Russe auf seiner Brücke seine Genehmigung erteilte, daß sie wieder abfahren konnten. Er zuckte hoffnungslos mit den Achseln.

»Sind Sie beeindruckt?« wollte Ardenjew wissen.

»So lange es sich dabei nicht um Pappattrappen handelt, allerdings.«

»Sie sind echt.« Lloyd sah Ardenjew an. Der Russe schien wenig begeistert über die Unterhaltung, die er begonnen hatte.

»Das alles ist Ihnen wohl schon bis zur Langeweile vertraut?« hakte Lloyd nach.

»Was? Ach so, ich habe gerade darüber nachgedacht, was für eine schrecklich öde Stadt Petschenga ist.«

»Das kann ich mir denken.«

»Das möchte ich bezweifeln.« Sie glitten an einem Kreuzer vorbei. Matrosen lehnten sich über die Reling, wedelten mit ihren Mützen und riefen unverständliche Worte und Grüße zu dem britischen U-Boot herunter. Ardenjew beobachtete sie, wie er vielleicht Affen in einem Zoo betrachtet hätte. »Die Bordelle sind ziemlich fürchterlich«, fuhr er fort. »Für die Rekruten durchaus in Ordnung, aber nicht für Leute wie Sie und mich. An Land hat diese Stadt wirklich nichts zu bieten. Die Ausfallquote wäre vermutlich enorm. So etwas kann die Admiralität natürlich nicht dulden.«

»Langsam scheint Ihnen wohl der Dampf auszugehen«, bemerkte Lloyd.

»Was? Ach so, ja, vielleicht.« Ardenjew fuhr sich mit einer Hand durch sein nasses Haar und setzte ein müdes Grinsen auf. Seine ausgebreiteten Arme galten dem gesamten Rumpf der *Proteus*. »Für mich ist die Sache nun erledigt. Die Langeweile nach der großen Aufregung. Ich tue mir richtig selbst leid. Sie müssen mir also mein schlechtes Benehmen verzeihen.«

Sie verlangsamten inzwischen ihre Fahrt. Die *Karpati* schien still zu stehen, und sie begannen, sie im Schneckentempo einzuholen, bis auch die *Proteus* zum Stillstand kam. Winzige Gestalten entstiegen der vorderen Luke und balancierten über das schimmernde, rutschige Deck, um dann geschickt und rasch die Haltetaue an Land zu werfen. Ein grell erleuchteter U-Bootschuppen tat sich vor ihnen auf. Die *Proteus* bewegte sich mit Hilfe ihrer intakten Hilfsschraube, dem sogenannten ›Schneebesen‹, der vor der Hauptschraube lag und bei Nichtgebrauch eingezogen wurde, auf die offenen Tore des Schuppens zu. Lloyd schauderte.

»Sobald wir angelegt haben, muß ich Sie leider verlassen, um meinen Bericht abzufassen«, murmelte Ardenjew. Lloyd achtete nicht auf ihn, sondern konzentrierte sich voll auf sein Boot, das in den Rachen der U-Boothalle glitt. Die Reihe der restlichen Schuppen hinunter hatten die Männer zu arbeiten aufgehört, um den Vorgang zu beobachten. In den Öffnungen anderer Hallen waren die Hecks sowjetischer U-Boote zu erkennen, aber Lloyd konzentrierte sich nach einem kurzen, verlegenen Seitenblick wieder voll auf den Bug der *Proteus*.

Sie hielt neuerlich an, worauf eine Reihe von Männern sich über das Deck verteilten und die Zugtaue anbrachten, mit denen sie in den Schuppen gezogen werden sollte. Ein Befehl ertönte, und das Deck wurde wieder geräumt; die Trossen spannten sich langsam aus dem Wasser, bis unter einem plötzlichen Rucken die Tropfen von ihnen spritzten, und die Masse des U-Boots bewegte sich wieder vorwärts.

Jeder Augenblick war durch ein weiteres Sich-Ergeben in die Umstände gekennzeichnet. Lloyd verspürte einen emotionalen Schmerz, der an Heftigkeit einer körperlichen Verletzung in nichts nachstand. Der Rumpf der *Proteus* schien unterteilt wie ein Lineal, das den Grad seines Eindringens in den Schuppen maß. Grell blendete die Beleuchtung von der Decke der Halle herab, die inzwischen bereits die Torpedorohre, die vordere Luke, die vorderen Stabilisatoren und schließlich sogar den Turm verschlungen hatte. Die *Proteus* war halb verschluckt.

Der Beifall der Dockarbeiter entlang der Betonmauern zu beiden Seiten des Wassers verletzte und verärgerte ihn. Lloyd konnte die ersten Teams sehen, welche mit den Stützen bereitstanden und darauf warteten, die *Proteus* aufzubokken.

Und dann lag Ardenjews Hand plötzlich auf seiner Schulter, und der Russe schrie über das Beifallsecho, das von dem Stahl und dem Beton widerhallte, hinweg.

»Tut mir leid, mein Freund! Aber Sie haben verloren!«

Lloyd schüttelte den Kopf – nicht um seine Niederlage zu verleugnen, sondern um sie einzugestehen. Die Fahrt der *Proteus* verlangsamte sich, als der für das Anlegemanöver zuständige Offizier einen entsprechenden Befehl an die Männer an den Winden erteilte. Selbst die Bewegungen seines Boots befanden sich außerhalb seines Einflusses. Er fühlte sich aufs äußerste erniedrigt. Seltsamerweise haftete auch Ardenjew ein Anflug von Niedergeschlagenheit an, als die derben Beifallsrufe und ihre verstärkten, unmenschlichen Echos über sie hinwegbrandeten.

In der Dämmerung begann sich Nebel zu bilden. Der Wind hatte sich weitgehend gelegt, nur eine leichte Brise wiegte ab und zu die Ranken und Fetzen von Grau. Die Landschaft glitt ins Dunkel, die Bäume waren nur noch dunkle Kreideschattierungen, die Hügel kaum mehr als schwärzliche Flecken. Hyde betrachtete den Nebel als endgültige Ironie des Schicksals. Er deckte zwar Petrunin, aber nicht seinen Versuch, ein Telefon zu erreichen. Petrunin war zu früh eingetroffen; kurz vor sechs. Seine Ankunft hatte er mit der Bekanntgabe von Hydes letzter Frist angekündigt. Dennoch kam er in anderer Hinsicht auch zu spät. Langsam und widerstrebend und nicht ohne ein gehöriges Maß an innerer Wut hatte Hyde den Entschluß gefaßt, daß er das Mädchen und seinen Vater nicht einfach der Gefangennahme überlassen konnte. Und es gab keine Möglichkeit, wie sie zu dritt unbeschadet aus dem Cottage hätten fliehen können. Er mußte von der problematischen, sogar abstoßenden Annahme ausgehen, daß Kapitulation für sie mehr Sicherheit bedeutete als Widerstand, wenn auch nur um der Tatsache willen, daß sie unverletzt und am Leben bleiben würden. Der Sinnspruch ›Hoffnung versiegt nie‹ bot sich als schwieriger und unvermeidlicher Trost an. Hyde hatte sich selbst gegenüber schon längst eingestanden, daß sie in der Falle saßen, bevor ihm Petrunin diese simple Feststellung durch ein Megaphon erneut einschärfen mußte.

Quin hatte sich als unbrauchbar erwiesen – wie ein elektrisches Gerät mit eingebauter Sicherung. Wie einen Teekessel, der zu lange in Betrieb gewesen war, hatte er sich selbst abgeschaltet. Seit Stunden saß er an derselben Stelle zusammengekauert, starrte in seinen Schoß und grübelte düster vor sich hin. Selbst die Gefahr, in der er sich befand, entlockte ihm keine weiteren Beschwerden. Das Mädchen, das sich nur gelegentlich von der Stelle gerührt hatte, um nach ihrem Vater zu sehen, war neben Hyde geblieben. Ihre Unterhaltung war bruchstückhaft. Hyde hatte sich, von seinen Selbstvorwürfen gefangengenommen, kaum die Mühe gemacht, die Ängste des Mädchens abzuschwächen. Die Wanze unter dem Auto, diese verdammte Wanze ...

Und dann meldete sich Petrunin neuerlich zu Wort. »Wieso versuchen Sie nicht, ein Telefon zu erreichen, Mister Hyde?« Seine verstärkte, mechanische Stimme schepperte hinter einem Erdhügel, etwa hundert Meter vom Cottage entfernt, hervor. Hyde war sich sicher, daß er einen der anderen Männer leise lachen hörte. »Dieser Nebel dürfte Ihnen doch großartige Deckung bieten.« Neuerlich das begleitende, arschkriecherische Lachen, diesmal heiserer? Hyde war sich nicht sicher, ob er sich das alles nur einbildete. Petrunin schien das Ganze Spaß zu machen. Deckte er nur einen seiner Männer, der sich dem Cottage näherte, während er seine Insassen ablenkte? »Das Problem ist nur, daß sich Ihre Freunde kaum in Sicherheit wähnen könnten, solange Sie weg wären. Oder kann das Mädchen mit einer Schußwaffe umgehen? Oder ihr Vater?«

»Halt die Fresse«, zischte Hyde mit unterdrückter Heftigkeit. Das Mädchen berührte ihn am Arm, so daß er zusammenfuhr.

»Geben Sie mir die Pistole. Warum versuchen Sie nicht, das Haus zu verlassen?«

»Von dieser Idee habe ich schon seit Stunden Abstand genommen. Wir sitzen voll in der Scheiße, und unser Freund Lenin da draußen weiß das sehr wohl.«

»Werden Ihre Leute denn nicht nach uns suchen kommen?«

»Das will ich doch hoffen! Aber er weiß das natürlich auch. Viel länger wird er nicht mehr warten.«

»Ihre Zeit ist um«, verkündete Petrunin wie auf ein Stichwort. Hyde grinste bitter. »Zeigen Sie sich bitte in der Tür. Werfen Sie zuerst Ihre Schußwaffe nach draußen. Wir haben Nachtgläser, und ich kann Ihnen versichern, daß uns keine Ihrer Bewegungen entgehen wird.«

»Das Problem mit diesen verfluchten Schreibtischhengsten ist, daß sie so verdammt geschwätzig sind, wenn sie sich mal auf die freie Wildbahn begeben.« Er sah zu den schattenhaften Umrissen von Quin im anderen Teil des Zimmers hinüber, um sich dann wieder dem Mädchen zuzuwenden. Seine Hand war um den Griff der Heckler & Koch-Pistole gekrampft, und es hätte nur einer einzigen Bewegung bedurft, das Fenster zu zerschlagen und das Feuer zu eröffnen. Es wäre völlig sinnlos gewesen, aber auf eine andere, fieberhaftere Weise auch sehr befriedigend. Peng, peng, sprach er sich selbst vor und richtete die Waffe in den Raum, als zielte er auf einen Gegenstand. Peng, peng. Und diese zwei wären tot, oder verletzt. »Wir können nirgendwohin und wir können nichts tun«, verkündete er statt dessen laut.

»Sie können doch nicht ...«, begann das Mädchen.

»Ich habe es satt, hier dumm herumzusitzen«, brummte Hyde. »Abgesehen davon kriegt immer jemand was ab, wenn das Geballere losgeht. So ist das nun mal. Petrunin weiß, daß ich weder Ihr Leben noch das Ihres Vaters aufs Spiel setzen würde, und *ich* weiß das ebenfalls. Beschissen, aber wahr. Im Moment haben wir nicht die geringste Chance. Und was später ist – wer weiß?« Er richtete sich neben einem Fenster auf. Das Oberlicht war offen, und er hob seine Stimme, um zu brüllen. »Also gut, Trotzki, wir kommen raus. Wir haben diesen miesen Film ja schon beide zur Genüge gesehen!«

»Mit der Kavallerie wird wohl nichts werden, fürchte ich. Nichts als Apatschen«, rief Petrunin durch das Megaphon zurück. Hyde warf heftig den Kopf zur Seite.

»Ich werde die Tür öffnen und meine Knarre nach draußen werfen. Dann wird Mister Quin als erster rauskommen.«

»Sehr gut. Aber beeilen Sie sich ein bißchen.«

Quin saß inzwischen aufrecht da. Er war auf die eine Ecke des Zimmers zugerutscht. In der Düsterkeit des Raums schien sein weißes, wenig markantes Gesicht Hyde anzuklagen. Der stieß gegen die Tischkante, als er sich auf ihn zubewegte.

»Nein ...«, protestierte Quin schwach und hielt seine Hände vor sich, als wollte er Hyde wie einen bösen Geist abwehren.

»Tut mir leid, aber wir haben keine andere Wahl. Und Ihnen werden die da draußen schon gar nichts zu leide tun.« Er zog Quin grob auf die Beine und schlang dann seine Arme um ihn, als er sich halbherzig zu wehren versuchte. Die beiden Männer waren durch ein Geflecht aus Haß und gegenseitigen Vorwürfen verbunden. Hyde spürte es im Zittern von Quins Armen.

Er studierte Quins Gesicht. Der Forscher wirkte, als hätte er lange Zeit, ohne Hoffnung auf Freilassung oder Entkommen, in einem Gefängnis verbracht. Das Gefängnis war sein eigener Verstand gewesen, sein eigenes Gebilde. Nein, verbesserte sich Hyde. Das war der KGB-Mann gewesen, welcher dieses erstickende Gefühl einer Falle hervorgerufen hatte, die über ihnen zuschnappte. Und vielleicht hätten der DS, möglicherweise auch der SIS und er selbst, schneller gründlicher und scharfsinniger reagieren sollen.

»Vielleicht haben wir noch eine Chance, wenn wir das Haus jetzt verlassen«, sagte Hyde in tröstendem, begütigendem Ton. »Hier drinnen haben wir jedenfalls nicht die geringste. Hier sind Sie nicht mehr länger sicher, und Tricia ebensowenig. Es tut mir leid, aber wir haben keine andere Wahl.«

»Ich will nicht ...!« heulte Quin fast. »Sie werden mich verschleppen. *Mich* wollen die doch haben, nicht Sie!«

»Das weiß ich auch. Um Himmels willen, ich versuche doch, Ihnen zu helfen!«

»Ich will nicht den Rest meines Lebens in Rußland verbringen – mein Gott!«

»Lieber rot als tot«, wußte Hyde darauf nur zu erwidern, sein geringes Maß an Sympathie war erschöpft. Quins Augen und Widerstreben waren jetzt nur noch Störfaktoren, die seine Reaktionsfähigkeit verlangsamten, sein Denken trübten. Quin würde seine Lage eben akzeptieren müssen. Hyde verfügte nicht mehr über die Zeit und Energie, sich hinsichtlich des psychischen Zustands seines Schützlings Gedanken zu machen.

»Wie hat der Zahnarzt doch so schön zu seinem Patienten gesagt, als er ihn an den Eiern gepackt hat? ›Wir werden uns doch nicht gegenseitig weh tun, oder?‹ Warten Sie also schön, bis ich Ihnen ein Zeichen gebe, und dann gehen Sie schön langsam zur Tür raus. Ja?« Resigniert sank Quin gegen Hyde. Hydes Spott kam in einem widersprüchlich tröstenden Tonfall zum Ausdruck. »Ein netter, kleiner Flug über den Kanal, und dann ein etwas längerer nach Moskau. Wer weiß, vielleicht werden Sie sogar Gefallen daran finden. Und die werden *Sie* auf jeden Fall mit Begeisterung begrüßen.« Er packte Quins Arm, während der ganze Körper des Mannes gegen diese Zukunftsaussichten aufbegehrte. »Es wird Ihnen nichts geschehen. Tun Sie einfach, was sie sagen.«

Er nahm Quin am Arm und führte ihn zur Tür, die er dann öffnete, wobei er jedoch darauf achtete, daß der Wissenschaftler von draußen noch nicht zu sehen war. Dann warf er seine Pistole in hohem Bogen in Richtung Erdhügel, weg von seinem Wagen, so daß sie deutlich zu sehen war.

»Wunderbar!« bestätigte Petrunin. »Sonst nichts mehr?«

»Meine Strahlenpistole habe ich leider im Wagen vergessen!«

»Na gut. Dann kommen Sie jetzt raus, einer nach dem anderen. Mister Quin als erster.«

»Los jetzt! Gehen Sie direkt auf den Erdhügel zu. Machen Sie keine Umwege, und vor allem: Laufen Sie nicht!«

Quin stöhnte. Sofort war das Mädchen an seiner Seite, um seinen anderen Arm zu halten. Sie rief durch die Tür nach draußen.

»Meinem Vater geht es nicht gut. Wir kommen gemeinsam raus.« Ohne zu zögern, geleitete sie Quin durch die offene Tür. Wie erstarrt blieb Hyde einen Augenblick in der Tür stehen, um dann in das Halbdunkel hinauszutreten. Seine Füße knirschten auf dem Kies vor dem Cottage. Er hob seine Arme in die Luft und behielt den Erdhügel genau im Auge, um zu sehen, wann dort der erste Kopf erscheinen würde. Die Szene schien so unwirklich, daß er unwillkürlich den Drang verspürte, lauthals loszulachen. Vom KGB gefangengenommen, und das mitten in England! Es war einfach lächerlich – ein Witz, über den sie in Queen Anne's Gate noch Jahre lachen würden. Vielleicht würden sie an seiner Urne auf Aubreys Kaminsims ihre Pfeifen ausklopfen, während sie sich kichernd an die Geschichte seines Ablebens erinnerten. Wie Aubrey es ausgedrückt hätte: *Wirklich zu übel ...*

Über den Abhang des grasbewachsenen Hügels kam Petrunin auf sie zu, gefolgt von einem Mann, der ein Gewehr trug. Quin und Tricia blieben stehen, um ihn zu erwarten. Unter ein paar Kiefern trat ein dritter Mann hervor, sein Gewehr auf Hyde gerichtet. Hyde hatte ein flaues Gefühl im Magen. Petrunin blieb vor Quin stehen und begutachtete den Wissenschaftler so sorgfältig und emotionslos, als wäre er ein Paket, das eben an seiner Wohnungstür abgeliefert worden war. Das Mädchen ignorierte er. Der dritte Mann war inzwischen an Hyde herangetreten und begann, ihn von oben bis unten abzutasten, nachdem er ihn vorher eingehend studiert hatte. Als er damit fertig war, wandte er sich an Petrunin.

»Nichts.«

»Gut.« Petrunin trat auf Hyde zu. Er lächelte, zuversichtlich und seines Erfolges gewiß. Er war größer und kräftiger als der Australier, was seine Zuversicht fast zu einem Gefühl des Triumphs anschwellen ließ. Die Hände in die Hüften gestemmt, blieb er vor Hyde stehen und betrachtete ihn abschätzend.

»Ich weiß, daß ich nicht viel hermache«, bemerkte Hyde. »Aber Sie wissen ja selbst, wie an allen Ecken und Enden gespart wird. Seit neuestem stellen sie deshalb nur noch kleinere Spione ein.«

»Sie sind Aubreys Mann, nicht wahr? Ich glaube nicht so ganz, daß Sie der nette Kolonialtrottel sind, für den Sie sich ausgeben. Nicht, daß dies hier eine Rolle spielen würde. Übrigens, vielen Dank, daß Sie uns zu Mister Quin geführt haben.«

»Ich könnte nicht behaupten, es war mir ein Vergnügen.«

»Nun ja. Und jetzt«, er wandte sich an seine zwei Begleiter, »stehen wir hier nicht mehr lange herum. Wir haben keine Zeit zu verlieren.« Petrunin warf einen kurzen Blick auf Hyde. »Nur eine Verletzung, würde ich vorschlagen«, sagte er mit chirurgischer Akribie und Teilnahmslosigkeit. »Diese Angelegenheit ist bereits zu ... bedeutend. Wir wollen sie nicht noch unnötig weiter ausweiten.« Er trat zur Seite. »Wir wollen doch nicht, daß er sich noch hier in der Gegend herumtreibt. Beide Beine, würde ich sagen.«

»Nein ...!« schrie das Mädchen auf, aber einer der beiden Männer stieß ihr den Lauf seines Gewehrs seitlich in die Rippen, so daß sie zu Boden sank. Hyde verhielt sich still und spannte sich innerlich in Erwartung der Schmerzen an. Er ließ seine Hände an seinen Seiten herabsinken. Der Schütze trat vor und hob sein Gewehr an seine Schulter. Der dritte Mann hatte sich bereits entfernt, während Petrunin ihn immer noch mit angespannter Aufmerksamkeit betrachtete. Hyde spürte ein Zittern in seinem linken Bein und bekam es nicht unter Kontrolle. Knie, Schienbein, Schenkel, Wade, Fuß, Knöchel ...

In Erwartung des Kommenden begann die Haut an seinen Beinen zu kribbeln. Hyde versuchte, sich nur auf eines seiner Beine zu konzentrieren, während er die Aufmerksamkeit für das andere abstumpfen ließ. Wie ein Aufheulen des Protests schoß das Blut in seine Ohren.

Und dann der Hubschrauber. In der Stille laut genug, um selbst für Hyde jegliche Zweifel aus dem Weg zu räumen. Petrunin blickte zu dem kühlen Abendhimmel auf, und dann zuckte sein Kopf herum, als er die Herkunft des Geräuschs ausmachte. Rote Lichter unter einem schattigen Bauch, das Knattern der Rotoren auf die Lichtung herabdröhnend, in der das Cottage lag.

Hydes Gedanken lösten sich aus dem Zustand des Schocks, der hypnotischen Konzentration auf sein immer noch zitterndes Bein und trieben ihn auf Quin und das Mädchen zu, die sich verängstigt aneinander gedrängt hatten. Das Mädchen war inzwischen wieder aufgestanden, konnte sich aber vor Schmerzen und Angst kaum auf den Beinen halten. Ein Schmerz durchzuckte ihn, und er sank stöhnend in die Knie, als wäre er von einem Schuß getroffen worden. Sein ganzer Körper zitterte, und er war zu keiner anderen Bewegung fähig, als sich an den Bauch zu fassen und immer und immer wieder zu würgen, ohne daß etwas kam.

Das Knattern des Hubschraubers prügelte auf ihn herab, und durch ein Megaphon hörte er eine Stimme, welche beständig dieselben autoritativen Laute von sich gab. Der durch den Hubschrauber verursachte Luftzug zerzauste sein Haar und blies seine Windjacke auf. Aber er konnte sich nicht aufrichten. Er wartete auf das Geräusch von Schüssen, aber sie blieben aus.

Schließlich rollte er sich zur Seite. Er sah vereinzelte rennende Gestalten. Quin und seine Tochter hielten sich nach wie vor umklammert. Dann hörte er Schüsse. Einer der Schützen – mit wilder Genugtuung stellte er fest, daß es der Mann war, der ihn verstümmeln hatte sollen – sackte neben Quin und Tricia zu Boden. Weitere Gestalten bewegten sich auf die Kiefern zu, verschwammen mit ihnen und verschwanden schließlich. Schwerfällig setzte der Polizeihubschrauber auf dem Rasen unterhalb des Hügels auf. Es war vorbei.

Eine Hand gegen ihre Rippen gepreßt, kniete das Mädchen über ihm.

»Fehlt Ihnen auch nichts?«

Er schüttelte den Kopf. »Ich hab nur vor Angst halb in die Hosen gemacht. Und Sie?«

»Ein bißchen verschrammt.«

»Wie geht's Ihrem Vater?«

»Mister Hyde?« Ein Schatten ragte über ihnen auf. Ein Polizist in Jeans und einer Kampfjacke.

»Ja.«

»Sind Sie verletzt?«

»Nur in meinem männlichen Stolz.« Hyde reckte sich und setzte sich auf. Fast ohne weiter darüber nachzudenken, fuhr er dem Mädchen mit der Hand durchs Haar. Sie schien sich nicht gegen seine Berührung zu sträuben.

»Wir sollen Sie so rasch wie möglich nach Manchester bringen und in ein Flugzeug setzen«, teilte ihm der Polizeibeamte mit.

»In Ordnung. Was soll mit meinem Wagen geschehen?«

»Einer meiner Leute wird ihn nach London fahren.«

»Ich möchte meine Mutter sehen«, verkündete Tricia Quin.

»Ihr Vater muß sofort nach London, Miß. Anweisung von Mister Aubrey.« An Hyde gewandt, fügte er hinzu: »Und Sie wird er sicher auch gleich sehen wollen, nehme ich an.«

»Dann schaffen Sie uns nach Manchester«, erwiderte Hyde. »Dort werden wir weitersehen.«

»Ich will nicht nach London.«

»Schon gut, schon gut«, beruhigte Hyde das Mädchen. »Sobald Ihr alter Herr im Flugzeug sitzt, werde ich Sie zu Ihrer Mutter bringen. Einverstanden?« Das Mädchen nickte entschlossen. »Meine Güte, ich möchte wirklich mal wissen, weshalb Sie sich ihretwegen so viel Gedanken machen!« Er sah zu dem Polizeibeamten auf. »Haben Sie sie geschnappt?«

»Ich glaube kaum. Wir haben dazu nicht genügend Zeit. Das soll lieber die Polizei von Cumbria erledigen. Los, kommen Sie!«

Hyde stand auf. Das Mädchen reichte ihm sofort den Arm, um ihn, unnötigerweise, zu stützen.

»Sie sind ja eine richtige Florence Nightingale, Tricia«, bemerkte Hyde. »Kein Wunder, daß Sie ständig was abbekommen. Die Leute sind das gar nicht wert.« Sie sah, daß sein Blick auf ihren Vater gerichtet war, als er das sagte, und ein schmerzliches Zucken überflog ihr Gesicht. In Fehldeutung dieser Gefühlsregung erkundigte er sich: »Ist mit Ihren Rippen alles in Ordnung?«

»Ja!« fuhr sie ihn an und trat von ihm zurück. Hyde sah sie kurz an und zuckte mit den Achseln. In einem Ansturm von Gefühlen kehrte Erleichterung zurück, und er atmete geräuschvoll aus. Es war vorbei. Die Kavallerie war gerade noch rechtzeitig aufgetaucht, allerdings mit einem Megaphon anstatt mit einer Trompete. Aber sie war zumindest gekommen ...

Sie ließen Quin, unter Eingabe leichter Beruhigungsmittel, fünf Stunden schlafen, bevor Aubrey ihn wecken ließ. Unmittelbar nach seiner Ankunft in der Admiralität war der Forscher von einem Arzt untersucht worden, worauf er von diesem für ungeeigent erklärt wurde, sich irgendwelcher physischen oder psychischen Belastung zu unterziehen. Aubrey hatte dem Arzt gedankt und ihn entlassen. Er überlegte, ob Quin stimulierende Mittel verschrieben werden sollten, entschied sich aber schließlich widerstrebend dagegen. Aubrey waren Drogen nicht recht geheuer, es sei denn, sie wurden zu Verhörzwecken eingesetzt. Er wollte Quin bei vollem und wachem Verstand. Quin war der Angelpunkt des Plans, der zunehmend von seinen Gedanken Besitz ergriff. Er hatte ihn daran gehindert, Schlaf zu finden, und er war die Ursache seiner Ungeduld während Quins Ruhepause und während des ersten Gesprächs mit dem Wissenschaftler. Dies war sogar soweit gegangen, daß Ethan Clark sich in ihre Unterhaltung eingeschaltet und schließlich die Gesprächsführung an sich gerissen hatte. Über Quins Erschöpfung, über seinen Rückzug aus der Realität, sein Widerstreben, sich hinsichtlich der durch seine Erfindung auftretenden Probleme Gedanken zu machen in beachtlichem Maße aufgebracht, hatte Aubrey die Admiralität verlassen, um für eine halbe Stunde auf dem Gelände der Horse Guards spazierenzugehen. Die militärischen Standbilder und die Grandiosität der Bauten ließen ihn jedoch bald in die angenehmere Atmosphäre des St. James's Park flüchten.

Der Park, durch den am Beginn eines klaren, windigen Tages die ersten Menschen eilten, bot ihm wenig Trost. Von der Brücke aus konnte er in einer Richtung in fast vergoldeter weißer Klarheit den Buckingham Palast sehen, in der anderen Whitehall. Wenn er dem Weg von der Brücke folgte, würde er ihn zum Birdcage Walk, zu Queen Anne's Gate und zu seinem eigenen Büro führen. Dort würde ihm Shelley Kaffee und Trost spendende Informationen aus anderen Teilen der Welt bringen; jedenfalls nicht von Petschenga, nicht von dem Ort, der auf dieser gewaltig vergrößerten Luftaufnahme zu sehen war, die in dem unterirdischen Raum unter der Admiralität hing. Die Parade von Regierungsbeamten und Büroangestellten, die an ihm vorbeidefilierte, setzte sich aus einer Rasse zusammen, der er nicht angehörte. Sein Büro war ihm versperrt, bis seine Aufgabe erfüllt war.

Er umrundete den See, zurück in Richtung Whitehall. Die Sonne vergoldete die Dächer, verlieh ihnen unbekannte Schönheit. Aubrey hegte tiefe Zweifel, ob Quin für sie von irgendwelchem Nutzen sein würde. Er schien in extrem schlechter Verfassung, physisch wie psychisch. Mit Sicherheit war er der Rolle nicht gewachsen, die Aubrey ihm zugedacht hatte.

Ein Mann, ein Lebensmittelhändler. Ein Harrier Jet. Die AWACS-Nimrod in Farnborough, die zum Einsatz gekommen war, als die *Proteus* für die ersten Probeeinsätze mit der ›Leopard‹-Anlage in See gestochen war. Eastoe und seine Crew, inzwischen zum RAF-Stützpunkt Kinloss zurückgekehrt, nicht mehr als zwei Flugstunden von Farnborough entfernt. Und Clark.

Und Quin. Der erbärmliche, winselnde, undankbare, desinteressierte Quin. Aubrey drückte den Hut in seiner Hand fester, erbitterter und verformte mit dem Zorn, den er gegen Quin hegte, seine Krempe. Es würde klappen, aber nur mit Quins Hilfe. Mit Quin in seinem gegenwärtigen Zustand war das Unternehmen jedoch von vorneherein zum Scheitern verurteilt.

Pyott und Clark waren die einzigen Anwesenden in der Operationszentrale des ehemaligen ›Chessboard-Counter‹-Teams. Aubrey hatte vorübergehend sämtliche Angehörigen der Royal Navy entlassen, damit sie sich für eine Operation instruieren ließen, die, in seinen Augen, eher eine Rettungsaktion geworden war als eine der Zerstörung. Er beabsichtigte, ›Leopard‹ reparieren zu lassen, damit die *Proteus* unter dem Schutz des funktionierenden Systems wieder aus Petschenga entweichen konnte. Clark und Pyott hielten das Ganze für eher undurchführbar, und in diesem Licht war die Operation in der zugigen Helle des Parks, zwischen den vergoldeten Bauten, auch ihm erschienen. Und in dem unterirdischen Raum – und zwar genauer, weil Clark Quin eine Ruhepause gegönnt hatte – schien das Ganze nur geringfügig weniger lächerlich. Das Produkt der Fantasie eines alten Mannes. Er hatte ihm den Kodenamen ›Klempner‹ gegeben.

Unter einer Oberfläche der Überlegenheit drückte Clarks Miene Enttäuschung aus. Er hatte recht behalten; mit Quin war nichts anzufangen. Dennoch wünschte der Amerikaner ganz offensichtlich, es wäre anders gewesen. Auch in Pyotts attraktiven Zügen war die Enttäuschung unverkennbar, als er mit Clark vor dem Schutzwall aus Gestellen mit den einzelnen Fotografien und Karten stand. Das schmückende Beiwerk einer Operation, die nie in die Tat umgesetzt werden würde. Nie würde ein dafür zuständiger Stab einberufen, nie über einen Zeitplan entschieden, nie die nötigen Vorkehrungen für die entsprechenden Kommunikations- und Unterstützungsvorkehrungen getroffen werden. Eine Totgeburt.

Dieses Wissen machte Aubrey wütend.

»Es tut mir leid, Mister Aubrey«, begann Clark, »aber unser Mann ist nicht einmal in der Lage, allein eine Straße zu überqueren. Sein psychischer Zustand ist äußerst bedenklich.«

Wie in Karikierung seiner Uniform und seines Rangs zupfte Pyott an seinem Schnurrbart. »Das fürchte ich allerdings auch, Kenneth. Mit den Nerven am Ende; die Bereitschaft, uns zu unterstützen, gleich null. Mit dem Kerl ist wirklich wenig anzufangen ...«

»Was sind das für Fotos?« fragte Aubrey und deutete auf ein paar Gestelle mit mehreren großformatigen Vergrößerungen. »Haben wir die angefordert?«

»Das war ich«, erklärte Pyott. »Bevor wir uns mit unserem Freund Quin unterhalten haben.«

»Ist das die *Proteus*?« Aubrey war vor einer der grobkörnigen Schwarzweiß-Vergrößerungen stehen geblieben. Ein Hafen, die schlanken, messerartigen Umrisse mehrerer Schiffe, aus der Luft gesehen.

»Ja.« Clark klang plötzlich wieder neu belebt. Zusammen mit Pyott trat er neben Aubrey, der sich durch jüngere Knochen und Muskeln eingesäumt fühlte. »Die Qualität läßt zu wünschen übrig. Eine schlechte Satellitenaufnahme. Unten wurde es schon dunkel; außerdem hat die Wolkendecke die Aufnahmequalität noch zusätzlich verschlechtert. Das ist der innere Hafen von Petschenga. Und das ist die *Proteus*!« Sein langer, kräftiger Finger deutete auf den oberen Rand der Aufnahme.

»In welchem Maß ist sie beschädigt worden?«

»Schwer zu sagen. Sehen Sie mal hier durch.« Clark reichte Aubrey ein Vergrößerungsglas, worauf sich der alte Mann zu dem Foto hinabbeugte und die Lupe langsam über das Bild bewegte, das sich jeden Augenblick in eine Ansammlung von grauen und weißen Punkten aufzulösen drohte. »Diese Dinger am Heck sehen aus wie Schwimmsäkke. Muß wohl ein Torpedo mit reduziertem Sprengkopf gewesen sein – vielleicht auch zwei. Jedenfalls bewegt sie sich nicht aus eigener Kraft; sie wird von dem Bergungsschiff vor ihr abgeschleppt.«

Aubrey gab das Vergrößerungsglas zurück. »Wie lange werden sie brauchen?« fragte er dann.

Clark schüttelte den Kopf. »Das kann ich unmöglich einschätzen. Einen Tag, vielleicht auch zwei. Ich weiß nicht. Anhand dieser Aufnahme könnte Ihnen das niemand sagen, nicht einmal mit Hilfe einer Computervergrößerung.«

»Zeigen Sie mir auf der Karte von Petschenga die genaue Stelle.«

Die drei rückten dicht gedrängt zum nächsten Gestell weiter. Ihre Stimmen hallten in dem leeren Raum trocken wider.

Ihm haftete eine steinerne, gruftartige Atmosphäre an. Der riesige Kartenschirm in seiner Mitte zeigte, wie etwas Unvollendetes oder in Eis Eingefrorenes, den allgemeinen Stand der Dinge an, zum Zeitpunkt der Inbesitznahme der *Proteus* durch die Sowjets. Selbst der Lichtpunkt für die Entsatz-Nimrod war an ihrer Position oberhalb der norwegischen Küste festgefroren. Sie hatten nicht zugelassen, daß die Karte weiter das volle Ausmaß ihrer Niederlage offenbarte.

»Hier«, sagte Clark. »Das sind die U-Bootschuppen.«

»Na gut. Ist es wirklich nur Quin, dessentwegen wir uns Sorgen machen? Für ihn werde *ich* die Verantwortung übernehmen. Wir haben die Operation fast die ganze Nacht hindurch in allen Einzelheiten durchgesprochen. Gibt es außer Quin noch etwas, das uns zurückhalten könnte?«

»Sie geben wohl nie auf?« entgegnete Clark.

»Würden Sie denn aussteigen?«

»Nein.«

»Giles?«

»Das Ganze ist zu riskant – nein, ich will nicht einfach nur so wie meine eigene Großmutter klingen. Quin ist von entscheidender Bedeutung. Wenn Clark nicht die richtigen Informationen erhält – und zwar genau in dem Bruchteil einer Sekunde, wenn er sie braucht – wäre alles verloren – einschließlich Clark selbst.« Pyott schüttelte den Kopf und setzte dabei eine düstere Miene auf, um seine Worte zusätzlich zu unterstreichen.

Aubrey war innerlich aufs äußerste aufgewühlt. Nun hatte er die *Proteus* sogar *gesehen*. Er mußte etwas unternehmen.

»Haben Sie mit dem Verteidigungsministerium, Abteilung Luftwaffe, gesprochen?«

»Von ihrer Seite gibt es keine Probleme. Eine Harrier könnte Clark über Finnland in das Gebiet von Petschenga bringen – ja. Sie sind befugt, sie loszuschicken. Die AWACS-Nimrod, die für die Probeeinsätze der *Proteus* speziell ausgerüstet wurde, steht in Farnborough bereit. Sie könnte jeden Augenblick mit Ihnen und Quin an Bord losfliegen. Eastoe und seine Crew halten sich bereit, von Kinloss nach Farnborough geflogen zu werden.« Pyotts Miene nahm einen Ausdruck des Ärgers an; er war wütend auf Quin, seine Zeit und seine organisatorischen Fähigkeiten unnötig zu beanspruchen.

»Funkverbindung?«

»Ja, das geht. Zwischen der Nimrod und Clark, bei einem Abstand bis zu hundert Meilen; wenn sie ganz leise flüstern.«

Aubrey war inzwischen zu der Querschnittszeichnung des U-Boots weitergewandert. Eine Vielzahl von handbeschrifteten Etiketten war daran befestigt worden. Sie erklärten die Funktion und die Unterbringung der wichtigsten Elemente der *Proteus*. Durch das Studium dieser Zeichnung würde Aubrey in etwa einer Stunde ebenso viel über das geheimste britische U-Boot wissen, wie die Russen in Erfahrung gebracht haben würden, wenn die *Proteus* wieder von Petschenga aus in See stach.

»Verdammt«, entfuhr ihm ein leiser Fluch, als ihm dieser Gedanke wie ein böser Traum in die Augen sprang. »Störsender oder Mithörer? Standort?«

»Das läßt sich regeln«, gab Pyott widerstrebend zu. Sein Enthusiasmus hatte sich wieder gelegt, nachdem ihm derselbe Gedanke gekommen war. Seine Blicke waren zu der Tür des Raums abgeschweift, in dem Aubrey bisher immer geschlafen hatte und in dem nun Quin lag.

»Ihre Ausrüstung, Clark?«

»Tragbar – gerade noch. Ich könnte es vielleicht schaffen – mit einer unerhörten Portion Glück, versteht sich – ohne unter der Last dessen zu ersaufen, was ich brauche – was ich *bräuchte,* Mister Aubrey. Ohne Quin geht es nicht. Ich kann mir in der kurzen Zeit nicht genügend Wissen aneignen, um auf ihn verzichten zu können. Er muß dabei sein – innerhalb der Reichweite meines Senders – und zwar die ganze Zeit. Und vor allem muß er in der entsprechenden Verfassung sein, mich über alles aufzuklären, worauf ich stoße.« Er stieß mit einem Finger auf eine bestimmte Stelle des Rumpfs der *Proteus*. »Verdammt, das Notsystem ist *hier*! Ganz zu schweigen davon, daß dieser Heckabschnitt, in dem sich ein Teil der Sensoren befindet, von einem oder auch zwei Torpedos beschädigt worden ist. Ich kann doch nicht inmitten von russischen Dockarbeiten über den Rumpf klettern und daran herumschweißen! Das ist doch vollkommen verrückt.«

»Wenn es nicht geht, werden Sie eben ›Klempner‹ fallen lassen und ›Leopard‹ mit maximaler Effektivität vernichten«, entgegnete Aubrey mit sorgfältig unter Kontrolle gehaltener Stimme. »Aber vielleicht geht es doch.«

»Was werden Sie mit Quin machen? Ihm den Arm umdrehen, Kenneth? Ihm drohen, ihn aus der Nimrod zu werfen, wenn er Clarks Fragen nicht unverzüglich und korrekt beantwortet? Ich fürchte, daß Clark und ich uns in diesem Punkt ausnahmsweise einmal einig sind. Es wäre eine komplizierte, umfangreiche, gefährliche und letztlich höchst aufwendige Operation. Wenn Clark schon unbedingt dran muß, dann lassen Sie ihn doch wenigstens einfach nur ›Leopard‹ zerstören. In diesem Punkt müßte es nicht unbedingt Quin sein, der ihm dafür die nötigen Instruktionen erteilen könnte.«

Aubrey zupfte an seiner Unterlippe, während er auf die Darstellung des U-Boots starrte, seine Innereien und Funktionen freigelegt wie die einer biologischen Probe. Als das unvermittelte, laute Klingeln sie aufschreckte, stürzte Pyott sofort an den Apparat, als fürchtete er, das Geräusch könnte Quin wecken. Kaum hatte er sich gemeldet, warf er Aubrey einen Blick zu und winkte ihn an den Schreibtisch. Es war Cunningham.

»›C‹«, flüsterte Pyott, während er ihm den Hörer reichte.

»Richard?«

»Kenneth, wie geht es unserem Patienten?«

»Nicht gut. Unzuverlässig, zurückgezogen, nicht zur Mitarbeit bereit. Chronisch argwöhnisch und ängstlich.«

»Ich verstehe. Sie können also nichts mit ihm anfangen?«

»Wieso? Ist die Operation genehmigt?«

»Ja, das ist sie. Der Außenminister hat sich mit der Premierministerin geeinigt. Sie ist sogar begeistert, nehme ich an.«

»Offensichtlich hat man sie nicht in die Schwierigkeiten eingeweiht«, erwiderte Aubrey sarkastisch. Cunningham hatte die Genehmigung der geplanten Operation mit dem für den SIS zuständigen Minister klären müssen, der in diesem Fall der Außenminister war. Dieser seinerseits hatte sich mit der Premierministerin abgesprochen. Die Rekrutierung eines

Amerikaners, Clarks, für ein Eindringen in sowjetisches Gebiet und die besonderen Umstände in Zusammenhang mit dem U-Boot hatten der Operation eine Tragweite verliehen, die weit über den Radius einer ausschließlichen und geheimen SIS-Operation hinausging.

»Sie hat für die ganze Aktion sogar das Einverständnis des amerikanischen Präsidenten eingeholt, falls sie Ihrer Meinung nach durchführbar ist. Unter einer Priorität-Zwei-Order werden auch die NATO-Minister informiert. Ich war also auf der ganzen Linie erfolgreich, aber nun wollen Sie mir anscheinend zu verstehen geben, daß ich wohl meine Zeit vergeudet habe?«

»Ich hoffe nicht – oder besser: Ich *hoffte* nicht. Das Ganze scheint ziemlich aussichtslos, Richard.«

»Schade. Dann wird Clark also nur versuchen können, ›Leopard‹ zu vernichten?«

Aubrey horchte in das Schweigen am anderen Ende der Leitung. Hinter Cunningham stand der Enthusiasmus, das Einverständnis der Politiker. Eine Gelegenheit, dem russischen Bären ein blaues Auge oder eine blutige, krumme Nase zu verpassen, ohne dabei mehr als ein Menschenleben aufs Spiel zu setzen. Sie würden es dem Kreml einmal ordentlich zeigen. Er konnte keine Geringschätzung und keine Verachtung für die fast naive Art empfinden, in der diese Operation sowohl in der Downing Street wie im Weißen Haus mit Begeisterung aufgenommen worden war. Es war ein Jammer, daß die Ernsthaftigkeit der Begleitumstände dieses Unternehmens und seine mögliche Nachwirkung die politische Sanktionierung von seiten zweier Staatsoberhäupter erfordert hatten. Die NATO-Minister, mit Ausnahme Norwegens, würden erst nach der Durchführung der Operation informiert werden. Sie zählten nicht. Diese Naivität schien Aubrey jedoch berechtigter Anlaß, die Vernünftigkeit seines Plans zu bezweifeln. Von Laien Anerkennung zu finden, ist nicht unbedingt das Ziel eines Experten. Aubrey hegte hinsichtlich der Durchführbarkeit des Unternehmens inzwischen ernsthafte Bedenken.

Cunningham schien nicht das Bedürfnis zu haben, dem Gesagten etwas hinzuzufügen oder seine Frage zu wiederholen. Was Aubrey von nun ab sagte, würde er, entweder widerstrebend oder enthusiastisch, an das Außenministerium und an Downing Street weiterleiten.

»Nein, das wird er nicht«, hörte Aubrey sich selbst erwidern. Diese Entgegnung erzeugte ein unmittelbares Gefühl der Leichtigkeit, der Erleichterung. Es war eine Art Selbstbestätigung, und er kümmerte sich nicht mehr länger um Pros und Kontras, Zweifel und Wahrscheinlichkeiten. Es würde *versucht* werden. »Captain Clark wird die nötigen Instruktionen erhalten, ›Leopard‹ zu untersuchen und, wenn möglich, zu reparieren. Des weiteren soll er den befehlshabenden Offizier und die Mannschaft der *Proteus* anweisen, aus dem sowjetischen Flottenstützpunkt von Petschenga zu entkommen.«

Darauf erwiderte Cunningham lediglich: »Ich werde das weiterreichen, Kenneth. Viel Glück.«

Aubrey legte rasch auf, als könnten Clark und Pyott versuchen, ihm den Hörer zu entreißen und einen gegenteiligen Bescheid durchzugeben. Er hatte mit der erforderlichen Lautstärke und Deutlichkeit gesprochen, daß sie ihn verstehen konnten. Als er sie anblickte, zupfte Pyott wieder an seinem Schnurrbart, während Clark mit über der Brust verschränkten Armen gegen den Rand eines Klapptischs lehnte. Er schüttelte seinen Kopf. Und dann grinste er, unerwartet.

Als Aubrey schließlich auf sie zutrat, bemerkte Pyott: »Sie bringen damit das Leben dieses jungen Mannes ernsthaft in Gefahr, Kenneth. Und vielleicht auch das von Quin. Finden Sie, das ist die Sache wert?«

»Natürlich ist sie ihm das wert«, schaltete sich Clark ein. Er lächelte immer noch. »Er weiß ganz genau, daß ich nicht Nein sagen werde – auf keinen Fall. Oder etwa nicht, Mister Aubrey?«

»Vielleicht, Ethan, vielleicht. Tut mir leid, daß Sie meine romantischen Eskapaden in die Tat umsetzen müssen, aber, wie ich annehme, setzt auch Ihr Präsident große Stücke auf Sie.«

»Das wird das letzte Mal gewesen sein, daß ich diesen Kerl gewählt habe.«

Aubrey sah auf seine Uhr. Neun Uhr fünfzehn.

»Giles, lassen Sie Eastoe und seine Crew sofort nach Farnborough bringen. Ethan, Sie schaffen Quin wieder hierher. Wir haben inzwischen nicht einmal mehr drei Stunden. Ich möchte in Farnborough dabei sein, und Sie müssen noch heute nachmittag aufbrechen.« Pyott stand bereits am Telefon. »Diese Harrier soll startklar gehalten werden, und geben Sie Ethans Ausrüstungsdetails an das Verteidigungsministerium, Abteilung Luftwaffe, durch.«

»In Ordnung, Kenneth.«

Die gruftartige Atmosphäre war plötzlich aus dem Raum gewichen. Statt dessen schien die Luft von fieberhafter, nervöser Anspannung erfüllt, ähnlich der statischen Aufladung vor einem Gewitter.

Der Lebensmittelhändler, dachte Aubrey. Meine nächste, unmittelbarste Aufgabe stellt der Lebensmittelhändler dar. Er muß sich mit Clark in größtmöglicher Nähe von Petschenga treffen.

Unerwarteterweise hatte es während der Nacht in den Midlands zu schneien begonnen, und Cannock Chase, wo sie auf Tricia Quins Bitte angehalten hatten, war davon noch ganz eingezuckert. Der Himmel war klar; der böige, kalte Wind peitschte weiße Wolken über seine weite Bläue. Wie von grauem Star befallene Augen waren die kleinen Pfützen auf dem Boden von einer dünnen Eisschicht überzogen. Sie gingen langsam; obwohl es kalt war, fühlte sich Hyde, die Hände in den Hosentaschen, entspannt. Das Mädchen kuschelte sich in seine viel zu große Jacke, in der sie sich damals unbemerkt in das NEC zu schleichen versucht hatte. Sie schien um eine Erklärung bemüht, weshalb sie ihn gebeten hatte, in Stafford abzubiegen, durch den Chase zu fahren und eine sich langsam ausbreitende Wohnsiedlung in den Randbezirken von Rugeley zu durchqueren, bis sie sich schließlich, unverhofft, aber willkommen, inmitten von Kiefern und Weideland befanden. Es war früher Nachmittag, und sie waren nicht weiter als fünfzehn Meilen vom Haus von Tricias Mutter entfernt.

Ein Lastwagen, der gerade hinter ihnen auf der Straße durch den Cannock Chase vorbeifuhr, ließ das Mädchen beim Sprechen seine Stimme heben.

»Ich weiß nicht, warum ich ihre Probleme immer zu meinen gemacht habe. Sogar wenn wir hierher gekommen sind, haben sie miteinander gestritten. Ich war damals noch ziemlich klein, und mir war das immer sehr unangenehm.«

»Schlimm«, lautete Hydes einziger Kommentar, da ihm keine passende Antwort einfiel. Er konnte diesem Nachruf des Mädchens auf seine Eltern nichts abgewinnen. Seine Erinnerungen an Quin waren noch zu frisch und zu ungut, um dem Mann irgendwelche Sympathie oder Bedeutung beimessen zu können. Allerdings gestand er dem Mädchen die Gelegenheit zu einer sorgfältigen, halb bewußten Selbstanalyse zu. Für sie zumindest verspürte er Sympathie.

»Ich glaube, ich wollte eigentlich immer nur meine Augen vor der Tatsache verschließen, daß Dad so viel intelligenter war als Mami – und natürlich auch als ich«, fügte sie mit einem behutsamen Lächeln hinzu, während unter ihrem Fuß gerade die Eisschicht über einer kleinen Pfütze knisternd zerbrach – ein mit Assoziationen befrachtetes Geräusch, das sie mit offensichtlicher Genugtuung zur Kenntnis nahm. »Er *war* intolerant«, gestand sie ein, »und ich glaube nicht, daß Mami einverstanden war, wie er sich dann verhalten hat, als die Firma größer wurde und sie nicht mehr länger die Buchhaltung für ihn machte und ihm sonst aushalf, wo es nötig war. Zu Beginn ihrer Ehe, glaube ich, waren sie allerdings noch glücklich.« Sie sah ihn plötzlich an, als hätte er einen Einwand vorgebracht. »Meine Mutter braucht einfach das Gefühl, etwas Sinnvolles zu tun. Und vermutlich bin ich in diesem Punkt wie sie.«

»Sie sind wirklich ein aufopferndes Mädchen, aber ich glaube, Sie vergeuden damit nur Ihre Zeit. Das ist die Sache Ihrer Eltern, nicht die Ihre. Sie können nichts anderes tun, als den Fußball zu spielen. Und das wollen Sie doch sicher nicht, oder?«

Ihr Gesicht war blaß, nicht nur von der Kälte. Er war in ihre Version der Wirklichkeit eingedrungen, hatte ihre Stichhaltigkeit in Frage gestellt.

»Sie sind sehr hart«, erwiderte sie.

»Kann schon sein.« Nachdem sie die Nacht über in einem Hotel Pause gemacht hatten, was ihn wieder zu Kräften hatte kommen lassen und was für das Mädchen eine Notwendigkeit von absoluter Dringlichkeit erschienen war, nachdem ihr Vater von Manchester aus abgeflogen war, hatte er die Fahrt auf der verkehrsreichen M6 in Richtung Süden in dem Leihwagen regelrecht genossen. Auch die Aussicht auf ein Abendessen in Sutton Coldfield war durchaus reizvoll. Er überlegte, wie Mrs. Quin wohl als Gast auf ihn reagieren würde. »Tut mir leid. Ich werde lieber mal den Mund ein bißchen halten.«

»Das habe ich damit nicht sagen wollen.«

»Nein, nein, Sie haben schon recht. Schließlich geht mich das alles ja auch nichts an.«

Sie machte eine Pause und blickte zurück. Durch den Frost war der Farn immer noch braun und in verkrümmt zerzausten Formen schmerzlich in sich zusammengekrampft. Vogelgezwitscher. Sie wollte ein Reh sehen, das rasche Aufflakkern von Grau, der weiße Spiegel unter den Bäumen verschwindend. Auf irgendeine unerklärliche Weise war sie der festen Überzeugung, daß sich alles zum Besseren wenden würde, wenn sie ein Reh sah. Dadurch würde die Sicherung durchbrennen, die Gegenwart und Vergangenheit voneinander trennte. Sie blickte den Reitweg hinunter, der auf den Parkplatz zuführte, ohne sich Hydes Anwesenheit bewußt zu sein, der fröstelnd neben ihr stand.

Er hörte das Nahen des kleinen, rot-weißen Hubschraubers als erster. Erst störte das Geräusch, aber mit einem Mal schien es ein selbstverständlicher, sogar erwarteter Bestandteil des blaßblauen Himmels zu sein. Tricia Quin wußte, daß der Hubschrauber die Rehe aufscheuchen würde, so daß sie sich noch weiter hinter den hohen Erdwall der Schießanlage mit den numerierten Zielscheiben zurückziehen würden. Hydes Blicken folgend, sah sie auf. Mit einer Hand schirmte er seine Augen ab. Der winzige Hubschrauber in den grellen Farben einer Verleihfirma schwang im Himmel, als würde er von einem unsichtbaren Seil gehalten – eine grell gefärbte Spinne. Und dann schoß er nach unten und auf sie zu.

Hydes Nerven wachten nur langsam auf. Seine andere Hand fuhr aus der Hosentasche, sein Körper erwartungsvoll leicht geduckt. Der Hubschrauber – ein Bell Jetranger, nahm er in einem scheinbar losgelösten Teil seines Bewußtseins zur Kenntnis – kam weiter auf sie zu und glitt nun direkt über den Baumspitzen den Reitweg entlang. Über dem Parkplatz hatte der Hubschrauber erst kurz gezögert, um dann jedoch, seiner Sache plötzlich wieder sicher, weiterzufliegen. Hyde beobachtete, wie er auf sie zu beschleunigte. Das Lärmen seiner Rotoren dröhnte auf den Weg zwischen den Bäumen herab. Er senkte sich. Die Bäume wiegten sich in dem dadurch entstehenden Luftzug, und selbst die steifen, mit Rauhreif überzogenen Farne begannen, sich in Nachahmung einer Beweglichkeit, über die sie vor ihrem Absterben noch verfügt hatten, zu krümmen und zu buckeln.

»Los! Weg!« stieß Hyde hervor. Das Gesicht des Mädchens verzog sich zu einem Ausdruck der Niederlage, ja der Agonie, als er sie vom Weg und unter die ersten Bäume an seinem Rand zerrte. »Los, weg hier!«

Sie stolperte durch das gefrorene Gras, durch die dünne Schneeschicht, durch die knirschenden, toten Farne. Absichtlich wartete er, bis zwischen ihnen ein gewisser Abstand war, bevor auch er zu rennen begann. Sie würden zwar nicht auf sie schießen, aber er wollte nicht, daß sie getötet wurde, während sie ihm den Garaus zu machen versuchten.

Die ersten Schüsse übertönten kaum das Dröhnen der Rotoren. Der Zug zerrte an seiner Kleidung, seinen Haaren, seinem Körper, als wollte er ihn zurückhalten. In seiner äußersten Panik blickte sich das Mädchen nicht um, als es vor ihm zwischen den Bäumen hindurchhetzte.

11 Flüge

Bis auf die Backbordseite waren alle Quallensäcke von der *Proteus* entfernt worden. Die Steuerbordballasttanks waren repariert, und die Ruderflosse begann auszusehen wie das Ergebnis einer zur Hälfte durchgeführten, höchst komplizierten Veredelungsaktion – die Stützen und Streben aus metallischen Knochen zum Großteil mit einer neuen Haut überzogen. Zumindest ein Teil von Lloyd begrüßte diese Operation. Er schritt über die Mole der U-Boot-Halle mit ihrem grellen, harten Licht. Eine Wache hinter sich, absolvierte er gerade seinen Mittagsspaziergang.

Die Rote Flotte hatte die Farce sogar so weit getrieben, sämtliche Mitglieder seiner Besatzung einer gründlichen medizinischen Untersuchung zu unterziehen. In diesem Zusammenhang war ihnen auch die nötige Bewegung in Form von Spaziergängen verschrieben worden, so weit dies die räumliche Begrenzung und die Sicherheitsvorkehrungen innerhalb einer militärischen Einrichtung wie dem Hafen von Petschenga zuließen. Sie hatten Zutritt zum Mannschaftskino; außerdem waren neben frischen Lebensmitteln in beschränktem, eben zulässigem Maß alkoholische Getränke angeliefert worden.

Lloyd hatte die Hände hinter dem Rücken verschränkt und spazierte in unbewußter Nachahmung eines Mitglieds der königlichen Familie durch die Anlage. Der Diplomat, den er aus Moskau angefordert hatte, war noch nicht eingetroffen, was ihn keineswegs überraschte. Im Bewußtsein ihrer Sinnlosigkeit hatte Lloyd die erforderlichen förmlichen Proteste nur recht halbherzig vorgebracht. Besser hörte sich dagegen an, was er und verschiedene Mitglieder seiner Besatzung aus den Gesprächen ihrer Bewacher in Erfahrung hatten bringen können. Alle warteten auf die Ankunft eines sowjetischen Experten, der in Nowosibirsk durch die schlechte Witterung aufgehalten wurde. Dies war der Mann, der die Überprüfung von ›Leopard‹ leiten sollte. Einen Grund zum Optimismus gab es für Lloyd also durchaus.

Die Dockarbeiter und Schweißer machten gerade Mittagspause; sie saßen vor den mächtigen Betonmauern der Halle. In ihren blauen Overalls wirkten auch sie wie Gefangene, als sie, in flüchtige Gespräche vertieft, an dicken Scheiben Brot mit eingelegtem Gemüse und kaltem Fleisch – in einem Fall auch einer kalten Kartoffel – kauten. Sie beobachteten ihn mit unverhohlener Neugier, aber nur als etwas, das zu dem fremden U-Boot gehörte, an dem sie arbeiteten und dem ihr eigentliches Interesse galt.

Lloyd blieb stehen, um die insgesamt achtzig Meter der Länge der *Proteus* entlangzublicken. Atomgetriebenen U-Booten haftete eine Bedrohlichkeit an, nicht unähnlich der von Haien. Sie waren lang gestreckt und von schimmernder Schlankheit, aber zugleich stämmig und massiv. Dreieinhalbtausend Tonnen Stahl, mehr als doppelt so groß wie seine Vorfahren aus dem Zweiten Weltkrieg. Mit einem Rükken wie ein Wal – allerdings ein Mörderwal. Es verletzte Lloyds Stolz als Kapitän dieses Boots, zusehen zu müssen, wie die russischen Dockarbeiter sich vor dem Beginn der Mittagspause wie Ameisen an seinem Boot zu schaffen gemacht hatten und emsig darüber hinweggeklettert waren – Liliputaner, die einen hilflosen Gulliver zu operieren versuchten. Er wandte sich ab und sah durch das Tor der Halle auf das Wasser des Hafens hinaus. Ein Uhr. In dem Kreis aus Licht konnte er einen sowjetischen Zerstörer erkennen, der sich fast prüde durch sein Gesichtsfeld bewegte. Die Szene wirkte, als sähe er sie durch ein Periskop, und mit geballten Fäusten und ingrimmiger Wut wünschte er, es wäre tatsächlich so gewesen.

Der Hafen von Petschenga duckte sich unter der niedrigen, grauen Wolkendecke, und er ärgerte sich über das Wetter, das der Roten Flotte eine willkommene zusätzliche Deckung bot.

Er wandte sich noch einmal nach seinem Boot um. Ardenjew stand vor ihm, die Hände in die Hüften gestemmt, ein Lächeln auf den Lippen. Das Lächeln, konnte Llloyd erkennen, diente dem Zweck, seine Sympathie zu wecken und seinen Ärger zu lindern; es war nicht hämisch oder spöttisch gemeint. Mit einer kurzen Handbewegung winkte Ardenjew die Wache beiseite. Der Mann entfernte sich, die Kalaschnikow immer noch gegen seine Hüfte gestemmt. Sein Stolzieren brachte eindeutig zum Ausdruck, daß ihn das Wächter-Gefangener-Verhältnis zwischen ihnen sichtlich befriedigte. Jung, einberufen, nicht sonderlich hell. Diesen Kommentar schienen Ardenjews amüsierte Blicke unmißverständlich abzugeben. Dennoch war Ardenjews Handbewegung die des Illusionisten, des Zauberers gewesen. *Es gibt nichts zu befürchten, es gibt keine Wachen, wir sind Freunde, Abrakadabra ...*

Lloyd verspürte gleichzeitig Abneigung und Sympathie für den Mann vor ihm.

»Na, sind Sie gekommen, um sich an dem Anblick zu weiden?« fragte er. Ardenjew dachte kurz nach und schüttelte dann den Kopf.

»Nein.« Über seiner Schulter hing eine Art Ranzen, den er nun nach vorn holte und öffnete. »Ich habe was zu essen dabei, und Wein«, verkündete er stolz. »Ich hoffte, Sie würden mit mir zu Mittag essen. Leider kann ich Sie nicht in die Offiziersmesse einladen – oder in das einzige anständige Restaurant von Petschenga. Das ist leider unmöglich. Wollen wir uns setzen?« Ardenjew deutete auf zwei Poller und nahm sofort auf einem davon Platz. Widerstrebend folgte Lloyd seinem Beispiel. Er zog seine Hosenbeine hoch, um die Bügelfalten zu schonen, und strich über den Stoff, als entfernte er einen hartnäckigen Fussel. Dann sah er auf.

»Was gibt es denn Feines?«

»Kaviar natürlich. Räucherfisch. Georgischen Wein. Pfannkuchen.« Der Reihe nach öffnete er die verschiedenen Plastikbehälter und stellte sie Lloyd wie Opfergaben zu Füßen. Dann schnitt er von einem länglichen Laib Brot mehrere Scheiben ab. »Bedienen Sie sich«, forderte er Lloyd auf. »Leider habe ich keine Butter. Auch die Offiziersmessen der Roten Flotte müssen hin und wieder ohne Butter auskommen.«

Ohne die gierigen Augen der Arbeiter in seiner Nähe zu bemerken, aß Lloyd mit sichtlichem Appetit. Aus der Flasche, die Ardenjew für ihn entkorkt hatte, nahm er kräftige Schlucke von dem gehaltvollen Wein und spülte sich damit das Brot vom Gaumen.

Schließlich bemerkte er: »Ihre Leute scheinen sich ja ordentlich Zeit zu lassen.«

»Unsere Arbeiter sind die besten auf der ganzen Welt«, entgegnete Ardenjew mit einem Grinsen.

»Ich meinte ja auch eher die Arbeiten im Innern des Bootes.«

»Ach so.« Ardenjew betrachtete Lloyd für einen Augenblick prüfend, um schließlich mit den Achseln zu zucken. »Sie haben sicher von den Gerüchten gehört. Selbst die Marinesoldaten der Roten Flotte können offensichtlich nichts für sich behalten.« Er kaute an einer Scheibe Brot, die großzügig mit Kaviar bestrichen war. »Leider wird unser führender Experte auf dem Gebiet elektronischer Gegenmaßnahmen im Flottenwesen in Sibirien aufgehalten – eben der Mann, der sich mal kurz Ihr kleines Spielzeug ansehen sollte.« Er lachte. »Nein, nicht aus politischen Gründen, nur durch das Wetter. Er hätte schon vor drei Tagen von seinem Labor in Nowosibirsk hierher fliegen sollen. Aber er ist eingeschneit worden.«

»Sie sind ja sehr offen.«

»Was sollte mich daran hindern?« erwiderte Ardenjew freundlich.

»Wirklich ein schlauer Plan«, zollte ihm Lloyd seine Anerkennung.

»Ach, Sie versuchen wohl, mich ein wenig auszuhorchen. Ich muß sagen, es ist mir ziemlich egal, was Sie über diese Operation in Erfahrung bringen könnten. Es hat geklappt. Und dasselbe werden wir wohl kaum ein zweites Mal versuchen.« Seine Augen erstrahlten in amüsiertem Glanz. Lloyd konnte sich seinem Charme keineswegs entziehen. »Ja, der Plan war wirklich sehr gut durchdacht. Wir haben zwar auch eine Menge Glück gebraucht, aber wie Sie selbst sehen, hat es funktioniert.«

»Falls Ihr sibirischer Schneemann abkommt.«

»Ach ja, Genosse Professor Akademiker Panow. Ich bin mir sicher, daß Sie bei dieser Gelegenheit auch die Bekanntschaft von Rotbanner-Admiral Dolohow machen werden. Er wird auf jeden Fall hier erscheinen, um seine Beute zu begutachten.«

»Sie klingen ja nicht gerade sehr respektvoll.«

»Tue ich das? Na ja, vielleicht ist das nur mein Ärger, daß sich ein alter Mann mit Anwandlungen von Größenwahn in seiner Senilität solch einen cleveren Plan ausgedacht haben könnte.« Er lachte. »Trinken Sie aus. Ich habe noch eine Flasche.«

»Dann wollen Sie es also ausbauen?«

»Was?«

»Ich bin verpflichtet, nicht über die sensitive Ausrüstung meines Bootes zu sprechen. Dürfte ich also vielleicht das Protokoll wahren? Ihre Lordschaften werden nach meiner Rückkehr sicher begierig sein zu hören, daß ich nichts preisgegeben habe.« Auch Lloyd mußte lächeln, als er diese Erklärung abgab.

»Ach so, natürlich.« Ardenjew rieb sich die Nase. An seinem Mundwinkel klebten winzige Kaviarkügelchen. Seine Zunge fuhr zwischen den Lippen hervor und leckte sie weg. »Nein. Ich glaube nicht, daß das nötig sein wird. Sicher bin ich mir allerdings nicht. Ich habe meinen Anteil an der Operation bereits geleistet. Der Rest geht mich nichts mehr an.«

»Es tut mir leid – wegen Ihrer Männer.«

Ardenjew sah Lloyd an. »Ja, ich kann sehen, daß Sie das auch wirklich meinen. Es war nicht Ihre Schuld. Ich an Ihrer Stelle hätte genau das gleiche getan. Schieben wir die Schuld dafür lieber unseren jeweiligen Vorgesetzten zu und lassen die Sache auf sich beruhen.«

»Wann werden Sie uns wieder abfahren lassen?«

Ardenjew warf einen kurzen Blick über das Boot hinweg, um den Stand der Ausbesserungsarbeiten einzuschätzen – die neuen Platten, die verbeulten alten, das bloßgelegte Ruder, der skelettartige Stabilisator im Wasser unter ihnen. Währenddessen standen die Arbeiter langsam auf. Die Sirene hatte in Lloyds Fragen hineingeheult, so daß er sie hatte hinausschreien müssen, wodurch sie eher wie ein verzweifelter Hilferuf klang und weniger wie eine beiläufige Frage.

»Vierundzwanzig Stunden; vorausgesetzt, in Nowosibirsk hört es zu schneien auf«, erwiderte Ardenjew und wandte sich wieder zu Lloyd.

Vier Tage, dachte Aubrey. Vier Tage sind vergangen – weniger als hundert Stunden – seit ich in diese Angelegenheit verwickelt worden bin. Davon habe ich vielleicht fünfzehn Stunden geschlafen. Und noch weniger Stunden habe ich mich außerhalb dieses verdammten Raums unter der Admiralität aufgehalten. Und jetzt sperre ich mich sogar noch einmal selbst in eine weitere solche Kiste, die noch unkomfortabler, noch gruftartiger sein wird.

Er ergriff die Hand eines Besatzungsmitglieds und ließ sich von ihm die letzten Stufen der Gangway in den Rumpf der AWACS-Nimrod hinaufgeleiten. Trotz seiner Reflektionen über Alter, Sterblichkeit, Schlaf und Umgebung fühlte er sich weder müde noch überdrüssig. Sicherlich reichte das Adrenalin nur aus, solche Dinge vorwegzunehmen, nicht sie zu neuem Leben zu erwecken; dennoch war er dankbar, als er sich durch die Mannschaftsluke am Heck, direkt neben dem riesigen RAF-Emblem am Rumpf, duckte. Und dann war der strahlende, windige, wolkendurchfetzte Tag plötzlich gegen ein hohles, metallisches Interieur ausgetauscht. Eastoe erwartete ihn und Quin.

»Da sind Sie ja, Mister Aubrey. Wenn Sie bitte hier Platz nehmen möchten, Sie und Mister Quin.« Er deutete auf zwei Sitze, die einander gegenüberstanden, dazwischen eine Funkkonsole. Von der Konsole gingen mehrere dicke Kabel und Drähte ab, welche sich über den Boden schlängelten und schließlich in eine Öffnung darin mündeten, die ein Abfluß in einem Schlachthof hätte sein können, wenn man sich der Art und Weise bewußt wurde, in der Quins verstörter Blick sich darauf heftete. An Boden und Seitenwänden befestigt, erstreckten sich weitere Drehstühle entlang des unordentlichen, vollgestopften Innern der Maschine in Richtung Flugdeck. Um Quins willen fügte Eastoe noch hinzu, als Aubrey sich setzte: »Sie sind an unsere *sämtlichen* Kommunikationsanlagen angeschlossen, Sir, ebenso an die wichtigsten Sensoren. Sobald wir gestartet sind, werden wir mit Clark einen gründlichen Test durchführen. Ihre Ausrüstung läßt sich mit Hilfe dieser zentralen Konsole bedienen ...«

»Ja, ja«, unterbrach ihn Quin in seinen Ausführungen, als interessierte ihn nichts weiter als die Bordtoiletten. Eastoes

Gesicht verdüsterte sich. Offensichtlich war er mit seiner Geduld am Ende. Die Einstiegsluke schwang zu, um die letzten Sonnenstrahlen zu bannen; eine Hand legte die Verriegelungshebel um. Quin wirkte mit einem Mal aufgeschreckt, als wäre er aus tiefem Schlaf gerissen worden. »Ich kann Ihnen doch überhaupt nicht helfen!« protestierte er mit schriller Stimme. Um ihr unkontrollierbares Zittern zu demonstrieren, streckte er seine beiden Hände von sich. »Wie soll ich Ihnen denn irgendwie von Nutzen sein?«

»Quin!« fuhr Aubrey ihn an. »Setzen Sie sich! Und zwar sofort! Keiner von uns kann es sich jetzt groß leisten, in Selbstmitleid zu zerfließen. Und Sie schon gar nicht. Wir alle haben eine Aufgabe, die es durchzuführen gilt. Sehen Sie also gefälligst zu, daß Sie ebenfalls Ihren Beitrag zum Gelingen der Operation leisten, wenn der Zeitpunkt gekommen ist.«

Eastoe betrachtete die beiden Zivilisten wie eine seltsame, unbekannte, neue Spezies. Um seine Lippen spielte ein leichter Zug der Verachtung, wie ihn Aubrey schon früher an verschiedenen Militärs wahrgenommen hatte. Pyott konnte sich in dieser Hinsicht als wahrer Spitzenkönner erweisen, wenn ihm danach war. Zweifellos rettete sich selbst Lloyd in seiner mißlichen Lage in dieses spöttische Lächeln *militaire*. Fast mußte Aubrey grinsen. Als wahre Meister dieser Disziplin hatten sich jedoch die Franzosen erwiesen. Aubrey mußte an den jungen de Gaulle der Tage seines Londoner Exils denken, als Aubrey selbst noch beim SOE gewesen war. Natürlich hatte die Nase noch das ihre dazu beigetragen.

Fast widerstrebend verscheuchte Aubrey diese Erinnerungen, um sich wieder Quin und dem RAF-Geschwaderführer zuzuwenden, der, wie er sehr wohl wußte, seinen Plan zur Rettung der *Proteus* für absolut undurchführbar hielt. Quin sank auf seinen Stuhl nieder und drehte sich sofort wie ein schmollendes Kind darauf hin und her. Dabei gab es einen Augenblick in Erwägung gezogenen Trotzes, der jedoch nur bis in seine Hände vordrang, die sich zu schwachen Fäusten ballten. Mit einer nervösen Hand fuhr er in sein sich lichtendes Kraushaar, das nach dieser Geste noch komischer von seinem Kopf abstand. Der Erfinder von ›Leopard‹; die Apparatur aus Metallen, Silikonen, Plastik; der Mann aus Stroh. Es war alles andere als schwer, Verachtung für ihn zu empfinden; wesentlich schwieriger war es, dieses Gefühl in Schranken zu halten. In Eastoes Fall war es ganz offensichtlich sogar unmöglich, von dieser Einstellung, was seine Erwartungen an das Unternehmen betraf, Abstand zu nehmen. Aubrey hielt sich nicht damit auf, Mutmaßungen hinsichtlich Eastoes persönlicher Gefühle ihm gegenüber anzustellen, was den Absturz der Nimrod und ihre tödlich verunglückte Crew betraf.

»Geschwaderführer Eastoe«, fragte Aubrey in neutralem Ton, »wie lange dauert es noch, bis wir starten können?«

Eastoe sah auf seine Uhr. »Fünfzehn Minuten.«

»Könnten daraus auch zehn werden?« entgegnete Aubrey, indem er mit einer spärlichen, aber doch mahlenden Bewegung seines Absatzes auf alle Formen zivil-militärischen Protokolls trat. Überrascht weiteten sich Eastoes Augen. »Wie gesagt, Geschwaderführer. Zehn Minuten. Sorgen Sie bitte dafür.«

»Mister Aubrey, der Flugkapitän dieser Maschine bin immer noch ich ...«

»Nein, das sind Sie nicht. Sie sind ihr Pilot. Was fliegerische Fragen betrifft, werde ich mich auch weiterhin auf Ihren Rat verlassen müssen. Aber das Kommando hier habe ich. Ich wäre Ihnen dankbar, wenn Sie sich diesen Umstand möglichst schnell vergegenwärtigen würden.«

Eastoe biß sich auf die Lippen und schluckte eine Erwiderung hinunter. Statt dessen nickte er marionettenartig und ging nach vorne zur Kanzel. Aubrey bemühte sich, ein Schwächegefühl in seinem Körper unter Kontrolle zu bekommen, und setzte sich Quin gegenüber, der ihn mit neuartigem, verängstigtem Respekt ansah.

Seine nächsten Bemerkungen genau kalkulierend, versetzte er schließlich: »Ursprünglich hat diese Operation das Verteidigungsministerium ja ganz schön versaut.« Sein Ton klang vertraulich. »Das soll nicht wieder passieren. Diese verdammten Narren – mit ›Leopard‹ ein bißchen Krieg spielen zu wollen. Sie haben damit einfach wenig oder gar keinen Respekt vor Ihrer Erfindung gezeigt – oder auch nur das geringste Verständnis ihrer enormen Bedeutung.«

Aubrey konnte förmlich beobachten, wie Quins Ego sich aufblies. Er hatte in dem Wissenschaftler einen Ballon der Selbstbewunderung vermutet, und er sollte nicht enttäuscht werden; sah man einmal davon ab, daß Quin so leicht durchschaubar war. Ob sein Ego ihn auf Trab halten, ihn ausreichend und auch lange genug form- und beeinflußbar machen würde, mußte sich erst zeigen. Seit Wochen hatte Quin mit keinem Menschen außer seiner Tochter gesprochen. Er brauchte die Konversation und die Bewunderung intelligenter Männer – und zwar ausdrücklich von Männern, nicht so sehr von Frauen, argwöhnte Aubrey. Sicher gab es in ihm einen Teil von männlichem Chauvinismus; in ihren Anfangstagen hätte dafür sicher auch noch Mrs. Quin herhalten können; aber angesichts seines unaufhaltsamen Aufstiegs hatte sie sich in zunehmendem Maße weniger als das entsprechende Publikum erwiesen. Diese Feststellung warf ein neues Licht auf die Gründe, weshalb Quin einer Fusionierung seiner Firma mit dem Großkonzern Plessey zugestimmt hatte. Auf diese Weise konnte er seine Brillanz vor größerem Publikum beweisen.

»Ist das tatsächlich Ihre Meinung?« fragte Quin, fast überrascht.

»Aber natürlich. Glauben Sie, mir hingen diese Leute nicht auch manchmal bis hier heraus?« Aubrey entspannte sich, bot Quin eine Zigarette an. Der rechte Zeigefinger des Wissenschaftlers war braun verfärbt. Quin streckte seine Hand nach dem Zigarettenetui aus und nahm eine filterlose. Er steckte sie sich mit seinem eigenen Feuerzeug an und nahm einen tiefen Zug, um dann geräuschvoll den Rauch wieder auszustoßen. Das plötzliche Zutrauen ließ ihn seine Haltung verändern. Er war nun nicht mehr in sich zusammengesunken, sondern entspannt.

»Tja«, begann Quin. »Ich habe mich ja immer schon dagegen ausgesprochen, ›Leopard‹ schon so früh einzusetzen und sich vor allem auch so vollständig darauf zu verlassen. Aber man wollte ja nicht auf mich hören.« Das Selbstmitleid war unverkennbar, obgleich es nur ganz knapp unter der Oberfläche der Worte lag.

»Typisch«, murmelte Aubrey. »Einfach typisch, diese Arroganz. Aber dieses Mal werden sie tun, was *wir* sagen, Mister Quin. Sie werden sich bis ins letzte an unsere Anweisungen halten müssen.«

Sechs Minuten später – Quin hatte gerade seine zweite Zigarette ausgedrückt – erreichte die Nimrod das Ende des Taxiway, wendete und donnerte die Hauptstartbahn von Farnborough hinunter, um schließlich in den wolkigen Himmel aufzusteigen, während der Boden unter ihnen mit verblüffender Schnelligkeit wegsackte. Während die Bauten und Flugzeuge des Luftwaffenstützpunkts an seinem Fenster vorbeischossen, erinnerte sich Aubrey an die Fragwürdigkeit und Zerbrechlichkeit seiner Kontrolle über Quin. Er salbte ihn mit dem Öl der Schmeichelei; es bestand kein Grund zu gegenseitigem Vertrauen, stellte er für sich fest, während er Quin beobachtete, wie dieser sich mit geschlossenen Augen an den Lehnen seines Stuhls festklammerte. Nein, es bestand kein Grund zu gegenseitigem Vertrauen.

Die Harrier war ein zweisitziges T.4-Schulungsflugzeug, das wegen seiner umfangreichen Fracht und der zusätzlichen Treibstofftanks unter ihren Tragflächen – jeder mit hundert Gallonen – unbewaffnet war. Außerdem wären ihre Kanonen, Bomben oder Geschosse in keinem Fall benötigt worden, da ihre Mission auf der Stelle abgeblasen werden sollte, wenn sie nicht jeglichen Kontakt mit sowjetischen Maschinen oder Bodenabfanganlagen vermeiden konnte. Obwohl es sich dabei um eine Schulungsmaschine handelte, war sie jedoch mit der neuesten Laser-Entfernungsmessungsvorrichtung in ihrer Nase ausgerüstet.

Aufgrund des Taucheranzugs, den er auf der Haut trug, konnte Ethan Clark sich in dem Druckanzug, den er sich für den Flug übergestreift hatte, nur schwer bewegen. Den Fliegerhelm unter dem Arm, konnte er darin nur mühsam watscheln und erweckte am ehesten den Eindruck eines Clowns, der einen Piloten nachzuahmen versuchte. Vor ihm schritt der Pilot der Harrier, ein erfahrener Geschwaderführer, dessen Reaktion auf seine Mission am ehesten mit vorsichtigem Enthusiasmus zu bezeichnen gewesen wäre, über den Beton des RAF-Stützpunkts Wittering in Lincolnshire. Clarks Pakete mit Kommunikationsanlagen, Sprengstoffen, Sensoren, Meßgeräten, Erstatzteilen und Werkzeug waren an zwei Halterungen unter den Tragflächen, an denen sonst Bomben hingen, befestigt.

Clark war mit einem Hubschrauber nach Wittering gebracht worden, worauf er den Piloten in Anwesenheit des Stützpunktkommandanten und Giles Pyotts in seine Aufgabe eingeweiht hatte. Pyott repräsentierte in diesem Zusammenhang die entsprechende Autorität von seiten des Verteidigungsministeriums, über die Maschine und ihren Piloten verfügen zu können. Aufrecht, das dichte graue Haar vom Wind zerzaust, in einen warmen Kamelhaarmantel gehüllt, schritt Pyott neben dem Piloten einher.

Der Geschwaderführer kletterte die Leiter zur Kanzel hinauf und schwang sich hinein, um dann sofort hinter dem Visier seines Helms hervor nach unten zu schauen, wo Clark vor seinem Aufstieg kurz zögerte. Pyott streckte ihm die Hand entgegen, und Clark erwiderte seinen festen, bestimmten Händedruck.

»Viel Glück, Clark«, verabschiedete ihn Pyott steif, als wollte er das eigentliche Thema eines Gesprächs umgehen, welches sowohl notwendig wie wichtig war.

»Vielen Dank, Colonel«, grinste Clark trotz der Ernsthaftigkeit des Augenblicks. »Hoffen wir, es klappt.«

»Falls Sie es nicht schaffen – falls Sie es nicht *reparieren* können, dann lassen Sie es«, warnte ihn Pyott feierlich. »Vergessen Sie das nicht. Also bitte keinen falschen Heroismus.«

»Ich weiß Ihre Anteilnahme durchaus zu schätzen, Colonel.«

»Gut, dann also los. Ich glaube, Ihr Pilot wird schon langsam ungeduldig.«

Clark blickte kurz nach oben. »Allerdings.«

Er ließ Pyotts Hand los und begann, mühsam die Leiter hinaufzuklettern. Er hatte Schwierigkeiten, sein ungewohntes Gewicht und die Körperfülle über den Rand des Cockpits zu schwingen, und es bedeutete harte und anstrengende Arbeit für ihn, sich in den schmalen Sitz hinter dem Piloten zu zwängen. Schließlich konnte er es sich doch einigermaßen bequem machen, worauf er sich anschnallte und seinen Helm aufsetzte. Der Pilot griff nach oben und schloß das Kanzeldach über ihnen. Auf der Stelle ließen seine Nerven seine Körpertemperatur ansteigen, und er spürte einen dünnen Schweißfilm auf seiner Stirn. Als er nach unten blickte, wurde gerade von einem Mann vom Bodenpersonal die Leiter fortgeschafft. Pyott schritt hinter ihm her wie ein Schulmeister, der gerade einen Schüler bei einem dummen Streich ertappt und nun seiner Bestrafung zuführte. Wie von einem jüngeren Körperteil wurden dabei seine Schritte von den Bewegungen seines Gehstocks begleitet. Clark fiel in diesem Augenblick zum erstenmal auf, daß Pyott hinkte.

Als er den Grasrand der Betonpiste erreichte, drehte er sich um und posierte fast unter den Männern vom Bodenpersonal.

»Stecken Sie sich die Finger in die Ohren, Sir«, forderte ihn ein Sergeant auf.

»Was? Ach so.«

Pyott, tat, wie ihm geheißen. Aufgrund der Extraladung Treibstoff verzichtete die Harrier auf einen Senkrechtstart und benutzte die Piste, um abzuheben. Die Lichter am Bauch und an den Flügelspitzen blinkten plötzlich heller auf, als sich eine dicke Wolke vor die helle Nachmittagssonne schob. Dann rollte das Flugzeug, erst langsam, aber dann schneller werdend, an und schoß an ihnen vorbei die Startbahn hinunter. Pyott konnte den behelmten Fleck von Clarks Kopf sehen, der ihm zugewandt war. Der Hitzeausstoß des Pegasus 103 Turbofan-Triebwerks mit seiner gewaltigen Schubkraft ließ die Umrisse der Maschine zerfließen, so daß sie hinter einem Schleier zu liegen und plötzlich unendlich entfernt von ihnen schien. Wie ein Tier setzte sie sich für einen Moment zurück, um dann in den Himmel mit seinen niedrigen, windgepeitschten Wolken und den Flecken gleißender Helligkeit dazwischen zu springen. Die Luft über der Betonpiste flimmerte nach wie vor, während sich die klar umrissene Silhouette der Harrier in den Himmel hob und dann nach Osten eine Schleife machte.

Pyott nahm die Finger aus den Ohren. Er hatte festgestellt, daß die Männer vom Bodenpersonal bereits auf die Hangars zugingen und ihn allein zurückließen – eine etwas lächerliche Figur in einem Mantel, ein Offizier im Ruhestand, der im Zuge eines Verdauungsspaziergangs in eine militärische Anlage gestolpert war. Er wandte sich auf dem Absatz um und folgte den anderen – seine Pflicht war nun, in den Raum unter der Admiralität zurückzukehren.

Die Harrier hatte bereits die Wolkendecke durchstoßen und war nicht mehr zu sehen.

Der Schutz, den die Bäume boten, war schließlich zu einer Art privilegierter Inhaftierung geworden, je weiter sie gerannt waren. In dem Augenblick, in dem er unter den ersten Bäumen stehen geblieben war, hatte Hyde drei Gestalten aus dem Hubschrauber springen gesehen; und er wußte, daß ihnen der Weg zum Wagen abgeschnitten war. Inzwischen würde ihn bereits jemand vom Parkplatz gefahren, versteckt und den Verteiler entfernt haben. – Alle paar Minuten hörten sie den Hubschrauber auf seiner Suche nach ihnen – die Bäume deckten sie zwar, doch sie grenzten an ein langes, höher gelegenes Stück kahlen Heidelands, wo die Brände eines heißen Sommers das karge Land sogar noch mehr bloßgelegt hatten. Eintönig, mit Flecken von Schnee und Farnen durchsetzt, baumlos, exponiert. Ein Minenfeld, was sie betraf.

Als sie zum erstenmal stehen geblieben waren, hatte er das verängstigte, zitternde Mädchen an sich gedrückt, aber noch bevor ihr Atem sich beruhigt hatte und sie irgendwelchen Trost aus seiner Umarmung ziehen konnte, fragte er sie heftig: »Wie gut kennen Sie sich hier aus? Können Sie sich die Gegend hier vorstellen? Wo ist die nächste Straße? Wie weit ist sie von hier entfernt? Können Sie so weit laufen? Welche Form hat diese Pflanzung? Was wissen Sie überhaupt? Wissen Sie überhaupt irgend etwas?«

Straßen? Nein, sie hatte keine Ahnung; sie kannte den Cannock Chase nicht wirklich, hatte nie eine Karte von dem Gebiet gesehen ...

Ein Ort aus ihrer Kindheit, wurde ihm klar, während er innerlich kochte. Sie erinnerte sich an ihn als eine Serie von Schnappschüssen – hin und wieder ein Reh, klare, blaue Himmel über weißen Landschaften, die Senkungen und Hebungen nur mit den Augen eines Betrachters wahrgenommen, der sie gern gemalt hätte. Eindrücke, die in dieser Situation von keinerlei Nutzen für sie waren.

Fast zwei Meilen weit folgten sie dem Rand der Pflanzung nach Norden, womit sie sich immer weiter von der Straße und dem Parkplatz und der Ortschaft Rugeley entfernten. Schließlich erklärte das Mädchen, diesen Teil des Chase nicht zu kennen. Sie befanden sich im Nordosten der Schießanlage, die jedoch hinter Bäumen verborgen lag.

»Die Straße von Stafford nach Lichfield«, sagte das Mädchen, ihr Gesicht nachdenklich verzogen, ihr ganzer Körper begierig nach Luft schnappend.

»Was?«

»Sie führt durch den Chase.« Sie sah zu den dunklen Bäumen hoch, als erwartete sie von ihnen eine Eingebung. Angestrengt versuchte sie, sich an Biegungen in der Straße zu erinnern, an markante Punkte aus ihrer Kindheit, an Wegzeichen. »An Shugborough Hall und Wolseley Bridge vorbei, dann rechts ...« Sie schüttelte den Kopf, während er verärgert mit den Handflächen gegen seine Schenkel klopfte. Sie sah ihn an, in ihren Augen ein Eingeständnis des Versagens, und fügte zögernd hinzu: »Ich glaube, wenn wir in nördlicher Richtung weiterlaufen, treffen wir auf die Hauptstraße.«

»Stehen bis dorthin überall Bäume?« stieß er hervor, unfähig, das Gefühl zurückzuweisen, in eine Falle geraten zu sein, welche sie allgegenwärtig zwischen den Bäumen hindurch verfolgte. Sie waren, wie ihre geliebten Rehe, an die Bäume gebunden.

Mutlos zuckte sie mit den Achseln. »Ich weiß nicht.«

»Mein Gott!« Sie sah aus, als hätte er sie geschlagen. In einem um mehr Freundlichkeit bemühten Ton fügte er hinzu: »Gibt es vielleicht irgendwelche Wildhüterhütten hier? Oder auch einen Geräteschuppen für die Waldarbeiter?« Neuerlich schüttelte sie den Kopf.

Jenseits der Bäume erstrahlte ein leuchtend heller Nachmittag von den letzten Überresten der papierdünnen Schneedecke auf den höher gelegenen, offenen Teil des Geländes. Der eisige Wind pfiff durch die oberen Zweige der Kiefern. Im Norden und im Westen, auf der Wetterseite, ballten sich massive Wolken zusammen. Es war ein ganz normaler Nachmittag unter der Woche, und seit sie ihren Wagen auf dem Parkplatz zurückgelassen hatten, auf dem sonst nur noch ein einziges Auto stand, hatten sie keinen Menschen mehr gesehen. Einmal hatten sie einen Hund bellen gehört, ohne jedoch das Tier oder seinen Besitzer zu Gesicht zu bekommen. Dann hatte bei einer anderen Gelegenheit aus der Ferne das Motorengeräusch eines Autos durch die Stille gesägt, das Fahrzeug hatten sie jedoch ebenfalls nicht gesehen. Hyde war noch nie in dieser Deutlichkeit bewußt geworden, wie einsam und verlassen man sich auf dieser übervölkerten Insel fühlen konnte, die er zu seiner Heimat gemacht hatte.

»Jetzt kann ich wieder«, erklärte Tricia Quin.

»Gut. Dann los.«

Ihre Füße knisterten über abgefallene Zweige oder knirschten durch den frostigen Humus des langen Winters und das abgefallene Laub. Unheimliches, dunkelgrünes Unterwasserlicht filterte durch die Nadelbäume, fiel schräg über die grauen und naßgrünen Stämme. Hyde blieb sogar genügend Zeit, um darüber nachzudenken, wie dieser Ort je einen Reiz auf das Mädchen hatte ausüben können, bevor er sie lautlos von dem schmalen, von Rehhufen niedergetrampelten Pfad, dem sie folgten, hinter den bemoosten Stamm einer Kiefer zog. Tiefe Furchen in der Rinde, ihre rauhe Härte gegen seine Wange scharrend, seine Hand über dem Mund des Mädchens, sein Atem sie zur Stille gebietend, bevor er sie wieder losließ; die Bewegung eines Insekts über das Terrain der Rinde, so nahe, daß es seinem Auge leicht verzerrt und verschwommen erschien. Er preßte das Mädchen fest an sich. Sie zitterte. Den Kopf hatte sie lauschend zur Seite geneigt. Ihr Atem kam und ging, die Luft leicht und doch begierig einsaugend; eine alte Dame, die im Sterben lag. Er verdrängte dieses unangemessene Bild.

In einer Parodie der Intimität hob sie ihr Gesicht zu ihm und flüsterte in sein Ohr: »Was ist? Ich kann nicht einmal den Hubschrauber hören.«

Er deutete mit seinem Kopf in Richtung des Pfads und der Bäume, unter denen sie eben gelaufen waren.

»Ich habe etwas gehört. Ich weiß nicht, was es war. Wollen

wir hoffen, daß es nur eine alte Dame auf einem forschen Nachmittagsspaziergang ist.« Um ein Lächeln bemüht, drückte sich das Mädchen enger an ihn. Er spürte, wie ihr Körper ruhiger wurde. Er lauschte.

Tritt. Ein Knacken, trocken wie eine aufplatzende Algenschote. Stille, dann wieder ein Knacken. Zweige. Tritt. Der Rhythmus paßte nicht zu einer alten Dame, einem jungen Mann, einem Kind. Er paßte zu niemandem, der nur eben einen Spaziergang durch den Wald machte. Dazu waren die Geräusche zu behutsam, zu bedächtig, zu vorsichtig. Die Person, von der diese Geräusche herrührten, war auf der Hut, wachsam.

Sein Herz begann, sein Gehör zu beeinträchtigen, während er den Atem anhielt und das Adrenalin durch seine Adern zu pulsen begann. Er hätte sich weiter vom Pfad entfernen sollen. Sie folgten *ihren* Spuren. Für einen Mann, der ein wenig davon verstand, stellte das weiter kein Problem dar. Auf dem Boden lag einfach zu viel vermodertes Laub, als daß ihre Tritte keine Spuren hinterlassen hätten, neben den Abdrükken von Rehhufen, Pferdehufen, Hundepfoten, den scharf umrandeten Sohlen kräftiger Wanderschuhe.

Ein Knacken, gefolgt von einem unterdrückten Fluch. Nahe, sehr nahe. Er schob das Mädchen etwas weg und griff hinter sich, bis er den Griff seiner Pistole in der Handfläche spürte. Noch nicht in diesen Bereich des Erwachsenseins initiiert, beobachtete sie ihn. Sie wirkte sehr kindlich und der Situation nicht gewachsen, als bäte sie ihn, für sie Verantwortung zu übernehmen.

Sie preßte sich neben ihm gegen den Stamm der Kiefer. Der Baum war alt und breit genug, um sie beide zu verdekken. Als er das Warten nicht mehr länger ertragen konnte und seine schwachen Nerven für Wissen ausgab, stieß er sie in die Seite, so daß sie zwei kleine, zaghafte Schritte um den Stamm herum machte. Er blieb, wo er war, seine Hand immer noch wie von einem unsichtbaren Gegner auf den Rükken gebogen.

Atem, schwerer als der des Mädchens, der Eindruck des Gewichts eines schweren männlichen Körpers, das sich von einem Fuß auf den anderen verlagerte, das Schimmern einer

Hand, die einen dunklen Gegenstand umfaßt hielt, die Anfänge eines Profils. Und dann starrten sie sich gegenseitig an, jeder eine Schußwaffe in der Hand, nicht mehr als sieben Meter voneinander entfernt, beide im klaren über die Pattsituation, in der sie sich befanden, und über die Schießbereitschaft des anderen, dokumentiert in den ausgestreckten Armen und dem Ducken des Körpers, um ein geringeres Ziel abzugeben. Sie begriffen ihre Situation so rasch wie vollständig, daß keiner von ihnen feuerte.

Ein schwergewichtiger Mann in einem Anorak und dunkler Hose. Wanderstiefel, die Aufschläge der Hose in die dikken Wollsocken gesteckt. Eine Makarow-Pistole, weil ein Gewehr zu auffällig gewesen wäre.

Die Augen des Mannes blinzelten, ohne jedoch aufzublikken, als sie plötzlich beide gleichzeitig das Geräusch des Hubschraubers gewahr wurden. Ein langsames, zuversichtliches Lächeln breitete sich auf den Zügen des Mannes aus. Jetzt würde es nicht mehr lange dauern. Die Pattsituation würde in Kürze ein Ende nehmen. Hyde konzentrierte sich voll auf die Augen und Hände seines Gegenübers. Schweiß tropfte aus seinen Achselhöhlen seine Seiten hinunter; sein Mund fühlte sich trocken an. Vor Anspannung begann seine Hand zu zittern, so daß seine Waffe nicht mehr stetig auf ihr Ziel gerichtet blieb. Das Hubschraubergeräusch wurde lauter, und die Bäume fingen an, in dem dadurch entstehenden Zug zu rauschen. Er konnte nicht töten, ohne selbst getötet zu werden; es gab keinen Vorteil, keine Mikrosekunde ...

Ein Geräusch im Unterholz, leicht stampfend. Das Abstreifen elastischer, niedriger Zweige. Hohe, springende Tritte. Und dann hetzte das Reh an ihnen vorbei.

Es war Hyde, der feuerte, da es sich um einen weiteren Verfolger handeln mußte, obwohl sein Unterbewußtes diesen Gedanken bereits wieder verwarf. Auch der Russe schoß, da er aus dem Glauben hochgeschreckt worden war, es wäre ein Freund, ein Helfer gegen Hyde. Tricia Quin schrie auf, lange bevor ihr Reaktionsvermögen hätte einsetzen können, als hätte sie den Tod des Tieres vorhergesehen. Das kleine, graue Reh taumelte auf zeichentrickfilmartigen, unsteten Beinen, seine Decke mit frischer, dunkler Markierung gesprenkelt, und dann war es zwischen ihnen, drehte sich, sank langsam zu Boden und lag schließlich zuckend wie ein Neugeborenes auf dem spröden, modernden Laubwerk, wo es noch ein-, zweimal um sich trat ...

Reaktionszeit, Reaktionszeit, schrie Hyde sich selbst an, während ein Aufbäumen von Schmerz und Schuld seine Brust durchzuckte. Er riß seine Pistole herum. Der Russe tat genau dasselbe – ein Spiegelbild. Reaktionszeit, Reaktionszeit; er hatte seine Aufmerksamkeit nicht völlig von dem Reh abgewendet, das ein drittes und viertes Mal mit den Beinen trat und dann hinter dem Russen in Zuckungen verfiel ...

Den Bruchteil einer Sekunde krachte Hydes Pistole vor der des Russen auf. Der Mann wurde aus dem Gleichgewicht gerissen, und sein Geschoß pfiff wie ein aggressives Insekt an Hydes linker Schulter vorbei. Der Mann lag sofort reglos auf dem Boden, während das Reh nach wie vor um sich schlug und zuckte und auch das Geräusch von sich zu geben schien, das in Wirklichkeit von dem Mädchen herrührte – ein hoher, hilfloser, verwundeter Schrei.

Er stürzte auf das Reh zu, legte seine Pistole auf seine Schläfe an – für einen Moment beobachtete ihn ein hilfloses, dunkles Auge, die rote Zunge aus dem Maul hängend – und drückte den Abzug, um das Kreischen des Mädchens auszuschießen, das jedoch noch weiterging, als das Krachen des Schusses längst verhallt war.

»Seien Sie still!« brüllte er sie an und fuchtelte drohend mit seiner Pistole durch die Luft. »Seien Sie endlich still! Renn, du dumme Gans, renn!« Er rannte auf sie zu – das Rotorengeräusch des Hubschraubers ohrenbetäubend über den Baumspitzen – und sie floh vor ihm.

Neuntausend Meter unter ihnen konnte Aubrey durch die Löcher in dem Teppich aus weißen Wolken die Felsenkette erkennen, bei der es sich um die Lofoten vor der Nordwestküste Norwegens handelte. Währenddessen war Clark gerade etwa hundert Meilen von ihnen entfernt, in der Nähe von Bodø, südöstlich von ihnen. Die Harrier machte sich gerade für ein Tankkopplungsmanöver mit einer RAF-Victor bereit. Bis zu diesem Zeitpunkt hatten sowohl die Nimrod wie die Harrier strikte Funkstille aufrechterhalten. Nun konnte Aubrey einen Test ihrer Kommunikationsanlage, die Clark und Quin miteinander in Verbindung treten lassen würde, sobald der Amerikaner die *Proteus* erreichte, nicht mehr länger hinausschieben.

Quin schwitzte inzwischen wieder vor Nervosität, und durch Aubreys Gedanken zuckte ein kurzer Moment der Geringschätzung für den Wissenschaftler, der ihm jedoch eine gewisse Befriedigung verschaffte. Dieses Gefühl vertrieb seine Zweifel, während es gleichzeitig sein Zutrauen in seine Fähigkeiten bestärkte, die von ihm geschaffene Situation zu meistern. Quin rauchte außerdem eine Zigarette nach der anderen, was ihn Aubrey, der sich in der Selbstgerechtigkeit eines Mannes suhlte, der diese Gewohnheit aus gesundheitlichen Gründen hatte aufgeben müssen, nur noch unsympathischer machte, da ihre Köpfe nun trotz der Klimaanlage der Nimrod beständig in eine unübersehbare Qualmwolke gehüllt waren.

»Also gut, Leutnant«, wandte sich Aubrey an den Funkoperator, welcher für die Überwachung der Kommunikationskonsole verantwortlich war, die Quin benutzen sollte. »Rufen Sie uns doch mal bitte unseren Freund, ja?« Aubrey konnte die Abneigung und den Ärger spüren, den er in den RAF-Offizieren hervorrief, welche die Besatzung der Nimrod bildeten. Nachdem er sich jedoch bereits zu Beginn mit Eastoe autoritär aufgespielt hatte, konnte er nicht plötzlich wieder ein jovialeres Benehmen an den Tag legen.

»Sir«, murmelte der junge Offizier. Er legte eine Reihe von Schaltern um und stellte die Verbindung her. Es kam kein Rufzeichen. Clarks Empfänger würde vor Störgeräuschen in seinem Kopfhörer nur so sirren. Ein zusätzliches Signal würde sich demnach erübrigen. Die maximale Reichweite der Sender war durch die Notwendigkeit, ihre Unterhaltung in Hochgeschwindigkeitsübertragung zu chiffrieren, erheblich reduziert und betrug knapp über hundert Meilen. Ein winziger Kassettenrecorder in Clarks leichterer Anlage nahm seine Worte auf und beschleunigte sie, so daß sie zu der Konsole zwischen Aubrey und Quin übertragen werden konnten. Wie in dem Raum unter der Admiralität würden darauf die

Bänder in Quins Empfänger die Nachricht wieder auf Normalgeschwindigkeit verlangsamen und so wiedergeben, wie sie von dem Amerikaner gesprochen worden waren – beziehungsweise geflüstert, dachte Aubrey. Und umgekehrt würden sie verfahren, wenn Quinn – oder er selbst – mit Clark sprach. Umständlich, aber unvermeidlich, da diese Methode die einzige Möglichkeit darstellte zu verhindern, daß ihr Funkkontakt abgefangen und verstanden wurde, womit auch Clarks genauer Standort verraten worden wäre.

»Ja?« meldete sich Clark durch ein Zischen aus Störgeräuschen, seine Stimme fern und müde, fast unheilvoll in ihrer Körperlosigkeit. Clark war weit, weit weg – und sehr allein.

»Test«, sprach Aubrey in sein Mikrophon und beugte sich vor.

»Ich kann Sie nicht hören«, ertönte Clarks Antwort. Es war zu einer Verzögerung gekommen, als warteten alte Gewohnheiten hinsichtlich eines Rufzeichens und einer Bestätigung darauf, sich in Clarks Kopf breitzumachen.

»Das ist ein Test«, sagte der Funkleutnant mit lauterer Stimme.

»Das ist zu laut. Clark, ich möchte, daß Sie möglichst leise sprechen.« Der RAF-Funker fand dieses Getue ganz offensichtlich amateurhaft und mehr oder weniger untragbar. Selbst Aubrey fand das Gespräch amüsant, wenn auch von Schwachstellen geprägt. Gern hätte er Zuflucht gesucht bei den üblichen Routineverrichtungen des Kommunikationswesens, wie sie die Litaneien von Rufsignalen in endloser Wiederholung, zusammen mit ihrem speziellen Jargon und den entsprechenden technischen Einzelheiten darstellten. Nur ging es in diesem Fall darum, sich über eine Distanz von hundert Meilen flüsternd unterhalten zu können, während Clark auf dem Bauch oder auf dem Rücken zwischen komplizierten elektronischen Anlagen im Dunkeln eingezwängt lag und versuchte, außer Atem und in seinem Taucheranzug schwitzend, den Schaden an dieser höchst komplizierten Apparatur, von deren Funktionsweise er so gut wie nichts wußte, festzustellen und möglichst auch noch zu beheben. Rufsignale würden ihm dabei sicher keine große Hilfe sein, auch wenn sie eben in diesem Augenblick, angesichts ihres

Fehlens, über die geheimnisvoll tröstende Macht von Zaubersprüchen zu verfügen schienen. »Was?« sagte Aubrey und neigte sich über die Konsole. »Das habe ich eben nicht verstanden.« Auf den Zügen des Funkoffiziers breitete sich unverhohlener Hohn aus. »Ja, jetzt habe ich Sie deutlich verstanden. Ich gebe Ihnen jetzt Mister Quin. Sie können dann noch einmal das technische Vokabular mit ihm durchgehen, das Sie sich erarbeitet haben. Zufallsanordnung, bitte, Sechsergruppen.«

Aubrey setzte sich zurück, ein gewisses Maß an Zufriedenheit an den Funkoperator gerichtet. Quin wirkte nervös wie vor seinem ersten Fernsehauftritt. Er räusperte sich und ruckte auf seinem Stuhl hin und her. Vor ihm lag ein Schreibbrett mit einem Block Papier, übersät von seiner seltsamen, spinnenartigen, minutiösen Handschrift. Dann putzte er sich rasch seine Brille und begann zu lesen. Aubrey gab ihm mit einer Handbewegung zu verstehen, seine Stimme zu senken.

Fünf Minuten lang, während die Nimrod weiter auf nördlichem Kurs in Richtung auf das Nordkap und ihren Zielpunkt im norwegischen Luftraum vor der Küste um Kirkenes zuflog, tauschten Clark und Quin ein komplexes Vokabular technischer Begriffe aus. Aubrey mußte an die letzten Minuten vor Schulaufgaben in Latein oder Französisch denken, als er und seine Kameraden noch einmal fieberhaft ihren Wortschatz zu rekapitulieren versucht hatten, bevor der Lehrer ins Klassenzimmer getreten war und sie ihre Bücher hatten wegpacken müssen. Der Dialog verfügte über eine tröstende, einlullende Qualität. Als Quin andeutete, daß sie fertig waren, schlug Aubrey wieder seine Augen auf. Quin wirkte erschöpft, und Aubrey wurde von Bedenken geplagt, ob er duchhalten würde.

»Danke, Clark. Das wird reichen. Maximale Kommunikation, minimaler Lärm. Viel Glück. Ende.«

Aubrey unterbrach die Verbindung und nickte dem Leutnant und Quin seine Zufriedenheit zu. Durch das winzige runde Fenster konnte er das Fischgrätmuster eines Schiffs erkennen, das entlang der Küste von einer der Vesteralen-Inseln in nördlicher Richtung durch den Andfjord fuhr. Die

Nimrod war vermutlich nur noch wenig mehr als eine halbe Stunde vom Nordkap entfernt, und noch einmal so lange würde sie brauchen, um an der sowjetischen Grenze in Position zu gehen. In einer Stunde würde es kein Zurück mehr geben. In einer Stunde würde die Operation ›Klempner‹ wirklich angelaufen sein.

Clark schaltete den Empfänger aus und schüttelte den Kopf, als bezweifelte er die Realität der Stimmen, die er eben gehört hatte. Die Harrier schien sich auf den weißen Wolkenteppich unter ihnen niederzulassen, und schräg vor ihnen war bereits der Tanker, ein alter Victor-Bomber, zu sehen. Unter der Wolkendecke, in der sich immer wieder kleine, fast runde Gucklöcher auftaten, breitete sich – sie befanden sich nördlich des Polarkreises – bereits der Abend über das graue Wasser und über die harte, wie mit dem Messer herausgeschnittene Küstenlinie. Vor einer halben Stunde hatte er unter sich zwischen den Wolken einen Blick auf die gewaltige, weiße Masse des Svartisen-Gletschers erhascht, der wie eine unbeschadet aus dem Himmel gestürzte Marmorplatte auf der Landschaft zu ruhen schien, von der Sonne in die vielfältigsten Rose- und Grün- und Blautöne getaucht.

Die Harrier überholte den Victor-Tanker. Der Pilot veränderte seinen Kurs, so daß das Tankflugzeug backbord zu liegen kam. Dann rangierte er die speziell angebrachte Tanksonde auf das trompetenförmige Trichterende des langen Treibstoffschlauchs zu, welcher von der Tragfläche der Victor herabhing. Biene und Blüte. Clark mußte an einen anderen, menschlicheren Vergleich denken und lächelte. Aber doch ganz anders. Dieser Vorgang wickelte sich rein mechanisch und leidenschaftslos ab.

Silbern blitzte der Rumpf der Victor im westlichen Sonnenlicht auf. Das RAF-Emblem an ihrer Seite war deutlich zu erkennen, während die Harrier über die Wolkendecke hinwegglitt. Der Vorgang, in dem sich die beiden Maschinen vorsichtig aufeinander zubewegten und in ihrer Geschwindigkeit anpaßten, erinnerte in seinem fast völligen Fehlen von Bewegung an die bedächtigen, wachsamen Schritte von zwei sich umschleichenden Kämpfern. Die Tanksonde ruckte auf den Trichter zu, von dem sich der Treibstoffschlauch in einer eleganten Linie zur Tragfläche des Tankflugzeugs emporschwang. Die Sonde fuhr in die Öffnung ein, so daß diese leicht erzitterte, und dann sank die Harrier etwas zurück. Zu hoch und zu weit links. Erneut bewegte sich die Sonde auf die Blütenmündung des Trichters zu. Clark beobachtete das Einführen, spürte das kurze, scharfe Rucken, als die Sonde einrastete, und sah dann das Aufleuchten der drei grünen Verriegelungslichter auf dem Instrumentenbrett. Der Treibstoff begann durch den Schlauch zu fließen.

Sechseinhalb Minuten später – selbst in dieser Höhe war es deutlicher Abend geworden – war der Auftankvorgang abgeschlossen, und die Sonde wurde wieder eingezogen. Der Einfülltrichter glitt nach vorne weg, sobald die Geschwindigkeit der beiden Flugzeuge nicht mehr aufeinander abgestimmt war. Der schimmernde, zum Teil beschattete Rumpf des Tankers glitt nach oben zu von ihnen fort, während der Schlauch wie ein Gartenschlauch eingezogen wurde. Nach wenigen Augenblicken hatte die Victor ihre silhouettierte Identität verloren und war nichts mehr als ein schimmernder Punkt am Himmel. Eine Wolke streifte gegen den Bauch der Harrier.

»Fertig?« fragte der Pilot in seine Sprechanlage.

»Ja.«

»Dann halten Sie sich jetzt gut fest. Jetzt wird es kritisch. Und sehen Sie lieber nicht raus, wenn Sie einen sensiblen Magen haben.« Der Pilot kicherte.

»Ich werde es schon überleben.«

Noch bevor er zu sprechen aufgehört hatte, senkte sich die Nase der Harrier in die Wolke, und das Weiß wurde schlagartig grau und verschwommen und dunkel. Clark spürte, wie die Harrier steil nach unten stach, während sie aus zehntausend Metern Höhe durch die Wolken stieß.

Sie tauchten in eine Zwielichtwelt, worauf der Pilot die Harrier sofort wieder auf waagrechten Kurs ausrichtete und Auto-Pilot und Terrain-Radar einschaltete, mit deren Hilfe sie durch das gebirgige norwegische Hinterland manövriert werden würden. Clark beobachtete, wie das dunkle Wasser des Skerstadfjord auf sie zuschoß und dann unter dem Bauch des Flugzeugs hinwegglitt. Der Pilot flog die Harrier mit achthundert Stundenkilometern. Entlang der Küste flackerten die winzigen Lichter kleiner Fischersiedlungen auf; sie waren jedoch sofort wieder verschwunden. Kleine Boote, die vom Fang zurückkehrten, die Hauptstraße von Norden nach Süden, und dann umgaben sie die hohen, dunklen, scharfen Spitzen der Bergkette. Trotz seiner Erfahrung auf diesem Gebiet zuckte Clark zusammen, als das winzige Insekt der Harrier zwischen zwei Bergspitzen hindurchschoß, um schließlich der schmalen, schneckenartigen Spur eines Fjords zu folgen, welcher in der Dämmerung als ein Fleck helleren Graus erschien.

Das Flugzeug stieg über eine Hügelkette und glich seine Flugbahn dann wieder dem Terrain an. Plötzlich schien aus dem Dunkel ein gigantischer Gletscher aufzutauchen, der in einem gespenstischen, bedrohlichen Licht schimmerte. Die Harrier neigte sich zur Seite und glitt so mühelos und elegant an seiner Oberfläche entlang, wie das sonst nur ein Hubschrauber vermocht hätte. Clark war nie in einer der US-Marine-Harriers geflogen, die von McDonnel Douglas in Lizenz gebaut wurden, und so war dies der einzige Vergleich, der ihm für eine Beschreibung der Flugeigenschaften dieses Flugzeugtyps zu Gebote stand – ein verrückter, enorm schneller Hubschrauber. Im nächsten Moment lag der Gletscher auch schon hinter ihnen; seine östliche Spitze fiel in einen kleinen, kraterartigen See ab.

»Schweden«, verkündete der Pilot.

»Imposante Aussicht«, erwiderte Clark trocken.

»Wie geht's Ihrem Magen?«

»Danke, bestens.« Clark bemerkte die Veränderung seiner Stimme, den unbewußten Versuch, ein Gespräch abzuwürgen. Er war in eine andere Phase von ›Klempner‹ eingetreten. Inzwischen war er bereits allein; nun war es eine andere, neue Grenze, die sie überschritten hatten.

Als das Terrain allmählich weniger gebirgig wurde – die Bergspitzen hoben sich nicht mehr so scharf und kantig gegen die wenigen Wolken und die ersten Sterne ab – überflogen sie mehrere Seen. Graues, fast schwarzes Wasser, übersät von den zackigen Seerosen der Eisschollen. Eine abgerundete Fläche spiegelartigen Wassers, ein paar Lichtpunkte, dann das langgezogene Band eines Sees, fast wie ein Fluß, da er aus dieser Höhe weder seinen Anfang noch sein Ende sehen konnte. Die Harrier folgte ihm und drang in das Zentrum des schwedischen Lapplands vor.

Ein Dorf, bei ihrer Geschwindigkeit ähnlich einer trüben Straßenlaterne, sogar das kurze Aufleuchten von Autoscheinwerfern; dann schwenkte die Harrier nach backbord und änderte den Kurs, indem sie der einzigen Straße nach Norden in diesem Teil Schwedens, der Norbotten, in Richtung auf die finnische Grenze folgte. Die steilen Felswände rückten wieder näher an sie heran, und die Dunkelheit schien vollkommen, sah man von den vorüberflitzenden Glühwürmchen von kleinen Dörfern und Einzelgehöften oder auch dem gelegentlichen Aufleuchten der Scheinwerfer eines Autos oder Lastwagens ab, die die Weiße des Schnees in den engen Tälern bloßlegten, durch die sich die Straße wand. Dann tiefer liegendes Land, und eine schimmernde, bucklige Ebene aus Weiß erstreckte sich vor und unter dem Flugzeug.

»Finnland«, verkündete der Pilot diesmal, ohne dieser Feststellung sonst noch etwas hinzuzufügen.

Clark versuchte, sich zu entspannen, da er wie ein Mann mit einem extrem begrenzten Wasservorrat spürte, wie viel Adrenalin ihn seine Anspannung kostete. In weniger als dreißig Metern Höhe raste der Schatten des Flugzeugs über die Schneefläche unter ihnen, als die Harrier unter dem Radarnetz hindurchschlich. Die Radarstation in Bodø würde sofort nach dem Auftankmanöver jede Spur von der Harrier verloren haben, ohne daß man diesem Umstand weiter nachgegangen wäre. Kein neutrales Land, weder Schweden noch Finnland, brauchte vom Flug der Harrier zu wissen, zumal sie ihr Eindringen in ihren Luftraum nicht genehmigt hätten.

Eine Herde Rentiere, durch den Lärm des Triebwerks aufgeschreckt, stob im Galopp über die weite Fläche unter ihnen davon. Dann das Dunkel von Bäumen, wieder gefolgt von der Weiße von Schnee. Die Wolkendecke über der Kanzel war aufgerissen, und der Mond leuchtete zwischen den letzten vereinzelten Fetzen hindurch. Sie flogen so dicht über dem Boden, daß sie eher den Eindruck hatten, als schössen sie auf Skiern über das Gelände hinweg und nicht in einem Flugzeug. Seit dem Auftankmanöver waren lediglich siebzig Minuten vergangen, und sie hatten bereits mehr als die Hälfte ihres Fluges absolviert. Clark blickte nach backbord und steuerbord und betrachtete die Packen, welche in den Bombenhalterungen unter den Tragflächen angebracht waren. Rechts gut, links schlecht, redete er sich mit einem Lächeln ein, das ihm jedoch keineswegs leicht fiel. Im rechten Packen die Ersatzteile, die Meßgeräte, das Werkzeug für die Ausbesserungsarbeiten. Im linken die Sprengstoffe, Zündsätze, das Ende von ›Leopard‹. Er war der festen Überzeugung, daß es der linke Packen war, den er würde einsetzen müssen. An sein eigenes Schicksal dachte er dabei nicht. Natürlich würde er als Spion verhaftet werden. Gefängnis, Verhöre, Austausch gegen einen russischen Agenten. Dieser Lauf der Ereignisse war vorhersehbar und nicht der Mühe wert, sich lange darüber den Kopf zu zerbrechen. Der Trick bestand darin, sich nicht erwischen zu lassen, wenn er sich – schwimmend – Zutritt zu einem sowjetischen Flottenstützpunkt verschaffte; ja, sich nicht erwischen lassen.

Diese unbedachte, entschlossene Abgebrühtheit amüsierte und tröstete ihn. Feldoperationen haftete immer dieses durchgängige Gefühl der Unwirklichkeit an, bis die Uhr zu ticken begann und das Adrenalin außer Kontrolle geriet; und aufgrund seiner Erfahrung und seiner Ausbildung wußte er, daß es innerhalb dieser geräumigen Unsterblichkeit keine Alternative gab, als einfach zu existieren. Dies war die Gemütsverfassung, welche man innerhalb der CIA »konkussive Bereitschaft« nannte. Es war die Geisteshaltung des erfolgreichen Feldagenten.

Der Inari-See, der heilige See des finnischen Lapplands, begann, vom Mondlicht beschienen, unter ihnen hinwegzugleiten; die Stadt Ivalo ein Lichtfleck, dann ein leichter Dunst, schließlich nichts. Dann und wann Lichter von Booten, Meile um Meile der Teppich von eisübersätem Wasser, eine unerlöste, schimmernde Weite, deren blinden Spiegel nur die wenigen schwarzen Buckel und Flecken der Inseln auflockerten.

Bevor sie das Nordostufer des Inari-Sees erreichten, schwenkte die Harrier nach steuerbord, schlug einen neuen

Kurs in Richtung Osten ein und überquerte die Grenze zu Norwegen – eine Zunge der NATO, welche sich von Kirkenes und der Küste zwischen Finnland und der Sowjetunion nach Süden erstreckte. Eine aufgeräumtere, glattere Landschaft – allerdings fragte er sich, ob das nicht nur Einbildung war – reichlicher mit Lichtern durchsetzt. Schon nach einer Meile schossen sie dann über die Baumspitzen umfangreicher Waldungen hinweg, und steuerbord war ein trüber, dunstiger Schimmer zu sehen.

Der Pilot drosselte die Geschwindigkeit, und die verwischte Landschaft wurde zu einer dunklen, fließenden Bewegung. Zwar konnte Clark die Bäume selbst und auch die kleinen Waldlichtungen nicht erkennen, aber die Landschaft verfügte nun über ein eigenes Leben. Sie schossen nicht mehr länger über eine Reliefkarte oder ein dreidimensionales Pappmachémodell hinweg.

Die Lichter auf der Steuerbordseite stammten von den Wachtürmen und den Lichterreihen entlang des Grenzzauns, der Norwegen von der Sowjetunion trennte. Clark schluckte, um dann bewußt ganz ruhig zu atmen, wobei er die Zwischenräume zwischen Ein- und Ausatmen mit äußerster Genauigkeit bemaß. Rechts gut, links schlecht, rezitierte ihm sein Verstand wieder einmal.

Als nächstes sah er die Lichter einer Reihe kleiner Ortschaften entlang der einzigen guten Straße nördlich von Kirkenes. Kirkenes selbst war ein schwacher Lichtschimmer am Horizont vor ihnen. Dann schwenkte die Harrier nach steuerbord und schlug neuen Kurs entlang der norwegischen Grenze ein. Petschenga lag acht Meilen hinter der Grenze. Acht Meilen, und sie waren im Augenblick vielleicht zwölf Meilen von der Grenze entfernt, die sich an dieser Stelle nach Norden in Richtung Küste hochkrümmte. Die Harrier flog mit wenig mehr als einem Drittel ihrer Höchstgeschwindigkeit und ein gutes Stück unter dem Radargürtel. Vier Meilen pro Minute. Drei Minuten. Nein, nur noch zwei Minuten fünfzig Sekunden. Die Landschaft schien ihm mit einem Mal von größerer Lebendigkeit, als studierte er sie, um sich an sie erinnern zu können. Das Band einer Straße, dunkle Flecken aus Bäumen, vage Lichter, Tupfen weißen Schnees. Klumpige, sanft gerundete Hügel. Dann das trübe, bandartige Leuchten, langsam zu einer Lichterkette sich vergrößernd, das Dunkel dahinter zierend. Ein Spalt zwischen den Bäumen, ein schmaler Wasserstreifen, bei dieser Geschwindigkeit nicht mehr als eine Pfütze, die zwei Zäune und die Lichter, die sich nach Norden und Süden erstreckten, und dann lag der Lichtschein hinter ihnen und wurde schwächer.

Er befand sich in der Sowjetunion.

Der Pilot schaltete die Auto-Pilot-Anlage und das Bodenradar ab und steuerte die Harrier nun von Hand. Die Fluggeschwindigkeit des Flugzeugs sank weiter. Petschenga war eine helle, dunstige Lichtkugel vor ihnen. Die Sowjetunion. Die Festung Rußland. Clark war noch nie zuvor an einer Penetrationsoperation beteiligt gewesen.

»Fertig? Die Stelle ist bereits backbord zu erkennen.«

Er sah das Wasser eines Sees und eine unbewohnte Landschaft aus Waldungen und offenen Schneeflächen. Die Harrier verlangsamte ihren Flug weiter, bis sie mehr oder weniger über einer winzigen, weißen Lichtung zwischen den Bäumen zum Stillstand kam. Neuerlich drängte sich Clark das Bild eines Hubschraubers auf. Das Dröhnen des Pegasus-Triebwerks wurde schwächer, und der Pilot stellte die Luftbremse ein. Dann vergrößerte er die Schubkraft des Triebwerks wieder, richtete sie jedoch durch die vier Düsen unter dem Rumpf nach unten, so daß die Harrier nun tatsächlich schwebte.

Schnee wirbelte um das Dach der Kanzel auf, und wie durch eine Art magischen Düngstoff schien die Dunkelheit über sie hinwegzuwuchern. Mehr Schnee, die Kanzel völlig umhüllend, dann ein letztes Vibrieren, das Ersterben des Triebwerks, und die Schwere des Flugzeugs sank in den Schnee und Matsch.

»So, jetzt sind Sie ganz auf sich allein gestellt. Sie haben keine Zeit zu verlieren.«

»Sehen Sie irgend etwas?«

»Nein.«

Clark klappte das Dach der Kanzel hoch. Schnee überpuderte sein zum Himmel gewandtes Gesicht. Er arbeitete sich in eine aufrechte Position hoch und schwang dann seinen Körper mühsam über den hohen Rand des Rumpfs. Sein Eindringen in die Sowjetunion nahm seinen Anfang. Er blickte sich um. Die plötzliche Kälte der frühen Nacht und der Wind ließen ihn mit den Zähnen klappern. Dreimal ließ er seine Blicke prüfend über die Bäume entlang der Lichtung gleiten, bis er das schwache, leicht zu verfehlende Aufblinken einer Taschenlampe entdeckte.

»In Ordnung«, wandte er sich an den Piloten. »Er ist da.«

»Viel Glück.«

»Danke.« Fest setzte er seine Füße in die Trittlöcher an der Außenseite des Rumpfs und kletterte nach unten. Er trat unter die Backbordtragfläche und löste die Halterung, mit der seine Ausrüstung befestigt war. Er ließ sie behutsam – links schlecht – zu Boden und legte sie in den Schnee. Dann tat er das gleiche mit dem Steuerbordpacken.

Er nahm die beiden Ausrüstungspacken vom Boden auf und entfernte sich von der Harrier, schleifte die schweren Pakete durch den Schnee, der außerhalb des durch den Ausstoß des Pegasus-Triebwerks halb geschmolzenen Kreises tiefer war. Als er aufsah, eilte eine untersetzte, gedrungene Gestalt auf ihn zu. Nun kam der unvermeidliche, spannungsgeladene Augenblick des Zweifels: War es wirklich der richtige Mann? Oder war es jemand vom KGB? Mußte es nicht sogar der KGB sein? Dann sprach ihn der Mann an.

»Willkommen, mein Freund ...«

Der Rest dessen, was er sagte – Clark konnte sehen, wie sich seine Lippen bewegten – wurde durch das laute Aufheulen des Triebwerks übertönt. Clark hielt immer noch die Hand des Mannes, als er sich umwandte, um zu beobachten, wie sich die Harrier über die Baumspitzen hob, kurz nach vorn ruckte und schließlich fließend beschleunigte. Er befand sich nun in der Sowjetunion, wenige Meilen vom Flottenstützpunkt Petschenga entfernt, bis auf die Unterstützung durch einen Lebensmittelhändler völlig auf sich allein gestellt. Es fiel ihm schwer, nicht ein Gefühl der Hoffnungslosigkeit überhandnehmen zu lassen, das gegen seinen bedingungslosen Tatendrang ankämpfte, den er aufrechterhalten mußte, wenn er seine Mission erfolgreich zu Ende führen wollte.

Der Lebensmittelhändler wuchtete sich einen der beiden Packen mit Ausrüstungsgegenständen auf den Rücken.

»Kommen Sie«, forderte er den Amerikaner auf. »Kommen Sie.«

Aussätzig. Das Mädchen wollte aufstehen und die zwei Leute ansprechen, die zwanzig Meter unter ihnen vorbeikamen; aber er hielt sie zurück, seine Hand schon fast gewohnheitsmäßig über ihrem Mund. Zum Glück hatten sie keinen Hund dabei. Der Mann trug einen Anorak und hatte eine Kamera um den Hals hängen; die Frau trug einen Pelzmantel – weiß mit dunklen Flecken – der in dieser Umgebung fast die ideale Tarnung darstellte. Hyde lauschte ihrer Unterhaltung und beobachtete, wie der Mann der Frau den Arm um die Schultern legte, da sie auf die Kälte des Abends zu sprechen gekommen war; auch beobachtete er sie, wie sie zu dem verblassenden Licht und den sich zusammenziehenden Wolken aufblickten, um schließlich festzustellen, daß sie zum Parkplatz zurückgingen.

Zwei Gründe. Er kannte sie nicht, weshalb er ihnen auch nicht traute, und zudem konnte er nicht riskieren, jemand anderen in diese Sache hineinzuziehen. Er hatte getötet. Jede Person, die nun in Kontakt mit ihm kam, wurde dadurch gefährdet. Aussätzig.

Er ließ das Mädchen los, worauf sie leicht von ihm abrückte. Sie rieb sich die Arme und fuhr sich vorsichtig über den Mund, wo seine Hand sie am Sprechen gehindert hatte.

»Warum?« heulte sie fast. »Warum nicht?«

»Weil sie das das Leben kosten könnte – oder auch uns. Je nachdem, was Ihnen lieber ist.« Die Nässe des Farns durchtränkte ihn. Er hatte Hunger; sein leerer Magen knurrte. Gegen den Durst nahm er eine Handvoll halb geschmolzenen Schnee vom Boden auf und stopfte ihn sich in den Mund. Dann rieb er sich in dem Versuch, sich zu erfrischen, mit der nassen Hand das Gesicht. Das Mädchen sah nicht munterer aus, als er sich fühlte.

»Sie haben doch nur einen Spaziergang gemacht«, beharrte sie trotzig.

»Kann schon sein. Aber ich würde sagen: Lassen Sie das

lieber mal, ja? Wir sind völlig auf uns allein gestellt. Daran läßt sich im Moment nichts ändern.«

»Warum – *warum* verfolgen sie uns?« fragte das Mädchen. In ihrem Gesicht machten sich frühere Ängste, ältere Befürchtungen breit.

Hyde betrachtete sie ungläubig. »Was?«

»Mein Vater ist doch in Sicherheit. Was wollen sie denn jetzt plötzlich von uns?«

»Meine Güte. Sie scheinen ja nicht einmal die simpelsten Regeln in diesem Spiel zu begreifen?« Hyde schüttelte den Kopf. »Na ja, wie sollten Sie auch? Offensichtlich hat Petrunin neue Anweisungen erhalten. Sie sind für sie immer noch von derselben Bedeutung wie zuvor. Falls sie Sie schnappen können, können sie Sie gegen Ihren Vater eintauschen. Verstehen Sie?«

»Wie sollte das gehen? Sie haben ihn doch jetzt, oder etwa nicht?«

»Aber wir können ihn nicht einsperren. Wenn er wüßte, das sie Sie haben, würde er bei der ersten besten Gelegenheit zu Ihnen kommen. In einer Maschine nach Moskau.«

Das Mädchen schien eine weitere Frage stellen zu wollen, um jedoch plötzlich wieder zu vestummen und in die Betrachtung ihrer Hände zu versinken, als gehörten sie einer anderen Person, während sie an dem starren, von Rauhreif überzogenen Gras zupften.

»Sind Sie bereit?«

Sie blickte ihn müde und hilflos an, um schließlich langsam aufzustehen. »Ja.«

»Dann kommen Sie.«

Nach dem Tod des Rehs und des Russen hatten sie sich in östlicher Richtung durch den Chase vorgekämpft. Dabei waren sie von der Annahme ausgegangen, daß die anderen Männer zu Fuß und der Hubschrauber sie in nördlicher Richtung, wo die Straße nach Stafford lag, verfolgen würden. Durch den dichten Kiefernbestand geblendet, in dessen Schutz sie sich vorwärtsbewegten, schwebte der Hubschrauber nach Norden davon. Sein Motorengeräusch folgte ihm wie ein langsam verebbendes Heulen. Sie sahen keine weiteren Russen mehr.

Hyde hatte bis zu diesem Augenblick gewartet, als es fast dunkel war und die dünne, halb geschmolzene Schneedecke wie Silber zu schimmern begann. Jetzt erst würden sie versuchen, die Straße und den Parkplatz zu erreichen, wo sie zu Anfang angehalten hatten. Die Schießanlage befand sich nun hinter ihnen, im Norden.

Behutsam stiegen sie den mit toten Farnen bestandenen Abhang hinunter, um sich dann entlang eines schmalen Pfads durch dichtes, hinderliches Gestrüpp vorzuarbeiten. Inzwischen war es fast völlig dunkel. Vielleicht konnten sie es riskieren, diese freie Stelle zu überqueren ...

Der Ruf war alarmierend, aber fast so unbemerkt, mit Ausnahme für Hydes Unterbewußtsein, wie das Bellen eines Hundes. Das Mädchen blickte sich langsam um, aber nur, weil er stehen geblieben war. Ein zweiter Ruf riß ihn aus seiner Trägheit. Eine Gestalt auf einer Anhöhe, vielleicht zweihundert Meter entfernt; sie winkte mit einem Gegenstand, der ein Stock hätte sein können. Jetzt hatten sie also Gewehre. Keine leicht zu verbergenden Handfeuerwaffen mehr. Damit waren sie ihm nun nicht mehr nur zahlenmäßig überlegen. Sein Körper protestierte gegen die von ihm geforderte Leistung. Stolpernd, als wäre sie blind oder krank, stieß das Mädchen gegen ihn. Er ergriff ihre Hand. Eine zweite Gestalt erhob sich über dem Rand der Anhöhe; ihre Umrisse zeichneten sich gegen das letzte Aufglimmen des Tages deutlich ab. Wolken drückten auf die offene Schale toten Heidelandes herab, in der er sich in eine Falle hatte treiben lassen.

Der Hubschrauber. Fast war es zu dunkel, als daß sie von ihnen gesehen werden konnten und daß auch sie ihn ausmachen konnten, bis er über die Anhöhe hinwegschoß und auf sie zuhielt – der Lärm durch seine Plötzlichkeit ohrenbetäubend. Er brauchte das Mädchen nicht aufzufordern, zu laufen. Der Pfad war nicht breit genug für sie beide, so daß er durch die nasse, wadenhohe Heide trampelte, um mit ihr Schritt halten zu können.

Schüsse, übertönt durch den Lärm der Rotoren und das Pochen seines Bluts. Wilde Schüsse. Der Hubschrauber sauste über sie hinweg und setzte zu einer Kehre an.

»Dort hinüber!«

Das Land faltete sich zu einer stärkeren Vertiefung. Rehe schossen daraus hervor, als sie sich näherten, aufgescheucht durch den Hubschrauber. Ein halluzinatorischer Anblick, als sie ringsum von zierlichen, grauen, geschmeidigen, aufgescheuchten Gestalten umgeben waren, und Hyde mußte an das vom Schmerz glasige Auge denken, in das er an diesem Nachmittag geblickt hatte, bevor er den Abzug gedrückt hatte. Dann waren die Rehe verschwunden, und die dunkle Vertiefung wand sich in einem schmalen Graben davon, dem sie folgten. Er führte nach Norden, auf das höher gelegene Gelände und den Schießstand zu. Ihm blieb jedoch keine andere Wahl, als ihm zu folgen. Sie duckten sich, so daß sie unterhalb des sie umgebenden Bodenniveaus dahinhetzten, bis sich der Graben zunehmend verflachte und sie sich schließlich fast auf der höchsten Stelle der Anhöhe wiederfanden.

Hyde warf sich flach auf den Boden und lugte über eine niedrige Verwerfung hinweg. Nichts. Das Licht war weg. Binnen weniger Minuten, nichts. Der Hubschrauberlärm war ein wütendes, ärgerliches Brummen an der Grenze der Wahrnehmungsfähigkeit, als wäre er bereits Meilen entfernt.

Konnte es nicht sein ...? Er drehte sich auf den Rücken und stöhnte. Schlimmer, als er gedacht hatte. Er hatte an eine Fleischwunde gedacht, einen Streifschuß, aber es pulsierte. Sein ganzer Arm pulsierte. Er versuchte aufzusitzen, legte sich aber unter lautem Stöhnen wieder zurück.

»Was ist denn los?«

»Nichts ...«

»Was ist denn?«

Sie berührte seine Schulter, und fast sofort wurde der Schmerz sehr intensiv, fast unerträglich. Er konnte ihren Gesichtsausdruck nicht deuten und schließlich war er nicht einmal mehr imstande, den weißen Fleck ihres Gesichts zu sehen. Mit großer Geschwindigkeit schoß es durch einen dunklen Tunnel von ihm fort.

»Auf Station.« Eastoes Kommunikation mit Aubrey war inzwischen von einer knappen, schmallippigen, wenig hilfsbereiten Art, durch die der RAF-Offizier seine widerstrebende Kooperation bekundete. Da Aubrey wußte, daß dies die Einsatzbereitschaft des Piloten in keiner Weise beeinträchtigen würde, stieß er sich an dessen Laune nicht weiter.

Die Nimrod hatte begonnen, über einem Küstenstreifen der Barents-See einen Rechtskurs zu fliegen, der sie an jedem östlichen Ende bis auf wenige Meilen an die sowjetische Grenze heranführte. In westlicher Richtung fliegend, kam die Nimrod über den Varangerfjord und wandte sich dann über Varangerhalvöya, einen Landvorsprung, der in die Barents-See hinausragte, nach Norden, um sich schließlich in östlicher Richtung wieder über die Barents-See hinauszuwenden. Dieser Kurs umschrieb ein starres Rechteck Luftraum, innerhalb dessen sich die Nimrod nie mehr als siebzig Meilen von Clarks Empfänger in Petschenga entfernte.

Aubrey blickte wieder einmal durch das kleine Fenster im Rumpf der Maschine. Auf der Backbordseite, etwas hinter und unter ihnen, blinkte ein rotes Licht auf. Eine Northrop F-5 der Königlichen Norwegischen Luftwaffe, eines der drei etwas altmodischen Kampfflugzeuge, die zu ihrer Abschirmung herangezogen worden waren. Diese Maßnahme war vom Verteidigungsministerium für notwendig befunden worden – im übrigen in Übereinstimmung mit den Norwegern, wohingegen Aubrey das Ganze eher als überflüssige Vorsichtsmaßnahme betrachtete. Er erwartete keine Probleme mit sowjetischen Maschinen, und falls es zu solchen wirklich kommen sollte, würde man die F-5s sofort auf den Militärflughafen von Kirkenes zurückbeordern.

»Vielen Dank, Geschwaderführer«, erwiderte Aubrey. »Würden Sie bitte nach vorn in die Kanzel kommen, Mister Aubrey?« forderte Eastoe ihn darauf auf, und Aubrey fiel sofort der verschwörerische Unterton in seiner Stimme auf.

Ohne Quin anzusehen, nahm er seine Kopfhörer ab und stand auf.

Vorsichtig bahnte er sich einen Weg in Richtung Cockpit – ein alter Mann, der zwischen den Sitzreihen in einem Bus oder einem Zug hindurchging, die Hände jederzeit bereit, Halt zu suchen. Zwischen den beiden Pilotensitzen blieb er schließlich stehen, worauf Eastoe sich ihm zuwandte. Seine Miene war ernst, als hätte er schlechte Nachrichten zu überbringen – die Kunde von einer verlorenen Schlacht.

»Was gibt's, Geschwaderführer?«

»Hier.« Er reichte Aubrey ein Blatt Papier. »Das ist ausschließlich für Sie. Besser, Quin erfährt nichts davon.«

Die Nachricht war von Shelley und besagte – Aubreys Herz fühlte sich wie von einer kalten, unentrinnbaren Hand zusammengekrampft an – daß Hyde und das Mädchen irgendwo zwischen Manchester und Birmingham verschwunden waren, und dies, ohne auch nur die geringste Spur zu hinterlassen. Shelley hatte bereits eine Suchaktion eingeleitet. Aubrey sah auf und bemerkte Eastoes Blick, der unverwandt auf ihn gerichtet war, als forderte er eine gewisse menschliche Zerbrechlichkeit und Verletzbarkeit, die sich in seiner Reaktion manifestieren sollte.

»Vielen Dank, Geschwaderführer«, erwiderte Aubrey steif. »Sie hatten völlig recht, Mister Quin nichts davon wissen zu lassen. Und dabei soll es auch bleiben.«

»Das macht das Ganze etwas komplizierter, nicht wahr?« erwiderte Eastoe hämisch. »Irgendeine Antwort?«

»Nichts, was ich sagen könnte, würde etwas an der Sache ändern«, schnappte Aubrey zurück, um auf der Stelle kehrt zu machen und sich an seinen Platz zurückzubegeben, während er sich gleichzeitig bemühte, eine gefaßte Miene aufzusetzen und den Ansturm von Gedanken und Bildern in seinem Kopf einzudämmen. Jetzt kam alles darauf an, daß Quin funktionierte wie eine Maschine, wenn der entscheidende Augenblick gekommen war.

Er nahm Platz. Quin schien an seinem Zurückkommen nicht interessiert. Aubrey betrachtete ihn prüfend.

Unter Aubreys forschenden Blicken wurde jedoch fast augenblicklich seine Wachsamkeit geweckt. Seine Haltung war die der Verteidigung. Als nächstes nahm er bei dem akademischen Ablenkungsmanöver Zuflucht, seine Brille vehement zu polieren. Ungeduldig verzogen sich Aubreys Züge, was Quin nur noch weiter zu ermutigen schien.

»Ihr Mann hat sich noch nicht gemeldet, seit er das Flugzeug verlassen hat«, versetzte er.

Aubrey war wütend. »Er heißt übrigens Clark«, entgegnete er eisig.

»Aber das Zeitproblem?« beharrte Quin. Aubrey wurde klar, daß Clarks Schweigen während der letzten Stunde zu einer Konsolidierung heftiger Angst geführt hatte. Bis sie ihren Standort erreicht hatten, hatte er einfach bei seiner Kaltblütigkeit Zuflucht genommen. Jede Minute, die Clark nichts von sich hatte hören lassen, bestärkte Quin in der Überzeugung, daß es zu einem frühzeitigen Abbruch seiner Gefangenschaft an Bord der Nimrod kommen würde. Aufgrund der geringen Reichweite seines Senders hatte Clark sich seit dem letzten Test nicht mehr mit ihnen in Verbindung gesetzt. Der Harrier-Pilot, der zum Auftanken auf Bardufoss zuhielt, hatte einen kurzen chiffrierten Funkspruch an sie losgeschickt, um Aubrey mitzuteilen, daß Clark ohne Probleme auf sowjetischem Boden niedergegangen war. Das war vor vierzig Minuten gewesen.

Aubrey sah auf seine Uhr. Halb neun. Er wußte, daß er in zwei, spätestens drei Stunden die Operation abblasen würde. Sollte er innerhalb dieses Zeitraums nichts von Clark hören, war ›Klempner‹ gestorben. Dann wäre er entweder gefangengenommen oder getötet worden. Aubrey machte sich aufs Warten gefaßt. Er wünschte, er hätte dies an einem Ort tun können, wo er nicht in dem unaufgeräumten, nackten Innern der Nimrod über eine stumme Funkkonsole hinweg Quin gegenübergesessen wäre. Das Ganze war seiner Meinung nach zu sehr, als säße er im Innern eines Fernsehapparats. Zumindest vermittelten die zahlreichen Bildschirme und Kabel und Drähte und Sensoren so ziemlich den gleichen Eindruck wie die Innereien seines eigenen Fernsehers, wenn ein Angestellter der Leihfirma in seiner Wohnung erschien, um irgendeine Reparatur an dem Gerät durchzuführen.

Aber vor allem war es Quin, der ihn verärgerte und Zweifel

in ihm schürte. Clark mußte sich nun voll und ganz auf diesen eingebildeten, feigen und teilnahmslosen Mann verlassen, und das erschien ihm nicht fair.

Denk lieber nicht mehr daran, schärfte Aubrey sich selbst ein. Du mußt diesen Mann zur Mitarbeit bewegen, wenn der entscheidende Augenblick naht. Er spürte, wie die Nimrod in sechstausend Metern Höhe wieder auf ihren östlichen Kurs einschwenkte – hinaus auf die Barents-See und auf die sowjetische Grenze zu. Irgendwo nördlich von ihnen, vielleicht nicht mehr als dreißig, vierzig Kilometer entfernt, lag der Schauplatz des Angriffs auf die *Proteus* und der Felsvorsprung, auf dem das U-Boot gelegen war, bis die Russen es gehoben hatten.

Er stellte fest, daß seine Finger in einem ungeduldigen Trommelrhythmus gegen eine Seite der Konsole klopften. Schuldbewußt hörte er sofort damit auf. Quin schien sich in Selbstzufriedenheit zu suhlen. Offensichtlich war er zu der Überzeugung gelangt, daß Clark scheitern würde, beziehungsweise bereits gescheitert war. Er würde nicht in Petschenga eindringen können. Er war wie ein Mann, der vor dem Regen Zuflucht suchte. Der kurze Schauer würde bald wieder aufhören, und er würde sich wieder auf den Nachhauseweg machen können.

»Was ist mit den Sauerstofftanks?«

»Ich habe sie bei einem Freund untergestellt. Nein, keiner von uns, aber man kann ihm trauen. Wir können von Glück reden, daß ich sie noch hatte. Man hat mir schon länger nicht mehr aufgetragen, eine – wie nennen Sie das gleich wieder, Erkundung –?« Clark nickte lächelnd. »Ja, eine Erkundung des Hafens durchzuführen. Mein alter Taucheranzug ist allerdings nicht mehr zu gebrauchen – leider. Aber die Tanks sind noch in gutem Zustand, kann ich Ihnen versichern, mein Freund.«

»Ich glaube Ihnen.«

Sie saßen in dem kleinen, vollgestopften Zimmer über dem Lebensmittelladen. Der lokale SIS-Agent in Petschenga war ein kleiner, rundlicher Mann mit einem stoppeligen Kinn. Seine Augen waren klein und schwarz, wie Rosinen, im bleichen Teig seiner Gesichtszüge. Wenn er lächelte, kam ein bemerkenswert weißes Gebiß zum Vorschein. Clark vertraute seiner Gewöhnlichkeit nicht weniger als seiner Gründlichkeit. Sein Name war Paswik. Früher, vor Generationen, war seine Familie norwegisch gewesen. Ob das jedoch vor dem Zweiten oder dem Ersten Weltkrieg oder noch vor der Revolution gewesen war, wußte nicht einmal Paswik.

Paswik war der Inhaber des Lebensmittelgeschäfts. Sein Vater hatte die Lizenz erworben, den Flottenstützpunkt mit Eiern und Mehl zu versorgen, die für die Offiziersmessen gebraucht wurden. Dieser Umstand verhalf ihm zu relativ großer Bewegungsfreiheit; er hatte den nötigen Zugang zu den einzelnen wichtigen Stellen im Hafen, so daß er London die gewünschten Informationen zukommen lassen konnte. Außerdem boten sich ihm dadurch, wie Clark vermutete, ausgiebige Schwarzhandelsmöglichkeiten, indem er zum Beispiel bescheidene, aber einträgliche Luxusgüter aus Skandinavien einschmuggelte und an die Offiziere und Parteifunktionäre des Flottenstützpunkts weiterleitete. Paswik war nur beiläufig auf diese Aktivitäten zu sprechen gekommen, als hätte er das Gefühl, sie bestätigten seinen Status als akkreditierter Agent Londons, während sie im Fall des Amerikaners nur dessen Bewunderung für den Scharfsinn und die Kaltblütigkeit des Russen steigerten.

Clark studierte die Karte, die Paswik zwischen ihnen auf dem Tisch ausgebreitet hatte. Neben Clarks rechter Hand stand ein großes Glas Brandy. Der Duft der braunen Flüssigkeit vermischte sich mit dem Geruch von Speck und Mehl und Waschpulver, einem der bescheidenen Luxusgüter, nahm Clark an, nachdem er den Markennamen Persil auf einem Regal des Lagers hinter dem Laden gelesen hatte.

Ein großer Teil der Karte war ursprünglich von weißen Flecken übersät gewesen, aber Paswik hatte die zensierten, bedeutsamen Teile der Stadt und des Stützpunkts mit Bleistift eingezeichnet und gekennzeichnet. Petschenga lag am Hals einer schmalen Einbuchtung in der Küste, wo der Fluß Petschenga in die Barents-See mündete. Die Stadt war ein wichtiger Fischereihafen und ein bedeutender Flottenstützpunkt, der Murmansk untergeordnet war, dem Hauptquartier der wichtigsten Flotte der Sowjetunion. Der Fischereihafen lag in den nördlichen Außenbezirken der Stadt – selbst im Fond von Paswiks Lieferwagen eingeschlossen, hatte ihn Clark im Wind riechen können – während der Flottenstützpunkt, als versteckte er sich hinter dem Zivilhafen, auf der Karte hinter seiner massiven Hafenmauer auf der anderen Seite der Bucht eingezwängt schien. Die U-Boot-Schuppen, das Ziel seiner Mission, lagen, am weitesten vom Fischereihafen entfernt, entlang der Südseite des Stützpunkts aufgereiht.

Für Clark stand außer Zweifel, daß Paswik sich für den Ausgang von ›Klempner‹ zwar etwas zögernd, aber doch unausweichlich für austauschbar erachtete. Clark stellte jedoch fest, daß er den Russen nicht soweit für seine Belange würde einspannen können, daß dieser auch sein Leben aufs Spiel gesetzt hätte – ein Umstand, der ihm Genugtuung bereitete. Wenn Paswik noch zu später, nächtlicher Zeit eine Lieferung in den Stützpunkt gebracht hätte, wäre dies zu offensichtlich als ein Vorwand zu durchschauen gewesen, was mit Sicherheit zu einer Durchsuchung des Lieferwagens geführt hätte. Clark würde dort also zu Wasser eindringen müssen, nicht unter Lebensmitteln versteckt.

»Wir könnten es ohne weiteres machen«, meinte Paswik zögernd, als könnte er Clarks Gedanken lesen. Dieser schüttelte den Kopf.

»Nein, auf keinen Fall. Auf diese Weise würden sie mich mit Sicherheit schnappen. Ich werde wohl oder übel ins Wasser müssen, um da reinzukommen.«

Erst in diesem Augenblick zeigte Paswik das volle Ausmaß seiner Angst und der darauf folgenden Erleichterung. Sein Gebiß kam zum Vorschein, der Teig um seine Augen legte sich in Falten, und auf seine Stirn traten deutlich sichtbare Schweißperlen, die er sich mit einem roten Taschentuch abwischte.

»Danke«, entgegnete er.

»Nichts zu danken. Ist das hier«, Clarks Finger deutete auf die Karte, »das Netz?« Paswik nickte. »Und das hier auch?«

»Ja. Sie werden entweder oben oder unten durchschlüpfen müssen. Es sind zwei Netze.«

»Minen?«

Paswik zog ein dünnes, ledergebundenes Notizbuch aus seiner Tasche. Es schien angesichts seiner äußeren Erscheinung eher unangebracht; eher hätte es in die Brusttasche des grauen Anzugs eines hohen Funktionärs gepaßt. Paswik mußte über den Ausdruck auf Clarks Gesicht lachen.

»Das ist ein Stück aus einer größeren Lieferung, das ich für mich selbst behalten habe«, erklärte er. »Bei den Offizieren sind diese Dinger sehr beliebt.« Er schlug das Büchlein auf. »Es handelt sich hier um eine Zusammenfassung von Beobachtungen, und was ich sonst im Lauf der Jahre aufgeschnappt habe.« Er griff in die Brusttasche seines Hemds und stülpte sich eine altmodische Nickelbrille über die Ohren. Dann räusperte er sich. »Bei den Minen haben wir es mit verschiedenen Typen zu tun – Nahauslösung, Kontaktauslösung, akustische und magnetische Zündung. Sie sind in verschiedenen Tiefen angebracht, nach einem ziemlich komplizierten System. Genauere Details habe ich darüber nicht. Weiter ist die Indiskretion der Herren Offiziere leider nicht gegangen, verstehen Sie?«

»Wegen der Minen mache ich mir an sich nicht allzu große Sorgen. Mit Ausnahme der Kontaktausgelösten. Sind sie irgendwie besonders gekennzeichnet? Oder wissen Sie irgend etwas über ihre Größe oder ihr Aussehen?«

»In diesem Punkt kann ich Ihnen, glaube ich, schon eher helfen!« Er zeigte Clark eine Seite seines Notizbuchs. Der Ärmel des alten Bademantels, den er sich von Paswik ausgeliehen hatte, erfaßte das Brandyglas und verschüttete den Rest seines Inhalts in einem tabakfarbenen Fleck über die Karte.

»Verdammt!« entfuhr es Clark. Er tupfte die Flüssigkeit mit dem Ärmel des Bademantels sofort auf. »Entschuldigung.« Ein Teil der fein säuberlich beschrifteten Bezeichnungen auf der Karte waren verschmiert.

»Macht nichts.«

Clark studierte die Zeichnung. Eine kleine Mine, die durch direkten Kontakt mit den Hörnern detonierte. Sie dienten dem Zweck, kleine Schiffe notfalls zu beschädigen, wenn sie in den abgesperrten inneren Hafenbereich vorzudringen suchten. Einen Schwimmer konnten sie ohne weiteres töten. Er gab Paswik das Notizbuch zurück. Die fleckige Karte zog wie ein böses Omen seine Aufmerksamkeit auf sich.

»Also gut. Wo ist die *Proteus*?«

»Hier liegen die U-Boot-Schuppen. Soweit ich das feststellen konnte, befindet sie sich hier. Wie Sie sich sicher denken können, hat es natürlich eine Menge Gerede gegeben.« Er tippte mit dem Finger auf einen der numerierten Schuppen. Es gab insgesamt zwei Dutzend davon, und die *Proteus* befand sich angeblich im fünften, angefangen vom östlichen Ende der Reihe. »Viele von ihnen sind natürlich leer.«

»Wo werden Sie sein?« fragte Clark.

»Hier«, erwiderte Paswik. »Wie Sie sehen, in einer direkten Linie. Im Sommer war das ein beliebter Picknickplatz.« Er seufzte.

Clark sah auf seine Uhr. »Neun Uhr vierzig. Zeit, zu gehen?«

»Ja.«

»Wird man Sie auf der Straße aufhalten?«

»Ja, aber es ist nicht wahrscheinlich, daß ich auch durchsucht werde; nicht, wenn ich in Richtung Fischereihafen fahre. Jeder, der mich kennt, wird davon ausgehen, daß ich irgend welche Schmuggelware von einem Frachter hole. Auf dem Rückweg werden sie jedoch vermutlich sehr neugierig sein. Deshalb werde ich hinten im Wagen ein paar von den alten Favoriten haben – Strümpfe, Parfüm, Schokolade, Zigaretten, sogar ein paar Pornohefte aus Schweden. Ich habe es mir zur Gewohnheit gemacht, ab und zu etwas davon umsonst unter die Leute zu bringen. Sind Sie bereit?«

Clark stellte fest, daß Paswik ihn prüfend beobachtete. Die Rosinenaugen saßen tief in ihren Falten, strahlten aber von Aufmerksamkeit und Wachsamkeit. Schließlich nickte Paswik und stand auf. »Sie werden es schaffen«, verkündete er. »Dessen bin ich mir ziemlich sicher.«

»Danke.«

Clark zog den Bademantel aus und legte ihn auf Paswiks schmales, unbequem wirkendes Bett. Dann zwängte er sich neuerlich in den Taucheranzug und zog sich schließlich das Kopfteil über.

»Noch einen Brandy?«

»Nein, danke.«

Als sie die Holztreppe zum Lager und dem kleinen, muffigen Hof hinunterstiegen, wo Paswik seinen Kombi geparkt hatte, sagte der Lebensmittelhändler: »Mister Aubrey ist also im Augenblick gar nicht so weit weg von hier, irgendwo da oben im Himmel?«

»Ja. Zumindest sollte er das sein. Ich werde mich kurz mit ihm in Verbindung setzen, bevor ich ins Wasser steige.«

»Das kann doch auch ich machen.«

»Es ist besser, wenn Sie das mir überlassen.« Im Dunkel befühlte Clark die Seite seines Kopfs und dann das winzige Kehlkopfmikrophon unter seinem Kinn. »Dieses Apparatchen muß unbedingt funktionieren. Ich habe keine Lust, an Bord der *Proteus* plötzlich herausfinden zu müssen, daß das Gegenteil der Fall ist.«

Paswik entriegelte die Tür, und sie traten in den Wind hinaus, der durch den Hof peitschte. Clark blickte zum Himmel hoch. Ein paar verstreute graue Wolken, große Flecken mit klaren Sternen. Die Wolken schienen sich kaum zu bewegen. Der Mond war fast voll, was er keineswegs begrüßte. Andrerseits bedeutete die Wetterbesserung jedoch auch eine ruhigere Wasseroberfläche im Hafen; es konnte gut sein, daß er mit dem Sauerstoffvorrat in Paswiks Tanks sparsam umgehen mußte. Als Paswik über den Hof auf den Kombi zuging und dessen Hintertür öffnete, fiel Clark wieder sein hinkender Gang auf. Vermutlich war dies der Grund, weshalb er keine Tauchtouren mehr unternahm, um den Hafen auszukundschaften.

Clark kletterte in das Hintere des Kombi, worauf sich die Türen krachend hinter ihm schlossen. Hinter übereinandergestapelten Holzkisten kauerte er sich gegen die Trennwand zum Führerhaus. Er beobachtete, wie Paswik einstieg, die Tür zuwarf und sich dann ihm zuwandte.

»Alles in Ordnung?«

»Alles in Ordnung.«

Paswik drückte den Anlasser und legte den ersten Gang ein. Einen Augenblick später bogen sie aus der schmalen Gasse hinter der Reihe von Läden in eine schwach erleuchtete Straße ein, die nur von vereinzelten Personenautos und ein paar Lastwägen befahren war. Clark spürte, wie ihm die Anspannung wie ein plötzlicher Anfall von Übelkeit in die Kehle schoß, und er schluckte schwer. Er schlang seine Arme um seine Knie, die er unter dem Kinn hochgezogen hatte. Seine zwei Packen mit Ausrüstung – rechts gut, links schlecht – lagen zu seinen Füßen. Unbewußt griff er nach einem der Packen und öffnete ihn. Er langte in eine der kleinen Seitentaschen und zog ein mit Gummibändern in Plastikfolie gewickeltes Päckchen hervor, das eine kleine, leichte 22er Heckler & Koch-Pistole mit einem zehnschüssigen Magazin und einer maximalen Reichweite von dreißig Metern enthielt. Er packte die Waffe aus, inspizierte sie kurz und wickelte sie wieder ein, um sie dann am Hals in seinen Taucheranzug zu stecken. Falls er die Waffe je brauchen sollte, war er so gut wie am Ende.

Der Kombi folgte einem planebedeckten Laster über die Straße nach Norden, die durch eine schmutzige, industrialisierte Vorstadt von Petschenga führte. Paswik wirkte nicht gerade gesprächig. Vielleicht dachte er, nahm Clark an, daß eine Unterhaltung seinen Fahrgast nur noch zusätzlich in Anspannung versetzen würde. Nach Einbruch der Dunkelheit war Petschenga kaum mehr als eine Geisterstadt. Es gab kaum Fußgänger und noch weniger Fahrzeuge. Die Stadt wirkte gedämpft, sogar unterdrückt – eine Folge der Sicherheitsvorkehrungen für den Flottenstützpunkt. Der Ort wirkte, als befände er sich im Belagerungszustand, die Fenster verdunkelt, Ausgangssperre verhängt, kriegsähnlich. Dieser deprimierende Eindruck schärfte jedoch seine Wachsamkeit.

Vom Flottenstützpunkt her war ein schwacher Lichtschein über den niedrigen Fabrikhallendächern zu erkennen, ähnlich dem Schimmer der Grenzlichter, die er von der Harrier aus gesehen hatte. Dann spürte er, wie der Kombi seine Fahrt verlangsamte. Die Bremslichter des Lasters vor ihnen leuchteten in kräftigem Rot auf. Das charakteristische Geräusch von Luftdruckbremsen.

»Eine Kontrollstelle – vor dem Zivilhafen. Runter«, ordnete Paswik an. »Decken Sie sich mit der Plane zu.«

Weißes Licht umstrahlte die wuchtige Masse des Lasters

vor ihnen. Clark konnte Stimmen hören – und das Geräusch schwerer Stiefel. Er konnte jedoch nichts sehen. Er legte sich flach auf den Boden und zog die Plane über sich; sie roch nach Kohl und Mehl. Einmal darunter, öffnete er den Reißverschluß am Hals seines Taucheranzugs, konnte sich jedoch davon abbringen, die Waffe wieder hervorzuholen. Trotzdem legte sich sein Finger durch die Plastikumhüllung halb um den Abzug. Sein Daumen ruhte gegen den Entsicherungshebel. Er konnte Zeigefinger und Daumen nicht daran hindern, sich in einem, wie es schien, notwendigen Griff um die Pistole zu legen.

Eine Stimme, sehr nahe. Clarks Russisch war gut, doch er reagierte mehr auf den verhörartigen Tonfall. Eine Wache steckte den Kopf durchs Fahrerfenster. Paswiks Stimme klang gut gelaunt und uneingeschüchtert, als er antwortete.

»Hallo, Paswik. Wieder mal unterwegs, wie?«

Paswik grinste, so daß sein Gebiß zum Vorschein kam, und hob mit einem Achselzucken seine Hände vom Lenkrad.

»Du weißt ja, was einem das Geschäft alles abverlangt, Grigori.«

»Nicht so laut, Paswik; sonst hört dich noch der Offizier.«

»Und dann bekämst du wohl 'ne Menge Scherereien, was?«

»Soll ich vielleicht deine Kiste filzen und dich deinen ganzen Kram auspacken lassen, hm? Und zwar nicht nur jetzt, sondern vor allem auch auf dem Rückweg? Was würdest du davon halten, Paswik, hm?«

»Reg dich doch nicht gleich so auf.«

»Jetzt hör mal; ich hab dir ausdrücklich gesagt, daß ich noch keineswegs dein Freund bin. Also red gefälligst etwas leiser.«

»Willst du meine Papiere sehen?«

»Ja, schnell. Da ist mein Offizier. Ein mieser Scheißkerl.« Die letzten Worte stieß Grigori kaum hörbar hervor.

»Was geht hier eigentlich vor?« erkundigte sich der Offizier über den Lärm des anfahrenden Lasters hinweg. Hinter seiner kleinen, untersetzten Gestalt konnte Paswik die Umrisse der Kräne und die Silhouetten der Frachter und Fischereischiffe erkennen. »Sind die Papiere dieses Mannes in Ordnung?«

»Jawohl, Herr Leutnant.«

Der Offizier nahm sie Grigori ab, um sie ebenso flüchtig wie von seiner eigenen Wichtigkeit überzeugt zu überfliegen und wieder zurückzugeben. Dann machte er auf dem Absatz kehrt und stolzierte davon. Grigori schnitt hinter seinem Rücken eine Grimasse und streckte dann Paswik die Papiere entgegen. Er neigte sich wieder ans Fenster heran.

»Ich möchte noch mehr davon«, flüsterte er.

»Mehr von was?«

»Von diesen Heften.«

»Du verkaufst sie wohl weiter, was, Grigori?«

»Nein!« Grigoris Gesicht veränderte seine Farbe.

»Mal sehen, was sich machen läßt. Halt mich auf dem Rückweg an und steig hinten in den Kombi. Ich leg dir dort ein paar hin, unter die Plane. Einverstanden?«

»Gut. Aber ich habe um Mitternacht Dienstschluß.«

»Das macht nichts. Bis dahin bin ich längst wieder zurück.«

Grigori trat zurück und winkte Paswik durch. Der rot-weiß gestreifte Schlagbaum zwischen den beiden Postenhäuschen schwang hoch, und Paswik fuhr auf das Gelände des Zivilhafens. Im Rückspiegel konnte er sehen, wie der Offizier mit Grigori sprach. Seine Körperhaltung und die Neigung seines Kopfs ließ eher darauf schließen, daß er Grigori einen Rüffel erteilte und sich nicht so sehr erkundigte, was Paswik im Hafen zu suchen hatte. Er würde aufpassen müssen, wenn Grigori auf dem Rückweg seine Pornohefte aus dem Fond des Kombi holen würde. Vielleicht würde er auch für den Offizier ein kleines Geschenk brauchen?

Er verließ die Kette weißer Lichter entlang der Hauptdurchfahrtsstraße durch die Docks und bog in einen schmalen, dunklen Platz zwischen zwei langgestreckten, niedrigen Lagerhäusern ein. Dann fuhr er auf einen schlecht erleuchteten Kai, vorbei an der hoch aufragenden Masse eines schwedischen Frachters. Von Deck drang Musik zu ihnen herab; ein Betrunkener sang mit. Ein Kopf erschien über der Bordwand. Zwei bewaffnete Wachen patrouillierten auf und ab, im Gespräch einander zugewandt, eingeschläfert von Routine und Ereignislosigkeit. Im Schatten eines Lagerschuppens, unter dem dunklen Skelett eines Löschkrans, hielt Paswik an.

»So, mein Freund; Sie können aussteigen.«

Paswik glitt aus dem Kombi und öffnete die Hintertüren. Ohne dem Motorengeräusch seines Wagens irgendwelche Beachtung zu schenken, entfernten sich die zwei Posten von ihnen, durchwateten eine Pfütze aus Licht und tauchten schließlich wieder in das Dunkel dahinter. Clark saß auf dem hinteren Rand der Ladefläche und reckte sich. Dann wuchtete er die beiden Packen auf den Beton des Kais.

»Danke«, sagte er.

»Haben Sie alles im Kopf?«

Clark nickte. »Ja. Was ist mit den Sauerstofftanks?«

»Einen Augenblick.« Rasch hinkte Paswik davon, in die Richtung des Lagerschuppens. Er hatte offensichtlich einen Schlüssel dafür, da Clark die Tür sich quietschend öffnen hörte. Die Momente, bis sie sich mit einem neuerlichen Quietschen wieder schloß, waren erfüllt vom betrunkenen Gesang des schwedischen Matrosen, der zunehmend rührseliger wurde. Als sich die Tür wieder schloß, vernahm Clark das beruhigende metallische Scheppern der Sauerstofftanks, als sie gegen den Beton stießen. Dann tauchte Paswik, die Tanks über der Schulter, wieder aus dem Dunkel auf. Wie ein erlegtes Stück Wild legte er sie Clark zu Füßen. Der Amerikaner untersuchte und testete sie. Das Zischen der entweichenden Luft stellte ihn zufrieden. Beide Ventile zeigten auf Voll.

»Sehr gut.«

»Die Patrouille wird in fünf Minuten wieder zurück sein. Bis dahin muß ich an Bord des Frachters sein und Sie im Wasser. Los, kommen Sie.«

Paswik half Clark, sich die Tanks auf den Rücken zu schnallen, wobei er ihm das Mundstück mit den zwei Luftschläuchen wie eine Schärpe feierlich über den Kopf hob. Dann schleppten sie die beiden Packen über den Kai, wobei sie sich, so schnell es ging, in den Schatten des Frachters zurückzogen. Angesichts des von oben herabkommenden Gesangs schnitt Paswik eine verständnisvolle Grimasse. Das

Wasser unter ihnen dümpelte still und ölig gegen die Seitenwand des Schiffs. Ein leichter Wind trug den Geruch von Fisch an Clarks Nase. Er wickelte von jedem Packen ein kurzes Stück Nylonschnur ab und befestigte sie an seinem beschwerten Gürtel. Während er dies tat, kam er sich vor, als sperrte er sich selbst in irgendein Gefängnis. Für einen Moment überkam ihn ein Gefühl extremer Verzagtheit, das er jedoch schließlich mit einem leichten Achselzucken wieder abtat. Selbst mit diesem Ballast beschwert, würde er es schaffen, da die Packen im Wasser schwimmen würden.

»Alles klar«, sagte er schließlich und steckte sich schon das Mundstück zwischen die Zähne. »Und vielen Dank.«

»Vergessen Sie die Orientierungspunkte nicht, die ich Ihnen genannt habe – und die Wachboote – und vor allem die Kontaktminen; einige davon sind klein genug und empfindlich genug ...« Paswik hielt in seiner Litanei inne, als Clark seine Hand hob.

»Schon gut, schon gut.« Clark grinste. »Ich werde schon auf mich aufpassen, Mama.«

Paswik unterdrückte ein amüsiertes Lachen. »Auf Wiedersehen, mein Freund, und alles Gute.«

Er hob einen der Packen auf, während Clark auf eine Eisenleiter zutrat, welche an der Seite des Kais zum Wasser hinabführte. Clark machte sich mit dem anderen Packen daran, seinen Rücken der Bordwand des Frachters zugewandt, hinunterzuklettern. Als sein Kopf gerade noch über den Rand des Kais ragte, hielt er an, worauf Paswik ihm den zweiten Packen reichte. Clark schien fast das Gleichgewicht zu verlieren, bevor er die letzten Sprossen hinabtaumelte und ins Wasser glitt. Paswik sah zu ihm hinunter. Clark winkte ihm zu und paßte Mundstück und Brille genau an, um dann, die beiden Packen langsam und mühsam vor sich her schiebend, um den Bug des Frachters herum aufs Wasser hinauszuschwimmen.

Paswik wartete, bis der Mann im Wasser durch den Rumpf des schwedischen Schiffs verdeckt war, und stieß dann kopfschüttelnd einen kurzen Pfiff aus. Mit einem Achselzucken und einem kurzen Händeklatschen verbannte er jeden weiteren Gedanken an Clark aus seinem Kopf und trat auf die

Gangway zu, welche zum Deck des Frachters hinaufführte.

Seine Arme um die zwei Packen geschlungen, bewegte Clark sich mit seinen Flossen mühelos durch das Wasser. Aufgrund ihrer Schwimmfähigkeit waren die Packen im Wasser leichter zu handhaben. Nach ein paar Minuten öffnete er den Kanal seines Senders. Der Äther summte in seinen Ohren.

»Alles in Ordnung«, sagte er.

Wenige Augenblicke später erwiderte Aubreys Stimme, durch das geräuschvolle Spucken in seinem Kopfhörer verlangsamt: »Alles Gute.«

Clark schaltete wieder aus und schwamm weiter. Vor ihm zog sich entlang der Hafenmauer ein gekräuseltes Band von Lichtern, das nur in der Mitte wie ein fehlender Stein ein schwarzes Loch aufwies. Das Wasser war immer noch ruhig, seine Oberfläche nur ganz leicht vom Wind bewegt wie Seiten eines Buchs in einer leichten Brise. Er strebte auf den dunklen Spalt in der Lichterkette zu, das Aufleuchten des kleinen Leuchtturms zu seiner Linken, die Lichter eines kleinen Frachters zu seiner Rechten. Bis zur Hafenmauer waren es etwa sieben- bis achthundert Meter, wie er aus der Karte Paswiks entnommen hatte. Fast benutzte er die beiden Pakken wie Schwimmflügel, als er mit seinen Flossen gemächlich durch das Hafenbecken paddelte. Das Mundstück für die Sauerstofftanks ruhte direkt vor seinem Gesicht auf einem der Packen.

Es dauerte zwanzig Minuten, bis er das aufgewühltere Wasser der Einbuchtung hinter dem Fischerei- und Frachthafen erreichte. Nachdem er die Lichter passiert hatte, widersetzte sich ihm das Wasser mit einem Mal, anstatt wie bisher seine Bewegungen zu unterstützen. Die Packen begannen zu schwanken und zu schaukeln, als wollten sie sich von ihm losreißen. Er überprüfte anhand seines Kompasses und der Lichter über den zwei Wachtürmen zu beiden Seiten der Hafeneinfahrt seinen Standpunkt und rastete für einige Augenblicke, um seinen Körper und seine Atmung an die rauhere See zu gewöhnen. Dann schwamm er weiter.

Die Hafenmauer krümmte sich von ihm weg, als wollte sie

ihn einschließen; dann nahm sie an Höhe zu, und die Lichter darauf waren heller und dichter gedrängt. Er schwamm an der Mauer des Flottenstützpunkts Petschenga entlang.

Seine Aufmerksamkeit begann, sich trotz seiner Erfahrung und seines Widerstrebens gegen diesen Umstand auf seine unmittelbare Umgebung und Wahrnehmung zu beschränken. Die Packen hinter ihm bewegten sich wie Bremsklötze mühsam durch das Wasser; die harten, kleinen Wellen spritzten gegen seine Gesichtsmaske; seine Arme stießen nach vorn, um sich dann nach hinten auszubreiten; die knapp sitzende Kappe seines Anzugs schien seine Sinne ebenso wie seinen Verstand in sich einzuschließen. Daher war das Wachboot ein Licht, bevor es ein Geräusch war – und noch dazu ein Licht, das er sich für einen Augenblick nicht erklären konnte. Und es war nahe, viel zu nahe.

Ein Suchscheinwerfer glitt über die Wasseroberfläche. Das Boot war kaum größer als eine Motorjacht. Hinter dem Scheinwerfer konnte Clark seine Umrisse mit dem hohen Bug erkennen, die Geschütztürme und die Torpedogestelle. Parallel zu seinem Kurs bewegte sich das Boot entlang der Hafenmauer. Aus seinem traumartigen Zustand gerissen, beobachtete Clark das Wachboot weiter, wie es träge durch sein Blickfeld zog. Der Suchscheinwerfer bewegte sich über das Wasser, näher zur Mauer, entfernte sich, kam näher ...

Clark wurde schockartig in höchste Alarmbereitschaft versetzt. Er zerrte an den beiden Packen und verstärkte den Zugriff seiner Umarmung. Unbeholfen riß er am Ventil des ersten – das Licht bewegte sich wieder auf ihn zu – ohne es jedoch beim ersten Versuch öffnen zu können. Seine Hand tastete nach dem Ventil des zweiten Packens – das Licht entfernte sich, um sich ihm neuerlich zu nähern, während das Boot in sechzig Metern Entfernung an ihm vorüberglitt – dann drehte er fieberhaft am ersten Ventilrad, bis er schließlich über der Panik seines Atems und dem Pochen seines Blutes in seinen Ohren das Zischen von Luft hörte. Der Packen sank tiefer ins Wasser, worauf er nach dem zweiten Ventil griff und sich – ohne Erfolg – einzureden versuchte, ruhig Blut zu bewahren – das Licht kam auf ihn zu, näher, wie flüssige Lava auf dem welligen Wasser, fast den noch an der Oberfläche schwimmenden Packen beleuchtend – er drehte am Ventil, hörte das Entweichen der Luft, beobachtete das Licht, das sich von ihm entfernte, wieder auf ihn zukam und diesmal seinen Kopf erfassen würde. Der Packen neben ihm versank, und auch er selbst tauchte unter die Oberfläche – das Licht glitt über das aufgewühlte Wasser, wo er sich befunden hatte, zögerte kurz und bewegte sich dann weiter.

Clark schob sich das Mundstück zwischen die Zähne und biß beim Einatmen fest darauf. Dann tauchte er gegen den Widerstand der zwei Packen, denen er nicht genügend Luft abgelassen hatte, weiter in die Tiefe. Wie Fallschirmbremsen widersetzten sie sich seinen Bewegungen. Die Dieselmotoren des Wachboots dröhnten durch das schwarze Wasser. Er sah auf. Ja, er konnte das Licht über die Oberfläche tanzen sehen, als suchte es immer noch nach ihm. Es verschwand nur langsam. Auch das Vibrieren und das hohle Dröhnen der Bootsmotoren entfernte sich. Langsam ließ er sich von den zwei Packen wieder an die Oberfläche hochziehen. Als er auftauchte, konnte er in ein paar hundert Metern Entfernung das Wachboot erkennen; sein Suchscheinwerfer glitt gerade über den Fuß der Hafenmauer.

Er lag im Wasser – die beiden Packen schwebten seitlich von ihm knapp unter der Oberfläche – bis sich seine Atmung und sein Herzschlag wieder normalisiert hatten. Dann umarmte er nacheinander die beiden Packen, drückte den Knopf auf jedem der kleinen Sauerstofftanks und blies sie wieder so weit auf, daß sie an der Oberfläche schwammen. Sie durchs Wasser schleppen zu müssen, hätte seine Kräfte schon lange erschöpft, bevor er noch die *Proteus* erreicht hätte.

Im Weiterschwimmen ruhte sein Körper auf den Packen, die er fest an sich drückte. Zehn Minuten später erreichte er die Hafeneinfahrt. Die Wachttürme zu beiden Seiten der Öffnung in der Hafenmauer waren außer den Signallichtern noch mit starken Suchscheinwerfern bestückt, die beständig über die dunkle Öffnung vor ihnen hin und her glitten und auch über das Wasser des Hafenbeckens hinter ihnen strichen. Er hielt an, um sich über das Bewegungsmuster der Suchscheinwerfer Klarheit zu verschaffen. Er konnte die Silhouetten bewaffneter Wachtposten erkennen, die Läufe von

Flugabwehrgeschützen, die in den Nachthimmel zeigten. Die Kälte des Wassers durchdrang den Gummi seines Anzugs, und ihm war kalt; allerdings wußte er auch von den Gefahren und Risiken. Es bestand kein Anlaß, sie genauer zu erörtern oder zu analysieren. Das U-Boot-Netz erstreckte sich quer über die Hafeneinfahrt und ragte knapp fünf Meter aus dem Wasser. Er würde darüber hinwegklettern müssen.

Mit flüchtigen Flossenbewegungen glitt er an der Basis der Hafenmauer entlang, betastete mit der Hand ihre mit Muscheln besetzte Schleimigkeit und erreichte schließlich das Stahlnetz direkt unter einem der Wachttürme. Er bildete sich ein, die Packen hätten begonnen, sich ihm zu widersetzen, als hätten sie ihre Schwimmfähigkeit verloren. Er ließ sie hinter sich im Wasser schwimmen, als er sich an das Gitter klammerte und die Lichter beobachtete. Dreißig Sekunden. Er senkte seinen Arm, während seine Uhr das Stück Dunkelheit bestätigte, für das die Suchscheinwerfer die Hafeneinfahrt im Dunkel ließen. Er hatte dreißig Sekunden Zeit, an dem Netz hochzuklettern, sich wie ein Reiter auf seinen oberen Rand zu setzen, seine Packen hinter sich nach oben zu ziehen und dann wieder zum Wasser hinunterzuklettern. Er konnte auf keinen Fall riskieren, so lange zu warten, bis das Netz gesenkt wurde, um ein Schiff durchzulassen.

Das Licht des Scheinwerfers auf der anderen Mauerseite glitt den Beton hinab und über das Wasser des Hafenbekkens. Seine Flossen hingen um seinen Hals, und das Mundstück baumelte an seiner seltsamen Halskette aus Luftschläuchen. Er kam sich schwerfällig und vollgepackt vor. Er griff nach oben und begann nach oben zu klettern. Nicht einmal mit einem leichten Vibrieren reagierten die Stahlseile des Netzes auf seine Bemühungen.

Sieben, acht, neun, zehn, elf ...

Die Sekunden begannen ihm davonzujagen. Sein Verstand war blind und gleichgültig gegenüber dem Vorrücken des Lichts, hörte nur auf die fortschreitenden Zahlen in seinem Kopf. Die Zahlen rannten vor ihm her – ähnlich wie sein Atem. *Dreizehn, vierzehn.* Ganz schwach spürte er das Gewicht der Packen durch das Stahlgeflecht des Netzes vibrieren.

Oben. Ein Bein, *sechzehn,* das andere; die Packen hielten ihn auf, *siebzehn,* schwing das andere Bein gegen den Widerstand der Packen über das Netz, *achtzehn,* sein Magen wurde schmerzhaft gegen den oberen Abschluß des Stahlnetzes gedrückt, *neunzehn,* aufstehen, *zwanzig,* schon fünf Sekunden in Verzug, die Packen hochhieven, übers Netz, fallen lassen, *dreiundzwanzig,* festhalten, festhalten, das Gewicht des Packens drohte ihn vom Netz zu reißen, die Arme krampften sich unter seiner Last schmerzlich zusammen, *fünfundzwanzig,* jetzt der andere Packen, leichter diesmal, fallen lassen, festhalten, wieder der Schmerz, *siebenundzwanzig,* los jetzt, los ...

Er hastete des Netz hinunter, konnte es inzwischen auch vibrieren spüren, sein Atem keuchend, sein Körper angespannt wie eine Feder, verletzlich wie der eines Insekts. Er war sich des Lichts auf der anderen Seite der Hafeneinfahrt bewußt, das gerade zurückschwang – ein dunstiger Lichtschein in seinen Augenwinkeln. *Einunddreißig.* Das Licht glitt das Netz hinunter, öffnete den Schatten unter der Hafenmauer, glitt über das kleine Bläschengewirr, das sein Eindringen ins Wasser verursacht hatte.

Clark klammerte sich an das Netz, zwängte sich das Mundstück zwischen die Zähne, versuchte, seine Atmung zu stabilisieren, während er gleichzeitig spürte, wie die Packen träge an die Oberfläche drängten. Mit einer Hand hielt er sich am Netz fest und reduzierte mit der anderen ihren Auftrieb – eine Tätigkeit, die seine Hand roboterhaft durchführte. Schließlich schaukelten die Packen wieder neben ihm im Dunkel, wobei sie leicht gegen ihn stießen, als wollten sie ihn an ihre Anwesenheit erinnern oder sich wieder bei ihm Liebkind machen, nachdem sie ihn um ein Haar verraten hätten.

Er klammerte sich weiter an das Netz, bis der zitternde Lichtkegel des Suchscheinwerfers viermal über seinen Kopf hinweggeglitten war. Dann machte er sich daran, den Auftrieb der Packen genauer einzustellen, bis sie ihn schließlich behutsam nach unten zogen. Er streifte sich die Flossen über, ließ das Netz los und glitt sacht in die Dunkelheit hinab.

Jetzt, die Minen. Magnetisch, elektronischer Kontakt. Paswik hatte ihm über ihre Anordnung keine Auskünfte geben können. Im Verteidigungsministerium verfügten sie über gewisse Details, aber nicht genügend. Offensichtlich gab es keine Kanäle durch das Minenfeld, da die Minen über Fernbedienung entschärft werden konnten. Wenn ein sowjetisches Schiff in den Hafen einfuhr, wurden die Minen einfach abgeschaltet. Ebenso simpel wie wirkungsvoll. Clark nahm an, daß er möglichst tief, fast bis zum Grund hinuntertauchen mußte, um die Kontaktminen zu vermeiden, welche schon durch die leiseste Berührung zum Detonieren gebracht würden und sicher in unterschiedlichen Tiefen angebracht waren. Er tauchte nach unten und schwamm dann in der Horizontalen weiter, als sein Tiefenmesser fünfunddreißig Meter anzeigte. Sobald die Frage des Druckausgleichs eine Rolle zu spielen begann, geriet er unter Zeitdruck. Er schaltete seine Lampe ein. Die Packen schwebten neben ihm, während er auf der Stelle trat. Nachdem er neben Zeit und Tiefe auch die Kompaßrichtung überprüft hatte, setzte er sich wieder in Bewegung, schneller diesmal; er ignorierte das Gefühl der Isolation in seinem System, eine Art Gegengift gegen das Adrenalin; es war das erste Mal, daß es ihn überfiel, seit er das Cockpit der Harrier verlassen hatte. Der schwache Schein der Lampe erleuchtete das matte Silber von Fischen und den seltsamen Kabelwald, der vom Bett des Hafenbeckens unter ihm emporwuchs. Über ihm, unsichtbar, lagen die Minen in den jeweiligen Tiefen. Er ruckte an einem Kabel, dann an einem anderen; und gelegentlich stießen auch die Packen dagegen. Er hatte richtig vermutet. Für die Minen selbst befand er sich in zu großer Tiefe.

Vorsichtshalber schwang er jedoch die Lampe wie eine Sense vor sich hin und her. Dennoch überraschte ihn die Mine, die plötzlich aus dem Dunkel vor ihm auftauchte. Er wich seitlich aus, wobei ihm erst in diesem Moment seine beiden Packen einfielen. Er hielt an. Die Kälte wich aus seinem Körper. Er richtete den Lichtstrahl der Lampe nach hinten. Einer der Packen rieb gegen das Kabel. Er schien nach oben zu auf die altmodischen, tödlichen Hörner der Mine zuzuschweben. Eine kleine Kontaktmine, fast zu klein, um irgend welchen Schaden anzurichten, aber doch ausreichend, einen menschlichen Körper in Fetzen zu reißen. Er bewegte sich mit äußerster Vorsicht und Langsamkeit. Wie ein angriffslustiges Tier, das ihn beobachtete, schien die Mine zu schaukeln und zu schwanken. Der Packen war nur noch wenige Zentimeter von der Mine entfernt.

Er griff nach vorn und bemühte sich, den Lichtkegel der Lampe stetig zu halten. Die Mine schaukelte auf und ab; der Packen imitierte ihre Bewegungen. Ohne seine Flossen zu bewegen, griff Clark nach vorn; er spürte, wie sein Körper von der Mine und dem Packen wegsank. Er griff nach der Leine, die ihn mit dem Packen verband, und berührte ihn. Der elastische Packen verformte sich unter seiner Berührung, nahm dann wieder seine alte Form an. Eine Sache von Zentimetern. An den Hörnern der Mine vorbei schlug er auf den Packen ein, worauf er wie ein Ball davonschoß. Dann zog er ihn an der Leine an sich und umarmte ihn wie ein Kind, das eben mit knapper Not einem Verkehrsunfall entronnen war. Er spürte, wie ein intensives Schwächegefühl seinen Körper überfiel.

Schließlich schwamm er weiter. Dabei hielt er die Packen dichter an seinem Körper, wodurch er langsamer vorwärtskam. Zugleich spürte er jedoch, wie sein Mut und seine Zuversicht allmählich wieder zurückkehrten. Fast wäre er gegen das innere Netz gestoßen, noch bevor er es im Schein seiner Lampe sah. Es trennte das äußere Hafenbecken von den U-Bootschuppen. Mit einer verzweifelten Erleichterung, die ihn überraschte, klammerte er sich daran fest. Ihm wurde bewußt, wie sehr seine Nerven inzwischen bereits beansprucht waren. Schließlich ließ er das Netz wieder los und ließ sich zum Grund hinabsinken, wobei er die widerspenstigen Pakken mit sich zog. Seine Lampe leuchtete ihm den Weg aus. Schlamm und Schlick, die leichtesten Teilchen durch seine Bewegungen bereits aufgewirbelt, schwebten nach oben und verhüllten fast, wonach er suchte. Das Netz endete gut eineinhalb Meter über dem Grund. Er klammerte sich daran fest und glitt darunter hindurch. Dann zog er die Packen hinterher.

Unmittelbar nachdem er seine Position und die Zeit überprüft hatte, schwamm er weiter. Die Minenkabel wurden nun weniger, als hätte er die Baumgrenze überschritten, wo solche Gewächse nicht mehr länger gediehen. Bald hörten sie ganz auf. Das Wasser wurde etwas wärmer und wirkte auch leichter. Er sah auf seine Uhr und ging dann sechs Meter höher. In dieser Tiefe wartete er, ging neuerlich sechs Meter höher, wartete wieder. Seine Nerven machten ihm allmählich zu schaffen. Das Bedürfnis, zu handeln, anzukommen, nagte an ihm, reizte ihn.

Sein Kopf durchdrang die Wasseroberfläche. An den Enden der Halteleinen schwammen unter ihm die beiden Pakken. Vor ihm lag die Reihe von Betonhallen. Er zählte sie. Die fünfte. Lichter, Lärm – nein, kein Lärm, nur eine Menge Lichter. Die Tore des Schuppens waren geschlossen.

Dort drinnen befand sich die *Proteus.* Er war bis auf fünfzig Meter an sein Ziel herangekommen.

Paswik, der Lebensmittelhändler, studierte durch sein Nachtglas den Hafen. Er hockte auf einer Decke, welche seinen Hintern vor der Kälte des feuchten Untergrunds schützte. Darunter hatte er noch eine Plane ausgebreitet. Neben sich hatte er einen Korb mit Essen stehen, und mit dem Rükken lehnte er gegen einen hohen, alten Baum.

Er bewegte das Fernglas nach oben, und die trüben Nachtbilder verschwammen und verschmierten, bis sie vom Licht der U-Boot-Schuppen erleuchtet wurden. Er stellte die Entfernung ein, und dann konnte er im fünften Schuppen mit ziemlicher Deutlichkeit Lichter und einen gewaltigen, schattenhaften Umriß erkennen, bei dem es sich um das britische U-Boot hinter den hohen Toren handeln mußte. Gut.

Er senkte das Glas wieder. Niemand würde bei diesem Wetter hier erscheinen, aber er hatte noch eine Decke, die er über die kleinen Antennen breitete, die er neben sich aufgebaut hatte. Clark würde sich unmöglich aus dem Innern des U-Boot-Schuppens mit der Nimrod in Verbindung setzen können, wenn seine Funksprüche und die der Nimrod nicht durch die zwei Antennen weitergeleitet worden wären, die er auf einem kleinen Hügel aufgestellt hatte, von dem aus man den Hafen von Petschenga überblicken konnte. Die eine davon war auf Clarks Standort ausgerichtet, die andere auf die Nimrod.

Paswik hatte keine Angst, als er im Dunkeln saß und auf die erste Übertragung wartete. Er war geduldig, warm gekleidet, und er war in einen Spionagefall von schmeichelnder Wichtigkeit verwickelt. Wie die langsam steigende Flut sikkerte jedoch auch ein schwaches, lange zurückliegendes Bedauern in sein Bewußtsein. Ihm wurde klar, daß es ihn weiter begleiten würde, während er, durch die Bäume verdeckt, auf dem Hügel über dem Hafen saß. Und er sprach es aus.

»Ach, Iwan, Iwan«, murmelte er. »Weißt du noch, wie wir immer hierher gekommen sind, hm? Weißt du noch?«

Ein eisiger, böiger Wind pflückte seine Seufzer von seinen Lippen und zerstreute sie in das Dunkel über dem Hafen.

Clark schaukelte im Wasser unter der reparierten Schraube der *Proteus*. Das Übersteigen des Tors zum U-Boot-Schuppen hatte ihn erschöpft, und zwar auf eine subtilere, hinterhältigere Weise, hervorgerufen durch die Anspannung des Wartens, durch das Erfassen der Gewohnheiten der Patrouillen am Schuppen, durch das Wählen des richtigen Augenblicks, um über das Tor zu steigen und wieder ins Wasser hinab zu gleiten. Der glückliche Zufall, daß niemand an dem U-Boot zu arbeiten schien, trug wenig dazu bei, seine Erschöpfung zu vertreiben.

Trotz ihrer Schwimmfähigkeit waren für ihn die beiden Packen wie Bleigewichte unter der Oberfläche. Seine Arme schmerzten von ihrem Gewicht und dem seines eigenen Körpers. Nun galt es, das Heck der *Proteus* zu erklettern und die hintere Einstiegsluke zu erreichen. Im Moment konnte er sich jedoch nicht einmal zu dem Gedanken daran aufraffen. Seine Sauerstofftanks und den Bleigürtel hatte er auf dem Boden des Bunkers zurückgelassen. Was ihn störte, war das Gewicht der Packen mit seiner Ausrüstung.

Die Reparaturarbeiten schienen fast abgeschlossen. Da waren noch eine Reihe von aufgerissenen und zerbeulten Rumpfplatten, aber die Schraube war mit neuen Blättern versehen, und die Stabilisatoren und das Ruder schimmerten in ihrem neuen Metallkleid. Er blickte nach oben. Drohend ragte der Rumpf der *Proteus* über ihm auf. Er stöhnte innerlich. Seine Füße, wieder ohne Flossen, ruhten auf einer

Sprosse unter der Wasseroberfläche; seine Hände klammerten sich um eine andere Sprosse der Inspektionsleiter am Ruder. Winzige, separate *pitons* in der Felswand des Rumpfs. Er blickte sich um. Ein Wachtposten, von dem ständig gleichen Trott gelangweilt und abgestumpft, wandte sich am Ende seines Kontrollgangs um und schritt, Clarks Blicken entzogen, entlang der Halle wieder zurück. Clark hievte seinen Körper aus dem Wasser und in den unregelmäßigen Rhythmus seiner Ersteigung. Seine nassen Füße glitten aus; seine Hände wollten loslassen, aber er kletterte das Ruder hinauf, auf gleicher Höhe mit der gigantischen, fünfzehnblättrigen Schraube, bis er sich am Rumpf festklammern und die beiden Packen hinter sich hochziehen konnte. Dann machte er eine Pause. Ein Stück den glatten Rumpf hinunter, auf dem Walrücken, war die Einkerbung der Einstiegsluke zu erkennen – ein Kreis, mit einem spitzen Messer in grauen, glänzenden Teig geritzt. Die Luke war knapp zwanzig Meter von der Stelle entfernt, wo er kauerte.

Er erhob sich, seinen Rücken gegen das Ruder gepreßt, im Schutz seines Schattens, um den weißen Lichtern zu entgehen, die vom Dach der Halle herabstrahlten. Der Wachtposten auf der Steuerbordseite der *Proteus* hatte etwa die Hälfte der Länge des U-Boots abgeschritten, den Rücken ihm zugewandt. Der andere Posten, auf der Backbordseite, hatte fast das Ende seines Kontrollgangs erreicht und war im Halbdunkel im hinteren Teil der Halle zu erkennen. Er würde es nicht bis zu der Luke schaffen, sie öffnen und wieder hinter sich schließen können, ohne daß sich die Wache vorher umdrehte und ihn sah. Er wartete. Die Anspannung zerrte mit aller Heftigkeit an ihm. Er fühlte sich den Anforderungen an seine physische Belastbarkeit und an sein Nervensystem nicht gewachsen.

Eine Stimme rief etwas, und für einen langen Augenblick glaubte er, ein dritter Wachtposten, den er nicht entdeckt hatte, hätte ihn gesehen und rief ihn nun an. Aber die Stimme erklang in weiter Ferne. Mit klopfendem Herzen beobachtete er, wie der Backbordposten hinter dem Rumpf der *Proteus* verschwand. Vermutlich war er von seinem Kollegen auf der anderen Seite gerufen worden. Möglicherweise war dies seine einzige Chance. Er wog in seinen beiden Händen das Gewicht der Packen ab. Ein Hindernisrennen. Er erinnerte sich an seine Grundausbildung, die lange Jahre zurücklag – Erschöpfung und Bestrafung und Disziplin wie eine dünne Eisschicht über einem See aus Sadismus. Er knirschte mit den Zähnen. Damals war er mit zwei solchen Packen Sanddünen hinaufgerannt.

Und dann lief er los, geduckt vor Angst und vom Gewicht der beiden Packen. Seine Füße drohten ständig, auf dem glatten Metall des Rumpfs auszugleiten. Fünfzehn Meter, zwölf, zehn ...

Die Packen begannen, gegen den Rumpf zu streifen; sie hielten ihn zurück. Er hatte Schwierigkeiten, Atem zu schöpfen; sein Herz gab ein schreckliches Geräusch von sich. Und dann rutschte er mit ausgestreckten Beinen über das Metall und packte das Rad zum Öffnen der Luke. Fieberhaft begann er, daran zu drehen. Zwei Umdrehungen, drei, vier. Sein Kopf wippte auf und ab wie der eines fressenden Vogels. Niemand. Er hob die Luke an und setzte sich auf ihren Rand. Seine Füße tasteten nach der Leiter. Er stieß die Packen ins Innere und wurde fast von ihnen mitgerissen, als er ebenfalls nach unten kletterte. Dann schloß er die Luke über sich und erlaubte erst einmal seinem Atem, in der ihn plötzlich umgebenden Dunkelheit ausgiebig zu pfeifen und zu keuchen. Er glitt von der Leiter und landete auf der unteren Luke der Kammer. Er rieb sich die Arme, während sein Körper wie in anbetender Haltung vornübergeneigt blieb. Es dauerte weitere fünf Minuten, bevor er wieder imstande war, etwas zu unternehmen. Er öffnete einen der Packen – rechts, gut – und kramte in einer seiner Taschen. Er entnahm ihr schließlich ein kleines Bündel und schaltete seine Lampe ein, um es zu begutachten. Ein verblichener, blauer Overall. Im Aufstehen löste er das Bündel, nahm Socken und Stiefel heraus und zog sie sich an. Dann schlüpfte er in den Overall. Sein Tauchanzug war noch naß, aber mit einem bißchen Glück konnte man die Feuchtigkeitsspuren für Schweiß halten. Er betastete mit der Hand seine Brusttasche, wo sein Ausweis steckte. Falls die Techniker und Mechaniker für diese Halle und diesen Job einen speziellen Ausweis hatten, würde er dennoch nicht sofort entlarvt werden, sobald man genaueres von ihm wissen wollte. Nicht mit diesem Ausweis.

Er verstaute die zwei Packen in der Kammer, ließ dem zweiten die Luft ab und befestigte sie dann an der Leiter an der Wand. Falls jemand die Luke benutzte, würde er sie sehen. Andererseits konnte er jedoch auch nicht riskieren, gesehen zu werden, wie er sie durch das U-Boot schleppte. Seine Uhr zeigte zwölf Uhr fünfzig. Er schaltete die Lampe aus und steckte sie in einen der Packen zurück. In einer Stunde würde er wieder zurücksein. So lange waren sie wohl in Sicherheit.

Vorsichtig drehte er das Rad der unteren Luke und hob sie ein paar Zentimeter an. Er lugte in den Raum, in dem die Elektromotoren untergebracht waren. Anscheinend leer. Er zog die Luke hoch und trat auf die Leiter – für einen Moment stellte er sich vor, wie Ardenjew oder jemand wie er sich auf dieselbe Weise Zutritt verschafft hatte – um die Luke über sich wieder zu verschließen.

Er blickte sich im Maschinenraum um und fuhr sich mit der Hand müde durch sein kurzes Haar, um sich ein unordentlicheres Aussehen zu verleihen. Er blickte auf seine Hände hinab. Sie hatten die typische aufgequollene, weiße Unterwasserabgestorbenheit. Er steckte sie in seine Hosentaschen, während er die Hauptantriebswelle entlangstarrte, welche längs durch den Raum lief. Es schien kaum Anzeichen irgendwelcher größerer Schäden zu geben. Die *Proteus* war mehr oder weniger seetüchtig. Sie konnte durchaus aus eigener Kraft – zur Not nur mit Hilfe der Elektromotoren, deren Masse ihn nun umgab – von Petschenga auf die Barents-See hinausfahren. Falls ›Leopard‹ funktionierte ...

Vorsichtig öffnete er die Tür zum Turbinenraum. Leer. Das U-Boot um ihn herum war völlig still – riesig, kathedralenartig, menschenleer. Clark nahm an, daß die Matrosen der Besatzung in den Mannschaftsquartieren unter Bewachung standen, und die Offiziere in der Messe. Lloyd befand sich entweder auf der Brücke oder in seiner Kajüte, ebenfalls unter Bewachung. Er sah an seinem verknitterten Overall hinab. In einem der Packen eine Uniform als Verkleidung mitzuführen. wäre unmöglich gewesen. Schade.

Er betrat das Steuerhaus hinter dem Kernreaktor. Für einen Augenblick dachte er, auch dort hielte sich niemand auf. Aber dann tauchte hinter einer Trennwand des Computergehäuses eine Gestalt auf. Ein kleiner, fast kahler Mann in einem weißen Kittel. Er hatte ein Schreibbrett bei sich und rückte bei Clarks Eintreten seine Brille zurecht, um ihn zu studieren.

»Was wollen Sie?«

»Wer sind Sie?« entgegnete Clark auf russisch. Hinter den dicken Brillengläsern blitzte eine unverzügliche, gut geübte Wachsamkeit auf. Clark fuhr fort: »Was machen Sie hier?«

Der Mann streckte ihm bereits sein Schreibbrett entgegen, widersetzte sich aber im letzten Augenblick seinem feigen Instinkt. Er kannte Clark nicht und wußte vermutlich, vor wem er sich in acht zu nehmen hatte. Möglicherweise hatte Clark durchaus das Auftreten eines Offiziers, aber nicht unbedingt KGB. Dafür mangelte es ihm noch an einem gewissen Maß an Großtuerei, dem Geburtsrecht.

»Wer sind Sie?« beharrte der Mann im weißen Kittel.

Clark griff in seine Brusttasche. Aubrey hatte darauf bestanden, ihm den Ausweis wie einen Talisman aufgedrängt. Ein roter Ausweis. Clark versuchte, ihn ungehalten hervorzuziehen, und wedelte dann kurz damit in Richtung des anderen Mannes.

»In Ordnung?« fragte er. »Oder wollen Sie auch noch meine Geburtsurkunde sehen?« Er lachte, so derb er konnte. »Und erzählen Sie mir bloß nicht, Sie denken, ich hätte keine.«

»Nein, nein, keineswegs ...«, stotterte der Mann. Clark nahm das Schreibbrett an sich. Er verstand genug, um sich klar zu werden, daß der Techniker einem Flottenlabor oder Testzentrum angehörte. Er überflog die einzelnen Blätter, um sich zu vergewissern, daß nichts in diesem Raum wichtiger Bestandteil von ›Leopard‹ war. Vielleicht – an diesem Punkt konnte Clark sich nur mit Mühe ein Grinsen verkneifen – versuchte der Techniker sogar gerade, das Notsystem ausfindig zu machen. Er reichte dem kleinen Mann das Schreibbrett zurück.

»Von diesem ganzen Quatsch verstehe ich nicht das geringste, Genosse Doktor«, sagte er in einer angriffslustigen, unintelligenten Stimme. Der Techniker konnte mit Erfolg den Ausdruck der Verachtung aus seinen Gesichtszügen bannen, der sich darauf ausbreiten wollte. »Bis dann also.«

Die Hände wieder in den Taschen, gab sich Clark Mühe, möglichst gelassen und selbstbewußt in den Tunnel durch den Reaktor zu schlendern. Er verhielt nur für einen Augenblick, um festzustellen, daß der Reaktor nicht außer Betrieb gesetzt worden war, und öffnete dann die Tür zur Brücke. Wie er erwartet hatte, war sie nicht leer. Von Lloyd oder den anderen britischen Offizieren war nichts zu sehen, aber statt dessen machten sich mehrere Männer in weißen Kitteln und eine Handvoll bewaffneter Wachen wie Terroristen in einer fremden Botschaft breit. Zweifellos wurde während der Stunden, in denen die Besatzung in ihren Quartieren festgehalten wurde, jedes einzelne Teil der Ausrüstung des U-Boots aufs genaueste untersucht und getestet. Wenn sie damit fertig waren, würden sie die *Proteus* in- und auswendig kennen. Ein Buch mit Eselsohren, eine verhärmte Frau, jeglicher Rätselhaftigkeit beraubt. Sie würden sich im Besitz eines jeden Geheimnisses und Halbgeheimnisses befinden, was die technische Ausstattung des U-Boots betraf. Die Computer würden ihrer Informationen beraubt sein, die Echolote analysiert, das Navigationssystem studiert, die Kommunikationssysteme und Codes auswendig gelernt.

Clark glaubte nicht, daß Aubrey sich hatte vorstellen können, wie umfangreich und wertvoll die Informationen sein würden, die aus einer vorübergehenden Inbesitznahme der *Proteus* gewonnen werden konnten. Aubrey hatte jedoch insofern recht, als er ›Leopard‹ für den krönenden Abschluß des Ganzen hielt. Hier handelte es sich um die Gegenwart, bei ›Leopard‹ um die Zukunft. Clark schlenderte durch die Brücke. Niemand schenkte ihm mehr Beachtung, als vielleicht einmal kurz aufzusehen. Er hatte also das richtige Gehabe angenommen. *Übertreiben Sie ruhig,* hatte ihm Aubrey eingeschärft, während er den roten Ausweis mit seinen Fingern befühlte. *Wie lächerlich und theatralisch Ihnen das Ganze auch erscheinen mag; es wird funktionieren. Sie sind ein Unsterblicher.* Und dann hatte Aubrey gelächelt, katzenartig und böse. Der rote Ausweis besagte, daß er ein KGB-Offizier war.

Clark betrat den Korridor, der von der Brücke abging. Nur wenige Meter von ihm entfernt, stand ein Wachtposten vor einer Tür. Der Mann wandte sich ihm zu. Clark wedelte mit dem roten Ausweis durch die Luft, worauf sich der Posten sofort entspannte. Es war ein junger, eingezogener Marinesoldat.

»Ich hätte mich gern mal mit unserem Herrn Kapitän unterhalten«, erklärte Clark in lässigem Tonfall. »Sehen Sie zu, daß wir nicht gestört werden, ja?« Der Marinesoldat nickte. Vermutlich hatte er noch nie zuvor in seinem Leben mit einem Mann vom KGB zu tun gehabt. Der rote Ausweis erfüllte ihn mit uneingeschränktem Respekt und Vertrauen. Aubrey hatte recht gehabt. Ohne anzuklopfen, öffnete Clark die Tür und schloß sie wieder hinter sich.

Lloyd hatte gelesen und war eingeschlafen. Das Licht über seiner Koje brannte noch. Er wachte auf; seine Augen starrten Clark in verschlafener Blindheit entgegen.

»Wer sind Sie ...?« Das Buch, das auf seiner Brust gelegen war, glitt auf den Boden, als er aufstand. Clark verriegelte die Tür und lehnte sich dann dagegen. »Wer sind Sie?« wiederholte Lloyd, eher wütend als gestört.

»Die Siebte Kavallerie«, erwiderte Clark leise und legte dann seinen Finger an seine Lippen.

»Was? Sie sind Amerikaner ...?« Lloyd studierte Clark, sein Benehmen, sein Gesicht, seine Kleidung. Seine Miene drückte eine Reihe unterschiedlicher Gefühle aus, die sich von Schock über Hoffnung zu Argwohn wandelten. »Was soll das?« fragte er mit überraschender Bitterkeit. Clark erschien der Kapitän der *Proteus* müde, abgestumpft, gefangen.

»Keine faulen Tricks.« Clark setzte sich auf das Fußende von Lloyds Koje. Der Kapitän der *Proteus* rückte leicht von ihm ab. Mit lauterer Stimme und sehr russisch klingendem Englisch sagte Clark dann: »Nur ein paar einfache Fragen bezüglich Ihrer Abfahrt.« Lloyd setzte eine Miene auf, die besagte, daß Clark ihn überzeugt hatte. »Ich bin hier«, Clark konnte sich ein Grinsen nicht verkneifen, » um ›Leopard‹ zu reparieren und Ihnen behilflich zu sein, hier abzuhauen.«

Lloyd schien aus allen Wolken zu fallen. »Quatsch ...«, begann er nur.

»Nein, nein, das ist mein voller Ernst. Sehen Sie, ich kann selbstverständlich Stunden damit verbringen, Sie zu überzeugen, wer ich wirklich bin. Aber was würden Sie zum Beispiel von ein paar höchst speziellen, privaten Informationen halten, die ich über Sie habe?« Er machte eine Pause. Lloyds Gesicht blieb jedoch ausdruckslos. »Ihre Tochter hat eine Katze namens Penelope und ein weißes Kaninchen, das Dylan heißt.«

Lloyds Unterkiefer sank herab. Dann lächelte er, und Tränen der Erleichterung und in Erinnerung gerufener Häuslichkeit traten in seine Augen. Er ergriff Clarks Hand. »Wer sind Sie?« fragte er.

»Ethan Clark, Flottengeheimdienst.«

»Gehören Sie zu ›Chessboard Counter‹?«

»Genau.«

»Wir haben allerdings bisher nicht unsere Bekanntschaft gemacht.«

»Ich denke nicht, daß das im Augenblick etwas ausmacht – oder etwa nicht?«

»Nein. Aber wie zum Teufel wollen Sie ›Leopard‹ reparieren? Ganz allein? Und unter diesen Umständen?«

»Zuerst; ich rede, und Sie hören zu. Dann erzählen Sie mir genau, was passiert ist und was Sie denken, daß schiefgegangen sein könnte. Einverstanden?«

»Gut. Fangen Sie an.«

»Einen Augenblick noch.« Clark hob seine Stimme und legte neuerlich den auffälligen russischen Akzent zutage. »Ihre Order hinsichtlich dieser Mission. Wir wissen bereits einiges darüber. Wenn Sie uns also nur noch in ein paar Details einweihen würden, ja?« Er lächelte und warf seinen Kopf in Richtung der verschlossenen Tür. »Und jetzt hören Sie zu«, fuhr er fort.

»Bei Tagesanbruch werden wir bei Ihnen sein, Waleri. Ich möchte, daß *Sie* mich mit Ihrer Beute vertraut machen.« Ardenjew konnte Dolohows gute Laune nicht teilen. Im Hintergrund, hinter der Glastür zur Messe, waren Balan, Teplow und die anderen in wüstes Gegröle verfallen und schmetterten über ihren frisch gefüllten Wodkagläsern ein anstößiges Lied nach dem anderen. Der Alkohol und der Lärm schwirrten in seinem Kopf und sonderten ihn von der Stimme des Admirals ebenso eindeutig ab wie das Störgeräusch im Hörer.

»Jawohl, Sir«, erwiderte er mit aller momentan verfügbaren Begeisterung.

»Bei Panow hat sich die Wetterlage verbessert. Er ist schon in Moskau. In ein paar Stunden wird er in Petschenga eintreffen. Wir werden mit einem Hubschrauber zu Ihnen rauffliegen.« Der Admiral hätte ein alter Onkel sein können, der seinem Neffen von den Vorbereitungen für eine Ferienreise erzählte. Bei der Vorstellung, die dieser Gedanke in ihm hervorrief, hätte Ardenjew um ein Haar amüsiert losgekichert. Altersschwache, dünne Beine, in eine Reisedecke eingehüllt; der Rücken unter dem Gewicht des Koffers gekrümmt; und der Kopf des Admirals voller Sorgen hinsichtlich des Zustands der Toiletten, der Qualität des Essens und der Frage, ob er ihn auch mit dem Wagen abholen würde. »Was ist das für ein schrecklicher Lärm?«

»Ach, eine kleine ... Party, Sir.«

»Großartig, großartig. Ich hoffe, der Wodka fließt dabei in Strömen. Sie haben es verdient.«

»Jawohl, Sir.« Die Stimme des alten Mannes klang langweilend nostalgisch. Ardenjew hoffte jedoch, daß er sich in diesem Punkt täuschte.

»Sehr gut.« Dolohow klang beleidigt. Ardenjew verfluchte die mangelnde Förmlichkeit seines Tonfalls, seinen Mangel an Beherrschung. Selbst in halbbetrunkenem Zustand hätte er in der Lage sein sollen, Respekt zu heucheln. »Sehen Sie zu, daß Sie wieder nüchtern sind, wenn ich eintreffe, Waleri. Haben Sie mich verstanden?« Die Frage war ein Schlag ins Gesicht.

»Jawohl, Sir.«

»Bis in – sagen wir – sieben Stunden also? Und noch viel Spaß bei Ihrer Party.«

Dann surrte der Hörer an sein Ohr. Plötzlich und unerklärlich war Ardenjews Stimmung rapide gesunken. Er fühlte sich nüchtern; sein Mund war trocken. Er sah auf seine Uhr. Ein Uhr. Dolohow und sein sibirischer Wissenschaftler würden um acht Uhr eintreffen. Mit einem Achselzucken stieß er die Tür zur Offiziersmesse auf, um mit lautem, aggressivem Willkommensgebrüll begrüßt zu werden.

Die zwei Packen befanden sich immer noch in der hinteren Ausstiegskammer. Er zog seinen Overall aus, rollte ihn zu einem Bündel zusammen und verstaute ihn in dem Packen mit dem Sprengstoff, den er mitnahm, als er wieder durch die Luke in den darunterliegenden Raum kletterte. Er verbarg den Packen in einem Metallschrank mit Reparaturwerkzeug. Dann schloß er sich neuerlich in das Dunkel der Druckkammer. Er schaltete die Lampe ein und sah sich den zweiten Packen an. Er nahm einen Gürtel mit Werkzeug heraus und zwei sperrige Päckchen, die er an seinen Schenkeln festschnallte. Für einen Moment schoß ein Bild durch seinen Kopf, wie er in diesem lächerlichen Aufzug auf dem Rumpf der *Proteus* gesehen und geschnappt wurde. In einem kurzen Anflug extremer Anspannung und Nervosität verschwand es jedoch sofort wieder. Er zitterte, und der Lichtfleck, den seine Lampe auf den Boden der Kammer warf, geriet ins Vibrieren.

Er drehte am Rad zum Öffnen der Luke und hob sie an. Das grelle Licht aus der Halle drang in das Dunkel, und er fühlte sich plötzlich bloßgestellt und verletzlich. Trotz des belebenden Rums, den Lloyd ihm angeboten hatte, und des Kaffees, den er sich in seiner Funktion als KGB-Mann von einem Wagen mit Getränken hatte bringen lassen, hatte er weiche Knie. Er wartete, aber seine Nerven schienen sich nicht beruhigen zu wollen. Er verfluchte sie innerlich. Am liebsten hätte er sich von der Leiter wieder auf den Boden der Kammer zurückfallen lassen. Hörbar mit den Zähnen knirschend, hielt er sich jedoch weiter fest, seine Augen krampfhaft geschlossen. Es war, als hätte er Malaria. Sein ganzer Körper zitterte und begehrte gegen die Vorstellung auf, das Dunkel zu verlassen und in das gleißende Scheinwerferlicht des U-Boot-Schuppens hinauszuklettern.

Schließlich verflog dieser Schwächezustand. Seine Übelkeit ließ nach, und er konnte den Speichel in seinem Mund wieder hinunterschlucken; außerdem spürte er, wie auch in seine Beine langsam wieder Kraft zurückkehrte. Er hob die Luke und streckte seinen Kopf hinaus. Die Krümmung des Rumpfs der *Proteus* hinderte ihn daran, die beiden Wachen zu sehen, so daß er wartete. Zwei Minuten später tauchte der Backbordposten auf; sein Kopf bewegte sich entlang der Rumpflinie auf und ab. Er rauchte eine Zigarette. Clark wartete, bis er sich, praktisch ohne das U-Boot mit einem Blick zu bedenken, wieder auf den Rückweg machte und bis auch der Steuerbordposten erschien, der sich auf die Einfahrt der Halle zubewegte. Es waren immer noch nur zwei von ihnen. Zwei gegen einen, das war alles. Er wurde langsam ruhiger.

Ohne daß ihm diesmal seine Nerven wieder ein Schnippchen spielten, wartete er, bis die beiden Männer seinen Blikken entschwunden waren und wieder zurückkehrten. Jeder Patrouillengang, von dem Punkt gegenüber der Ausstiegsluke bis zum Bug und wieder zurück zum Ausgangspunkt, dauerte drei Minuten und ein paar Sekunden. Der Zeitraum, während dessen sie ihm beide den Rücken zuwandten, war jedoch kürzer, da sie nicht auf gleicher Höhe gingen. Ihm blieben also zweieinhalb Minuten Zeit, um etwas zu unternehmen.

Er beobachtete sie, wie sie mit gesenkten Köpfen – einer pfiff leise vor sich hin, der andere hatte beide Hände in den Taschen stecken, die Kalaschnikow über die Schulter geschwungen – aus seinem Blickfeld verschwanden und auf den Bug der *Proteus* zuschritten. Dann kletterte er aus der Luke auf die sanfte Krümmung des Rumpfs hinaus, wobei er sich während der Momente, in denen er sich über die Schulter umsah, wie ein Sprinter in den Startpflöcken zu Boden kauerte. Keiner der beiden Männer hatte sich umgedreht, und dann richtete er sich auf und rannte auf das Ruder zu, das knapp zwanzig Meter von ihm entfernt war.

Er suchte in seinem Schatten Deckung, ohne nennenswert heftiger zu atmen als in normalem Zustand. Dann kletterte er an den *pitons* in der geglätteten, ausgebesserten Oberfläche des Rumpfs rasch zum Wasser hinunter. Er hielt sich an einem Schraubenblatt fest und trat behutsam im Wasser.

Lloyd hatte ihm erzählt, wie Hayter den Schaden an ›Leopard‹ einschätzte. Der Kapitän hatte ihm – allerdings etwas einfacher und klarer – so ziemlich dasselbe gesagt, was Quin sofort in den Sinn gekommen war, als er von dem Ausmaß des Schadens an dem U-Boot hörte. Nachdem er mit eigenen Augen die Reparaturen begutachtet und Lloyds Schilderung seiner Beobachtungen und seiner Unterhaltungen mit Ardenjew gehört hatte, war Clark einer Meinung mit Hayter und Quin. Von den Rumpfsensoren mußte mindestens einer – wahrscheinlich aber drei bis vier – beschädigt worden sein. Sie allein, wurde Clark mit einem drückenden Gefühl in der Magengegend bewußt, konnten jedoch nicht die ausschließliche Ursache für den Ausfall von »Leopard« sein, obgleich die Antidetektionsanlage auf keinen Fall zufriedenstellend in Betrieb genommen werden konnte, solange diese Sensoren nicht repariert waren. Bevor er das Notsystem genauer untersuchte, das sich nicht eingeschaltet hatte, mußte Clark demnach auf jeden Fall die Sensoren am Außenrumpf reparieren.

Während Lloyd ihm von seinen Gesprächen mit Ardenjew erzählt hatte, war Clark mit einem leichten Lächeln auf seinen Lippen vor ihm gesessen. Er hatte es doch gewußt. So etwas konnte nur ein Mann wie Ardenjew in die Tat umsetzen. Selbst der Wein und der Kaviar paßten zu diesem Mann – ebenso wie die Tatsache, daß der Lloyd getötet hätte, wenn sich dies als nötig erwiesen hätte.

Clark beobachtete die zwei Wachen, die sich der Öffnung der Halle zum Wasser hin näherten. Der Pfeifer hatte inzwischen in seinem Kameraden ein Echo gefunden, der in eine schrille zweite Stimme eingefallen war. Gelegentlich entlockten ihnen ihre musikalischen Eskapaden ein amüsiertes Lachen – ein Geräusch, das unter dem hohen, hell erleuchteten Dach der Halle hohl widerhallte. Lloyd hatte Clark bestätigt, daß die Arbeiten an der *Proteus* am frühen Abend des Vortages eingestellt worden waren – eine plumpe Verzögerungstaktik. Die Techniker konnten jeden Augenblick zurückkommen, wie auch der Mann aus Nowosibirsk binnen kurzem eintreffen konnte. Clark spürte, wie ein neuerlicher Schwächeanfall seinen Körper durchlief, ähnlich der Mattigkeit einer Magenverstimmung, und ihm wurde bewußt, daß es Lloyds Hinweis auf Panows erwartetes Eintreffen war, der ihm mehr als alles andere in die Knochen gefahren war. Alles hing vom Wetter in Sibirien ab; alles. Es war dieses unberechenbare, unvorhersehbare, unkontrollierbare Element, das ihn umgeworfen hatte.

Einer der Wachen begann, einen Witz zu erzählen. Die zwei Männer verhielten an dem der See zugewandten Ende der Halle und kicherten sich über das betongesäumte Wasser hinweg zu. Clark duckte sich tiefer in den Schatten der Schraube, so daß nur sein Kopf aus dem Wasser sah. Seine Ungeduld nahm stetig zu. Schließlich schien die Angst vor dem Auftauchen eines *Mitschman* oder eines Offiziers dem Witzeerzähler Sorgen zu machen, und die beiden setzten sich wieder in Bewegung, wobei die Stimme des Witzeerzählers lauter wurde, als sich der Rumpf der *Proteus* zwischen ihn und sein Ein-Mann-Publikum zu schieben begann.

Clark tauchte völlig unter und schaltete seine Lampe ein. Die Wahrscheinlichkeit, daß ihr schwacher, im Wasser gebrochener Strahl entdeckt wurde, war sehr gering, wenn nicht gerade jemand sehr genau hinsah. Und die zwei Wachen würden das mit Sicherheit nicht tun. Er schwamm, nur ein, zwei Meter unter der Oberfläche, am Rumpf entlang; die Querschnittszeichnung des U-Boots mit den Stellen, an denen die Sensorenplatten angebracht waren, hatte er dabei genau im Kopf. Seine linke Hand tastete sich am Rumpf entlang, während der Lichtkegel der Lampe über das Metall glitt. Als ihm schon die Luft auszugehen drohte und seine Trommelfelle anschwollen, als wollten sie seinen ganzen Kopf ausfüllen, ertastete er schließlich einen von ihnen. Eine flache Kuppel aus dünnem Metall schützte den Sensor darunter. Er war unbeschädigt, intakt.

Er schwamm an die Oberfläche, schöpfte dreimal tief Atem und tauchte wieder unter. Nun machte er die Sensoren bereits etwas rascher ausfindig, als hätte er den Faden entdeckt, der ihn durch das Labyrinth führte. Zu seiner Überraschung und Erleichterung schienen die hauchdünnen Titankuppeln über den Sensoren durch die Torpedos keinerlei Schaden erlitten zu haben. Unter den einzelnen Kuppeln lag jeweils ein Echolot-, Magnet- oder Wärmesignaldetektor; außerdem befanden sich in ihrem Innern Schallwände wie in einer Lautsprecherbox, welche sämtliche Signale, ob diese nun von feindlichen Echoloten oder anderen Ortungssystemen herrührten, an ein Übertragungsgerät weiterleiteten. Von dort wurden die Signale dann über Fiberstrahlen in »Leopard« eingespeist, wo sie analysiert, umgekehrt und an den Vermittler wieder zurückgeschickt wurden. Dieser Prozeß ging praktisch ohne jede Verzögerung vor sich, und auf diese Weise war es möglich, jegliche Ortungssignale von feindlicher Seite zu annullieren oder abzuleiten. Die Signale kehrten völlig unverändert zu dem feindlichen Schiff zurück und erweckten damit den Anschein, als wären sie nicht auf ein anderes Schiff aufgetroffen und von diesem abgelenkt worden. Zusätzlich dämpften einige der Rumpfsensoren die Geräuschemissionen der Schraube und der Stabilisatoren der *Proteus,* so daß das U-Boot zu achtundneunzig Prozent unaufspürbar war. Clark mußte davon ausgehen, daß zumindest einige Sensoren beschädigt waren.

Vier unbeschädigt, dann fünf. Er hatte fast dreißig Minuten gebraucht, um sich entlang der Steuerbordseite vorzuarbeiten und sich dabei vor den Wachen zu verbergen, von denen inzwischen einer ein Transistorradio an sein Ohr gepreßt hatte. Clark vernahm gerade noch einen Fetzen Popmusik, als er wieder einmal nach dem Atemholen untertauchte. Als der Mann weg war, tauchte Clark nach unten, wobei er der Krümmung des Rumpfs folgte, bis er auf der anderen Seite wieder hochkam. Die Überprüfung der Sensoren auf der Backbordseite nahm zwanzig Minuten in Anspruch. Er ging nun rascher und mit größerer Zuversicht vor. Am Heck des U-Boots, auf das er sich nun zubewegte, erwies sich der Schaden eindeutig umfangreicher. Und dann stieß er auf den ersten schadhaften Sensor. Die Titanabdeckung war fortgerissen – ob dies durch das Torpedo oder im Zuge der Ausbesserungsarbeiten geschehen war, konnte er nicht feststellen – und der empfindliche Vermittler darunter war vollständig zerquetscht, so daß er auf keinen Fall mehr einsatzfähig war. Im Lichtschein seiner Lampe konnte er das Drahtgewirr erkennen; es erinnerte ihn an ein kaputtes Auge. Mit einem Fluch tauchte er an die Oberfläche, um Atem zu schöpfen und sofort wieder nach unten zu schwimmen. Als der Lichtschein seiner Lampe dabei über den rostigen, ölverschmierten Beton des Untergrunds glitt, fielen seine Blicke auf seine zwei Sauerstofftanks.

Er schnallte sich den beschwerten Gürtel und die Tanks um und schwamm dann zur Oberfläche zurück. Sobald die kurze, spiralenförmige Antenne, welche seitlich an seinem Kopf angebracht war, durch die Oberfläche drang, sprach er in sein Kehlkopfmikrophon. Er beschrieb den Schaden an dem Sensor und seine Lage am Rumpf, und wenige Augenblicke später hörte er auch schon Quins aufgeregte Stimme an seinem Ohr; durch das Störgeräusch klang sie weit entfernt und undeutlich.

»Sie müssen den Vermittler austauschen. Das wird am schnellsten gehen. Sie haben drei oder vier davon dabei. Was die Abdeckung betrifft, muß es auch ohne gehen. Das stellt weiter kein Problem dar. In der Regel sind die Kuppeln sowieso voller Wasser.«

Clark bestätigte diese Informationen und schwamm wieder zu dem beschädigten Sensor hinunter. Sofort machte er sich daran, das Loch von Drähten, Glassplittern und Metallteilen zu säubern. Er hatte an seiner breitesten Stelle maximal dreißig Zentimeter Durchmesser.

Die gesäuberte Vertiefung im Rumpf wirkte danach lediglich leer, ohne einen erkennbaren Zweck. Er löste den Verschlußring und entfernte das Übertragungsgerät aus seiner Fassung. Dabei mußte er noch einmal an die Oberfläche zurück, um sich von Quin den weiteren Verlauf dieser Prozedur erklären zu lassen; aber er arbeitete rasch und mit einem intensiven Gefühl der Befriedigung. Das Austauschteil paßte genau in die Fassung des Signalconverters. Nach zehn Minuten war er mit dem Auswechseln fertig. Danach schwamm er zum Heck der *Proteus* und tauchte langsam und vorsichtig an die Oberfläche, wobei er sich wieder im Schatten der Schraube hielt.

Der Wachtposten sah ihn direkt an; er blickte genau in seine Richtung. Er mußte ihn sehen.

Clark wartete, die Hand am Reißverschluß seines Gummianzugs; bereit, nach der Heckler & Koch zu greifen. Und dann blies der Posten seine Backen auf und spuckte ins Wasser. Das Geräusch genügte, um Clark seine Hand fester um den Griff seiner Pistole legen zu lassen und um ein Haar aus seinem Naßanzug zu ziehen. Der Mann schien für einen Moment völlig in die Betrachtung des auf dem Wasser schwimmenden Speichels versunken und setzte dann seinen lustlosen Gang ans andere Ende der Halle fort. Völlig abwesend hatte der Posten auf eine Stelle des Rumpfs gestarrt, so daß er Clarks Kopf nicht bemerkte, als er an die Oberfläche kam. Clark schloß den Reißverschluß seines Taucheranzugs, so rasch dies seine zitternden Hände zuließen, und nahm dann die Sauerstofftanks vom Rücken. Wie eine Glocke schlugen sie leise gegen eines der Schraubenblätter. Clark hielt den Atem an. Von den Wachen kam kein verdächtiges Geräusch, worauf er die Tanks am Schulterriemen über eines der Schraubenblätter hängte, so daß sie unter Wasser blieben.

Er sah erst hoch, dann auf seine Uhr. Zwei Uhr siebenundfünfzig. Er schüttelte die Müdigkeit ab, die sich hinter seinen Augen breitgemacht zu haben schien, während er auf die Uhr geblickt hatte – ein angespannter, starrender Moment von hypnotischer, einschläfernder Intensität – und begann wieder seinen Aufstieg am Rumpf. Er kletterte das Ruder hoch, bis er die beiden Wachen, mit dem Rücken zu ihm, sehen konnte. Ihm blieb noch etwa eine Minute, bis der Posten auf der Backbordseite den Endpunkt seines Patrouillengangs erreichte. Er huschte am Rumpf entlang und spulte dabei eine dünne Nylonschnur ab, die um seine Hüfte gewickelt war. Die Sensoren am Heck mußte er völlig ungedeckt und deutlich sichtbar überprüfen. Es brauchte sich nur ein Kopf nach ihm umwenden, eine Gestalt auf dem Turm der *Proteus* erscheinen, ein Offizier oder *Mitschman* in die Halle kommen, um die Wachen zu kontrollieren, Panow eintreffen, begierig, ›Leopard‹ zu inspizieren …

Er drückte die Magnetplatte am Ende der Nylonschnur gegen den Rumpf und zog einmal kurz und kräftig daran; dann ließ er sich an der Schnur am Rumpf des U-Boots hinunter, wobei er die Wache ständig im Auge behielt. Der Sensor befand sich unter einem seiner Füße, dann auf Augenhöhe. Mit einer Hand fuhr er über die Titankuppel. Unbeschädigt. Er beobachtete die Wache, die fast völlig von der Mittschiffsausbuchtung des U-Boots verdeckt wurde, und kletterte dann wieder an dem Seil am Rumpf nach oben. Einer.

Er sah den Steuerbordposten, der etwas mehr als die Hälfte des Weges die Halle hinauf zurückgelegt hatte; unbewußt bewegten sich seine Beine zum Rhythmus der Musik aus dem Radio. Clark ließ sich auf der Steuerbordseite hinunter, bis er sich auf gleicher Höhe mit der Sensorenkuppel befand. Sie war lose, was ihm einen leisen Fluch entlockte. Er holte einen Schraubenzieher aus seinem Werkzeugset und stemmte damit die Titanabdeckung ab. Der Sensor darunter schien unbeschädigt. Er jonglierte die Lampe in seine Hand und knipste sie an. Der Arm, der sich an die Schnur klammerte, begann nervös zu zucken, und sein Körper erhitzte sich von der inneren Anspannung – die Wachen hatten fast das Ende der Halle erreicht und waren in die Schatten hinter den grellen Lichtern eingetaucht. Er untersuchte den Sensor. Er war nicht beschädigt – ja, nicht beschädigt. Er ließ die Lampe los, so daß sie wieder an ihrem Band von seinem Handgelenk baumelte. Als er den Schraubenzieher in seinen Gürtel zurückstecken wollte, entglitt er seinen Fingern – die Wache war durch die Ausbuchtung des U-Bootrumpfs verdeckt – und schepperte mit einem Geräusch, das in der allgemeinen Stille ohrenbetäubend wirkte, am Metall des Rumpfs hinunter, um wie ein großer Fisch ins Wasser zu platschen. Sie mußten das Geräusch gehört haben. Zappelnd wie ein Fisch am Haken, arbeitete er sich an der Leine mit ruckartigen, verzweifelten Bewegungen nach oben; seine Füße glitten aus, fanden Halt, und er wartete entsetzt auf den ersten Ruf der Entlarvung, die Aufforderung, sich zu ergeben.

Er preßte sich gegen den Rumpf, drückte die Nylonschnur unter seinem Körper zusammen, spürte dabei, wie er am ganzen Körper zitterte. Ein anderer Malariaanfall. Er konnte nicht zu zittern aufhören.

»Lagebericht«, hörte er in seinem Kopfhörer. Inzwischen war der Backbordposten wieder aufgetaucht; er schlenderte auf ihn zu. Dann erschien auch der Steuerbordposten, seinen Kopf den blechernen Geräuschen aus dem Transistorradio an seinem Ohr zugeneigt. »Lagebericht«, verlangte Aubrey neuerlich an seinem Ohr – diesmal mit stärkerem Nachdruck. Am liebsten hätte Clark in sein Kehlkopfmikrophon geheult, der alte Mann sollte endlich den Mund halten.

Die Backbordwache ging hinter ihm vorbei, und dann war der Steuerbordposten auf gleicher Höhe mit ihm. Das Radio gab blecherne, kratzende Geräusche von sich. Ein westlicher Sender mit Popmusik, vermutlich in Norwegen oder Schweden stationiert.

»Leih mir doch mal deinen Scheißradio«, rief der Backbordposten seinem Kameraden über den Rumpf hinweg scherzhaft zu. »Ich langweile mich zu Tode.«

»Ganz im Gegensatz zu mir«, erwiderte der andere und sah zu seinem Kameraden hinüber. »Aber ihr Ukrainer seid wirklich alle gleich – ewige Schnorrer.«

»Clark, Lagebericht.« *Sei still, sei still ...*

»Ach, leck mich doch.« Clark reckte seinen Hals. Der Backbordposten – er war der größere der beiden und hatte kurzgeschorenes Haar und hängende Schultern – hatte sein Gewehr von der Schulter genommen und richtete es nun auf den Mann auf der Steuerbordseite. »Gib mir dein Radio, oder ich schieße«, drohte er.

Der andere Mann lachte. Er trug eine Brille und hatte einen dünnen, mickrigen Schnurrbart, mit dem er höchstens wie fünfzehn aussah. Auch er nahm sein Gewehr von der Schulter und richtete es mit einer Hand über das Wasser, während er mit der anderen immer noch den Radio an sein Ohr preßte. »Peng, peng«, mimte er Schüsse und lachte dann lauthals los.

»Arschloch.«

»Lagebericht, Clark. Clark?« *Halt doch endlich die Klappe, halt die Klappe ...*

Clark wußte, was als nächstes passieren würde, und er wußte, daß es unvermeidlich zu hören sein würde. Schmerzhafte, scharfe Piepgeräusche, wie Morsezeichen, die seine Aufmerksamkeit auf sich lenken sollten, und dann ein Dauerton. Beide Wachen blickten auf. Clark preßte sich noch flacher gegen die Oberseite des U-Bootrumpfs, und betete, die Krümmung würde ausreichen, ihn vor den Blicken der beiden Wachen zu verbergen.

»Was ist das denn?«

»Keine Ahnung. Vermutlich dieses Scheißradio. Vermutlich probieren unsere Leute wieder, den Sender zu stören.« Der Steuerbordposten lachte – ein hohes, dünnes Gackern, als hätte er noch keinen Stimmbruch gehabt.

»Mal sehen, wer als erster ans andere Ende kommt, du mickriger ukrainischer Magermilchkrüppel!«

»Reiß dich bloß zusammen ...«

»Auf die Plätze, fertig – los!«

Das Krachen ihrer Stiefel auf dem Beton hallte von den Wänden und dem Dach der Halle wider. Das Geräusch hörte auf und setzte kurz darauf neuerlich ein. Angespannt flüsterte Clark in sein Kehlkopfmikrophon: »Um Himmels willen, Aubrey, lassen Sie mich im Moment in Ruhe!« Er zitterte am ganzen Körper; die Detonationen ihrer Tritte, welche vom Hallendach widerhallten, schienen wie Schüsse in seinen Körper zu fahren, bis Aubrey antwortete.

»Clark – was ist los?«

»Ich liege eben auf dem Rumpf, Mann, und unter mir trainieren gerade zwei Gorillas für die Olympischen Spiele. Ich kann jetzt unmöglich mit Ihnen sprechen!«

Wenige Sekunden später – vom anderen Ende der Halle konnte er das schwache, atemlose Triumphgeschrei des größeren Postens hören, der das Rennen als Sieger beendet hatte – kam Aubreys steife und förmliche Antwort: »Also gut. Dann melden Sie sich, sobald Sie können.«

»O.k., o.k.«

»Noch einmal?« forderte der kleinere Posten den stolzen Sieger wütend heraus.

»Wie du willst. Zehn Rubel für den Sieger. Was hältst du davon?«

»Zwanzig, du ukrainischer Kotzbrocken!«

»Auf die Plätze, fertig – los! Hey, das war ein Fehlstart, du mieser Schwindler!«

Und dann regneten die Stiefeltritte neuerlich vom Hallendach herab, als sie auf das dem Wasser zugewandte Ende der Halle zurannten. Clark lag inzwischen wie eingefroren auf dem Metall des Rumpfs. Seine Anspannung wuchs im selben Maß wie sein Ärger; sein Zeitgefühl hatte für nichts Augen als für das langsame Verstreichen der Sekunden auf dem Zifferblatt der Uhr, die er sich vors Gesicht hielt.

Aufgrund eines fliegenden Starts gewann der Steuerbordposten und genoß seinen Triumph. Sein Kamerad, inzwischen sein erbitterter Rivale, forderte eine Revanche. Sie schöpften kurz Atem, wobei sie sich bereits wie Kontrahenten im Kampf um einen enormen Preis beobachteten, und rannten dann neuerlich los. Clark erhob sich auf seine Knie. Ihre Rennen würden in Kürze jemanden aufmerksam machen. Ohne auf den dabei entstehenden Lärm zu achten, eilte Clark den Rumpf entlang, brachte die Magnetplatte an, ließ sich fieberhaft an dem Seil hinunter, untersuchte den unbeschädigten Sensor, kletterte wieder hoch, wobei er sich den keuchenden Atem der beiden Rennläufer vorstellte, wartete, bis er sie mit atemlosen Stimmen einander anschreien und herausfordern hörte, und ließ sich dann an der Backbordseite des Rumpfs hinunter. Das kindische Verhalten der beiden Wachen versetzte ihn in Hochstimmung; fast wurde er unachtsam vor Zuversicht. Unbeschädigt. Er kletterte wieder am Seil hoch.

Sie stritten immer noch. Ihre Stimmen kamen vom hinteren Ende der Halle, wo er sie undeutlich stehen sehen konnte – Schatten im Schatten. Er arbeitete sich am Rumpf entlang zurück und ließ sich neuerlich an der Backbordseite hinunter – die zwei Wachen standen leicht steuerbord am Bug des U-Boots – und überprüfte einen weiteren Sensor. Die Titanblase war zwar verbeult, aber ansonsten intakt. Dann die Steuerbordseite. Sein Glück nahm allmählich ein Ausmaß an, das bereits wieder Anlaß zur Besorgnis gab. Er hatte zwei weitere Sensoren untersucht, und er war fast wieder beim Ruder angelangt, war fast fertig ...

Eine neue Stimme, im schneidenden Unteroffizierston, und plötzliches Schweigen von seiten der zwei Wachen. Aufgebracht, wütend, laut. Sie wurden der Würde ihrer Eltern beraubt, dann ihrer Reife und schließlich auch noch ihrer Männlichkeit. Die Schalen einer Zwiebel, bis sie mit nichts anderem mehr zurückgelassen sein würden als totaler Erniedrigung und entwürdigendem Strafdienst. Sie würden abgelöst werden, und die neuen Wachen würden ihren

Dienst mit äußerster Wachsamkeit versehen. Die Schimpftirade wollte kein Ende nehmen.

Clark ließ sich wieder an der Backbordseite des Rumpfs hinunter. Die Platten waren zernarbt, als wäre das Metall mit einer gigantischen Peitsche bearbeitet worden. Er wußte, was er hier antreffen würde. Ein Striemen, tief wie eine Furche, zog sich entlang einer Rumpfplatte, und was auch immer sie hervorgerufen hatte, hatte auch die hauchdünne Titankuppel auf den darunterliegenden Sensor gequetscht. Mit fieberhafter Hast – die Stimme des *Mitschman* schwoll gerade wieder einmal bedrohlich an – griff er in seinen Gürtel und holte einen kürzeren, kräftigeren Schraubenzieher daraus hervor, den er in den Schlitz der Fassung stemmte. Als sie sich löste, nahm er sie ab und hängte sie an einen Karabinerhaken an seinem Gürtel. Als er das Übertragungsgerät ausbaute, konnte er den Schaden in aller Deutlichkeit erkennen. Kaputte Teile lösten sich und glitten klappernd am Rumpf entlang ins Wasser hinab.

Nackte Drähte. Die Isolierung war durchtrennt, und die Hälfte der Kabel waren abgerissen. Von ihrem Ende hing ein ABS-Multistecker; oder besser, eine Hälfte davon. Die Hälfte eines zerdrückten Multisteckers. Er nahm diese Tatsache mit hilfloser, ohnmächtiger Wut zur Kenntnis. Stille. Der Unteroffizier war mit seiner Schimpftirade zu Ende. Mein Gott ...

Eine Tür fiel krachend ins Schloß; dann wieder Stille, lastend und schwer. Er würde nun vermutlich für mindestens ein paar Minuten allein in der Halle sein. Sein ganzer Körper war schweißnaß. Er fuhr sich mit dem Handrücken übers Gesicht.

»Ich bin auf Schwierigkeiten gestoßen«, verkündete er in das Kehlkopfmikrophon. »Hecksensor vierzehn, einer der Echolot-Nullifizierer. Die Verkabelung hinter dem Vermittler ist völlig im Eimer.«

Er machte sich weiter mit dem Schraubenzieher an den Drähten zu schaffen, während er auf Quins Antwort wartete.

»Welches Ausmaß hat der Schaden?«

Mit einem Geräusch, das von den Zangen eines Krebses auf Metall hätte herrühren können, glitt der Rest des Gerätes nach unten und klatschte ins Wasser. Clark richtete den Schein seiner Lampe in das Loch.

»Es sieht ziemlich übel aus. Die meisten Drähte sind durchtrennt, aber was noch schlimmer ist: Der Verteiler ist kaputt.«

»Können Sie dahinter noch etwas feststellen?«

»Mal sehen.«

»Können Sie die Fassung und die Abdeckung erkennen?«

»Ja.«

Clark lugte in das Loch. Er packte die defekten Drähte auf eine Seite und sah noch einmal hinein. Die Kabel trafen auf den Konverterkasten für die optischen Fibern an der Unterseite des Außenrumpfs.

»Nehmen Sie sie ganz heraus«, instruierte ihn Quin. »Bauen Sie eine neue ein. Und Clark ...«

»Ja?«

»Es gibt noch einen zweiten Stecker für die optischen Fibern. Er hat eine Bajonettfassung. Seien Sie vorsichtig. Das Ding hat vierzig Kontakte und paßt nur in die Fassung, wenn Sie es genau richtig einpassen.«

»Gut.«

Clark sah auf seine Uhr. Seit die Tür zugeschlagen war, war eine Minute verstrichen. Er griff in die Öffnung, seine Wange gegen den Rumpf gepreßt, so daß er die Aktivitäten im Innern des U-Boots als leichtes Vibrieren spürte. Seine Finger tasteten in der engen Höhlung umher, strichen über die bloßgelegten, zerfetzten Drähte, und schließlich umfaßten seine Fingerspitzen den oberen Teil des Kastens. Er zog daran. Nichts passierte. Überraschung auf seinem Gesicht, zog er neuerlich. Die Konverterbox gab nicht nach.

»Das verdammte Ding hat sich verklemmt«, schimpfte er. »Ich bekomme es nicht los.«

Die Tür schlug. Marschierende Stiefel, zweifach, die Stimme des *Mitschman,* der den zwei neuen Wachen schroffe Anweisungen erteilte. Clark klammerte sich an die Nylonschnur und den Konverterkasten und betete, daß diese Fünfzig-zu-Fünfzig-Wette zu seinen Gunsten ausfallen würde.

Die Stiefel dröhnten die Steuerbordseite der *Proteus* entlang. Ihm blieben noch ein, zwei Augenblicke ...

»Haben Sie's? Können Sie erkennen, worin der Schaden besteht?« Quins Stimme klang besorgt.

Clark krallte seine Finger um den Rand des Konverterkastens und zerrte daran. Nichts bewegte sich. Ein Finger streifte über die Klemme – er hatte die Halterung des Konverterkastens vergessen. Mit dem Daumen löste er die Halterung und krallte seine Finger neuerlich um den Kasten. Vor Anstrengung knirschte er mit den Zähnen. Sein Arm schoß aus dem Loch, so daß er an der Nylonschnur zappelte und sich an die losen Drähte und den Kasten klammern mußte, damit sie ihm durch die Plötzlichkeit, mit der sie sich gelöst hatten, nicht entglitten. Die schneidende Stimme des *Mitschman* erteilte den neuen Wachen ihre Befehle. Sie konnten jeden Augenblick auf der Backbordseite auftauchen ...

Clark riß einen der beiden großen Packen auf und zog einen Konverterkasten daraus hervor, der bereits an einen Transducer angeschlossen war. Dann paßte er das Ganze mit größtmöglicher Sorgfalt in die Öffnung ein. Er ließ das Seil los, so daß er nur noch in der Schlinge baumelte, die er sich um die Schultern gelegt hatte, und leuchtete mit der Lampe in die Vertiefung. Inzwischen hatte der *Mitschman* mit seinem Gebrüll aufgehört. Er beobachtete die zwei Wachen, wie sie auf der Stelle traten. Drücken – nein, ein wenig verrücken – drücken, die Klammern einrasten – fester drücken, nach den Halterungen tasten, ja – einschnappen lassen, die Verschlüsse sichern. Er brachte den Stecker für die optischen Fibern an, schraubte die Übertragungseinheit fest und sicherte das Ganze mit einem Verschlußring. Der *Mitschman* hatte den Wachen inzwischen Befehl erteilt, mit dem Auf-der-Stelle-Treten aufzuhören.

Clarks Arme fühlten sich leblos und schwach an. Er zerrte an der Nylonschnur, aber sein Körper bewegte sich kaum. Seine Füße glitschten über den glatten Rumpf. Der *Mitschman* befahl der zweiten Wache, ihm zu folgen. Für Clark war dies wie ein gebrüllter Befehl. Er kletterte an der Leine hoch. Fünfzehn Meter bis zur Luke. Und er hatte nur noch wenige Sekunden Zeit.

Er rannte, riß die Luke auf, ohne sich darum zu kümmern, ob er gesehen wurde, und taumelte in das Dunkel hinab, während sich die Luke über ihm mit einem dumpfen Geräusch in ihr Gummibett senkte. Atemlos, mit schmerzenden Gliedern und doch sorglos, lag er in der sicheren, warmen Dunkelheit der Ausstiegskammer, jeder einzelne Teil seines Körpers aufs äußerste erschöpft.

»Gut gemacht, Quin«, lobte Aubrey und beobachtete das langsame Aufblühen der Zufriedenheit auf dem Gesicht seines Gegenübers. Es war nicht einfach, diesem Mann Sympathie entgegenzubringen; aber zumindest hatte Aubrey aufgehört, ihn zu verachten. Allem Anschein nach war Quin wieder in das Reich der Lebenden zurückgekehrt. Bei seiner Genesung hatten Schmeicheleien, Versprechungen und Drohungen eine Rolle gespielt. Aber zu guter Letzt hatte Aubrey doch feststellen können, wie die Gefährdung seiner Erfindung, seines Projekts, Quin zu neuem Leben erweckt und zu neuem Tatendrang angestachelt hatte. Der Wissenschaftler würde ›Leopard‹ nun nicht mehr so einfach in Feindeshand fallen lassen, ohne nicht zumindest einen kleinen Beitrag von seiner Seite geleistet zu haben, dies zu verhindern.

»Danke«, erwiderte Quin. Dann verdüsterte sich seine Miene, und er schüttelte den Kopf. »Es ist praktisch unmöglich«, fügte er hinzu. »Ich weiß nicht, ob Clark über die nötige Konzentration verfügt hat, um das zu schaffen ...«

»Ich weiß sehr wohl, unter welch enormer Belastung er steht«, stimmte ihm Aubrey zu. »Aber wir haben nun einmal keine andere Wahl.«

»Ich ... es tut mir leid ... ich meine, daß ich mich bisher so angestellt habe ... Sie müssen entschuldigen.« Quin schien es außerordentliche Anstrengungen zu kosten, jedes einzelne Wort hervorzubringen. Aubrey respektierte die Überwindung durchaus, die es diesen kühlen, egozentrischen Mann kosten mußte, sein Verhalten zu entschuldigen.

»Ist schon gut.«

»Wissen Sie, es ist eben einfach – nun ja – daß ich nicht will, daß ihnen meine Erfindung in die Hände fällt, verstehen Sie ...?«

»Natürlich.«

»Wissen Sie, sie ist im Augenblick das einzige, was für

mich zählt.« Er blickte auf seine Hände hinab. »Eigentlich sollte ich so etwas nicht sagen; aber ich fürchte, daß es den Tatsachen entspricht.« Als er wieder aufsah, hatten seine Augen einen wilden Glanz. »Ich möchte doch sehen, ob wir sie nicht daran hindern können, uns ›Leopard‹ wegzuschnappen.«

»Mister Aubrey?« Durch Eastoes kühle Reserviertheit versuchte sich etwas hindurchzubohren, ähnlich einem gebrochenen Knochen unter menschlicher Haut.

»Ja, Geschwaderführer?«

»Wir haben ein paar Signale auf dem Radar. Insgesamt vier.«

»Ja?«

»Sie kommen von einer der Startpisten auf der Kola-Halbinsel mit großer Geschwindigkeit auf uns zu. Es sind vier Flugzeuge, keine Raketen.«

»Aha. Entfernung?«

»Höchstens dreißig Meilen. In spätestens drei Minuten werden sie uns erreicht haben.«

»Uns erreicht haben? Ich verstehe nicht recht.«

»Sie sind bereits in norwegischen Luftraum eingedrungen, Mister Aubrey; ohne auch nur im geringsten zu zögern.«

13 Verschleierung

Es waren vier MiG-23, Codebezeichnung Flogger-B, Einsitzer, Allwetterabfangjäger. Selbst Aubrey konnte sie in einem schattenhaften Augenblick erkennen, der ihn mehr als vierzig Jahre in die Vergangenheit zurückversetzte, zu den Flugzeugerkennungstests bei Kriegsbeginn. Ein greller Blitz im Norden und das kupferne Licht, welches den Nachthimmel erleuchtete, brachte die Umrisse der ersten MiG zum Vorschein. Schlank, grau, einen roten Stern an ihrer Flanke. Eine Flügelspitze hob sich leicht, als die Maschine abschwenkte, und Aubrey konnte die darunter angebrachten Raketen erkennen.

Unmittelbar darauf setzten Eastoes Erläuterungen ein. »Es sind vier MiG-23, Mister Aubrey; Abfangjäger. Der Flugkommandant möchte den Zweck unserer Mission und den Grund für unser Eindringen in grenznahen Luftraum wissen.«

»Was glauben Sie, daß sie vorhaben?« Quin starrte aus dem Fenster der Nimrod und beobachtete die schlanke, haiähnliche Silhouette, die sie zu beschatten begonnen hatte.

»Uns verscheuchen.«

»Was schlagen Sie vor, daß wir ...?«

»Einen Augenblick, bitte, Mister Aubrey. Ich werde gerade von dem norwegischen Flugkommandanten gerufen. Wollen Sie unserem Gespräch zuhören?«

»Ich glaube nicht«, erwiderte Aubrey müde. »Ich bin mir ziemlich sicher, daß ich bereits weiß, was er sagen wird.«

»Na gut.«

Sein Kopfhörer verstummte, worauf Aubrey ihn abnahm. Er zwängte seine Ohren und Schläfen ein und schien auch seine Gedanken einzuengen. Er trug ihn nicht gern. Quin schien über Aubreys Entscheidung nicht enttäuscht.

Ein weiterer Blitz zuckte auf und streifte wie greller Regen über das Fenster und aufs Meer hinunter. Das Aufflackern dieses irrealen Lichts enthüllte die nächste Northrop F-5, die sich von der Nimrod fort nach Backbord wandte. Ihre norwegische Jägereskorte war nach Kirkenes zurückbeordert worden. Als Mitglied der NATO hatte sich Norwegen in stillschweigendem Einvernehmen bereit erklärt, keine provokativen militärischen Übungen oder Manöver in weniger als hundert Meilen Abstand von der sowjetischen Grenze abzuhalten. Offensichtlich hatten die Russen protestiert, und man hatte ihrer Beschwerde stattgegeben.

Aubrey setzte seine Kopfhörer wieder auf. »Hat sich unsere norwegische Eskorte zurückgezogen?«

»Ja, Mister Aubrey. Wir sind jetzt ganz allein auf uns gestellt.«

»Na gut. Unsere Funksprüche können doch nicht abgefangen werden, und was Clark betrifft, kann auch ihre Herkunft nicht bestimmt werden, oder?«

»Nein. Wie lange müssen wir noch hier bleiben, Mister Aubrey?«

»Noch für ein paar Stunden.«

»Na gut.« Eastoe klang finster, aber entschlossen. »Wir werden ja sehen, was sich machen läßt. Jedenfalls werde ich versuchen, mich nicht abdrängen zu lassen.«

»Dafür wäre ich Ihnen sehr dankbar.«

Aubrey starrte auf die Konsole zwischen ihm und Quin. Die Rumpfsensoren waren überprüft und repariert worden, obgleich dies noch zu den unproblematischeren von Clarks Aufgaben zählte. Jetzt mußte Clark das Notsystem überprüfen und notfalls auch reparieren. Mit einem Mal fühlte sich Aubrey sehr allein und seiner Aufgabe nicht im geringsten gewachsen.

Eastoes Stimme ertönte an seinem Ohr. »Sie verlangen, daß wir dieses Gebiet verlassen. Sie möchten uns gern persönlich von ihrem Besitz begleiten.«

»Wir fliegen doch gerade auf Ostkurs?«

»Ja. Aber damit können wir sie nicht täuschen. Sie haben uns sicher schon eine ganze Weile auf ihren Radarschirmen beobachtet. Sie wissen ganz sicher, daß wir einen Rechteckskurs fliegen.«

»Aber für den Augenblick kann uns doch nichts passieren?«

»Nein ...«

Das Fenster schien vom Bauch der MiG-23 ausgefüllt. Der Anblick war zwar sofort wieder verschwunden, und man hätte ihn als Einbildung abtun können, hätte sich nicht die Nase der Nimrod plötzlich heftig gesenkt, als Eastoe schlagartig nach unten ging.

»Scheiße ...«, krächzte die Stimme des Kopiloten in Aubreys Ohr. Die Nimrod ging wieder auf horizontalen Kurs und stabilisierte sich.

»Sie haben offensichtlich nicht vor, lange zu fackeln«, ertönte Eastoes Kommentar. »Haben Sie das gesehen?«

Aubrey erinnerte sich an den Bauch, fast so weiß wie der eines Fisches, und auch an die rot bemalten Raketen unter der Tragfläche.

»Ja«, erwiderte er. »Was ist passiert?« Er ignorierte Quins verängstigtes Gesicht. Trotz seiner Angst war nun eine wilde Entschlossenheit an Stelle seiner früheren Drückebergerei getreten.

»Einer von ihnen hat uns fast gestreift, und zwar ganz schön knapp. Bescheuertes Arschloch!«

Aubrey zögerte kurz. »Die Maschine untersteht voll Ihrem Befehl, Geschwaderführer. Ich bitte Sie nur darum, nie den Einzugsbereich von Clarks Sender zu verlassen. Alles weitere überlasse ich Ihnen.«

»*Besten Dank,* Mister Aubrey.«

Die MiG, möglicherweise die Maschine, die sie fast gestreift hatte, klebte wieder an ihrer Backbordtragfläche, beschattete sie. Sie war, in Aubreys Augen, so unberechenbar wie ein wildes Tier.

Tricia stolperte unter Hydes Gewicht, glitt aus und stürzte gegen die lange, hohe Böschung. Ihr Atem sauste in ihren Ohren, aber sie konnte ihn auch in ihrer Brust spüren – keuchend, laut, mühsam. Bewußtlos rollte Hyde von ihr fort, bis er, mit blinden Augen zu ihr aufstarrend, liegen blieb und sich nicht mehr rührte. Tricia war ganz schlicht und aufs äußerste erleichtert, daß sein Gewicht nicht mehr länger gegen ihre Seite lastete und sein Arm nicht mehr auf ihren Schultern lag. In diesem Augenblick haßte und verabscheute sie Hyde; und sie hatte sogar Angst vor ihm – als könnte er aufwachen und sie angreifen. Sie gab ihm die Schuld für jede noch so unbedeutende Einzelheit ihrer mißlichen Lage.

Ihr Körper war schweißgebadet, und ihre Glieder zitterten vor Schwäche und Erschöpfung. Hyde stöhnte weiter leise vor sich hin – wie ein gemurmeltes Aufbegehren gegen seine Schmerzen.

»Halt bloß die Klappe«, zischte sie wild. »Halt die Klappe!« Die Wiederholung kam bereits etwas zögernd, als gestünde sie sich ein, daß ihm kein Vorwurf zu machen war.

Sie hatte Hyde geholfen, immer wieder seine bewußtlose Last gestützt, wenn er aus seinen Schmerzen in die Bewußtlosigkeit abgeglitten war, während sie sich erst nach Norden, dann nach Westen vorkämpften. Sie waren nicht weiter verfolgt worden. Der Hubschrauber hatte sie aus den Augen verloren, nachdem sie Hyde von der Böschung, wo er zum erstenmal das Bewußtsein verloren hatte, zu einer kleinen Baumgruppe geschleppt hatte. Eine kleine Vertiefung, von langen, gekrümmten Farnen überdacht, hatte sie den Blicken der Verfolger entzogen. Voller Angst hatte sie Beine gehört, die durch die Heide und die Farne streiften, Stimmen, nahe und fern, das Knacken von Funksprechgeräten. Falls er im Delirium zu sprechen beginnen sollte, hatte sie Hyde ihre Hand über den Mund gelegt.

Die Wunde sah übel aus, und sie verstand nichts von Medizin oder Erster Hilfe. Sie blutete sehr stark. Offensichtlich war die Kugel nicht in Hydes Schulter oder Brust stecken geblieben, da sich auf seinem Rücken zwei Löcher befanden – ein kleineres am Schulterblatt und ein größeres am Schlüsselbein. Sie hatte genügend Fernsehverletzungen gesehen, um annehmen zu können, daß die Geschosse wieder ausgetreten waren. Sie verfügte kaum über anatomische Kenntnisse und achtete ängstlich darauf, ob kein Blut auf seine Lippen trat. Als dies nicht der Fall war, nahm sie an, daß seine Lungen nicht in Mitleidenschaft gezogen waren. Welche anderen Knochen, Muskeln oder Organe sich in der Nähe der Einschußstelle befanden, wußte sie nicht. Mit einem Stück Stoff, das sie von Hydes Hemd gerissen hatte, verband sie die Wunde.

Aber nun, unter dem drohenden Schatten der langen, hohen Böschung, wußte sie, daß sie nicht mehr weiter konnte. Hydes Gewicht wurde ihr nun eindeutig zu viel. Sie konnte ihn nicht mehr länger vorantreiben und stützen. Sie hatte Hunger und fror, und Hydes Hilflosigkeit weckte ihren Unmut. Sein wiederholtes schmerzhaftes Stöhnen brachte sie auf.

Da er nicht damit aufhörte, kniete sie neben ihm nieder. Sie bewegte behutsam seinen Kopf, als säße er nur lose auf Hals und Schultern; ihre Finger hielten sein Kinn. Seine Augen flackerten leicht, um sich jedoch sofort wieder fest zu schließen, als wollte er sie und alles, was sie repräsentierte, ausschließen und von sich weisen. Sie schüttelte seinen Kopf heftiger. Eine unendliche Müdigkeit überkam sie, und sie setzte sich auf den Boden, anstatt auf ihren Hacken zu kauern.

»Um Himmels willen, kommen Sie endlich zu sich«, flehte sie.

»Aaaah«, stöhnte Hyde. Sie sah ihn an. Seine Augen waren offen.

»Sie sind ja bei Bewußtsein.«

»Mein *Gott*!« schluchzte er mit gebrochener Stimme, sein Atem keuchend und schwer. »Meine verdammte Schulter.« Er stöhnte neuerlich.

»Sind Sie bei klarem Verstand?«

»Leider; diese verdammte Schulter. Wo ... wo sind wir?«

»Hinter der Schießanlage. Sollen wir hier bleiben?«

»Ich kann jedenfalls nicht weiter.« Hyde blickte zu den Sternen auf. »Ich kann unmöglich weiter, Tricia; ich bin zu schwach.«

»Ich weiß.«

»Sehen Sie sich mal kurz hier um. Vielleicht finden Sie ja ein dichtes Unterholz, eine Vertiefung, einen Graben, eine Höhle in der Böschung, irgend etwas. Wenn wir nicht irgendwo in Deckung gehen können, werden sie uns ...« Er stöhnte von neuem.

»Wo steckt nur die Polizei?« fragte sie ärgerlich.

»Vermutlich suchen sie ganz Cheshire ab«, erwiderte er hustend. Sie forschte besorgt nach Blutspuren, als sie ihm die Lippen abwischte. Da waren jedoch keine. »Das Problem ist nur, daß wir uns hier in Staffordshire befinden. Aber sie werden uns schon finden – hoffe ich zumindest.«

»Sie suchen also nach uns?«

»Das will ich aber hoffen. Schließlich zahle ich regelmäßig meine Steuern. Demnach können die mich also ruhig mal aus so 'ner Klemme rausholen. Falls diese Scheißer nicht bald hier auftauchen, werde ich der Premierministerin persönlich einen gesalzenen Brief schreiben.«

Fast entlockten ihr diese Worte ein Lachen. Irgend etwas wich von ihr – nicht ihre Müdigkeit, aber ein Teil dieses Gefühls der Isolation. Hyde klang wieder mehr wie ein menschliches Wesen, und nicht wie ein Klotz am Bein.

»Ich sehe mal nach«, erklärte sie und stand auf. Er wandte langsam seinen Kopf zur Seite und beobachtete sie. In seinen Augen spürte er Tränen, welche ganz einfach die Folge seiner Schmerzen und seiner Erschöpfung hätten sein können. Er verstand sie nicht, und für ein paar Augenblicke konnte er sie auch nicht zurückhalten. Nun, da er sich ausruhen konnte, ließ der Schmerz in seiner Schulter nach, aber er spürte, daß er seinem Körper keine weiteren Anstrengungen mehr zumuten konnte – und nicht einmal dann, wenn es gegolten hätte, das Mädchen oder sich selbst zu schützen. Er mußte sich verstecken.

Das Mädchen kam rasch wieder zurück; sie rannte fast.

»Nein ...«, protestierte er. Er spürte, daß sie verfolgt wurde.

»Was? Nein, ich habe eine kleine Vertiefung in der Böschung gefunden, die fast vollständig durch einen Busch verdeckt ist. Wir sind in Sicherheit. Können Sie kommen?«

Leicht schwankend setzte er sich auf. »Geben Sie mir Ihre Hand.«

Sie hatte Mühe, ihn auf die Beine zu ziehen. Schließlich legte sie wieder seinen Arm um ihre schmerzenden Schultern und schleppte ihn entlang der Abflußrinne am Fuß der Böschung, die etwa zehn Meter über ihnen aufragte.

Es waren weniger als fünfzig Meter, aber sie taumelte vor Erschöpfung, als sie den Busch erreichten, der aus der Böschung wuchs. Hyde spürte seine starren, widerspenstigen Zweige und die scharfen Spitzen seiner harten Dornen. Er hatte sich im Lauf der Jahre beachtlich ausgebreitet, aber seine gegenwärtige Blattlosigkeit ließ die Umrisse einer Vertiefung in der Böschung erkennen.

»Wie weit, glauben Sie, geht das Loch rein?« fragte sie. Bei der Vorstellung, nachsehen zu müssen, erschauderte sie.

»Machen Sie sich keine Sorgen. Hier gibt es keine Bären und Wölfe mehr; und auch keine Schlangen, wie bei uns in Australien, die einen in den Arsch beißen, wenn man in so 'ne Höhle kriecht. Los, machen Sie schon.« Er klang ungeduldig.

Mit einem Seufzer arbeitete sie sich durch die Zweige des blattlosen Busches und steckte ihren Kopf in das Loch. »Stinkt ganz schön hier«, hörte er ihre Stimme hohl aus dem Innern.

Sein Kichern brach um in ein Husten. »Das sind diese verdammten Kaninchen aus Watership Down«, witzelte er. »Wie groß ist es da drinnen?«

Ihr Kopf tauchte wieder auf. »Gerade Platz genug für zwei, falls es Ihnen nichts ausmacht, wenn es ein bißchen eng wird.«

»Sie werden mich reinschieben müssen«, meinte er.

Sie kam wieder heraus, Dornen rissen an ihrer Jacke, und zog ihn an den Busch heran. Nachdem sie die Zweige wie einen Vorhang beiseite geschoben hatte, schob sie ihre Schulter unter seinen Hintern.

»Fertig?«

»Ja.«

Sie schob an, und er verschwand in dem Loch.

»Alles klar?«

»Ja«, antwortete er schwach. »Drapieren Sie die Zweige wieder so hin wie zuvor, wenn Sie nachkommen.«

Sie quetschte sich in das Loch, drehte sich unter Schwierigkeiten um, wobei sie kurz ihren Fuß auf seinen Rücken legte, und zerrte dann, so gut es ging, die Zweige des Buschs wieder in ihre alte Position zurück. Dann ließ sie sich zurücksinken, bis sie gegen ihn lehnte.

»Einen Moment noch«, sagte sie und fummelte in den Taschen ihrer Jacke herum. Sie schepperte mit einer Schachtel Streichhölzer, nahm eines heraus und zündete es an. »Na, da wären wir also.«

Hydes Gesicht sah grau und krank aus, aber er schaffte doch zu sagen: »Jetzt, wo ich endlich mal allein mit Ihnen bin, muß mir einer von diesen Scheißrussen ein Verhütungsmittel in die Schulter jagen.«

»Ja«, erwiderte sie nachdenklich. Das Licht des Streichholzs war ihr bereits zu grell, und sie wollte die Augen schließen. Sie löschte es aus und ließ es zu Boden fallen. »Fehlt Ihnen auch wirklich ... nichts Ernsthaftes?« fragte sie schwach. Angenehm schloß sich die Dunkelheit um sie. Sie war sich nicht sicher, ob seine Antwort positiv oder negativ ausfiel, und sie hatte auch nicht das Gefühl, daß dies einen Unterschied gemacht hätte. Bevor sie einschlief, hörte sie ihn noch einmal stöhnen.

Clark schloß die winzige Luke, die in den schmalen Zwischenraum zwischen Außen- und Innenrumpf führte, wobei er seine kleine Antenne am Außenrumpf zurückließ. Nach der grellen Beleuchtung der Halle legte sich das Dunkel im Innern des U-Boots mit unvermittelter Intensität um ihn. Er konnte nicht aufrecht stehen, sondern mußte Kopf und Schultern einziehen, während er wartete, bis sein Atem sich wieder – wenigstens annähernd – normalisiert hatte.

Er hatte die Heckausstiegskammer in dem Bewußtsein verlassen, daß die neuen Wachen zu beiden Seiten des U-Boots ihren Dienst nun mit äußerster Wachsamkeit versehen und auf jedes noch so kleine Geräusch und jede noch so geringfügige Bewegung achten würden. Ihr peripherer Gesichtssinn würde durch die Drohungen ihres Vorgesetzten wesentlich verbessert sein; außerdem taten sie erst seit zwanzig Minuten Dienst. Aber er mußte es trotzdem riskieren.

Als er sich in der Ausstiegskammer wieder erholt hatte, seine Arme von Krämpfen und Schmerzen gequält, sein ganzer Körper aufs äußerste ausgelaugt von den Anstrengungen, sich am Rumpf abzuseilen und dann wieder hochzuklettern, holte er als erstes den zweiten Packen – links schlecht – aus dem Raum mit den Elektromotoren und schaffte ihn in die Kammer. Er würde die beiden kompletten Packen mitnehmen müssen. Er machte sich daran, sich selbst zwischen den beiden Rümpfen der *Proteus* einzukerkern, bis er entweder das Notsystem reparieren konnte oder gezwungen war, die Mission abzubrechen und die Sprengladungen anzubringen, die »Leopard« zu einem Klumpen wertlosen Metalls zusammenschmelzen lassen würden.

Die Luke im Rumpf der *Proteus*, über die man Zugang zum Notsystem hatte, war etwa zehn Meter von der Heckausstiegsluke entfernt. Er hatte die Luke um ein paar Zentimeter geöffnet und lauschte nun mit seinem ganzen Körper. Als sich die Schritte der Wachen entfernten, exakt und gleichmäßig und teilnahmslos wie ein Uhrwerk, öffnete er sie vollständig, kletterte nach draußen, schloß sie wieder und arbeitete sich am Rumpf entlang vor. Er hatte die andere Luke bereits geöffnet und ließ den ersten Packen hinein. Dann schloß er sie wieder und kehrte zurück. Er wartete erst, bis die zwei Wachen sich wieder dem Bug näherten, bevor er den zweiten Packen über den Rumpf schleppte und ihn in den Zwischenraum zwischen den zwei Rümpfen gleiten ließ.

Wieder von Finsternis umgeben, ruhten die beiden Packen zu seinen Füßen. Während sich sein Atem langsam beruhigte, wurde er sich der Linie bewußt, in der sich der Druckrumpf auf beiden Seiten von ihm fort nach unten krümmte. Er stand auf einem schmalen Vorsprung, einer Metallbrücke über einem Abgrund – einen Umstand, den er keinen Augenblick außer acht lassen durfte.

Er zögerte noch einen Moment, vergewisserte sich hinsichtlich seines genauen Standorts, hob die zwei Packen hoch, daß sie nicht mehr über den Druckrumpf schleiften, und setzte sich dann in Bewegung. Er mußte auf seine Lampe verzichten, als er vorsichtig Fuß vor Fuß setzte, da er beide Hände voll hatte und es ihm auch notwendig erschien, ein Gefühl der Vertrautheit mit seiner neuen und ungewohnten Umgebung zu erlangen. Hinter sich rollte er den Draht seines Senders zu der Antenne an der Außenseite des Rumpfs aus. Er spürte, wie sich der Rumpf in geriffelten Stufen leicht hob. Der Innenrumpf der *Proteus* verlief nicht genau parallel zum Außenrumpf. Er mußte seinen Rücken stärker krümmen, als sich der Abstand zwischen den zwei Rümpfen verringerte. Noch drei Stufen, und er sank in die Knie. In einem klaustrophobischen Moment schien sich der Außenrumpf auf ihn herabzusenken, während der Druckrumpf unter seinen Knien und Zehen dünn, ungewiß und eng erschien. Und auf beiden Seiten wartete der Abgrund auf ihn.

Er knipste die Lampe an. Vor sich, wo sich der Zwischenraum zwischen den beiden Rümpfen verengte wie ein schmaler, tiefer Schacht, in dem ein Bergarbeiter beim Abbau der Kohle auf seinem Rücken oder Bauch hätte arbeiten müssen, konnte er, der Analogie weiter folgend, auf die sein Verstand eben gestoßen war, die an Schachtstützen erinnernden Verstrebungen erkennen, die wie graue Bäume aus Metall zwischen den beiden Rümpfen wuchsen, sie gleichzeitig verbindend und einander fern haltend. Er schwenkte die Taschenlampe um sich, drängte die zähe, blinde Finsternis zurück. Es roch alt und feucht und leer. Die Geräusche, die gelegentlich leise durch den Druckrumpf vibrierten – das Murmeln der Maschinen und Luftpumpen und Filter und Stimmen und elektrischen Anlagen und Heizungen und Toiletten – schien absolut nichts mit ihm zu tun zu haben und nicht menschlichen Ursprungs zu sein.

Wie das Dach einer Kirchenkuppel krümmte sich zu beiden Seiten der Außenrumpf nach unten und schien gänzlich seinen Blicken zu entschwinden. Er konnte den Vorsprung erkennen, wo sich der Druckrumpf an beiden Seiten seinem Verlauf anglich. Der Absatz schien schmal und zerbrechlich. Absichtlich richtete er den dünnen Strahl der Taschenlampe wieder vor sich. In den Schatten hinter den Verstrebungsbäumen kauerte ein Höcker, ähnlich dem Panzer einer Schildkröte oder eines Gürteltiers. Sein Anblick erleichterte ihn. Neuerlich befestigte er die Packen an den Karabinerhaken an seinem Gürtel und legte sich flach auf den Boden. Er begann, die Packen vor sich her zu schieben und arbeitete sich selbst vorsichtig auf allen vieren weiter, beunruhigt über den Lärm, den er zu machen schien.

Er schlängelte und wand sich zwischen den Verstrebungen hindurch, indem er erst die Packen einen nach dem anderen vor sich her über den Boden schob und dann auf Ellbogen und Knien seinen eigenen Körper vorwärtsbewegte. Jedesmal, wenn er die Lampe anknipste – er brauchte ihren Schein nun nicht nur als Orientierungshilfe, sondern auch als Aufmunterung und Rückversicherung – lag der graue Buckel des Schildkrötenpanzers vor ihm in den Schatten am Rand des Lichtkegels seiner Lampe.

Schieben. Der linke Packen wurde um den nächsten Stützpfeiler manövriert. Schieben. Der rechte folgte. Dann schob er seinen Körper vorwärts. Für einen Augenblick ruhte seine Wange am kalten, feucht wirkenden Metall der Verstrebung, und dann stieß er wieder den linken Packen voran. Seine Lampe schepperte gegen den Druckrumpf. Für einen Moment abgelenkt, verfluchte er das Geräusch, und der linke Packen rutschte von ihm weg. Er spürte seinen Zug an seinem Körper; er zerrte ihn zur Seite. Der Packen rutschte in den Abgrund. Seine rechte Hand klammerte sich an die Verstrebung, und der Arm wurde ihm fast aus dem Achselgelenk gerissen. Er unterdrückte gerade noch einen Schmerzensschrei und hielt sich weiter fest, wobei er den schweren Packen mit der linken Hand wieder zu sich heraufzog. Zitternd klammerte er sich schließlich daran.

Als er die Angst in seinem Mund hinuntergeschluckt hatte und seine Beine langsam wieder zu Kräften gelangten, bewegte er sich weiter, vorbei an der letzten Verstrebung. Die letzten Meter zu der grauen Metallkuppel, zu diesem Tumor auf dem Druckrumpf, legte er dann schneller zurück.

Er war an dieser Stelle in der Lage zu knien, sein Rücken gekrümmt wie der einer verängstigten Katze. Er leuchtete mit der Taschenlampe den grauen Buckel ab. Zuerst galt es, die Abdeckung zu entfernen. Vorsichtig legte er die Packen dahinter ab, wo er nicht versehentlich gegen sie stoßen konnte, und machte sich dann daran, die Verschraubung der grauen Kuppel zu lösen. Er war sich bewußt, daß er sich genau über dem Turbinenraum befand, allein und sogar lächerlich im Dunkeln kauerte, um die ersten Schritte zu unternehmen, eine Krankheit zu kurieren, die zu diagnostizieren er bereits Schwierigkeiten haben dürfte. Nach dem, was er an Bord der *Proteus* gesehen hatte, war anzunehmen, daß unter ihm gerade Ingenieure und Techniker des Flottenstützpunkts die riesigen Turbinen inspizierten. Er mußte davon ausgehen, daß sie sich dort unten aufhielten, daß ihnen das leiseste Geräusch von seiner Seite seine Anwesenheit verraten würde.

»Ich bin im Tunnel«, flüsterte er leise in sein Mikrophon. Er hatte genau die Stelle im Kopf, die Paswik ihm auf der Karte gezeigt hatte und wo er nun verborgen war. Paswik wartete irgendwo im Gebüsch mit seinen Antennen, der einzigen, zerbrechlichen Verbindung zwischen ihm und Quin an Bord der Nimrod.

»Gut.« Aubreys Stimme.

»Ich bin gerade dabei, die Abdeckung zu entfernen«, fuhr Clark fort.

Er griff in eine Tasche seines Tauchanzugs und holte einen Gummisaugnapf daraus hervor. Er befestigte ihn an der Taschenlampe und preßte sie gegen die Wand des Außenrumpfs. Er zog kurz an der Lampe, aber sie hielt. Der Lichtstrahl fiel auf den grauen Metallbuckel.

Er löste die letzte Schraube, steckte sie in seine Tasche und hob die Abdeckung ab. Im Innern befanden sich die Karbonfiberverstrebungen gegen den hohen Druck in großer Tiefe. Unter der Abdeckung gab es eine Reihe von weiteren kastenartigen Gehäusen mit Neoprenversiegelungen. Er drehte an einem Federschloß und hob dann die erste innere Abdeckung ab. Was er sah – er kannte es bereits auf der Querschnittszeichnung, aber es überraschte ihn dennoch von neuem – glich einem freigelegten Telefonschaltkasten, wie er ihn einmal in Washington auf dem Gehsteig der Pennsylvania Avenue gesehen hatte. Die Telefontechniker hatten eine Unmenge von bunten, spinnenartigen Drähten freigelegt – unbegreifbar, undurchschaubar. Er schüttelte den Kopf und begann, die Natur dessen zu begreifen, worauf seine Blicke fielen. Dabei erinnerte er sich an Quins Stimme, als sie ihm die Schaltpläne der ›Leopard‹-Anlage erklärt hatte. Gedruckte Schaltkreise – ein Übelkeit erregendes Grauweiß und Grün, wo das Kupfer mit Antikorrosionsmittel bestrichen war. Auf den Tafeln Widerstände in bunten Farben, Kondensatoren in Röhren von unterschiedlicher Größe, einige in farbiges Pla stik eingebettet, andere wie halb gelutschte Hustenpastillen. Er nickte sich selbst zu. Seine Augen erkannten die kleinen Kästchen, so regelmäßig und starr angeordnet wie die Einheiten einer Armee aus dem achtzehnten Jahrhundert, kampfbereit aufgestellt. Nadeln wie Verteidigungsanlagen, ragten, golden schimmernd, aus den Kästchen hervor. Mikroprozessoren.

Das Ganze war nicht mehr länger mysteriös; lediglich eine Ansammlung von Komponenten. Er atmete leicht und voller Zufriedenheit. Nun war er der Telefontechniker, nicht mehr der Passant. Allerdings verhinderte schon die reine Menge der Drähte ein Gefühl vollständiger Selbstzufriedenheit; sämtliche Farben kodiert, mit dünnen Schnüren zu dickeren Strängen zusammengebunden. Jeder Schaltkreis hatte eine Nummer, die er an Quin durchgab oder die zu testen ihm Quin auftrug; und jede Komponente, wie winzig sie auch sein mochte, befand sich in Zusammenhang mit einer Nummer genau an ihrem Platz.

Sein Finger fuhr über große Transformatoren, die auf Metallblöcken angebracht waren und dazu dienten, die in dem System entstehende Wärme abzuleiten. Dann entdeckte er die winzigen Schalter mit der Aufschrift *Selbsttest-Vorrichtung* und die Multisteckerfassungen mit der Aufschrift *Eingang Testerfassung Typ 27 P3D*. Um sie ging es vor allem; sie hatte er vor allem finden müssen.

Zusammen mit der Innenabdeckung schob er die Metallkuppel von sich und legte sie dann vorsichtig hinter die Pakken auf die Rundung des Druckrumpfs, wobei er sorgsam darauf achtete, daß sie nicht in den Abgrund hinabgleiten konnten. Dann nahm er seinen speziellen Testset aus dem Packen und befestigte ihn an seinem Gürtel. Ein Tropfen Feuchtigkeit rann über seine Wange, um dann von seinem Kiefer zu tropfen. Allein das Überprüfen würde Stunden in Anspruch nehmen. Diese Vorstellung machte seine Hände fühllos und rief in seinem gekrümmten Hals und Rücken einen Krampf hervor.

»O.k.«, flüsterte er ins Mikrophon.

Quin entwortete fast sofort, der Eifer in seiner Stimme unverkennbar. »Fangen Sie mit dem opto-elektrischen Konverter an«, sagte er. »Können Sie ihn erkennen?«

Clark ließ seine Blicke über die freigelegten Schaltkreise gleiten. »Ja, ich habe ihn.«

»Gut. Schalten Sie SW Eins aus und SW Zwei an.«

»Ja.«

»Drehen Sie SW Eins auf Test.«

»Ja.«

»Schauen Sie auf die zwei Reihen von LEDs; beschreiben Sie mir die Lichterfolge darauf.«

Clark beobachtete die zwei Reihen Licht abgebender Dioden. Die obere Reihe leuchtete eine nach der anderen auf, begleitet von einem leisen Summen. Sobald die letzte Diode aufleuchtete, ging das erste Licht der unteren Reihe an, gefolgt von den anderen, während die Lichter der oberen Reihe sofort ausgingen. Als die zweite Reihe vollständig aufgeleuchtet war, ging das erste Licht der oberen Reihe wieder an, und der ganze Vorgang begann von neuem.

Als Clark mit seiner Beschreibung des Vorgangs zu Ende war, unterbrach ihn Quin.

»Ausschalten. Hier ist alles in Ordnung. Die Zwischenschaltungen, die Kabel, die optischen Fibern und die Verbindungsteile – alles funktioniert ordnungsgemäß.«

»Aha«, grunzte Clark, auf eine kindische, ungeduldige Art enttäuscht. Alles in Ordnung. Er seufzte.

Die Nimrod neigte sich scharf nach Steuerbord. Eastoe versuchte, auf Nordkurs zu gehen, über Varangerhalvöya. Aber sobald er zum Kurswechsel ansetzte, kreuzten zwei der MiG-23 direkt vor seiner Nase. Aubrey klammerte sich wild an den Seiten seines Stuhls fest, ohne jedoch auch nur eine Miene zu verziehen. Er konnte den russischen Flugkommandanten hören, wie er in völlig korrektem, emotionslosem Englisch Eastoe aufforderte, seinen früheren Kurs beizubehalten und entlang der norwegischen Küste auf das Nordkap zuzuhalten. Eastoe gab jedoch keine Antwort.

Allerdings gab die Nimrod nur zu deutlich Aufschluß über sein Vorhaben. Sie senkte sich heftig, als sich die MiGs abwandten. Mit der Beweglichkeit von Fliegen schossen sie durch das Dunkel, nur kurz von einem Blitz erhellt, als sie bereits mehr als eine Meile entfernt waren und zu einer Kehre ansetzten, die sie wieder an die Seite der Nimrod bringen würde. Eastoe fing die große Maschine unter der Flughöhe der russischen Abfangjäger wieder ab.

»Alles in Ordnung? Wie sieht es bei Ihnen aus, Mister Aubrey?«

»Danke, es geht. Ich bin nur ein wenig aufgeregt.« Die Konsole vor Aubrey knackte, und etwas, das eine Stimme hätte sein können, versuchte ohne Erfolg, ihm etwas mitzuteilen. Quin hatte den Lautstärkeregler voll aufgedreht und beugte sich vor.

»Was haben Sie gesagt, Clark? Clark, ich kann Sie nicht verstehen.«

»Was ist denn los?« fuhr Aubrey aufgebracht dazwischen. »Was ist denn?« Quin schüttelte achselzuckend den Kopf. »Eastoe, wir können Clark nicht hören.«

»Ich mußte zu stark vom Kurs abweichen, Mister Aubrey. Tut mir leid. Ich werde versuchen, wieder in den Einzugsbereich des Senders zurückzukommen. Allerdings wird das nicht so einfach werden.« In seiner Stimme schwang keinerlei Zufriedenheit mit. Eastoe hatte seine Privatfehde mit Aubrey begraben.

»Sehr gut.« Das Gewitter füllte den leeren Äther, der durch die Konsole verstärkt wurde. In Aubreys Gesichtsfeld schoß eine MiG. Wie ein Korken auf rauher See war sie unter der Backbordtragfläche der Nimrod hinweggeduckt. Es war nur eine gewesen. Aubrey reckte seinen Kopf und starrte durch das Fenster auf der anderen Seite. Dort konnte er zwei weitere Abfangjäger erkennen. Sie waren ganz nahe, als wollten sie sich von der Nimrod betanken lassen. Gefährlich nahe.

Angezogen von dem, was er kommen ahnte, verließ Aubrey seinen Sitz und ging auf die Steuerbordseite der Nimrod. Die Maschine glitt in eine Kehre, so daß sich der Metallboden des Flugzeugs wie bei einer Schwenkplattform auf einem Jahrmarkt schräg nach vorne neigte. Wie ein kleineres Tier, das sich einschmeicheln wollte, rückte die erste MiG näher auf die Nimrod zu. Ihre Geschwindigkeit hatte sich derjenigen der Nimrod angepaßt, und Aubrey konnte bereits hinter der durchsichtigen Kuppel der Kanzel den behelmten Kopf des Piloten erkennen. Er hatte seine Maschine voll im Griff, obwohl seine Manöver sehr bedrohlich und gefährlich waren. Die Nimrod wurde wie ein flüchtiges Schaf von einem Hirtenhund abgedrängt. Ein Zusammenstoß schien unvermeidlich, als sich ihre Pfade immer mehr näherten. Aubrey blieb nichts anderes übrig, als das Schauspiel mit entsetzter Faszination zu beobachten. Ein Gefühl der Sterblichkeit ließ seinen zerbrechlichen alten Körper erzittern.

Ganz schwach hörte er, wie die vier Spey-Triebwerke der Nimrod ihren Schub vergrößerten, und dann hob sich plötzlich die Nase der Maschine. Er klammerte sich an einer Verstrebung wie an einem Haltegriff in der U-Bahn fest, während sein Körper auf das Heck des Flugzeugs zustrebte. Die MiG-23 erschien am Fenster und zuckte dann wie eine verscheuchte Fliege wieder zurück. Noch im Steigen schwenkte die Nimrod nach Steuerbord und drückte Aubrey gegen den Rumpf, sein Gesicht gegen das Fenster. Er spürte das Glas an seiner Wange; sein Arm schmerzte von dem Klammergriff um die Verstrebung. Die MiG war unter ihnen, eine weitere über ihnen, und dies in einem Abstand, der weder von Respekt noch von schlechten Nerven zeugte. Aubrey spürte, wie er über einem Abgrund von zehntausend Metern hing, stellte sich die Felsen und die Landschaft darunter vor.

Hinter sich hörte er Clarks Stimme, die gerade über das gegenwärtige Stadium seiner Inspektion berichtete. Dann bewegten zwei Hände seinen kleinen, gebrechlichen Körper, und er konnte endlich die Verstrebung loslassen. Er blickte in das Gesicht des jungen Leutnants, der für das Kommunikationswesen an Bord zuständig war.

»Bitte bleiben Sie auf Ihrem Platz, Mister Aubrey.«

Mit einem Achselzucken strich Aubrey seinen Anzug glatt. »Entschuldigung«, entgegnete er. »Was gibt's bei Clark Neues, Quin?« Er setzte sich schwerfällig.

Quin schüttelte den Kopf. »Bis jetzt nichts«, erwiderte er.

»Führt er die Inspektion richtig durch?«

»Ja.«

In der Ferne ein greller Blitz. Das Gewitter lag nun hinter ihnen, im Norden.

»Mister Aubrey?« meldete sich Eastoes Stimme im Kopfhörer.

»Ja?«

»Tut mir leid, Mister Aubrey. Aber sie lassen nicht zu, daß

ich auf Ostkurs gehe. In diesem Punkt lassen sie absolut nicht mit sich spaßen.«

»Was können wir jetzt tun?« fragte Aubrey in äußerster Aufregung.

»Ständig einen Nord-Süd-Kurs fliegen – falls sie uns das durchgehen lassen.«

»Sie klingen nicht sonderlich zuversichtlich.«

»Nein, allerdings nicht. Ich fürchte, die Zeit unseres Aufenthalts hier ist eindeutig begrenzt. Sie sind entschlossen, uns loszuwerden; so oder so.«

»Abschnitt fertig. Alle Anzeigen positiv«, verkündete Clarks Stimme ominös aus der Konsole.

»Verdammt«, flüsterte Aubrey. »Verdammt.«

Inzwischen waren sie alle betrunken; sie grölten und johlten, brüllten vor Lachen, torkelten durch die Gegend, forderten sich gegenseitig heraus. Respektlos, kein Blatt vor den Mund nehmend, derb, überschwenglich. Ardenjew genoß den Lärm, das Brausen und Pochen des Wodka in seinen Adern und in seinem Kopf, während ein nach wie vor nüchterner, sachlicher Teil seines Bewußtseins wahrnahm, wohin diese Überschwenglichkeit und diese Ausgelassenheit führen würde. Mit nichts mehr als einem Erschaudern der Verlegenheit spürte er das Wesen seiner Anführerrolle, und was er nun zu tun hatte, um ihre Erwartungen zu erfüllen und ihre Zuneigung und ihren Respekt nicht seiner Kontrolle entgleiten zu lassen.

Und schließlich, sagte er sich, hatte dieses Besäufnis mit solchen derben Späßen, mit der typischen Großtuerei und der seichten körperlichen Tapferkeit zu enden, die sie benötigten, um ihren Dienst entsprechend zu erfüllen. Nach dem Tod von Sektion Blau und den Männern seines Teams waren die drei Überlebenden im Lauf des Gelages in die Kameradschaft der Männer von dem Bergungsschiff *Karpati* absorbiert und aufgenommen worden. Balan hatte die Notwendigkeit dieser Fusion begriffen. Und von daher war nun auch Balans Herausforderung, daß er demonstrieren sollte, wie er an Bord der *Proteus* gelangt war, ein äußerst kluger, wenn auch betrunkener Schachzug. Seine Männer brauchten das, Prahlerei und Segen zugleich. *Er* hatte überlebt und war dadurch mehr denn je zum unerläßlichen Bannerträger und Talisman geworden, und dies selbst für die Männer von der *Karpati*. In Ermangelung eines Sportlers, eines Fußballstars, einer Schauspielerin hatte er sich nun ihrer berauschten Verehrung und Anbetung zu unterwerfen.

Aber er war betrunken. Er wußte das, sobald er aufstand und zu schwanken begann, als hätte ihm der Wodka einen Schlag gegen die Schläfen versetzt. Teplow beobachtete ihn, als erwöge er, ob er seinen Vorgesetzten gewähren lassen sollte oder nicht. Viktor Teplow wirkte so nüchtern wie eh und je.

Ardenjew blickte auf, und die zwei Bilder der Wand und der Decke der Offiziersmesse deckten sich, als hätte er die zwei Linsen eines Fernglases langsam und sorgfältig einander angepaßt. Mit angestrengter Konzentration hielt er das neue, einzelne Bild fest. Im verschwommenen Rand seines Gesichtsfelds konnte er erkennen, wie Teplow nickte. Er war bereit, seinen Vorgesetzten aus jeder noch so mißlichen Lage zu befreien, in die er sich nun hineinmanövrieren mochte.

»Los jetzt!« röhrte Lew Balan und deutete zum Grill der Klimaanlage hoch. »Von hier, um den ganzen Raum, bis hier!« Sein Arm schwenkte über die gesamte Offiziersmesse, in der sich außer den lärmenden Betrunkenen niemand mehr aufhielt. Die zwei Lüftungsschlitze waren an gegenüberliegenden Wänden angebracht. Ardenjew wurde herausgefordert, den Schacht zwischen den beiden Öffnungen zu durchklettern. Zwei von Balans Team waren gerade damit beschäftigt, auf einen wackligen Turm aus Tischen und Stühlen zu steigen und die Schachtverkleidungen abzuschrauben. Ardenjew sah Balan an, und dann Teplow und Wanilow. Sie waren alles, was von der Unterwasserspezialeinheit übrig geblieben war. Teplow hatte das Gesicht eines stoischen Bauern; seine Augen funkelten in Erinnerung und seltsamer Belustigung, vielleicht sogar Zustimmung. Wanilow machte den Eindruck, als hätte er zu viel getrunken, um zu vergessen. Er wollte, daß Ardenjew etwas bewies; vielleicht sollte er auch nur der Erwachsene sein, der in das Schlafzimmer eines

Kinds kam, um die bedrohlichen Schatten zu vertreiben, die sich um das Bett versammelt hatten.

»Also gut. Es kann losgehen. Und wie gesagt, zweihundert Rubel.«

»Einhundert ...!« protestierte Balan.

»Zwei.«

»Na gut, dann eben zwei. Das heißt aber, daß wir eine zeitliche Begrenzung einbauen müssen. Einverstanden?«

Für einen Augenblick zögerte Ardenjew, um dann jedoch zu nicken. Den Lüftungsschlitz in seiner Hand, kletterte einer von Balans Männern von seiner provisorischen Leiter. Ardenjew kippte den restlichen Inhalt seines Glases hinunter und spürte das Brennen der Flüssigkeit im Rachen. Dann streckte er seine Arme hoch und krallte sich an den rauhen Kanten der Öffnung in der Wand fest. Er spürte Mäusedreck unter seinen Fingern.

»Eine Minute«, verkündete Balan. »Er hat eine Minute Zeit, um zumindest seinen Kopf aus dem anderen Loch zu strekken. Fünf, vier, drei, zwei, eins – los!«

Das Gebrüll war ohrenbetäubend. Ardenjew wuchtete sich zu der Öffnung hoch, streckte seinen Kopf hinein und zog sich dann zur Hälfte in den Schacht, der sich direkt hinter der Öffnung nach links wandte. Seine Schultern wetzten gegen den Putz, und er stellte fest, daß er seinen Körper abwinkeln mußte, um sich überhaupt fortbewegen zu können. Das Geschrei hinter ihm wurde nun durch die Masse seines Körpers in dem engen Schacht und die Wand und das Metall gedämpft. Er trat hinter sich, bis ihm seine Beine in den Schacht folgten. Unmittelbar darauf ertönte hinter ihm Balans Stimme. Sie zählte.

»Elf, zwölf, dreizehn ...«

Ardenjew schüttelte den Kopf, um seine Benommenheit zu vertreiben. Dann begann er, nach links gewandt, loszukriechen, so daß sein Körper entlang der Metallwände des Schachts streifte. Die Anfeuerungsrufe wurden nun immer schwächer und wortloser und versanken schließlich ganz in Schweigen. Er erreichte die Ecke des Raums. Der Schacht knickte hier im rechten Winkel ab. Mühsam quetschte er Kopf und Schultern um die Ecke und versuchte dann, seinen

Rumpf und seine Beine und Füße nachzuziehen. Aber er hatte sich hoffnungslos eingekeilt. Er schlug wie in Panik um sich, und am ganzen Körper brach ihm der Schweiß aus. Schließlich stieß er einen lauten Fluch aus und blieb still liegen. In einem schattigen Fleck aus Licht ein Stück den Schacht hinunter erschien Balans Kopf. Hinter Ardenjew ertönte ein Geräusch, das ihn nicht mehr länger interessierte.

»Siebenundvierzig, achtundvierzig, neunundvierzig ...«

»Aufhören!« brüllte Ardenjew wütend, ohne auch nur einen neuerlichen Versuch zu unternehmen, weiterzukriechen. »Ich sitze fest!«

Unter grellem Gelächter verschwand Balans Kopf aus der Öffnung. An seiner Stelle erschien der von Teplow. Gleichzeitig schwoll das Gebrüll im Raum mit einem Mal merklich an, als die Minute abgelaufen war. »Alles in Ordnung, Kapitän?«

»Ja, danke, Victor.«

»Wie konnten Sie sich auch nur auf diese blöde Wette einlassen, Kapitän.«

»Ich weiß, Viktor.«

»Ich werde auf der anderen Seite reinkriechen und Sie von hinten anschieben.«

»Ja, danke, Viktor.«

Ardenjew lächelte und entspannte sich langsam. Es war völlig egal. Es war alles egal. Der Schacht der Klimaanlage umschloß ihn fester und enger als die Heckausstiegskammer der *Proteus*, aber es bestand eine Ähnlichkeit der Dunkelheit und Begrenzung, die sich ihm aufdrängte. Er gestand der selbstbeglückwünschenden Erinnerung einen Platz in seinem trunkenen Bewußtsein zu. Er hatte es geschafft, er hatte es geschafft ...

Niemand anderer, sagte er sich. Niemand anderer hätte es schaffen können. Und dann, in einem Moment größerer Schärfe, dachte er, wenn ich dazu in der Lage war, dann auch ein anderer. Die meisten Männer des Teams, des toten Teams ...

Seine Gedanken wandten sich einem rührselig betrunkenen Horizont entgegen. Er hörte, wie Teplow sich, vor Anstrengung keuchend, hinter ihm durch den Schacht arbeitete.

Er kicherte betrunken vor sich hin. Jeder hätte es geschafft, gestand er sich in einem Augenblick plötzlicher Selbstherabsetzung ein, während er an die Männer dachte, die gestorben waren. Es war nichts Besonderes. Und dann fragte er sich in einer Assoziation, über deren Zusammenhänge er sich nicht im klaren war: Was sucht diese Nimrod hier? Was hat sie vor?

Teplows Hand berührte sein Schienbein. Er brüllte zu seinem *Mitschman* zurück: »Was treibt eigentlich diese Nimrod hier, Viktor?«

»Wie bitte, Kapitän?«

»Diese Nimrod. Wir haben doch vorhin darüber gesprochen.«

»Ach, diese englische Maschine«, erwiderte Teplow, wenig interessiert. »Keine Ahnung.«

Wenn ich es geschafft habe, dachte er, dann auch ein anderer. Diese Nimrod ...

Er war sich seiner selbst gänzlich bewußt, wie er auf dem Druckrumpf lag, gehalten von dem Gitter aus Nerven, die seinen Körper überzogen. Er hatte die Schritte gehört, die vom Heck den Rumpf entlang gedröhnt waren. Die Stiefel waren direkt über der Luke zum Stillstand gekommen, durch die er in den Zwischenraum zwischen den beiden Rümpfen eingestiegen war. Er hatte sofort seine Lampe ausgeknipst, als wäre der Außenrumpf nicht weniger lichtdurchlässig als ein Vorhang, und sich auf den Rücken gedreht. Indem er in die Richtung blickte, aus der die Geräusche kamen, fühlte er sich weniger verletzlich und angreifbar. Wissen sie etwas? fragte er sich immer und immer wieder. Warum? Warum gerade jetzt? Lärm, Argwohn – *wissen sie etwas?*

Er starrte zum Außenrumpf hoch, als könnten ihn seine Blicke durchdringen, als könnte er die bewaffneten Männer sehen, deren Stiefel darüber hinweggetrampelt waren. Er lauschte. Inzwischen waren die Geräusche nur noch ganz schwach, wie von einer Maus. Das unentschlossene Scharren von Füßen, das klauenartige Kratzen von Nägeln und Eisenabsätzen. Das Dunkel lastete auf ihm unwillkommen, überfiel ihn mit seiner unerwarteten, bedrohlichen Klaustrophobie. Er streckte seinen Arm aus und knipste die Lampe an. Sie leuchtete ihm in die Augen. Er sah auf seine Uhr. Fast sechs Uhr. Er hatte mehr als zwei Stunden am Notsystem gearbeitet. Und nichts gefunden. Jeder Schaltkreis, jeder Widerstand, jeder Kondensator und Mikroprozessor und Draht und Stecker *funktionierte* ...

Es war alles in Ordnung, zumindest mit den fünfundsechzig Prozent des Notsystems, die er bisher überprüft hatte. Mit diesem komplizierten Haufen aus Plastik, Metall und Drähten vor ihm stimmte etwas auf weniger – oder auch mehr – mysteriöse Weise nicht als mit der Nimrod. Zwar sprach ihm Aubrey immer wieder von neuem Mut zu, aber der schlechte Empfang, das vorübergehende Ausfallen der Funkverbindung und das ständige Wiederholen seiner Fragen und der darauf folgenden Instruktionen sagten ihm alles.

Die scharrenden Stiefel bewegten sich wieder über den Rumpf. Nun befanden sie sich direkt über seinem Gesicht, trampelten auf eine Stelle, die nur wenige Zentimeter über ihm lag.

Die Nimrod flog am Rand – und manchmal auch schon außerhalb – der maximalen Reichweite seines Senders. Das bedeutete, daß das Flugzeug Besuch bekommen hatte – sowjetischen Besuch. MiGs beschatteten die Nimrod, spielten vielleicht sogar Schäferspielchen mit ihr ...

Während er diese Kette aus Schlußfolgerungen noch einmal durchging, befiel seinen Körper ein eisiges Frösteln. Wenn sie nicht schon von seiner Anwesenheit wußten, ahnten sie zumindest etwas. Die Stiefel auf dem Rumpf und die Stille im Turbinenraum unter ihm, die ihm vor kurzem aufgefallen war. Auch sie waren nun auf der Hut. Jeder lauschte auf ein Geräusch von ihm, wartete auf das Rascheln der Maus hinter der Wandverkleidung. Er hielt den Atem an, wobei ihm ein Teil seines Verstands mit angespannter Geduld zu erklären versuchte, daß sein Verhalten kindisch war, während der Rest seines Bewußtseins der Überzeugung war, daß der Rumpf über ihm und unter seinem Kopf, seinem Rücken und seinen Beinen nichts weiter war als ein gigantischer Resonanzboden, der nur allzu bereitwillig sein Versteck preisgeben würde, sobald er sich rührte.

Die Stiefel entfernten sich in Richtung auf den Turm. Fast unmittelbar darauf hörte Clark, durch die Tasche seines Gummianzugs gedämpft, in seinem Walkie-Talkie die Stimme Lloyds, dem er ein kleines Funksprechgerät zurückgelassen hatte. Ein Gefühl der Erleichterung überkam Clark, und seine plötzlich wieder einsetzende Perspiration kühlte fast auf der Stelle seine Haut ab und überzog sie mit einer Gänsehaut.

Er nahm das Funksprechgerät aus der Tasche und preßte es gegen seine Wange.

»Ja?«

»Ich habe mit Hayter und Thurston gesprochen. Sie wissen, was sie zu tun haben.«

»Gut.«

»Haben Sie schon was entdeckt?«

»Nein.«

»Es ist schon sechs Uhr.«

»Ich weiß.«

»Und es bleibt dabei?«

»Acht Uhr, und zwar Punkt.«

»Ich habe den Mann, der mich bewacht, belauscht, wie er mit einem anderen gesprochen hat. Der Mann aus Nowosibirsk ist in Murmansk eingetroffen.«

»Verdammter Mist. Ist er schon unterwegs hierher?«

»Das weiß ich nicht.«

»Also gut, ich werde mich wieder melden.«

Clark steckte das Funksprechgerät in seine Brusttasche zurück und zog den Reißverschluß mit wilder Wut zu. Er wälzte sich wieder auf den Bauch, und die Schildkröte ohne Panzer wölbte sich vor ihm im Lichtschein der Lampe aus dem Boden, ihm immer noch Rätsel aufgebend, allem Anschein nach unbeschädigt.

»Haben Sie das eben gehört?« flüsterte er in sein Mikrophon. Aus dem Turbinenraum drangen nun Geräusche zu ihm hoch. Er hatte sich die Stille nur eingebildet.

»Ja«, erwiderte Aubrey. Seine Stimme war schwach und undeutlich; sie schien aus weiter Ferne zu kommen. Sie flogen gerade wieder an der Grenze.

»Haben Sie Schwierigkeiten?«

»Nein.«

»Ach, machen Sie mir doch nichts vor.«

»Vier MiG-23. Sie drängen uns so weit wie möglich vom sowjetischen Luftraum ab...« Die Stimme war plötzlich nicht mehr zu hören, aber wenige Augenblicke später rauschte in seinem Kopfhörer ein zusätzliches Störgeräusch auf, über dessen Natur er sich im unklaren war. Darauf folgten zwei weitere Geräuschkaskaden, die der Kassettenrecorder verlangsamte und abspielte. Er konnte keine davon verstehen. Ein Teil seines Verstands überlegte, daß vielleicht ein Gewitter noch zusätzlich zu ihren Schwierigkeiten beitrug, aber der Rest seines Bewußtseins raste mit derselben hilflosen, ohnmächtigen Wut, die seinen Körper durchpulste. Er zitterte, als er vor dem Notsystem von ›Leopard‹ kniete. Ihm war nur noch danach, alles zusammenzuschlagen, zu zerstören, von sich zu schleudern. Das rationale Element in ihm verstand diese Emotionen und sein Bedürfnis, sie herauszulassen, und indem es sich sogar leicht lustig darüber machte, beruhigte er sich langsam wieder. Und dann meldete sich Aubrey plötzlich wieder; er konnte ihn ganz klar und deutlich hören.

»Können Sie mich jetzt hören?«

»Ja.«

»Eastoe hat sie überlistet und ist wieder in den Übertragungsbereich eingedrungen«, erklärte Aubrey. Clark nahm sogar den ironischen Unterton in Aubreys Bemerkung wahr. »Quin meint, es würde nur ein paar Stunden dauern, ›Leopard‹ auszubauen, falls es das ist, was sie vorhaben; und etwa ebenso viel Zeit würde es in Anspruch nehmen, das Ganze dann zu analysieren – mit den ihnen zur Verfügung stehenden Mitteln. Jedenfalls werden sie sich sofort auf die Suche nach dem Notsystem machen, sobald sie einmal mit der Arbeit begonnen haben. Wenn es so weit ist, dürfen Sie also auf keinen Fall mehr dort sein, wo Sie jetzt gerade sind. ›Leopard‹ darf also unter keinen Umständen mehr intakt sein, wenn dieser Experte an Bord kommt. Habe ich mich in diesem Punkt klar und deutlich genug ausgedrückt?«

»Ja.«

»Er wird mit dem Hubschrauber etwa eine Stunde von Murmansk bis hierher brauchen.«

»Ist ja schon gut. Ich mache gleich weiter. Was soll ich als nächstes tun?«

»Haben Sie *beide* Packen bei sich?«

Clark blickte in das Dunkel hinter dem Schein der Lampe. »Ja«, antwortete er niedergeschlagen. »Beide.«

»Halten Sie mich auf dem laufenden.«

»Clark?« ertönte nun Quins Stimme, nicht so aufreizend pessimistisch wie die von Aubrey. Quin hielt den Glauben an ihren Erfolg nach wie vor aufrecht. »Sie sollten zum Spektralanalysator, zum Geräuschegenerator und zum Phasenumkehrer weitergehen.«

»In Ordnung.«

»Dazu brauchen Sie die spezielle Testausrüstung.«

»Klar.« Clark löste sie von seinem Gürtel. Ein Zifferblatt, verschiedene Skalen, ein Drehschalter, Knöpfe, ein kleiner Grill. Quin mußte ihm für jeden einzelnen Schritt Anweisungen erteilen – jeden Schalter, jedes Licht, jede Anzeige. »Gut, ich bin fertig.« Er studierte das freigelegte Gewirr von Drähten, Mikroprozessoren und Schaltkreisen vor sich. Für einen Augenblick war sein Kopf völlig leer, und das System vor ihm stellte ein Rätsel dar, von dessen Lösung er nicht den geringsten Anhaltspunkt hatte. Schließlich schüttelte er jedoch mit einem Seufzen seine lähmende Unlust ab und wartete auf Quins Instruktionen.

Es war sechs Uhr fünf.

»Es ist fast sechs, Admiral. Vielleicht können wir endlich nach Petschenga aufbrechen. Wir haben schon genügend Zeit vergeudet.«

»Genosse Akademiker, Sie meinen, es wird nicht mehr als drei, vier Stunden dauern, bis Ihre Arbeit an ›Leopard‹ abgeschlossen sein wird. Weshalb haben Sie es dann so eilig? Auf dem Flughafen von Nowosibirsk haben Sie immerhin drei volle Tage gewartet.« Dolohow war überschwenglich – und spöttisch. Panow fand, daß er fast betrunken war und einen Großteil seiner Würde fallen gelassen hatte. Fürs Militär hatte Panow nicht viel übrig, und dies galt speziell für seine älteren Vertreter, die Offizierskaste. Als ein Mann, der als geehrtes Mitglied einer anderen Elite galt, einer Elite, der nicht der

Makel anhaftete, sie versuchte ihre Vorgänger aus der Zeit vor der Revolution zu imitieren, verspürte Panow nur Abneigung, ja sogar Verachtung für hohe militärische Würdenträger.

Panow sah erneut auf seine goldene Schweizer Uhr. Er hatte sie während eines wissenschaftlichen Kongresses in Paris erworben, und sie trug das ihre dazu bei, seine andersartige Identität verstärkt hervorzuheben. Die große Uhr an der Wand hinter Dolohow, die Panow seiner Frau in Nowosibirsk kaum für die Küche zugemutet hätte, ruckte ihren Zeiger um eine weitere Minute vor. Der betrunkene, alte Narr blieb in seinem Stuhl sitzen.

»Admiral, ich muß darauf bestehen, daß wir sofort nach Petschenga aufbrechen. Meine Kollegen warten dort bereits auf mich. Ich muß erst ihre vorläufigen Berichte studieren, bevor ich entscheiden kann, was im weiteren zu unternehmen ist.« Panow bremste sich, als er spürte, wie die Dringlichkeit seines Tonfalls seine Stimme über eine für einen Mann noch tolerierbare Grenze hinaustrieb. Er haßte seine zu hohe Stimme. Der Admiral brummte und knurrte wie ein Bär.

»Ich verstehe. Sie wollen also auf keinen Fall mehr warten?«

Panow räusperte sich. »Nein.«

Dolohow langte über seinen Schreibtisch und drückte auf einen Knopf seiner Sprechanlage.

»Lassen Sie sofort meinen Wagen vorfahren und verständigen Sie den Tower, daß wir auf der Stelle starten wollen.« Er schaltete die Sprechanlage wieder aus und stand auf, seine Arme zu einer bärenartigen Umarmung ausgebreitet. Dieses Bild rief in Panow ein Schaudern hervor, das er nur mit Mühe zu unterdrücken vermochte. »Kommen Sie, Genosse Akademiker Panow, Ihr Wagen wartet.« Darauf lachte Dolohow, und Panow hatte eine mächtige Pranke zu erdulden, die leutselig auf seine Schulter niedersauste, begleitet von einem klotzigen Arm, der sich um seinen Nacken schlang, während er zur Tür gedrängt wurde. Dolohows Stimme war wie eine zärtliche Umarmung, als er hinzufügte: »Glauben Sie denn nicht, daß *ich* es auch kaum mehr erwarten kann, unsere Beute zu sehen?« Er lachte neuerlich los.

Der Zeiger der Uhr an der Wand rückte eine Minute vor. Sechs Uhr fünf.

Zum letztenmal drehte Clark den Knopf am Testgerät. Die Anzeigenadel zuckte von der Nullposition nach rechts, worauf er fluchend die Verbindungskabel des Geräts aus den Teststeckern der Stromversorgungselemente zog. Alles hatte funktioniert; alle Anzeigen waren positiv gewesen. Er hatte keinen Defekt entdecken können.

»O.k., das wär's«, brummte er schließlich mit einem Blick auf seine Uhr. Sieben Uhr zwei. Eine weitere Stunde war verstrichen, und er war immer noch nicht weiter als am Anfang. Alles, was er während der letzten drei Stunden getan hatte, war notwendig gewesen – und nutzlos.

»Sehr gut, Clark. Dann prüfen Sie am besten mal die Stromkabel von TP Siebzehn, Achtzehn und Vierundzwanzig. Nehmen Sie dafür den Kabeladapter mit der gelben Manschette, Nummer BFP sechstausendsechzehn ...«

»Ja, hab' ich«, unterbrach ihn Clark. Er fuhr sich über die Stirn und massierte sich dann die Nasenwurzel. Seine Augen schmerzten vor Müdigkeit und Anstrengung. Er schloß sie eine Weile und öffnete sie wieder. Er wünschte sich eine andere Perspektive. »Einen Augenblick mal; ich möchte kurz noch mit Lloyd sprechen.«

Er nahm das Funksprechgerät aus seiner Tasche und drückte auf den Rufknopf.

»Ja?« antwortete Lloyd kurz darauf ruhig. Clark drückte das Gerät an seine Wange.

»Was gibt's Neues?«

»Ich habe eben meinen Rundgang gemacht.« Fast kicherte Lloyd. Der Kapitän war von einer knisternden, elektrischen Erregung erfüllt. Die hilflose Deprimiertheit eines Gefangenen hatte er längst abgelegt. Nun war er ein Schuljunge bei der Ausführung eines tollen Streichs. »Dabei ist es mir auch gelungen, einen meiner Offiziere in die Sache einzuweihen.«

»Was ist mit den Toren?«

»Draußen gibt es kaum Wachen. Das war schon die ganze Zeit so. Die Reparaturteams werden vor acht nicht hier sein.

Für das Öffnen der Tore reichen zwei Männer aus; einer, um die Schalter umzulegen, der andere, um ihn zu decken. Sobald wir die Messe befreit haben, werde ich die nötigen Männer abkommandieren. Danach sollen sie die Schalter zerstören, damit die Tore nicht wieder geschlossen werden können.«

»Einverstanden.«

»Können Sie mir auch wirklich für ›Leopard‹ garantieren, Clark? Ich kann nicht das Leben meiner Männer und das Boot aufs Spiel setzen, wenn Sie dazu nicht imstande sind.«

»Können Sie die erste Wache töten, Lloyd, die vor Ihrer Tür?« konterte Clark aufgebracht. »Wenn Sie das nämlich nicht können, wird die *Proteus* auch nicht weit kommen!« In der Stille, welche darauf eintrat, stellte Clark sich vor, wie Lloyd unter sein Kopfkissen faßte, um nach der winzigen Astra-Pistole zu tasten, die er ihm zurückgelassen hatte. Alles hing davon ab, daß Lloyd es schaffte, den Posten vor seiner Tür zu töten, ihm die Kalaschnikow abzunehmen und seine Offiziere aus der Messe zu befreien, die ein Stück weiter den Korridor vor seiner Kajüte hinunter lag.

»Ich ... ich glaube, ich werde es schaffen«, erwiderte Lloyd nach einer Weile. »Schließlich bleibt mir ja auch gar keine andere Wahl, oder?«

»Und ich muß ›Leopard‹ reparieren, oder etwa nicht?«

»Na gut. Verschiedenen Gerüchten zufolge kann Panow, der Wissenschaftler, jeden Augenblick hier eintreffen. Die Techniker hier an Bord sind bereits darauf vorbereitet worden. Er wird bis spätestens acht Uhr erwartet.«

»Das wird ja ganz schön knapp, hm?« Als Lloyd darauf nichts erwiderte, fügte Clark lediglich hinzu. »Ich melde mich wieder.« Er steckte das Sprechgerät in seine Tasche zurück. Während er dies tat, ertönte an seinem Ohr auch schon Aubreys Stimme.

»Clark, Sie müssen sich langsam darauf vorbereiten, ›Leopard‹ zu eliminieren. Um die Sprengladungen anzubringen, werden Sie mindestens dreißig bis vierzig Minuten brauchen. Sie müssen sofort damit anfangen.«

»Nein, verdammt noch mal!«

»Clark, folgen Sie Ihren Anweisungen!«

»Mister Quin hat mir noch etwas zu tun aufgetragen; vielleicht, wenn ich damit fertig bin.«

»Jetzt sofort!«

»Auf keinen Fall.«

Rasch brachte er den Kabeladapter am ersten Stromkabel an, das ihm Quin angegeben hatte. Positiv. Er fluchte leise. Dann das zweite. Positiv. Dann das dritte. Positiv. Er stieß einen lauten Seufzer der Wut und der Frustration aus.

»Bringen Sie die Sprengladungen an, Clark; und bitte, fangen Sie sofort damit an«, befahl Aubrey mit eisiger Böswilligkeit.

Ardenjew beobachtete, wie der MiL-8 Transporthubschrauber auf die Landeplattform niedersank. Der dabei entstehende Abwind, stärker als die natürliche Luftbewegung, wirbelte den Staub vom Beton der Landefläche hoch. Dahinter begann sich der Himmel zu lichten, ein schmaler, grauer Streifen über den Hügeln, angesichts der grellen, weißen Beleuchtung der Hubschrauberbasis fast illusorisch. Ardenjew blickte auf seine Uhr. Sieben Uhr zehn. Der Admiral und Panow trafen fast eine Stunde zu früh ein. Viktor Teplow – der immer loyale, das Gesicht wahrende Teplow – hatte irgendwie mitbekommen, daß Dolohow bereits nach Petschenga aufgebrochen war, und hatte dann seinen Vorgesetzten mit Kaffee und einem ordentlichen Glas Wodka, das Ardenjew beim Schlucken wie heißes Öl vorkam, wieder aufgepäppelt. Dann hatte er einen Stabswagen mit Fahrer bestellt und Ardenjew zum Hubschrauberstützpunkt begleitet.

Wie eine ungelenke Wespe verhielt der Hubschrauber kurz in der Luft und setzte dann mit den Rädern auf. Sofort schossen die Männer vom Bodenpersonal darauf zu und brachten die Bremsklötze an, während das Rotorengeräusch langsam die Tonleiter herabsank und die flirrende Rotorenscheibe sich von einem flimmernden Kreis allmählich in Striemen von dunklerem Grau auflöste. Als schließlich die einzelnen Blätter zu erkennen waren, öffnete sich die Tür, und die Rotoren kamen zum Stillstand. Kaum hatte man die Leiter zum Ausstieg angelegt, setzte Dolohow auch schon seinen Fuß darauf. Er stieg mit leichtem, festem Schritt zu Boden, als nähme er sein eben ererbtes Reich in Besitz. Männer nahmen salutierend Habachtstellung ein. Hinter ihm folgte, etwas vorsichtiger, eine kleinere, rundlichere Gestalt in einem Mantel mit Pelzkragen. Panow. Dolohow wartete auf den Wissenschaftler und führte ihn dann auf Ardenjew zu.

Ardenjew saugte Speichel aus seinen Backen und befeuchtete damit seine trockene Kehle. Er salutierte stramm, worauf Dolohow seine Hand ausstreckte und die von Ardenjew herzlich schüttelte.

»Darf ich Ihnen Kapitän Waleri Ardenjew vorstellen«, wandte er sich an Panow. Der Wissenschaftler wirkte ehrlich interessiert, sein blasses Gesicht in der kalten Beleuchtung fast blau. Schlaff schüttelte er Ardenjew die Hand.

»Aha, das ist also unser Held der Sowjetunion«, bemerkte er nicht ohne Ironie. Dolohows Gesicht verdunkelte sich bei diesem Affront gegen Ardenjew.

»Vielen Dank, Genosse Akademiker Professor Panow«, entgegnete Ardenjew steif. Er genoß es, Panows Vorurteilen gerecht zu werden, mit seinen Stereotypen konform zu gehen. »Das war doch nicht der Rede wert.«

Dolohow schien leicht verwirrt. »Gehen wir?« schlug er vor. »Und ich hoffe doch, gleich zur U-Boothalle.«

»Wie Sie wünschen«, erwiderte Ardenjew hölzern.

»Hier lang, Admiral – Professor. Der Wagen wartet bereits.«

»Tut mir leid, daß Sie so viele Männer verloren haben«, murmelte Dolohow vertraulich, als sie auf den Wagen zugingen. Panow, der diese Bemerkung durchaus hatte mitbekommen sollen, schien dadurch sichtlich in peinliche Verlegenheit versetzt.

»Ganz meinerseits, Admiral; ganz meinerseits.« Teplow trat zu ihnen und öffnete die Hintertür der Limousine. Ardenjew lächelte müde. »Zehn Minuten Fahrt, Admiral, und dann werden Sie sie sehen. Die HMS *Proteus,* der Stolz der Flotte!«

Dolohow platzte lauthals lachend heraus und klatschte Ardenjew mit seiner mächtigen Pranke auf die Schulter, bevor er in den Wagen stieg.

14 Flucht

Hyde erwachte und reagierte sofort auf die kalte Luft, die sich in ihrem Versteck ausgebreitet hatte. Es war feucht. Er wußte, daß draußen dichter Nebel liegen würde, obwohl er nicht durch den Busch sehen konnte. Es herrschte ein dichtes Grau, das möglicherweise eine Folge der Dämmerung war. Seine Schulter protestierte mit heftigem Schmerz, als er versuchte, seine kalten Arme zu reiben. Die Erinnerung an das, was ihn geweckt hatte, ließ ihn ein Stöhnen unterdrücken. Die eiligen Hufe von Rehen auf dem Pfad hinter der Schießanlage, der an dem Busch und dem Eingang zu ihrem Versteck vorbeiführte. Er sah sofort zu dem Mädchen hinüber. Sie schlief tief und fest.

Er lauschte. Dann versuchte er, Aufschluß über das Ausmaß seiner Schulterverletzung zu gewinnen, indem er erst die Finger bewegte und dann Handgelenk, Ellbogen und Unterarm. Etwas besser. Er befühlte den provisorischen, schmutzigen Verband. Trocken und hart. Er überprüfte seine Reserven. Sein Körper fühlte sich klein, geschrumpft, hohl und schwach an. Aber nicht bleiern, wie am Abend zuvor. Auch sein Kopf machte einen besseren Eindruck, nicht mehr nur wie eine Ansammlung von Drähten oder verschwommenen Ranken. Es war wieder eine gewisse Denkfähigkeit und ein rascheres Begriffsvermögen in ihn zurückgekehrt. Es mußte genügen, so wie er war. Er war alles, was er hatte; was sie hatten.

Der Hufschlag der drei oder vier Rehe, die an ihrem Versteck vorbeigehuscht waren, erstarb wieder, verschluckt von dem, wie er nun überzeugt war, dichten Nebel. Er lauschte in die Stille hinaus, die sich träge und schwer vor ihrem Loch ausbreitete. Ohne das Mädchen neben sich zu stören, streckte er vorsichtig die Beine aus, wobei er den erwarteten Krampf spürte, der sich jedoch sofort zu lösen begann. Dann ließ er seinen Unterleib kreisen, so gut dies in seiner zusammengekauerten, sitzenden Position möglich war. Sein Rükken schmerzte. Er bewegte noch einmal seine Finger und spürte dabei die Stelle an seinem Rücken, wo seine Pistole steckte. Nachdem er diese Inventur abgeschlossen hatte, erklärte er sich für ungeeignet, jedoch nicht ohne ein leichtes Lächeln. Während der paar Stunden Schlaf war wieder ein gewisses Maß an Sturheit in ihn zurückgekehrt.

Geräusche. Langsame, regelmäßige, vorsichtige Schritte. Er streckte seinen Arm hoch und preßte seine Handfläche gegen die Decke der Höhle. Der Sand war feucht. Er richtete sich aus seiner sitzenden Position auf und stieg über die angezogenen Knie des Mädchens. Der Kopf war ihr auf die Brust gesunken, und ihr blondes Haar hing ihr in schmutzigen, fettigen Strähnen über die Knie. Er neigte sich vor und glitt auf die Öffnung des Lochs zu. Als hätte er eine innere Linse scharf gestellt, wurden die Umrisse der Zweige des Busches plötzlich scharf. Der dichte Nebel dahinter erwies sich jedoch nach wie vor als grau und undurchdringlich. Er hatte eine Chance. Wach nur nicht auf. Liebling ...

Aus dem Nebel tauchte die Gestalt eines Mannes auf; sie war vornübergebeugt, um den Pfad besser erkennen zu können. Über seinen Rücken ragte der dünne, bleistiftartige Lauf eines Gewehrs empor. Er war kaum mehr als ein dunkler Schatten in dem ersten schwachen Licht, das durch den Nebel sickerte. Dann fielen seine Blicke auf den Busch, und er hätte geradewegs in Hydes Augen starren können, obwohl dieser keinerlei Anzeichen feststellen konnte, daß der Mann ihn sah. Die Waffe auf seinem Rücken veränderte leicht ihre Position, und Hyde identifizierte sie mit einem Schaudern, durchmengt von einer seltsamen Gier, als eine Kalaschnikow. Gedrungen, mit dem zusammenlegbaren Stahlschaft, dem Plastikgriff und dem runden, dreißigschüssigen Munitionskasten unter dem Magazin. Die Waffe war unendlich begehrenswert und tödlich. Nicht weniger begehrenswert und tödlich war das winzige Funksprechgerät, das an der Anoraktasche des Mannes befestigt war. Hyde begehrte beides aufs äußerste.

Er hielt den Atem an, als er die Füße des Mädchens an seinem Schienbein spürte. Bitte, wach nicht auf, nicht jetzt ...

Die Kalaschnikow von seinem Körper abstehend, näherte sich der Mann dem Busch. Hyde krümmte seine Finger und hielt seinen Kopf so dicht wie möglich am Rand des Lochs in der Böschung. Gleichzeitig beobachtete er angespannt den Mann. Der Fuß des Mädchens bewegte sich wieder, und Hyde betete, sie würde in den letzten Momenten des Schlafs keinen Lärm machen. Er spürte, wie ihr Fuß leicht zitterte. Die Kälte weckte sie langsam. Der kurze Lauf der Kalaschnikow fuhr zwischen die blattlosen Zweige und schob sie zur Seite. Hyde preßte sich gegen den nassen Sand. Durch ihren Fuß hindurch spürte er, wie der ganze Körper des Mädchens in Bewegung kam. Dann hörte er sie gähnen. Sofort schoß der Kopf des Mannes alarmiert hoch, um sich dann angestrengt lauschend zur Seite zu neigen, während er versuchte, die Richtung zu bestimmen, aus der das Geräusch gekommen war. Und er wartete, daß es sich vielleicht wiederholte. Seine Blicke glitten über den Abhang der Böschung; im Busch schwenkte der Lauf der Kalaschnikow hin und her; er war auf eine Stelle über dem Loch gerichtet. Das Mädchen stöhnte im Erwachen. Hydes Arm schoß vor und packte die gedrungene Waffe – eine Hand am Lauf, die andere am Magazin. Überrascht zuckte der Mann zurück. Hyde drückte seine Beine durch und nutzte die Schreckreaktion des Mannes, um sich aus dem Loch und durch den Busch ziehen zu lassen. Der plötzliche, stechende Schmerz in seinem Arm und seiner Schulter ließ ihn laut losbrüllen, aber er klammerte sich weiter fest, wobei er den Lauf von sich weg drückte, während er über den Sand der Böschung rollte und den Mann aus dem Gleichgewicht brachte.

Der Mann wäre fast kopfüber zu Boden gestürzt und riß dann ruckartig an seiner Waffe. Hyde mußte den Griff seiner linken Hand lösen, da der Schmerz zu heftig war. Aber er war inzwischen fast vor die Füße des Mannes gerollt. Seinen Halt an der Kalaschnikow als Hebelpunkt benutzend, trat er mit dem linken Bein nach dem Mann, der das Gleichgewicht verlor, als Hydes Schienbein gegen die Rückseite seines Oberschenkels schlug. Der Russe ließ die Waffe nicht los, und Hyde spürte die Hitze, bevor er das Krachen hörte, als er eine Salve abfeuerte. Hyde bediente sich der Kalaschnikow wie eines Stocks – ein alter Mann, der aus einem tiefen Sessel aufzustehen versuchte – und als sein Kontrahent sich auf die

Seite zu drehen und aufzustehen versuchte, trat ihn Hyde seitlich gegen den Kopf. Der Griff um die Waffe lockerte sich jedoch nicht. Mit aller ihm zur Verfügung stehenden Kraft trat Hyde den Mann voller Wut noch einmal gegen die Schläfe. Sein Kopf schien nur noch lose auf den Schultern zu sitzen, als der Mann von ihm fortrollte und schließlich liegen blieb. Hyde konnte sehen, wie sich der Brustkorb des Mannes hob und senkte. Er griff nach dem Funksprechgerät, und eine Hand grabschte nach der Waffe, die Hyde immer noch am Lauf hielt. Die Augen des Mannes waren glasig und angespannt. Hyde stolperte mit der Waffe davon. Er hatte keine Kraft. Er hätte den Mann mit einem dieser Tritte töten sollen – einfach jämmerlich ...

Der Mann setzte sich auf. Er hörte Tricia Quin hörbar nach Luft schnappen. Hyde richtete die Kalaschnikow mühsam auf den Mann, dessen Hand gerade aus dem Innern seines Anorak fuhr und eine schwere, schwarze Pistole hielt. Hyde feuerte zweimal. Der Lärm der Schüsse schien durch den Nebel wirkungsvoller geschluckt zu werden als das Krächzen der durch ihr Krachen aufgescheuchten Krähen. Der Schuß aus der Pistole des Russen fuhr in die Erde, und er selbst zuckte wie ein in eine Falle geratenes Kaninchen. Wütend und in Eile, bewegte sich Hyde auf den Körper zu. Er fluchte. Eine Kugel war genau durch das Funksprechgerät gefahren und hatte es zerstört. Tricia Quins entsetztes Stöhnen war überflüssig, irrelevant.

Hyde kniete neben dem Körper des Mannes nieder und durchsuchte ihn rasch mit einer Hand. Die Kalaschnikow mußte er dazu ablegen. Sein linker Arm schmerzte höllisch und ließ sich zu nichts mehr gebrauchen. Er drückte ihn gegen seine Seite, als könnte er ihn dadurch schützen oder den Schmerz verringern. Er zog den Reißverschluß des Anoraks auf. Keine Papiere. Nicht einmal slawische Gesichtszüge wies der Mann auf. Er hätte irgend jemand sein können. Er tastete die Taschen des Anoraks ab. Ja ...

Triumphierend brachte er einen Flachmann und ein Paket Sandwiches zum Vorschein.

»Was zu essen!« verkündete er. »Wir haben was zu essen!«

Aus dem Gesicht des Mädchens wurden schlagartig aller

Ärger und Ekel und die Angst gewaschen. Gierig griff sie nach dem Paket. Die Brote waren mit Wurst belegt. Sie schlang einen großen Bissen davon in sich hinein und versuchte, mit vollem Mund zu sprechen.

»Was ...?« war alles, was Hyde verstand.

Er blickte sich um. »Helfen Sie mir, diesen armen Teufel in das Loch zu schaffen. Für eine Weile wäre er dort sicher beseitigt. Kommen Sie. Mit der Fresserei werden Sie wohl noch ein bißchen warten müssen.«

Fast ehrfürchtig und mit großem Bedauern, legte Tricia die Sandwiches, notdürftig wieder verpackt, auf den Boden. Hyde packte den einen Arm des Mannes, sie den anderen, wobei sie ihre Augen vom Gesicht des Russen abwandte, das mit einem verdutzten Ausdruck ins Nichts starrte. Sie schleppten die Leiche auf das Loch zu – Tricia weigerte sich, ihren Körper oder auch nur ihre Schulter unter die Last des Toten zu legen – und dann schob ihn Hyde mit einem Schrei des Schmerzes und der Anstrengung in das Loch.

»Sein Fuß«, mahnte ihn das Mädchen, während er, noch zitternd vor Anstrengung, vornübergebeugt neben ihr stand. Hyde blickte auf. Der Wanderstiefel des Mannes ragte über den Rand des Lochs hervor.

»Das werden wohl auch Sie noch schaffen.«

Widerstrebend versuchte das Mädchen, den Schuh in das Loch zu stoßen. Das Knie des Mannes schien durch eine sofortige Todesstarre verkrampft. Das Mädchen suchte Halt für seine Füße und schob mit aller Kraft. Der Fuß rührte sich nicht. Sie schrie vor Wut und stieß verzweifelt auf den Fuß ein, bis er schließlich verschwand.

»Dieses widerspenstige *Ding*!« Aus dem Innern des Lochs ertönte ein Knacken. Entsetzt fuhr ihre Hand an den Mund, und dann wandte sie sich mit vorwurfsvollen Augen zu Hyde um.

»Wir können alle ganz schön mies sein, wenn wir uns nur ein wenig anstrengen«, bemerkte er, während er sich über einen der Sandwiches hermachte. Dann fügte er hinzu: »Da, nehmen Sie sich den Rest ...« Er steckte sich die Makarow-Pistole in den Gürtel und wog die Kalaschnikow in seiner unverletzten Hand. Das Mädchen nahm die Brote und warf

Hyde einen scheelen Blick zu, als sie das zweite aß. »Und jetzt kommen Sie.« Er blickte sich um. »Glück im Unglück. Bei diesem Nebel werden sie uns zumindest nicht so schnell finden.«

Sie gingen über den Weg entlang der Böschung davon. Noch einmal sah sich das Mädchen schuldbewußt um, während es am letzten Bissen des zweiten Sandwich kaute.

Frustriert knirschte Clark mit den Zähnen. Seine Hände ballten sich immer wieder zu Fäusten, als hätte er einen schweren Krampf in ihnen. Der Anblick dessen, was er getan hatte, versetzte ihn in Wut und deprimierte ihn. Die Sprengladungen waren mit Klebeband am Notsystem befestigt; sie legten sich wie Schnecken über die Drähte und Schaltkreise, während die Detonationskabel an die Stränge eines Netzes erinnerten, mit dem die ganze Anlage aus der Tiefe des Meeres hochgezogen worden war. Er hatte getan, was Aubrey ihm befohlen hatte, und dann hatte er Quin wie ein übereifriger Schüler gebeten, ihm weitere Aufgaben zu stellen. Weitere Stromkabel, und immer noch nichts.

»Clark?« Für einen Augenblick war er versucht, Aubrey hemmungslos zu beschimpfen. Ein Teil von ihm anerkannte jedoch auch die Richtigkeit von Aubreys Entscheidung.

»Ja?«

»Es ist jetzt an der Zeit, sich an das Hauptsystem zu machen. Viel Glück.« Da war nicht einmal der Gedanke möglichen Widerspruchs oder Ungehorsams. Aubrey ging davon aus, er würde sich wie der Roboter verhalten, der er zu sein hatte.

Wenige Momente später ertönte das Piepen des Funksprechgeräts in seiner Tasche. Er zog es heraus und drückte den Übertragungsknopf. »Ja?«

»Clark? Ich glaube, Panows großer Auftritt steht gerade bevor. Zumindest strömen die Techniker nur so aus der *Proteus,* um eine Ehrengarde zu bilden. Ich habe sie gerade gesehen.«

»Wo sind Sie im Augenblick?«

»Beeilen Sie sich, Clark«, ertönte Aubreys Stimme in seinem Ohr. »Sie haben nicht mehr viel Zeit ...«

»In der Toilette für die Offiziere.«

»Ihr Wachtposten?«
»Clark, hören Sie ...«
»Draußen.«
»Seine Verfassung?«
»Der Bursche ist ziemlich abgeschlafft. Er wartet auf seine Ablösung um acht Uhr.«
»Clark, brechen Sie ›Klempner‹ sofort ab und fahren Sie mit der Zerstörung von ›Leopard‹ fort. Haben Sie mich verstanden?«
»Und?« fragte Lloyd mit einem nervösen Unterton in seiner Stimme.
»Sehen Sie zu, daß Sie so nahe wie möglich an ihn herankommen – am besten an die Schläfe oder unters Kinn; und drücken Sie *zweimal* ab.«
»Clark, nehmen Sie diese Anweisung an Lloyd sofort zurück ...«
»Was wird mit ›Leopard‹ sein?« wollte Lloyd wissen.
»Ich werde Ihnen ›Leopard‹ funktionstüchtig übergeben!« platzte Clark heraus. »Wo sind Thurston und Hayter?«
»Der Erste Offizier ist in der Kajüte neben meiner; Hayter ist zusammen mit den anderen in der Messe.«
»Dann ...«
»Clark ...?!«
»Jetzt soll Quin mal endlich was für sein Geld tun!« schrie Clark fast in sein Mikrophon, als mit einem Gefühl der Erleichterung plötzlich wieder ein Strom von Adrenalin durch seine Blutbahn schoß. »Quin, helfen Sie mir, dieses Scheißnotsystem in Betrieb zu setzten!«
»Clark ... *Clark*!«
»Soll ich, oder soll ich nicht?« fragte Lloyd.
»Und ob Sie sollen! Los, killen Sie diesen Scheißkerl!«
»Ich halte Sie auf dem laufenden.«
»Clark, sind Sie verrückt geworden! Ohne ›Leopard‹ werden Sie nie aus Petschenga herauskommen. Sie haben es nicht ... Sie können es nicht reparieren. Und eben haben Sie Commander Lloyd und seine Mannschaft zu einer langen Haftstrafe verurteilt, wenn nicht sogar zu Tod. Sie sind *verrückt*.« Das letzte Wort zischte in Clarks Ohr, schlangenartig und giftig.

Clark verspürte eine euphorische, gefährliche Erleichterung und einen heftigen, unstillbaren Tatendrang.

»Um Himmels willen, Quin, helfen Sie mir, dieses Scheißding hier zum Funktionieren zu bringen. *Helfen Sie mir!*«

Aubrey starrte Quin an. Er konnte einfach nicht fassen, was Clark eben in die Wege geleitet hatte; er war unfähig, die überwältigenden und gefährlichen Halbmotive zu begreifen, die ihn dazu veranlaßt hatten. In seiner Endphase entglitt ihm das Unternehmen *Proteus* also neuerlich, um sich, ungehindert durch Vernunft oder Vorsicht oder gesunden Menschenverstand, kopflos ins Ungewisse zu stürzen. In dem Bruchteil einer Sekunde, über den ihm die Kontrolle entglitten war, hatte Clark die Entscheidung gefällt, das Unternehmen nicht abzubrechen. Nun würden alle den Konsequenzen dieser Entscheidung in die Augen sehen müssen.

»Quin? *Quin?*« fuhr er seinen Begleiter an. Der Wissenschaftler warf seinen Kopf hoch, als wäre er aus tiefem Schlaf gerissen worden.

»Was ist?«

»Können Sie ihm helfen?«

Quin zuckte mit den Achseln. »Wir haben alles in unserer Macht Stehende versucht. Es ist alles in Ordnung ...«

»Aber irgend etwas kann doch nicht stimmen, verdammt noch mal!«

»Ich weiß nicht, woran es liegen könnte!« heulte Quin fast.

Aubrey neigte sich zu ihm vor. »Dieser verdammte Amerikaner hat den Ausgang dieser Geschichte nun endgültig besiegelt. Entweder tötet Lloyd seinen Bewacher, oder er wird selbst getötet werden. Sollte ersteres der Fall sein, werden sie weitere Russen töten und sich ihre Waffen aneignen, bis sie die Tore öffnen und mit der *Proteus* aus Petschenga fliehen können. Ohne ›Leopard‹ in funktionstüchtigem Zustand werden sie allerdings für jedes Schiff im Hafen ein großartiges Ziel abgeben. Und ich gehe nicht davon aus, daß die Russen das Boot so einfach entkommen lassen werden, nachdem sie es unter solchen Mühen nach Petschenga geschafft haben. Gibt es nichts, was wir noch versuchen könnten? Fällt Ihnen denn gar nichts mehr ein?«

Quin blätterte noch einmal durch das ›Leopard‹-Handbuch, das er zum größten Teil selbst verfaßt hatte. Aubrey erkannte darin eine hilflose, verzweifelte Geste. Quin kannte das Handbuch in- und auswendig; es würde ihm nicht weiterhelfen. Die Hände des Wissenschaftlers zitterten. Er war mit einer brutalen Realität konfrontiert worden. Müde schüttelte Aubrey den Kopf. Erschöpfung – ein Gefühl totaler Ausgelaugtheit – schien das einzige Gefühl, das ihm noch geblieben war. Clark hatte sich der Vernunft widersetzt – und der Autorität. Nun konnte er verstehen, was ihn dazu gebracht hatte. Der Amerikaner hatte sich einfach seine Niederlage nicht eingestehen wollen.

In dem Kopfhörer, der um seinen Hals hing, hörte er blechern Eastoes Stimme. Er setzte sich den Kopfhörer auf. Das Mikrophon wippte vor seinem Mund auf und ab.

»Ja, Geschwaderführer?« Er hatte den stechenden, ablehnenden Tonfall seiner Stimme nicht beabsichtigt.

»Mister Aubrey, wir befinden uns wieder außerhalb. Ich kann zwar versuchen, wieder in den Einzugsbreich des Senders zu kommen, aber lange werden wir uns dort nicht mehr halten können. Ich kann Ihnen höchstens noch für ein paar Minuten garantieren.«

Aubrey wollte den Piloten anfahren, um dann jedoch die Erschöpfung in der Stimme Eastoes zu registrieren und zu akzeptieren. Die MiGs – eben tauchte wieder eine, im ersten Tageslicht silbern schimmernd, an der Backbordtragfläche auf – machten es ihnen einfach unmöglich, einen regelmäßigen Kurs beizubehalten. Langsam, aber unerbittlich, wurde die Nimrod von der sowjetischen Grenze abgedrängt.

»Versuchen Sie Ihr Bestes, Geschwaderführer. Wir befinden uns ganz in Ihren Händen.«

»Wie Sie meinen, Mister Aubrey. Ich werde versuchen, so viel Zeit wie möglich herauszuschinden.«

Die Nase der Nimrod senkte sich, und als Eastoe zu der Überzeugung gelangte, genügend an Höhe verloren zu haben, neigte sich die Maschine heftig zur Seite und schwenkte nach Osten, in Richtung Sonne, ab. Das Fenster im Rumpf gleißte golden auf und blendete Aubrey. Er fühlte sich so alt und schmal und erschöpft wie ein Geist. Und in dem plötzlichen, grellen Licht völlig transparent.

»Quin, los, lassen Sie sich etwas einfallen! Wir haben nicht mehr viel Zeit.«

Quin stöhnte laut auf und rieb sich mit beiden Händen das Gesicht. Er blickte Aubrey mit trüben Augen an und schüttelte den Kopf.

»Da ist nichts mehr, was wir noch tun könnten.«

»Aber es muß doch noch etwas geben. Irgendein anfälliges System, etwas, weswegen Sie sich mit Plessey überworfen haben, etwas, das Ihnen nie ganz geheuer war. Irgend etwas muß es doch geben!« Aubrey breitete seine Hände um die Konsole aus, welche unerbittlich auf ihn einzischte. Es schien, als wollte er sich ihrer wie einer nutzlosen Fracht entledigen. Eine MiG, golden schimmernd, schoß in sein Gesichtsfeld, direkt an der Backbordtragfläche. Aubrey reckte seinen Hals und konnte darunter die graue See und die nebelverhüllten Umrisse der Küste erkennen. Die MiG sank unter die Nimrod, und kurz darauf sah Aubrey sie wie einen Korken neben dem Steuerbordfenster an die Oberfläche schießen. »Irgend etwas? *Bitte!*«

Die Konsole gab ein Knacken von sich. Clarks Stimme kam nur schwach durch. Die Küste und das Meer unter ihm bewegten sich, und Aubrey konnte die Spey-Triebwerke plötzlich lauter hören. In einer verzweifelten, geraden Linie hielt Eastoe auf die Grenze der Sowjetunion zu.

»Sie müssen mir helfen ...«

»Um Himmels willen, Quin, sagen Sie doch etwas!« bellte Clarks Stimme aus dem Empfänger.

Quins Miene spiegelte eine Agonie des Zweifels wider.

»Los, Quin, machen Sie schon, lassen Sie sich etwas einfallen«, hörte sich Aubrey auf den Wissenschaftler einreden.

»Ich höre Schüsse!« brüllte Clark. Aubrey wußte, daß es sich dabei um eine Lüge handelte, allerdings eine sehr geschickte. Und vielleicht beschrieb sie nur Ereignisse, die bereits geschehen waren. Lloyd tot, eine Wache tot, zwei Wachen, drei?

»Die Umschaltung ... die automatische Umschaltung«, murmelte Quin.

»Was ist das?« drängte Clark.

Eine MiG an der Steuerbordtragfläche – inzwischen zwei, eine über der anderen; sie beabsichtigten, die Nimrod von ihrem Kurs abzubringen. An der Backbordtragfläche nahm ein schlanker Schatten Gestalt an. Eine der MiGs flog über ihnen und erweckte den Eindruck, als wollte sie sich auf die Tragfläche herablassen, um sie abzuknicken. Eastoe senkte die Nase der Nimrod neuerlich nach unten und stieß auf die See und die felsige Küste zu, die mit rasender Geschwindigkeit auf sie zugeschossen kam. Für einen Moment waren die beiden Tragflächen wieder freigefegt. Aubrey spürte, wie Eastoe die Maschine zu wenden begann. Er hatte aufgegeben. Sie befanden sich auf dem Rückzug; sie verließen den Einzugsbereich des Senders.

»Die automatische Umschaltanlage vom Hauptsystem zum Notsystem. Ich habe mich deswegen immer wieder mit der Admiralität angelegt. Ich halte nicht viel von völlig automatischen Systemen. Aber sie haben darauf bestanden ...«

»Schnell, sagen Sie es ihm!«

Quin beugte sich über die Konsole. »Clark«, begann er, »Sie müssen die automatische Umschaltung überprüfen, und zwar an der Stromversorgung vom Haupt- zum Notsystem. Suchen Sie die Stromversorgung ...«

Aubrey hörte auf, zuzuhören. Die Nimrod hatte ihre Wende abgeschlossen – durch das Fenster war kurz blendend helles Sonnenlicht gefallen – und flog nun wieder in Richtung Westen. Eastoe hatte die Geschwindigkeit der Maschine gedrosselt, aber es würde nur noch wenige Minuten dauern, bis sie sich nicht mehr mit Clark würden verständigen können.

Und in Petschenga hatte das Morden sicher bereits eingesetzt, ganz gleich, mit welchem Ausgang es verlaufen sein mochte.

An der Backbordtragfläche tauchte wieder eine MiG auf. Der russische Abfangjäger schien bereits etwas größeren Abstand zu wahren, als ahnte sein Pilot, daß sie das Handtuch geworfen hatten.

Lloyd zögerte kurz auf der Schwelle der Toilettentür, um dann über die Leiche der Wache zu steigen, die nur noch Zeit gehabt hatte, sich halb nach ihm umzuwenden, bevor die kleine Astra, gegen seine Seite gepreßt, zweimal losging. Lloyd hatte den Mann in eine Umarmung nehmen müssen, wobei er ein letztes Zittern spürte, das durch den Körper des Russen fuhr, um ihn dann vorsichtig zu Boden gleiten zu lassen. Im Korridor hatte sich nur eine Wache aufgehalten. Lloyd hatte das leise, gedämpfte Geräusch überrascht, mit dem die zwei Schüsse in den Körper des Mannes gefahren waren. Es war, als wäre die Pistole mit einem Schalldämpfer ausgestattet gewesen.

Er sah die Wache auf der anderen Seite der Tür zur Messe am Ende des Korridors und hoffte, während er die Bewegungen des Mannes studierte und beobachtete, wie er die Kalaschnikow in seinen Händen wog und dabei auf sich selbst richtete, daß Thurston nicht genau aus seiner Kabine in die Schußlinie stürzen würde. Dann betete er, seine Hände würden sich rascher bewegen, um die kleine Pistole auf Höhe des Körpers der Wache zu bringen. Er konnte es nicht fassen, daß er schneller sein sollte als der trainierte Marinesoldat, aber während er noch schoß, kam ihm zu Bewußtsein, daß der Zeiger der Uhr nur für ihn kostbare Sekunden verstreichen ließ. Er hatte sich um Zentimeter schneller bewegt; seine Reaktion war um Tausendstelsekunden schneller gewesen, da er eine Dringlichkeit in sich verspürte, die für den Russen nicht existierte. Der Posten krachte rücklings gegen die Tür der Messe und glitt, die Beine von sich gestreckt, in eine sitzende Position nieder, während sein Kopf schlaff nach vorn kippte. Nun hatte die Pistole wesentlich mehr Lärm gemacht und würde mit Sicherheit allgemeine Aufmerksamkeit auf sich ziehen.

»Los, los!« brüllte er und schlug gegen Thurstons Tür, während er daran vorbeirannte. Dann beugte er sich auch schon über die tote Wache, um die Kalaschnikow an sich zu nehmen, die sich in seinen Händen sofort massiv und bedrohlich anfühlte. Er riß die Tür zur Messe auf. Überraschte Gesichter, ein halbes Dutzend, die meisten unrasiert, waren über Tassen mit dampfendem Kaffee um den Tisch versammelt. Thurston war inzwischen hinter ihm. Er reichte seinem Ersten Offizier die Astra. »Holt die anderen raus – sofort!« fuhr er sie an, während er das gefährliche, erhebende Adrenalin wild durch seinen Körper strömen spürte.

Sieben Uhr einundzwanzig. Fast nur unterschwellig hatte Clark die zwei Schüsse, und dann mit einer kurzen Verzögerung den dritten, wahrgenommen. Er ging davon aus, daß alle drei aus der kleinen Astra-Pistole gekommen waren, aber wirklich glauben konnte er es erst, als er Lloyds Stimme in aller Deutlichkeit aus dem Funksprechgerät kommen hörte, das er an der Brusttasche seines Gummianzugs befestigt hatte; er befahl seinen Offizieren, in der Messe zu bleiben, bis die Brücke zurückerobert war. Darauf folgte das schreckliche, stoffzerfetzende Stottern der Kalaschnikow auf Automatik – fieberhaft nahm Clark an, daß es sich dabei um die Waffe handelte, die Lloyd der Wache vor der Messe entrissen hatte. Sie war es. Lloyd schrie Hayter zu, dem Mann, den er eben getötet hatte, die Waffe abzunehmen. Clark nickte sich selbst zu. Lloyd würde nun so weitermachen, bis er nicht mehr konnte oder bis ihn jemand erschoß. Die Möglichkeit der Flucht, ja sogar des Todes stachelte ihn an.

Clark hob den Deckel des Kastens für die Stromversorgung, wie Quin ihm aufgetragen hatte. NUR HIER ANHEBEN. Er hatte die Verriegelung des Deckels gelöst und war dabei dem Befehl der leuchtend gelben Warnschrift nachgekommen.

»Clark?«

»Ja, der Kasten ist auf«, informierte er Quin. Die Verbindung verschlechterte sich bereits, während die Nimrod weiter auf die Grenze des Einzugsbereichs des Senders zuflog. Aubrey hatte ihm mitgeteilt, was passiert war, und dann Eastoe dazwischengeschaltet. Nur ungern gab der Pilot seine Erschöpfung, seinen Mangel an Nerven, sein Versagen zu. Die Nimrod war erledigt. Sie befand sich bereits auf dem Rückweg in die Heimat. Eastoe senkte die Geschwindigkeit, soweit dies möglich war, aber sie überschritten zusehends die Reichweite des Funkgeräts und entführten damit auch Quin mit seinen Handbüchern und seinen Kenntnissen, die Clark so dringend benötigt hätte. Bei der gegenwärtigen Fluggeschwindigkeit der Nimrod blieben ihm bestenfalls noch fünf Minuten. Sieben Uhr zweiundzwanzig.

»Schalter SW-Acht-R sollte auf Aus stehen.« Clark folgte Quins Anweisung. In der engen, taschenlampenerhellten Finsternis konnte er durch das Funksprechgerät an seiner Brust Lloyds Atem hören. Laufen ...? Rufe, Schreie ...? *Los, Quin ...*

»O. k.«

»Drücken Sie auf den gelben Knopf mit der Aufschrift *TEST*. Sehen Sie ihn?« Eine schwache, brüchige Stimme, als stürbe im Raum nebenan ein Mann.

»O. k.?«

»Schüsse.

»Lloyd, was ist?« Er wußte, daß er sich nicht hätte melden sollen, da er dadurch Lloyd möglicherweise auf fatale Weise abgelenkt hatte. Aber die Geräusche quälten ihn so sehr, daß sich sein Körper unter einer unkontrollierbaren Anspannung und Angst förmlich wand.

Schüsse.

Quin sagte etwas, das er nicht verstand. Er betete, dies wäre nur auf seine Unaufmerksamkeit zurückzuführen gewesen. »... durch das obere ... Abdeckung?«

»Wiederholen, bitte«, bat er laut, mit angehaltenem Atem. Wie eine Krankheit, die er sich eben zugezogen hatte, dröhnte Lloyds Atem an seiner Brust.

»... Kontakte bewegen ... oben freimachen ...?«

»Wiederholen, wiederholen!« brüllte Clark wie in Erleichterung über die Stunden des Flüsterns und der Stille, welche er erdulden hatte müssen. Und zum Teil war dies auch eine Folge seiner Panik. Nun gab es kein Zurück mehr. Lloyd hatte getötet, und seine Offiziere befanden sich im Besitz zweier Kalaschnikows. Sie hatten die Brücke der *Proteus* wieder in ihre Hand gebracht. Und er hatte das alles in die Wege geleitet – *er* hatte den Anstoß dazu gegeben. »Wiederholen. Ich habe gesagt, wiederholen Sie Ihre Durchsage.« Die Worte klangen förmlich, aber seine Stimme geriet zusehends außer Kontrolle.

»Gut. Haltet sie dort drüben fest ... nein, schafft sie mir sofort von meinem Schiff, und zwar *auf der Stelle*!« Lloyds Begeisterung, sein Erfolg, knatterte durch die Enge zwischen den beiden Rümpfen. »Clark?«

»Ja?«

»Was ist? Stimmt etwas nicht?« Selbst in seiner allgemeinen Erregung hatte Lloyd ein Gespür für Nuancen des Tonfalls.

»Nein, nein, es ist nichts.«

»Wir haben die Brücke wieder in unserer Hand.«

»Gut ...« Clark zögerte. Es ertönte eine kurze Geräuschgarbe; aber nachdem sich das Band verlangsamt hatte, war nur der Äther zu hören, der sich über ihn lustig zu machen schien. Dahinter murmelte eine verschwommene, traurige, ferne Stimme. *Mein Gott, was habe ich da nur angestellt?* »Wie sieht es draußen aus?«

»Thurston sieht sich mal um. Ich habe drei Mann, zwei davon bewaffnet, zum Schaltraum für die Tore abbeordert. Das ist jetzt ein paar Minuten her ...?« Diese Feststellung klang mit einem Mal wie eine Frage. Eine weitere Geräuschgarbe in Clarks Kopfhörer. Mit klopfendem Herzen wartete er, bis die Nachricht langsam abgespielt wurde – Quins Stimme durch die Störgeräusche brüchig und fetzenhaft.

»Können Sie erkennen ... Abdeckung ... bewegen?« Kontakte, *Kontakte,* erinnerte er sich. Können Sie erkennen, ob sich die Kontakte unter der durchsichtigen Abdeckung bewegen?

»Ich habe Sie verstanden!« Und dann, wie aus der Pistole geschossen. »Sie bewegen sich nicht!«

»Clark, was ist denn los?«

»*Es geht nicht ...!*« heulte Clark verzweifelt los. »Ich weiß nicht, was ich machen soll!«

»Um Himmels willen ...«, hauchte Lloyd atemlos. »Mein Gott!« Verzweifelt starrte Clark die Kontakte an, die sich nicht bewegten. Dann drückte er mit seinem Finger immer und immer wieder auf den Testknopf.

Eine Geräuschgarbe in seinem Kopfhörer. Was ist los? Was soll ich machen?

»Überprüfen Sie die Relais«, hörte er Quin in einer ruhigen, unbeteiligten Stimme antworten. Danach erfüllte wieder lautes Rauschen die Stille nach Quins Anweisung.

Die Relais, die Relais ...

»Was soll ich jetzt tun?« wollte Lloyd mit Nachdruck wissen, einen Anflug von Hintergangensein in seiner Stimme.

»Öffnen Sie diese verdammten Tore!« fauchte ihn Clark an. »Eine andere Wahl haben wir nicht!« Die Relais, die Relais ...

Eines davon hat sich gelöst, *eines hat sich gelöst*!

»Erster Ingenieur, schicken Sie Ihre Leute sofort auf ihre Posten, und zwar auf der Stelle! Maschinenraum?«

»Hier ist alles bereit, Sir.«

»Die Elektromotoren warmlaufen lassen! Gut gemacht, Erster!«

»Danke, Sir.«

»Sandy, schaffen Sie alle Russen von Bord, und sehen Sie zu, daß Sie keinen vergessen.«

»Eines hat sich gelöst!« brüllte Clark in sein Kehlkopfmikrophon, als erwartete er, Quin könnte ihn in einem ähnlich übertragungsgünstigen Moment hören.

»Was ist?« fragte Lloyd dazwischen.

»Kümmern Sie sich um Ihren Kram, Lloyd. Ich werde mich schon um den meinen kümmern!«

»Sollen wir los?«

»Das sollten Sie doch schon die ganze Zeit! Los, sehen Sie zu, daß wir hier herauskommen!«

»Was ist mit ›Leopard‹?«

»Sie werden ›Leopard‹ von mir kriegen, verdammt noch mal!«

»Und was ist mit Ihnen? Sie dürfen sich auf keinen Fall außerhalb des Druckrumpfs befinden, wenn wir tauchen.«

»Kümmern Sie sich nur um Ihren Kram; ich kann schon allein für mich sorgen.«

»Na gut. Thurston öffnet gerade die Tore.«

»Dann machen sie schon zu.«

Ein Relais, das sie nicht ganz korrekt angebracht haben, sagte er zu sich selbst. Nur dieses eine Relais, das jetzt auf dem Boden des Kastens lag. Seine Finger zitterten, als er danach griff und es ängstlich, fast ehrfürchtig berührte. Seine Finger befühlten, umfaßten, hoben es. Die durch den Torpedoschaden hervorgerufene Vibration hatte es losgerüttelt und damit das Notsystem außer Funktion gesetzt, indem es die automatische Umschaltung funktionsuntauglich gemacht hatte.

An seinem Ohr ertönte wieder einmal eine Geräuschgarbe, aber er achtete nicht auf die in Normalgeschwindigkeit abgespielte Stimme des Sturms und des Äthers. Irgendwo dahinter befand sich Quin, unsichtbar und unhörbar; aber auf ihn kam es nun nicht mehr länger an.

Clark drückte das losgelöste Relais an seinen Platz, befestigte es mit der dafür vorgesehenen Klammer und zog dann seine Finger zurück. Sie lösten sich nur schwer von dem kleinen Teil. Durch den Druckrumpf dröhnte das Arbeiten der Elektromotoren.

Sein Rücken schmerzte. Er stöhnte, als er sich plötzlich dieser Tatsache bewußt wurde, ebenso wie seines verkrampften, verspannten Körpers und der Bäche von Schweiß, die ihm über Gesicht und Rücken liefen.

Wie an einer Schnur reihte Lloyd seine Befehle aneinander; sie murmelten an Clarks Brust wie das stete Pochen seines Herzens – langsamer und ruhiger und jünger, als sein Herz sich fühlte.

»Langsam achtern.«

»Langsam achtern, Sir.« Thurstons Stimme klang fern, aber Clark konnte doch hören, wie sie die Anweisungen des Kapitäns wiederholte. Sie hatten die Tore der Halle geöffnet; sie hatten an Bug und Heck die Vertäuung gelöst. Wie viele Männer hatten sie dabei verloren?

»Clark?«

»Ja.«

»Sind Sie fertig?«

»Ja. Bei Gott, ich hoffe es. Ja.«

»Dann kommen Sie jetzt rein – sofort.«

»Aye, aye, Sir.«

Immer noch auf den Knien, drehte Clark sich um. Durch den Außenrumpf der *Proteus* konnte er das Heulen einer Sirene hören. ›Leopard‹ mußte funktionieren ...

Er wandte sich nach dem Notsystem um – dahinter lag der graue Panzer. Dann zerrte er an den Sprengstoffklumpen und den Drähten, raffte sie gegen seine Brust und stopfte schließlich alles mit einem Gefühl höchster Euphorie in einen der beiden Packen. Er brachte die graue Metallabdeckung wieder an, fischte in seiner Tasche nach den Schrauben, die er eine nach der anderen festzog, und dann spürte er bereits, wie sich das U-Boot, von seinen Batterien und den Elektromotoren getrieben, rückwärts aus der Halle bewegte. Ja, ja.

Packen, Packen – links schlecht. Der andere konnte bleiben. Was auch immer geschehen mochte, er würde nicht zurückkommen. Er ergriff den Packen und wandte sich neuerlich um, um sich entlang des Kabels seiner Antenne zur Ausstiegsluke vorzuarbeiten. In Eile, stieß er den Packen und seine Lampe vor sich her, als er sich zwischen den baumähnlichen Verstrebungen hindurchschlängelte.

Als hätte sie sich aus einer Fessel gelöst, ruckte die *Proteus* plötzlich nach vorn.

Clark verlor den Halt und begann, in den Abgrund, in das Dunkel abzurutschen. Die Lampe entglitt seinem Griff und überzuckte ihn noch für einen Moment mit ihrem Licht, bevor sie ihn in völliger Dunkelheit zurückließ, sein Körper noch zusätzlich durch den Packen in seiner rechten Hand – links schlecht – beschwert und der Lampe in die Tiefe folgend. Er krümmte einen Arm um eine der Verstrebungen und vermochte zitternd, die Abwärtsbewegung seines Körpers zu stoppen. Ihm war übel, und er fühlte sich völlig ausgelaugt und erschöpft.

»Clark – Clark, wo stecken Sie denn, verdammt noch mal?«

Clark stöhnte. Er schwang mit aller Kraft den Packen hoch, bis er auf der Oberseite der Druckrumpfwölbung zu ruhen kam, und umklammerte dann mit seiner rechten Hand die Verstrebung, um seinen Arm zu entlasten und sich nun mit beiden Händen festzuhalten. Er versuchte, seinen bleiernen Körper hochzuziehen, während er gleichzeitig spürte, wie sich die Umdrehungen der Elektromotoren beschleunigten. Die *Proteus* mußte die Tore der Halle schon fast zur Gänze passiert haben.

Unterstützt von seinen strampelnden Beinen und Füßen, zog er sich schließlich nach oben, wo er über die Wölbung des Druckrumpfs rutschte, nach der Luke griff und sie öffnete. Dann schob er den Sprengstoff hindurch und ließ ihn am

Außenrumpf hinabgleiten. Schließlich kletterte er selbst hindurch, schloß die Luke und verriegelte sie.

Das Heck des U-Boots befand sich bereits in dem Betontunnel, der zum Hafen führte. Auf seiner Dockstütze. Die *Proteus* glitt durch den Tunnel aufs Meer hinaus.

Er beobachtete, wie der Turm des U-Boots in den Schatten des Tunnels glitt. In der Ferne konnte er über dem Heulen der Sirenen Schüsse hören – wie Fliegen, die gegen eine Windschutzscheibe klatschten. Dann rannte er geduckt – zweimal wäre er fast ausgeglitten – am Rumpf entlang, bis er die Heckausstiegsluke erreichte. Er öffnete sie, trat auf die Leiter darunter, schloß die Luke über sich und verriegelte sie. Mit weichen Knien ließ er sich auf den Boden der Kammer hinab, wo er sich vor Anstrengung und Erleichterung vornüber neigte.

»Fertig zum Tauchen«, hörte er Lloyd anordnen, und dann: »Clark? Clark, wo sind Sie?«

»Drinnen.«

»Gott sei Dank. Und? Funktioniert es?«

»Schalten Sie ein, und dann beten Sie zu Gott.«

»Sie klingen ja nicht gerade überzeugt.«

»Schalten Sie das verdammte Ding schon ein!« fuhr ihn Clark wütend und erleichtert und müde an.

Instinktiv stellte sich Waleri Ardenjew vor Dolohow und Panow. Die Szene in der U-Boothalle verfügte über keinen präzisen Brennpunkt des Geschehens, noch tat sich eigentlich viel – mit Sicherheit nicht genug, um auf eine Panik schließen zu lassen – aber Ardenjew wußte dennoch sofort, was sich vor ihm abspielte. Ein Wachtposten schoß wild durch die Gegend, während die Techniker, die sich in Erwartung Panows wie eine Ehrengarde aufgereiht hatten, ähnlich den Tieren einer Herde, die den ersten Rauch eines Steppenbrandes witterten, nervös mit den Füßen scharrten. Außerdem kletterte jemand den Turm der *Proteus* hinauf, um in das Innere des U-Boots zu gelangen. Ardenjew hatte den spontanen Eindruck, daß der Gang der Ereignisse mehrere Minuten zurückreichte, obwohl die Gruppe von Männern in weißen Kitteln erst jetzt langsam darauf zu reagieren schien. Ja. Die

Tore standen weit offen, und neben der *Proteus* lagen zwei uniformierte Körper tot auf dem Beton der Halle.

In einer erstickten, alten Stimme hörte er Dolohow ausrufen: »Nein . . .!« Dann drängte er die beiden durch die Tür zurück, durch die sie die Halle betreten hatten, wobei er sie gegen die Offiziere drückte, die sie begleitet hatten, dann aber beiseite getreten waren, um den dreien als ersten zu ermöglichen, einen Blick auf das britische U-Boot zu werfen.

»Türe schließen! Und schlagen Sie Alarm!« schrie er, um sich sofort durch die ratlos umherstehenden Techniker einen Weg auf das U-Boot zuzubahnen.

Die *Proteus* glitt von ihm fort. Als er an den auf dem Boden liegenden Leichen vorbeikam, glaubte er das Gesicht der Wache vor Lloyds Kabine zu erkennen, des Mannes, der hinter dem britischen Offizier hergeschritten war, als er Lloyd zum Essen eingeladen und ihm von Panow erzählt hatte.

Er rannte schneller. Die *Proteus* zitterte leicht gegen die Seite der Halle, und dann war sie frei. Ihr Bug entfernte sich immer noch von ihm, obwohl er inzwischen rannte, um ihn einzuholen. Er konnte nicht an den panischen Charakter dieses Ausbruchsversuchs glauben. Es mußte für die Besatzung des U-Boots irgendeine Hilfe gegeben haben – und Hoffnung. Lloyd oder sonst jemand war mit einer Schußwaffe versorgt worden. Er *wußte,* daß ›Leopard‹ repariert worden sein mußte. Lloyd hätte kein Menschenleben und auch nicht das U-Boot aufs Spiel gesetzt, wenn er nicht gewußt hätte, daß er sich auf den Schutz seines Anti-Echolotsystems verlassen konnte.

Der Bug befand sich inzwischen hinter ihm. Er rannte nun näher am Rumpf entlang, der sich sanft über ihm krümmte. Er war zur Hälfte die U-Boothalle hinuntergehastet, die einzige Gestalt im ganzen Gebäude, die sich bewegte. Hinter ihm wurde ein Gewehr abgefeuert; sinnlos, aber laut. Die Sprossen einer Leiter reihten sich über ihm auf. Er griff nach der untersten und spürte, wie seine Füße vom Boden abgehoben wurden und wie sich seine Schritte unter dem Protest seiner Arme zu verrückten, unkontrollierten Sprüngen ausdehnten. Und dann preßte er sich gegen die Seite des U-

Boots, während er beobachtete, wie sich ihm die Betonwand des Tunnels näherte. Er hätte in der halbgeschlossenen Tür eines U-Bahnwaggons eingeklemmt sein können, der immer schneller werdend auf den Tunnel am Ende des Bahnsteigs zuraste.

Die Hände naß von Schweiß, die Füße nur mit Mühe Halt findend, kletterte er am Rumpf hoch, um schließlich auf dessen Oberseite zum Stehen zu kommen, kurz bevor dieser in den Tunnel glitt. Er rannte auf die vordere Ausstiegsluke zu, entriegelte sie und klappte sie hoch. Dann kletterte er hinein und schloß die Luke über sich.

»Hat er Sie gehört, Quin? Hat er Sie verstanden?«

Quin schüttelte den Kopf. »Ich weiß nicht«, murmelte er. »Ich weiß es nicht.«

Aubrey sah auf seine Uhr. Sieben Uhr siebenundzwanzig. Sie befanden sich außerhalb der Reichweite des Senders. Die Verbindung zwischen Clark und der Nimrod war so endgültig unterbrochen, als hätte man Paswik erschossen und seine Antennen zerstört. Es gab nichts mehr, was sie noch hätten tun können. Als hätte er in Aubreys Gedanken lesen können, ertönte Eastoes Stimme in seinem Kopfhörer.

»Das wär's gewesen, Mister Aubrey. Tut mir leid.«

»Vielen Dank für Ihre Bemühungen, Geschwaderführer«, erwiderte Aubrey.

Er sah durch das Fenster nach draußen, über die sonnenbeschienene Spitze der Backbordtragfläche hinweg. Vor der Nimrod war der Himmel dunkler, und das Land unter ihnen wirkte wild übereinandergetürmt und von Schatten zerklüftet. Wie weiße, unwesenhafte Flüsse wanden sich Wolken und Nebel zwischen den Bergspitzen und Fjorden hindurch. Wie ein athletisches Insekt aus Silber schaukelte die MiG-23 auf der Backbordseite mit ihrem Rumpf, um sich schließlich in einer eleganten Kehre nach unten von ihnen abzuwenden und ihren Blicken zu entschwinden. Die Nimrod war inzwischen mehr als hundertfünfzig Meilen von der sowjetischen Grenze entfernt und hielt auf das Nordkap zu.

Aubrey stöhnte vor Enttäuschung.

»Es tut mir leid«, sagte Quin.

»Glauben Sie, er könnte etwas gefunden haben?«

»Es gab an sich keine andere Möglichkeit mehr, wo er etwas hätte finden können ...« Quin schüttelte den Kopf und starrte auf das Handbuch, das noch offen vor ihm lag. Schließlich klappte er das Ringbuch zu. »Ich weiß nicht. Jedenfalls ist mir keine andere mögliche Schadensstelle mehr eingefallen.«

Hundertfünfzig Meilen hinter ihnen würde nun die *Proteus* mit ihrer Besatzung einen verzweifelten Fluchtversuch unternehmen. Zu welchem Zweck? Und um welchen Preis? Inzwischen war Blut geflossen. Menschen waren getötet worden, sowjetische Bürger. Aubrey wollte sich die Folgen lieber erst gar nicht ausmalen. Statt dessen ergab er sich seiner äußersten und totalen Erschöpfung an Körper und Geist – eine tröstende Abgestumpftheit.

Sieben Uhr neunundzwanzig.

Dann der Funkspruch, in einer Klarheit, die er nicht mehr für möglich gehalten hätte.

»Mister Aubrey?«

»Ja?«

»Ein Funkspruch von der *Proteus,* in Klartext.«

»Nein ...«

»Er lautet: ›Mit einem Schritt kommt die Dunkelheit.‹ Ende der Durchsage. Verstehen Sie, was das soll? Soll ich um eine Wiederholung bitten?«

»Nein, danke, Geschwaderführer, das ist nicht nötig. Lassen Sie uns nach Hause fliegen.«

»Wie Sie wünschen, Sir.«

Ein seliges Lächeln legte sich um Aubreys Züge, blies seine gräulichen Wangen auf, spannte seine Lippen, brachte wieder Licht in seine Augen. Eine Zeile aus Coleridges *Ancient Mariner.* »Mit einem Schritt kommt die Dunkelheit.« Die Parole, die er Clark in einem Moment der Gelöstheit, der Belustigung gegeben hatte, als sie nach den entsprechenden Worten gesucht hatten, mit denen Clark den Erfolg seiner Mission bekanntgeben sollte. Er hatte es also irgendwie geschafft, ›Leopard‹ zu reparieren.

»Was ist los?« wollte Quin wissen.

»Es ist alles in Ordnung. Alles.« Aubrey schlug seine Augen auf und ließ sich in seinen Sitz zurück. »Clark hat es geschafft.«

»Gott sei Dank«, hauchte Quin.

Seine Tochter, dachte Aubrey plötzlich, und seinen Körper durchlief ein unvermittelter Kälteschauer. Tricia Quin und Hyde. Was war mit ihnen? Waren sie noch am Leben, oder schon tot? Wenn letzteres der Fall war; wie sollte er es Quin beibringen?

»Admiral, wir haben keine Einheiten, die in der Lage wären, das britische U-Boot zu orten oder aufzuhalten – nicht im inneren Hafen«, erklärte der für die Verteidigungsanlagen von Petschenga zuständige Offizier seinem Admiral, während er in Habachtstellung nervös vor diesem stand. Innerlich wünschte er sich weit weg von der Kommandozentrale für die Verteidigungsanlagen, die unter dickem Beton lag und von kaltem Neonlicht erhellt war; aber er gab sich Mühe, einen Ausdruck der Würde und inneren Ruhe auf seinem Gesicht zu wahren. Dolohow war jedoch ganz offensichtlich außer sich vor Wut.

»Nichts? *Nichts?*« Dolohow drehte sich zur Seite und deutete ungehalten auf einen Kartenschirm, der mit einem Gittermuster überzogen war und auf dem zahlreiche bunte Lichter aufleuchteten. Die zwei Anti-U-Boot-Netze waren eine Kette von leuchtend roten Lichtperlen; die Minen, je nach Typ in unterschiedlichen Farben aufleuchtend, bildeten ein feinmaschiges Strickmuster, bereit, sich wie ein Netz um die *Proteus* zu legen. Hinter dem ersten Netz erschienen die in Petschenga stationierten Einheiten der Rotbannerflotte wie ein Empfangskomitee aus hellen Lichtern.

»Es muß alles erst warmlaufen, Admiral – Reaktoren, Dieselmotoren, Turbinen. Wir können nicht sofort auslaufen. Das Ganze trifft uns völlig unvorbereitet ...« Er brach mitten in seiner Erklärung ab, als Dolohow sich wieder ihm zuwandte.

»Wo ist es? *Wo ist das U-Boot?*« brüllte er.

»Es ist vor zwei Minuten von unseren Schirmen verschwunden – hier.« Der für die Verteidigung zuständige Kommandant eilte auf den Bildschirm in der Mitte der Kommandozentrale zu und ergriff einen Zeigestab, der an seinem Fuß lehnte. Der Bildschirm verbog sich leicht, als er aufgeregt mit dem Zeigestab dagegentippte. Von der fünften U-Boothalle verlief eine gepunktete Linie zu einer Stelle im inneren Hafen, die mit einem Kreuz in einem Kreis gekennzeichnet war. »Wir glauben, daß sie bereits an dieser Stelle zu wenden begonnen hat ...« Ein anderer Offizier, der neben dem Kartenschirm stand, nickte bestätigend.

»Was gedenken Sie nun zu unternehmen?«

»Im Augenblick befinden sich zwei Wachboote im inneren Hafen. Und natürlich sind alle Minen aktiviert. Allerdings könnte die Inertialnavigationsspeicheranlage an Bord des U-Boots ihre Verteilung registriert haben, als es in den Hafen geschafft wurde. Selbst dann jedoch dürften sie große Schwierigkeiten haben, den Minen erfolgreich auszuweichen ...«

»Schalten Sie sie aus! Schalten Sie sofort sämtliche Minen aus, auf der Stelle!«

»Aber Admiral ...«

»Tun Sie, was ich Ihnen befohlen habe! Das U-Boot muß aufgehalten werden, nicht zerstört! Wir können es auf keinen Fall riskieren, ihm einen dauerhaften oder irreparablen Schaden zuzufügen.« Dolohow machte eine Pause. Die politischen Konsequezen würden enorm sein, und möglicherweise sogar gewalttätiger Natur, überlegte er. Bei diesem Gedanken zog er jedoch weniger die Reaktionen Londons oder Washingtons oder Brüssels in Erwägung, sondern die des Kreml. Seine politischen Herren würden die internationalen Erschütterungen nicht verzeihen, die die Zerstörung eines britischen U-Boots in sowjetischen Territorialgewässern nach sich ziehen würde. Diesbezüglich waren von Anfang an jegliche Zweifel ausgeräumt geworden.

Der Kommandant nickte einem seiner Untergebenen zu, worauf dieser den Befehl weitergab. Fast unmittelbar darauf ging das feine Gewebe aus bunten Lichtern aus, um weitere Flächen des Kartenschirms grau und leer zurückzulassen. Nun war jede Mine im inneren und äußeren Hafen entschärft. Die Schiffe der Flotte, die vorher in winzigen Taschen aus Grau aufgeleuchtet hatten, lagen nun völlig isoliert da;

vereinzelte, reglose Lichter. Dolohow haßte die leeren Flächen auf dem Schirm, wie weiße Flecken auf einer Landkarte, die noch der Entdeckung harrten.

»Und jetzt«, versetzte er ernst, »möchte ich, daß sich jede Einheit im Außenbecken bereit macht. Haben Sie einen Minenleger im Hafen?«

»Jawohl, Admiral.«

»Haben die vielleicht auch Minen mit reduzierter Sprengkraft?«

»Jawohl, Admiral.«

»Dann sollen sie Anweisung erhalten, auf der Seeseite des inneren Netzes neue Minen auszulegen. Mit Nahauslösung, oder magnetischen Zündern. Aber sie dürfen das U-Boot auf keinen Fall zerstören; sie dürfen es nur lahmlegen. Verstanden?«

»Wird das innere Netz denn nicht geöffnet werden, Admiral?« Der Mann begriff offensichtlich noch nicht, was Dolohow vorhatte.

»Sie werden auf jeden Fall die Minen legen; wenn es sein muß auch mit Flugzeugen. Und es muß sofort geschehen«, ordnete der Admiral mit leidenschaftlicher Ruhe an. »Der britische Kapitän verfügt über Torpedos, funkgesteuert und mit Fernsehkameras ausgestattet. Damit kann er ohne weiteres ein Loch durch das innere Netz sprengen. Falls ihn auf der anderen Seite jedoch Minen erwarten, sobald er durch diese Öffnung schlüpft, wird er weiter nach unten gehen müssen oder auftauchen. Jedenfalls wird er dadurch aufgehalten. Haben Sie jetzt endlich verstanden?«

»Jawohl, Admiral. Ich werde Ihre Befehle sofort weiterleiten.«

»Gut.« Nur für einen kurzen Augenblick zog Dolohow den Umstand in Erwägung, daß Ardenjew sich an Bord der *Proteus* befand. Er schob diesen Gedanken jedoch schleunigst wieder beiseite, um sich statt dessen lieber selbst zu seiner großartigen Idee zu beglückwünschen. Auch inmitten seiner rasenden Wut und seiner Enttäuschung blieb noch genügend Raum für ein Gefühl der Zufriedenheit. Er hatte bereits vorweggenommen, was der britische Kapitän unternehmen würde, um zu entkommen, und vielleicht würde rechtzeitig alles Nötige in die Wege geleitet sein, um sein Vorhaben zu vereiteln.

Aufmerksam studierte der Admiral den Kartenschirm.

»Torpedostation – bereit.«

»Aye, aye, Sir. Alles bereit.«

Lloyd studierte den Echolotschirm vor sich. Während sein Arm über den Schirm kreiste, erschienen dahinter die hellen Punkte und Linien des U-Bootnetzes. Dies war, wie Clark schon zuvor erklärt hatte, die einzige Möglichkeit, zu entkommen – durch beide Netze hindurch.

»Entfernung?« fragte er.

»Zweihundertfünfzig, Sir.«

»Torpedostation – Rohr eins bereit machen.«

»Rohr eins geladen, Sir.«

Das funkgesteuerte Tigerfish-Torpedo war abschußbereit. Lloyd blickte auf seine Uhr. Seit sie die Halle verlassen hatten, waren vier Minuten und sechsunddreißig Sekunden vergangen. Schnelligkeit war alles, hatte ihm Clark eingeschärft. Ebenso, wie er ihm aufgetragen hatte, die zwei Wachen zu töten, wie ihm mit einem flauen Gefühl in der Magengegend einfiel. Schnelligkeit, und der damit verbundene Überraschungseffekt. Und die riskante Annahme, daß man in Petschenga sämtliche Minen ausschalten würde, um ›Leopard‹ nicht zu gefährden.

»Abstand zweihundertdreißig, Sir.«

»Torpedostation – Rohr eins, Feuer.«

»Eins los, Sir.«

Lloyd schritt durch die Brücke auf Thurston zu, der den winzigen, leeren Fernsehschirm studierte, der neben zahlreichen anderen Schirmen und Lichtanzeigen in der Abschußkontrollkonsole angebracht war. Der Bildschirm begann zu flackern. Beide Männer achteten nicht auf die Stimme, die über die Sprechanlage die Entfernung, die Geschwindigkeit und die Funktionen des funkgesteuerten Tigerfish durchgab. Sie schienen wie hypnotisiert durch das Wirbeln und Wogen des grauen Wassers, das durch einen am Torpedo angebrachten Scheinwerfer schwach erhellt wurde. Lloyds Handgelenk mit seiner dunklen, gekräuselten Behaarung lag am Rand seines Blickfelds. Synchron mit dem Bild auf dem Fernsehschirm sah er den Sekundenzeiger, ein rotes Spinnenbein, über das Zifferblatt seiner Uhr kriechen.

Ein Aufblitzen, wie ein Vorhang oder ein Netz, obwohl es auch nur eine Illusion hätte sein können, hervorgerufen durch das sich bewegende Wasser. Und dann wurde der Bildschirm plötzlich weiß, als der Torpedooperator die korrekte, vorher bestimmte Entfernung zum Ziel registrierte und den Sprengkopf des Tigerfish zündete. Die Druckwelle war ein schwaches, rumpelndes Erschaudern entlang des Außenrumpfs, das wenige Augenblicke später einsetzte. Lloyd grinste Thurston an.

»Jetzt werden wir mal sehen, ob sie das Loch finden können, John, hm?«

»Aye, aye, Sir.«

Der Nebel hatte sich verflüchtigt und hielt sich nur noch in schwachen Fetzen in vereinzelten Bodenvertiefungen und Senkungen. Die Sonne war inzwischen ein deutlich umrissener, heller Lichtkreis, und der Himmel leuchtete in blassem Blau. Hyde war von der Anstrengung und der steigenden Temperatur in Schweiß gebadet, als er das Mädchen hinter sich die steile Böschung hinaufzog. Als sie beide auf der Anhöhe standen, konnte Hyde weit über die sanften Abhänge des Chase hinwegsehen. Er zog das Mädchen neben sich zu Boden. Sie lagen auf den nassen, abgestorbenen Farnen und starrten durch die silberborkigen, kahlen Birken auf die winzigen Gestalten hinunter, die sich unter Mühen zu ihnen emporarbeiteten. Die Schießanlage befand sich hinter ihnen; die Reihe von gigantischen, numerierten Zielscheiben war etwa sechshundert Meter entfernt.

Drei Männer – nein, vier. Irgendwie wußte Hyde, daß nur sie es sein konnten. Er überprüfte das Magazin, wog es in seiner Hand. Von den ursprünglich dreißig Schuß waren vielleicht noch zehn übrig. Er drückte den zusammenlegbaren Doppelkolben gegen seine gute Schulter und blickte durch die Zielvorrichtung. Dieser Handgriff stärkte seine Zuversicht. Erst war der Nebel ihr Beschützer gewesen, dann ihr Verräter. Nun waren die klare Luft und die helle, warme

Sonne auf ihrer Seite. Außerdem kam Hyde sein überhöhter Standpunkt zugute. Die Reichweite der AK-47 betrug dreihundert Meter. Die vier Männer waren noch etwa doppelt so weit entfernt. Er mußte also noch warten.

»Alles in Ordnung?«

»Ja.«

Je mehr er darüber nachdachte und je näher die Russen kamen, desto unwirklicher erschien ihm die Situation. Er befand sich mitten in Staffordshire, und diese Männer waren entweder akkreditierte Diplomaten der Sowjetischen Botschaft oder Gelegenheitshelfer, die Petrunin eigens zu diesem Zweck irgendwo aus der Versenkung hervorgeholt hatte. Sie waren diejenigen, die sich auf feindlichem Gelände bewegten, und erst jetzt, als er von oben auf sie hinabblickte, mit einer ihrer Waffen ausgerüstet, der Nebel verflogen, konnte er die Situation unter diesem Gesichtspunkt betrachten. Er hatte bereits gewonnen. Diese Männer dort unten stießen sonst andere Männer vor vorbeifahrende Busse oder vor die U-Bahn, vergifteten sie mit den Metallspitzen ihrer Regenschirme. Und im Norden Schottlands würden sie vielleicht auch ab und zu dieses Jagdspielchen spielen, aber hier war das etwas anderes. Jeden Augenblick konnte eine stattliche Matrone auftauchen, die ihren Hund spazieren führte, oder jemand von der Waldaufsichtsbehörde kam in einem Land Rover vorbei.

Laß das, laß das, bremste er sich selbst. Es waren immer noch vier gegen einen, und die Polizei trieb sich vielleicht auf der M6 herum, aber nicht unbedingt im Cannock Chase. Jetzt waren es vielleicht noch vierhundert Meter. Die vier Männer hatten sich verteilt, aber bevor sie nicht die Bäume auf dem Abhang unter Hyde erreichten, hatten sie keinerlei Deckung. Sie rückten nun vorsichtiger vor. Vielleicht hatten sie Angst.

»Jetzt dauert es nicht mehr lang«, tröstete er Tricia Quin.

»Was? Was dauert nicht mehr lang?« nörgelte sie mit träger, müder Stimme. »Mein Gott, ich bin müde und hungrig, und ich habe Angst.«

»In diesem Punkt geht es mir nicht anders.« Er öffnete sein zugekniffenes Auge und wandte sich ihr zu. Ihr Verhalten war wieder kleinmädchenhaft geworden, was seine Einstellung ihr gegenüber wieder verhärtete. Der Rest, alles Wärmere, gehörte in die Bodenvertiefung, in der sie sich versteckt hatten und in seine aufgewühlte Fantasie, als er im Halbschlaf vor sich hingedämmert war. Jetzt hätte er nicht mehr sagen können, daß er sie mochte. Und die fand ihn ganz offensichtlich sogar unsympathisch. Ihre frühere Einstellung zueinander hatte sich wieder durchgesetzt, als hätten sie beide verstanden, daß sie sich bereits auf der anderen Seite ihrer Erfahrung befanden. »Jetzt sind wir im Vorteil.«

Kopfschüttelnd starrte sie auf die Kalaschnikow an seiner Schulter. Sie entfremdete ihm das Mädchen. Er akzeptierte ihren Abstand. Sie war nahe daran, in die wenig widerstandsfähige Haut zurückzuschlüpfen, die abzuwerfen er sie gezwungen hatte. Sie zeigte sich bereits verärgert über die Häutung ihres alten Selbst während der letzten Tage.

Er blickte sich um. Immer noch die vier Männer, die sich durch die feuchten Farne und die abgestorbene Heide einen Weg nach oben bahnten. Auf einem Feldweg in der Ferne tauchte ein Land Rover auf. Hyde grinste, legte die Waffe ab und legte seine Hände an den Mund.

»Petrunin! Können Sie mich hören, Petrunin?« brüllte er. Die Männer unter ihm blieben sofort stehen.

»Ja«, kam die schwache Antwort. Petrunin blieb gerade außerhalb der Reichweite der Kalaschnikow. Und er wußte, daß er sich außerhalb ihrer Reichweite befand.

»Ich habe gewonnen, Sie blöder Heini!«

»Noch nicht.«

»Geben Sie's doch zu. Sie sind am Ende. Kümmern Sie sich lieber schon mal darum, wie Sie schleunigst aus England rauskommen, bevor man Sie noch schnappt. Hier können Sie auf jeden Fall einpacken, mein Lieber!«

Die vier Männer blieben stehen. Sie wirkten wie eine Gruppe unentschlossener Wanderer, etwas mehr als dreihundert Meter entfernt. Es gab nichts, was sie hätten tun können; sie konnten die Bäume nicht erreichen, ohne sich in die Reichweite der Kalaschnikow zu begeben. Eine Pattsituation, festgefahren.

»Das wollen wir doch erst mal sehen. Wir sind vier gegen einen.« Petrunins Stimme war schwach, in keiner Weise bedrohlich. Der Land Rover der Forstbehörde war in eine weite, sonnenbeschienene Lichtung eingebogen und entfernte sich wieder. Das tat der Normalität, die der Wagen repräsentierte, jedoch keinen Abbruch. Petrunin bluffte; seine Worte waren leeres Getue.

»Hauen Sie doch ab!« brüllte Hyde mit plötzlich aufwallender Befriedigung. »Sie haben verspielt, und Sie wissen das auch ganz genau. Gehen Sie doch heim zu Mutter Ruß ...«

Das Luftschnappen des Mädchens war unhörbar, und der Beginn ihres Schreis, wesentlich leiser als seine Stimme, kratzte nur geringfügig an seiner Aufmerksamkeit, aber das Zusammensinken ihres Körpers am Rand seines Gesichtsfeldes alarmierte ihn genügend, um sich umzuwenden und instinktiv nach der Kalaschnikow zu greifen. Sie wurde ihm weggetreten, und dann krachte ein zweiter Tritt gegen seine verletzte Schulter, als sie zwischen den Wanderstiefel und seine Schläfe kam. Er hatte gerade noch Zeit, um festzustellen, daß Tricia Quin vom Gewehrschaft des Mannes an der Schläfe getroffen worden war und daß sie am Kopf blutete. Er hörte sich selbst vor Schmerz aufschreien, sein ganzer Körper umfangen von dem Feuer, das sich von seiner Schulter ausbreitete. Schwach hob er eine Hand, als der Mann neuerlich zutrat und dann mit dem Holzschaft seines AKM-Gewehrs auf Hydes Gesicht niederstieß – eine Handlung, so emotionslos wie das Zertreten eines Insekts. Hyde versuchte, sich zur Seite zu rollen, aber der Gewehrschaft erwischte ihn zwischen den Schulterblättern und preßte ihm alle Luft aus den Lungen, so daß er sich an den Boden genagelt fühlte.

Er rollte weiter über den Abhang, und der Mann, der sich ihnen von hinten nachgeschlichen haben mußte, bevor sie die Anhöhe erreicht hatten, folgte ihm, den Schaft seines Gewehrs nach wie vor auf den Australier gerichtet. Auf seinem Gesicht hatte sich ein starres, unbewegliches Lächeln ausgebreitet. Der Mann hatte nicht vor, ihn zu erschießen; er wollte ihn zu Tode knüppeln. Petrunin und seine Begleiter hatten inzwischen sicher schon zu laufen begonnen und arbeiteten sich nun keuchend zwischen den Birken hindurch die Böschung hinauf.

Hyde trat um sich, traf das Gewehr, aber nicht den Mann, der gewandt auswich und neuerlich auf ihn zukam. Hyde versuchte, sich auf die Knie aufzurichten, war sich jedoch gleichzeitig bewußt, daß er damit seine Schultern und seinen Hals weiteren Schlägen – seiner Exekution – preisgab. Er konnte keinen Atem schöpfen; er gab nur ein hohles, unverdauliches Geräusch in seiner Kehle von sich. Das Gewehr schwang nach einer Seite, und der Schaft stieß auf ihn nieder. Hyde ließ sich seitlich davongleiten, trat um sich und traf dabei das Schienbein des Mannes, so daß dieser unter dem unerwarteten Schmerz laut aufschrie. Der Gewehrschaft suchte nach seinem Kopf. Auf einem Arm stieß Hyde sich in halbaufrechte Position und hechtete auf den Mann zu, so daß ihn sein Kopf in den Unterleib stieß. Mit einem lauten Geräusch entwich der Atem seines Kontrahenten, und sein Körper taumelte hilflos nach hinten. Hyde packte den Mann an den Beinen und preßte sie aneinander. Dabei war er sich ständig bewußt, daß sein Rücken dem nächsten Hieb schutzlos ausgeliefert war. Rückgrat gebrochen, brüllte ein Teil seines Verstandes auf ihn ein. Rückgrat gebrochen, lebenslang an den Rollstuhl gefesselt. Er zerrte an den Schenkeln des Mannes, die sich gegen seine Schulter stemmten, und in dieser anbetenden Umarmung stolperten sie dahin, bis sich der Untergrund neigte und der Russe das Gleichgewicht verlor und auf seinen Rücken fiel. Hyde krabbelte über den Körper des Mannes, ohne daß ihm entging, wie sich der Arm des Russen auf den Schatten des Gewehrs zu seiner Rechten zubewegte; er umklammerte seinen Gürtel, dann sein Hemd und schließlich seinen Hals, als hätte er sich einen steilen Abhang hinaufgearbeitet. Er erhob sich über dem Russen, fing den Schwung des Gewehrs mit Schulter und Rücken ab und drückte nach unten, während er sich auf der Luftröhre des Mannes unter ihm abstützte. Dann löste er seinen Griff, ballte seine Hand zur Faust und hieb sie dem Mann gegen die Kehle. Die Zunge seines Kontrahenten trat heraus, seine Augen verdrehten sich, und aus seinem Mund kam ein erstikkendes, würgendes Geräusch. Sein Körper wand sich wie unter einem separaten Schmerz.

Hyde kroch zur Kante der Anhöhe hoch und schleifte dabei die AKM des Russen am Schulterriemen hinter sich her. Er brachte sie mühsam in Feuerstellung und stellte sie auf Automatik. Unfähig, sich voll aufzurichten, kniete er am Rand der Böschung und drückte den Abzug. Der Lärm war ohrenbetäubend. Rindenstücke spritzten von den fleckigen Birkenstämmen, Farne wippten zur Seite, ein Mann stürzte zu Boden, als er gerade hinter den Bäumen hervorkam, zwanzig Meter von Hyde entfernt. Ein zweiter Mann hielt mitten in der Bewegung inne und ging in Deckung.

Hyde nahm seinen Finger vom Abzug und atmete ein. Sein Atem keuchte und raspelte laut, aber er schaffte es bis in die Lungen und dehnte sie, so daß er husten mußte. Er schluckte den Schleim hinunter und kauerte sich zu Boden, wobei er rasch atmete, als wollte er sich vergewissern, daß ihm seine Lungen den Dienst nicht versagen würden. Als er schließlich dazu wieder in der Lage war, brüllte er Petrunin zu.

»Nicht schlecht, Mann! Wirklich nicht übel!«

Stille. Er wartete. Der Mann hinter ihm gab ein schreckliches Geräusch von sich, das klang, als wollte er jemanden parodieren, der schnarchte oder sehr geräuschvoll aß. Ansonsten Stille. Er sah zu dem Mädchen hinüber und glaubte, erkennen zu können, wie sich ihre Brust in regelmäßigem Rhythmus hob und senkte. Er hoffte, daß er sich das nicht nur einbildete, obgleich er noch nicht die Kraft und die Teilnahmslosigkeit aufbrachte, sich zu vergewissern. Stille.

Schließlich hob er seinen Kopf. Im Schutz der Bäume entfernten sich drei winzige Gestalten. Einer der Punkte stützte einen zweiten Punkt. Ihren Anführer, der ihnen voranschritt, hielt Hyde für Petrunin, dessen Gedanken sich vermutlich bereits um die Frage drehten, wie er England am besten ungeschoren verlassen könnte. Ein kleiner Flugplatz in Kent, zu dem er sich mit einem bereits vorher bestellten Wagen über die M1 würde bringen lassen. Ein kurzer Flug über den Kanal, und dann mit Aeroflot direkt nach Moskau.

Hyde legte sich erschöpft zurück und starrte zu der hellen Sonne in dem fast wolkenlosen, blassen Himmel empor. Er fing an zu lachen, erst schwach, dann unkontrolliert, bis seine Augen tränten und seine Rippen und sein Rücken zu schmerzen begannen.

Er hörte ein Geräusch und setzte sich auf. Das Mädchen wischte sich mit einem schmutzigen Taschentuch das Gesicht ab. Dabei schnitt sie alle möglichen Grimassen und schien verwundert über das Blut auf ihrem Taschentuch. Hyde wischte sich die Augen und legte sich wieder zurück. Bis auf die Sonne war der Himmel leer. Er wartete. Er entschloß sich, zu warten, bis er einen Hund bellen hörte, um dann seinen Kopf zu heben und nachzusehen, ob es wirklich eine stattliche Matrone war, die ein kleines Hündchen mit rosa Schleife und kariertem Mäntelchen ausführte.

In einer unwillkürlichen Reaktion sah Clark zur Decke der Offiziersmessenkombüse hoch. Wenige Zentimeter von seinen Lippen verharrte eine Gabel voll Rühreier in leicht vibrierendem Gleichgewicht. Der Koch hatte sich über seinen Wunsch gewundert, in der Kombüse zu essen und nicht in der Messe selbst, aber inzwischen schien der Mann sogar durchaus erfreut über seine Anwesenheit. Was hatte doch Copeland gleich noch einmal gesagt? *Sie werden aufpassen müssen – wie ein paar kleine Jungen, die unter einem Stacheldraht hindurch in einen Obstgarten kriechen. Lloyd könnte ohne weiteres mit seiner Hose hängen bleiben.* Clark mußte grinsen. Offensichtlich hatten sie das Loch gefunden, das sie in das Netz gesprengt hatten, aber noch nicht seinen genauen Mittelpunkt. Für etwa dreißig Meter war die Steuerbordseite der *Proteus* gegen ein Hindernis geschleift, einen scharfkantigen, verbogenen und verdrehten Überrest des Netzes, und dann war der Turm dumpf gegen das Netz gekracht, so daß ein heftiger Ruck das ganze U-Boot durchlief, worauf es leicht seinen Kurs veränderte und unter dem Hindernis hindurchschlüpfte.

Clark fiel wieder die Portion Rührei auf seiner Gabel ein, und er öffnete den Mund. Er kaute und schluckte. Das Essen war gut und beanspruchte seine Aufmerksamkeit und seine Energie vollständig. Er ergriff die Tasse mit heißem Kaffee und spülte die Eier hinunter. Er aß schnell und gierig und mit fast sublimer Befriedigung. Für den weiteren Verlauf des Geschehens trug er nun keine Verantwortung mehr. ›Leopard‹ funktionierte. Während er noch zusammengesunken in der

Heckausstiegskammer gelegen hatte, war bereits seine konkussive Bereitschaft von ihm gewichen, und er war in eine betäubte und einfältige Oberflächlichkeit der Gefühle und Wahrnehmungen abgeglitten. Er merkte, wie schmutzig er war, wie sehr er in seinem Tauchanzug stank, wie hungrig, durstig und erschöpft er war. Ein Offizier hatte ihn in die Messe geführt. Nachdem er seinen Tauchanzug abgelegt hatte, galt sein vorrangiges Interesse einer anständigen Mahlzeit. Bis er sich duschte, gab man ihm seinen Overall, Teil seiner Tarnung, zum Anziehen.

Was auf der Brücke und außerhalb des U-Boots geschah, interessierte ihn nicht. Er hätte nicht einmal mehr die Instruktionen wiederholen können, die er Lloyd gegeben hatte, als er in die *Proteus* eingedrungen war. Irgendein Band in seinem Kopf war bereits gelöscht worden. Auch das lose Relais im Notsystem hätte er nun nicht mehr entdeckt, wenn es ihm nicht jemand direkt gezeigt hätte.

»Möchten Sie noch etwas mehr, Sir?« erkundigte sich der Koch und hielt ihm die Pfanne entgegen.

Grinsend tätschelte Clark seinen Bauch. »Nein danke, ich glaube, das reicht. Aber es war sehr gut.«

»Danke, Sir. Vielleicht noch einen Schluck Kaffee, Sir?«

»Ja, bitte.«

Der Koch brachte die Kaffeekanne an den Tisch, an dem Clark saß. Dann schien er plötzlich zur Seite zu wanken und gegen den Herd zu taumeln. Aus der Kanne ergoß sich ein Schwall dunklen Kaffees und floß über eine der Wände nach unten – oder zumindest wußte Clark, daß der Kaffee genau das tun würde, da die Lichter ausgingen, bevor er den weiteren Verlauf des Geschehens beobachten konnte. Gleichzeitig wurde er von seinem Stuhl und in eine Ecke der Kombüse geschleudert. Schmerzhaft stieß sein Kopf gegen die vorstehende Kante irgendeines Möbelstücks, und er sank stöhnend zu Boden. Er setzte sich wieder auf und rieb sich den Kopf, während seine Ohren von dem Schlag und dem Lärm dröhnten, welcher das Rucken des U-Boots begleitet hatte. Dann ging die Notbeleuchtung an, und fast unmittelbar darauf folgten auch die normalen Lichter wieder.

»Alles in Ordnung?« fragte er.

Der Koch wischte Kaffee von seiner Schürze und rieb sich den Arm. Der leere Kanne hielt er immer noch in der Hand.

»Was war das, Sir?«

Soweit Clark dies feststellen konnte, behielt die *Proteus* ihren Kurs und ihre normale Geschwindigkeit bei.

»Eine Mine.« Irgend jemand in Petschenga hatte schnell geschaltet. Er richtete sich mit schmerzendem Kopf auf die Knie auf, als ihn die zweite Mine mit einem Rollen des U-Boots nach Steuerbord nach vorn schleuderte. Dunkelheit, Schliddern, das Scheppern von Küchengerät, das Ächzen des Rumpfs, das schreckliche Sirren in seinen Ohren, der dumpfe Aufprall des Körpers des Kochs auf ihm, und dann die Lichter, die wieder angingen. Durch seine Fingerspitzen und den Rest seines zu Boden gedrückten Körpers konnte er spüren, wie sich die *Proteus* wieder aufrichtete. Über die Sprechanlage verlangte Lloyds Stimme sofort einen umfassenden Schadensbefund. Der Koch rollte von Clarks Rücken und entschuldigte sich.

»Schon gut, schon gut. Ich glaube, ich gehe lieber mal nachsehen, was hier eigentlich los ist.« Der Koch schien darüber enttäuscht. »Fehlt Ihnen auch nichts?«

»Nein, nein, Sir, alles in Ordnung.«

In Erwartung einer weiteren Detonation angespannt, verließ Clark die Kombüse. Er betrat die Brücke, die am Ende eines kurzen Korridors lag, und spürte sofort die allgemeine Erleichterung unter den Anwesenden. Die *Proteus* war nicht ernsthaft zu Schaden gekommen.

»Kontakt auf Grün drei-sechs näher kommend, Sir.« Irgend jemand hatte die sowjetischen Schiffe in kürzester Zeit in Einsatzbereitschaft gebracht.

»Geschwindigkeit erhöhen – neun Knoten«, ordnete Lloyd an.

»Neun Knoten, Sir.«

»Netz in zweitausend Metern Entfernung.«

»Kontakt auf Rot sieben-null bewegt sich ebenfalls. Entfernung dreihundert.«

»Kontakt auf Grün acht-zwei näher kommend, Sir.«

Jemand hatte mit einem Stock in ein Wespennest gestochert. Clark wurde klar, daß die Russen im begrenzten Bereich des Hafens weniger Glück brauchten als in der Weite der Barents-See.

»Kontakt auf Rot sieben-null, Sir. Hält genau auf das Netz zu.«

»Kontakt auf Grün drei-sechs, näher kommend, Sir. Entfernung zweihundertzehn.«

Lloyd bemerkte Clark aus dem Augenwinkel heraus. Mit einem Grinsen winkte ihm Clark zu. Lloyd wandte seine Aufmerksamkeit jedoch sofort wieder den Echolotschirmen vor ihm zu. Angetrieben von dem Impuls, sich auch wirklich zu vergewissern, daß die Apparaturen, die er repariert hatte, funktionierten, durchquerte Clark leise die Brücke und verließ sie durch die Hecktür. Der Raum, in dem die ›Leopard‹-Anlage untergebracht war, befand sich direkt hinter der Brücke.

Nachdem er die Tür geschlossen hatte, hörte er, wie Lloyd eine weitere Geschwindigkeitserhöhung anordnete und sich dann an die Torpedostation wandte.

»Torpedostation – Rohr zwei laden.«

Sie würden es schaffen. Es würde knapp werden, aber sie würden es schaffen.

Die Tür zu dem engen, überfüllten ›Leopard‹-Raum stand offen. Noch während er sich ihr näherte, entdeckte Clark den Matrosen, der auf dem Boden lag, und den Offizier, der gegen einen der Schränke gesunken war, die das Hauptsystem enthielten. Und er erkannte den Mann in dem dunklen Pullover, der sich nach dem Geräusch umwandte, das er gemacht hatte, als er gegen den Türrahmen geklopft hatte, bevor er die Szene vor sich erfaßt hatte.

Waleri Ardenjew. Es war *er.* Clark wußte, daß er Hayter und den Matrosen getötet hatte.

Sieben Uhr dreiundvierzig. Er sah die Uhr über Ardenjews Kopf, als er den ersten Schritt in den Raum setzte und der Russe sich nach ihm umwandte, ein Lächeln des Erkennens in seinen Zügen. Ardenjews Hand schoß vor und legte den Schalter um, nach dem er gesucht hatte, bevor Clark ihn gestört hatte. Als der Schalter sich bewegte, wußte Clark, daß ›Leopard‹ desaktiviert war. Die *Proteus* fuhr nun durch den Außenhafen von Petschenga und war dabei auf jedem Echolotschirm eines jeden sowjetischen Schiffs und U-Boots zu sehen.

»Dachte ich mir's doch, daß so etwas nur Ihnen zuzutrauen war«, bemerkte Clark mit verblüffender Beiläufigkeit, während er vorsichtig um die Leiche des Matrosen auf dem Boden herumging. Offensichtlich hatte Ardenjew beide Männer ohne eine Waffe getötet.

»Ich bin leider nicht zu demselben Schluß gelangt, was Sie betrifft«, erwiderte Ardenjew. Er hatte sich schützend vor die Kontrollkonsole der ›Leopard‹-Anlage gestellt, um Clark den Zugang zu dem Schalter zu verwehren, den er eben umgelegt hatte. »Das war vielleicht ein Fehler.« Der Russe zuckte erst mit den Achseln, um dann jedoch zu grinsen. »Aber es wird ja nicht lange dauern. Ich brauche nur dafür zu sorgen, daß dieser Apparat da«, er warf seinen Kopf in Richtung ›Leopard‹, »für ein paar Minuten außer Funktion gesetzt wird.«

»Natürlich.« Clark schüttelte lächelnd den Kopf. »Aber wie wollen Sie das schaffen. Wir werden gleich das offene Meer erreichen, und Sie sind ganz allein auf einem feindlichen Schiff. Welche Chance rechnen Sie sich hier noch aus?«

»Jede Chance, mein Freund. Immerhin befinden wir uns hier nur wenige hundert Meter von der Sowjetunion entfernt ...«

Clark stürzte sich auf Ardenjew, der geschickt zur Seite trat und seinen Unterarm um Clarks Hals legte. Der Amerikaner ächzte und fiel über die Konsole, wobei seine Hand instinktiv nach dem Schalter über ihm griff. Ardenjew hieb Clark mit der Handkante übers Handgelenk, daß dessen Hand schlaff vom Unterarm baumelte. Dann stieß Ardenjew den Amerikaner in die Nieren, so daß er rückwärts von der Konsole wegtaumelte und zu Boden stürzte. Ardenjew lehnte sich lässig gegen die Konsole, während Clark sich mühsam aufzurappeln versuchte.

»Sie sind einfach nicht mehr der Frischeste, mein Freund«, bemerkte Ardenjew.

Verschwommen sah Clark den roten Sekundenzeiger der Uhr ruckartig nach unten wandern. Vierzehn Sekunden, seit Ardenjew den Schalter umgelegt hatte. Er taumelte und versuchte dann, sein Gewicht gegen den Russen zu stemmen und sich an ihm festzuklammern. Ardenjew rammte Clark sein Knie in den Unterleib und versetzte ihm einen Faustschlag ins Gesicht. Clark stürzte neuerlich, unter lautem Stöhnen, rücklings zu Boden. Er wollte nicht mehr aufstehen, und er war sich auch im klaren, daß er gar nicht über die dazu nötige Kraft verfügt hätte. Die Uhr über Ardenjews Kopf zog ihn magisch an. Zweiundzwanzig Sekunden. Die *Proteus* mußte inzwischen fast das Netz erreicht haben.

Er schien regelrecht zu spüren, wie das U-Boot zögerte, und er bemerkte die Wachsamkeit in Ardenjews Gesicht. Er hörte ein Geräusch den Rumpf entlangkratzen. Das Netz ...

Die Mine detonierte unter dem Rumpf, schüttelte das U-Boot und ließ kurz die Lichter ausgehen. In der plötzlichen Dunkelheit rappelte sich Clark auf seine Beine und tastete nach dem Russen. Seine Finger spürten den dicken Wollpullover, krallten sich daran fest, während die andere Hand nach der Stelle schlug, wo sich das Gesicht des Russen befinden mußte. Er spürte, wie seine Handkante unterhalb der Wurzel gegen die Nase stieß und wie Ardenjews Atem heiß gegen seine Wange strich, als er vor Schmerz aufschrie. Dann klammerte er sich an den Russen, während das U-Boot um sie herum allmählich wieder zur Ruhe kam.

Ardenjew schleuderte sich und Clark gegen einen der Schränke. Ein scharfkantiger Griff bohrte sich in Clarks Rükken, aber er hakte dennoch sein Bein hinter Ardenjews Wade und stieß ihn von sich. Gemeinsam rollten die beiden Männer über den Boden, als die Lichter wieder angingen. Clark rammte seinen Kopf in Ardenjews Gesicht, aber dieser ließ seinen Hals nicht los. Clark spürte, wie sich seine Kehle zusammenschnürte und er keine Luft mehr bekam. Er versuchte sich Ardenjews Griff zu entwinden, ohne daß dieser sich lockerte. Aus Ardenjews Mund rann Blut über sein Kinn, aber er ließ Clarks Hals nicht los. Der Turm des U-Boots kratzte gegen den Rand des Lochs im äußeren Netz, so daß die *Proteus* wie ein Fisch an der Leine ruckartig erschauderte, um sich jedoch im nächsten Moment auch schon in Freiheit zu befinden.

Clarks Gedanken trübten sich. Ardenjew dachte an nichts anderes mehr, als ihn zu töten. Alles andere zählte für ihn nicht mehr. Er schlug auf Ardenjews Gesicht und Hals und Schultern ein – seine Schläge schwach, ziellos und verzweifelt. Sein bewußtes Wahrnehmungsvermögen wurde zunehmend verschwommener und substanzloser, und dann schien sich Ardenjews Griff um seine Kehle zu lockern. Clark machte sich frei, und seine Hände fielen auf Ardenjews Brustkorb, wo sie, zusammengerollt wie schlafende Tiere, liegen blieben.

Clark betrachtete seine eigenen Hände, blutverschmiert, zerschunden, zitternd. In einer von ihnen hielt er etwas, das in seinem verschwommenen Gesichtssinn nur langsam festere Formen annahm, bis er es als das Funksprechgerät aus seinem Overall erkennen konnte, über das er die Verbindung zu Lloyd hergestellt hatte. Er beugte sich über Ardenjews Brust und lauschte. In das zerschundene Gesicht des Russen zu blicken, vermied er. Mit aller ihm noch verbleibenden Kraft hatte er das Funksprechgerät immer und immer wieder in Ardenjews Gesicht und gegen seinen Kopf geschlagen, als pumpte die Bewegung seines Arms Luft in seine Lungen.

Ardenjew war tot.

Clark richtete sich an der Tür des Schranks auf, schleppte sich auf die Kontrollkonsole zu und stellte den Schalter wieder auf ›An‹. ›Leopard‹ war aktiviert. Es war sieben Uhr fünfundvierzig. ›Leopard‹ war fast zwei Minuten ausgeschaltet gewesen. Das reichte zwar aus, um die *Proteus* aufzuspüren, aber nicht, sie anzugreifen.

Durch das Deck spürte er die zunehmende Geschwindigkeit der *Proteus,* als sie der offenen See entgegenstrebte. Er wollte auf keinen Fall auf Ardenjews Leiche blicken. Er ließ das blutverschmierte Funksprechgerät zu Boden fallen und hätte sich am liebsten vor Schwäche und Ekel und Erleichterung übergeben, als er sich über die Konsole beugte. Mit einer Hand massierte er seinen Hals, um die Schmerzen etwas zu lindern. Dann schloß er die Augen. Er wollte nur noch schlafen, für eine lange Zeit.